社科文献 **SSAP** 学术文库

文史哲研究系列

王 维 论 稿

ESSAYS ON WANG WEI
(REVISED AND EXPANDED EDITION)

（增订本）

陈铁民　著

 社会科学文献出版社
SOCIAL SCIENCES ACADEMIC PRESS (CHINA)

出版说明

社会科学文献出版社成立于 1985 年。三十年来，特别是 1998 年二次创业以来，秉持"创社科经典，出传世文献"的出版理念和"权威、前沿、原创"的产品定位，社科文献人以专业的精神、用心的态度，在学术出版领域辛勤耕耘，将一个员工不过二十、年最高出书百余种的小社，发展为员工超过三百人、年出书近两千种、广受业界和学界关注，并有一定国际知名度的专业学术出版机构。

"旧书不厌百回读，熟读深思子自知。"经典是人类文化思想精粹的积淀，是文化思想传承的重要载体。作为出版者，也许最大的安慰和骄傲，就是经典能出自自己之手。早在 2010 年社会科学文献出版社成立二十五周年之际，我们就开始筹划出版社科文献学术文库，全面梳理已出版的学术著作，希望从中选出精品力作，纳入文库，以此回望我们走过的路，作为对自己成长历程的一种纪念。然工作启动后我们方知这实在不是一件容易的事。对于文库入选图书的具体范围、入选标准以及文库的最终目标等，大家多有分歧，多次讨论也难以一致。慎重起见，我们放缓工作节奏，多方征求学界意见，走访业内同仁，围绕上述文库入选标准等反复研讨，终于达成以下共识：

一、社科文献学术文库是学术精品的传播平台。入选文库的图书必须是出版五年以上、对学科发展有重要影响、得到学界广泛认可的精品力作。

二、社科文献学术文库是一个开放的平台。主要呈现社科文献出版社创立以来长期的学术出版积淀，是对我们以往学术出版发展历程与重要学术成果的集中展示。同时，文库也收录外社出版的学术精品。

三、社科文献学术文库遵从学界认识与判断。在遵循一般学术图书基本要求的前提下，文库将严格以学术价值为取舍，以学界专家意见为准绳，入选文库的书目最终都须通过该学术领域权威学者的审核。

四、社科文献学术文库遵循严格的学术规范。学术规范是学术研究、学术交流和学术传播的基础，只有遵守共同的学术规范才能真正实现学术的交流与传播，学者也才能在此基础上切磋琢磨、砥砺学问，共同推动学术的进步。因而文库要在学术规范上从严要求。

根据以上共识，我们制定了文库操作方案，对入选范围、标准、程序、学术规范等一一做了规定。社科文献学术文库收录当代中国学者的哲学社会科学优秀原创理论著作，分为文史哲、社会政法、经济、国际问题、马克思主义五个系列。文库以基础理论研究为主，包括专著和主题明确的文集，应用对策研究暂不列入。

多年来，海内外学界为社科文献出版社的成长提供了丰富营养，给予了鼎力支持。社科文献也在努力为学者、学界、学术贡献着力量。在此，学术出版者、学人、学界，已经成为一个学术共同体。我们恳切希望学界同仁和我们一道做好文库出版工作，让经典名篇"传之其人，通邑大都"，启迪后学，薪火不灭。

社会科学文献出版社

2015 年 8 月

社会科学文献出版社专家委员会

作者简介

陈铁民 1938 年生，福建泉州人。1960 年北京大学中文系文学专业本科毕业。1963 年北大中文系古典文献专业研究生毕业。旋即留本校中文系任教，1983 年调至中国社会科学院文学研究所工作。现为中国社会科学院荣誉学部委员、文学所研究员。兼任全国古籍整理出版规划领导小组成员。主要著作有《王维集校注》、《岑参集校注》（合著）、《王维论稿》、《唐代文史研究丛稿》、《新译王维诗文集》、《守选制与唐代文人的诗歌创作研究》，主编《新修增订注释全唐诗》等。

内容简介

　　王维是盛唐时代成就最高的诗人之一，他的诗名"首冠一时"。本书作者于 1990 年出版论文集《王维新论》（北京师范学院出版社），对王维进行了全面、细致、深入的研究。可以说，在王维研究领域，《新论》是一部论证缜密中肯、考证翔实可信、成就超越前人的典范之作。它出版早，影响大，将王维研究往前推进了一大步。1991 年，获得北京市委宣传部颁发的 1990 年版北京市优秀图书文艺类一等奖；1992 年，获得国家教育委员会颁发的高等学校出版社优秀学术专著优秀奖。2006 年，作者以《王维新论》为基础，增收论文七篇，编成《王维论稿》一书，交由人民文学出版社出版。这七篇论文中，有六篇是 1991 年以后陆续写出的。它们大抵每篇皆有创获，如《读张著〈王维年谱〉札记》，揭示了一种较流行的《王维年谱》对王维诗文的误释与误考；《辋川别业遗址和王维辋川诗》，廓清了自古至今关于辋川别业是一座大型私家园林的不恰当说法。此次出版增订本，主要增收了 2006 年之后新写的两篇文章，其中《王维为蒲州猗氏人考》一篇，对王维的籍贯提出新见，发人所未发。另外对《王维年谱》一文，也作了不少修改。欲研究王维，本书是不能不读的论著。

Abstract

As one of the most accomplished poets from the heyday of the Tang dynasty, Wang Wei was once considered unrivaled. Chen Tiemin's previous book, a collection of his articles entitled *Wang Wei Xinlun* (*On Wang Wei: New Findings and Analysis*), published in 1990 (Beijing Normal Institute Press), was a comprehensive, detailed and in-depth study of Wang. Rigorously researched and cogently argued, that book, it would be fair to say, is an exemplary piece of Wang Wei scholarship that surpassed other works that came before it. It was published early, and an influential book, and a huge step forward for the study of Wang Wei. In 1991 the book won first prize in the arts and culture category of outstanding books published in 1990 given by the Beijing municipal information office; in 1992 it was awarded Excellent Scholarly Monograph Published by University Presses Prize by the State Education Commission of the People's Republic of China. In 2006, a new collection of Chen's writings entitled *Wang Wei Lungao* (*On Wang Wei: More Findings and Analysis*) was published by People's Literature Publishing House. In addition to all the articles in *Wang Wei Xinlun*, seven more articles—six of which having been written after 1991—were included in this new volume. Each of the seven articles offered new insights. For example, "Reflections on Zhang's 'A Chronology of Wang Wei's Life'" makes the case that a widely accepted "A Chronology of Wang Wei" contains a number of misinterpretations and erroneous inferences. "Wangchuan Estate as Wang's Second Home and the Poems It Inspired" argues that the long-held belief that Wangchuan Estate, Wang Wei's second home, was a very large private garden. In this revised and expanded edition, two more articles written by Chen after 2006 have been included. "An Investigation into if Wang Wei is a Native of Yishi County, Puzhou" offers original views about where Wang was born. The other one is a considerable revision of "A Chronology of Wang Wei's Life". This book is a must-read for anybody studying Wang Wei.

自　序

　　我从 1981 年起，开始进行王维诗文的校注工作，与这一工作相结合，先后撰写和发表了 5 篇有关王维生平、交游和作品的考证文章；1987 年《王维集校注》完稿后，我又有计划地接连撰写了 9 篇论文，对王维进行了较全面的研究，并将这 14 篇论文，编为《王维新论》（以下简称《新论》）一书，交由北京师范学院出版社出版。《新论》1990 年 9 月出版，只印了 2000 册，很快售完，1992 年 1 月，又加印了 3000 册。2005 年 4 月，我应邀到安徽师范大学中国诗学研究中心参加学术会议，并为文学院的研究生上课，这期间与中心主任、已故的唐诗专家余恕诚教授聊天，提及《新论》，他建议重新出版此书，并说中国诗学研究中心愿意提供出版资助，于是我就对《新论》进行增补和修订，编成《王维论稿》（以下简称《论稿》）一书，交由人民文学出版社出版（2006 年 12 月出版，印了 3000 册）。《论稿》与《新论》的不同之处在于，《论稿》删去《新论》附录中的两篇文章（孟浩然、储光羲生平事迹的考证文章各一篇），增补了关于王维的研究论文 7 篇，其中 6 篇都是 1991 年至 2005 年新写的，只有《〈唐才子传·王维传〉笺证》一篇刊于 1987 年。对于收入《论稿》的《新论》原有论文，也作了修订，特别是涉及王维生平事迹的论文，修订之处较多。

《论稿》出版至今，已经十五年了，这次出版《论稿》增订本，又作了增补和修订。其中第一组论文"王维生平事迹考证"，增补了《王维为蒲州猗氏人考》（原载《文学遗产》2018 年第 2 期）一文，这组论文里原来的《王维年谱》，也换用《王维集校注》修订本附录中的《王维年谱》（因为我进行《校注》的修订时，对《年谱》作了不少修改）。第二组"王维的生活和思想"，增补了《也谈王维与唐人的"亦官亦隐"》（原载《东南大学学报》2006 年第 2 期）一文。原《论稿》中的第四组论文"其他"删除，其中的《王维诗真伪考》《也谈红豆与〈相思〉》，移至第三组论文"王维诗歌真伪、思想与艺术"中；《辋川别业遗址与王维辋川诗》移至第二组论文中；《〈王维集校注〉重印后记》一文删除（2001 年《王维集校注》第一次重印时，我在校读中发现了一些问题，因版面不允许更动，无法直接修改，于是特意写了一篇《重印后记》附于书末，加以交代，2016 年修订《王维集校注》时，对这些问题都直接进行了处理，因此这篇《重印后记》也就不再有保留的必要了）。《论稿》原有的论文，此次增订时余复校读一过，多数保留原貌，少数地方有所修改和补充。另外，增设一组"附录"，收入陈贻焮先生为《王维新论》写的序，还有本人的《〈王维新论〉后记》及《我的王维研究》（原载《唐都学刊》1991 年第 4 期）两文。

陈铁民　2022 年 2 月于北京西三旗寓所

原　序

　　王维是盛唐时代成就最高的几个诗人之一，他的诗名"首冠一时"（唐窦臮《述书赋》窦蒙注），值得我们对他进行全面、细致、深入的研究。笔者 20 世纪 50 年代在北京大学中文系读书时，就对王维的诗歌产生了浓厚的兴趣，曾从旧书店购得一部赵殿成的《王右丞集笺注》，利用课余时间细读了两三遍，还作了一些笔记。但自己真正研究王维，是从 1981 年着手整理王维集时才开始的。我做学问，大抵是整理与研究兼为，努力把这两者结合起来，追求使整理为自己的研究服务，研究建立在整理的基础之上。结合王维集的校注工作，我先后撰写和发表了《王维年谱》《王维诗真伪考》等五篇论文，1987 年《王维集校注》完稿后，我感到自己对王维的诗文已颇熟悉，所掌握的有关资料也较丰富，如果到此止步，未免可惜。于是拟定计划，继续撰写了十篇关于王维的研究文章。随后，我将上述论文编集成《王维新论》一书，于 1990 年 9 月由北京师范学院出版社出版。

《新论》的出版，得到不少师友的支持和帮助，先有已故著名唐诗专家、北大中文系教授陈贻焮师为《新论》撰序，大加揄扬，继有已故学友、《新论》责任编辑刘彦成同志为此书的出版，付出了辛勤的劳动；此书出版后，还得到了学术界的许多鼓励，在1991年获得北京市委宣传部颁发的1990年版北京市优秀图书文艺类一等奖，1992年获得国家教育委员会颁发的高等学校出版社优秀学术专著优秀奖，这一切至今想起来，都令自己非常感激。《新论》出版至今已有15年，虽然先后印过两版共5000册，还是早已售完，曾有一些朋友因找不到此书而向我索要，结果由于自己手头也已无书，不能满足他们的要求，真感到有些遗憾，于是也就自然产生一个再版此书的愿望。然而转念一想，现在出版社出学术著作，著者都必须缴纳出版补贴，《新论》是已出版过的专著，恐怕连能够申请到出版资助的地方都找不到，所以也就将这个愿望埋入心底。今年4月，我被聘为安徽师范大学中国诗学研究中心兼职研究员，到诗学研究中心参加学术会议，并为文学院的研究生上课，这期间在与诗学研究中心主任余恕诚教授聊天时，提及《新论》，他建议重新出版此书，并说诗学研究中心愿意提供出版资助，余先生的话可谓独得我心，自己真有点喜出望外！嗣后，余先生又与人民文学出版社古典文学编辑室联系出版事宜，得到了编辑室主任周绚隆先生的支持，于是我便冒着今夏北京罕见的酷热，完成了旧稿出版前必须要做的整理工作。

现在呈献在读者面前的这本《王维论稿》，共收入有关王维的研究论文二十一篇，其中十四篇见于《新论》（《新论》附录中的两篇论文，本书未收），七篇是《新论》未收的。《新论》所收论文，都作于1989年以前；《新论》未收的论文，则除一篇作于1985年外，其余都是1991年至今陆续写出的。本书论文，依其内容分成四组：第一组"王维生平事迹考证"，收论文六篇，其中第三、四、六篇是《新论》未收的；第二组"王维的生活和思想"，收论文五篇；第三组"王维诗歌的思想与艺术"，收论文六篇，其中第六篇是《新论》未收的；第四组"其他"，收论文四篇，其中后三篇是《新论》未收的。对收入本书的论文，除校读一过外，还作了若干修订和补充，特别是涉及王维生平事迹的文章，修订和补充之处较多。

本书中的各文，大抵是按照一定的计划撰写的，所以，它们虽各自独立成篇，但彼此又有着紧密的联系。本书虽试图对诗人王维作比较全面的论述，但着重谈的是个人的一些心得和看法，对于他人已谈过而自己又无新见的问题，大都一笔带过或从略；本书还有另外一个着重点，即就若干存在争议的问题进行探索。自 20 世纪 80 年代以来，学术界对王维的研究取得了不少成绩，每年都有许多研究论文发表，自己在写作本书的过程中，从同行们的这些论文中得到了不少教益。即使有些看法我不同意，以至于著文加以驳难，它们也同样能给自己以启发。所以，我应该向这些同行们表示感谢。另外，书中的论文毕竟是旧作，肯定会存在一些缺点和局限的，希望同行们不吝赐教。

如果没有安徽师大中国诗学研究中心和余恕诚先生的热情帮助，本书是难以同读者见面的，在此谨向他们致以衷心的谢意。

2005 年 8 月于北京西三旗寓所

目　录

王维生平事迹考证

王维的生活和思想

王维诗歌真伪、思想与艺术

Contents

Authenticity of Poems Attributed to Wang Wei, and Intellectual and Artistic Evaluation of Wang's Poems

王维生平事迹考证

王维年谱

王维，字摩诘，蒲州猗氏县人。父处廉，母博陵崔氏。有弟四人，曰缙、绅、纮、纮。

唐姚合《极玄集》卷上："王维，字摩诘，河东人。"《旧唐书》本传："王维，字摩诘，太原祁人。父处廉，终汾州司马。徙家于蒲，遂为河东人。"《旧唐书·王缙传》："王缙，字夏卿，河中人也。"《新唐书·王缙传》则谓缙"本太原祁人，后客河中"。按，维字摩诘，源于深通大乘佛法的居士维摩诘之名。又，蒲即蒲州，唐时下辖河东、猗氏等八县，辖境在今山西永济、临猗、万荣、河津、闻喜、运城一带。蒲州天宝元年（742）改名河东郡，乾元三年（760）升为河中府，故或称蒲州，或称河东、河中。又《新唐书·宰相世系表》列王维于河东王氏一派，又称河东王氏为太原王氏之一分支，所以太原祁应是王维的祖籍，而蒲州则是他的里贯。另，关于维之祖籍，唐时尚有京兆、琅邪两种异说，详见拙作《唐才子传校笺·王维传》（载傅璇琮主编《唐才子传校笺》卷二）。

　　维为蒲州猗氏县（今山西临猗县）人，见于《全唐文》卷五四五王颜《追树十八代祖晋司空太原王公（卓）神道碑铭》。《碑铭》称王卓为河东太守，薨于河东，葬河东猗氏县，为河东王氏始祖；卓卒后，子孙"四县离居"，形成四房，其中"桑泉房幽州都督元珪翁，广州都督方平翁，皆盛德光时。左补阙智明伯，户部员外郎岳灵叔，猗氏房右丞维叔、左相缙叔，俱伟文耀世，或有上缙叔诗曰：'朝廷左相笔，天下右丞诗。'人谓戏言，时称定论。"或怀疑《碑铭》为后人所伪托，其说非是，说详拙作《王维为蒲州猗氏人考》，载《文学遗产》2018年第2期。

　　维父处廉，终汾州司马。据《顾氏求古录》所录《唐岱岳观双碑》，则天长安四年（704），处廉官"兖州都督府参军事"。维在诗文中从未提及其父，或他少时，父即卒。《请施庄为寺表》云："臣亡母故博陵县君崔氏，师事大照禅师三十余岁。"大照禅师即普寂，是禅宗北宗神秀的弟子，在神秀神龙二年（706）卒前，即代其统御法众，开元二十七年（739）卒于东都洛阳同德兴唐寺（参见李邕《大照禅师塔铭》、《旧唐书·方技传》、《宋高僧传》卷九）。普寂也是蒲州人，据《请施庄为寺表》的记载，崔氏大约在王维九岁（709）以前，即已师事普寂。崔氏的笃志奉佛，对王维无疑是有影响的。

　　据《新唐书·宰相世系表》载，维有弟曰缙、绅、纮、纻。缙相代宗，两《唐书》有传。绅曾官江陵少尹。纮不详历官。纻曾任祠部员外郎、司勋郎中（见《郎官石柱题名》），岑参有《和祠部王员外雪后早朝即事》诗，李嘉言《岑诗系年》（载《文学遗产增刊》第3辑）谓王员外即王纻，考岑此诗作于广德二年（764）之后、大历元年（766）以前（说见陈铁民、侯忠义《岑参集校注》，上海古籍出版社2004年版），则纻官祠部员外郎也应在此时。又纻大历十二年（777）四月以前官太常少卿，大历十二年四月与杨炎等十余人皆坐依附元载贬官（见《旧唐书·代宗纪》）。

武后长安元年辛丑（701），王维约生于是年。

《新唐书·王维传》："上元初卒，年六十一。"赵殿成《右丞年谱》考出维实卒于上元二年（761），并据"年六十一"之说，推定维当生于是年。然两《唐书·王缙传》皆谓缙卒于建中二年（781），年八十二，由此逆推，缙当比维早生一年，故不少人以为赵说不可从。按，拙作《王维生年新探》（载《文史》第30辑）说，两《唐书·王缙传》关于王缙卒年的记载不误，而关于其享年的记载未必无误。如果有新材料可以证明，两《唐书·王缙传》关于王缙生卒年的记载不误，则王维当生于圣历二年（699）。关于王维的生年，学界争论颇多，有若干不同的推测。《新探》曾说："我近年整理王维集，尝试着为王维诗编年，工作中，发现维诗作年可考者，约占其全部诗歌的五分之四以上。其中，可断为开元九年以前写的诗歌请参阅《王维集校注》（中华书局 2020 年版，下简称《校注》）。依赵说，开元三年（715）王维十五岁，开元九年（721）二十一岁，若系以上述作品，则他自十五岁至二十一岁，每年大抵皆有诗作。看来，这是比较合乎实际的，因为维二十二岁以后的创作情况，大致也是这样。依王（从仁）说（王维享年七十左右），公元 706 年王维十五岁，721 年三十岁，若系以上述作品，则维自十五岁至二十一岁（706—712），大抵每年皆有诗作，而自二十二岁至二十八岁（713—719），却根本没有作品。王维少有诗名，其今存二十岁以前作的诗中，即有一些广为后人传诵的名篇；依常理而论，自二十一岁以后至三十岁，应是王维创作力更为旺盛的时期，怎么可能反而没有多少诗作呢？"上述情况，正是笔者在王维生年问题上采用赵说的根本出发点。现在看来，除王维生于 699 年说外，其余各种说法，都会出现王维有若干年根本没有作品的情况。笔者以为，考证王维的生年，必须有全局观念，不能不顾及王维全部诗文的编年，不能只抓住一点，不计其余。此处生年，姑依赵说处理。

中宗景龙三年己酉（709），九岁。知属辞。

《新唐书》本传："九岁知属辞。"

玄宗开元三年乙卯（715），十五岁。离家赴长安。

《过秦皇墓》诗题下注曰："时年十五。"秦皇墓在骊山（今陕西西安市临潼区东南），诗即离乡赴长安途经骊山时所作。

开元四年丙辰（716），十六岁。在长安。

开元五年丁巳（717），十七岁。在长安。

《九月九日忆山东兄弟》诗题下注云："时年十七。"诗即是年作于长安，说详此诗注释。

开元六年戊午（718），十八岁。在长安，间至洛阳。

《哭祖六自虚》诗题下注曰："时年十八。"诗曰："否极当闻泰，嗟君独不然！悯凶才稚齿，羸疾至中年。"知祖自虚当卒于中年。考祖自虚为祖咏之从侄，说见此诗注释；而祖咏少即与王维相交（见《赠祖三咏》注释），两人年龄当接近，所以祖自虚的年龄也不大可能大于王维，然则诗题下"时年十八"之注语当有误。

《旧唐书·王维传》："与弟缙俱有俊才，博学多艺亦齐名……昆仲宦游两都，凡诸王驸马豪右贵势之门，无不拂席迎之。"王维《洛阳女儿行》诗题下注曰："时年十八。"诗疑作于洛阳，则本年王维或曾至洛阳。

开元七年己未（719），十九岁。在长安。七月，赴京兆府试。

《赋得清如玉壶冰》诗题下注云："京兆府试，时年十九。"唐张彦远《历代名画记》卷十："王维……年十九，进士擢第。"说法不同。按，《旧唐书》本传称维开元九年登进士第，唐薛用弱《集异记》（见《太平广记》卷一七九）也说维"年未弱冠"，受"贵主"之荐，得京兆府解送，故从《赋得清如玉壶冰》诗题下注语，定维于是年赴京兆府试。唐制，士人赴进士试，需自向府州求举，经考试合格，由府州解送尚书省，方得至长安受吏部试（后改由礼部考试）。吏部试例于正月举行，府州试则在前一年七月举行，《唐音癸签》卷十八："每秋七月，士子从府州觅解纷纷，故其时有'槐花黄，举子忙'之谚。"

又，《集异记》记述维奏《郁轮袍》夤缘干进之事，谓"时进士张九皋，声称籍甚"，公主"牒京兆试官，令以九皋为解头"；维方将应举，言其事于岐王，仍求庇借，岐王曰："贵主之强，不可力争，吾为子画焉。"遂携之谒贵主，奏《郁轮袍》，主大奇之，乃召试官至第，遣宫婢传教，"维遂作解头而一举登第矣"。按，《集异记》为小说家书，有虚构成分。关于张九皋，唐萧昕《张公神道碑》（《全唐文》卷三五五）曰："公讳九皋……弱冠，孝廉登科，始鸿渐也。……以天宝十四载（755）四月二十日疾亟，薨于西京常乐里之私第，春秋六十有六。"孝廉，唐人每以之为明经之称。据碑所载卒年及享年推算，当中宗景龙三年（709），九皋弱冠（二十岁）。这即是说，其时九皋已明经及第，不可能又于十年之后，至京兆府求举。这一点已露出了《集异记》虚构的痕迹。又，篇中于诸人皆直称名号，独于公主不明言为何人，或此事乃得自传闻，作者亦未能确知其为谁，故笼统谓之曰"贵主"。稽之史籍，中宗诸女贵盛者，是时（开元七年）有的已死（如安乐公主），有的遭贬（如长宁公主），睿宗诸女，又似无贵盛逾于岐王者；而玄宗诸女，是时又皆年幼（玄宗长女永穆公主开元十年方及下嫁之年，参见《唐会要》卷六、《通鉴》卷二一二），故其事可疑。另，宋曾慥《类说》卷八、杨伯岩《六帖补》卷二〇引《集异记》作"九公主"，《唐才子传》卷二述此事亦作"九公主"。"九公主"当指睿宗之第九女玉真公主（高宗仅三女，中宗仅八女，玄宗之第九女早夭，参见《新唐书·诸帝公主传》）。《通鉴》肃宗上元元年载："上又命玉真公主、如仙媛……常娱侍左右。"注："《考异》曰：《常侍言旨》作'九仙媛'，《唐历》作'九公主、女媛'，今从《新》《旧传》。"唐韦述《两京新记》卷三："睿宗第八女西城公主及第九女昌宗公主并出家，为立二观，改西城为金仙，昌宗为玉真。"按，《新书·公主传》列金仙为第九女，玉真为第十女，岑仲勉《唐史余渖》卷一"郧国公主初降薛儆"条谓，《公主传》之玄宗第三女荆山公主重出（第七女郧国公主初封荆山公主），本不当在数中，则玉真实为第九女也。玉真为玄宗、岐王之妹，与玄宗同母，太极元年（712）与金仙俱入道。又，《集异记》所说王维与张九皋争京兆府解头事，亦系虚构。唐时京兆府解送以前十名为等第，以第一名为解头，据《唐摭言》等书记载，京兆府解送置等第、解头之事，始于天宝时，至于争等第、争解头的风尚，则直到德宗贞元、宪宗元和年间，才真正盛行。这即是说，开元前期京兆解送尚未置等第，因此也就根本不可能存在王维与张九皋争等第、争解头之事；《集异记》的作者薛用弱生活于元和、长庆时代，那时候各地举子群奔于京兆府求解送、争解头的风气很盛，所以可以说，薛用弱实际上是假托王维、岐王、玉真公主之名虚构故事，以反映当时的社会现实，这就是小说家的手段。说详拙作《考证古代作家生平事迹易陷入的两个误区》，载《文学遗产》2017 年第 4 期。

开元八年庚申（720），二十岁。在长安。春，就试吏部，落第。是年，每从岐王范等游宴。

  维既然于上年七月赴京兆府试并得其解送，自当在本年正月就试吏部，但史载维擢进士第在下年，故知本年应试后盖落第也。

　　据《敕借岐王九成宫避暑应教》《从岐王夜宴卫家山池应教》《从岐王过杨氏别业应教》等诗，可知维居长安时，尝从岐王范游宴。《旧唐书·睿宗诸子传》云："（范）开元初，拜太子少师，带本官，历绛、郑、岐三州刺史。八年，迁太子太傅。"《通鉴》开元八年十月载："上禁约诸王，不使与群臣交结。……万年尉刘庭琦、太祝张谔数与范饮酒赋诗，贬庭琦雅州司户，谔山茌丞。"据以上记载，可推知维数从岐王游宴，约在是年或是年以前。因维下年已登第授官，自不会甘冒触犯禁令的风险，与范游宴。又，陶敏、傅璇琮《唐五代文学编年史》初盛唐卷开元七年云：九成宫在岐州麟游县西一里，岐王开元六年十二月兼岐州刺史，"故借当州闲置之九成宫避暑。李范以开元八年归朝，诗当七年夏作"；时王维"已为岐王府属，随王在岐州"。按，谓《敕借岐王》诗作于岐王兼任岐州刺史期间，甚是；谓诗作于岐州，时维已为岐王府属，则非是。《通鉴》开元二年六月载："丁巳，以宋王（即宁王）成器兼岐州刺史……令到官但领大纲，自余州务，皆委上佐主之。是后诸王为都护、都督、刺史者并准此。"同年七月载："乙卯，以岐王范兼绛州刺史……仍敕宋王以下每季二人入朝，周而复始。"知岐王虽为岐州刺史，实际上不理州务；玄宗有兄二人，弟二人，时皆为刺史，四人中"每季二人入朝，周而复始"，则岐王虽为岐州刺史，实际上每年却有半年时间居于长安，《敕借》诗当是开元七年或八年夏（岐王八年哪一月迁太子太傅，史书失载，故诗仍有可能作于八年夏），玄宗下诏借与岐王九成宫避暑，岐王即将自长安返回岐州时作的，是时王维当仍居于长安，以谋求进取。称维是时已为岐王府属，既不见于任何记载，也同唐代的制度相违。首先，王府为中央机构，当在长安，不可能迁到岐州；其次，唐制，六品以下的岐王府属官（包括岐州州府的属官）皆由吏部经铨选后任命，非由岐王自行任命，开元七、八年王维尚未登第，连参加吏部铨选的资格都没有，岂能被吏部任命为王府属官？如《通鉴》开元二年二月载："申王成义（玄宗之兄）请以其府录事（从九品上）阎楚珪为其府参军（正七品上），上许之。姚崇、卢怀慎上言：'……臣窃以量材授官，当归有司，若缘亲故之恩，得以官爵为惠，踵习近事，实紊纪纲。'事遂寝。"

《旧唐书》本传云："（维）昆仲宦游两都……宁王、薛王待之如师友。"维集中有《息夫人》一诗，据《本事诗·情感》载，系在宁王府中、应宁王之命而作者，诗题下注曰："时年二十。"则维与宁王游，也正在此年。

开元九年辛酉（721），二十一岁。春，擢进士第，解褐为太乐丞。送綦毋潜落第还乡，约在是年春。寻坐累，谪济州司仓参军，是秋离京之任。

《极玄集》卷上："王维……开元九年进士。"《旧唐书》本传："维开元九年进士擢第。"《新唐书》本传："开元初，擢进士，调大乐丞。"《唐五代文学编年史》开元九年云："按云'调'，知王维前此已为官，惟未知任何职。"按，此说误。调者选也，指吏部铨选，唐制，新及第进士，必须经过吏部的铨选才能授官。调，汉时即有"选"义，如《汉书·张安世传》："有郎功高不调自言。"颜师古注："调，选也。"唐时以"调"指铨选的用法很普遍。如颜真卿《鲜于仲通神道碑》："开元二十年，年近四十，举乡贡进士高第。二十六年，调补益州新都尉。"《唐代墓志汇编续集》天宝〇六八《唐故国子祭酒赵君（冬曦）圹》："（卢怀慎）奏以进士试，对策甲科。是岁调集有司，即授校书郎。"《唐会要》卷七五："裴行俭为吏部侍郎……是时苏味道、王剧未知名，因调选，行俭一见，深礼异之。"上述各例，"调"皆当作铨选解。《唐才子传》卷二称维"开元十九年状元及第"，误（说见后）。

《送綦毋潜落第还乡》曰："……江淮度寒食，京洛缝春衣。置酒临长道，同心与我违。"潜，虔州（治所在今江西省赣州市赣县区）人（见《元和姓纂》卷二），寻绎诗意，此篇应是二、三月间放榜之后，在长安送潜还虔州时所作。考潜开元十四年登进士第（见顾况《监察御史储公集序》），维开元十至十三年在济州，故此篇当作于开元九年以前，今姑系于此。

《新唐书》本传称维"调大乐丞"后，"坐累为济州司仓参军"。关于维遭贬的原因，《集异记》云："及为太乐丞，为伶人舞黄师子，坐出官。黄师子者，非一人不舞也。"唐太常寺有太乐署，置令一人（从七品下），丞一人（从八品下），令掌邦国祭祀享宴所用乐舞，丞为之贰。因此，若署中"伶人舞黄师子"，则首先负有责任者当为太乐令。《旧唐书·刘子玄传》云："（开元）九年，长子贶为太乐令，犯事配流。"维之被谪与太乐令刘贶的"犯事配流"，恐怕是出于同一原因。由此可证，《右丞年谱》谓维谪济州在是年，大抵近之。

至于维赴济州（治所在今山东茌平西南）任所的具体时间及经行之地，可从其诗中找到若干线索。《被出济州》云："微官易得罪，谪去济川阴。……纵有归来日，多愁年鬓侵。"诗题《河岳英灵集》作《初出济州别城中故人》，诗盖离京赴任时所作。《宿郑州》云："朝与周人辞，暮投郑人宿。……宛洛望不见，秋霖晦平陆。……明当渡京水，昨晚犹金谷。此去欲何言，穷边徇微禄。"《早入荥阳界》云："泛舟入荥泽，兹邑乃雄藩。……秋野田畴盛，朝光市井喧。……前路白云外，孤帆安可论！"据二诗，知维赴济州途中尝过洛阳、荥阳及京水（在今河南荥阳东）；又诗写秋景，知赴任时为秋日也。另维有《至滑州隔河望黎阳忆丁三寓》诗，乃此行经滑州（治所在今河南滑县东旧滑县）时所作。

开元十年壬戌（722），二十二岁。在济州。

开元十二年甲子（724），二十四岁。是年，裴耀卿为济州刺史，维仍在济州。

说见下年。

开元十三年乙丑（725），二十五岁。仍为济州司仓参军。祖咏擢第授官后东行赴任，尝过济州，维留之宿，且送之至齐州，赋诗赠别。

《裴仆射济州遗爱碑》曰："公名耀卿，字涣之。……出为此州刺史。……行之一年，郡乃大理。……居无何，诏封东岳，关东列郡，颇当驰道。……公尽事君之心，且曰从人之欲。大驾还都，分遣中丞蒋钦绪……等巡按，皆嘉公之能，奏课第一。公未受赏，朝而归藩。天灾流行，河水决溢。"碑文接着叙其亲督士民修堤防事；又谓及堤成，即迁宣州刺史。按，据孙逖《唐济州刺史裴公德政颂》（见《文苑英华》卷七七五）载，耀卿出为济州刺史，在开元十二年秋八月；又史载玄宗东封泰山在开元十三年十一月（十月车驾发东都，十一月至泰山下），"大驾还都（东都）"在同年十二月；另"河水决溢"及修堤防事，《裴公德政颂》谓在开元十四年秋，因此裴离济州任赴宣州的时间，当在十四年岁末。又，《遗爱碑》云："维也不才，尝备官属，公之行事，岂不然乎？维实知之，维能言之。"言裴任济州刺史时，已尝为其官属，可见开元十二、三年，维仍在济州为司仓参军。据此，并可证《唐才子传》关于开元十九年维擢进士的记载非是。

《赠祖三咏》云："贫病子既深，契阔余不浅。……良会讵几日，终自长相思。"咏，洛阳人，"少与王维为吟侣"（《唐才子传》卷一），"开元十三年进士"（《极玄集》卷上）；此诗作于济州（诗题下注曰："济州官舍作。"），时咏尚未登第（据"贫病"句可知）。《喜祖三至留宿》曰："门前洛阳客，下马掸征衣。……行人返深巷，积雪带余晖。早岁同袍者，高车何处归?"咏有和章《答王维留宿》曰:"四年不相见，相见复何为?握手言未毕，却令伤别离。"按，维开元九年谪济州途经洛阳时，当曾与咏会晤过，自九年至本年，恰好四年，又维诗中有"积雪"之语，所以此二诗当作于开元十三年冬。时咏已登第授官，王命在身，不可能在济州久留，故云"握手言未毕，却令伤别离"。维集中又有《送别》一诗:"送君南浦泪如丝，君向东州使我悲。为报故人憔悴尽，如今不似洛阳时。"此诗《万首唐人绝句》题作《齐州送祖三》，是(参见《校注》中《齐州送祖三》《淇上送赵仙舟》二诗之注释)。齐州(治所在今山东济南)在济州之东，地近济州，诗当是维居济州期间所作。盖咏过济州后，复东行赴任，维遂送之至齐州，作此诗赠别。诗中为咏未能在内地任职，而到边远地区为官感到哀伤。

维在济州期间，曾到过郓州(治所在今山东东平西北)，《送郓州须昌冯少府赴任序》云:"予昔仕鲁，盖尝之郓。"又曾渡河到清河(今河北清河西)，有《渡河到清河作》诗。还尝游济州境内之鱼山，作《鱼山神女祠歌二首》。

开元十四年丙寅(726)，二十六岁。是年暮春，离济州司仓参军任。

《送郑五赴任新都序》谓郑原于邠(唐州名，治所在今陕西彬州市)地为县令，后获罪"除名为人(民)"，"属圣朝龙旂銮辂，登封告成之事毕;苍玉黄琮，郊天祀地之礼备。天下无事，海内乂安。尽登仁寿之域，犹下哀怜之诏:万方有罪，与之更新;百寮失职，使复其位。降邑宰为舆尉，从缞墨而解褐。龙星始见，马首欲西。……时工部侍郎萧公……赋诗宠别，赠言诚行。……黄鹂欲语，夏木成阴，悲哉此时，相送千里"。此文述及玄宗东封泰山事，《右丞年谱》因系之于开元十三年。按，玄宗东封礼毕后颁布大赦诏令，在开元十三年十一月(见《册府元龟》卷八十五），又"龙星始见"，谓时值孟夏四月（见《校注》此文注释），所以此文当作于开元十四年四月。另，此文作于何地？考新都在今四川省成都市新都区，郑"赴任新都"，不可能经过济州（或谓此文当作于济州官舍，非是，说见本书《王维生平五事考辨》），又文中叙及朝廷官员（工部侍郎萧元嘉，参见此文注释）赋诗赠别事，所以它若不是作于长安，必定作于洛阳（史载本年玄宗居洛阳，故此文也有可能作于洛阳）。据此，可推知本年四月之前，维已离济州司仓参军任。《寒食汜上作》云："广武城边逢暮春，汶阳归客泪沾巾。落花寂寂啼山鸟，杨柳青青渡水人。"汶阳谓汶水之北，济州正在汶水之北，盖作者是时自济州西归长安或洛阳，故自称"汶阳归客"。据此，则维离济州西归的具体时间，为暮春三月。《通典》卷十五："凡居官，以年为考，六品以下，四考为满。"州司仓参军为六品以下官，以四考为满（即四年秩满）；考维于开元九年秋莅济州，至十三年秋已满四年之期，理当离任，估计是由于十三年冬玄宗欲东封泰山，济州正当乘舆所经之地，有许多事要做，所以未能按期离任。

开元十五年丁卯（727），二十七岁。官淇上疑在是年。

维尝居淇（淇水，今河南北部淇河）上，有《淇上即事田园》《淇上送赵仙舟》等诗可证。《偶然作》其三云："日夕见太行，沉吟未能去。问君何以然？世网婴我故。小妹日成长，兄弟未有娶。家贫禄既薄，储蓄非有素。几回欲奋飞，踟蹰复相顾。孙登长啸台，松竹有遗处。相去讵几许？故人在中路。……忽乎吾将行，宁俟岁云暮？"玩诗意，是时作者的居地，当距太行山与孙登长啸台（在今河南辉县市西北苏门山上）甚近，而淇上恰好是这样的去处，所以这首诗恐怕是在淇上作的。诗中谓，自己几次想归隐，但考虑到家中生活贫困，有弟妹需要照顾，又不得不继续留下来守禄薄之位。这样看来，维大抵是在淇上做过官的。关于他在淇上为官的年代，也可以从这首诗中找到一些线索。诗曰"兄弟未有娶"，语气是已到成室的年龄而尚未婚娶，考维本年二十七岁，其弟缙年龄与维接近（说见《王维生年新探》），又绅、纮、纭等，想来多数亦已及成室之年（维父早卒，维兄弟间的年龄不会相距过大），因此，断维官淇上在是年，似无大误。疑上年维离济州后，不久即至长安参加吏部铨选，本年春乃改官淇上。

开元十六年戊辰（728），二十八岁。隐淇上疑在是年。约于本年秋，还长安。是冬，孟浩然落第后离京，行前，有诗赠维，维亦有诗送之。

《淇上即事田园》云："屏居淇水上，东野旷无山。日隐桑柘外，河明闾井间。牧童望村去，猎犬随人还。静者亦何事？荆扉乘昼关。"据此诗，知维尝隐居淇上。上年引述的维官淇上时所作的一首《偶然作》中，已表露了作者急于归隐的心情（"忽乎吾将行，宁俟岁云暮"），故疑官淇上之后不久，即弃官在淇上隐居。

诗人孟浩然于开元十六年春四十岁时在长安应进士试，落第后滞留长安，于本年冬离京（参见拙作《王维孟浩然诗选》，中华书局 2005 年出版），行前，作《留别王维》诗："寂寂竟何待，朝朝空自归。欲寻芳草去，惜与故人违。当路谁相假，知音世所稀。只应守寂寞，还掩故园扉。"维亦作《送孟六归襄阳》诗赠之，诗曰："杜门不欲出，久与世情疏。以此为长策，劝君归旧庐。醉歌田舍酒，笑读古人书。好是一生事，无劳献《子虚》。"诗中劝慰浩然，还是回乡隐居好，无须辛辛苦苦地在长安献赋求官。或此时维亦在长安闲居，故有是语。《新唐书·孟浩然传》谓浩然在长安时，维尝私邀入内署，因遇玄宗，诵所作

《岁暮归南山》诗。按，此事实不足信，不能作为维是时在长安
为官之证，说见拙作《唐才子传校笺·孟浩然传》（《唐才子传
校笺》卷二）。又，孟浩然《题长安主人壁》云：久废南山田，
叨陪东阁贤。欲随平子去，犹未献《甘泉》。……授衣当九月，
无褐竟谁邻！"看来，浩然在长安应试落第后，确曾动过献赋的
念头，维诗中之言，并非无的放矢。

开元十七年己巳（729），二十九岁。在长安。始从大荐福寺道光禅师学顿教。

《大荐福寺大德道光禅师塔铭》曰："禅师讳道光，本姓李，
绵州巴西人。……遇五台宝鉴禅师……遂密授顿教。……以大唐
开元二十七年五月二十三日，入般涅槃于荐福僧坊。门人明空
等，建塔于长安城南毕原。……维十年座下，俯伏受教。……"
大荐福寺在长安开化坊（见《长安志》卷七），据此文，知维于
本年开始在长安从道光学顿教（非指慧能之顿门，说详此文
注释）。

开元十八年庚午（730），三十岁。疑仍闲居长安。

《华岳》云："上帝伫昭告，金天思奉迎。人（一作神）祇
望幸久，何独禅云亭？"赵殿成曰："刘昫《唐书》：开元十三
年，东封泰山。十八年，百僚及华州父老，累表请封西岳，不
允。右丞之作，当在是时，故有'神祇望幸久，何独禅云亭'之
句。"疑维作此诗时，正在长安。又，《故右豹韬卫长史赐丹州刺
史任君神道碑》亦作于是年（见《校注》此文注释）。文中称任
君为京兆万年县人，葬于万年县南神禾原，则此文之作，似可为
本年维在长安之证。

唐自本年始实行六品以下前资官的守选制（参见拙作《唐代
守选制的形成与发展研究》，载《文史》2011年第2辑），自本
年起至以后数年，维疑当处于守选期间。

开元十九年辛未（731），三十一岁。妻亡约在是年。

《旧唐书》本传云："妻亡，不再娶，三十年孤居一室。"（《新唐书》本传同）维卒时年六十一，则妻亡当在此年前后。

开元二十一年癸酉（733），三十三岁。是年前，房琯为卢氏令，维有诗赠之。

《赠房卢氏琯》云："将从海岳居，守静解天刑。或可累安邑，茅茨君试营。"房琯为卢氏（今河南卢氏县）令，在开元二十一年以前（说见此诗注释），诗即作于琯在卢氏任职期间。"将从"二句谓己将隐于湖山之间，"或可"二句询问房琯，可否到卢氏隐居。玩诗意，是时维或仍闲居长安。又，《送从弟蕃游淮南》约作于本年秋（说见注释），诗云："送归青门外，车马去骎骎。"知是时维正在长安。

又，据《晓行巴峡》等诗，知维尝游蜀。其时间，疑在开元二十一年以前闲居长安的数年内，说见《自大散以往深林密竹蹬道盘曲四五十里至黄牛岭见黄花川》注释。

开元二十二年甲戌（734），三十四岁。仍闲居长安。秋，赴洛阳，献诗张九龄求汲引，旋隐于嵩山。

《京兆尹张公德政碑》曰："……前年不登，人悴太甚，野无遗秉，路有委骨，天子不忍征于不粒，赋于无衣，六军从卫，以临东诸侯，息关中也。"下文即述张公于灾后抚定京兆事迹。《右丞年谱》系此篇于开元二十二年，并曰："'前年不登……路有委骨'，是二十一年事。'天子……以临东诸侯'，是二十二年事。"按，赵说是，《旧唐书·玄宗纪》载开元二十一年"关中久雨害稼，京师饥"，二十二年正月玄宗"幸东都"（即所谓"临东诸侯"）。又《旧唐书·裴耀卿传》云："（开元）二十年……冬，迁京兆尹。明年秋，霖雨害稼，京城谷贵。上将幸东都，独召耀卿问救人之术……寻拜黄门侍郎、同中书门下平章事，充转运使。"《新唐书·宰相表》谓开元二十一年十二月"京兆尹裴耀卿守黄门侍郎、同中书门下平章事"。据此，知张为京兆尹当在二十一年十二月之后。"京兆尹张公"指张去奢，参见此文注释。另，碑文云："……长老孜孜，愿刊于石，以予学于旧史，来即我谋；且维与人（即民，避唐太宗讳改，下同）编户，与人为伍，与人出入，与人言语，知风俗之淳弊，识政化之源本。属词愧文，书盖事实。"寻绎文意，可知维是时仍闲居长安，未尝出仕。

维集中有《上张令公》诗，张令公指张九龄。九龄于开元二十一年十二月起复中书侍郎、同中书门下平章事，二十二年五月二十七日加中书令（见明成化九年韶州刊本《唐丞相曲江张先生文集》附录"诰命"《加银青光禄大夫中书令制》），诗称张为"令公"，当作于九龄加中书令之后。诗曰："贾生非不遇，汲黯自堪疏。学《易》思求我，言《诗》或起予。尝从大夫后，何惜隶人余！""学《易》"二句表达了请求九龄援引之意，"尝从"二句谓己曾忝为朝官，不惜列居群辈之末（参见此诗注释）。寻绎诗意，维是时当未居官。盖维原有退隐山林之想（见前），后因张九龄执政，又产生了出仕的愿望，于是献此诗求九龄汲引。另，本年玄宗既居洛阳，丞相张九龄自然也当在洛阳，因此，献诗必定是在洛阳进行的。《送崔兴宗》云："已恨亲皆远，谁怜友复稀？君王未西顾，游宦尽东归。……方同菊花节，相待洛阳扉。""君王"句即指玄宗在洛阳，盖时崔欲自长安之洛，维因作此诗送之。诗末二句意谓，自己将在洛阳同崔共度重阳节。由此可见，维约在本年秋赴洛阳。献诗九龄，就是抵洛阳之后发生的事。

维尝隐居嵩山，据《归嵩山作》可知。《留别山中温古上人兄并示舍弟缙》云："解薜登天朝，去师偶时哲。岂惟山中人，兼负松上月。宿昔同游止，致身云霞末。开轩临颍阳，卧视飞鸟没。……舍弟官崇高，宗兄此削发。荆扉但洒扫，乘闲当过拂。"解薜，谓己脱下隐者之服，诗盖维拜官后离隐居地赴任时与同隐者道别之作。温古上人，即"嵩岳沙门温古"（参见此诗注释）；颍阳，在今河南登封市西南颍阳镇，其地距嵩山甚近，所以王维的隐居地应该就是嵩山，此诗也即作于嵩山。又"舍弟官崇高"，指王缙是时在登封为官（详见注释），考缙于开元十五年应高才沈沦、草泽自举科中第（见《登科记考》卷七），则其官登封当在开元十五年之后，维隐嵩山之时间亦然。又维开元九年登第授官前居长安（见前），故其隐于嵩山应在再次出仕（官右拾遗，说见下年）之前。《归嵩山作》曰："荒城临古渡，落日满秋山。"诗写秋景，应作于本年秋（下年秋已官右拾遗）。据此，知维于本年秋在洛阳献诗后，即隐于嵩山。维既献诗九龄求汲引，何以又要隐于嵩山？盖是时玄宗居东都，嵩山地近东都，隐此正可待机出仕耳。唐时隐居嵩山也如隐居终南一样，不失为仕宦的一种门径。如开元时卢鸿隐于嵩山，即被玄宗征为谏议大夫（见《通鉴》卷二一二）。

开元二十三年乙亥（735），三十五岁。春，仍隐于嵩山。寻拜右拾遗，遂离嵩山至东都任职。

《献始兴公》云："宁栖野树林，宁饮涧水流；不用坐粱肉，崎岖见王侯。鄙哉匹夫节，布褐将白头！……侧闻大君子，安问党与雠？所不卖公器，动为苍生谋。贱子跪自陈，可为帐下否？感激有公议，曲私非所求！"诗题下原注："时拜右拾遗。"玩诗首六句之意，亦可见维拜右拾遗前，是一栖隐山林之布衣。"侧闻"四句称赞始兴公为国为民、正直无私的精神；最后四句表示，愿为始兴公之下属，但任用自己，如出于"公议"，将使自己感动奋发，如有所偏私，则不是自己所追求的。据以上四句之意，这首诗应是维初拜右拾遗仍在嵩山，尚未到任时献给执政者的。始兴公指张九龄，考九龄于开元二十三年三月九日进封始兴县开国子（见《唐丞相曲江张先生文集》附录"诰命"《封始兴县开国子食邑四百户制》）①，所以此诗当作于本年三月九日之后②，维拜右拾遗大抵也即在此时。《新唐书·王维传》云："张九龄执政，擢右拾遗。"未明言擢右拾遗在何年。考九龄于开元二十一年十二月至开元二十四年十一月知政事，《右丞年谱》遂断维擢右拾遗在开元二十二年。然维是年所作《上张令公》诗未尝言及拜官事，故知赵说未确。

又，史载玄宗本年仍在东都，维既任谏职，理应随玄宗居东都。

开元二十四年丙子（736），三十六岁。在东都，为右拾遗。冬十月，随玄宗还长安。

史载本年十月，玄宗还长安，维既为朝臣，理当扈从还京。

开元二十五年丁丑（737），三十七岁。春，在长安为右拾遗。寻迁监察御史。夏，奉命出使河西节度。后又应辟入河西幕府，为河西节度判官。

《同卢拾遗韦给事东山别业二十韵给事首春休沐维已陪游及乎是行亦预闻命会无车马不果斯诺》曰："侍郎文昌宫，给事东掖垣。……是时阳和节，清昼犹未暄。"韦给事东山别业即韦嗣立庄，亦曰韦氏逍遥谷，在骊山。《右丞年谱》系此诗于开元二

---

① 《右丞年谱》据《旧唐书·张九龄传》之记载，谓九龄于开元二十三年"累封始兴伯"。按，九龄封始兴伯在开元二十七年，赵说误。《唐丞相曲江张先生文集》附录"诰命"《封始兴县伯制》："金紫光禄大夫、荆州大都督府长史、上柱国、始兴县开国子张九龄，右可封始兴县开国伯，食邑五百户。……开元二十七年七月二十二日。"

② 或谓王维呼九龄为始兴公，是以郡望（或籍贯）加"公"相称，同九龄的封爵没有直接联系，因此不能把王维作《献始兴公》的时间，限定在开元二十三年三月九日以后（参见杨军《王维生平的若干问题》，载《西北师院学报》1986年第1期）。按，此说似是而实非，说详拙作《王维生平五事考辨》（载《古籍整理与研究》总第3期）。

十四年，且云："诗云：'侍郎文昌宫，给事东掖垣。'故知此诗乃韦济为侍郎以后所作。"按，《旧唐书·韦济传》曰："（开元）二十四年，为尚书户部侍郎。累岁转太原尹。"又"阳和节"指春二月，开元二十四年春二月维在东都，不得为东山别业之游，故知此诗当作于开元二十五年二月，时维在长安。又诗题云"给事首春休沐维已陪游"，则本年首春（正月），维亦在长安。《暮春太师左右丞相诸公于韦氏逍遥谷宴集序》曰："时则有太子太师徐国公、左丞相稷山公、右丞相始兴公、少师宜阳公……画轮载毂，羽幢先路，以诣夫逍遥谷焉。"赵殿成云："篇中所称太子太师徐国公是萧嵩，右丞相始兴公是张九龄，少师宜阳公是韩休……左丞相稷山公当是裴耀卿。然史传但言封赵城侯，不言封稷山公，当是阙文①。……据刘昫《唐书》本纪云，开元二十四年十一月，侍中裴耀卿为尚书左丞相，中书令张九龄为尚书右丞相，尚书右丞相萧嵩为太子太师，工部尚书韩休为太子少保（按，《旧唐书·韩休传》作"太子少师"），至二十五年四月，张九龄左授荆州长史，不在朝廷矣，是诸公宴集，实在二十五年之春。"赵说是。此文作于本年三月，时维在长安。

　　本年四月张九龄贬荆州长史后，维有诗寄之（《寄荆州张丞相》）。

　　《旧唐书·王维传》："历右拾遗、监察御史。"《新唐书·王维传》："张九龄执政，擢右拾遗。历监察御史。"维自右拾遗迁监察御史，疑在本年四月。

　　《右丞年谱》曰："按《为崔常侍祭牙门姜将军文》云，'维

---

① 《曲江文集》附录"诰命"《充右丞相制》曰："金紫光禄大夫、侍中、弘文馆学士、上柱国、棱山县开国男裴耀卿……可守尚书左丞相。……开元二十四年十一月二十七日。"按，唐之爵号，常以籍贯或郡望为名，耀卿是绛州稷山人（见两《唐书·裴守真传》。守真，耀卿父），故知"棱"当为"稷"字之误。由此可证，稷山公即指裴耀卿。

大唐开元二十五年岁次丁丑十一月辛未朔四日甲戌，左散骑常侍、河西节度副大使摄御史中丞崔公，致祭于故姜公之灵'云云，则右丞为监察御史，在凉州崔公幕中，正其时也。"维至河西幕，在开元二十五年，当无疑问。崔公即崔希逸，据《唐方镇年表》卷八，希逸始为河西节度副大使知节度事，在开元二十四年。《使至塞上》曰："单车欲问边，属国过居延。征蓬出汉塞，归雁入胡天。大漠孤烟直，长河落日圆。萧关逢候骑，都护在燕然。"此诗亦载《文苑英华》卷二九六"奉使"类，首二句作"衔命辞天阙，单车欲问边"。"衔命"者，奉朝廷之命也，则他赴河西，当是奉命出使，而非应辟入幕。唐监察御史有监诸军、出使的职责，《通典》卷二四："大唐监察御史……掌内外纠察并监祭祀及监诸军、出使等。"《唐六典》卷一三："监察御史掌分察百僚，巡按州县……凡将帅战伐，大克杀获，数其俘馘，审其功赏，辨其真伪。"因此王维便以监察御史的身份出使河西。此诗系维初至河西时所作，就"归雁入胡天"的景象而言，其时令疑是初夏。《旧唐书·玄宗纪》云："（开元二十五年）三月乙卯，河西节度使崔希逸自凉州南率众入吐蕃界二千余里。己亥，希逸至青海西郎佐素文子觜，与贼相遇，大破之，斩首二千余级。"王维的奉使问边，当与此次希逸的大破吐蕃有关。所谓"问边"，可以理解成到边地慰问打了胜仗的将士，也可理解成对这次胜利进行考察，"审其功赏，辨其真伪"。希逸破敌在三月，捷书传至京师，朝廷再派出使者，最快也已到了夏天，这同"归雁入胡天"的时令特征正好相合。《使至塞上》末二句谓已在萧关遇到候骑，得知主帅破敌后尚在前线未归，由此亦可证维出使河西的时间约在四月。王维此行，当走古丝绸之路东段的北道（又称萧关道），参见《使至塞上》注释。《出塞作》云："暮云空碛时驱马，秋日平原好射雕。"诗盖本年秋在河西作。《为崔常侍谢赐物表》云："臣某言：总管关敬之至，奉九月十五日敕，吐蕃赞普公主信物金胡瓶等十一事，伏蒙恩旨，特以赐臣，捧戴惭惶，以抃以跃。臣幸居无事，待罪西门。"崔常侍即崔希逸，"待罪西门"指其任河西节度副大使知节度事；考希逸下年五月已改任河南尹，故知"九月十五日"当谓本年之九月十五日。玄宗赐物敕作于九月十五日，则此谢表当作于十月。

关于维在河西幕中所守职事，《出塞作》诗题下注云："时为御史，监察塞上作。"又《凉州赛神》《双黄鹄歌送别》诗题下皆注云："时为节度判官，在凉州作。"按，唐时节度使皆自辟佐吏，然后上闻（参见王维《送怀州杜参军赴京选集序》注释），盖维先以监察御史的身份出使河西，至幕府后，又受到希逸的聘用，任节度判官。

开元二十六年戊寅（738），三十八岁。五月，崔希逸改任河南尹，维旋亦自河西还长安。

《通鉴》开元二十六年五月："丙申，以崔希逸为河南尹。希逸自念失信于吐蕃，内怀愧恨，未几而卒。"《旧唐书·吐蕃传》："希逸以失信快快，在军不得志，俄迁为河南尹，行至京师，与赵惠琮俱见白狗为祟，相次而死。"希逸离河西后，继任者为萧炅，《通鉴》开元二十六年六月："辛丑，以岐州刺史萧炅为河西节度使总留后事。"维诗文中从未提及萧，故疑希逸离任之后，维寻亦归京。又《送岐州源长史归》诗题下注曰："源与余同在崔常侍幕中，时常侍已殁。"崔常侍即崔希逸，参照上述《通鉴》的记载，此诗当作于开元二十六年（《右丞年谱》系于开元二十五年，误）。诗曰："秋风正萧索，客散孟尝门。故驿通槐里，长亭下董原。""客散"句谓崔卒后，幕中僚属已四散。末二句写源长史归途中经行之地，槐里在今陕西兴平东南，董原估计应在咸阳或槐里附近（参见此诗注释）；源长史自凉州（治所在今甘肃武威）归岐州（治所在今陕西凤翔）不经过槐里、董原，而由长安还岐州则经过槐里、董原，所以作者的送别之地应在长安。据此诗，知维最晚在本年秋，已回到长安。

开元二十七年己卯（739），三十九岁。在长安。疑仍官监察御史。

《大荐福寺大德道光禅师塔铭》谓道光本年五月二十三日卒于京师大荐福寺，门人建塔于长安城南毕原，己因为作塔铭。据此文，知维本年在长安。

《新唐书》本传曰："张九龄执政，擢右拾遗。历监察御史。"开元二十五年，维以监察御史出使河西，自上年离河西幕府还朝以来，疑仍守监察御史之职。

开元二十八年庚辰（740），四十岁。迁殿中侍御史。是冬，知南选，自长安经襄阳、郢州、夏口至岭南。

《哭孟浩然》曰："故人不可见，汉水日东流。借问襄阳老，江山空蔡洲。"诗题下原注："时为殿中侍御史，知南选，至襄阳有作。"王士源《孟浩然集序》云："开元二十八年，王昌龄游襄阳。时浩然疾疹发背，且愈，相得欢甚，浪情宴谑，食鲜疾动，终于冶城南园。"据此，知维迁殿中侍御史及知南选（"选"指六品以下官吏的铨选），均在本年。

何谓南选？《新唐书·选举志》云："太宗时，以岁旱谷贵，东人选者集于洛州，谓之东选。高宗上元二年，以岭南五管、黔中都督府得即任土人，而官或非其才，乃遣郎官、御史为选补使，谓之南选。其后江南、淮南、福建大抵因岁水旱，皆遣选补使即选其人。而废置不常，选法又不著，故不复详焉。"《通典》卷十五云："其黔中、岭南、闽中郡县之官，不由吏部，以京官五品以上一人充使，就补御史一人监之，四岁一往，谓之南选。"《唐会要》卷七十五、《册府元龟》卷六三〇所载与二书同。由以上记载可以得知：（一）经常性的南选只在岭南、黔中二地举行。（二）其他如闽中、江南、淮南等地，不过在"因岁水旱"的特殊情况下才偶尔置选。（三）襄阳未尝置选。盖其地近洛州（河南府、东都），选人赴选颇方便也。因此，所谓"知南选，至襄阳有作"，指的并不是南选在襄阳举行（有人以为南选的选所即在襄阳），而是"知南选"途经襄阳。

那么，王维到底往何地"知南选"呢？由他此行所过之地推断，应是到岭南。《新唐书·孟浩然传》曰："王维过郢州，画浩然像于刺史亭，因曰浩然亭。"郢州（治所在今湖北钟祥）在襄阳之南，濒汉水，盖维至襄阳后，复沿汉水南行，过郢州。《送封太守》曰："扬舲发夏口，按节向吴门。帆映丹阳郭，枫攒赤岸村。百城多候吏，露冕一何尊。"此诗系在夏口（今武汉汉口）送封太守赴吴门（今苏州）上任时所作。《送康太守》曰："城下沧江水，江边黄鹤楼。……铙吹发夏口，使君居上头。"诗亦作于夏口。可见维抵郢州后，复顺汉水南行至夏口。疑维到夏口后，即溯江而上，历湖湘南行至桂州（治所在今广西桂林，唐时岭南选所设于此，说详下文）。

《唐会要》卷七十五曰："开元八年八月敕：岭南及黔中参选吏曹，各文解每限五月三十日到省，八月三十日检勘使了，选使及选人，限十月三十日到选所，正月三十日内铨注使毕。其岭南选补使，仍移桂州安置。"维既然必须在十月三十日以前赶到桂州，那么他自长安出发的时间，估计应在九月底。又考王昌龄本年自岭南北归途中，尝过襄阳，访孟浩然，时浩然食鲜疾作，遂终于家（参见王士源《孟浩然集序》、詹锳《李白诗文系年》）；而昌龄北归长安后，复于本年冬出为江宁丞（参见闻一多《岑嘉州系年考证》），因此昌龄过襄阳及浩然卒，大抵当发生在本年夏秋间。王维抵襄阳，约在本年十月初，其时浩然辞世未久，故维赋诗哭之。

开元二十九年辛巳（741），四十一岁。春，自岭南北归，尝过润州江宁县瓦官寺，谒璿禅师。隐居终南山始于是年归长安后。

上已述及，岭南选事限"正月三十日内铨注使毕"，因此维自岭南北归的时间，应在本年正月三十日以后。

维《谒璿上人》诗曰："夙承大导师，焚香此瞻仰。颓然居一室，覆载纷万象。高柳早莺啼，长廊春雨响。床下阮家屐，窗前筇竹杖。……"序曰："玄关大启，德海群泳。时雨既降，春物俱美。序于诗者，人百其言。"按，璿上人即《宋高僧传》卷十七《元崇传》中的"璿禅师"。《元崇传》曰："释元崇，俗姓王氏……世居句容（属润州）。……以开元末年，因从瓦官寺璿禅师谘受心要，日夜匪懈，无忘请益。璿公乃揣骨千里骏足可知，因授深法。……至德初，并谢绝人事，杖锡去郡，历于上京。……遂入终南，经卫藏，至白鹿，下蓝田，于辋川得右丞王公维之别业。松生石上，水流松下，王公焚香静室，与崇相遇，神交中断。"璿禅师开元末年居瓦官寺，此诗即维至寺中瞻仰禅师时所作。据载，瓦官寺在唐润州江宁县（今南京市），《隋唐嘉话》卷下曰："王右军《告誓文》，今之所传，即其稿草……其真本……开元初年，润州江宁县瓦官寺修讲堂，匠人于鸱吻内竹筒中得之。"又，前已谈到，维自岭南北归的时间在二月初，这同《谒璿上人》诗中所记节候恰好相合，所以维过润州江宁县，当在其由岭南北归之时。又《送邢桂州》曰："铙吹喧京口，风波下洞庭。赭圻将赤岸，击汰复扬舲。"京口为唐润州治所，今江苏镇江，诗即维在京口送邢赴桂州上任时所作。京口亦维北归途中经行之地。从各方面参互考订，维此行盖自桂州历湘湖抵大江，而后沿江东下，过江宁至京口，再循邗沟、汴水、黄河北归秦中。

《唐诗纪事》卷十六云："（裴）迪初与王维、（崔）兴宗俱居终南。"维《终南别业》云："中岁颇好道，晚家南山陲。"《答张五弟》曰："终南有茅屋，前对终南山。终年无客长闭关，终日无心长自闲。不妨饮酒复垂钓，君但能来相往还。"知维尝隐于终南山。或谓王维诗中之终南别业即辋川别业，主要根据是，辋川别业在蓝田县辋谷，地处"终南山之东缘北麓"，应包括在终南山的范围之内，所以辋川别业亦可径直称为终南别业（参见陈允吉《王维"终南别业"即"辋川别业"考》，载《文学遗产》1985 年第 1 期）。按，辋川确乎地近终南，就这点而言，终南别业有可能即指辋川别业。然而，王维集中述及终南别业和终南山的诗共有十首，其中不曾有一首提到辋川及辋川别业诸胜；又他描写自己在辋川的隐居生活的诗歌凡数十首，其中只有《答裴迪辋口遇雨忆终南山之作》一首提及终南山。诗曰："淼淼寒流广，苍苍秋雨晦。君问终南山，心知白云外。"很显然，由这一首诗，无法证明终南别业就是辋川别业。所以，从王维的诗文中寻找内证，尚不足以证成终南别业即辋川别业。又，王维的隐居辋川，是一种亦官亦隐（说详后），而隐居终南时的情况则非如此。《戏赠张五弟谭三首》其三云："设置守麏兔，垂钓伺游鳞，此是安口腹，非关慕隐沦。吾生好清静，蔬食去情尘。今子方豪荡，思为鼎食人。我家南山下，动息自遗身。入鸟不相乱，见兽皆相亲。云霞成伴侣，虚白侍衣巾。何事须夫子，邀予谷口真？"此诗以隐居不仕、"名振京师"的谷口郑子真自喻，言己隐于终南山之下，同云霞为伴，与鸟兽相亲，达到进退自忘；又谓张之钓弋山中，只图口腹，且"思为鼎食人"，与己异操，何须复来邀予为伴？看来，作者当时并未居官，否则，怎好自比郑子真，并对思欲出仕的张五加以嘲笑呢？由维隐居终南期间写作的其他一些诗歌，如《答张五弟》《终南别业》等，也同样可以看出他当时并不是亦官亦隐。如《答张五弟》中之

"终年"二句，如果王维当时亦官亦隐，只是在休沐期间回终南别业，则尚可称"终日无心长自闲"，而不得说"终年无客长闭关"，因为亦官亦隐的话，连主人自己都长期不在别业居住，又怎好埋怨客人终年不至呢？所以，王维的隐居终南与隐居辋川当非一事。关于这一点，拙作《王维生平五事考辨》（载《古籍整理与研究》总第 3 期）有详细考述，可参阅。

关于维隐居终南的时间，可从其诗中得到一些线索：（一）《终南别业》收入《国秀集》，题作《初至山中》。据此，可知此诗的写作时间，也即维隐居终南的时间，当在天宝三载（744）以前。（二）据"我家南山下"等语，知《戏赠张五弟𬤇三首》系维在终南隐居期间所作。此诗其二曰："张弟五车书，读书仍隐居。……闭门二室下，隐居十年余。宛是野人也，时从渔父渔。秋风日萧索，五柳高且疏。望此去人世，渡水向吾庐。岁晏同携手，只应君与予。"二室，即太室、少室，是嵩山的东西二峰。此诗回忆了作者与张同在嵩山隐居时的生活，表明维隐居终南当在其隐居嵩山之后。（三）《终南别业》云："中岁颇好道，晚（近时）家南山陲。"中岁即中年。维《故任城县尉裴府君墓志铭》谓裴"享年三十九"，"而寿不中年"，盖以四十以上为中年。中年虽不是一个表示年龄的确切概念，但一般指四十岁左右，还是可以肯定的。据此，知维隐居终南的时间，约在四十岁上下。综上所述，王维隐居终南的时间，应在开元二十九年（741）春自岭南北归之后、天宝元年（742）官左补阙之前，历时不到一年。

王维在终南的隐居地，或在太白山附近。参见《投道一师兰若宿》注释。

又，王维开元二十九年春自岭南北归后的隐居，很可能不是严格意义上的辞官归隐，而是秩满离任后等候朝廷给予新的任命期间的隐居。唐自开元十八年以后，实行六品以下文官的守选制，即规定六品以下文官秩满离任后，必须在家等候若干年，才能再次参加吏部的铨选并授官。王维开元二十九年隐居前为殿中侍御史，为六品以下常参官，本无须守选，但也难免会遇上僧多粥少、休官待命的情况。此时休官者如果回到郊外的田园、别业居住，也就可以算是隐居了。

天宝元年壬午（742），四十二岁。在长安。是年春，复出为左补阙。有送丘为落第还乡诗。

《三月三日曲江侍宴应制》曰："从今亿万岁，天宝纪春秋。"知诗为天宝元年上巳日所作，时维在长安为官。

《和仆射晋公扈从温汤》曰："天子幸新丰，旌旗渭水东。寒山天仗里，温谷幔城中。……司谏方无阙，陈诗且未工。长吟吉甫颂，朝夕仰清风。"诗题下原注："时为右补阙。"仆射晋公谓李林甫，他于开元二十五年七月赐爵晋国公（见《旧唐书·玄宗纪》《通鉴》），天宝元年八月加尚书左仆射（见《旧唐书·玄宗纪》）；又玄宗例于每年十月幸骊山温泉，此诗当即天宝元年十月所作。据诗中注语，知维是时已官补阙。另，《春日直门下省早朝》诗题下注曰："时为左补阙。"《旧唐书》本传亦曰："历右拾遗、监察御史、左补阙、库部郎中。"按，唐置左、右补阙各二人，品秩、职掌均同，左属门下省，右属中书省，考维诗曰"直门下省早朝"，则作"左补阙"为是，作"右"者盖字误也。

是年丘为落第，维作《送丘为落第归江东》诗，说见该诗注释。

天宝二年癸未（743），四十三岁。在长安。仍官左补阙。

《故任城县尉裴府君墓志铭》曰："天宝二年正月十二日，唐故鲁郡任城县尉河东裴府君，卒于西京新昌坊私第……以某月日祔葬于凤栖原（在长安南郊）先府君之茔。"知此文作于本年，是时维在长安。

维与王昌龄、王缙、裴迪集青龙寺（在长安新昌坊）昙壁上人院，共赋诗，约在是年。说见《青龙寺昙壁上人兄院集》注释。

天宝三载甲申（744），四十四岁。仍在长安为左补阙。始营蓝田辋川别业最晚当在本年。

《旧唐书》本传曰："维弟兄俱奉佛，居常蔬食，不茹荤血，晚年长斋，不衣文采。得宋之问蓝田别墅，在辋口。……与道友裴迪浮舟往来，弹琴赋诗，啸咏终日。尝聚其田园所为诗，号《辋川集》。"《新唐书》本传："别墅在辋川，地奇胜……与裴迪游其中，赋诗相酬为乐。"王维《辋川集》序曰："余别业在辋川山谷。"《请施庄为寺表》："臣亡母故博陵县君崔氏，师事大照禅师三十余岁。褐衣蔬食，持戒安禅；乐住山林，志求寂静。臣遂于蓝田县营山居一所。"所营蓝田山居，即《旧唐书》本传中所说的"蓝田别墅"，也就是王维诗中经常提到的"辋川别业"，其地在蓝田县南辋谷内（参见《辋川集》注释）。关于维始营蓝田山居之时间，《旧唐书》本传未明言；据《请施庄为寺表》所云，则当在天宝九载春崔氏逝世之前。又，储光羲《蓝上茅茨期王维补阙》云："山中人不见，云去夕阳过。浅濑寒鱼少，蘪兰秋蝶多。……酒熟思才子，溪头望玉珂。""蓝上"，蓝溪（又称蓝谷水）边。韦应物《寄子西》："蓝上舍已成，田家新雨足。"郎士元《送钱拾遗（起）归寄刘校书》："归客不可望，悠然蓝上村。"钱起有《蓝上采石芥寄前李明府》诗，蓝上皆指蓝溪上。"蓝上茅茨"即谓光羲在蓝溪的别业，"山中人""才子"，皆指维而言。盖蓝溪（在蓝田东南二十里蓝谷）与维所居之辋川山谷（在蓝田南二十里）相距不远，故储家酒熟而盼维来同饮，遂作是诗。诗中称维之官衔为"补阙"，可见维任左补阙时，已得蓝田山居。考维下年迁侍御史（说见后），本年合仍居补阙之职，故其得蓝田山居，最晚当在本年①。

维之蓝田山居，盖供母奉佛持戒之用，非为己隐居习静而营，他自得蓝田山居后至天宝十五载陷贼前，除一度因丁母忧离职外，一直在长安为官。在此期间，他每每在公余闲暇或休沐之时回山居小憩。他有时较长时间住在辋川，有时又较长时间离开辋川，《辋川别业》云："不到东山向一年，归来才及种春田。"可证。

又，殷遥最晚卒于本年，维尝与储光羲共赋诗哭之，说见《哭殷遥》注释。

天宝四载乙酉（745），四十五岁。迁侍御史。尝"受制出使"，在南阳郡临湍驿中与神会和尚晤谈，问"若为修道"事。又，出使榆林、新秦二郡疑在是年。

维官侍御史事，两《唐书》本传及《右丞年谱》均失载。王士源《孟浩然集序》曰："丞相范阳张九龄、侍御史京兆王维……率以浩然为忘形之交。……天宝四载徂夏，诏书征诣京邑，与冢臣入座讨论，山林之士麕至，始知浩然物故。……浩然凡所属缀，就辄毁弃……流落既多，篇章散逸。乡里构采，不有其半；敷求四方，往往而获。既无他事，为之传次。"据此序，知维尝官侍御史，时间约在天宝四载左右。陈贻焮先生认为，王士源《孟浩然集序》作于天宝四载后不久，序中所称"侍御

---

① 卢怀萱《王维的隐居与出仕》（载《文学遗产增刊》第13辑）说："赵殿成引《续高僧传》'元崇以开元末年……于辋川得右丞王公维之别业'。因此，王维隐居辋川庄可能是在他从凉州回来后出任南选前，即开元廿六到廿八这两年内的事。"按，赵注所引，实《宋高僧传》卷十七《元崇传》之文。据《元崇传》，元崇"于辋川得右丞王公维之别业"，乃"至德初"发生之事，然赵注节引此文时，却把"至德初"等几个重要的字给删掉了。卢文不察，于是也就把至德初发生的事误当成是开元末发生的事了。

史"，是王维在王士源作序前几年的官职（维开元二十八年为殿中侍御史），作序时维已迁官，王士源大概不知，误以为仍任侍御史（参见陈贻焮《孟浩然事迹考辨》，载《文史》第 4 辑）。按，"侍御史"并不等于"殿中侍御史"，唐御史台置侍御史（从六品下）四人，殿中侍御史（从七品下）六人，二官品秩、职掌均异，不应混同。殿中侍御史别称"侍御"，又简称"殿中"，不简称为"侍御史"。又王士源天宝四载尝入京，其所记维之官衔应当是不会有误的。陶翰《送惠上人还江东序》，亦有"待御史王公维"之语。维尝官侍御史，还可从碑刻中找到根据。考《大唐御史台精舍题名碑》在"侍御史兼殿中"项下，列王维名，可证维曾任侍御史，王序的记载不误。另外，维自从七品上的左补阙迁而为从六品下的侍御史，于唐代官员的迁除常规也颇相合。

胡适辑《神会和尚遗集·神会语录》第一残卷载："侍御史王维"于南阳郡，"在临湍驿中屈（神会）和上及同寺慧澄禅师语经数日"，问"和上若为修道得解脱净"。和上回答后，王维"乃谓寇太守、张别驾、袁司马等：'南阳郡有好大德，有佛法甚不可思议。'"神会是禅宗南宗创始人慧能的嫡传弟子。寇太守指南阳郡太守寇洋，其官南阳太守的时间为"天宝初"，见郁贤皓《唐刺史考》卷一九○。由此亦可证断王维官侍御史在天宝四载，大致不误。临湍为南阳郡（即邓州，天宝元年改为南阳郡，治所在今河南邓州市）属县，故治在今河南邓州市西北。《通典》卷二十四载，侍御史"掌纠察内外，受制出使，分制台事"，则维本年任侍御史时，尝"受制出使"，到过南阳郡临湍县，在驿中同神会和尚相晤，问如何修道方得解脱。

王维《榆林郡歌》："山头松柏林，山下泉声伤客心。千里万里春草色，黄河东流流不息。黄龙戍上游侠儿，愁逢汉使不相识。"《新秦郡松树歌》："青青山上松，数里不见今更逢。不见君，心相忆，此心向君君应识。为君颜色高且闲，亭亭迥出浮云间。"榆林郡治所在今内蒙古自治区准格尔旗东北十二连城，新秦郡治所在今陕西神木市北，两郡辖地相邻；玩《榆林郡歌》"黄龙"二句之意，此二诗应是维出使二郡时所作。《旧唐书·地理志》曰："隋置胜州，大业为榆林郡。武德中，平梁师都，复置胜州。天宝元年，复为榆林郡。乾元元年，复为胜州。"又曰："天宝元年，王忠嗣奏请割胜州连谷、银城两县置麟州，其年改为新秦郡。乾元元年，复为麟州。""榆林郡"及"新秦郡"既然都是天宝时地名，二诗亦应是天宝年间所作。另外，如前所述，侍御史掌"受制出使"，所以出使二郡，很可能即发生在维任侍御史期间。

天宝五载丙戌（746），四十六岁。转库部员外郎疑在是年。

维尝作《苑舍人能书梵字兼达梵音皆曲尽其妙戏为之赠》诗赠苑咸："名儒待诏满公车，才子为郎典石渠。"咸亦作《酬王维》诗（见《全唐诗》卷一二九）答之，其序曰："王员外兄以予尝学天竺书，有戏题见赠，然王兄当代诗匠，又精禅理，枉采知音，形于雅作，辄走笔以酬焉。"维复作《重酬苑郎中》诗答咸。按，维《苑舍人能书梵字》诗既称苑咸为"舍人"（中书舍人），又称其"为郎"，《重酬》诗亦称苑咸为"郎中"，那么苑咸到底是任中书舍人，还是任郎中？回答是：咸盖以郎中知制诰，知制诰掌草诏，行中书舍人之职，唐时亦可称中书舍人，然咸之本官则为郎中，故维又称其为苑郎中。《全唐诗》卷二五五沈东美《奉和苑舍人宿直晓玩新池寄南省友》："传闻闾阖里，寓直有神仙。史为三坟博，郎因五字迁。"苑舍人即苑咸，其原唱已佚。首二句谓苑在大明宫中宿直（中书省在大明宫内），神仙、郎皆谓苑为尚书郎，唐人习称尚书省郎官（郎中、员外郎）

为仙郎，故曰"神仙"，据此诗亦可证苑时以郎中知制诰。《全唐诗》卷二三八钱起《和范郎中宿直中书晓玩清池赠南省同僚西（一作"两"）垣遗补》："司言兼逸趣，鼓兴接知音。"此为沈东美诗的同和之作，"范郎中"当为"苑郎中"（即指苑咸）之误，南省同僚，指尚书省郎官，可见苑之本官为郎中，故称尚书郎为"同僚"；司言，即掌草诏，指咸为知制诰，故"宿直中书"，诗并兼赠西垣（西掖垣，中书省）遗补（右拾遗、右补阙）。据新出土苑咸墓志，咸曾官"考功郎中兼知制诰"，诗当即作于其时，参见《苑舍人》诗注释。

《重酬》诗题下原注："时为库部员外。"又维《奉和圣制圣札赐宰臣连珠词五首应制》题下亦注："时为库部员外。"凡此，皆可证维尝官库部员外郎，然此事两《唐书》本传及《右丞年谱》均失载。《通典》卷二十四曰："凡侍御史之例，不出累月，则迁登南省（唐尚书省在大内之南，因谓曰南省），故号为南床。"侍御史既然例当"迁登南省"，而库部员外郎又正好是南省的属官，所以官库部员外郎应在官侍御史之后。又唐侍御史从六品下，库部员外郎从六品上，依迁除常例，官库部员外郎亦应在官侍御史之后。上年官侍御史，则官库部员外郎宜在本年。

又，据上述维与苑咸相互酬答之诗，可推知维官库部员外郎时，咸正任知制诰。关于苑咸之事迹，详见《苑舍人能书梵字》诗注释。颜真卿《尚书刑部侍郎赠尚书右仆射孙逖文公集序》曰："公之除庶子也，苑咸草诏曰：'西掖掌纶，朝推无对。'议者以为知言。"《旧唐书·孙逖传》曰："天宝三载，权判刑部侍郎。五载，以风疾求散秩，改太子左庶子。"知制诰掌草诏，可见天宝五载孙逖除庶子时，咸正官知制诰。据此，亦可见断维于本年转库部员外郎，似无大误。

天宝六载丁亥（747），四十七岁。仍官库部员外郎。

苑咸《酬王维》诗序曰："王员外兄……且久未迁，因而嘲及。"诗末二句曰："应同罗汉无名欲，故作冯唐老岁年。"《唐诗纪事》卷十七："王为库部员外郎，久不迁，故咸末句及之。"维《重酬苑郎中》诗序曰："顷辄奉赠，忽枉见酬，叙末曰：'且久不迁，因而嘲及。'诗落句云：'应同罗汉无名欲，故作冯唐老岁年。'亦解嘲之类也。"盖维官库部员外郎非止一年，故苑咸嘲笑他久未迁除。

天宝七载戊子（748），四十八岁。迁库部郎中疑在是年。

《旧唐书》本传曰："历右拾遗、监察御史、左补阙、库部郎中，居母丧，柴毁骨立，殆不胜丧。服阕，拜吏部郎中。"《右丞年谱》谓维任左补阙与迁库部郎中皆在天宝元年。按，维任左补阙后，又曾官侍御史、库部员外郎，而后方迁库部郎中（库部郎中从五品上，品秩高于库部员外郎，官库部郎中应在官库部员外郎之后），因此称维迁库部郎中亦在天宝元年显然有误。据上述《旧唐书》本传的记载，可推知维迁库部郎中在其母崔氏卒前，考崔氏卒于天宝九载初（说见后），则迁库部郎中应在天宝七载或八载。

或谓维母最晚当卒于天宝七载。按，若维母果卒于是年以前，则维本年当去职守丧[①]，不应复在朝为官。然而，维集中有不少作品足以证明，本年维仍在朝为官，故此说未确。维集中有《大同殿生玉芝龙池上有庆云百官共睹圣恩便赐宴乐敢书即事》诗，《旧唐书·玄宗纪》曰："（天宝七载）三月乙酉，大同殿柱产玉芝，有神光照殿。"据此，知诗即作于本年三月。《奉和圣制天长节赐宰臣歌应制》曰："德合天兮礼神遍，灵芝生兮庆云见。"赵注引《挥麈录》曰，天宝七载八月己亥，诏改千秋节（唐玄宗

[①] 《唐会要》卷三十八："长安三年（703）正月二十六日敕：三年之丧，自非从军更籍者，不得辄奏请起复。"可见唐代文官在三年服丧期内必须去职。

八月五日生，以其日为千秋节）为天长节（《旧唐书·玄宗纪》同），又"灵芝"句即指"大同殿生玉芝，龙池上有庆云"事，所以此诗当作于本年八月。《奉和圣制登降圣观与宰臣等同望应制》曰："林疏远村出，野旷寒山静。"储光羲《述降圣观》诗题下自注："天宝七载十二月二日，玄元皇帝降于朝元阁，改为降圣阁。"（《旧唐书·玄宗纪》同）维诗写冬景，或即作于本年十二月。《贺古乐器表》曰："伏惟开元天宝圣文神武应道皇帝陛下，居皇建之极中，得混成之大道……"《旧唐书·玄宗纪》载，玄宗于天宝七载三月（《新唐书·玄宗纪》、《唐会要》卷一及《通鉴》作"五月"）加尊号曰"开元天宝圣文神武应道皇帝"，八载闰六月，又加尊号曰"开元天地大宝圣文神武应道皇帝"，据此文所称尊号，应作于天宝七载三月（或五月）以后、八载闰六月以前。由以上作品，皆可证维本年仍在朝任职。

天宝八载己丑（749），四十九岁。仍官库部郎中。闰六月，萧嵩薨，同年下葬，维为作挽歌。

维《贺玄元皇帝见真容表》云："臣某言：伏见中书门下奏，上党郡奏启圣宫圣祖大道玄元皇帝玉石真容、主上圣容，今月十五日三元齐开光明……伏惟开元天地大宝圣文神武应道皇帝陛下，大道为心，上元同体……臣等限以留司，不获随例抃舞，无任踊跃喜庆之至。"据此表所称尊号，当作于本年闰六月之后；又，旧以正月、七月、十月之望为三元日，据表中"今月十五日三元齐开光明"之语，可进一步推知此表应作于本年七月十五日或十月十五日之后。《贺神兵助取石堡城表》云："臣维等言：伏奉中书门下牒，伏见绛郡太平县百姓王英杞状称，去载七月，于万春乡界，频见圣祖空中有言曰：'我以神兵助取石堡城。'当时具经郡县陈说，并有文状申奏讫。今载正月，又于旧处再见……伏惟开元天地大宝圣文神武应道皇帝陛下，以道理国，以奇用兵……遂歼逆命之虏，果屠难拔之城。……臣等限以留司，不获随例抃舞，不胜踊跃喜庆之至。"哥舒翰拔吐蕃石堡城，事在天宝八载六月（参见《通鉴》）；必石堡城已拔，而后好事之徒方敢造作圣祖（玄元皇帝）以神兵助取的诳言，故表中之"去载"，应指天宝八载（若"去载"指天宝七载，则其时并无攻石堡城事，安得云以神兵助取），而"今载"则指九载。金丁《王维丁忧时间质疑》（载《文学遗产增刊》第 13 辑）谓此表当作于天宝九载二月前后，其说大体近之（按，有可能即作于正月）。据以上二表，可推知维九载正月或二月以前仍在朝任职（如是时维已离朝丁忧，当不可能频上贺表于朝廷）。

陶敏、傅璇琮《唐五代文学编年史》初盛唐卷天宝九载二月云："唐代于洛阳置尚书留省及御史台留台，其官员称分司官，时王维当分司东都，故表中屡自称'限于留司'。据《唐会要》卷一，玄宗天宝七载五月十三日加尊号'开元天宝圣文神武应道皇帝'，八载闰六月五日，改'天宝'为'天地大宝'。故知《贺古乐器表》作于八载闰五月（按，当作六月五日）前，时王维已在东都。……去岁王维已在库部员外郎任，本年丁母忧，故时当已在库部郎中任，且分司东都。"按，"留司"确实可作分司东都解，然也指留于本司中（见《贺古乐器表》注释，可否仅据"限以留司"一语，即断定王维本年分司东都，值得怀疑。理由是：（一）没有任何一种记载说过王维曾分司东都。（二）据《编年史》的说法，王维至少有八个多月在东都分司任职，然而从他的诗文集中，却找不出一首可以证明这一点的诗文，相反，倒能找出可用以证明八载闰六月后王维仍在长安的诗歌。维集中有《故太子太师徐公挽歌四首》，徐公谓徐国公萧嵩，《旧唐书·玄宗纪》："（天宝八载闰六月）戊辰，太子太师徐国公萧嵩薨。"《编年史》天宝八载闰六月："王维《故太子太师徐公挽歌四首》：'风日咸阳惨，笳箫渭水寒。'时王维当仍在长安。"
按，《旧唐书·玄宗纪》载，玄宗改尊号为"开元天地大宝圣文
神武应道皇帝"在八载闰六月丙寅，即萧嵩卒之前二日，前引
《编年史》之文，称玄宗尊号改"天宝"为"天地大宝"之前，
王维已在东都，这里却说玄宗尊号改过后，王维仍在长安，前后
相互矛盾。实际上《徐公挽歌》当作于天宝八载秋，时王维在长
安。盖挽歌者，挽柩者所唱哀悼死者之歌也，当作于死者下葬
时，诗中"风日"句即写送葬队伍往咸阳进发的景象。唐人重丧
礼，《新唐书·礼乐志十》："葬有期。"《通典》卷一三四《开元
礼纂类二十九》："王公以下皆三月而葬。"此说又见于《礼记·
檀弓上》，盖自古而然。嵩闰六月卒，三月下葬，则已至秋日，
"渭水寒"也说明时值秋日。《新唐书·萧嵩传》："固请老，见
许。嵩退，修葺园区，优游自怡。家饶财，而华（嵩子）为工部
侍郎，衡（嵩子）以尚主位三品，就养。年逾八十，士艳其
荣。"则嵩当卒于长安家中。诗曰："北首辞明主，东堂哭大
臣。"也说明嵩当卒于长安，维诗亦当作于长安。《编年史》天
宝八载秋："《达奚侍郎夫人寇氏挽词二首》：'卜茔占二室，行
哭度千门。秋日光能淡，寒川波自翻。'……达奚侍郎，达奚
珣。……时王维当以库部郎中分司东都，故与李颀同在洛阳。"
似乎找到了一首王维在东都分司任职时作的诗歌。按，实际上此
诗亦作于长安。珣时任吏部侍郎，参见此诗注释。作为掌管吏部
铨选的高级官吏，珣当居于长安，其妻寇氏，亦当卒于长安。诗
中"卜茔"句，谓珣为寇氏择墓地于嵩山，"行哭"句谓出殡的
队伍且走且哭，将经过成千的坊门城门远赴嵩山，所以据此二句
不能证明诗当作于洛阳。又，《唐仆尚丞郎表》谓珣为吏侍在天
宝五至七载，又据新出土达奚珣撰寇氏墓志，寇氏卒于天宝六载
二月，则此诗亦不当作于天宝八载，说详此诗注释。

天宝九载庚寅（750），五十岁。正月或三月，丁母忧，离朝屏居辋川。

《旧唐书》本传："居母丧，柴毁骨立，殆不胜丧。服阕，拜吏部郎中。"《通鉴》卷二一六："（天宝十一载三月）乙巳（即二十八日），改吏部为文部。"既然维于服除后拜吏部郎中，那么他服除的时间自然应在十一载三月底吏部改文部之前。由维服除的时间，可推知他始居丧的时间。古遭父母之丧，例需守丧"三年"，但所谓"三年"，并非指三十六个足月。《王维丁忧时间质疑》一文曾指出，据《唐会要》卷三十七、三十八的记载，唐时守丧三年，实际只有二十五个月。按，不独唐时如此，《礼记·三年问》曰："君子三年之丧，二十五月而毕。"又《丧服小记》曰："再期之丧，三年也。"知古三年之丧，实际上只有两周年。这即是说，若父或母卒于天宝元年六月，其子居丧，至天宝三载六月即当除服。以年而论，前后历三个年头，故曰"三年之丧"；以月而论，则前后仅历二十五个月，然究其实，不过两周年而已。《新唐书·礼乐志十》："王公以下三月而葬……二十五月大祥（父母丧后二周年之祭礼），二十七月禫祭（除服之祭）。"说法不同。关于这个问题，唐人曾有过不少争议。唐代实行的是二十五月除服之制，还是二十七月除服之制，似乎也发生过变化。《唐会要》卷三七："（圣历元年）四门博士王元感云：三年之丧，合三十六月。凤阁侍郎张柬之驳曰：三年之丧，二十五月，不刊之典也。……议者以柬之所驳，颇合于礼典。"《通典》卷八七："议曰……先儒所议，互有短长，遂使历代习礼之家，翻为聚讼，各执所见，四海不同。……今约经传，求其适中，可二十五月终而大祥，受以祥服，素缟麻衣。二十六月终而禫，受以禫服。"此处王维所行，疑是二十五月除服之制。维既然在十一载三月底以前服除，那么他始居丧的时间就应当在本年三月底以前；又维如行二十七月除服之制，则他始居丧的时间就只有在本年正月了。

《请施庄为寺表》曰："臣亡母故博陵县君崔氏……乐住山林，志求寂静。臣遂于蓝田县营山居一所。草堂精舍，竹林果园，并是亡亲宴坐之余，经行之所。"寻绎文意，维母崔氏卒前，当居辋川。而维守丧，疑亦在此。《酬诸公见过》曰："嗟余未丧，哀此孤生。屏居蓝田，薄地躬耕。岁晏输税，以奉粢盛。晨往东皋，草露未晞。暮看烟火，负担来归。我闻有客，足扫荆扉。……仰厕群贤，皤然一老。愧无莞簟，班荆席稿。"诗题下原注："时官出在辋川庄。"玩诗意，此诗应是维居母丧时在辋川所作。首二句即谓母、妻皆丧独己尚在，我哀伤自己这个孤独的人。而诗题下原注，则指己丁母忧离职居于辋川。又，维居母丧时年五十一二，故有"皤然一老"之语。据此诗，可推知维居丧期间住在辋川①。

天宝十载辛卯（751），五十一岁。是年守母丧，仍居辋川。十月，吴兴郡别驾前京兆尹韩朝宗葬于蓝田白鹿原，维为作墓志铭。

《大唐吴兴郡别驾前荆州大都督府长史山南东道采访使京兆尹韩公墓志铭》曰："公讳朝宗……坐长安令有罪，贬吴兴郡别驾。……天宝九载六月二十一日寝疾，薨于官舍。……夫人河东柳氏……先公而卒，至是以天宝十载十月二十四日合祔，陪于蓝田白鹿原长山公先茔，礼也。"韩朝宗乃太子宾客韩思复子，两《唐书》有传。

---

① 卢怀萱《王维的隐居与出仕》一文认为："《辋川集》里所描写的那个别墅和这首诗反映的庄园显然是不同的两个地方。那么这首诗应是他丧妻时生活的写照……丧妻正是他三十岁前后的事。"按，维三十岁前后，尚未得到辋川庄，而诗题下注语却说"时官出在辋川庄"；又三十岁左右，不得谓曰"皤然一老"，所以卢说不可信。另外，维在长达两年的居丧期中，自己参加一些力所能及的劳动是完全可能的；又唐代官吏的职分田等，需纳地租（参见《唐会要》卷九十二），所以这首诗中有"薄地躬耕""岁晏输税"等语。由这些话，不能证明这首诗反映的庄园和《辋川集》里所描写的那个别墅是不同的两个地方。

天宝十一载壬辰（752），五十二岁。三月初，服阕，拜吏部郎中。是年吏部改为文部后，仍守此职。

　　维《敕赐百官樱桃》诗题下原注："时为文部郎中。"据此，知本年三月二十八日吏部改为文部之后，维仍官文部郎中。

天宝十二载癸巳（753），五十三岁。仍官文部郎中。是夏，李峘出为睢阳太守，维作诗送之。秋，李峴出守魏郡，晁衡还日本国，维皆有诗赠行。

　　《旧唐书》本传："服阕，拜吏部郎中。天宝末，为给事中。"知维天宝末为给事中前，仍官文部郎中。

　　维《送李睢阳》诗曰："将置酒，思悲翁；使君去，出城东。麦渐渐，雉子斑；槐阴阴，到潼关。……天子当殿俨衣裳，太官尚食陈羽觞。……宗室子弟君最贤，分忧当为百辟先。"李睢阳谓信安王李祎长子峘，《旧唐书·李峘传》曰："杨国忠秉政，郎官不附己者悉出于外，峘自考功郎中出为睢阳太守。"按，天宝十一载十一月李林甫卒，杨国忠继任右相，维诗盖即十一载十一月之后所作。又岑参《送颜平原》诗序曰："十二年春，有诏补尚书十数公为郡守，上亲赋诗，觞群公，宴于蓬莱前殿……参美颜公是行，为宠别章句。"颜平原即颜真卿，宋留元刚《颜鲁公年谱》曰："（天宝十二载）六月，诏补尚书十数人为郡守，宰相杨国忠怒公不附己，谬称精择，以公出守平原郡。"考峘出守睢阳郡前官考功郎中（尚书省诸曹郎官之一），因此他应是"尚书十数公"中的一员，其出守睢阳的时间与真卿出守平原的时间应该一致。既知真卿于本年春补为平原太守，本年夏离京之任（《送颜平原》曰："夏云照银印，暑雨随行轺。"），也就可以推知峘补为睢阳太守及离京之任的时间了。又，维诗中有"麦渐渐"、"槐阴阴"等语，亦可证峘离京赴睢阳的时间为夏日。

　　是秋，峘弟峴出为魏郡太守，维作《送魏郡李太守赴任》诗赠行（说见此诗注释）。

维集中有《送秘书晁监还日本国》诗并序，"秘书晁监"谓晁衡。衡，日本人，原名阿倍仲麻吕，两《唐书》作仲满。据近人考证，衡于开元五年至唐，天宝十二载与日本国遣唐大使藤原清河等同归日本。衡等一行于本年秋末离长安，十月中抵扬州，寻访鉴真和尚，十一月中自扬州登船东归（以上情况，详见维此诗注释）。《送秘书晁监还日本国》即作于衡等离长安之时。

又，本年九月衡岳瑗公南归，维尝与崔兴宗共赋诗送之（参见《同崔兴宗送衡岳瑗公南归》诗并序）。

天宝十三载甲午（754），五十四岁。仍官文部郎中。

天宝十四载乙未（755），五十五岁。转给事中。与郭纳唱酬。

《旧唐书》本传："天宝末，为给事中。"《新唐书》本传："服除，累迁给事中。"皆未明言维何年迁给事中。《册府元龟》卷一四四："（天宝）十四载三月……又诏曰……宜令吏部侍郎蒋烈今月二十五日祭天皇地祇，给事中王维等分祭五星坛。"则维转给事中在本年。王维《酬郭给事》曰："晨摇玉珮趋金殿，夕奉天书拜琐闱。强欲从君无那老，将因卧病解朝衣。""晨摇"二句写给事中的生活。《后汉书·百官志》："黄门侍郎（又称给事黄门侍郎）……掌侍从左右给事中。"刘昭注引《汉旧仪》曰："黄门郎属黄门令，日暮入对青琐门拜，名曰夕郎。"杜甫《奉同郭给事汤东灵湫作》云："飘飘青琐郎，文采珊瑚钩。""青琐郎"即指郭给事，仇注曰："《汉旧仪》：给事黄门侍郎，每日暮，向青琐门拜，谓之夕郎。""强欲"句意谓，自己极想跟从郭给事，无奈年老，力不从心。盖是时维亦官给事中（唐门下省有给事中四人），故有此语。又，维诗中之"郭给事"与甫诗中之"郭给事"当为一人，仇兆鳌系甫此诗于天宝十四载，故知维任给事中亦应在此年。又，郭给事即郭纳，见《元和姓纂》卷十。

天宝十五载丙申（756），五十六岁。仍为给事中。上年十一月，安禄山反。是年六月，禄山兵陷潼关，寻入长安；玄宗出幸蜀，维扈从不及，为贼所得，服药取痢，伪疾将遁。贼疑之，严加看守，寻缚送洛阳，拘于菩提寺，迫以伪署。七月，肃宗即位于灵武，改元至德。八月，禄山宴其群臣于凝碧池，命梨园诸工奏乐，诸工皆泣，维于菩提寺中闻之，悲甚，潜赋凝碧诗。九月之后，被迫为禄山给事中。

元崇至辋川访维（见前），疑在本年初，是时维仍官给事中。

《旧唐书》本传："禄山陷两都，玄宗出幸，维扈从不及，为贼所得。维服药取痢，伪称瘖病。禄山素怜之，遣人迎置洛阳，拘于普施寺，迫以伪署。禄山宴其徒于凝碧宫，其乐工皆梨园弟子、教坊工人，维闻之悲恻，潜为诗曰：'万户伤心生野烟，百官何日再朝天？秋槐花落空宫里，凝碧池头奏管弦。'"《新唐书》本传："禄山素知其才，迎置洛阳，迫为给事中。"按，维《大唐故临汝郡太守赠秘书监京兆韦公神道碑铭》曰："逆贼安禄山……始反幽蓟，稍逼温洛……将逃者已落彀中，谢病者先之死地。……贼使其骑，劫之以兵，署之以职，以孥为质，遣吏挟行。公溃其腹心，候其间隙，义覆元恶，以雪大耻。呜呼！上京既骇，法驾大迁……凿齿入国，磨牙食人。君子为投槛之猿，小臣若丧家之狗。伪疾将遁，以猜见囚。勺饮不入者一旬，秽溺不离者十月；白刃临者四至，赤棒守者五人。刀环筑口，戟枝叉颈，缚送贼庭，实赖天幸，上帝不降罪疾，逆贼恫瘝在身，无暇戮人，自忧为厉。公哀予微节，私予以诚，推食饭我，致馆休我。"韦公即韦斌，此段文字叙述了韦与作者陷贼后的一些遭遇。"逆贼"以下数句写安禄山反，叛军逼近洛水，列郡或溃或降，韦斌也在此时陷贼。《通鉴》天宝十四载十二月："丁酉，禄山陷东京……封常清帅余众至陕，陕郡太守窦廷芝已奔河东，吏民皆散。……仙芝乃帅见兵西趣潼关。贼寻至，官军狼狈走……临汝、弘农、济阴、濮阳、云中郡皆降于禄山。"《旧唐书·安禄山传》："（唐军）皆弃甲西走潼关……临汝太守韦斌降于贼。""贼使其骑"五句接写斌陷贼后，禄山迫以伪署。《旧唐书·韦斌传》曰："十四载，安禄山反，陷洛阳，斌为贼所得，伪授黄门侍郎，忧愤而卒。""公溃"以下四句指斌任伪职后，离散禄山之亲信，待机欲灭元凶（指禄山），以雪己耻。"上京既骇"指天宝十五载六月安禄山军破潼关后，京师震惊："法驾大迁"谓玄宗幸蜀；"凿齿入国"指叛军人长安；"君子"句谓百官多为贼所获。接下"伪疾"二句盖维自谓，非指斌而言。因为维陷贼正在天宝十五载六月长安沦陷之后，而斌为贼所得则在十四载十二月；且"伪疾"二句，又恰与《旧唐书》本传所载"维服药取痢，伪称瘖病"及《责躬荐弟表》所言己陷贼后曾"托病被囚"事相合。"勺饮"四句写己被囚后情状。盖"服药取痢"，故"秽（粪）溺（尿）不离"。十月，极言时间之长，又"月"也可能是"日"的形误字。"刀环"三句指己蒙受箠楚之辱，被叛军缚送洛阳安禄山之朝。"实赖"以下五句言己被"缚送贼庭"后，实赖天幸，正遇上安禄山患病（参见此文注释），无暇戮人，才得免一死。微节，微末的节操，即指"伪疾将遁"而言。"私予"三句谓己备受折磨之后，得到了当时正在洛阳任伪官的韦斌的照顾和爱护。由"公哀予微节"以下四句，亦可证"伪疾将遁"以下十四句皆作者自述陷贼后之遭遇。因为如果"伪疾"以下十四句是指斌而言，则"公哀"以下四句在文义上便同上文不相衔接，且所谓"哀予微节"，也没有了着落。根据上述这段文字，可知维的"服药取痢，伪称瘖病"，盖欲寻机逃离长安，摆脱安禄山之控制；又维是在备受折磨、侮辱之后，被叛军捆缚、用武力强行押送到洛阳的，所谓"禄山素怜之，遣人迎置洛阳"，并非事实。

《通鉴》至德元载六月载，安禄山军入长安后，"禄山命搜捕百官、宦者、宫女等，每获数百人，辄以兵卫送洛阳"，维之被获与被缚送洛阳，当在是时。又维所赋凝碧诗，本集中题作"菩提寺禁裴迪来相看说逆贼等凝碧池上作音乐供奉人等举声便一时泪下私成口号诵示裴迪"；《明皇杂录·补遗》云："群贼因相与大会于凝碧池，宴伪官数十人……乐既作，梨园旧人不觉歔欷，相对泣下……王维时为贼拘于菩提寺中，闻之赋诗曰：'万户伤心生野烟……'"《通鉴》至德元载八月载："禄山宴其群臣于凝碧池（胡三省注："《唐六典》：洛阳禁苑中有芳树、金谷二亭，凝碧之池。"），盛奏众乐……"可见维在洛阳的被拘之地，应是菩提寺，《旧唐书》作"普施寺"疑误；凝碧诗作于本年八月，是时维尚被拘于寺中。维的被迫接受伪职，当是本年九月以后之事。

至德二载丁酉（757），五十七岁。九月，唐军收西京。十月，收东京。唐军入东京后，维及诸陷贼官皆遭收系，寻被勒赴西京。维在西京，与郑虔、张通等并囚于宣阳里杨国忠旧宅。十二月，陷贼官以六等定罪，维以凝碧诗尝闻于行在，又是时其弟缙官位已显，请削己职以赎兄罪，肃宗遂宥之。

《通鉴》至德二载十月："广平王俶之入东京也，百官受安禄山父子官者陈希烈等三百余人，皆素服悲泣请罪。俶以上旨释之，寻勒赴西京。已巳，崔器令诣朝堂请罪……然后收系大理、京兆狱。"唐军收复东京后，维的遭遇同其他陷贼官大抵一样。《集异记》曰："维及郑虔、张通等皆处贼庭。洎克复，俱囚于宣阳里杨国忠旧宅。崔圆因召于私第，令画数壁。当时皆以圆勋贵无二，望其救解，故运思精巧，颇绝其艺。后由此事，皆从宽典。"《新唐书·郑虔传》曰："贼平，（虔）与张通、王维并囚宣阳里。三人者，皆善画，崔圆使绘斋壁，虔等方悸死，即极思祈解于圆，卒免死。"

《通鉴》至德二载十二月："崔器、吕谭上言：'诸陷贼官，背国从伪，准律皆应处死。'上欲从之。李岘以为……此属皆陛下亲戚或勋旧子孙，今一概以叛法处死，恐乖仁恕之道。且河北未平，群臣陷贼者尚多，若宽之，足开自新之路；若尽诛，是坚其附贼之心也。……争之累日，上从岘议，以六等定罪，重者刑之于市，次赐自尽，次重杖一百，次三等流、贬。"维被免罪，应在此时。关于维被免罪之原因，《旧唐书》本传曰："贼平，陷贼官三等定罪。维以凝碧诗闻于行在，肃宗嘉之，会缙请削己刑部侍郎以赎兄罪，特宥之。责授太子中允。"《新唐书》本传、《旧唐书·王缙传》、《集异记》所述，大致相同。唯于缙是时所任官职，说法稍异。据诸书记载参互考订，缙此时实官刑部侍郎兼北都副留守。①

乾元元年戊戌（758），五十八岁。是春复官，责授太子中允，加集贤殿学士；迁太子中庶子、中书舍人。官舍人时，同贾至、岑参、杜甫等并为两省僚友，唱和甚盛。是年六月之前，严武为京兆少尹，维尝与之往来。是秋，复拜给事中。施辋川庄为寺，约在是冬。

《旧唐书》本传称维被宥后，"责授太子中允。乾元中，迁太子中庶子、中书舍人。复拜给事中。"《新唐书》本传则谓："……肃宗亦自怜之，下迁太子中允。久之，迁中庶子。"按，维《谢除太子中允表》曰："臣维稽首言：伏奉某月日制，除臣太子中允，诏出宸衷，恩过望表，捧戴惶惧，不知所裁。……伏惟

---

① 关于缙是时所任官职，《旧唐书·王缙传》说是宪部侍郎兼太原少尹，《集异记》说是北都副留守，据《通鉴》载，至德二载十二月戊午，诏改宪部复为刑部，因此缙以功"加宪部侍郎"（旧唐书·王缙传），应在十二月戊午宪部改为刑部之前；又据《通鉴》载，陷贼官被以六等定罪，是十二月戊午以后之事，所以"缙请以己官赎维之罪"时，当官刑部侍郎。另外，北都副留守与太原少尹实为一职。唐以太原为北都，北都副留守（时李光弼任北都留守）例当兼任太原少尹。《新唐书·百官志》："（开元）十一年太原府亦置尹及少尹，以尹为留守，少尹为副留守。"

光天文武大圣孝感皇帝陛下，孝德动天，圣功冠古……"据两《唐书·肃宗纪》及《通鉴》载，上皇（玄宗）本年正月戊寅御宣政殿，加上（肃宗）尊号曰"光天文武大圣孝感皇帝"，维此表既称肃宗尊号，自当作于本年正月戊寅之后，而除太子中允，亦即在此时。又《既蒙宥罪旋复拜官伏感圣恩窃书鄙意兼奉简新除使君等诸公》曰："忽蒙汉诏还冠冕，始觉殷王解网罗。……花迎喜气皆知笑，鸟识欢心亦解歌。"玩诗意，维的被宥与复官，当非同时，但两事也不是相隔许久。维被宥在上年十二月，而复官（除太子中允）则约当在本年初春（"花迎喜气"云云，正写春景）。

《谢集贤学士表》云："朝议大夫试太子中允臣维稽首言：伏奉今月十八日敕，令臣充集贤殿学士……无任感恩踊跃战越之至，谨诣延英门陈谢以闻。"知维除太子中允后，又尝加集贤殿学士，此事两《唐书》本传及《右丞年谱》并失载。

两《唐书》皆称维官太子中允后，尝拜太子中庶子，然稽之史籍，唐时实不曾置太子中庶子之职。《通典》卷三十谓，六朝以前，东宫官有中庶子，至隋，"分为左右庶子，各二人，分统门下、典书二坊事；唐亦各二人，分掌左右春坊事"。因此，有人以为两《唐书》的记载有误。按，《全唐文》卷二五二苏颋《授姚元之等兼太子庶子制》云："敕元储者，万国之贞，端士者，一时之选，自匪英杰，孰当调护？……必俟大臣，俾兼中庶，元之可兼左庶子，璟可兼右庶子，余如故。"知唐人有时以"中庶子"概指左、右庶子。两《唐书·王维传》之"中庶子"，疑亦此义。

维集中有《和贾舍人早朝大明宫之作》，贾舍人即贾至，时为中书舍人，尝赋《早朝大明宫呈两省僚友》，维此诗即其和章。又，岑参有《奉和中书贾至舍人早朝大明宫》，杜甫有《奉和贾至舍人早朝大明宫》，皆同和之作。赵殿成曰："是时贾至为中书舍人，杜甫为右（应作"左"）拾遗，皆有史传岁月可证。王维之为中书舍人、为给事，岑参之为右补阙，其岁月无考，要亦当在是时，皆两省官也。是年六月，甫贬华州司功参军，则四诗之唱和，正在乾元元年戊戌之春中也。"按，参之为右补阙，在至德二载六月至乾元二年二月（参见闻一多《岑嘉州系年考证》），并非"其岁月无考"；又贾至自天宝十五载至乾元元年春官中书舍人，乾元元年春出为汝州刺史，《早朝》诗即作于其出守之前。《旧唐书·贾至传》曰："至，天宝末为中书舍人。"《新唐书·贾至传》曰："从玄宗幸蜀，拜起居舍人，知制诰。……历中书舍人。至德中……"杜甫《送贾阁老出汝州》曰："西掖（中书省）梧桐树，空留一院阴。艰难归故里，去住损春心。……人生五马贵，莫受二毛侵。"此即送贾至出守汝州之作，时在乾元元年春（说详仇注）。另"两省"谓中书、门下省，查维本年所任官职，惟中书舍人、给事中属"两省"（中书舍人属中书省，给事中属门下省）。至原诗曰："共沐恩波凤池里，朝朝染翰侍君王。""凤池"谓中书省，"染翰侍君王"指为君王草诏，即任中书舍人之职；又诗曰"共沐"，可见当时同赋的人中，非止至一人为中书舍人。考当时同赋者除维之外，尚有岑、杜，二人是时各官补阙、拾遗，则为中书舍人者，自然非王维莫属了。维和诗曰："朝罢须裁五色诏，珮声归向凤池头。""朝罢"句亦指为君王草诏，由此益可证维是时当官中书舍人，不当为给事中。又参和诗曰："鸡鸣紫陌曙光寒，莺啭皇州春色阑。"知诗当作于本年春末，维迁中书舍人，即在是时。至于其官庶子，则应在本年春末之前。

维集中有《晚春严少尹与诸公见过》《酬严少尹徐舍人见过不遇》二诗，前诗曰："自怜黄发暮，一倍惜年华。"知诗当为晚年所作。严少尹指京兆少尹严武。《旧唐书·严武传》："既收长安（上年九月收长安），以武为京兆少尹，兼御史中丞。"《新唐书·严武传》："已收长安，拜京兆少尹，坐（房）琯事，贬巴州刺史。"《通鉴》乾元元年六月："前祭酒刘秩贬阆州刺史，京兆尹严武贬巴州刺史，皆琯党也。"则维与武往来，应在本年六月之前。

杜甫《崔氏东山草堂》曰："爱汝玉山草堂静，高秋爽气相鲜新。……何为西庄王给事，柴门空闭锁松筠？"闻一多《少陵先生年谱会笺》谓，乾元元年六月，杜甫出为华州司功参军，是年秋，尝自华州至蓝田县访崔兴宗、王维，此诗及《九日蓝田崔氏庄》乃是时所作，"王给事"即谓王维。按，闻说是。甫此诗中之"西庄"，当指辋川庄。崔氏兴宗东山草堂在玉山，《长安志》卷十六云："蓝田山在（蓝田）县东南三十里。……其山出玉，亦名玉山。"辋川庄在辋谷内，《长安志》卷十六："辋谷在（蓝田）县南二十里。"据以上记载，可推知辋川庄在崔氏东山草堂之西，故谓曰"西庄"。那么，谓"西庄王给事"即指王维，应当是可信的。据此，可知本年秋维已迁任给事中。

《请施庄为寺表》云："……又属元圣（指肃宗）中兴，群生受福，臣至庸朽，得备周行（得充朝廷之臣），无以谢生，将何答施？……伏乞施此庄为一小寺……上报圣恩，下酬慈爱，无任恳款之至。"寻绎文意，施辋川庄为寺，当在乾元元年维"既蒙宥罪旋复拜官"之后。又本年秋杜甫既至辋川庄访维，则其时此庄似尚未施为寺。疑施庄为寺，约在本年冬。另当时甫未遇维，可见此一时期维多不在辋川。

又，《旧唐书》本传曰："在京师，日饭十数名僧，以玄谈为乐。斋中无所有，唯茶铛、药臼、经案、绳床而已。退朝之后，焚香独坐，以禅诵为事。"陈贻焮《王维生平事迹初探》

（见《唐诗论丛》）称上述这段话是维复官后至卒前三四年之间
的生活写照，甚是。王缙《进王右丞集表》云："臣兄……纵居
要剧，不忘清净。……至于晚年，弥加进道，端坐虚室，念兹无
生。"维《谢除太子中允表》云："……秽污残骸，死灭余气，
伏谒明主，岂不自愧于心？仰厕群臣，亦复何施其面！踏天内
省，无地自容。……臣夙有诚愿，伏愿陛下中兴，逆贼殄灭，臣
即出家修道，极其精勤，庶裨万一。……臣得奉佛报恩，自宽不
死之痛，谨诣银台门冒死陈请以闻。"可见维被宥复官之后，内
心甚觉愧疚，于是滋生了"奉佛报恩"思想，施寺饭僧、焚香诵
经等举动，正是在此一思想的支配之下做出来的。

乾元二年己亥（759），五十九岁。仍官给事中。为沙门惠幹作进注
《仁王经》表，约在是年。

是春，钱起为蓝田县尉（说见傅璇琮《唐代诗人丛考》1980
年版第432至436页），与维有相互酬和之诗：维赋《春夜竹亭
赠钱少府归蓝田》，起作《酬王维春夜竹亭赠别》；维另赋《送
钱少府还蓝田》，起又作《晚归蓝田酬王维给事赠别》。据上述
起之和章，可推知本年春维仍官给事中。

维《左掖梨花》诗曰："闲洒阶边草，轻随箔外风。黄莺弄
不足，衔入未央宫。"皇甫冉同咏《和王给事维禁省梨花咏》诗
曰："巧解迎人笑，偏能乱蝶飞。春风时入户，几片落朝衣。"
"左掖"谓门下省（给事为左掖属官），考冉天宝十五载登第后，
即官无锡尉（参见《唐代诗人丛考》第422至426页），因此此
诗不大可能作于天宝末维任给事期间，而当作于本年春维为给事
之时。

是春，作《为相国王公紫芝木瓜赞》。相国王公即王玙。据
两《唐书》本传及《新唐书·宰相表》载，玙乾元元年五月，
拜中书侍郎、同中书门下平章事，二年三月，罢为刑部尚书。此

文云"今中书侍郎相公先生……"，又云"至乾元二年，乃画图以进"，故知当作于本年三月玙罢相之前。

维集中有《送韦大夫东京留守》诗，韦大夫即韦陟（陟至德年间官御史大夫）。《旧唐书·肃宗纪》载，乾元二年秋七月乙丑朔，以礼部尚书韦陟充东京留守，诗盖即是时所作。诗曰："给事黄门省，秋光正沉沉。壮心与身退，老病随年侵。"据此，知本年七月维犹为给事中。

《为幹和尚进注仁王经表》曰："沙门惠幹言……伏惟乾元大圣光天文武孝感皇帝陛下，高登十地，降抚九天……伏以集解《仁王般若经》十卷，谨随表奉进，无任惭惶。"据两《唐书·肃宗纪》载，肃宗于本年正月加尊号曰"乾元大圣光天文武孝感皇帝"，故为惠幹作进注《仁王经》表，应是本年正月以后之事。

上元元年庚子（760），六十岁。是夏，转尚书右丞。

《门下起赦书表》曰："伏奉制书如右。好生之德，洽于人心。奉天之时，以行春令。……伏惟乾元大圣光天文武孝感皇帝陛下……大赦戮余之罪，益宽流宥之典。……臣等忝居门下，不任凫藻抃跃之至。"寻绎文意，此篇当是维在门下省任职时为颁行赦书事代门下省官员所作的奏表。据表中所称肃宗尊号，可知它当作于乾元二年正月之后。又，《新唐书·肃宗纪》曰："上元元年三月丙子，降死罪，流以下原之。"则此表应作于本年三月，时维仍在门下省为给事中。

《旧唐书》本传曰："复拜给事中，转尚书右丞。"《新唐书》本传曰："久之，迁中庶子。三迁尚书右丞。"皆未明言何时转尚书右丞。维《请回前任一司职田粟施贫人粥状》曰："臣比见道路之上，冻馁之人，朝尚呻吟，暮填沟壑，陛下圣慈怜愍，煮公粥施之。……臣前任中书舍人、给事中，两任职田，并合交纳，近奉恩敕，不许并请，望将一司职田，回与施粥之所。……仍望令刘晏分付所由讫，具数奏闻。如圣恩允许，请降墨敕。"玩"臣前"三句之意，此状当作于维转尚书右丞之后不久。因此如能考知此状的写作时间，也就可以推知维转尚书右丞的时间。《旧唐书·刘晏传》曰："寻迁河南尹，时史朝义盗据东都，寄理长水。入为京兆尹。顷之，加户部侍郎兼御史中丞，判度支。……贬通州刺史（《通鉴》上元二年建子月：丁亥，贬晏通州刺史）。"据《通鉴》载，乾元二年九月洛阳陷落，河南尹李若幽寓治于陕，则晏为河南尹，最早当在乾元二年十月之后。《通鉴》上元元年五月："癸丑，以京兆尹南华刘晏为户部侍郎，充度支、铸钱、盐铁等使。"参照《旧唐书·刘晏传》的记载，可知晏入为京兆尹，应在本年五月癸丑之前不久；五月癸丑之后，晏任京兆尹兼户部侍郎等。又据状文"仍望令刘晏"云云，可推知维作此状时，晏正在长安任职。这也即是说，此状的写作，应在本年春夏间晏入为京兆尹之后（唐时京官职田多在京、都畿，是时东都既为史思明所据，则维之职田当在京畿，正因此，状文中遂有"仍望令刘晏……"等语）。又《新唐书·五行志》谓本年春"饥，米斗钱千五百"；《旧唐书·肃宗纪》言自本年四月雨至闰四月末不止，"米价翔贵，人相食，饿死者委骸于路"。这些记载，与状文首四句所云恰好相合。因此，此状的写作，大抵当在本年夏，维之转尚书右丞，也即在是时。

本年十一月，作《恭懿太子挽歌五首》，说见此诗注释。

上元二年辛丑（761），六十一岁。仍官尚书右丞。是年初春，河南尹严武至维宅访别，人赋十韵。是春，弟缙为蜀州刺史未还，维上《责躬荐弟表》，乞尽削己官，放归田里，使缙得还京师。五月四日，缙新除左散骑常侍，维进上谢恩状。七月，卒，葬于辋川。

维集中有《河南严尹弟见宿弊庐访别人赋十韵》诗，河南严尹盖指严武。武为河南尹事，史并失载，但据岑参《使君席夜送严河南赴长水》《稠桑驿喜逢严河南中丞便别》《虢州南池候严中丞不至》等诗，可得知武曾任河南尹兼御史中丞。维此诗曰："冠上方安豸，车边已画熊。……薄霜澄夜月，残雪带春风。""冠上"句即谓武是时兼任御史中丞（唐御史服獬豸冠，故云）。"薄霜"二句点明武至维宅访别时的节候——初春。至于武任河南尹之具体年份，据岑诗可知当在乾元二年夏至上元二年岑官虢州长史期间（参见拙著《岑参集校注·附录·岑参年谱》）。又《唐文拾遗》卷二二严武《巴州古佛龛记》云："山南西道度支判官、卫尉少卿兼侍御史内供奉严武奏，臣顷牧巴州，其州南二里有前件古佛龛一所……臣幸承恩宥，驰赴阙庭，辞日奏陈，许令置额……乾元三年四月十三日。"按，武于乾元元年六月自京兆少尹贬巴州刺史（见前），据此《记》，可知乾元三年（是年闰四月改为上元元年）四月，武已辞巴州"赴阙庭"为官，然尚未出为河南尹。另，据《通鉴》载，李若幽乾元二年九月为河南尹，后刘晏继其任，且于上元元年五月癸丑之前不久入为京兆尹（见前）；又《旧唐书·李光弼传》云："光弼自河中入朝，抗表请罪，诏释之。光弼恳让太尉，遂加开府仪同三司、侍中、河南尹、行营节度使。"《通鉴》上元二年："五月，己丑，李光弼自河中入朝。"则光弼加河南尹，当在上元二年五月之后。综上所述，武任河南尹，应在上元元年闰四月之后、上元二年五月以前。而维此诗之写作，则当在上元二年初春。是时武已官河南尹。盖因事入京，复欲回长水任所（时洛阳为史朝义所据，河南府治所暂时设在长水），行前因至维宅访别也。

维《责躬荐弟表》曰："……臣弟蜀州刺史缙，太原五年，抚养百姓，尽心为国，竭力守城，臣即陷在贼中，苟且延命，臣忠不如弟，一也。……臣之五短，弟之五长，加以有功，又能为政，顾臣谬官华省，而弟远守方州。……臣又逼近悬车，朝暮入地……弟之与臣，更相为命，两人又俱白首，一别恐隔黄泉。傥得同居，相视而没，泯灭之际，魂魄有依。伏乞尽削臣官，放归田里，赐弟散职，令在朝廷。"华省，即画省，谓尚书省，可见此表乃维官尚书右丞时所作。《新唐书》本传曰："三迁尚书右丞。缙为蜀州刺史未还，维自表己有五短，缙五长；臣在省户，缙远方。愿归所任官，放田里，使缙得还京师。议者不之罪，久乃召缙为左散骑常侍。"此传所言，系据维《荐弟表》，因此应当是可信的①。杜甫《和裴迪登新津寺寄王侍郎》曰："何恨倚山木，吟诗秋叶黄。……风物悲游子，登临忆侍郎。"诗题下原注："王时牧蜀。"《文苑英华》注："即王蜀州。"《杜诗详注》曰："梦弼曰：王侍郎，王维弟缙也。"又曰："鹤注：此必公暂如新津，与裴同至寺中，故有此作，当在上元元年。蜀州至成都才百里，故可唱和也。"据此，知缙上元元年秋正官蜀州刺史。又，皇甫澈贞元中为蜀州刺史，作《赋四相诗》并序（见《全唐诗》卷三一三），称据《蜀州刺史厅壁记》，张柬之、钟绍京、李岘、王缙四相，皆曾为蜀州刺史；王缙为蜀州刺史在李岘后。考岘刺蜀州在乾元二年五月（见《旧唐书·德宗纪》），则缙刺蜀州当在上元元年。《旧唐书·王缙传》曰："禄山之乱，选为

---

① 宋吴缜《新唐书纠缪》卷十九"王维王缙兄弟"条谓，《新唐书·王维传》所言缙尝为蜀州刺史及常侍事，"殆皆无之"。其主要理由为，《新唐书·王缙传》未尝谓缙有入蜀及为常侍事："禄山乱，擢太原少尹，佐李光弼，以功加宪部侍郎，迁兵部。史朝义平（事在广德元年正月，是时维已卒之久矣），诏宣慰河北。"按，缙为常侍事，见于《旧唐书·王缙传》及维《谢弟缙新授左散骑常侍状》；为蜀州刺史事，《旧唐书·王缙传》虽未言及，但维《责躬荐弟表》却谈到了，且又有杜甫及皇甫澈诗可为旁证（见下），所以都应当是可信的。又，史传中对于传主人的仕履，往往只是择要记录，因此显然不能说凡传文中未述及的仕履，都一概不可靠。譬如，《新唐书·王缙传》所述缙之仕履，比起《旧唐书·王缙传》所载，缺略之处就颇多；再如，两《唐书·王维传》所述维之仕履，亦皆有失载之处（详本谱）。另，把《王缙传》的记载当作标准，来否定《王维传》中有关王缙事迹的记述的可靠性，这种方法本身并不科学。因为纪传体史书安排材料，往往并不把与某人有关的所有史料，统统写入其传中，这可以说是此类史书的一个写作通例。所以，吴缜《纠缪》表面看来为说甚辩，实际上却不可从。

太原少尹……寻入拜国子祭酒，改凤翔尹、秦、陇州防御使，历工部侍郎、左散骑常侍。"缙官蜀州刺史，当在为工部侍郎之后、除左散骑常侍之前。维《谢弟缙新授左散骑常侍状》曰："右。臣之兄弟，皆迫桑榆，每至一别，恐难再见。匪躬之节，诚不顾家；临老之年，实悲远道。陛下……尚录前劳，仍收旧齿，使备顾问，载珥貂蝉，趋侍玉墀，从容琐闼。不材之木，跗萼联芳；断行之雁，飞鸣接翼。……上元二年五月四日，通议大夫守尚书右丞臣王维状进。"按，状文中"臣之兄弟"四句，意同《荐弟表》中的"弟之与臣"四句；"远道"即谓"弟远守方州"；"断行之雁"二句，喻己与弟远别之后，又复相聚。玩状文之意，缙除左散骑常侍之前，当官蜀州刺史；若缙除左散骑常侍之前官工部侍郎，则状文中的"实悲远道"、"断行之雁，飞鸣接翼"等语便没有了着落。又，杜甫所和裴迪原诗称缙为"王侍郎"，亦可证缙官蜀州刺史，当在其为工部侍郎之后。所以，缙无疑是做过蜀州刺史的，其时间约在上元元年秋至二年五月之间①。至于《荐弟表》的写作，则应在缙当了一段时间的蜀州刺史之后，即约在本年年初。

关于维之卒年，《旧唐书》本传曰："乾元二年七月卒。"《新唐书》本传则云："上元初卒，年六十一。"《右丞年谱》定维卒于本年七月，并云："集中有《谢弟缙新授左散骑常侍状》，

---

① 此事还牵涉到高适为蜀州刺史的时间问题。杜甫《奉简高三十五使君》曰："当代论才子，如公复几人？骅骝开道路，鹰隼出风尘。行色秋将晚，交情老更亲。天涯喜相见，披豁对吾真。"仇注："高由彭州刺蜀州，公时在蜀。《年谱》云：上元元年，间尝至蜀州之青城、新津，是也。"以为高适上元元年秋转蜀州刺史。按，甫此诗并未言己与适"相见"于蜀州，因此据此诗丝毫不能证明是时适已"由彭州刺蜀州"。又，是年甫居成都，自成都至彭州不到一百里（较成都、蜀州间的距离为近），甫显然随时都可以至彭州与适相晤。杜甫《因崔五侍御寄高彭州一绝》云："百年已过半，秋至转饥寒。为问彭州牧，何时救急难？"《杜诗详注》："朱注：公《追酬高蜀州人日》诗考之，上元二年，高已刺蜀，此云彭州牧，必元年作也。"则上元元年秋高犹为彭州刺史。疑上元二年五月缙除左散骑常侍后，适方继之为蜀州刺史。

其系尾年月，乃上元二年五月四日……则新史之说为优也。"按，断维卒于本年，甚是。傅璇琮曰："《佛祖历代通载》（卷一三）已明确记载：'上元辛丑，尚书左（右？）丞王维卒。'"（《唐代诗人丛考》第 113 页）又，据《旧唐书》本传之记载，定维卒于七月，亦大抵近之。《旧唐书》本传曰："临终之际，以缙在凤翔，忽索笔作别缙书，又与平生亲故作别书数幅，多敦厉朋友奉佛修心之旨，舍笔而绝。"《新唐书》本传曰："疾甚，缙在凤翔，作书与别，又遗亲故书数幅，停笔而化。"皆谓维卒时，缙不在京师，盖是时缙尚未自蜀州还抵长安也。肃宗新授缙左散骑常侍在本年五月四日，此诏令传至蜀州与缙收到诏令后办理交接事宜及由蜀州还长安，须费时数月，故七月维卒时，缙尚未能还抵长安。又所谓"缙在凤翔"，盖指缙自蜀州还长安途中，在凤翔停留，非谓是时缙为凤翔尹也。缙为凤翔尹在任工部侍郎之前（见前），其时间无疑当早于维卒之年①。

关于维死后之葬地，《新唐书》本传曰："母亡，表辋川第为寺，终葬其西。"

[此文 1982 年发表于《文史》第 16 辑，修订后收入《王维集校注》附录，此据《校注》修订本（中华书局 2019 年版）收录。]

---

① 郁贤皓《唐刺史考》卷五谓乾元二年至三年王缙为凤翔尹，可参阅。

王维为蒲州猗氏人考

当代学者多据《极玄集》与两《唐书》的记载，称王维祖籍太原，后徙家于蒲，遂为蒲州（曾改名河东郡、河中府）人。然唐时蒲州，辖有河东、临晋、猗氏、虞乡等八县，王维到底属哪县人，因证据不足，学者皆不敢下断语。谓王维为蒲州猗氏（今山西临猗县）人，见于《全唐文》卷五四五王颜《追树十八代祖晋司空太原王公神道碑铭》（下文简称《王卓碑》），但是自清代以来，即有人怀疑此碑的真实性，认为它是后人所伪托，所以要弄清王维是否为猗氏人，必须先对《王卓碑》的可信性作辨析。

《王卓碑》云："始祖无名，道之出也。……厥后子孙，因王显姓，始自四十一代祖周平王孙赤，其父泄，未立而卒，平王崩，赤当嗣，为叔父桓王林废而自立，用赤为大夫，及庄王不明，赤遂奔晋，晋用为并州牧。自赤至龟八代，代牧并州。龟生乔，至文钊十六代，通前八代，代袭封晋阳侯。文钊生叔儁，叔儁生伯明，伯明生毛，毛河东太守、征西大将军。毛生卓，卓字世盛，历魏、晋为河东太守，迁司空，封猗氏侯。……卓翁年七十九，薨于河东，时属刘聪、石勒乱太原、晋阳，不遂归葬，葬河东猗氏县焉。隋并猗氏为桑泉县，今司空冢墓在县东南解古城西二里，至今子孙族焉，自古太原乡也。……开元中，左丞相张公说越认范阳，封燕国公，大历初，左相缙叔越认琊琊，封齐国公。且河东王承太原显望久矣，一旦为缙叔齐公没之而望平沉也。如燕、齐两公，皆名世大贤，社稷重器，尚尔为也，况中智以下薄俗者乎！……凡称太原王者，无非周平王之孙赤之后，前已详之明矣。桑泉房隋奉朝请善翁，善之子聃子翁，官至开府仪同三司、车骑将军、河北道大总管，见《隋书》，墓今有碑。僧县延有奇表，身长八尺，见《高僧传》，蒲州桑泉人也。……桑泉房幽州都督元珪翁，广州都督方平翁，皆盛德光时。左补阙智明伯，户部员外郎岳灵叔，猗氏房右丞维叔、左相缙叔，俱伟文耀世，或有上缙叔诗曰：'朝廷左相笔，天下右丞诗。'人谓戏言，时称定论。虞乡房安西、北庭二节度正见叔，武德冠时。……屠孙颜，由进士官历台省，除洛阳令，移典杭州，入大理少卿，拜御史中丞，出虢州刺史。……卓翁冢墓，古有碑庙，直下宗子，四县离居……颜实永痛，力建丰碑。……唐贞元十七年岁在辛巳十月庚寅朔二十己酉建。"此碑又载于王昶《金石萃编》卷一〇四及多种山西地方志。上引碑文据《全唐文》，末句《全唐文》无，据《萃编》补。据山西省临猗县宁新杰先生提供的资料，此碑今尚立于临猗县庙上乡城西村西南一里处，碑高3.4米，宽1.05米，厚0.36米，碑阳刻《王卓碑》，碑阴刻《慈州文城县令王景祚并仲子郴州郴县丞墓碣序》（下文简称《墓碣》），碑西侧刻《太原乡牒》，字迹已多有漫漶之处。

下面介绍对《王卓碑》的否定意见。《全唐文》编者于碑末注云："谨案《蒲州府志》以此碑非唐人所作，云：文中谓周平王孙赤，其父泄未立而卒，平王崩，赤当嗣，为叔父桓王林废之而自立，及庄王不明，赤遂奔晋，求之传记，事皆无有。……又谓自赤至龟八代，代牧并州，自龟至文钊十六代，通前八代，代袭封晋阳侯，语尤无稽。且《太原乡牒》，其《状》乃颜所上，《状》称冀州刺史，碑乃云河东太守；《状》称卓在晋为司空、河东太守，碑乃云历魏、晋为河东太守，迁司空；安有一人自述其先世，而抵牾不合若此。又谓开元中左相张说越认范阳，封燕国公，大历初左相缙叔越认琊琊，封齐国公，夫说与缙自以功名官位得封，初未闻越认之事，且公侯之爵，亦非因越认门望可邀得者云云。其辨甚详，今登载原文，仍录辨语存证。"按，上述文字为乾隆《蒲州府志》卷二四编者按语的节录，可作为对《王卓碑》之否定意见的主要代表。又，《萃编》编者也对《王卓碑》的可信性提出若干怀疑。

1938 年岑仲勉先生撰《贞石证史》（下文简称《证史》，见于《金石论丛》一书），中列《王颜所说太原王氏》一节，对《王卓碑》的可信性作辨析，得出了"余敢断此为唐文"的结论。下面，先择要介绍《证史》的看法，并加一些笔者的补充说明。

《证史》首先指出，《王卓碑》所列王氏诸人，自周平王孙赤至王卓，确乎于史皆无传可考，"但拙以为姓源之可信不可信，系一问题，碑之真伪，又别一问题，两者并无密切之联系"。原因在于年代久远，中原板荡，唐以前人之先代多不可考，"汉高且忘其先，他何逃此"；先代既无可追溯，而人又"不欲无所承"，于是遂有"好事辈从而渲染傅会之"，这已成为"中世后家谱恒见之事"，其无稽岂止王颜所述之先代！这即是说，既不可认为中世后家谱必可征信，又不能因为它无可征信而视为伪作。如唐独孤及在《河南独孤公灵表》（《全唐文》卷三九三）中叙其先世，多"于史靡闻"，我们岂能因此遂断此表非独孤及所作？

对于《萃编》按语所说《新唐书·宰相世系表二中》所载太原王氏先世，与王颜所述王氏先世无一相合事，《证史》云：《新表》所载太原王氏，以周灵王太子晋为始祖，而"（王）颜不祖（太子）晋，则先世不同"，世系自异；又，白居易《王恕墓志》（《全唐文》

卷六七九）、戴少平《王荣神道碑》（《全唐文》卷七二〇）所述太原王氏先世，俱与《新表》异，且白、戴之间，亦有不同，"夫居易、少平制碑，当本家谍，《新唐书》表史料，应采姓书，姓书亦不外转录家谍；申言之，即祖晋之太原家谍，已自乖违，况乎不祖晋者"。按，这些情况说明，唐人关于太原王氏先世的记述，歧说纷纭，孰是孰非，已难以考核证实，因此对这类记述，我们既不可以为它信而有征，也不可因其不甚可信，而遽断为伪托。

上面提到的《太原乡牒》，见于《全唐文》卷九八六，下署大历十四年四月。牒文说，得王颜等状，谓其远祖王卓冢墓所在，子孙聚居，名曰太原乡，永泰元年因百姓逃亡，县司遂将其并入解城乡，现请求恢复太原乡名云云；确实如《蒲州府志》所言，王颜状中所称王乇、王卓官号，与《王卓碑》有小异，对此《证史》解释说："近世人修明谱牒，犹常有将其祖宗世次、名字、仕历更正之举，碑立后于上《状》廿许年，其有小异，正可以此解释之。……未得为碑非唐立之信证也。"

关于张说、王缙越认郡望事，《证史》云："余按唐已前最重郡望……越者逾也，申言之，冒也，本自为族而谓他人祖，故曰越认也。……《蒲志》猥谓说、缙自以功名得封，非越认可邀云云，是直隔靴搔痒之论；颜之意，非谓不越认不可得封，特谓二人封号背乎郡望，说不当封燕，缙不当封齐耳。……即此一端，可决其碑非唐以后人所能伪。"按，唐时之封爵，常以受封者之郡望或籍贯为号，张说自称郡望范阳，故封燕国公（事在开元元年八月），然当时的谱学名家孔至、韦述，已否认其旧望为范阳，可见王颜称张说冒认郡望，并非无据，说见《唐才子传校笺》卷一《张说》。王缙郡望太原，广德二年八月曾进封太原郡公（《旧唐书·代宗纪》），其封齐国公事，两《唐书》本传均未载，《全唐文》卷四九唐代宗《册普宁公主文》云："维大历七年岁次壬子……今遣使金紫光禄大夫、门下侍郎、同中书门下平章事……齐国公王缙持节礼册。"说明王缙最晚在大历七年已进封齐国公,《王卓碑》谓"大历初",大抵近之,王缙郡望太原,于惯例当封晋国公,却封齐国公,说明他冒认琅邪王氏。

关于《王卓碑》的作者王颜,《唐会要》卷二四云:"(贞元)十二年四月,御史中丞王颜奏……"又卷九三云:"(贞元)十二年,御史中丞王颜奏……"《宋高僧传》卷九《唐杭州径山法钦传》:"(贞元)六年,州牧王颜请出州治龙兴寺净院安置……八年壬申十二月示疾,说法而长逝……刺史王颜撰碑述德。"知贞元六至八年王颜为杭州刺史。《金石补正》卷六七:"《轩辕铸鼎原铭》,虢州刺史王颜撰,华州刺史袁滋书,贞元十七年二月十日立。"王颜贞元十三至十七年为虢州刺史,参见《唐刺史考》卷五八。又,李商隐有《题道静院院在中条山故王颜中丞所置虢州刺史舍官居此今写真存焉》诗,见《全唐诗》卷五四一。以上记载皆与《王卓碑》中王颜自述的仕历相合,可见其事迹于史有征,颜确为大历、贞元时人。

关于王维为蒲州猗氏人,《证史》中没有论述,下面拟着重探讨一下这个问题。《王卓碑》谓河东(蒲州)王氏为太原王氏的一个分支,此说与《新唐书·宰相世系表二中》同;又说河东王氏的始祖王卓卒后,子孙"四县离居",形成四房:桑泉房、猗氏房、虞乡房,这三县都属蒲州,桑泉(今山西临猗县西南临晋镇)"天宝十二年改为临晋"(《元和郡县图志》卷一二),虞乡在今山西永济市东虞乡镇;碑中称有四县四房,实际上只提到三县三房,尚缺一县一房,估计此县也应属蒲州,或许因为此房没有出过著名人物,所以碑中缺而不叙。

前面谈到,《王卓碑》所列王氏远祖诸人,无可征信,但叙及隋以后近世河东王氏族人,却历历可考。先谈桑泉房,所称隋王聃子(又作王聃),《隋书·杨素传》曰:"汉王(杨)谅反,遣茹茹天保来据蒲州,烧断河桥。又遣王聃子率数万人并力据守。"又《文四子传》云:"庶人(杨)谅……以王聃为蒲州刺史。"聃子之父王善,因只任过奉朝请的闲散官职，所以《隋书》中没有提到他。关于昙延，《证史》云："《高僧传》即道宣《续高僧传》，《昙延传》见卷八，云：'俗缘王氏，蒲州桑泉人也……延形长九尺五寸。'大致与碑合。"所称"幽州都督元珪翁，广州都督方平翁"，元珪、方平之官职应互乙，《太原乡牒》正作"广州都督元珪翁，幽州都督寿阳公方平"。《唐代墓志汇编》开元四八五《大唐故蔚州刺史兼横野军使上柱国王府君墓志并序》："公讳元琰，字元琰，太原人也。……考方平，幽州刺史。"《唐代墓志汇编续集》开元一二七《大唐故王君墓志铭》："君讳祖，字知远，太原人也。……开元廿一年十月廿八日，终于故扶风里第，春秋七十有九……嗣子元珪，痛深罔极。"又王智明，《文苑英华》卷五〇八收《对乐官乐司请考判》二道，作者为王智明、姜立信；卷五二四收《对不受征判》五道，作者为王智明、贺兰贲、卢禧、卢象、李乔年，说明王智明与卢象同时，均为开元、天宝时人。关于王岳灵，《旧唐书·礼仪志四》："（天宝）九载十月……乃遣王铁、张均、王倕、韦济、王翼、王岳灵于洞中得玉石函《上清护国经》、宝券、纪篆等，献之。"《唐诗纪事》卷一五："岳灵，登开元进士第。天宝十年，为监察御史。"曾官户部员外郎，见岑仲勉《郎官石柱题名新著录》（《金石论丛》）。王岳灵今存诗一首、文两篇，分见于《全唐诗》卷一四五、《全唐文》卷三五二。猗氏房王维、王缙，两《唐书》皆有传。关于虞乡房王正见，《新唐书·西域传》："西有碎叶城，天宝七载，北庭节度使王正见伐安西，毁之。"《旧唐书·封常清传》："（天宝）十载……王正见为安西节度。"以上王颜所列近世河东王氏族人，皆于史有征，可见《王卓碑》不可能是伪作，碑中所称王维为猗氏人，应当是可信的。

上文提到的《墓碣》，又载于1923年版《临晋县志》卷一三，此碣亦王颜所撰，末署大历十三年八月。《墓碣》称王景祚属桑泉房，为王颜祖父；称"仲子郴州郴县丞"为王颜之父，名简真。《墓碣》

中梳理出两条世系：一是自河东王氏始祖王卓下推五世至王市，为尚书郎；二是自王景祚上推四代至定州刺史（名未详），又下推三代至王颜、王晏兄弟。遗憾的是，这两条世系之间连接不上，中间尚缺数世名字。《墓碣》有这样几句话值得注意："天宝末，河内首陷寇逆，并家谱失矣。"河内，郡名，即怀州，治所在今河南沁阳市，据《墓碣》，当时王颜家寄居于此，王景祚即卒于此。家谱在安禄山叛乱中丢失，应是这两条世系连接不上的一个原因。由于王颜本人属河东王氏桑泉房，对这一房比较熟悉，所以《王卓碑》中所列桑泉房的名人较多，而对猗氏房、虞乡房，则所列甚少。《新唐书·宰相世系表二中》所列河东王氏世系，只自王维、王缙兄弟这一代上推四代，至其曾祖父王儒贤而止，至于河东王氏何时从太原王氏分出，《新唐书》的编者大概也弄不清楚，所以缺而不叙。应该说，《新表》所列，实际上只不过是一份残缺的河东王氏猗氏房世系，至于桑泉房、虞乡房，因未出宰相，故《新表》未列。唐朱景玄《唐朝名画录》云："王维字摩诘……兄弟并以科第文学，冠绝当时，故时称'朝廷左相笔，天下右丞诗'也。"朱景玄生活的时代晚于王颜，"朝廷"二句显然袭用《王卓碑》中的话，由此也可证明《碑》不可能是伪作。又，《碑》中对王氏族人的称谓，或翁或伯或叔，大抵祖父一辈以上者称翁，父亲一辈者称伯称叔，据《墓碣》，王颜父亲简真卒于开元二十四年（736）十二月，"享龄四十□"，如以王简真卒时可能的最小年龄（四十一岁）推算，他当生于696年，这比王维、王缙都要大几岁，所以《碑》中称王维、王缙为叔，称谓的使用如此严谨，绝对不容易编造。又，王颜为王维的侄辈，距王维的时代很近，他的话应该可信，所以根据《王卓碑》，断王维为蒲州猗氏人，应该是可以成立的。

（原载《文学遗产》2018年第2期）

王维生平五事考辨

1981年，我作《王维年谱》（以下简称"拙谱"），发表于《文史》第16辑。嗣后，陆续读到了几篇同行们写作的有关王维生平的研究文章。这些文章对有些问题的考述，不大同于拙作，读后颇受启发，引起了对一些问题作进一步探索的兴趣。下面，拟就考虑过的几个问题略陈管见，不当之处，欢迎读者批评指正。

一　何时离济州司仓参军任

关于王维离济州司仓参军任的时间，"拙谱"定在开元十四年夏之前，主要根据是王维作的《送郑五赴任新都序》一文。我以为此文谈及郑五原为县令，因获罪被"除名为民"，开元十三年十一月玄宗东封泰山后颁布大赦诏令，郑遂又被任命为新都县尉，另此文纪夏景，故当作于开元十四年夏。又认为"新都即今四川新都县，郑'赴任新都'，不可能经过济州，又文中叙及朝廷官员赋诗赠别事，所以它若不是作于长安，则当作于洛阳（史载开元十四年玄宗居洛阳）"。据此，"拙谱"断定开元十四年夏之前，维已离济州司仓参军任。对这一点，杨军同志撰写的《王维生平的若干问题》（原载《苏州铁道师院学报》试刊号，又载《西北师院学报》1986年第1期，以下简称"杨文"）一文，提出了商榷意见。关于"拙谱"所言王维的《序》应作于开元十四年夏，"杨文"没有异议，但认为这篇《序》的写作地点不当在长安或洛阳，而"只能"在济州官舍，且认为作此《序》时，王维尚在济州任职。

对这问题的不同看法，产生于对《序》中的一些话彼此有不同的理解，因此，为了把问题讨论清楚，有必要先把《序》中的有关文字引录于下："龙星始见，马首欲西。搢绅先生，居多结友，诸曹列署，且有同时。时工部侍郎萧公，词翰之宗，德义之府。弱年筮仕，一命联官于奉常；几日左迁，六人同罪于外郡。籯金盛业，克传丞相文儒；万石高风，弥重故人宾客。赋诗宠别，赠言诚行。"

对以上这段话，"杨文"作了这样的解释："'搢绅先生'四句大意说：朝廷大小官员之间有朋友、同年等各种关系。萧公曾为工部侍郎，在朝廷的联系自然很广。虽然他与郑五没有直接的交谊，但因其曾在故友手下供职过（由下文"弥重故人宾客"可知），于是'赋诗宠别，赠言诚行'。'词翰之宗，以下十句，都是讲这位萧公的：有文才，有时望。很年轻就当上朝官。不久坐罪贬作地方官。据此知这位萧公此时不可能在长安或洛阳。据'外郡'二字，还可以断定离长安和洛阳较远。在何处？'籯金盛业'、'万石高风'二语透出了一点消息：'籯金盛业'用《汉书·韦贤传》典故。韦贤，邹人，质朴笃学，以《诗》教授，兼通《礼》《尚书》，号称邹鲁大儒。本始三年，代蔡义为丞相。少子玄成，后以明经位至丞相。故邹鲁谚曰：'遗子黄金满籯，不如一经。''万石高风'用《史记》万石君典故。万石君家以孝谨闻于郡国，虽齐鲁诸儒质行，皆自以为不及也。石奋少子为齐相，举齐国皆慕其家行，不言而齐国大治。——不难看出，这位萧公待罪的'外郡'正在邹鲁一带，于是王维才拈出这两个乡土典故来加以称颂。估计这位将尉新都的郑五也是邹鲁一带人，他在家乡接到新的委任，萧公因友人的关系赋诗赠别（并没有出现朝廷官员赋诗赠别场面），王维也参与送行，题《序》以赠。"

"杨文"的上述解释，实在颇迂曲难通。下面，我也试着对这段话作一些解释。"龙星始见"，谓时值孟夏四月。《左传》桓公五年："龙见而雩。"杜注："龙见，建巳之月（四月），苍龙宿之体，昏见东方。"所以更确切地说，《序》当作于开元十四年四月。"马首欲西"，是说郑五欲西行入蜀赴任。"搢绅"二句，谓士大夫平时（居，平居，平时）多相互结为朋友。"诸曹"二句指许多官署或部门，且有与郑同时登第授官的友人。"工部侍郎萧公"指谁？赵殿成注云："按《唐书·萧嵩传》：嵩子华，当嵩罢相时，擢给事中，久之，为工部侍郎，天宝末为兵部侍郎。"按，嵩罢相在开元二十一年十二月（见《新唐书·宰相表》），华为工部侍郎则约在开元末或天宝初，这就与《序》中所述封泰山颁布大赦诏令事不合，且嵩家亦无"六人同罪于外郡"之事，故萧公当非谓华，赵说误。《旧唐书·萧至忠传》："（至忠）弟元嘉，工部侍郎。"萧公盖即指元嘉，说详后。《序》云"时工部侍郎萧公"，非谓"故工部侍郎萧公"或"前工部侍郎萧公"，指的当然是现任的工部侍郎，怎可解释成"萧公曾为工部侍郎"呢？"一命"是周代官秩的最低一个等级，此指初出仕为最低级之官。奉常即太常寺，是掌管邦国礼乐、郊庙、社稷等事的官署。"弱年"二句谓萧公弱年即为官，初出仕时与郑并官于太常寺。据此二句，可知萧公即"诸曹列署"中与郑同时登第授官之人。"几日"二句指萧家几日之间，六人同获罪左迁外郡。《旧唐书·萧至忠传》："先天二年，复为中书令。……未几，左仆射窦怀贞、侍中岑羲及至忠……与太平公主谋逆事泄，至忠遽遁入山寺，数日，捕而伏诛，籍没其家。""六人同罪于外郡"，盖受至忠株连之故。岑羲得罪伏诛后，亲族也遭贬逐，事正与此同。岑参《感旧赋》云："由是我汝南公（岑羲）复得罪于天子。当是时也……去乡离土，隳宗破族；云雨流离，江山放逐。愁见苍梧之云，泣尽湘潭之竹；或投于黑齿之野，或窜于文身之俗。"萧公之贬外郡，在先天二年（713）；为工部侍郎，则在开元十四年（726），"杨文"正好把两事的先后次序给颠倒了。"籯金盛业"指经学之业，取"遗子黄金满籯，不如一经"之义。丞相，谓萧至忠，他于中宗时即已官至丞相。文儒，指博学的儒者。《论衡·效力》："使儒生博观览，则为文儒。"此二句指元嘉像至忠一样通经，是博学的儒者。据《旧唐书·萧德言传》载，至忠的曾祖父德言，是唐初有名的文儒，曾奉诏为太子讲经，太宗称他是"济南伏生，重在于兹日；关西孔子，故显于当今"，可见萧氏兄弟，有着通经的家学传统。杨军同志以为《序》中的"丞相"即指韦贤，殊不知历史上通经者多，萧与韦一无关系，既不同姓，又非同乡（萧长安人，见《旧唐书·萧德言传》），作者怎好称萧"能传韦贤文儒"？至于由韦贤是邹人，推论当时萧正在邹鲁一带为官，则更是没有根据的猜测了。"万石"二句指萧公有万石君恭谨重礼的"高风"；"重故人宾客"就是这种"高风"的一个表现。《史记·万石张叔列传》："万石君……恭谨无与比。……孝景帝季年，万石君以上大夫禄归老于家，以岁时为朝臣，过宫门阙，万石君必下车趋，见路马，必式焉。子孙为小吏来归谒，万石君必朝服见之，不名……"正因为"重故人宾客"，所以虽居工部侍郎的高位，仍为一区区县尉——同年友郑五赋诗赠行。"杨文"由"万石高风"一语，谈到万石君石奋之少子曾为齐相，并进而推断"萧公待罪的'外郡'正在邹鲁一带"，和"郑五也是邹鲁一带人"，也实在是想得太远了。作文倘若真这样用典，读者恐怕是很难猜中其意的。综上所述，可见"拙谱"称《序》中"叙及朝廷官员赋诗赠别事"，不是没有根据的。

《通典》卷十五云："其（官吏）选授之法，亦同循前代。……

凡制、敕授及册拜，皆宰相进拟。自六品以下旨授……凡旨授官，悉由于尚书，文官属吏部，武官属兵部，谓之铨选。凡选，始于孟冬，终于季春。其择人有四事，一曰身，二曰言，三曰书，四曰判；四事皆可取，则先德行，德均以才，才均以劳。其六品以降，计资量劳而拟其官。五品以上不试，列名上中书门下，听制敕处分。"由以上记载可以看出，开元十三年十一月玄宗颁布大赦令后，郑五并非坐等家中，即可得到新的委任的。大赦令的颁布，只表明郑可以复职，至于当选授何官，则尚须经过吏部的审定。吏部对旨授官，都经过试其书判，察其身言，考其资劳（即所谓"铨选"），而后方拟定应选授的官职。郑五原为邠地县令，属六品以下官，未经铨选，是不会得到新职的。估计开元十三年十一月大赦令发布后，郑即赴吏部参加铨选；十四年三月选事毕，郑被任命为新都尉；四月，随即自长安或洛阳出发，西行入蜀赴任。由此亦可推知，王维的这篇《序》，当作于长安或洛阳。

王维写有《裴仆射济州遗爱碑》一文，文中提到自己曾在济州刺史裴耀卿手下任过职，又叙及玄宗东封泰山及东封后"河水决溢"，裴尝亲督士民修筑堤防之事。据此，"杨文"认为："《通鉴·唐纪》：'玄宗开元十四年，秋，七月，河南、北大水，溺死者以千计。八月，丙午朔，魏州谓河溢。'……济州和魏州隔河相望，碑文中'河水决溢'指此无疑。参之以新书裴传，'未迄，有诏徙官，耀卿惧功不成，弗即宣，而抚巡饬厉愈急，堤成，发诏而去'。由此推知，裴离济州刺史任赴宣州的时间，在是年八月以后，而王维开元十四年下半年当仍在济州。"按，谓"河水决溢"即指开元十四年河南、北大水事，倒可信，但据此仅能证明裴离济州任的时间在十四年八月之后，不能证明十四年下半年维仍在济州。原因是：第一，《遗爱碑》并不是维在济州任职期间作的。据两《唐书·裴耀卿传》、《旧唐书·玄宗纪》载，耀卿开元二十四年拜尚书左丞相。天宝元年二月，诏改尚书左、右丞相复为左、右仆射，耀卿仍官左仆射；八月，转右仆射。二年七月，薨，赠太子太傅。碑称耀卿曰"裴仆射"，又未尝言及其已薨事，当作于天宝元年二月之后、二年七月以前，是时维离济州已有年矣。第二，碑曰"济州遗爱"，自然应当总叙耀卿在济州为刺史时的所有重要治绩，但这些治绩，非必皆作者亲身所见，完全可以从他人口中得知；维在碑中只说自己尝为济州刺史裴耀卿之"官属"，并没有说裴居济州时，自己也一直在济州。

"杨文"又说："那么，王维是在什么时候离开（济州）的呢？我推断在开元十五年春。有集中《寒食氾上作》可证。诗曰：'广武城边逢暮春，汶阳归客泪沾巾。落花寂寂啼山鸟，杨柳青青渡水人。'此诗《国秀集》题作《途中口号》，泪沾巾的'汶阳归客'是作者自称无疑。……诗人发自汶阳，途经广武时写了这首'口号'，时在暮春三月。"说《寒食氾上作》是维离济州西归途经广武时所作，颇有道理；但称这首诗作于开元十五年，则缺乏根据。说开元十四年春维离济州西归，于途中作《寒食氾上作》；四月，在长安或洛阳，作《送郑五赴任新都序》，不是更合适吗？

《通典》卷十五："凡居官，以年为考，六品以下，四考为满。"州司仓参军为六品以下官，以四考为满（即四年秩满，有唐官制，以一岁为一考）；考王维是在开元九年秋离京到济州为司仓参军的（说见"拙谱"），至十三年秋，已满四年之期，理应离任，估计是由于十三年冬玄宗要东封泰山，济州正当乘舆所经之地，有大量的工作要做，所以未能按期离任，延至十四年春方离开济州。

二　拜右拾遗的时间

维集中有《献始兴公》诗，诗题下原注："时拜右拾遗。""拙谱"认为："始兴公指张九龄，考张于开元二十三年三月九日进封始兴县开国子（见《唐丞相曲江张先生文集》附录"诰命"《封始兴县开国子食邑四百户制》），所以此诗当作于本年三月九日以后，而维拜右拾遗大抵也应在此时。""杨文"说："径把'始兴县开国子'称作'始兴县开国公'，进而简化成'始兴公'未必合宜。其实，'始兴公'只不过是张九龄的代称而已，与其封爵没有直接联系。唐世尊称他人，一般不直呼其姓，例以郡望（或籍贯）加'公'呼之，未必其人实有'公'爵，如呼李姓人为'陇西公''馆陶公'等等，其例不胜枚举。王维呼张九龄为始兴公，亦同此例，因张九龄是韶州（始兴郡）人故也。'陈谱'注中提到的裴耀卿之称作'稷山公'，也不是因为他封过稷山县开国男，而是因为他的籍贯是绛州稷山。……既然'始兴公'与张九龄加封始兴县子或始兴县伯没有必然联系，我们便不能把王维写《献始兴公》的时间限定于开元二十三年三月以后，因为这以前同样可称之为'始兴公'。"

以籍贯加"公"的称呼，在唐代当然很普遍，但"始兴公"并不属于这种情况。我们知道，张九龄是韶州曲江人（见两《唐书》本传），郡望范阳（见傅璇琮《唐代诗人考略》，载《文史》第8辑），若以郡望（或籍贯）加"公"呼之，应曰"范阳公"或"曲江公"，刘禹锡《唐故尚书主客员外郎卢公集序》："尚书郎卢公讳象……丞相曲江公方执文衡，揣摩后进，得公，深器之，擢为左补阙。"即呼九龄为"曲江公"。《旧唐书·地理志》："韶州，隋南海郡之曲江县。武德四年，平萧铣，置番州，领曲江、始兴……五县。贞观元年，改为韶州。……天宝元年，改为始兴郡。乾元元年，复为韶州。"始兴同曲江一样都是韶州的属县；《献始兴公》作于开元年间（九龄卒于开元二十八年），当时韶州尚未改为始兴郡，王维怎好以"始兴"作为韶州的代称称呼九龄？

其实，"始兴公"并不是"始兴县开国公"的简称，而是一种爵号之省称加"公"（犹"曲江公"之"公"，系敬称）的称呼。这种称呼，在唐人诗文中屡见。如王维《大唐吴兴郡别驾前荆州大都督府长史山南东道采访使京兆尹韩公墓志铭》（此文赵殿成注本漏载，见《全唐文》卷三二七）云："公讳朝宗，字某，本出昌黎，今为京兆人也。……父讳思复，御史大夫，太子宾客，进封长山县伯。……夫人河东柳氏……以开元五年六月五日先公而卒，至是以天宝十载十月二十四日合祔，陪于蓝田白鹿原长山公先茔，礼也。"称韩朝宗为"长山公"。按，朝宗京兆长安人（见《旧唐书·韩思复传》），郡望昌黎，则"长山公"显然是以爵号相称。盖朝宗袭父爵长山县伯（见《全唐文》卷二八三张九龄《贬韩朝宗洪州刺史制》、卷三〇九孙逖《授韩朝宗等诸州刺史制》），故呼之曰"长山公"。又王维《暮春太师左右丞相诸公于韦氏逍遥谷宴集序》曰："时则有太子太师徐国公、左丞相稷山公、右丞相始兴公、少师宜阳公、少保崔公、特进邓公、吏部尚书武都公……黼衣方领，垂珰珥笔。"徐国公谓萧嵩（嵩封徐国公，见《旧唐书》本传）；少师宜阳公指韩休，《旧唐书·韩休传》："韩休，京兆长安人。……（开元）二十四年，迁太子少师，封宜阳子。"休之郡望亦昌黎，见《新唐书·宰相世系表》。吏部尚书武都公指李暠，暠为唐宗室，开元二十一年任吏部尚书，"累封武都县伯"（说详本书《从王维的交游看他的志趣和政治态度》一文）。稷山公指裴耀卿，"杨文"认为这是以裴的籍贯相称，其实不然，因为从上下文看，徐国公、宜阳公、武都公都是爵号，很显然，维对萧嵩等人，凡有爵号的，都以爵号相称，没有爵号的，则直呼为"崔公"、"邓公"，并没有使用籍贯加"公"的称呼。赵殿成说："左丞相稷山公当是裴耀卿。然史传但言封赵城侯，不言封稷山公，当是阙文。"也认为"稷山公"是爵号。我已找到证据证明裴尝封稷山县开国男（见本书第 21 页注①），可见赵说不误。再如岑参《感旧赋》序云："国家六叶，吾门三相矣！江陵公（岑文本）为中书令辅太宗，邓国公（岑长倩）为文昌右相辅高宗，汝南公（岑羲）

为侍中辅睿宗。"岑氏为江陵人，"邓国公"、"汝南公"皆非以籍贯相称，"江陵公"自然也不能例外。据唐张景毓《大唐朝散大夫润州句容县令岑君德政碑》，文本尝封江陵县开国伯（《旧唐书》本传作"江陵县子"），故赋中称之为"江陵公"。

综上所述，虽然唐之爵号，常以籍贯或郡望为名，因此两种称呼（籍贯加"公"与爵号加"公"）往往易于混淆，但"始兴公"之非以籍贯相称，还是比较明显的。由此可见，"拙谱"断维拜右拾遗在开元二十三年三月九日之后，并非无据。

三 关于隐居终南与辋川

王维的诗文中，说过自己曾隐于终南，又称自己曾在辋川隐居。1958 年，陈贻焮先生发表《王维生平事迹初探》（载《文学遗产增刊》第 6 辑）一文，提出了王维隐居终南在前、隐居辋川居后的说法。后来大家虽然对于王维隐居终南和辋川的具体时间有不同看法，但对维曾先后隐于终南和辋川这一点则均无异词。最近，陈允吉同志发表《王维"终南别业"即"辋川别业"考》一文（载《文学遗产》1985 年第 1 期，以下简称"陈文"），认为"出现在王维诗中的'终南别业'和'辋川别业'两个名称，指的是他同一个隐居处所，所谓的'终南别业'就是蓝田'辋川别业'。而在蓝田县的辋川之外，诗人并没有另一个甚么'终南别业'"。这一说法颇新鲜，过去还没有人提出过。下面，我想就此谈谈自己的一些不成熟意见。

"陈文"倡此新说，所提出的第一个根据是，终南山"西起秦陇，东彻蓝田"，经涉的地域，包括唐代的蓝田、万年、长安、鄠县、盩厔、武功、郿县及其以西的一大片地方；而辋川别业在蓝田县辋谷，地处"终南山之东缘北麓"，应在终南山的范围之内。按，古终南非仅指今陕西西安市长安区南的终南山主峰，亦用为秦岭诸山的总称，从这个意义上说，辋川确乎地近终南。所提出的第二个根据是，按照当时人对蓝田一带地方的称名习惯，"辋川别业"可直截了当地称为"终南别业"。对此，文中列举了三个事例以明之。其一，蓝田悟真寺，唐人又称之为"终南山悟真寺"。谓因寺在蓝田山中，"处于终南山的大范围内"，故曰"终南山悟真寺"。其二，蓝田化感寺，唐人又谓之"终南化感寺"，盖寺"亦在蓝田山谷驿路的附近"故也。其三，钱起在蓝田也有别业，考《钱考功集》中，有《谷口新居寄同省朋故》《谷口书斋寄杨补阙》《晚归蓝田旧居》《岁初归旧山》等诗，诗中所称"谷口"，即王维《归辋川作》《酬虞部苏员外过蓝田别业不见留之作》中所说的"谷口"，由此可见，钱起在蓝田的别业，当在王维辋川别业的近处。又钱起有《晚出青门望终南别业》诗，"青门是长安和蓝田之间的必经之地"，"钱起至青门眺望的'终南别业'，应该就是他在蓝田谷口的别业"。按，"陈文"所言一、二例皆不误，第三例则微有误。"谷口"谓山谷之口，并非专名，蓝田县山谷甚多，有辋谷、蓝谷、石门谷、倾谷、同谷、倒回谷……（见《长安志》卷十六），所以不能因为看到"谷口"一语，就以为指的是同一个地方。王维诗中的"谷口"谓辋谷之口，钱起诗中的"谷口"则指蓝谷之口。钱起《酬元秘书晚出蓝溪见寄》云："拙宦不忘隐，归休常在兹。知音倘相访，炊黍扫茅茨。"又《蓝溪休沐寄赵八给事》云："虫鸣归旧里，田野秋农闲。即事敦夙尚，衡门方再关。"可见钱起的别业在蓝溪。蓝溪水出蓝谷，又称蓝谷水，《嘉庆一统志》卷二二七："蓝溪水，在蓝田县东南。……县志：蓝溪即蓝谷水，至悟真寺前，又谓之清河。"《长安志》卷十六曰："蓝谷水……出蓝谷，西北流入霸水。"又曰："蓝谷在（蓝田）县东南二十里。"因此钱起诗中的"谷口"当指蓝谷之口。不过，蓝谷地处蓝田山中，所以钱起也有可能称他在蓝谷附近的山庄为"终南别业"。

然而，我觉得光凭上述根据，只能说明王维诗中的"终南别业"

有可能即指"辋川别业"，尚不足以证成"终南别业"就是"辋川别业"。原因是，第一，对于终南山的范围，古人有一些不同的说法。例如，与骊山相连的蓝田山（一名玉山），有的记载说它包括在终南山的范围之内（说见"陈文"），有的则说它不属于终南山的范围。《嘉庆一统志》卷二二七西安府云："终南山，在长安、咸宁、盩厔、鄠四县之南。……西自凤翔府郿县入境，东抵蓝田县界。……《蓝田县志》：'在县西南七十里。此山连亘千里，至此而尽。'"又云："蓝田山，在蓝田县东。……《括地志》：骊山即此山之北阜。"在蓝田县西南七十里的终南山，就是《史记·魏其武安侯列传》及《李将军列传》中所说的"蓝田南山"，今日的陕西省地图仍称之为"终南山"，《蓝田县志》说终南山"至此而尽"，则在蓝田县东的蓝田山，不应包括在终南山的范围之内。《长安志》卷十六蓝田县曰："终南山在县南七十里。"又曰："蓝田山在县东南三十里。"分叙终南山与蓝田山，说法与《嘉庆一统志》一致。那么，在王维的心目中，玉山是否应当包括在终南山的范围之内呢？这还是一个需要研究的问题。第二，名曰"终南别业"，可见地点在终南山，然终南山包括的范围很广，所以"终南别业"既有可能在辋谷一带，也有可能在其他一些属于终南山的山峰附近；要证成"终南别业"就是蓝田"辋川别业"，除了说明辋川地近终南、属于终南的范围这一点外，还必须从王维的诗文中找到足够的内证。如果王维描写自己隐居终南的诗中提到辋川及辋川别业诸胜，或者描写自己隐居辋川的诗中提到终南别业及终南山，那么"陈文"此说，就完全可以成立了；假如不是这样，则此说似乎还很难成为定论。

王维集中，述及终南别业和终南山的诗歌有《终南别业》《戏赠张五弟𬤀三首》《答张五弟》《白鼋涡》《终南山》《投道一师兰若宿》《送陆员外》等。在这些作品中，我们未曾看到有一语提及辋川、辋川别业诸胜和蓝田山。王维描写自己在辋川的隐居生活的诗歌有数十首，其中只有一首提到终南山。《答裴迪辋口遇雨忆终南山之作》曰："森森寒流广，苍苍秋雨晦。君问终南山，心知白云外。"又裴迪原赋《辋口遇雨忆终南山因献王维》曰："积雨晦空曲，平沙灭浮彩。辋川去悠悠，南山复何在？"对这两首诗，"陈文"作了这样的解释："由于辋川地处终南山麓，于天气清朗之时，人们在这里翘首即可望见终南山诸峰。然而，我们要注意一下这两首诗的写作时间，却是在秋雨苍茫、景色晦冥之际。……在这种气氛下，终南山当然也被烟雨所遮盖而无法看到。唯因如此，才引起了这两位诗人对它的忆念。……很明显，他们心中所牵挂的终南山，实际上就在他们的近旁，不过是在这时被晦冥的雨色遮盖起来罢了。就从这两首诗的内容看，绝对不包含着什么对于另一个远离辋川的隐居处所的怀念。"确实，这两首诗是写在秋雨晦冥之际，作者对为烟云所遮盖的终南山的忆念，不好把它们作为王维在隐居辋川之前曾隐于终南的一个证据。然而，由这两首诗，却也无法证明"终南别业"就是"辋川别业"。王维《赠徐中书望终南山歌》："晚下兮紫微，怅尘事兮多违。驻马兮双树，望青山兮不归。"紫微指中书省；双树是娑罗双树的省称，谓佛入灭之处，古典诗文中常用以指佛寺。诗写驻马长安佛寺而望终南。终南山在万年县南五十里（见《元和郡县志》卷一），天气清朗之时，在长安城中的高敞之处是可以看到它的（遇雨则无法看到），由此能证明在长安的住处与在终南的居止是一个地方吗？显然不能。据《长安志》《嘉庆一统志》记载，辋川别业所在的辋谷在蓝田县南二十里，终南山在蓝田县西南七十里，王、裴诗中所说的"终南"，恐怕就是在蓝田县西南七十里的终南山，因为如果辋川距离"终南"极近，则即使"遇雨"，山的上部为烟云所遮盖，山的下部还是可以望得见的，不至于因此引起了两位诗人对它的忆念。况且终南山包括的范围很广，怎么知道王维所说的"终南别业"只能指在辋川的山庄，而不能指在终南山范围内的另一个居止呢？

　　笔者以为，王维的隐居终南和隐居辋川不是一回事，根据是：第一，隐居辋川时王维居官，隐居终南时则未居官。王维的隐居辋川是一种亦官亦隐，这是大家都公认的；隐居终南我原以为情况也是如此，现在看来须作修正。《答张五弟》云："终南有茅屋，前对终南山。终年无客长闭关，终日无心长自闲。不妨饮酒复垂钓，君但能来相往还？"如果王维当时亦官亦隐，只是在休沐期间回终南别业，尚可称"终日无心长自闲"，而不得说"终年无客长闭关"，因为亦官亦隐的话，连主人自己都长期不在别业居住，又怎好埋怨客人终年不至呢？又《戏赠张五弟湮三首》其三："设置守麏兔，垂钓伺游鳞。此是安口腹，非关慕隐沦。吾生好清静，蔬食去情尘。今子方豪荡，思为鼎食人。我家南山下，动息自遗身。入鸟不相乱，见兽皆相亲。云霞成伴侣，虚白侍衣巾。何事须夫子，邀予谷口真？"此诗以隐居不仕、"名振京师"的谷口郑子真自喻，说自己隐于南山之下，同云霞为伴，与鸟兽相亲，抛弃了世俗的欲求、情绪（"去情尘"），达到进退自忘；又称张五的钓弋山中，只图口腹，且"思为鼎食人"，与己异操，何须复来邀己为伴？看来，王维自己当时是没有做官的，否则，怎好对思欲出仕的张五加以嘲笑呢！

　　第二，王维在终南山的隐居处，当距太白山不甚远。王维《投道一师兰若宿》："一公栖太白，高顶出云烟。……昼涉松路尽，暮投兰若边。洞房隐深竹，清夜闻遥泉。向是云霞里，今成枕席前。岂惟留暂宿，服事将穷年。"太白，终南山的一部分，在今陕西眉县南。《嘉庆一统志》卷二三六："太白山，在郿县南，接汉中府洋县界，即终南山别名。"此诗言己登上太白，宿于道一寺中，且表示自己将在此长期服事道一。看来，作者当时没有做官，正在隐居，否则，"岂惟"二句岂不成了空话！又据诗中"昼涉"二句，可推知王维当时的隐居地，大抵应在离太白山不远的终南山下。

　　《唐诗纪事》卷十六："（裴）迪初与王维、（崔）兴宗俱居终南。"贻焮先生的《初探》把这条材料作为王维曾在终南别业隐居的一个旁证，陈允吉同志对此有不同看法。他说："《纪事》只说裴迪与王维等'俱居终南'，而未有只字涉及辋川，其原因很简单，就是因为辋川就在终南山，讲到'终南'实际上已经讲到了'辋川'。……我们遍考王维及裴、崔两人的诗作，实在找不出一条确切的证据，能够证明他们这段'俱居终南'的经历不是在辋川一带，倒是证实就在王维'辋川别业'的附近，裴、崔两人都有自己的别业。"又说："如果按照陈贻焮等同志的说法，王维'先隐居终南，后隐辋川'，……就势必出现这样的情形：即王维、裴迪、崔兴宗先在终南山的某地一起隐居，并且各人在那里都已有了一处别业，后来王维又在蓝田县辋川购置一份产业营建山庄，于是乎裴迪和崔兴宗也跟着急急忙忙来一次大搬家。王维在'终南'时大家都在'终南'，王维到辋川后大家都到辋川，这从情理上讲得通吗？且不论废弃一份产业，而重新营置一处山庄在经济上要承担偌大的损失，就从他们这三个人的行止踪迹来看，在实际生活当中，恐怕也很难做到这样'形影不离'和'步调一致'的。"按，唐代士大夫，常拥有多处别业。如岑参，出身于没落的官僚家庭，官做得也不如王维大，但见于他诗中的别业即有八处，其中位于终南山的有以下四处：高冠草堂（在终南山高冠谷，见《初授官题高冠草堂》）、白阁西草堂（在终南山白阁峰，见《田假归白阁西草堂》）、终南双峰草堂（见《终南双峰草堂作》）、太一石鳖崖口潭旧庐（在终南山石鳖谷，见《太一石鳖崖口潭旧庐招王学士》）。因此，王、裴、崔各自同时或先后拥有两处别业是完全可能的。又裴是王的至交，崔是王的内弟，在王维与他人唱和、赠答的诗中，以同裴、崔二人的唱和、赠答作品数量最多，超过了同王缙的唱和、赠答之作，可见王与裴、崔的关系不同一般。从这一点看，如果他们先在终南一起隐居，后又各自在蓝田辋川一带置别业，揆以情理，也并没有什么讲不通的。再者，崔在辋川附近虽有别业，但不见得是与王维同时营置的；至于说裴的别业也在辋川附近，则还没有什么确切的材料可以证明；况且，王得辋川别业后，一直做着官，而裴、崔天宝时则长期隐居（维辋川诗中多称裴迪为"秀才"，可证；又王缙《与卢员外象过崔处士兴宗林亭》云："身名不问十年余，老大谁能更读书。"卢象《同王维过崔处士林亭》云："主人非病常高卧，环堵蒙笼一老儒。"皆可证崔曾长期隐居），即便他们的别业相近，又有什么"形影不离"和"步调一致"可言呢！

关于王维隐居终南的时间，"拙谱"定在开元二十九年，"杨文"则认为应在开元二十二年以前。按，开元二十二年以前的六七年间，王维不曾居官，在这个时候隐居终南本有可能，我之所以不把王维隐居终南的时间定在这个时候，主要原因是，他隐居终南时写的《戏赠张五弟𬤝三首》其二云："张弟五车书，读书仍隐居。……闭门二室下，隐居十年余。宛是野人野，时从渔父渔。秋风日萧索，五柳高且疏。望此去人世，渡水向吾庐。岁晏同携手，只应君与予。"二室即太室、少室，是嵩山的东西二峰。诗中回忆了作者和张𬤝同在嵩山隐居时的生活，表明维隐居终南当在其隐居嵩山之后，维隐居嵩山在开元二十二年秋至二十三年春，故隐居终南不当在开元二十二年以前（参见"拙谱"）。"杨文"对"拙谱"提出的关于维隐居终南应在开元末的其他一些旁证皆加驳难，唯独对上述这一条主要根据却未置一辞，因而也就很难使他自己的说法更具有说服力了。

这里有一个问题应该说明：王维开元二十九年春自岭南北归后的隐居，很可能不是严格意义上的辞官归隐，而是秩满离任后等候朝廷给予新的任命期间的隐居。唐时，吏部铨选长期存在一个突出的矛盾：选人多而员缺少，为了缓和这一矛盾，开元十八年，侍中兼吏部尚书裴光庭奏用"循资格"，"循资格"的核心是轮流休官，即规定六品以下官员秩满离任后，必须在家等候若干年，才能再次参加吏部的铨选并授官。王维开元二十九年隐居前为殿中侍御史，天宝元年复出后官左补阙，都是六品以下常参官，虽然由中书门下承诏而授，不属于吏部铨选范围，但也同样存在僧多粥少的问题，所以很难免于遇上休官待命的情况，此时休官者如果回到郊外的田园、别业居住，也就可以算是隐居了①。

四　陷贼后的遭遇

关于王维陷贼之事，《旧唐书》本传云："禄山陷两都，玄宗出幸，维扈从不及，为贼所得。维服药取痢，伪称瘖疾。禄山素怜之，遣人迎置洛阳，拘于普施寺，迫以伪署。"又维集中有《大唐故临汝郡太守赠秘书监京兆韦公神道碑铭》一文，述及韦斌陷贼后的遭遇："逆贼安禄山……始反幽蓟，稍逼温洛……列郡无备，百司安堵，变折冲为贼矣，兼法令而盗之。将逃者已落縠中，谢病者先之死地。……贼使其骑劫之以兵，署之以职，以孥为质，遣吏挟行。公溃其腹心，候其间隙，义覆元恶，以雪大耻。呜呼！上京既骇，法驾大迁……凿齿入国，磨牙食人。君子为投槛之猿，小臣若丧家之狗。伪疾将遁，以猜见囚。勺饮不入者一旬，秽溺不离者十月；白刃临者四至，赤棒守者五人。刀环筑口，戟枝叉颈，缚送贼庭，实赖天幸，上帝不降罪疾，逆贼恫瘝在身，无暇戮人，自忧为厉。公哀予微节，私予以诚，推食饭我，致馆休我。毕今日欢，泣数行下，示予佩玦，斫手长吁，座客更衣，附耳而语……"杨军《王维事迹证补》（载《唐代文学论丛》1982年第2期）指出："第一段文字为我们提供了陷贼官员遭遇的真相。王维自己同样饱尝了折磨和屈辱。本传称'禄山素知其才，迎置洛阳'（新旧书略同），恐系猜测之词。""证补"这一意见颇能给人以启发，不过话说得似过于笼统。下面，我想对这一段

---

① 关于上述问题，可参阅王勋成《唐代铨选与文学》（中华书局，2001）第四、六章。以上这段话是2005年编《王维论稿》时增补的。

文字作些具体诠释，以揭示出王维陷贼后的一些经历、遭遇。

这段文字先说安禄山反，叛军逼近洛水，列郡无备，或溃或降，韦斌即在此时陷贼。《通鉴》天宝十四载十二月："丁酉，禄山陷东京……封常清帅余众至陕，陕郡太守窦廷芝已奔河东，吏民皆散。……仙芝乃帅见兵西趣潼关。贼寻至，官军狼狈走……禄山使其将崔乾祐屯陕，……临汝、弘农、济阴、濮阳、云中郡皆降于禄山。"《旧唐书·安禄山传》："（唐军）皆弃甲西走潼关，临汝太守韦斌降于贼。""贼使其骑"四句接写斌陷贼后，禄山迫以伪署。《旧唐书·韦斌传》："十四载，安禄山反，陷洛阳，斌为贼所得，伪授黄门侍郎，忧愤而卒。""公溃其腹心"四句谓斌任伪职后，离散禄山之亲信，等待机会，欲灭禄山，以雪己耻。"上京既骇"指天宝十五载六月禄山破潼关后，京师震惊；"法驾大迁"谓玄宗幸蜀；"凿齿入国"指叛军入长安；"君子"句谓百官多为贼所获。接下"伪疾将遁"二句皆维自谓，非指斌而言。因为维为贼所得正在天宝十五载六月长安沦陷之后，而斌陷贼则在天宝十四载十二月，且"伪疾将遁"，又恰与《旧唐书》本传所载"维服药取痢，伪称瘖疾"事相合。"勺饮"四句写己被囚后情状。秽，指粪；溺，同"尿"。盖"服药取痢"，故"秽溺不离"。十月，极言时间之长；又"月"也可能是"日"的形误字。"刀环"三句指己蒙受箠楚之辱，被叛军缚送洛阳安禄山之朝。筑，击。戟枝，戟横出之刃。叉，刺。"逆贼"句指当时安禄山患病。恫瘝，病痛。《旧唐书·安禄山传》："（至德元载）十一月，遣阿史那承庆攻陷颍川，屠之。禄山以体肥，长带疮。及造逆后而眼渐昏，至是不见物。又著疽疾。俄及至德二年正月朔受朝，疮甚而中罢。""自忧为厉"亦指安禄山而言。厉，通"癞"，恶疮。这几句意谓，自己被"缚送贼庭"后，实赖天幸，正遇上逆贼患病，无暇戮人，才得免一死。微节，微末的节操，即指"伪疾将遁"而言。"私予以诚"三句，指自己备受折磨之后，得到了当时正在洛阳任伪职的韦斌的照顾和爱护。由"公哀予微节"以下四句，亦可证"伪疾将遁"以下十四句都是作者自述陷贼后的遭遇，因为如果"伪疾将遁"以下十四句是指韦斌说的，则"公哀予微节"以下四句在文义上便同上文连接不起来，且所谓"哀予微节"也没有了着落。

上述这段文字，提供了王维陷贼遭遇的真相，可补史传记载之不足，并纠正其误。如根据这段文字，可知王维的"服药取痢，伪称瘖疾"，是想借机逃离长安，摆脱安禄山的控制；又维是在备受折磨、侮辱之后，被叛军捆缚、用武力强行押送到洛阳的，所谓"禄山素怜之，遣人迎置洛阳"，并不是事实。

五　官太子中庶子、中书舍人

《旧唐书·王维传》："责授太子中允。乾元中，迁太子中庶子、中书舍人。复拜给事中。"《新唐书·王维传》："下迁太子中允。久之，迁中庶子。"皆称维曾官太子中庶子。"杨文"说："今按：太子中庶子为东宫属员，稍稍考察一下唐代东宫官的设置，不难发现两《唐书》本传的这一记载是凭空而书。据杜佑《通典》……隋唐两代东宫并不曾设中庶子之职。纵览历代东宫官之设置，不论唐以前或以后，中庶子均不与左、右庶子同时而设。唐代左、右庶子之职未尝暂废，因而曾任是职者大有人在；而中庶子一职不曾设，因而，王维无由任此职，并有唐一代也不可能有谁任过此职。"

按，唐代确实不曾设置太子中庶子之职，只有太子左、右庶子之职，虽然如此，我仍不敢轻易地断定两《唐书》本传的记载有误，因为我在撰写《王维年谱》时，通过查考有关资料，发现唐人有时以"中庶子"概指左、右庶子。《全唐文》卷二五二苏颋《授姚元之等兼太子庶子制》云："敕元储者，万国之贞，端士者，一时之选，自匪英杰，孰当调护？……必俟大臣，俾兼中庶，元之可兼左庶子，璟可兼右庶子。余如故。"即以"中庶"概指左、右庶子。六朝以前，东宫官有中庶子，至隋，"分为左右庶子，各二人，分统门下、典书二坊事。唐亦各二人，分掌左、右春坊事"（《通典》卷三十）；正因为中庶子不与左、右庶子同时而设，故可以"中庶子"兼指左、右庶子。两《唐书》本传中所说的"中庶子"，疑亦此义。或许是因为作者弄不清王维所担任的到底是左庶子抑或右庶子，遂统称之为"中庶子"。

"杨文"又说："那么，王维在太子中允以后究竟担任什么职务？我想作这样一种推测：所谓'太子中庶子'或是'太子中舍人'之误。……又'太子中舍人'可以称为'太子中书舍人'，'书'、'庶'同音，容易误作'太子中庶子'和'中书舍人'。《新唐书》本传不载中书舍人或以是。"对《旧唐书》本传所载维尝为中书舍人，也提出怀疑。按，王维《请回前任一司职田粟施贫人粥状》曰："臣前任中书舍人、给事中，两任职田，并合交纳，近奉恩敕，不许并请，望将一司职田，回与施粥之所。"则维显然任过中书舍人，"杨文"的怀疑没有根据。另"拙谱"以为，维作《和贾舍人早朝大明宫之作》时，正官中书舍人，"杨文"则认为，是时维"不是在中书省作中书舍人，而是在门下省任给事中"。按，贾至原赋《早朝大明宫呈两省僚友》云："共沐恩波凤池里，朝朝染翰侍君王。""凤池"谓中书省，"染翰侍君王"指为君王草诏，即任中书舍人之职。又诗曰"共沐"，可见当时同赋的人中，不止贾一人官中书舍人；考当时同赋者除维之外，尚有岑参、杜甫，岑是时官右补阙，杜当时任左拾遗，所以这个任中书舍人的人，当然是非王维莫属了。

（原载《古籍整理与研究》1987年第2期）

《唐才子传·王维传》笺证

维字摩诘，太原人。

王维，两《唐书》有传，见《旧唐书》卷一九〇下《文苑传》下，《新唐书》卷二〇二《文艺传》中。《旧传》云："王维，字摩诘，太原祁人。父处廉，终汾州司马，徙家于蒲，遂为河东人。"唐姚合《极玄集》卷上云："王维，字摩诘，河东人。"张彦远《历代名画记》卷一〇云："王维，字摩诘，太原人。"又维弟曰缙，《旧唐书》卷一一八《王缙传》云："王缙，字夏卿，河中人也。"《新唐书》卷一四五《王缙传》则谓缙"本太原祁人，后客河中"。按，佛书载，毗耶离城有深通大乘佛法之居士曰维摩诘，维字摩诘，即本于此。唐李肇《国史补》卷上云："王维好释氏，故字摩诘。"蒲谓蒲州，治所在今山西永济市西；据《旧唐书》卷三九《地理志》二，蒲州天宝元年（742）改名河东郡，乾元三年（760）升为河中府，故或称蒲州，或称河东、河中。祁，县名，始置于汉，属太原郡（治所在今山西太原市西南），故城在今山西祁县东南；又唐开元十一年（723）改并州为太原府（治所在今太原市西南晋源区），所辖县有祁

（汉县，至唐末改治今县）。《新唐书》卷七二中《宰相世系表》二中列维于河东王氏一派，又称河东王氏为太原王氏之一分支，据此，则维之郡望应为太原祁，而实际居住地则在蒲州。

又，关于维之郡望，唐人尚有异说。王士源《孟浩然集序》（《全唐文》卷三七八）云："丞相范阳张九龄、侍御史京兆王维……率以浩然为忘形之交。"窦臮《述书赋》（《全唐文》卷四四七）云："诗兴入神，画笔雄精。李将军世称高绝，渊微已过；薛少保时许美润，合格不珍。"注："右丞王维，字摩诘，琅琊人。"按，《新表》二中云："王氏定著三房：一曰琅邪王氏，二曰太原王氏，三曰京兆王氏。"王士源以维属京兆王氏，或别有据；《述书赋》以为维属琅邪王氏，则似误。钱大昕《十驾斋养新录》卷一二云："唐太原王维、王缙兄弟，一为右丞，一为宰相，而琅邪王方则之孙维与缙，亦兄弟也。"查《新表》二中，王方则之孙维，属琅邪王氏，则唐时别有一琅邪王维，或窦氏不知二王维之异，遂谓右丞王维为琅邪人也。

《新表》载维之先世云：父处廉，汾州司马；祖胄，协律郎；曾祖知节，扬州司马；高祖儒贤，赵州司马。维在诗文中从未提及其父，或其幼时，父即卒。

九岁知属辞。

《新传》云："王维，字摩诘，九岁知属辞。"

工草隶，闲音律，岐王重之。

《旧传》云："维以诗名盛于开元、天宝间，昆仲宦游两都，凡诸王驸马豪右贵势之门，无不拂席迎之，宁王、薛王待之如师友。维尤长五言诗。书画特臻其妙。"《新传》云："维工草隶，善画，名盛于开元、天宝间，豪英贵人，虚左以迎，宁、薛诸王，待若师友。"《太平广记》卷一七九引《集异记》云："王维右丞，年未弱冠，文章得名。性闲音律，妙能琵琶，游历诸贵之间，尤为岐王之所眷重。"宋陈思《书小史》卷一○云："维工草隶，善画能诗。"《才子传》之文，即本于《集异记》与《新传》。

维集中与岐王范有关之诗作有：《从岐王过杨氏别业应教》《从岐王夜宴卫家山池应教》《敕借岐王九成宫避暑应教》。据上诗，可知维在长安，尝从范游宴。《旧唐书》卷九五《睿宗诸子传》云："（范）开元初，拜太子少师，带本官，历绛、郑、岐三州刺史。八年（720），迁太子太傅。范好学工书，雅爱文章之士，士无贵贱，皆尽礼接待，与阎朝隐、刘庭琦、张谔、郑繇篇题唱和，又多聚书画古迹，为时所称。……十四年（726），病薨。"《通鉴》开元八年十月载："上禁约诸王，不使与群臣交结。……万年尉刘庭琦、太祝张谔数与范饮酒赋诗，贬庭琦雅州司户，谔山茌丞。"据上述记载，可推知维之从范游宴，约在开元八年。盖维九年（721）已登第授官，当不致自甘冒触犯禁令之风险，从范游宴。

又，维集中有《息夫人》一诗，题下注云："时年二十。"据《本事诗·情感》，此诗系维在宁王宪府中，应王命而作者，则维之与宁王游，亦当在开元八年（是年维二十岁，说见后）。

维将应举，岐王谓曰："子诗清越者，可录数篇，琵琶新声，能度一曲，同诣九公主第。"维如其言。是日，诸伶拥维独奏，主问何名，曰："《郁轮袍》。"因出诗卷，主曰："皆我习讽，谓是古作，乃子之佳制乎？"延于上座，曰："京兆得此生为解头，荣哉！"力荐之。

《集异记》云："时进士张九皋，声称籍甚。客有出入公主之门者为其地，公主以词牒京兆试官，令以九皋为解头。维方将应举，言于岐王，仍求庇借。岐王曰：'贵主之强，不可力争，吾为子画焉。子之旧诗清越者，可录十篇，琵琶新声之怨切者，可度一曲，后五日至吾。'维即依命，如期而至。岐王谓曰：'子以文士请谒贵主，何门可见哉？子能如吾之教乎？'维曰：'谨奉命。'岐王乃出锦绣衣服，鲜华奇异，遣维衣之。仍令赍琵琶，同至公主之第。岐王入曰：'承贵主出内，故携酒乐奉宴。'即令张筵，诸伶旅进。维妙年洁白，风姿都美，立于行。公主顾之，谓岐王曰：'斯何人哉？'答曰：'知音者也。'即令独奉新曲，声调哀切，满坐动容。公主自询曰：'此曲何名？'维起曰：'号《郁轮袍》。'公主大奇之。岐王因曰：'此生非止音律，至于词学，无出其右。'公主尤异之，则曰：'子有所为文乎？'维则出献怀中诗卷呈公主。公主既读，惊骇曰：'此皆儿所诵习，常谓古人佳作，乃子之为乎？'因令更衣，升之客右。维风流蕴藉，语言谐戏，大为诸贵之钦瞩。岐王因曰：'若令京兆府今年得此生为解头，诚为国华矣。'公主乃曰：'何不遣其应举？'岐王曰：'此生不得首荐，义不就试，然已承贵主论托张九皋矣。'公主笑曰：'何预儿事，本为他人所托。'顾谓维曰：'子诚取解，当为子力致焉。'维起谦谢。公主则召试官至第，遣宫婢传教，维遂作解头而一举登第矣。"《才子传》之文，即本于《集异记》。

《集异记》所载维夤缘干进之事，未必合于事实。维《赋得清如玉壶冰》诗题下注云："京兆府试，时年十九。"知维于开元七年（719）十九岁时赴京兆府试。张九皋事迹，见唐萧昕《张公神道碑》（《全唐文》卷三五五），云："公讳九皋，其先范阳人也。……弱冠，孝廉登科，始鸿渐也。……以天宝十四载（755）四月二十日疾亟，薨于西京常乐里之私第，春秋六十有六。"弱冠，谓二十岁左右；孝廉，唐人常以之为明经之称。据《碑》所载卒年与享年推算，中宗景龙三年（709），九皋二十岁。即景龙三年前后，九皋已明经及第，似不可能又于开元七年至京兆府求举。又，篇中于诸人皆直称其名号，独于公主不明言为何人，或此事乃得自传闻，作者亦不能确知其为谁，故笼统谓之曰"贵主"。稽之史籍，中宗诸女贵盛者，是时（开元七年）有已死者（如安乐公主），有遭贬者（如长宁公主），睿宗诸女，又恐无贵盛逾于岐王者；而玄宗诸女，是时又皆年幼（玄宗长女永穆公主开元十年方及下嫁之年，参见《唐会要》卷六、《通鉴》卷二一二），故事有可疑。

《才子传》之文有与《集异记》不同者，即将"贵主"改为"九公主"。"九公主"盖指睿宗之第九女玉真公主（中宗仅八女，玄宗之第九女早夭，参见《新唐书》卷八三《诸帝公主传》）。《通鉴》肃宗上元元年载："上又命玉真公主、如仙媛……常娱侍左右。"胡三省注："《考异》曰：《常侍言旨》作'九仙媛'，《唐历》作'九公主、女媛'，今从新、旧传。"唐韦述《两京新记》卷三云："睿宗第八女西城公主及第九女昌宗公主并出家，为立二观，改西城为金仙，昌宗为玉真。"《新书·公主传》列金仙为第九女，玉真为第十女。按，岑仲勉《唐史余渖》卷一"郯国公主初降薛儆"条云，《公主传》之第三女荆山公主重出（第七女郯国公主初封荆山公主），本不当在数中，则玉真实为第九女也。玉真为玄宗、岐王之妹，与玄宗同母，太极元年（712）与金仙俱入道。辛文房何所据而改"贵主"为"九公主"，未作说明。

开元十九年状元及第。

关于维登第之年，《历代名画记》卷一〇云："年十九，进士擢第。"《极玄集》卷上云："开元九年（721）进士。"《旧传》云："维开元九年进士擢第。"《新传》云："开元初，擢进士，调大乐丞。"按，《赋得清如玉壶冰》诗题下注语称维年十九赴京兆府试，则其就试吏部（后改礼部）与登第，最早亦只有在二十岁之时（唐时府州试例于每年秋七月举行，吏部试则于正月举行），故《名画记》之说非是。《才子传》称维"开元十九年状元及第"，亦误，说见后。

维开元九年登第后，授太乐丞，寻"坐累为济州司仓参军"（《新传》）。至于维遭贬之原因，《集异记》云："及为太乐丞，为伶人舞黄师子，坐出官。黄师子者，非一人不舞也。"唐太常寺有太乐署，置令一人（从七品下），丞一人（从八品下），令掌邦国祭祀享宴所用乐舞，丞为之贰。则署中"伶人舞黄师子"，负有责任者当非止丞一人。《旧唐书》卷一〇二《刘子玄传》云："（开元）九年，长子贶为太乐令，犯事配流。"太乐令刘贶之"犯事配流"，恐与伶人舞黄师子事有关。由此可见，维之出为济州司仓参军，约在开元九年。《宿郑州》云："朝与周人辞，暮投郑人宿。……宛洛望不见，秋霖晦平陆。……此去欲何言，穷边徇微禄。"诗即维赴济州（今山东茌平西南）途中所作，时为秋日。维《裴仆射济州遗爱碑》云："公名耀卿，字焕之。……出为此州刺史……行之一年，郡乃大理。……维也不才，尝备官属，公之行事，岂不然乎？维实知之，维能言之。"谓己尝为济州刺史裴耀卿之官属。史载开元十二年（724）耀卿始为济州刺史，孙逖《唐济州刺史裴公德政颂》（《文苑英华》卷七七五）云："初，公以甲子岁（开元十二年）秋八月，莅于是邦。"可见十二年维仍在济州为司仓参军，并可证《才子传》关于维开元十九年擢进士之记载非是。又，《碑》文叙及开元十三年冬玄宗东封泰山、乘舆经过济州之事，可见其时王维尚在济州。维离济州司仓任约在开元十四年春，说详本书《王维生平五事考辨》。

擢右拾遗，迁给事中。

《极玄集》卷上："历拾遗、御史。天宝末，给事中。"《旧传》："历右拾遗、监察御史、左补阙、库部郎中。居母丧，柴毁骨立，殆不胜丧。服阕，拜吏部郎中。天宝末，为给事中。"《新传》："张九龄执政，擢右拾遗。历监察御史。母丧，毁几不生。服除，累迁给事中。"按，九龄于开元二十一年（733）十二月起复中书侍郎、同中书门下平章事（见《旧唐书·玄宗纪》），二十二年五月二十七日加中书令（见明成化九年韶州刊本《唐丞相曲江张先生文集》附录诰命《加银青光禄大夫中书令制》），九龄加中书令之后，维曾献《上张令公》诗求汲引。又，维《献始兴公》云："宁栖野树林，宁饮涧水流；不用食粱肉，崎岖见王侯。鄙哉匹夫节，布褐将白头！……侧闻大君子，安问党与雠；所不卖公器，动为苍生谋。贱子跪自陈：'可为帐下不？感激有公议，曲私非所求！'"诗题下原注："时拜右拾遗。"此诗当是维初拜右拾遗时所献。始兴公指张九龄，考张于开元二十三年（735）三月九日进封始兴县开国子（见《唐丞相曲江张先生文集》附录诰命《封始兴县开国子食邑四百户制》），故此诗当作于二十三年三月九日之后，维之拜右拾遗当即在此时。又，"右拾遗"，《才子传》一本作"左拾遗"，误。

维迁给事中之时间，《极玄集》《旧传》皆谓在天宝末。按，维《酬郭给事》云："晨摇玉佩趋金殿，夕奉天书拜琐闱。强欲从君无那老，将因卧病解朝衣。""晨摇"二句述给事中之生活。杜甫《奉同郭给事汤东灵湫作》："飘飘青琐郎，文采珊瑚钩。""青琐郎"即指郭给事，仇注曰："《汉旧仪》：给事黄门侍郎，每日暮，向青琐门拜，谓之夕郎。""强欲"句谓己欲勉力跟从郭给事，无奈年老，力不从心。盖是时维亦官给事中（唐门下省有给事中四人），故有此语。又维诗中之"郭给事"与杜甫诗中之"郭给事"为一人，即郭纳，纳天宝十四载夏之前为给事中，维任给事中亦在此年，说详本书《王维年谱》。又《册府元龟》卷一四四云："（天宝）十四载三月……又诏曰：'……宜令吏部侍郎蒋洌今月二十五日祭天皇地祇，给事中王维等分祭于五星坛。'"亦可证天宝十四载维迁给事中。

维擢右拾遗后、迁给事中前之重要行事有：开元二十五年（737）夏，赴河西节度使幕；二十八年（740）冬，以殿中侍御史知南选，自长安经襄阳、鄂州、夏口至岭南；天宝元年（742）官左补阙；九载（750），丁母忧，离朝屏居辋川；十一载（752），服阕，拜吏部郎中。以上各事，本书《王维年谱》均有考证，可参阅。

贼陷两京，驾出幸，维扈从不及，为所擒，服药称瘖病。禄山爱其才，逼至洛阳供旧职，拘于普施寺。贼宴凝碧池，悉召梨园诸工合乐，维痛悼，赋诗曰："万户伤心生野烟，百官何日再朝天？秋槐花落空宫里，凝碧池头奏管弦。"时闻行在所。贼平后，授伪官者皆定

罪，独维得免。

《旧传》云："禄山陷两都，玄宗出幸，维扈从不及，为贼所得。维服药取痢，伪称瘖疾。禄山素怜之，遣人迎置洛阳，拘于普施寺，迫以伪署。禄山宴其徒于凝碧宫，其工皆梨园弟子、教坊工人，维闻之悲恻，潜为诗曰：'万户伤心生野烟，百官何日再朝天？秋槐叶落空宫里，凝碧池头奏管弦。'贼平，陷贼官三等定罪，维以凝碧诗闻于行在，肃宗嘉之。会缙请削己刑部侍郎以赎兄罪，特宥之。"《新传》云："安禄山反，玄宗西狩，维为贼得，以药下痢，阳瘖。禄山素知其才，迎置洛阳，迫为给事中。禄山大宴凝碧池，悉召梨园诸工合乐，诸工皆泣，维闻悲甚，赋诗悼痛。贼平，皆下狱，或以诗闻行在，时缙位已显，请削官赎维罪，肃宗亦自怜之，下迁太子中允。"两传之文，即为辛氏所本。然《旧传》《新传》及辛氏所谓"禄山素怜之，遣人迎置洛阳""禄山素知其才，迎置洛阳""禄山爱其才"，并非事实，说详本书《王维生平五事考辨》。

关于维被拘于普施寺及赋凝碧诗事，唐郑处诲《明皇杂录·补遗》云："天宝末，群贼陷两京，大掠文武朝臣及黄门宫嫔乐工骑士，每获数百人，以兵仗严卫，送于洛阳。……禄山尤致意乐工，求访颇切，于旬日获梨园弟子数百人。群贼因相与大会于凝碧池……乐既作，梨园旧人不觉歔欷，相对泣下，群逆皆露刃持满以胁之，而悲不能已。有乐工雷海清者，投乐器于地，西向恸哭，逆党乃缚海清于戏马殿，支解以示众，闻之者莫不伤痛。王维时为贼拘于菩提寺中，闻之赋诗曰：'万户伤心生野烟……'"维所赋凝碧诗，本集中题作"菩提寺禁裴迪来相看说逆贼等凝碧池上作音乐供奉人等举声便一时泪下私成口号诵示裴迪"。又《通鉴》至德元载（756）八月载："禄山宴其群臣于凝碧池（胡三省注："《唐六典》：洛阳禁苑中有芳树、金谷二亭，凝碧之池。"），盛奏众乐；梨园弟子往往歔欷泣下，贼皆露刃睨之。"据以上记载，可知维在洛阳被拘之地为菩提寺，《旧传》

《才子传》作"普施寺"当误。又，凝碧诗作于至德元载八月，是时维尚被拘于寺中，则其被迫为禄山给事中，应是此年九月以后事。

《通鉴》卷二二〇载，至德二载十月，唐军收复东京洛阳，陷贼官陈希烈等三百余人，皆被勒赴西京，然后收系于大理、京兆狱。维之遭遇，当同于其他陷贼官；所异者，乃维是时所系之地，在宣阳里杨国忠旧宅。《集异记》云："维及郑虔、张通等皆处贼庭。洎克复，俱囚于宣阳里杨国忠旧宅。崔圆因召于私第，令画数壁。当时皆以圆勋贵无二，望其救解，故运思精巧，颇绝其艺。后由此事，皆从宽典。"《新唐书·郑虔传》云："贼平，（虔）与张通、王维并囚宣阳里。三人者，皆善画，崔圆使绘斋壁，虔等方悸死，即极思祈解于圆，卒免死。"又《通鉴》卷二二〇载，至德二载十二月，陷贼官"以六等定罪，重者刑之于市，次赐自尽，次重杖一百，次三等流、贬"。维之被免罪，当在此时。维被免罪之原因，据诸书所述，大抵有三。一、凝碧诗闻于行在，肃宗嘉之。二、其弟缙请削己官以赎兄罪。维《责躬荐弟表》云："臣顷负累，系在三司，缙上表祈哀，请代臣罪。"三、为宰相崔圆（时圆为相，见两《唐书·崔圆传》）绘斋壁，得其救解。

仕至尚书右丞。

《极玄集》卷上云："肃宗时，尚书右丞。"《历代名画记》卷一〇："官至尚书右丞。"《旧传》称维被宥后，"责授太子中允。乾元中，迁太子中庶子、中书舍人。复拜给事中，转尚书右丞"。《新传》则谓："下迁太子中允。久之，迁中庶子。三迁尚书右丞。"按，维除太子中允，约在乾元元年（758）春；复拜给事中，则约在同年秋。说俱见《王维年谱》。维何时转尚书右丞，诸书皆未明言，据《王维年谱》之考证，当在上元元年（760）夏。

维诗入妙品上上，画思亦然。至山水平远，云势石色，皆天机所到，非学而能。自为诗云："当代谬词客，前身应画师。"

《历代名画记》卷一〇云："工画山水，体涉今古，人家所蓄，多是右丞指挥工人，布色原野，簇成远树，过于朴拙，复务细巧，翻更失真。清源寺壁上画辋川，笔力雄壮。常自制诗曰：'当世谬词客，前身应画师，不能舍余习，偶被时人知。'诚哉是言也。余曾见破墨山水，笔迹劲爽。"朱景玄《唐朝名画录》云："王维……兄弟并以科名文学，冠绝当时。故时称'朝廷左相笔，天下右丞诗'。其画山水松石，踪似吴生，而风致标格特出。……复画辋川图，山谷郁盘，云飞水动，意出尘外，怪生笔端。尝自题诗云：'当世谬词客，前身应画师。'其自负也如此。……山水松石，并居妙上品。"

《唐国史补》卷上云："王维画品妙绝，于山水平远尤工。"《旧传》云："维尤长五言诗。书画特臻其妙，笔踪措思，参于造化，而创意经图，即有所缺，如山水平远，云峰石色，绝迹天机，非绘者之所及也。"《新传》云："画思入神，至山水平远，云势石色，绘工以为天机所到，学者不及也。"按，"当代谬词客"云云，见于维《偶然作》之六，全文为："老来懒赋诗，惟有老相随。宿世谬词客，前身应画师。不能舍余俗，偶被世人知。名字本习离，此心还不知。"

后人评维"诗中有画，画中有诗"，信哉！

苏轼《书摩诘蓝田烟雨图》（《东坡题跋》卷五）云："味摩诘之诗，诗中有画；观摩诘之画，画中有诗。"

客有以《按乐图》示维者，曰："此《霓裳》第三叠最初拍也。"对曲果然。

《唐国史补》卷上云："人有画奏乐图，维孰视而笑。或问其故，维曰：'此是《霓裳羽衣曲》第三叠第一拍。'好事者集乐工验之，一无差谬。"《旧传》云："人有得奏乐图，不知其名，维视之曰：'《霓裳》第三叠第一拍也。'好事者集乐工按之，一无差，咸服其精思。"《新传》云："客有以《按乐图》示者，无题识，维徐云：'此

作于开元十四年，"大理韦卿"也非指韦抗。

"大理韦卿"当指韦虚心。《全唐文》卷三一三孙逖《东都留守韦虚心神道碑》云："命公作大理司直，大理丞，以至于卿。洎皇帝二十四年，銮驾还长安之月，有坐殊死在縲系者，时迫季冬，将置严法，公为之请曰……上可其奏，咸许从流，此则苏公之縲狱，释之之听理也。"按，大理卿"掌折狱、详刑。凡罪抵流、死，皆上刑部，覆于中书、门下"（《新唐书·百官志》），开元二十四年，虚心为见禁死囚请减刑时，当正为大理卿。又《旧唐书·韦虚心传》云："历户部（孙逖《碑》、《新唐书·韦虚心传》俱作"工部"，是）尚书、东京留守，卒。"逖《碑》谓开元二十九年虚心卒于东都留守任上，则其为工部尚书，当约在开元二十八年。又工部尚书正三品，大理卿从三品，依唐代官吏迁除常例，官大理卿宜在官工尚之前。所以，虚心为大理卿，应在开元二十四年至二十七年之间。维此诗其三曰："郊居杜陵下，永日同携手。"其一曰："故乡信高会，牢醴及家臣。"是知韦卿之别业，即在其故乡——长安城南杜陵。逖《碑》云："公讳虚心，字某，京兆杜陵人也。"由此亦可证韦卿当为虚心。又维诗曰"归欤绌微官"，说明是时作者在长安任"微官"，且有辞官而归的打算。考开元二十七年正月晦日维在长安任监察御史（参见拙谱、"张谱"），官职低微（监察御史正八品下）；又自开元二十五年四月张九龄贬荆州长史之后，维即滋生了辞官的念头（《寄荆州张丞相》云：方将与农圃，艺植老丘园）。所以，此诗当即作于开元二十七年正月。

三 "崔五太守"非崔涣

"张谱"于"天宝十三载"云："有《送崔五太守》诗。《新唐书》卷一二〇《崔涣传》云：'杨国忠恶不附己，出为巴西太守。'他这时正为司门员外郎。与此正合，崔五太守，当为崔涣。"（第116

页）明顾起经《类笺唐王右丞诗集》即有此说。按，维此诗云："欲持画省（尚书省）郎官笔，回与临邛父老书。"谓崔五以尚书郎出为蜀中太守，与涣自尚书司门员外郎出为巴西（即绵州，治所在今四川绵阳东）太守的经历似相合；但此诗又云："使君年几三十余，少年白皙专城居。"言崔五出守时年三十余，而据《全唐文》卷七八四穆员《相国崔公墓志铭》所载："皇唐相国博陵公姓崔氏，讳涣……享年六十二，以大历三年冬十有二月二日薨于道州刺史之寝。"涣当生于公元707年，天宝十三载（754）出守巴西时（据两《唐书·崔涣传》载，涣出守巴西，当在天宝十一载十一月杨国忠为右相之后），年四十八，因此，"崔五太守"当非指崔涣。至于崔五为何人，由于材料缺乏，现已很难考知了。

四 "崔员外"非必指崔圆

"张谱"于"天宝十一载"云："有《同崔员外秋宵寓直》诗。……崔即司勋员外郎崔圆。时与王维同为文部僚属。《旧唐书·玄宗纪》云：'本年十一月以司勋员外郎崔圆为剑南留后。'《资治通鉴》卷二一六记载同。王维是年春以前两年多不在朝，崔圆又于是年十一月赴剑南，可见他们两人同值只有在这年秋天。"（第112、113页）按，维此诗曰："建礼高秋夜，承明候晓过。""建礼"句用汉尚书郎故实，故知诗应是维任尚书郎与崔员外同在省中寓直时所作；诗又云："更惭衰朽质，南陌共鸣珂。"自云"衰朽"，恐当作于五十岁之后。维年过五十之后，曾在天宝十一载至十三载官文部（即吏部）郎中（参见拙谱、"张谱"），诗应即作于这一期间。史载崔圆于天宝十一载十一月以前为司勋员外郎（据《通鉴》，《旧唐书·玄宗纪》实无此记载，"张谱"误。又李华《崔圆颂德碑铭》称圆知剑南留后前官刑部员外郎），因此"崔员外"有可能指崔圆。

但是，在天宝十一载至十三载间官员外郎的崔姓之人，绝不止圆一个，如崔涣，即在这一期间为司门员外郎（见前）；又如崔颢，《旧唐书》本传云："累官司勋员外郎。天宝十三年卒。"《新唐书》本传云："终司勋员外郎。"《郎官石柱题名》于"司勋员外郎"下有崔颢名，列崔圆后，可见颢于天宝十三载卒前官司勋员外郎。再如崔伦，《新唐书·崔衍传》云："父伦……历吏部员外郎，安禄山反，陷于贼。"知伦于安史之乱爆发前官吏部员外郎。据《郎官石柱题名》，在伦前后为吏外者，尚有崔寓、崔翰（寓列伦前第三人，翰列伦后第一人）。因此，"崔员外"是否即指崔圆，颇难确断。类似这种情况，还是存疑为好。

五 "严少尹"非严挺之、"徐舍人"非徐峤

"张谱"于"开元二十一年"云："与严挺之、徐峤交往，作有《酬严少尹徐舍人见过不遇》《晚春严少尹与诸公见过》二诗，严少尹即严挺之，《旧唐书》卷九十九《严挺之传》云：'严挺之……（开元）二十年……擢为刑部侍郎，深见恩遇，改太府卿。与张九龄相善，九龄入相，用挺之为尚书左丞，知吏部选。'……可见严为太原少尹当在九龄为相前。徐峤……《资治通鉴》卷二一四'玄宗二十二年'载：'上遣中书舍人徐峤赍玺书迎之。'（此事《通鉴》载于开元二十二年正月——引者按）与维诗称严为少尹、徐为舍人事正合。"（第59页）既称"严少尹"即太原少尹严挺之，却又不征引史书中有关严挺之为太原少尹的记载，着实令人费解。按，《旧唐书·严挺之传》云："时黄门侍郎杜暹、中书侍郎李元纮同列为相，不叶。暹与挺之善，元纮素重宋遥，引为中书舍人。……元纮诘谯挺之，挺之曰：'明公位尊国相，情溺小人，乃有憎恶，甚为不取也。'词色俱厉。元纮曰：'小人为谁?'挺之曰：'即宋遥也。'因出为登州刺史、

太原少尹。……寻迁濮、汴二州刺史。……二十年……擢为刑部侍郎。"《新唐书·严挺之传》所载略同。考杜暹、李元纮自开元十四年至十七年六月为相（《新唐书·宰相表》），则挺之出为登州刺史，当约在开元十五年；为太原少尹，则应在十六、十七年。又，开元二十一年徐峤为中书舍人时，挺之正官刑部侍郎或太府卿，《旧唐书·玄宗纪》："（开元）二十二年春正月……辛未，太府卿严挺之……于河南存问赈给。"若此二诗作于开元二十一年，则作者不当称挺之为"严少尹"；若作于挺之任太原少尹时，则是时徐峤尚未为中书舍人，且挺之既在太原，为何又至长安访维？又《晚春严少尹与诸公见过》云："自怜黄发暮，一倍惜年华。"诗无疑当作于王维晚年，而依"张谱"，开元二十一年维只有三十四岁。所以，"严少尹"当非挺之，"徐舍人"也不是徐峤。拙谱尝谓，"严少尹"即严武，武自至德二载（757）九月至乾元元年（758）六月官京兆少尹，二诗皆作于乾元元年武任京兆少尹期间，这同诗中"自怜黄发暮"之语正合。又，"徐舍人"即徐浩，乾元元年春夏间，浩正官中书舍人（参见《唐仆尚丞郎表》卷八）。

六 《赠徐中书望终南山歌》
非作于开元二十一年

"张谱"于"开元二十一年"又云："此二诗（按，即上条所述二诗）与《赠徐中书望终南山歌》，疑为同时作，时间当在是年以前。"（第59页）大概是以为"徐中书"即中书舍人徐峤，故疑此诗作于开元二十一年。其实，中书舍人简称为"舍人"，不简称为"中书"。如徐浩为中书舍人，维谓之曰"徐舍人"；苑咸官中书舍人，维诗中呼之为"苑舍人"（见《苑舍人能书梵字兼达梵音皆曲尽其妙戏为之赠》诗）。《国秀集》卷下褚朝阳《奉上徐中书》曰：

"中禁仙池越凤凰，池边词客紫微郎。"紫微，指中书省（开元元年曾改中书省为紫微省）；紫微郎，即谓徐中书，可见"中书"当指中书侍郎。严武为黄门侍郎，岑参称之曰"严黄门"（见岑参《送严黄门拜御史大夫再镇蜀川兼觐省》诗），例与此同。盖中书侍郎、黄门侍郎若简称为"侍郎"，易与六部侍郎相混，故简称为"中书""黄门"。"徐中书"，即徐安贞。《旧唐书·徐安贞传》云："累迁中书侍郎。天宝初卒。"《全唐文》卷三〇八有孙逖《授徐安贞中书侍郎制》，史称逖开元二十四年始为中书舍人（见《旧唐书·孙逖传》）掌制诰，所以此制当作于二十四年之后；《全唐文》卷三八玄宗《册建平公主文》："维开元二十五年岁次丁丑九月十一日……今遣使兵部尚书李林甫、副使中书侍郎徐安贞持节礼册，尔其受兹光宠……"则二十五年安贞正官中书侍郎。维此诗曰："晚下兮紫微，怅尘事兮多违。驻马兮双树，望青山兮不归。"首句谓己傍晚自中书省下班归家。开元二十五年春夏，维正在中书省任右拾遗（参见拙谱、"张谱"），故云。尘事多违，疑指开元二十四年十一月张九龄罢中书令、二十五年四月贬为荆州长史而言。综上所述，维此诗当作于开元二十五年。

七 《裴仆射济州遗爱碑》非作于开元十三年

"张谱"于"开元十三年"云："与济州刺史裴耀卿交往。……裴于开元十二年十月（《全唐文》卷三一二孙逖《唐济州刺史裴公德政颂》作"八月"——引者按）出任济州刺史，十四年初离开济州……王维先裴来济，又后裴离济，所以，他对这位上司的政绩与为人是了解的。裴耀卿离开济州后，济州百姓为裴立的功德碑，碑文即王维所写，收入《文集》，名《裴仆射济州遗爱碑并序》（按，"仆射"二字是后加的，因裴……天宝初，进尚书左仆射，俄改右仆射。）……此文当写于是年末，或下年初。"（第 40、41 页）按，维《碑》云："……公未受赏，朝而归藩。天灾流行，河水决溢。"碑文接着叙其亲督士民修堤防事；又谓及堤成，即迁宣州刺史。关于"河水决溢"事，孙逖《颂》曰："其三年（耀卿刺济之第三年，即开元十四年）秋，大水，河堤坏决……公俯临决河，躬自护作。"《通鉴》开元十四年："秋七月，河南、北大水，溺死者以千计。"则开元十四年秋，耀卿尚在济州，维《碑》既述及此事，自然不可能作于十三年末或十四年初。又，维于十四年春离济州（参见拙谱、"张谱"），"张谱"称维"后裴离济"，亦非。《碑》并非作于维或耀卿在济州任职期间（碑曰"遗爱"，无疑当作于耀卿去任之后），据《碑》称耀卿为"裴仆射"，它当作于天宝元年二月之后、二年七月以前（说详拙作《王维生平五事考辨》）。"张谱"谓"'仆射'二字是后加的"，缺少证据。

八 《苗公德政碑》非作于天宝六载

"张谱"于"天宝六载"云："有《魏郡太守河北采访处置使苗公德政碑》，据《旧唐书》卷一一三《苗晋卿传》：'天宝三载闰二月，转魏郡太守，充河北采访处置使，居职三年，政化洽闻。……寻改河东太守……'苗晋卿任魏郡太守，开始当在天宝三载，居职三年，正好是天宝六载，与此文之作正合。"（第 103 页）按，谓晋卿自天宝三载至六载官魏郡太守甚是，谓此文作于天宝六载则非。此文云："某年月日，诏除公河东太守……公既去官，多历年所，人思愈甚，共立生祠。……仍建丰碑，立于祠宇。匍匐千里，前后百辈，求缀词之客，为颂德之文。"明谓此文作于晋卿离魏郡太守任多年之后。《宝刻丛编》卷六引《访碑录》云："《唐魏郡太守苗晋卿德政碑》，唐王维撰，天宝七载立。"亦误。

九 《奉和圣制庆玄元皇帝玉像之作应制》
非作于开元二十九年

"张谱"于"开元二十九年"云："有《奉和圣制庆玄元皇帝玉像之作应制》诗云：'玉京移大像，金篆会群仙。'可证诗写于移玄元皇帝像于兴庆宫之时。玄宗正月梦玄元皇帝，闰四月，迎置兴庆宫，故诗作于闰四月。"（第 86 页）按，《通鉴》开元二十九年云："上梦玄元皇帝告云：'吾有像在京城西南百余里，汝遣人求之，吾当与汝兴庆宫相见。'上遣使求得之于盩厔楼观山间。夏，闰四月，迎置兴庆宫。五月，命画玄元真容，分置诸州开元观。"维此诗云："明君梦帝见，宝命上齐天。"上句即指二十九年玄宗梦玄元皇帝（老子）事，然这是追述之语，由此并不能证明此诗当作于开元二十九年。诗曰"玉像"，曰"移大像"，显然所指系一老子的大玉石雕像；而"迎置兴庆宫"之像，则不可能是这样的雕像。因为这一从楼观山间找到的像，无疑是玄宗派人事先安置的，如果它是一大玉石雕像，则搬运不便，藏匿不易，作伪的真相非常容易暴露，那样玄宗制造神话的目的也就达不到了（玄宗大力扶植道教，曾一再制造老子托梦、显灵的神话，掀起崇道狂热）。《旧唐书·玄宗纪》云："天宝元年春正月……甲寅，陈王府参军田同秀上言：'玄元皇帝降见于丹凤门之通衢，告赐灵符在尹喜之故宅。'上遣使就函谷故关尹喜台西发得之，乃置玄元庙于（西京）大宁坊。……二月……辛卯，亲享玄元皇帝于新庙。"《唐会要》卷五〇云："天宝元年正月七日，陈王府参军田同秀上言……于是置玄元皇帝庙于大宁坊西南角……庙初成，命工人于太白山砥石为玄元皇帝圣容，又采白石为玄宗圣容，侍立于玄元皇帝之右。"此诗之"玉京移大像"，盖指将老子的玉石雕像自太白山移入西京玄元庙，所以，它当作于天宝元年。

十 《投道一师兰若宿》非作于开元二十三年

"张谱"于"开元二十三年"云:"《投道一师兰若宿》《过乘如禅师萧居士嵩丘兰若》二诗,当作于王维在嵩山闲居时期。可见,此时他结识了道一禅师。道一,《传灯录》有传,说他是汉州什邡人,姓马……开元中,习禅定于衡岳传法院,遇让和尚……后住嵩岳。"(第 64 页)按,《景德传灯录》卷六云:"江西道一禅师……唐开元中,习禅定于衡岳传法院,遇让和尚,同参九人,唯师密受心印。始自建阳佛迹岭迁至临川。次至南康龚公山,大历中,隶名于开元精舍。时连帅路嗣恭,聆风景慕,称受宗旨,由是四方学者,云集坐下。"未尝言道一尝居嵩岳。其他有关道一的记载尚多,也从未说过他曾居嵩山。又,开元时,嵩山是禅宗北宗的重要据点,北宗名僧普寂、敬贤(两人都是北宗创始人神秀的四大弟子之一)皆居于此(参见净觉《楞伽师资记》),而道一却是禅宗南宗创始人慧能的再传弟子,焉能在嵩山找到立足之地?维此诗曰:"一公栖太白,高顶出云烟。"明言道一居于太白山(在今陕西眉县南),所以此诗不可能作于开元二十三年维"在嵩山闲居时期"。太白山是终南山的一部分,疑此诗即维开元二十九年隐于终南时所作。又,笔者尝谓,江西道一禅师始终没有到过北方,也不曾居于太白,维此诗中的"道一",当别有所指(详见本书《王维与僧人的交往》)。

十一 《达奚侍郎夫人寇氏挽歌》非作于天宝十三载

"张谱"于"天宝十三载"云……有《达奚侍郎夫人寇氏挽歌》二首,《文苑英华》题为"……达奚侍郎夫人寇氏挽歌》二首,李颀亦有同题。据《资治通鉴》载，天宝五载前达奚珣尚在礼部，天宝十二载在吏部。天宝十四载已为河南尹。此挽歌当写于天宝十四载前，故系于此。"（第116、117页）按，《唐语林》卷八："累为主司者……达奚珣四：天宝二年、三年、四年、五年。"可见天宝二年至五年，珣为礼部侍郎。据载，至六年春，知贡举者已是李岩，而其始任礼侍，则在五年冬，彼时珣当已自礼侍迁吏侍矣（参见《唐仆尚丞郎表》卷十六）。又，据《金石萃编》卷八十七《游济渎记》及《宴济渎序》，可知珣天宝六载正在吏侍任（参见《唐仆尚丞郎表》卷十、傅璇琮《唐代诗人丛考》）。又，寇氏卒于天宝六载二月（参见《王维年谱》），则维此诗当作于天宝六载。《通鉴》天宝十二载："国忠子暄举明经，学业荒陋，不及格。礼部侍郎达奚珣畏国忠权势，遣其子昭应尉抚先白之。……抚曰：'大人白相公，郎君所试，不中程式，然亦未敢落也。'国忠怒曰：'我子何患不富贵，乃令鼠辈相卖！'策马不顾而去。……遂置暄上第。及暄为户部侍郎，珣始自礼部迁吏部，暄与所亲言，犹叹己之淹回，珣之迅疾。"按，暄举明经，当在天宝五载，《通鉴》此处系追述前事；至称天宝十二载暄为户侍、珣官吏侍，则非事实，说见《唐仆尚丞郎表》卷十二。

十二　《赠房卢氏琯》非作于开元十四年

"张谱"于"开元十四年"云："《赠房卢氏琯》，当作于是年。《旧唐书》卷一一一《房琯传》：'开元十二年，玄宗将封岱岳，琯撰《封禅书》一篇及笺启以献。中书令张说奇其才，奏授秘书省校书郎，调补同州冯翊尉。无几去官，应堪任县令举，授虢州卢氏令，政多惠爱，人称美之。"（第43页）按，《旧唐书》于"人称美之"句下又云："二十二年，拜监察御史。"则琯为卢氏令，当在开元二十二年拜监察御史以前的三四年内；至于开元十四年，琯则大抵仍在秘书省为校书郎。

十三 《送从弟蕃游淮南》非作于开元二十年

维此诗曰："岛夷九州外，泉馆三山深。席帆聊问罪，卉服尽成擒。归来见天子，拜爵赐黄金。忽思鲈鱼脍，复有沧洲心。……江城下枫叶，淮上闻秋砧。送归青门外，车马去骎骎。"赵殿成曰："刘昫《唐书》本纪：开元二十年九月，渤海靺鞨寇登州，杀刺史韦俊，命左领军将军盖福顺发兵讨之。又《北狄列传》：渤海靺鞨王大武艺遣其将张文休率海贼攻登州刺史韦俊，诏遣门艺往幽州征兵以讨之，仍令太仆员外卿金思兰往新罗发兵，以攻其南境。属山阻寒冻，雪深丈余，兵士死者过半，无功而还。诗中所云岛夷、泉馆、席帆、问罪，疑蕃于是时从诸将泛海往攻者也。""张谱"即从其说，断此诗作于开元二十年（第56页）。按，关于渤海靺鞨寇登州事，《通鉴》、《新唐书·玄宗纪》、《册府元龟》卷九八六亦谓在开元二十年九月，唯《旧唐书·东夷传》称"（开元）二十一年，渤海靺鞨越海入寇登州"；如果此事确乎发生在二十年九月，则唐发兵讨渤海靺鞨最早也只能在此时。又，二十年九月发兵，最快也需要到同年冬日方得还归（《北狄传》有"山阻寒冻，雪深丈余"之语），而此诗写秋景，又明言是时蕃已出征归来，所以它的写作时间，最早只能在开元二十一年秋，而不可能在二十年。

十四 《赞佛文》《西方变画赞》非作于开元
二十六年维自河西还长安后

"张谱"于"开元二十六年"云："王维（自河西）回长安以后，

崔（希逸）仍在世，他替崔写了两篇文章，办了两件事。一件是为崔上奏玄宗写了《赞佛文》，请让其女落发奉佛，以忏悔他与乞力徐盟誓失约的内疚。文中云：'左散骑常侍摄御史中丞崔公第十五娘子……教从半字，便会圣言，戏则剪花、而为佛事。常侍公顷以入朝天阙，上简帝心，虽功在于生人，深辞拜命；愿赏延于爱女，密启出家。白法宿修，紫书方降，即令某月日……奉诏落发。……常侍公出为法将，入拜台臣，身在百官之中，心超十地之上……'一件是为崔希逸夫人李氏的亡父追荐冥福，写了《西方变画赞并序》。其中一段文字讲得很清楚，'西方净土变者，左常侍摄御史中丞崔公夫人李氏奉为亡考故某官中祥之所作也……'这两段文字可以证明崔决不是回长安后立即故去，而是过了一段时间。王维在他卒前已回长安了。"（第74、75页）按，此两文皆当作于开元二十五、二十六年维在河西任职期间，而不当作于他自河西还长安后。《通鉴》开元二十六年五月："丙申，以崔希逸为河南尹。希逸自念失信于吐蕃，内怀愧恨，未几而卒。"《全唐文》卷三〇九孙逖《授崔希逸河南尹制》："朝散大夫守左散骑常侍、持节河西节度经略……等副大使知节度使、判凉州事、赤水军使、上护军摄御史中丞赐紫金鱼袋崔希逸……可银青光禄大夫、河南尹，勋如故。"知希逸自河西节度使转任河南尹后，散官由朝散大夫升为银青光禄大夫，勋官如故（仍为上护军），职事官则只有河南尹一项，不再带左散骑常侍、御史中丞衔。而王维此二文，称希逸之官衔，皆曰左散骑常侍摄御史中丞，所以它们的写作时间，当在二十六年五月希逸改任河南尹之前。又所谓"常侍公""入朝天阙"，盖指希逸以河西节度使的身份入朝述职（唐时节度使常有入朝述职之事，只是希逸此次入朝史传失载，具体时间已难考知），而非谓他自河西至河南府赴任途经长安时曾朝见天子。另《旧唐书·吐蕃传》云："希逸以失信怏怏，在军不得志，俄迁为河南尹。行至京师，与赵惠琮俱见白狗为祟（希逸曾与吐蕃"刑白狗为盟"），相次而死。"《新唐书·吐蕃传》所载略同。看来，希逸未及到洛阳赴任便去世了。王维离开河西的时间晚于希逸（参见拙谱、"张谱"），目前尚没有什么材料可以证明王维在希逸卒前已回到长安。又，《赞佛文》并非"为崔上奏玄宗"而作，因为就文体而论，它是赞，而不是奏表；且文中明言，希逸入朝时，已"密启"玄宗，请让其女出家，玄宗亦已下诏（"紫书方降"）许之，何须复为此事"上奏玄宗"？至于希逸求令其女落发的原因，文中也讲得很清楚，即希逸全家皆好佛，所谓希逸欲以此"忏悔他与乞力徐盟誓失约的内疚"，恐怕是想当然之词。

十五 《自大散以往深林密竹蹬道盘曲四五十里至黄牛岭见黄花川》《青溪》《冬晚对雪忆胡居士家》非作于维隐居终南期间

"张谱"于"天宝元年"云："王维自上年秋居终南到天宝二年，近三年时间，写了一些山水田园诗，如《渭川田家》……《自大散以往……见黄花川》……《青溪》《冬晚对雪忆胡居士家》等都写终南山一带景物，故系于此。"（第90页）按，"大散"即大散关，在今陕西宝鸡市西南。"黄牛岭"，当在古黄牛堡（今黄牛铺）附近。《嘉庆一统志》卷二三八："黄牛堡，在凤县（今陕西凤县）东北一百一十五里。""黄花川"，《通典》卷一七六谓凤州黄花县（在今凤县东北）"有黄花川"；《嘉庆一统志》卷二三七："黄花川，在凤县东北"。大散、黄牛岭、黄花川皆自陕入蜀需经之地，考维曾游蜀（据《晓行巴峡》诗可知），所以《自大散以往……》应即作于他入蜀途中。《青溪》云："言入黄花川，每逐青溪水。"亦入蜀途中所作。又《冬晚对雪忆胡居士家》云："隔牖风惊竹，开门雪满山。洒空深巷静，积素广庭闲。"清朱庭珍《筱园诗话》卷四云："右丞

'洒空深巷静，积素广庭闲'，工部'烛斜初近见，舟重竟无闻'，一写城市晓雪，一写江湖夜雪，亦工传神。"可见此诗不当作于隐居终南期间（"雪满山"盖写远望郊外所见到的景象）。

十六 《三月三日勤政楼侍宴应制》非作于天宝四载

赵殿成于此诗下注云："按《旧唐书》本纪：天宝四载春三月甲申，宴群臣于勤政楼。又十四载春三月丙寅，宴群臣于勤政楼，奏九部乐，上赋诗，效柏梁体。""张谱"云："此诗颂'天保无为德，人欢不战功。仍临九衢宴，更达四门聪'的升平气象，应在四载，不当在十四载的即将爆发安史乱之时。"（第 97 页）按，诗题曰"三月三日"，天宝四载三月三日为辛酉，十四载三月三日为壬戌，则赵氏所引二事，皆非谓三月三日上巳之宴，此诗亦不当作于天宝四载。

十七 《奉敕详帝皇龟镜图状》非作于维为中书舍人之时

"张谱"于"乾元元年"云："《奉敕详帝皇龟镜图状》，当写于维为中书舍人之时，亦当是年。"（第 135 页）按，此状题下注云："《帝皇龟镜图》两卷，令简择讫，进状。"又状云："右某官宣口敕语看可否者。"维乾元时尝以太子中允加集贤学士，又尝官中书舍人（参见拙谱、"张谱"），考中书舍人掌草诏，而集贤学士负有审查、鉴别著述之可否的职责，《旧唐书·职官志》云："集贤学士之职，掌刊缉古今之经籍，以辨明邦国之大典。……其有筹策之可施于时，著述之可行于代者，较其才艺而考其学术，而申表之。"所以，此状当作于维为集贤学士时。

十八 严武官河南尹非在其贬巴州刺史之前

"张谱"于"上元元年"云:"有《河南严尹弟见宿敝庐访别人赋十韵》……严武确实做过河南尹,时间当在贬巴州刺史之前,做了一段时间的河南尹后,再贬巴州。严武赴河南府任,当在史思明第二次占领洛阳之时,府治暂置长水,这从严武赴任长水经过虢州,虢州长史岑参送严武的几首诗可以得到证明。……王维这首诗写的是'薄霜澄夜月,残雪带春风'的早春季节。而诗题已称:'河南严尹弟',说明严已在河南府任……所以,这首诗当写于上元二年初春,是严由河南府任回长安的一次会晤。唐巴州城南二里有古佛龛一所,中有《唐巴州佛龛记》碑,上刻有严武给皇帝的奏疏,云:'右山南西道度支判官卫尉少卿兼侍御史内供奉严武奏:臣顷牧巴州,其州南二里有前建古佛龛一所……臣幸承恩宥,驰赴阙庭,辞日奏陈,许令置额,伏望特旌裔土,俯赐嘉名……敕旨:其寺宜以光福为名,余依。乾元三年四月十三日。'亦可证是年严武牧巴州,上年贬为河南尹。"又于是年"时事"栏云:"九月,高适为蜀州刺史。严武任河南尹,又转成都尹。"(第138—140页)按,以上考述,多自相矛盾。如既系维此诗于上元元年(760),又说它作于上元二年初春;既称上元二年(761)初春武"在河南府任",又说他乾元二年(759)"贬为河南尹";既在"王维事迹"栏称武乾元二年贬为河南尹,上元元年牧巴州,又于"时事"栏说他上元元年"任河南尹,又转成都尹"。其实,武官河南尹,不可能在其牧巴州之前。《新唐书·严武传》:"已收长安,拜京兆少尹。坐(房)琯事贬巴州刺史。"《旧唐书·房琯传》:"乾元元年六月,诏曰:'……房琯……率情自任,怙气恃权。……又与前国子祭酒刘秩、前京兆少尹严武等潜为交结……琯可邠州刺史……武可巴州刺史……并即驰驿赴任,庶各增修。"明谓武于乾元元年（758）六月自京兆少尹贬为巴州刺史。如果武为河南尹在其贬巴州之前、官京兆少尹之后，那就不是贬官反倒是升官了（唐时京兆少尹从四品下，河南尹从三品），这与史传中武因"坐琯事"而遭贬的记载岂不矛盾？据"张谱"上引《巴州古佛龛记》（见《唐文拾遗》卷二二）之文，可知乾元三年（是年闰四月改为上元元年）四月十三日，武已"辞"巴州"驰赴阙庭"任职，所以他任巴州刺史的时间，应在乾元元年六月至乾元三年春。武官河南尹事，两《唐书》本传俱未言及，但据岑参《使君席夜送严河南赴长水》《稠桑驿喜逢严河南中丞便别》《虢州南池候严中丞不至》等诗，可知武曾任此职，时间当在乾元二年五月至上元二年岑参任虢州长史期间。又据参诗，可知是时河南尹治所暂设在长水。《旧唐书·刘晏传》曰："（晏）迁河南尹，时史朝义盗据东都，寄理长水。"《通鉴》乾元二年九月："庚寅，（史）思明入洛阳……（东都留守）韦陟、（河南尹）李若幽皆寓治于陕。"武官河南尹，应在是年九月洛阳陷落之后。又，乾元二年九月李若幽为河南尹，同年十月之后至上元元年五月癸丑之前不久刘晏为河南尹（说详拙谱），所以，武始为河南尹之时间，应在上元元年闰四月之后；另《旧唐书·李光弼传》云："光弼自河中入朝……遂加开府仪同三司、侍中、河南尹、行营节度使。"《通鉴》上元二年五月："己丑，李光弼自河中入朝。"则武为河南尹之下限，当在上元二年五月。又维此诗写初春景象，应作于上元二年初春。至于武迁成都尹之时间，则在上元二年十月，说见《唐刺史考》卷二二二。

十九 关于"哥舒大夫"

"张谱"于"天宝十三载"云："有《送高判官从军赴河西序》，序文云：'……而上将有哥舒大夫者，名盖四方……'《旧唐书》卷一〇四《哥舒翰传》：'……十三载，拜太子太保，更加实封三百户，又兼御史大夫。'序文首称'上将有哥舒大夫者'云，序文当写于天宝十三载。"（第117、118页）按，《旧唐书·哥舒翰传》云："（天宝）八载，以朔方、河东群牧十万众委翰总统攻石堡城……不旬日而拔之，上录其功，拜特进……加摄御史大夫。"又《通鉴》天宝六载："李光弼言于（王）忠嗣曰：'大夫以爱士卒之故，不欲成延光之功……'"胡三省注："唐中世以前，率呼将帅为大夫，白居易诗所谓'武官称大夫'是也。"则据"哥舒大夫"之称，不足以证明此文当作于天宝十三载。据《通鉴》载，天宝六载十一月，哥舒翰为陇右节度使；十二载五月，又兼河西节度使。此文为送高赴河西为判官而作，又云翰"开府之日，辟书始下……待夷门而不食，置广武于上座，始得我高子焉"，所以，它应作于天宝十二载五月翰兼任河西节度使之后。

二十 关于朝衡归国与复返长安的时间

"张谱"于"天宝十二载"云："有《送秘书朝监还日本国》诗并序。……贺昌群《唐代文化之东渐与日本文明之开发》：'天宝十二年仲麻吕（朝衡）与藤原清河、吉备真备等同船东归，发扬州，海上遇风，漂至安南，同行多为土人所害，仲麻吕与清河仅免于难，复返长安……'都可证明朝衡返日时间与遇难后返回长安的时间都在天宝十二年，不过返国在上半年。王维此诗并序当写于朝衡返国临行之前。"（第114、115页）按，朝（晁）衡还日本非在天宝十二载上半年。衡等归时，玄宗、赵骅皆有诗送之，骅诗曰："马上秋郊远，舟中曙海阴。"（《送晁补阙归日本国》，载《全唐诗》卷一二九）玄宗诗曰："涨海宽秋月，归帆驶夕飙。"（《送日本使》，载《全唐诗逸》卷上）知衡等回国自长安出发的时间为秋日。衡等离长安后，先至扬州访求鉴真和尚；天宝十二载十一月十五日，偕鉴真自扬州出发，东渡日本。《游方记抄·唐大和上东征传》云："天宝十二载岁次癸巳十月十五日壬午，日本国使大使特进藤原朝臣清河……副使银青光禄大夫秘书监吉备朝臣真备，卫尉卿安倍朝臣朝衡等来至延光寺，白大和上（鉴真）云……大和上于天宝十二载十月二十九日戌时从龙兴寺出……十一月十日丁未夜，大伴副使窃招大和上及众僧纳己舟，总不令知。……十五日壬子四舟同发。"衡等既于十二载十一月十五日方自扬州出发，则其船中途遇风后飘至安南（治所在今越南河内），再由安南复返长安，当然不可能在天宝十二载。据今人考证，朝衡复返长安的时间，应在天宝十四载六月（参见戴禾、张英莉《中日史籍中的日使来唐事异同考》，载《文史》第20辑）。

二十一 "舍弟官崇高"非谓王缙已做高官

维《留别山中温古上人兄并示舍弟缙》曰："舍弟官崇高，宗兄此削发。""张谱"于"开元二十三年"云："温古上人在嵩山……诗中……最后写其弟已做高官，并嘱温古上人兄。……恐怕这时王缙已在朝做侍御史（从六品下），或武部员外（从六品上）的官了。也还符合王维诗中所说'舍弟官崇高'。"（第63页）似乎诗人在夸耀其弟已任高官，但即便是王缙在朝为侍御史或武部员外，也实在算不上是什么高官。"舍弟官崇高"，说的是王缙当时在登封为官。崇高，汉县名，武帝置，唐时曰登封县。《汉书·武帝纪》曰："元封元年……春，正月，行幸缑氏，诏曰：'……其令祠官加增太室（嵩山东峰）祠……以山下户三百为之奉邑，名曰崇高。"又《地理志》曰："嵩高（县），武帝置，以奉太室山，是为中岳。"师古注："嵩，古崇字。"《元和郡县志》卷五："登封县，本汉嵩高县，武帝元封元年置，以奉太室。……则天因封岳，改为登封。"《全唐文》卷三七〇王缙《东京大敬爱寺大证禅师碑》云："缙尝官登封，因学于大照（即普寂）。"证明王缙确曾在登封为官。王维作此诗时，即将离隐居地——登封县嵩山——至东都任职（参见拙谱），所以诗中提到了当时正在登封为官的弟弟。又《旧唐书·王缙传》谓缙曾任"武部员外"，《通鉴》天宝十一载三月："乙巳，改吏部为文部，兵部为武部。"则缙为武部员外，当在天宝十一载三月之后，不可能在开元二十三年。

二十二 "使君五郎"非指济州刺史裴耀卿

"张谱"云："《和使君五郎西楼望远思归》诗，当也写于济州时期。……使君五郎疑即州守裴耀卿。"（第41页）按，"使君五郎"盖指使君之子，非谓使君本人。岑仲勉《唐人行第录》云："王维《和陈监四郎秋雨中思从弟据》。以余考之，陈监四郎应希烈之孙，《姓纂》言希烈子沨为少府少监……疑此四郎为沨之子。"（中华书局1963年版第125页）例与此同。又，"使君"亦非必指耀卿，因维在济州任职期间，为济州刺史者非止耀卿一人。

二十三 《韩朝宗墓志铭》的断句之误

"张谱"于"天宝十载"云："十月，吴兴郡别驾前京兆尹韩朝宗葬于蓝田白鹿原。王维为其作墓志铭《唐故京兆尹长山公韩府君墓志铭》并序（按，此文赵殿成注本失载）……序云：'公讳某……（应文以经国，）举甲科，试右拾遗。天禄阁校文，献子云之赋句，马生骤谏，称公高之，官拜监察御史，兵部员外郎。'"（第110、111页）按，以上引文的断句，既导致文意难明，又有悖于骈文偶对的形式，应改为："天禄阁校文，献子云之赋；句（白）马生骤谏，称公高之官。拜监察御史、兵部员外郎。（埋轮宪府，奏记劾大将军；赐笔礼闱，董戎从小司马。）""天禄"二句用汉扬雄事，承上"应文以经国，举甲科"而言，谓朝宗有文才。"句（白）马"二句用后汉张湛事，承上"试右拾遗"而言。《后汉书，张湛传》："光武临朝或有惰容，湛辄陈谏其失。常乘白马，帝每见湛，辄言白马生且复谏矣。"骤谏，屡谏。公高，公正高尚之意。此处作者盖因不知"句"即"白"之形误字，所以造成了断句的错误。

还有一些其他问题，笔者的有关论文中已经涉及，这里就不重复了。

（原载《文献》1991 年第 3 期）

王维生年新探

关于王维的生卒年，《旧唐书》本传说："乾元二年七月卒。"《新唐书》本传说："上元初卒，年六十一。"由上述记载，引出了下面两种流行的说法：（一）取《旧唐书》记载的卒年和《新唐书》标明的享年，推定王维的生卒年为 699—759。（二）赵殿成《右丞年谱》考出王维实卒于上元二年（761），又据《新唐书》"年六十一"之说，推定王维生于 701 年，卒于 761 年。许多事实证明，王维确乎卒于上元二年，这一点学术界无异议，可说是定论。准此，则 699—759 之说也就不能成立了。又两《唐书·王缙传》皆谓缙卒于建中二年（781），年八十二，据此逆推，他当生于 700 年，缙为维之弟，结果反比维早生一年，所以不少人以为赵殿成的说法不可信。

近两三年来，有些同志对这个问题进行探索，提出了一些新看法。如王从仁《王维生卒年考辨》（载《文学评论丛刊》第 16 辑，以下简称"王文"）认为，"王维约生于武后如意元年，卒于唐肃宗上元二年（公元 692—761），享年七十左右"。杨军《王维事迹证补》（载《唐代文学论丛》1982 年第 2 期，以下简称"杨文"）提出，王维的享年，"保守一点估计，也该有六十六岁"。王达津《王维的生平和诗》（载《唐代文学论丛》总第 3 辑）定王维的生卒年为 699—761。为了弄清王维到底生于哪一年，有必要先对上述诸家立说的根据，逐项作一些辨析。

王从仁同志为自己的新说，提出了如下一些证据：

（一）王维《赠从弟司库员外絿》云："少年识事浅，强学干名利。徒闻跃马年，苦无出人智。即事岂徒言，累官非不试。既寡遂性欢，恐招负时累。……皓然出东林，发我遗世意。""王文"说："细玩诗意，此乃王维晚年追述平生之诗。先述早岁干名利，次叙于'跃马年''即事'，也曾作过努力，但无出人之智，结果白白度过了。……跃马年，语出《史记》卷七十九《范睢蔡泽列传》，（蔡泽）曰：'吾持粱刺齿肥，跃马疾驱，怀黄金之印，结紫绶于要，揖让人主之前，食肉富贵，四十三年足矣。'王维诗中的跃马年，当指其开元二十二年任右拾遗之事，时年四十三。"作者于是由此推定，王维生于公元 692 年。按，司库员外即库部员外郎，《通典》卷二十三云："库部郎中……龙朔二年改为司库大夫，咸亨初复旧。天宝十一年又改库部为司库，至德初复旧。"据此，这首诗当作于天宝十一年（752）之后、安史之乱发生以前。关于"跃马年"，《史记·范睢蔡泽列传》云："蔡泽者，燕人也。游学干诸侯，小大甚众，不遇，而从唐举相。……（泽）曰：'富贵吾所自有，吾所不知者寿也，愿闻之。'唐举曰：'先生之寿，从今以往者四十三岁。'蔡泽笑谢而去，谓其御者曰：'吾持粱刺齿肥（索隐："持粱，谓作粱米饭而持其器以食也。刺齿肥，当为齧肥，谓食肥肉也。"）……食肉富贵四十三年，足矣！'"很显然，"四十三年"是说蔡泽"从今以往"还有四十三年的寿命，并不是说蔡泽当时四十三岁或只能活四十三岁，怎么好由此得出王维"时年四十三"的结论呢！"跃马"即对《史记》"跃马疾驱""食肉富贵"等语的概括，意谓"富贵得志"。《文选》

左思《吴都赋》："跃马叠迹，朱轮累辙。"刘渊林注："跃马，腾跃之谓，言富贵也。《蔡泽传》曰：跃马肉食。"又左思《蜀都赋》："公孙跃马而称帝。"张铣注："公孙述跃马肉食于此也。"皆可证"跃马"即"富贵得志"之意。"徒闻"二句是说，空闻富贵得志四十三年之事，而自己苦于没有出人的才智，无从富贵得志。即事，就事，获得职位前往任事之意。这显然是泛指，怎能理解成是专指任右拾遗之事？且王维拜右拾遗在开元二十三年，不在二十二年（说见本书《王维年谱》）。"即事"以下数句大意是说，自己真的多次出来做了官，而不是没有尝试过为官的滋味；但做了官，既感到少有依顺自己情性的欢乐，又恐怕有违于当世招致政治上的牵累，因此便有了遗世退隐之意。通过以上对诗意的串释，不难看出，所谓开元二十二年王维四十三岁的说法，是根本站不住脚的。

（二）王维《责躬荐弟表》云："臣又逼近悬车，朝暮入地，阒然孤独，迥无子孙。""王文"说："此表当作于乾元二年前后，王维已逼近七十岁，如按赵谱系年，其时王维只有五十九岁左右，安得自称'逼近悬车'？"并根据这一点，推定王维的享年在七十岁左右。按，如果"悬车"确乎指七十岁，则王维在此表中是不当自称"逼近悬车"的，因为《表》实作于上元二年（说见本书《王维年谱》，"王文"谓《表》作于乾元二年，但未申述理由），按照王从仁同志所定的生年推算，当时王维已经七十岁了。至于"悬车"的含义，俟下文再作专门论述。

（三）"王文"说："《太平广记》引《集异记》记载了王维赴京兆府试一事云：'维方将应举，言于岐王，仍求庇借。岐王曰，贵主之强，不可力争，吾为子画焉。……'这件事发生在王维十九岁那年，王维《赋得清如玉壶冰》题下原注：'京兆府试，时年十九。'赵殿成《右丞年谱》系于开元七年。可是开元七年时，并不存在如此强有力的一位公主，《集异记》记载就落空了。……现以新考定生卒年推定，此事当发生于睿宗景云元年（710）左右，这一年，太平公主协助李隆基诛杀了韦武之党，权势极盛，《集异记》中所谓'贵主之强，不可力争'，当指太平公主。"按，"王文"所说《集异记》的记载，即大家熟悉的王维奏《郁轮袍》夤缘干进的故事。许多同志都认为，此事系小说家言，未必合于事实。关于这一点，拙作《王维年谱》、周绍良《〈唐才子传·王维传〉笺证》（载《全国唐诗讨论会论文选》）都有论述，可参阅。即如"王文"所说，维于710年赴京兆府试，便存在着一个明显的漏洞：《唐摭言》卷二云："同（州）、华（州）解最推利市，与京兆无异，若首送（即首荐、作解头）无不捷者。"可见唐时京兆府之解头，赴吏部试（后改由礼部考试）例皆得中。《集异记》谓王维凭借贵主之力，"遂作（京兆）解头而一举登第"，所言正与《唐摭言》的记载相合。这也就是说，如果王维于710年秋七月赴京兆府试（唐时府州试例于秋七月举行），作解头，则他理应在711年春（吏部试例于正月举行，二月放榜）一举登第。然而，唐姚合《极玄集》卷上、《旧唐书·王维传》都明确记载，维登第的时间为开元九年（721）。如果维因贵主之力得为解头后又久不及第，那么"贵主之强"又表现在哪里？维又何必夤缘干进呢？上述矛盾再次说明，《集异记》乃小说家言，不足凭信。又《集异记》云："岐王曰：'此生不得首荐，义不就试。然已承贵主论托张九皋矣。'公主曰：'何预儿事，本为他人所托。'""王文"谓"公主"当指太平公主。按，岐王为睿宗之子，当时（710年）约二十五岁[1]；太平公主为武后之女、岐王之姑，当时至少四十五岁[2]，焉有太平公主与岐王谈话，自称为"儿"者？

---

[1] 《旧唐书·玄宗纪》谓玄宗为睿宗第三子，生于垂拱元年（685）；又《睿宗诸子传》谓岐王范为睿宗第四子，薛王业为睿宗第五子，"垂拱三年（687），封赵王"。根据这些材料不难推知，710年岐王约二十五岁。

[2] 《旧唐书·高宗纪》："（永隆二年）七月，太平公主出降薛绍。"永隆二年（681）太平公主已下嫁，则710年她至少也有四十五岁了。

（四）"王文"说："王维《终南别业》云：'中岁颇好道，晚家南山陲。……'此诗收入《国秀集》。当为天宝三年以前的作品，按赵谱，其时王维仅四十岁左右，按照一般说法，不会自称'晚'的。而且，王维视何岁为'中年，'也可以从其文章中找出根据，《故任城县尉裴府君墓志铭》这样写道：'天宝二年正月十二日卒。''享年三十九……而寿不中年，官才一命。'就在同一时期，王维把三十九岁视为不到中年，焉得四十岁而自称'晚'？"按，《终南别业》系维隐居终南期间所作，其时约在开元二十九年至天宝元年（说见本书《王维年谱》），依照赵殿成所定的生年推算，那时王维年四十一二，正好是"中岁"。好道，指好佛道。王维《谒璿上人》云："少年不足言，识道年已长。事往安可悔，余生幸能养。誓从断荤血，不复婴世网。浮名寄缨佩，空性无羁鞅。"这首诗作于开元二十九年（说见《王维年谱》），诗中所言，恰可为"中岁颇好道"下一注脚。关于"晚"，陈允吉《王维"终南别业"即"辋川别业"考》一文（载《文学遗产》1985 年第 1 期）指出："诗中所云之'晚'，大略就如'晚近'、'最近'的意思，并非实指诗人此时已至晚年。"我以为陈说可从。盖"好道"，故"家南山陲"；若谓"晚"指"晚年"，则"中岁"二句之间便缺少应有的逻辑联系了。

（五）"王文"又说："这一时期（指天宝初——引者按），苑咸称其'应同罗汉无名欲，故作冯唐老岁年'（《酬王维》，此诗赵殿成系于天宝元年，当无误），王维也接受这种说法，在《重酬苑郎中》中云：'扬子解嘲徒自遣，冯唐已老复何论。'这几首诗多少有戏嘲之意，但如若王维正当中年，是不至于这样写的。"作者认为，依其新定的生年推算，天宝元年王维五十一岁，故言"冯唐已老"。按，"老"并不是一个表示年龄的确切概念，算不算"老"，也无固定标准，它常常受各自的主观感觉、心境、情绪、身体状况等因素的影响和制约，具有相当大的伸缩性。在古人的诗文中，年未及五十而自称

"老"的情况是不少的。如杜甫《秋雨叹三首》其三云："长安布衣谁比数？反锁衡门守环堵。老夫不出长蓬蒿，稚子无忧走风雨。"此诗作于天宝十三载，当时杜甫只有四十三岁，却自称"老夫"。又《对雪》云："战哭多新鬼，愁吟独老翁。"《哀江头》云："少陵野老吞声哭，春日潜行曲江曲。"自称"老翁"、"野老"，而实际上作者写这两首诗时只有四十五、四十六岁。《重酬苑郎中》题下原注："时为库部员外。"维官库部员外在天宝五六载，依赵说，当时维四十六七岁，他同苑咸互相酬答之作即写于此时，赵殿成将这些诗歌系于天宝元年，完全不对，说见本书《王维年谱》。苑咸开元末始为司经校书（正九品下）①，因投靠李林甫②，几年之间即超迁为郎中（从五品上）兼知制诰③；而王维开元九年释褐，历二十五六年方官至库部员外（从六品上），比起苑咸来当然是很不得意的，故苑咸《酬王维》诗序说："王员外兄……且久未迁，因而嘲及。"在失意的情况下，王维四十六七岁而自言"老"，以年老而仍为郎的冯唐（事见《史记·张释之冯唐列传》）自喻，还是很合乎情理的。

（六）"王文"说："王维《赠祖三咏》云：'结交二十载（一作三十载），不得一日展。'诗题下曰；'原注，济州官舍作。'当作于开元九年左右。按赵谱，是年王维仅二十一岁，结交三十载显然荒唐，故赵殿成定为'结交二十载，'其实二十载也是说不通的。今按是年王维应为三十岁左右，这样，此诗也能得到较圆满的解释了。"按，笔者所见王维集诸本，如宋蜀刻《王摩诘文集》、钱氏述古堂抄本《王右丞文集》（据宋本影抄）、元刊《须溪先生校本唐王右丞集》、明弘治吕㦂刊刘须溪校本、明刊《王摩诘集》十卷本、明顾起

---

① 《新唐书·艺文志》："苑咸，卷亡，京兆人，开元末上书，拜司经校书。"
② 《旧唐书·李林甫传》："（林甫）自无学术，仅能秉笔……而郭慎微、苑咸文士之阘茸（鄙贱）者，代为题尺。"
③ 天宝五六载间，苑咸官郎中兼知制诰，说见拙作《王维年谱》。

经刊《类笺唐王右丞诗集》、明顾可久刊《唐王右丞诗集注说》，以及《全唐诗》，皆作"二十载"，只有《唐才子传·祖咏传》引此诗作"三十载"，当误。王维自开元九年秋至十四年春在济州为司仓参军（参见本书《王维年谱》），这首诗即他居济州期间所作。《极玄集》卷上："祖咏，开元十三年进士。"维《赠祖三咏》云："贫病子既深，契阔余不浅。"玩"贫病"句之意，此诗当作于咏登第前，时间约为开元十二年。依赵说，是时王维二十四岁。王维幼年即与祖咏相交，他的《喜祖三至留宿》称咏为"早岁同袍者"，《唐才子传·祖咏传》亦谓咏"少与王维为吟侣"。又古代诗文中，有约举成数之例，大抵十五年以上，举成数而言，即可谓之"二十"。这也就是说，如果维八九岁即与咏相识，则二十四岁时作诗，便可以说是"结交二十载"了。这样来理解这首诗，我想并没有什么说不通的。或谓"当时只有'八九岁'的王维，是根本不可能从其乡（今山西永济）远渡黄河到洛阳或者长安与祖咏相识的"[1]。按，为什么要设想八九岁的王维独自渡河到洛阳去呢？据载，维母崔氏最晚在王维八九岁（708—709）时即已师事北宗高僧普寂（参见本书《论王维的佛学信仰》）；普寂是北宗创始人神秀的四大弟子之一，早在大足元年（701）神秀被武则天召入洛阳尊为帝师之前，即居于嵩山（离洛阳甚近），神秀入洛后，普寂常随其在洛阳活动。唐中宗以神秀年高，"特下制令普寂代本师统其法众"。神龙二年（706）神秀卒后，寂仍居嵩山，但常至洛阳开堂传法。开元十三年（725），敕普寂于东都敬爱寺居止[2]。因此，设想王维在八九岁时随其母至洛阳礼谒普寂，并与祖咏（咏洛阳人）相识，并非"根本不可能"。

---

① 见王辉斌《王维早期行事探究》，载《王维研究》第 3 辑（陕西人民教育出版社，2001）。

② 事见唐净觉《楞伽师资记》、李邕《大照禅师塔铭》、《嵩岳寺碑》、《宋高僧传》卷九《唐京师兴唐寺普寂传》、《旧唐书·方伎传》等。

又，用王维的有关事迹和诗文来检验王从仁的上述新说，至少有以下三事不好解释：

（一）据《旧唐书·王维传》《新唐书·宰相世系表》载，维父处廉，终汾州司马；处廉有五子，长曰维，次曰缙，余三子曰绅、纮、纴。又维在诗文中从未提及其父，疑他少时，父即卒。由以上事实来判断，维与缙的年龄当不会相差太多。王维在《责躬荐弟表》中说："弟之与臣，更相为命，两人又俱白首，一别恐隔黄泉。"在《谢弟缙新授左散骑常侍状》中又说："右。臣之兄弟，皆迫桑榆，每至一别，恐难再见。"二文述及年龄，皆维、缙相提并论，可见两人年龄接近。然按照王从仁同志的说法（维生于692年，缙生于700年），两人年龄的差异却是比较大的。

（二）王维《过秦皇墓》诗题下注曰："时年十五。"秦皇墓在骊山（今陕西临潼东南），诗即维离乡赴长安途经骊山时所作。维离乡赴长安的目的，无非了谋求进取。依王说，王维十五岁为公元706年；而他开元九年（721）登第时，已经三十岁了。这即是说，维为仕进而奔走，历十余年方始释褐。果真如此，那么长期求仕不遇的苦闷，在他的诗中应该是会有所表现的。为说明这一点，不妨用岑参的情况作类比。岑参二十岁至洛阳献书（唐有献书拜官之例），不遇，此后十年，屡出入京、洛，奔波仕途，到了三十岁始登第授官。在他登第前写的诗中，每有慨叹仕途失志的内容。如《戏题关门》云："来亦一布衣，去亦一布衣，羞见关城吏，还从旧道归。"《至大梁却寄匡城主人》云："一从弃鱼钓，十载干明王。无由谒天阶，却欲归沧浪。"甚至授官后还说："三十始一命，宦情都欲阑。"（《初授官题高冠草堂》）然而王维登第前写的诗中，却根本没有这类内容。是王维功名心不重，对仕途的得失无动于衷吗？不是的，王维早年追求功名的欲望还是比较强烈的。开元九年，他由从八品下的太乐丞出为济州司仓参军（从八品下），心中即郁郁不乐。《被出济州》云："微官易得罪，谪去济川阴。……纵有归来日，多愁年鬓侵。"《宿郑州》云："此去欲何言，穷边徇微禄。"在天宝末年写的《赠从弟司库员外絿》中，还说自己"少年识事浅，强学干名利"。所以，实际情况恐怕还是如赵殿成所推定的那样：维少即擢第（依赵说，维二十一岁擢第），不曾有十余年求仕不遇的经历。

（三）我近年整理王维集，尝试着为王维诗编年，工作中，发现维诗作年可考或大致可考者，约占其全部诗歌的五分之四以上。其中，可断为开元九年以前写的诗歌有：《过秦皇墓》《题友人云母障子》（二诗题下皆注曰："时年十五"），《九月九日忆山东兄弟》（题下注曰："时年十七"），《洛阳女儿行》《哭祖六自虚》（二诗题下皆注曰："时年十八"），《李陵咏》《桃源行》《赋得清如玉壶冰》（三诗题下皆注曰："时年十九"），《息夫人》（题下注曰："时年二十"），《从岐王过杨氏别业应教》《从岐王夜宴卫家山池应教》《敕借岐王九成宫避暑应教》（此三诗约作于开元八年，说见本书《王维年谱》），《送綦毋潜落第还乡》（约作于开元九年春，说见本书《王维年谱》），《燕支行》（题下注曰："时年二十一"），《被出济州》《登河北城楼作》《早入荥阳界》《宿郑州》《至滑州隔河望黎阳忆丁三寓》（五诗皆开元九年赴济州途中作）。依赵说，开元三年（715）王维十五岁，开元九年（721）二十一岁；若系以上述作品，则他自十五岁至二十一岁，每年大抵皆有诗作。看来，这是比较合乎实际的，因为维二十二岁以后的创作情况，大致也是这样。依王说，公元706年王维十五岁，721年三十岁，若系以上述作品，则维自十五岁至二十一岁（706—712），大抵每年皆有诗作，而自二十二岁至二十八岁（713—719），却根本没有作品。王维少有诗名，其今存二十岁以前作的诗中，即有一些为后人广为传诵的名篇；依常理而论，自二十一岁以后至三十岁，应是王维创作力更为旺盛的时期，怎么可能反而没有多少诗作呢？

　　杨军同志认为，王维至少活了六十六岁，唯一的根据就是《责躬荐弟表》中的"臣又逼近悬车"一句话。"杨文"说："王维'责躬荐弟'，请求退休，除了说自己才能不如王缙外，年龄已老是一个冠冕堂皇的理由，不然会讨嫌的。鉴于这《表》又是上肃宗皇帝的，言及年龄，当不至于夸大其词。既然能自称'逼近悬车'，无疑是接近七十岁了。准此，王维上表之年以及享年，就不应仅只六十一岁或六十三岁，而应是六十多岁，保守一点估计，也该有六十六岁吧！"按，王维写的是"责躬荐弟"表，而不是"请致仕"表。《表》的主旨并非说，自己已逼近七十岁，请求退休；而是说，时弟"远守方州"，而己之与弟，又皆年老，"一别恐隔黄泉"，因请尽削己官，"放归田里"①，使弟得以还朝。《新唐书·王维传》云："缙为蜀州刺史未还，维自表已有五短，缙五长，臣在省户，缙远方，愿归所任官，放田里，使缙得还京师。议者不之罪。"这段话对《表》的主旨作了正确的概括。所以，"杨文"的上述看法，不尽确。

　　"悬车"是否即指七十岁呢？"悬车"之本义为悬置其车而不用，即谓致仕退休。《汉书·薛广德传》："以岁恶民流，与丞相定国、大司马车骑将军史高，俱乞骸骨，皆赐安车驷马，黄金六十斤，罢。……东归沛，太守迎之界上，沛以为荣，县其安车传子孙。"师古注："县其所赐安车，以示荣幸也。致仕县车，盖亦古法，韦孟诗曰'县车之义，以洎小臣'也。"刘攽曰："致仕县车，言休息不出也。"《汉书·叙传下》："抑抑仲舒，再相诸侯，身修国治，致仕悬车。"白居易《刑部尚书致仕》："迷路心回因向佛，宦途事了是悬车。"以上各例，悬车皆指致仕退休，与七十岁无关。又，古有七十致仕之说，故或称七十岁为悬车之年。班固《白虎通·致仕》："臣

────────────────

　　① "放归田里"并不等于"致仕"。唐时致仕官给禄（五品以上官给半禄），"放归田里"则不给禄。《旧唐书·薛登传》："（登）寻以孽子悦千牛为宪司所劾，放归田里。朝廷以其家贫，又特给致仕禄。"

年七十悬车致仕者，臣以执事趋走为职，七十阳道极，耳目不聪明，跛踦之属，是以退老去避贤路者，所以长廉远耻也。""七十悬车致仕"之说，源于《礼记》，《曲礼上》云："大夫七十而致事，若不得谢，则必赐之几杖。"然而实际上，自汉至唐，官员们很少有按照礼经的说法在七十岁致仕的，故白居易《高仆射》说："富贵人所爱，圣人去其泰。所以致仕年，著在礼经内。玄元亦有训，知止则不殆。二疏（汉疏广、疏受）独能行，遗迹东门外。清风久销歇，迨此向千载。斯人古亦稀，何况今之世！"古时官吏，大抵或以老，或以疾，或由于其他缘故，皆可自请致仕，但必须得到天子的允许，方能实现自己的愿望。在这里，君主的意志起着主要的作用。至于致仕的年龄，不论是臣子的自请，还是君主的核准，都并没有具体的限制。如《汉书·蔡义传》曰："义为丞相时，年八十余。"《韦贤传》曰："本始三年，代蔡义为丞相。……时贤七十余，为相五岁，以老疾乞骸骨，赐黄金百斤，罢归。……丞相致仕自贤始。"《贡禹传》载："禹年八十一，乞致仕，上不许。"《后汉书·胡广传》载："广年已八十，仍为太傅。"这些事实都说明，汉时并无七十岁必须致仕的规定。唐代的情况大体也是这样。《通典》卷三三云："大唐令，诸职事官七十听致仕，五品以上上表，六品以下申省奏闻。"这是说职事官七十岁允许致仕，而不是说七十岁必须致仕。当时有依礼经之说于年七十自请致仕者。如《旧唐书·阎济美传》云："以年及悬车，上表乞骸骨，以工部尚书致仕。"也有不依礼经之说自请致仕者。如贞观三年（629），杜如晦四十五岁[①]，"遇疾，表请解职，许之，禄赐特依旧"（《旧唐书·杜如晦传》）；贞观八年（634），李靖六十四岁[②]，"以足疾上表乞骸骨"，许之（《旧唐书·李靖传》）；豆卢钦望"景龙三年五月，表请乞骸，不许。十一月卒，年八十余"（《旧唐书·

---

① 据《旧唐书·太宗纪》《杜如晦传》载，如晦贞观四年卒，年四十六。
② 《旧唐书·李靖传》谓靖贞观二十三年（649）薨，年七十九。

豆卢钦望传》）；孔戣年七十三，三上书请致仕，方许之，韩愈谓曰："公尚壮，上三留，奚去之果？"（韩愈《唐正议大夫尚书左丞孔公墓志铭》）又有终身为官、无意告老者。如裴遵庆"大历十年十月薨于位，年九十余"（《旧唐书·裴遵庆传》）；维弟缙亦年过八十，卒于官。此外，还有未尝自请、敕令致仕者。《通鉴》开元十五年："御史大夫崔隐甫、中丞宇文融，恐右丞相张说复用，数奏毁之，各为朋党。上恶之，二月，乙巳，制说致仕。"时张说六十一岁①。又，唐时致仕官仍可复出任职。如唐休璟景龙二年致仕于家，后年逾八十，复起为太子少师、同中书门下三品（《旧唐书·唐休璟传》）；另李靖、张说致仕后亦皆复出任职。根据以上事实，不难看出，唐时官员致仕，在年龄上并无具体规定。正因此，故诗文中若称"悬车年"、"悬车岁"或"年及悬车"之类，无疑应指七十岁；若仅曰"悬车"，则可能泛指致仕，而不一定指七十岁。《责躬荐弟表》云："臣年老力衰，心昏眼暗，自料涯分，其能几何？"故"逼近悬车"完全可以理解为：说自己"年老力衰，心昏眼暗"，已近于应致仕的时候。又，"悬车"亦指日车息驾，时近黄昏。《淮南子·天文》："（日）至于悲泉，爰止其女，爰息其马，是谓悬车，至于虞渊，是谓黄昏。"陶渊明《于王抚军坐送客》："晨鸟暮来还，悬车敛余辉。"古人常以日暮喻年老，因此"逼近悬车"也可理解成指自己已到暮年，临近死亡。与《表》同年写的《谢弟缙新授左散骑常侍状》说："右。臣之兄弟，皆迫桑榆。"迫，逼近。桑榆，日暮，又喻老年。《太平御览》卷三引《淮南子》："日西垂景在树端，谓之桑榆。"《后汉书·孟尝传》："且年岁有讫，桑榆行尽，而忠贞之节，永谢圣时。""逼近悬车"意同"皆迫桑榆"。所以，仅凭"臣又逼近悬车"一句话，而没有别的证据，不足以证明王维的享年接近七十岁。

---

① 《旧唐书·张说传》载，说开元十八年卒，年六十四。

又，王达津先生先取《旧唐书》记载的卒年和《新唐书》标明的享年，以推出王维的生年；又取赵殿成说，以确定王维的卒年，这样，便得出了王维生于699年，卒于761年，活了六十三岁的新说。然维年六十三的说法不见于任何记载，王达津先生在文章中也未提出什么证据，所以，这种说法，充其量不过是为了弥合赵氏所定维之生年与两《唐书》所载缙之生年之间的矛盾而作的一种比较合理的假设而已！

综上所述，王、杨等各家都并没有能够拿出足以使人信服的材料，以证明己说之是与赵说之非。

我以为赵说不误，除前面已谈过的之外，再提出以下两个证据：

（一）王维《与魏居士书》曰："仆年且六十，足力不强，上不能原本理体，裨补国朝；下不能殖货聚谷，博施穷窘，偷禄苟活，诚罪人也。然才不出众，德在人下，存亡去就，如九牛一毛耳。"这是王维集中唯一的一篇谈及自己的具体年龄的文章，如果我们能够考证出这篇文章的写作时间，也就可以推知王维的生年了。这篇文章中的"偷禄苟活，诚罪人也"、"德在人下"等语，应当引起我们的注意。查考王维的诗文，不难发现，他在安史之乱发生以前写的作品中，从未说过类似的话；而在安史之乱爆发后写的作品中，则说过类似的话。如乾元元年（758）春作的《谢除太子中允表》说："臣闻食君之禄，死君之难，当逆胡干纪，上皇出宫，臣进不得从行，退不能自杀，情虽可察，罪不容诛。……仍开祝网之恩，免臣衅鼓之戮，投书削罪，端衽立朝。秽污残骸，死灭余气，伏谒明主，岂不自愧于心？仰厕群臣，亦复何施其面！跼天内省，无地自容。……今圣泽含弘，天波昭洗，朝容罪人食禄，必招屈法之嫌，臣得奉佛报恩，自宽不死之痛，谨诣银台门冒死陈请以闻。"《责躬荐弟表》说："久窃天官，每惭尸素，顷又没于逆贼，不能杀身，负国偷生，以至今日。"我们知道，安禄山陷长安后，维为贼所得，被迫接受伪职。至德二载

（757）十月，唐军收复东京，维及诸陷贼官均被收系狱中。十二月，肃宗赦维之罪。乾元元年春，复维之官，责授太子中允。维复官之后，一方面对天子感恩不尽，另方面内心又甚觉愧疚。以上二文，即反映了他当时的这种心情。参读这两篇文章，不难看出，"偷禄苟活，诚罪人也"、"德在人下"云云，正是指自己曾受安禄山伪职、又被宥罪复官说的，同样反映了王维当时的愧疚心情①。考维被宥罪复官在乾元元年春，因此这篇文章当作于乾元元年春之后。依赵说，乾元元年王维五十八岁，正宜谓之"年且六十"。而依王从仁、杨军、王达津说，当时王维分别为六十七、六十三、六十岁，皆不可谓之"年且六十"。

（二）王维《大唐故临汝郡太守赠秘书监京兆韦公神道碑铭》云："维稚弱之契，旷年弥笃，吾实知之能言者。"韦公即韦斌（见赵殿成注）。稚弱，幼弱，年幼。《三国志·魏志·司马朗传》："十二试经，为童子郎。监试者以其身体壮大，疑朗匿年，劾问，朗曰：'朗之内外，累世长大，朗虽稚弱，无仰高之风，损年以求早成，非志所为也。'监试者异之。"朗年十二，自称"稚弱"。维稚弱之契，指己年幼时即与斌意气相投。《旧唐书·韦陟传》曰："安石晚有子，及为并州司马，始生陟及斌。……开元初，丁父忧，居丧过礼。自此杜门不出八年，与弟斌相劝励，探讨典坟，不舍昼夜……于时才名之士王维、崔颢、卢象等，常与陟唱和游处。"谓陟、斌昆弟，在韦安石卒后，常与王维等唱和游处。考安石卒于开元二年②，则维之与斌

---

① 或谓"偷禄苟活""是谦词，与陷敌后'负国偷生'、'罪不容诛'的自责是不可同日而语的"（林继中：《王维情感结构论析》，《文史哲》1999年第1期）。按，前文与后二文的自责，确有轻重之异，但这主要是因为文章的送达对象与写作目的不同造成的。后二文都是写给皇帝的，目的是感谢皇帝赦己之罪和"责躬荐弟"；而前文则是写给友人的，主旨是劝其出来做官，所以措词自然不同，但三文所反映的作者当时的愧疚心情却是一致的。

② 《通鉴》开元二年三月："甲辰，贬安石为沔州别驾。……安石至沔州，（姜）晦又奏安石尝检校定陵，盗隐官物，下州征赃。安石叹曰：'此只应须我死耳。'愤恚而卒。"

相交，应在开元二年之后。又斌为"京兆万年人"（见《旧唐书·韦安石传》），其守丧期间当居于唐都长安（治长安、万年二县）；而维为蒲州（治所在今山西永济市西）人，所以在他离乡赴长安之前不大可能与斌相交。前已述及，王维十五岁离乡赴长安，依赵殿成所定的生年推算，是时即开元三年，这同维之与斌相交应在开元二年之后的说法正好相合。另外，维开始与斌相交的年龄大抵为十五岁，这同《碑铭》中"维稚弱之契"的记述也正好相合。而按照王从仁同志所定的生年推算，开元二年王维已二十三岁；这之后他与斌相交，已不好说是"稚弱之契"了。

总之，根据从王维的诗文中寻出的内证，赵殿成所定的生年应当是不误的。

那么，对于赵殿成所定维之生年与两《唐书》所载缙之生年之间的矛盾，又该如何解释呢？我以为两《唐书》关于王缙生年的记载完全有可能是错的。王从仁、王达津、杨军同志都相信两《唐书》的记载可靠，两位王同志未举出什么证据，杨军同志提出的根据是："王缙卒于太子宾客、东京留守任上，对于这样显要人物的死，一般要载诸《实录》，根据《实录》编写的两《唐书·德宗本纪》中亦有王缙卒年的记载，和列传完全一致。……再看《王缙传》，当大历十二年缙与元载一起坐罪受审时写道：'刘晏等鞫其罪，同载论死。晏曰："重刑再覆，有国常典，况大臣乎！法有首从，不容俱死。"于是以闻，上悯其耄'云云。据《诗·大雅·板》：'匪我言耄。'《传》：'八十曰耄。'这就分明告诉我们王缙其时年在八十左右。大历十二年到德宗建中二年，其间又有四年，由此推知，王缙以八十二岁卒于建中二年不误。"按，《实录》今已不可见，不过王缙的卒年，还是有可能载之于《实录》的，问题在于，《实录》中是否亦载有王缙的享年？我们只要稍微翻阅一下两《唐书》，便可以发现，其中有许多"显要人物"的传记，都是只载有卒年、不载有享年的。究其原因，或许就是《实录》中没有享年的记载吧①。被杨军同志认为是"根据《实录》编写的两《唐书·德宗本纪》"，即仅有王缙卒年的记载，而无享年的记载。所以，我以为两《唐书·王缙传》关于王缙卒年的记载大抵不误，而关于享年的记载则未必无误。试以张九龄为例。张卒于开元二十八年，这一点诸书皆无异辞；关于他的享年，两《唐书》本传都说是六十八岁。然唐徐浩《始兴县开国伯文献张公碑铭》（《全唐文》卷四四〇）称他"享年六十三"，1960 年从张九龄墓出土的徐安贞《唐故尚书右丞相赠荆州大都督始兴公阴堂志铭并序》也说他"生岁六十有三"，徐安贞天宝初卒，为张九龄同时代人，他所记九龄的年岁，应当是可信的（参见傅璇琮《唐代诗人考略》，载《文史》第 8 辑）。九龄为唐代名相，两《唐书》本传记载他的享年即有误，焉能以为王缙曾历任显职，两《唐书》本传对其享年的记载就一定出自《实录》，准确无误？又，"杨文"以《新唐书·王缙传》中的"上悯其耄"一语，作为两《唐书》关于王缙享年的记载不误的一个证据，也是站不住的。耄有多种含义，或谓八十九十曰耄，或谓七十曰耄。《礼记·曲礼上》："八十九十曰耄"。《释名·释长幼》："七十曰耄，头白耄耄然也。"一般泛指老、高年。《诗·大雅·抑》："借曰未知，亦聿既耄。"《传》："耄，老也。"亦指老而昏聩。《左传》隐公四年："老夫耄矣，无能为也。""上悯其耄，不加刑"，是说天子怜悯王缙年高，不加刑。天子未必知道王缙当时的确切年龄，所以作上述这样解释比较合乎情理。《旧唐书·元载传》载代宗制曰："门下侍郎、同中书门下平章事王缙，附会奸邪，阿谀谗佞，据兹犯状，罪至难容，矜以耄及，未忍加刑。……可使持节括州诸军事、守括州刺史。"此即大历十二年刘晏等就王缙的论罪之事奏闻后，天子发布的敕令。"上悯其耄，不加刑"，意即本于制书中的"矜以耄及，

① 实录是编年史的一种体裁，它按年月日书记大事，某年某月某"显要人物"卒，《实录》中大抵会有记载，但于其卒时之年岁，则未必详细述及。

未忍加刑"。耋亦老意,《左传》僖公九年:"以伯舅耋老,加劳,赐一级,无下拜。"《尔雅·释言》:"耋,老也"。由此益可证"耄"并非指八十岁。况且,按照杨军同志认为可靠的两《唐书》中关于王缙的卒年和享年的记载推算,大历十二年(777)王缙也只有七十八岁,并没有八十岁。

综上所述,我认为,在目前还无法找出证据证明两《唐书》关于王缙享年的记载准确无误的情况下,赵说还是可以相信的。

(原载《文史》第30辑,中华书局,1988)

再谈王维的生年与及第之年

　　王勋成先生在其《唐代铨选与文学》（中华书局 2001 年版）一书（以下简称"王书"）中说："及第举子有了出身，成了吏部的选人后，仍不能即刻授官，得先守选数年。如进士及第守选三年……及第举子的守选自唐初贞观年间就开始了。……在唐代，进士及第不守选即授官，可以说是没有的。"（第 2、4 页）应该说，"王书"对唐代铨选制的研究成绩显著，关于守选的论述亦道他人所未道，但说及第进士必须守选三年才能释褐授官的制度初、盛唐时就已形成，却并不符合实际。关于这个问题，陈铁民、李亮伟《关于守选制与唐诗人登第后的释褐时间》（《文学遗产》2005 年第 3 期）一文已作了详细论述，这里就不重复了。王勋成根据自己关于唐守选制的见解，撰写了《王维进士及第与出生年月考》（《文史哲》2003 年第 2 期）一文，对王维的进士及第之年与生年进行了改写，下面，我们就来讨论一下"王文"改写的可信度怎样，是否能成立。

　　拙作《王维年谱》据唐姚合《极玄集》卷上、《旧唐书》本传的记载，定王维于开元九年进士擢第，同年解褐太乐丞并贬为济州司仓参军。"王文"说："前已论述，进士及第必守选三年……若王维开元九年进士及第，则当年必不能授官太乐丞；若开元九年王维已为太乐丞，则其进士及第亦绝不会是在开元九年。"又说：王维由太乐丞坐累为济州司仓参军在开元九年是对的，"则他进士及第决不会也在开元九年"。"王文"提出王维登第在开元元年，根据是《集异记》卷二《王维》所记王维奏《郁轮袍》夤缘干进之事：时进士张九皋声称籍甚，公主牒京兆试官，令以九皋为解头；维方将应举，言其事于岐王，仍求庇借，岐王曰："贵主之强，不可力争，吾为子画焉。"遂携之谒贵主，奏《郁轮袍》，并献所为诗，公主览读，惊骇曰："皆我素所诵习者。常谓古人佳作，乃子之为乎？"岐王因曰："若使京兆今年得此生为解头，诚为国华矣。"公主乃曰："何不遣其应举？"岐王曰："此生不得首荐，义不就试，然已承贵主论托张九皋矣。"公主笑曰："何预儿事，本为他人所托。"顾谓维曰："子诚取解，当为子力。"乃召试官至第，遣宫婢传教，维遂作解头而一举登第。"王文"说："既然公主……称岐王为'儿'，则公主当为岐王之姑了。在唐代为岐王李范之姑，又能势强'不可力争'的贵主，唯太平公主一人。太平公主称侄为儿，《资治通鉴》卷二〇九亦有记载：'时少帝犹在御座，太平公主进曰：天下之心已归相王，此非儿座。遂提下之。'少帝为中宗之子李重茂，亦为太平公主之侄。……太平公主密谋废玄宗而被赐死，事在开元元年（713）七月……王维作解头，必在前一年即玄宗即位的先天元年（712）秋，第二年即开元元年春，遂'一举登第'。"又说：《旧唐书》本传说王维开元九年登第，"'九年'当为'元年'之讹"。按，学者们普遍认为，《集异记》乃小说家言，不足凭信，现在"王文"既然将它当作信史看待，下面我们也就只有运用缜密的历史考证的方法，来对"王文"的上述看法加以剖析了。

首先应该指出的一点是，登第当年即授官的现象在初、盛唐时一直存在，《关于守选制与唐诗人登第后的释褐时间》一文举出的张仁祎、陈宪、郭震、赵冬曦、崔曙、尹征、束良等人，就都是例证。其次，称"贵主"指太平公主，不是"王文"的首创，早在二十多年前，王从仁《王维生卒年考辨》一文①中，已提出过这种看法，拙作《王维生年新探》一文针对这一看法指出："岐王为睿宗之子，当时（710 年）约二十五岁；太平公主为武后之女、岐王之姑，当时至少四十五岁，焉有太平公主与岐王谈话，自称为'儿'者？""王文"作者显然读过这段话（"王文"中引过《新探》的话），因而在文中提出"儿"是太平公主对岐王的称呼，然而这一理解并不符合《集异记》的原意。为了说明问题，先将有关的对话用现代汉语翻译于下：

> 岐王说："这个书生得不到京兆府荐送到尚书省参加考试人员中的第一名，决意不参加省试，可是这第一名已承蒙尊贵的公主判定和委派张九皋了。"公主笑道："这干我什么事呢，我本是受别人的委托。"回过头对王维说："你真想觅取京兆府的荐送，我当为你出力。"

"儿"之一义为"青年男女自称"（《辞源》修订本），上文即按此义翻译；上文公主所说"何预"二句承上岐王所说"然已"句而言，说明"论托张九皋"并不是自己的本意，不过为他人所托而已，同时也表明，"以九皋为解头"之事尚有改变的可能，所以接下公主便对王维说了"当为子力"的话。上面这段话，文意可谓上下连贯，相互呼应。而按"王文"的理解，"何预"句应译作"这干你什么事呢"，话里含有指责岐王竟然管起自己"论托张九皋"之事来了的意思，语

---

① 载《文学评论丛刊》第 16 辑，中国社会科学出版社，1982。

气既与"公主笑曰"不合,文意上也不能上下通贯。另外,依"王文"所言,"儿"似是唐时姑对侄的专称,其实不然,"儿"的另一含义为"孩子",太平公主之所以称李重茂为"儿",是因为他当时(710年逊位时)是个只有十三岁的孩子①,《新唐书·太平公主传》说:"主顾(看)温王(即李重茂)乃儿子(男孩子),可劫以为功,乃入见王曰:'天下事归相王,此非儿所坐。'乃掖王下。"而"王文"所说岐王携王维见太平公主的先天元年,岐王已约有二十七岁了(参见本书第122页注①),所以由太平公主称李重茂为"儿",不能证明她也应称岐王为"儿"。又,公主所说"皆我素所诵习者"(明顾氏文房小说本《集异记》),《太平广记》卷一七九引《集异记》作"此皆儿所诵习",则"儿"为公主自称极其清楚。此外,还有一事值得注意,即从当时的政治形势看,太平公主与岐王分属于彼此对立的两个政治集团。自景云元年(710)十月太平公主欲废黜太子李隆基开始至开元元年(713)七月太平公主集团被诛灭为止,太子集团与公主集团展开了一场长期而激烈的生死斗争②。在这场斗争中,岐王始终是太子集团的一员。《新唐书·三宗诸子传》谓岐王"从玄宗诛太平公主";据《通鉴》等载,岐王于景云二年二月为左卫率(掌东宫兵仗、仪卫)"以事太子",在开元元年七月三日诛灭公主集团的事变中,曾参与"定策"和行动。"王文"所称岐王携王维见太平公主的先天元年秋,两个集团的斗争正趋于白热化:七月,太平公主利用天象的变化,使"术人"言于睿宗:"皇太子合作天子,不合更居东宫矣。"(《旧唐书·睿宗纪》)公主的本意是挑拨睿宗与太子的关系,以便找机会另立太子,谁知弄巧成拙,反而导致睿宗决定传

---

① 《旧唐书·玄宗纪》《殇皇帝传》谓李重茂开元二年(714)薨,时年十七;而《中宗纪》则谓重茂710年十六岁。

② 关于这场斗争的详情,可参阅许道勋、赵克尧《唐玄宗传》(人民出版社,1995)第三、四章。

位太子。公主及其党羽一看大事不妙，"皆力谏，以为不可"（《通鉴》），睿宗不听劝阻，公主于是又生出一条诡计："劝上虽传位，犹宜自总大政。"（同上）睿宗听从，结果形成"民有二王"的奇特局面："八月庚子，立皇太子为皇帝，以听小事；自尊为太上皇，以听大事。"（《新唐书·睿宗纪》）八月，宰相刘幽求在取得玄宗的赞同后，密谋诛杀公主的党羽窦怀贞、崔湜等人，事泄，"上（玄宗）大惧，遽列上其状。丙辰，幽求下狱。有司奏：'幽求等离间骨肉，罪当死。'上为言幽求有大功，不可杀。癸亥，流幽求于封州。"（《通鉴》）这时候，两个集团之间剑拔弩张，彼此都忙于密谋策划以置对方于死地，哪有闲心思去管京兆府试以谁为解头的小事？况且《集异记》所写岐王见"贵主"的融洽气氛，同实际上当时两人的对立关系也不相符，所以"王文"称"贵主"即太平公主的说法不可信。又，按照"王文"守选三年的说法，王维于开元元年春登第后，当于五年春授官太乐丞，而唐制，"凡居官以年为考，六品以下四考为满"（《通典》卷一五），则至开元九年春，王维任太乐丞已经秩满，理当去职在家守选或候选，焉能在这年秋天继续任职，且由太乐丞贬为济州司仓参军？另外，《极玄集》也称王维开元九年登第，若说两处"九"字皆为"元"字之误，版本根据何在？

　　"王文"又说："按唐例，京兆府所举解头，第二年省试时即使不是状元，也必中第无疑。《唐摭言·京兆府解送》就说，京兆府解送之前十名，谓之等第，为礼部'倚而选之'，'苟异于是，则往往牒贡院问落由'。……王维既然于开元七年举作解头，何以开元八年未第？其'落由'何在？《唐摭言·府元落》共载有唐代京兆府解元未第者九人，却无王维名，可见陈谱谓王维开元八年春'就试吏部，落第'不确，且与《集异记》'维遂作解头，而一举登第'亦不符。"按，王维作京兆府解头事，仅载于《集异记》，两《唐书·王维传》及其他唐宋人记载，皆不曾言及此事；又，如上所述，《集异记》乃小说家言，不能当作信史看待，故其所载作解头事，我们也不能信以为真，以之为考证之依据。

　　既然"王文"将王维的登第时间提前到开元元年，则其生年自然也就只有提前了，因为按照拙作《王维年谱》，开元元年王维只有十三岁。"王文"按王维登第时二十岁计，定他生于公元六九四年，享年六十八。学界过去已有王维享年七十左右的说法，拙作《王维生年新探》对此已作过剖析；现在"王文"重申旧说，除了上面分析过的理由外，似乎并未找到什么新的有力证据，所以此处也就不准备一一辩难了。

　　综上所述，"王文"对王维生平的改写，是难以成立的。

題王右丞詩箋小
余結髮嗜且讀書獻
好也始為弟子都
游甚篇困侶侶無
足了此生矣犁以
缺輒摭落去竊握
屺而不胝倖試一
氏無聞之訓君子
時而尋驪託暢文

王维的生活和思想

谈王维的隐逸

　　王维一生曾几度隐居，其诗歌常以隐逸为主题，即便他居官的时候，也每每写出一些思慕隐逸之作。所以考察王维的隐逸，有助于我们了解他的诗歌创作。而且，从隐逸的角度，还可探寻到诗人思想发展演变的一些线索。

　　孔子说："天下有道则见，无道则隐。"（《论语·泰伯》）盛唐时代是中国封建时代的一个"盛世"，当时的士人普遍具有一种生逢盛世、不当隐居的思想。如王维《送綦毋潜落第还乡》说："圣代无隐者，英灵尽来归。遂令东山客，不得顾采薇。"加上唐代以科举取士，地主阶级中各个阶层的人士，都可以通过考试获取官职，所以士人们对于出仕，大多充满热情。但是，任何一个封建时代的盛世，总有许多被埋没的人才，因而在盛唐时代，也仍然有不少隐士。盛唐时代的隐者，主要有以下三种情况：（一）为出仕而隐居。唐代科举考试的道路并不平坦，许多士人累试不第，只好居于山林田园中苦读，为再一次应试作准备。《唐才子传·丘为传》说："（为）初累举不第，归山读书数年。"可见丘为登第前，曾长期一面隐居一面读书，为出仕作准备。孟浩然四十岁到长安应进士试前，也曾"苦学三十载，闭门江汉阴"（《秦中苦雨思归赠袁左丞贺侍郎》），长期隐居苦学。还有的士人，借隐居博取声誉，以求得到朝廷的征聘，即走所谓"终南捷径"。《新唐书·隐逸传》序云："放利之徒，假隐自名，以诡禄仕，肩相摩于道，至号终南、嵩少为仕途捷径，高尚之节丧焉。"那么，隐逸为何可以成名？统治者又为什么要征聘隐士呢？大抵说来，士人一入仕途，难免沾染官场的追名逐利之风，而隐士则不慕荣利，有清高之节，故为时所称，可以造成名誉。如《后汉书·逸民列传》序就说："（隐士）蝉蜕嚣埃之中，自致寰区之外，异乎饰智巧以逐浮利者乎！"自然，隐士中也混杂有不少"托薜萝以射利，假岩壑以钓名"（《旧唐书·隐逸传》序）之辈。至于统治者征聘隐士的目的，则大抵是：第一，想以此笼络人心。《旧唐书·卢鸿一传》载玄宗下诏曰："传不云乎：'举逸人，天下之人归心焉。'是乃飞书岩穴，备礼征聘。"第二，企图以隐士的清节、高风来转变官场的恶劣风气。《旧唐书·隐逸传》序说："前代贲丘园，招隐逸，所以重贞退之节，息贪竞之风。"又《王友贞传》载中宗诏曰："敦夷、齐之行，可以激贪；尚颜、闵之道，用能劝俗。"（二）因仕途失志而归隐。如孟浩然应试落第，求仕无门，只好回乡隐居；储光羲擢第后四为县佐，因职卑禄微难以施展抱负而弃官归隐。（三）开元十八年（730），为缓和僧多粥少的矛盾，侍中兼吏部尚书裴光庭奏用"循资格"，"循资格"的核心是轮流休官，即规定六品以下官员秩满离任后，必须在家等候若干年，才能再次参加吏部的铨选并授官。休官待选者若居于郊外的田园、山林，也就可以说是隐居了。

除以上三种情况外，还有的隐者，确乎是性乐山林，绝意仕进的。如嵩山隐士卢鸿（《旧唐书》作"卢鸿一"），曾屡辞征辟，后不得已赴征，又固辞官职，坚请还山，结果玄宗只好应允。但是这类隐者，在盛唐时代不多见。至于历史上出现过的由于不满现实而归隐的人，在盛唐时代就更少了。

王维十五岁即离家赴长安，寻求出仕的门路。他出入两都，"游历诸贵之间"，以自己的多方面杰出才能，博得了上流社会的青睐。《旧唐书》本传说："维以诗名盛于开元、天宝间，昆仲宦游两都，凡诸王驸马豪右贵势之门，无不拂席迎之。"那时候，王维不过二十岁上下，却已见知当世，名噪一时，这就为他的擢第创造了良好条件（唐时试官，不仅评阅试卷，还参考举子们平日的诗文和声誉来决定弃取，说见本书《从王维的交游看他的志趣和政治态度》一文）。王维于开元九年二十一岁时应举及第，顺利地通过科举考试步入仕途，不像有些士人那样，在登第前有过一段长期隐居苦读的经历。王维登第授官后的首次隐居，大约发生在他擢第后的第七个年头。

王维年少擢第，意气昂扬。但是他释褐为太乐丞后不出半年，即被贬为济州司仓参军。仕途上的这一挫折，对王维的思想产生了重大的影响。《被出济州》说：

> 微官易得罪，谪去济川阴。执政方持法，明君无此心。……
> 纵有归来日，多愁年鬓侵。

诗人对于自己的遭贬，感到愤懑不平；而对于前途，则觉得渺茫。在济州，他结交了不少失志的下层知识分子，对社会的黑暗面也有了进一步的认识。诗人发现，像崔录事、成文学、郑霍二山人这样一些有品德、才能的贤者，多被统治者遗弃，而他在长安时经常遇到的那些贵胄子弟，却一个个"童年且未学，肉食骛华轩"（《济上四贤咏三首·郑霍二山人》）！诗人对此表示愤慨，在诗作中有力地抨击了这种不合理的政治现象。另一方面，在济州这样一个僻远之地当一名司仓参军（掌公廨、仓库等事），诗人不免感到有志难骋，因而萌发了退隐的思想。《济上四贤咏三首·崔录事》说："解印归田里，贤哉此丈夫！……已闻能狎鸟，余欲共乘桴。"开元十四年春，王维离济州司仓参军任，到了长安或洛阳等待朝廷给予新的任命（史载本年玄宗居于洛阳）。使诗人感到失望的是，他并没有被留在中央朝廷任职，而是又一次被外放，分配到淇上去做"禄薄"的微官。《偶然作六首》其三云：

> 日夕见太行，沉吟未能去。问君何以然？世网婴我故。小妹日成长，兄弟未有娶。家贫禄既薄，储蓄非有素。几回欲奋飞，踟蹰复相顾。孙登长啸台，松竹有遗处。相去讵几许？故人在中路。爱染日已薄，禅寂日已固。忽乎吾将行，宁俟岁云暮！

《偶然作六首》前五首都作于淇上（参见拙作《王维集校注》）。上述这首诗说，自己几次想隐居，但由于家贫，素无储蓄，有弟妹需要照顾，不得不留下来继续任"禄薄"之官。又说，现在在自己身上，世俗的欲求（爱染）已日渐淡薄，因而就急于想弃官隐居了。可见诗人由于仕宦不得意，抱负难以施展，早就有归隐的打算，但是因为家贫和功名心的羁束，又未能立即归隐。诗人现在用佛教思想驱除了世俗的欲求，于是便决心要隐居了。在《偶然作》其一、其四中，诗人描写了楚狂接舆的佯狂遁世、隐士陶潜的任情纵酒，又在其二中，表现了田舍老翁的安于贫贱、自得其乐，由这几首诗，也可看出王维的隐逸思想。果然，约于开元十六年，诗人即弃官在淇上隐居。《淇上即事田园》云：

> 屏居淇水上，东野旷无山。日隐桑柘外，河明闾井间。牧童望村去，猎犬随人还。静者亦何事，荆扉乘昼关。

隐居于宁静、幽美的田园之中，诗人的内心是恬静闲适的。但是，他的用世之志并没有因此而销尽。《不遇咏》说："北阙献书寝不报，南山种田时不登。百人会中身不预，五侯门前心不能。……今人作人多自私，我心不说君应知。济人然后拂衣去，肯作徒尔一男儿！"他的眼光仍注视着现实，期待着有一天能够复出任职，施展抱负。开元二十一年十二月，张九龄拜相，二十二年五月，又加中书令，王维认为机会已到，即献诗九龄请求汲引。《上张令公》诗云："贾生非不遇，汲黯自堪疏。学《易》思求我，言《诗》或起予。尝从大夫后，何惜隶人余。"很恳切地希望九龄能够任用自己。可见诗人要求仕进的心情是极迫切的。献过诗后，王维即到嵩山隐居（说见本书《王维年谱》）。当时玄宗居于东都，九龄也在东都。嵩山地近东都，在这里隐居正可待机出仕。所以，王维此次隐居与前一次不同，前一次乃因仕途失志而归隐，此次则为出仕而隐居。果然，开元二十三年春，九龄即擢维为右拾遗，他于是离嵩山至东都任职。《留别山中温古上人兄并示舍弟缙》云："解薜登天朝，去师偶时哲。"温古上人即兼习密宗的"嵩岳沙门温古"（说见本书《王维与僧人的交往》），此诗系维拜官后即将离嵩山至东都赴任时所作。

王维被擢为右拾遗后，精神振奋，富有积极用世的热情。但是，在李林甫的打击下，张九龄于开元二十四年十一月罢知政事，二十五年四月左授荆州长史，这使诗人感到很沮丧。《寄荆州张丞相》说：

> 所思竟何在？怅望深荆门。举世无相识，终身思旧恩。方将与农圃，艺植老丘园。目尽南飞鸟，何由寄一言。

表示自己要退出官场，隐居躬耕。诗人由热衷进取到黯然思退，为时不过短短二年左右。陈贻焮先生说："这样急骤的转变，若不从他的政治遭遇着眼，是很难获得中允的解释的。"（《唐诗论丛·王维的政治生活和他的思想》）这个意见很对。王维与张九龄有共同的政治主张，在九龄执政时，王维感到抱负得以施展，而九龄遭贬后，奸相李林甫专权，朝政日非，于是诗人不免有理想破灭之感，再加上李林甫老奸巨猾，惯于耍弄手段陷人于罪，排抑异己，使政治上失去靠山的诗人，感到环境险恶，孤立无援（"举世无相识"），所以自然就想退出官场了。接着，王维奉命出使河西，塞上的战斗生活和奇异风光，使诗人暂时忘掉了奸臣的专权和政治环境的险恶。王维自河西回到长安后不久，又"知南选"，至岭南。开元二十九年春，他自岭南还长安后，终于在终南过起了隐居生活。

王维这次隐居存在两种可能：辞官归隐或休官待选期间的隐居（参见本书《王维生平五事考辨》）。总之，这时的王维没有居官，思想比起前两次隐居时也有了变化。《谒璿上人》说："少年不足言，识道年已长。事往安可悔？余生幸能养。誓从断荤血，不复婴世网。浮名寄缨珮，空性无羁鞅。"这首诗作于开元二十九年春诗人自岭南北归途中（说见本书《王维年谱》），由它也可看出王维这次隐居时的精神状态。诗人的"识道"，与他政治上遭遇的挫折，不无关系。理想破灭，济世抱负无从实现和政治环境险恶，使诗人感到失望，于是他不复追求进取，但求能够摆脱尘世的束缚，安养余生。对于李林甫专权时期的政治，诗人没有任何幻想，从这点看来，他是清醒的；但是，对于黑暗政治他又不敢表示反抗，反而企图逃避现实，高蹈出世，这又是消极的。《终南别业》云：

中岁颇好道，晚家南山陲。兴来每独往，胜事空自知。行到水穷处，坐看云起时。偶然值林叟，谈笑无还期。

此诗即作于维隐居终南期间，它所表现的是一种优游山水、超然出尘的情趣。《戏赠张五弟諲三首》其三云：

> 吾生好清静，蔬食去情尘。……我家南山下，动息自遗身。入鸟不相乱，见兽皆相亲。云霞成伴侣，虚白侍衣巾。何事须夫子，邀予谷口真？

说自己隐于终南，与鸟兽同群，和云霞做伴，非但出世离俗，甚至连自身的存在也给忘了（"自遗身"）。又《答张五弟》说："终南有茅屋，前对终南山。终年无客长闭关，终日无心长自闲。"自言闭门隐居，不与世事，非常悠闲自在。前两次隐居时，诗人仍有用世之志，而这次隐居终南，由于政局的变化，他的进取之心和用世之志已销减殆尽。因此，这次隐居时诗人的超然出世思想，比起前两次隐居时突出和浓厚。这就是诗人这次隐居与前两次隐居之间的差异。

但是，王维隐居终南，为时不过一年左右，天宝元年春，他又出山当了左补阙的官。当时的政局并没有发生什么变化，朝廷的大权仍被李林甫牢牢地控制着，为什么诗人却不继续隐居下去呢？王维在《偶然作六首》其三中曾说，自己几次想隐居，因为家贫、素无储蓄而作罢。据《新唐书·宰相世系表》载，王维之父、曾祖、高祖都不过官至州司马，祖则官至协律郎。又维父早卒，因此他家家底较薄，当是实际情况。诗人官右拾遗时写的《同卢拾遗韦给事东山别业二十韵给事首春休沐维已陪游及乎是行亦预闻命会无车马不果斯诺》一诗说："顾己负宿诺，延颈惭芳荪。蹇步守穷巷，高驾难攀援。"盖韦给事邀请王维游东山别业，王维已答应，结果到期因无车马，未能成行，诗人为此感到不安，遂作此诗向给事表达歉意。诗人经济上的困窘（出无车），由此可见一斑，所以，家贫应是王维复出为官的一个原因。我们知道，士人要归隐，首先必须有田园。如果只是薄有田产，必须躬耕才能维持生计，那么隐居也是很难继续下去的。因为那些自小即与诗书打交道的文士，顶多不过只能当个辅助劳力，要他们完全靠自己种地养活自己，实在是太不容易了。又，《旧唐书·王维传》称维"事母崔氏以孝闻"。竭尽全力奉养父母，是儒家所讲孝道的主要内容之一。《孝经·纪孝行章》云："孝子之事亲也，居则致其敬，养则致其乐，病则致其忧，丧则致其哀，祭则致其严。"为了更好地奉养老母，使其安乐，或许是王维复出为官的又一个原因。譬如维母崔氏"乐住山林，志求寂静"，维"遂于蓝田县营山居一所"（《请施庄为寺表》）。蓝田山居（即辋川别业）是在王维复出为官后营置的，假如诗人一直在终南隐居，也许就没有营置这个别业的财力了。又，天宝九载维母卒后，诗人既无父母需要奉养，又有田园可以归隐，如果他真想弃官隐居的话，应该是不难做到的。那时候，诗人虽然多次说过想隐居的话，如《秋夜独坐怀内弟崔兴宗》云："吾生将白首，岁晏思沧洲。高足在旦暮，肯为南亩俦！"《酬郭给事》云："强欲从君无那老，将因卧病解朝衣。"但是终于没有弃官归隐。由此可见，诗人的复出为官，应该还有另一个原因，即不愿过清贫的生活。

自官左补阙后，王维一直在朝任职。但是，他身在朝廷，心存山野，长期过着亦官亦隐的生活。官与隐本是两种相反的生活方式，做了官就不是隐居，隐居即是不做官，所以严格地说，不存在亦官亦隐的情况。但是唐人自己有亦官亦隐的说法。白居易《中隐》："大隐住朝市，小隐入丘樊。……不如作中隐，隐在留司官。似出复似处，非忙亦非闲。……终岁无公事，随月有俸钱。"《咏怀》："高人乐丘园，中人慕官职。一事尚难成，两途安可得？……我今幸双遂，禄仕兼游息。"谓任分司东都的闲官，似官又似隐，兼有得俸禄与"乐丘园"之美。王维《春夜竹亭赠钱少府归蓝田》："羡君明发去，采蕨轻轩冕。"是时钱少府（钱起）官蓝田尉，何以又称他"采蕨轻轩冕"？大概是由于蓝田多山水胜景，钱起在其地又有别业，虽做着官却可兼过"小隐隐陵薮"的生活。《暮春太师左右丞相诸公于韦氏逍遥谷宴集序》："不废大伦，存乎小隐……故可尚也。""上客则冠冕巢由，主人则弟兄元恺。"所言即亦官亦隐之意。如果再往前追溯，南齐谢朓的"既欢怀禄情，复协沧洲趣"（《之宣城出新林浦向板桥》），也有类似意思。此处所谓亦官亦隐，是指居官却不求进取，而思慕隐逸，经常流连于山水林泉，而非有人所说的是什么"带薪隐居"。王维常在公余闲暇或休假期间归蓝田辋川，沉溺于那里的山水风景之中，以此为乐。他亦官亦隐时期的精神状态，同隐居终南期间没有本质的差别。《赠从弟司库员外絿》云：

> 少年识事浅，强学干名利。徒闻跃马年，苦无出人智。即事岂徒言，累官非不试；既寡遂性欢，恐招负时累。……皓然出东林，发我遗世意。

这首诗作于天宝十一载之后、安史之乱爆发以前（说见本书《王维生年新探》）。诗中说，自己年轻时不懂事，热衷于"干名利"，但是自己累次做了官，既感到少有依顺自己情性的欢乐，又恐怕有违于当世招致政治上的牵累，所以便有了"遗世"之意。正是对现实政治的失望与畏祸心理，使诗人不复热衷于仕进。《青雀歌》云：

> 青雀翅羽短，未能远食玉山禾。犹胜黄雀争上下，唧唧空仓复若何！

此诗卢象、王缙、裴迪、崔兴宗皆有同赋，写法大抵都是以鸟喻人，托物见志。如卢象诗云："啾啾青雀儿，飞来飞去仰天池。逍遥饮啄安涯分，何假扶摇九万为？"崔兴宗诗云："青扈（即青雀）绕青林，翩翾陋体一微禽。不应长在藩篱下，他日凌云谁见心！"王维此诗也以青雀自喻，前两句指自己才能低，不能有大的作为（可见是时诗人已不思进取）；后两句说自己犹胜过在空仓中聒噪争食的黄雀（喻官场中的争名逐利者），流露了清高的思想。这首诗的写作时间虽难以确考，但当作于天宝年间则大抵不成问题①。所以由这首诗，也可看出王维亦官亦隐时期的精神状态。

宋张戒《岁寒堂诗话》卷上说："摩诘心淡泊，本学佛而善画，出则陪岐、薛诸王及贵主游，归则餍饫辋川山水，故其诗于富贵山林，两得其趣。"王维陪诸王游的时候，尚未得到辋川别业，张戒疏于考证，发了一通不合事实的议论。但是，其中"富贵山林，两得其趣"的话，倒也并非全无道理，所以今人即常引用这两句话，来评论王维的亦官亦隐生活。不过，对这两句话，也存在着一个如何理解的问题。如果认为，这是指王维既有高官厚禄，又得隐居山林，于是酒足饭饱，游山玩水，过着优哉游哉的享乐生活，那就不尽合乎实情了。首先，王维当时任的官，并不很高。其次，天宝时，诗人除丁母忧有两年时间长住辋川外，其他时候一直在朝为官，不可能老到辋川去过优哉游哉的生活。因为辋川在蓝田县南，距长安一百余里，不仅诗人每日下朝后不可能回辋川，就是每个旬休日（唐制，内外官每旬休沐一日），也不可能都到那里去过②。《辋川别业》说："不到东山向一年，归来才及种春田。"称自己已将近一年不到辋川了。《别辋川别业》云："依迟动车马，惆怅出松萝。忍别青山去，其如绿水何！"写自己即将离开辋川时对辋川山水的依依不舍之情。如果诗人颇常来往于长安辋川之间，大概是不至于会产生这样一种感情的。这个时期，诗人的生活与思想都充满矛盾。他对现实政治的黑暗感到失望，

---

① 兴宗曾长期隐居（参见本书《从王维的交游看他的志趣和政治态度》一文）。后又出仕，天宝十一至十三载维官文部郎中时，他曾任右补阙。兴宗《青雀歌》，表现了一种既未出仕又热衷进取的心理，大抵当作于他天宝中出仕之前不久。

② 唐代官员休假日颇多，每年有两次长假，即"五月给田假，九月给授衣假……各十五日"；还有节日假，如"元正、冬至各给假七日，寒食通清明四日，八月十五日、夏至及腊各三日"等；又有私假，如"私家袝庙，各给假五日。四时祭，各四日"，"周亲婚嫁，五日"等（以上并见《唐六典》卷二），因此官员利用节假日回山林别业，过隐士式的生活是可能的。有人根本否定"休假隐居"的存在，不免太过。

无心仕进，不愿同流合污，但又不能过清贫的生活，没有下决心退出官场。他企图逃避现实，啸傲林泉，然为官职所拘，又无法常居辋川。正因为这样，他只要一有机会回到辋川，一种发自内心的愉悦感情便油然而生：

> 不到东山向一年，归来才及种春田。雨中草色绿堪染，水上桃花红欲燃。优娄比丘经论学，伛偻丈人乡里贤。披衣倒屣且相见，相欢语笑衡门前。（《辋川别业》）

辋川的佳景使诗人心旷神怡。闲居田园，与通经论的高僧、隐居乡里的贤者往还，也使诗人感到非常愉快。诗人久居长安，混迹官场，长安官场的黑暗，都市的喧嚣，追名逐利者的污浊，与辋川的山水及风土人情比起来，真是两个不同的世界。诗人已对长安官场的生活感到厌倦，所以便转而对辋川的山水佳景和田园风光发生了兴趣。隐居辋川，的确可使诗人找到一点生活的乐趣，排遣一些内心的苦闷。当然，这种隐居，对于现实政治问题的解决，不会产生什么作用。而且，由于王维并未去官，因此他在辋川的生活实际上是很闲适的。他不耕不织而衣食无虞，可以尽日流连光景，陶醉于山水林泉之中。

　　王维的隐居辋川与隐居终南也有不同，主要的差别就在于一为官一不为官。在终南时，他不为官，故多出世离俗思想。居辋川时，他则做着官，所以不能不受到各种约束，不得不与腐朽的统治集团敷衍往来，因而其思想行为，也就不可能那么超尘绝俗了。又王维的所谓亦官亦隐，其实是做官的时候多而隐居的日子少，所以他一旦有时间回到辋川，就流露出对于那里的隐逸生活和山水风景的极为浓厚的兴趣和爱恋。为官时才更知道隐居的快乐，对于一个无心仕进的人说来，生活的逻辑大概就是这样的。

　　安史之乱爆发后，王维陷贼，被拘于洛阳菩提寺中。在那里，他写了一首《口号又示裴迪》诗说："安得舍尘网，拂衣辞世喧。悠然策藜杖，归向桃花源。"表示自己欲隐居避乱。但是，自乾元元年春被宥罪复官后一直到逝世，诗人始终没有归隐。不仅如此，他这个时候对隐居的态度，还发生了大的变化。《送韦大夫东京留守》云："人外遗世虑，空端结遐心。曾是巢许浅，始知尧舜深。"此诗作于乾元二年秋（说见本书《王维年谱》）。"曾是"二句说，巢父、许由避世隐居是肤浅的，自己从前曾予以肯定，而今方知尧舜为天下百姓而操劳识见深远。又《与魏居士书》说：

> 仆见足下裂裳毁冕，二十余年，山栖谷饮，高居深视，造次不违于仁，举止必由于道，高世之德，欲盖而彰。……朝廷所以超拜右史，思其入践赤墀，执牍珥笔，羽仪当朝，为天子文明。……柴门闭于积雪，藜床穿而未起，若有称职，上有致君之盛，下有厚俗之化，亦何顾影踽步，行歌采薇！是怀宝迷邦，爱身贱物也。

这篇文章约作于乾元元年（说见《王维生年新探》），主旨是劝魏居士出来做官。文中还批评了古代著名的隐士许由、嵇康、陶潜，如认为许由捐瓢洗耳，思想偏狭，"此尚不能至于旷士，岂入道者之门欤"！又说陶潜不肯为五斗米而折腰，弃官后穷得向人乞食，是"忘大守小"，这同作者过去对陶潜弃官归隐的赞扬，形成了鲜明的对比。由此可见，诗人对隐逸的态度，已发生了很大变化。发生这一变化的原因，大抵有二：第一，王维被宥罪复官后，不到四年之间，官位即由太子中允（正五品下）累迁中书舍人、给事中（正五品上）、尚书右丞（正四品下），可以说，这个时期是诗人一生中官运最为亨通的阶段。正因此，他对天子感恩戴德，不复思慕隐逸。《责躬荐弟表》说："昔在贼地，泣血自思，一日得见圣朝，即愿出家修道。及奉明主，伏恋仁恩，贪冒官荣，荏苒岁月，不知止足，尚忝簪裾。"第二，当时安史之乱尚未平定，诗人认为士人应当为国效力，而不应弃世隐居。《送韦大夫东京留守》云："素质贯方领，清景照华簪。慷慨念王室，从容献官箴。……穷人业已宁，逆虏遗之擒。然后解金组，拂衣东山岑。"

不少同志认为，安史之乱爆发后，王维因陷贼接受伪职，内心深感愧疚，就变得更加颓唐消沉，完全成为佛教的俘虏了。这种看法自然有道理，但并不全面。这一时期，王维的思想也有积极的一面，如《晚春严少尹与诸公见过》说："自怜黄发暮，一倍惜年华。"① 看来，诗人虽已届暮年，仍希望有所作为。这一时期，王维对佛教的信仰确乎更深了，曾大搞起施寺饭僧、焚香诵经等佛教的所谓"修功德"活动。但他这样做，看似消极出世，实际却含有入世的内容和世俗的功利目的。因为诗人的这些举动，是在"奉佛报恩"、为君祈福思想的支配下做出来的（参见本书《论王维的佛学信仰》一文）。

---

① 此诗作于乾元元年春末，说见本书《王维年谱》。

也谈王维与唐人之"亦官亦隐"

　　王辉斌同志在《王维"亦官亦隐"质疑》（下文简称《质疑》）[①]一文中说："在盛唐诗人中，王维生活中的'亦官亦隐'，是最令研究者们津津乐道的一个话题。首倡是说者，为陈贻焮先生发表于 20 世纪 50 年代至 60 年代的一组王维研究文章。依序为：《王维的政治生活和他的思想》（1955 年）、《王维生平事迹初探》（1958 年）、《王维的山水诗》（1960 年）、《山水诗人王维》（1962 年）。这些文章，后来均被陈贻焮先生收入《唐诗论丛》一书中，其中所持之'亦官亦隐'（或作'半官半隐'与'不官不隐'）说，从两个方面影响着自 1963 年迄今的学术界。其一是以陈铁民《王维新论》为代表的王维研究成果，至林继中《王维小传》的出版而达到极致；其二是以游国恩等编《中国文学史》为代表的高校文学史教材，至袁行霈主编的《中国文学史》问世而蔚为大观。二者的互为融合，所表明的是'亦官亦隐'在当代的王维研究中，已广为人们所接受。……其实，'亦官亦

---

　　① 王辉斌：《王维"亦官亦隐"质疑》，《唐都学刊》2004 年第 1 期。

隐'说是颇值得怀疑的。这是因为，这种说法，既有违于唐王朝'干部政策'的历史真实，亦与王维生活的历史实况相去甚远。"其结论是：称王维"亦官亦隐"，"属子虚乌有之辞"。"历史实况"果真是这样的吗？下面就让我们来对此作一些辨析吧。

一 何谓"亦官亦隐"

《质疑》说："我们认为，陈《谱》（指陈铁民《王维年谱》）的'半官半隐'说，之所以是大有问题的，主要为是说乃与当时的历史实况不相符。因为据《旧唐书·职官志》《新唐书·选举志》《通典》等材料可知，唐代并没有隐居而俸禄照领的'干部政策'。若套用今天的话来说，就是指唐代并无'干部'可带薪隐居的规定。……显然，持说者并没有从唐代官制这一角度对王维的隐居进行考察。当然，唐代能享受这种特殊待遇的'隐居'者，也并非无人，如唐玄宗的御妹玉真公主即为其一。"《质疑》认为"亦官亦隐"即带薪隐居，也就是无任何职事却能照领俸禄的隐居，这样的"亦官亦隐"在唐代当然不存在，这是用不着引经据典去加以证明的史学常识。《质疑》说玉真公主享受着"带薪隐居"的特殊待遇，实不正确，因为玉真公主并未居官，自然也无薪俸，其收入来源主要仰仗食邑（实为食租赋）、田产等，《新唐书·百官志》："皇后、诸王、公主食邑，皆有课户。"又唐时规定分给亲王永业田一百顷（见《唐六典》卷三），分给公主的永业田估计也差不多。食邑等收入，属贵族的特权，与官员的薪俸是不能混同的。真正的"带薪隐居"者，恐怕只有归隐的五品以上致仕官，因为唐代制度规定，致仕官五品以上"给半禄"（《唐六典》卷三），然而致仕官没有职务，又不能算是"亦官亦隐"。

陈贻焮先生和我所说的"亦官亦隐"，并非如《质疑》所理解的那样是"带薪隐居"。下面，我们先来看一下关于"亦官亦隐"，贻焱先生是怎样说的。《王维的政治生活和他的思想》：“他不甘同流合污，但又极力避免政治上的实际冲突，把自己装点成不官不隐、亦官亦隐的‘高人’，保持与统治者不即不离的关系，始终为统治者所不忍弃。”《王维生平事迹初探》：“开元二十八、九年到天宝七载，正当李林甫执政，而王维也正在朝廷作官。一面作官，一面隐居（《酬诸公见过》诗原注即谓：‘时官出在辋川庄。’），这情况足见他当时是不受重视的，同时他的政治态度也是消极的。”《王维的山水诗》：“当赏识他的张九龄被李林甫挤下了台，政治上黑暗势力很大，自己随时有被打击的可能时……其固有的消极出世人生观和佛老思想，很快地战胜其功名利禄心，于是就急流勇退，半官半隐，作起‘高人’来了。”《山水诗人王维》：“当他四十多岁的时候，终于归隐了。说他归隐不完全符合事实。因为他……一直到死都在作官。准确地说，他只是经常住在山庄、别墅，竭力逃避现实，对政治采取不闻不问、敷衍应付的消极态度而已。……（他）采取了圆通混世的人生态度，半官半隐地生活起来了。”① 据以上引述的话，可以看出，贻焱先生所说的“亦官亦隐”，与《质疑》对此的理解，有两个明显的不同：（一）前者是以做着官、必须完成任内职事为前提的，而后者则是带着薪却无任何职事的真正隐居。（二）前者认为“亦官亦隐”即“隐于官”，对政治和功名利禄取消极态度，经常寻找一切能利用的机会躲入山庄，过啸傲林泉的生活。这显然是从人生态度和生活方式的角度来论定“亦官亦隐”，它与唐王朝的“干部政策”和官制并无关系；而后者则认为“亦官亦隐”与唐王朝的“干部政策”和官制大有关系。

我们知道，王维在天宝初官左补阙时得到辋川别业，关于这以后他的生活，我在《谈王维的隐逸》一文中说：“自官左补阙后，王维

---

① 　以上引文并见陈贻焱《唐诗论丛》，湖南人民出版社，1980。

一直在朝任职。但是，他身在朝廷，心存山野，长期过着亦官亦隐的生活。他常在公余闲暇或休假期间归蓝田辋川，沉溺于那里的山水风景之中，以此为乐。……又王维的所谓亦官亦隐，其实是做官的时候多而隐居的日子少，所以他一旦有时间回到辋川，就流露出对于那里的隐逸生活和山水风景的极为浓厚的兴趣和爱恋。为官时才更知道隐居的快乐，对于一个无心仕进的人说来，生活的逻辑大概就是这样的。"① 看法与贻焮先生接近，而与《质疑》的理解明显不同。《质疑》作者在未弄清楚我们所说"亦官亦隐"的真正涵义时，就急急忙忙著文驳难，结果射出的箭脱了靶，岂不是有点浪费力气？

读者或许会问，既然"亦官亦隐"是以做着官为前提的，那么做着官的人，是否还有时间隐居呢？《质疑》也说："王维的'亦官亦隐'，就明显地存在着时间上的问题，原因是王维乃属于唐代'上班族'中的一份子。……有不少王维研究者，虽然已经注意到了这一问题，但由于他们仍要继续坚持'亦官亦隐'说，因而便试图以'休假隐居'的新说，来对其进行化解。……在唐玄宗执政的开元、天宝年间，朝廷所执行的乃是每工作十天才休息一日的'旬假'制。以王维当时的条件论，他若要利用一天的'休沐'时间，从长安城里赶到他购置于蓝田的那座辋川别墅去'隐居'，并保证能于翌日按时赶回上班，这显然是不可能的。"否定了"休假隐居"存在的可能性，从而也就否定了"亦官亦隐"。应该说，如果唐代官员的休沐时间只有旬假一项，那么"休假隐居"确实无存在之可能，然而实际情况并不是这样。《唐六典》卷二"内外官吏则有假宁之节"李林甫等注："谓元正、冬至各给假七日，寒食通清明四日，八月十五日、夏至及腊各三日。正月七日、十五日、晦日、春秋二社、二月八日、三月三日、四月八日、五月五日、三伏日、七月七日、十五日、九月九日、

---

① 见陈铁民《王维新论》，北京师范学院出版社，1990。

十月一日、立春、春分、立秋、秋分、立夏、立冬、每旬并给休假一日。五月给田假，九月给授衣假，为两番，各十五日。"则唐代官员除旬假外，每年尚有两次各十五日的长假，又全年的节日假合计共有四十九日，而且《唐六典》所载之节日假，还不全，如八月五日千秋节（唐玄宗生日）休假三日（见《旧唐书·玄宗纪》），二月十五日老子生日休假一日（见《唐会要》卷八二），皆未计在内。此外，官吏私家有婚、冠、丧葬、祭祀、拜扫等事，皆给假。同上李林甫等注又云："私家祔庙，各给假五日；四时祭，各四日。……冠，给三日；五服内亲冠，给假一日，不给程。婚嫁，九日，除程；周亲婚嫁，五日；大功，三日。……齐衰周，给假三十日；葬，三日；除服，二日。小功五月，给假十五日。……缌麻三月，给假七日。……私忌给假一日，忌前之夕听还。"所以，唐代官吏的休假时间是很多的，"休假隐居"完全可能实现。事实上，唐人自己就有"休假隐居"的说法，并认为这就是"亦官亦隐"。如李峤《和同府李祭酒休沐田居》："列位簪缨序，隐居林野躅。……若人兼吏隐，率性夷荣辱。……暂弭西园盖，言事东皋粟。筑室俯涧滨，开扉面岩曲。……迎秋谷黍黄，含露园葵绿。……伊我怀丘园，愿心从所欲。"（《全唐诗》卷五七）诗中称李祭酒（王府属官）"休沐"时暂回到自己的山间田庄居住为"隐居林野躅"，这种隐居是在"休沐"时进行的，自可谓之"休假隐居"；诗中又说李祭酒（若人，此人，指李祭酒）"兼吏隐"，吏，动词，做官，"兼吏隐"也就是"亦官亦隐"之意。所以，"休假隐居"的说法，并不是研究者的杜撰。

二　唐人的"亦官亦隐"说

从制度上说，官与隐之间是对立的，难以兼得。做了官，就是不隐居；隐居了，就是不做官。然而，唐人自己却有"亦官亦隐"之说。归纳起来，唐人所说的"亦官亦隐"，大抵有以下三种类型：

（一）休假隐居型。这种类型的情况前面已谈过，下面再举两个例子加以说明。张说《东山记》："兵部尚书、同中书门下三品、修文馆大学士韦公，体含真静，思协幽旷，虽翊亮廊庙，而缅怀林薮，东山之曲，有别业焉。……兹所谓丘壑夔、龙，衣冠巢、许。"（《全唐文》卷二二六）东山别业即韦嗣立庄，在骊山（参见《旧唐书·韦嗣立传》）；《记》谓当时任宰相兼兵部尚书的韦嗣立"缅怀林薮"，在骊山构营别业。他当然只有在休假期间才回别业居住，但《记》却认为这是亦官亦隐。夔、龙，皆舜臣；巢、许，巢父、许由，皆古之隐士。"兹所"二句意谓：这就是所谓深山幽谷（指隐居的地方）的夔、龙，仕宦的巢父、许由，所言即亦官亦隐之意。白居易《和朝回与王炼师游南山下》："晨从四丞相，入拜白玉除。暮与一道士，出寻清溪居。吏隐本齐致，朝野孰云殊？"（《全唐诗》卷四四五）谓退朝后（公余闲暇）往游终南山，是吏与隐一起得到，也是亦官亦隐之意。

（二）在山水佳胜或幽僻之地为官型。孙逖《登越州城》："越嶂绕层城，登临万象清。封圻沧海合，廛市碧湖明。晓日渔歌满，芳春棹唱行。山风吹美箭，田雨润香粳。代阅英灵尽，人间吏隐并。"（《全唐诗》卷一一八）此诗为孙逖任山阴（唐越州治所，今浙江绍兴）县尉时所作，古谓"会稽（治山阴）有佳山水"（《晋书·王羲之传》），诗即写登城所见山阴山水之美；"人间"句是说，在山阴可游赏佳山水，兼得为官与隐逸之乐，杜甫《东津送韦讽摄阆州录事》："闻说江山好，怜君吏隐兼。"（《全唐诗》卷二三四）意谓听说阆州江山美，羡爱君在此地为官，可领略江山佳胜，兼得隐逸之乐。白居易《奉和李大夫题新诗二首各六韵·因严亭》："箕颍人穷独，蓬壶路阻难。何如兼吏隐，复得事跻攀。岩树罗阶下，江云贮栋间。……"（《全唐诗》卷四四三）因严亭在杭州凤凰山，诗即作于白居易任杭州刺史时。箕颍，箕山、颍水，为许由隐居之地；此诗意谓，隐居、求仙，不如亦官亦隐；在作者看来，在类似杭州这样的山水佳胜之地为官，能兼得登临游赏清景之乐，这就是亦官亦隐。又杜甫《白水县崔少府十九翁高斋三十韵》："高斋坐林杪，信宿游衍阒。清晨陪跻攀，傲睨俯峭壁。崇冈相枕带，旷野怀咫尺。……危阶根青冥，曾冰生淅沥。上有无心云，下有欲落石。……吏隐适性情，兹焉其窟宅。"（《全唐诗》卷二一六）白水县今属陕西，当时崔十九在此为县尉；诗写其高斋环境深僻幽静，认为居此为官堪称"吏隐"。吏隐，隐于吏，谓虽为官却似隐居，含有亦官亦隐之意。

（三）官闲事少型。白居易《中隐》："大隐住朝市，小隐入丘樊。丘樊太冷落，朝市太嚣喧。不如作中隐，隐在留司官。似出复似处，非忙亦非闲。……终岁无公事，随月有俸钱。君若好登临，城南有秋山。君若爱游荡，城东有春园。……贱即苦冻馁，贵则多忧患。唯此中隐士，致身吉且安。"（《全唐诗》卷四二三）作此诗时，作者为太子宾客分司东都；诗中说，任分司东都的闲官，尽可登临游荡，为官而却似隐居，这就是所谓中隐。也作于居易任太子宾客分司东都期间的《咏怀》说："高人乐丘园，中人慕官职。一事尚难成，两途安可得？……我今幸双遂，禄仕兼游息。"（《全唐诗》卷四三〇）"禄仕兼游息"即中隐，也就是亦官亦隐。刘禹锡《酬乐天醉后狂吟十韵》："散诞人间乐，逍遥地上仙。……吏隐情兼遂，儒玄道两全。"（《全唐诗》卷三六二）居易原唱见《全唐诗》卷四五七，题为《分司洛中多暇数与诸客宴游醉后狂吟偶成十韵……》，刘诗所说吏与隐兼遂（即亦官亦隐之意），正指居易任"分司洛中"的闲官而言。崔峒《送陆明府之盱眙》："政成堪吏隐，免负府公恩。"（《全唐诗》卷二九四）明府（县令）本非闲官，这里是说，治政有成，事情自然就少了，便可隐于吏（边官边隐）。韩愈《独钓四首》其二："坐厌亲刑柄，偷来傍钓车。太平公事少，吏隐讵相赊。"（《全唐诗》卷三四四）作者时任刑部侍郎，故曰"亲刑柄"，这里是说，天下太平，刑事案件少，边官边隐（吏隐）的日子不远了。

此外，还有一种为官淡于禄利、不求升进、对政治取消极态度型。如姚合《寄永乐长官殷尧藩》："故人为吏隐，高卧簿书间。绕院唯栽药，逢僧只说山。"（《全唐诗》卷四九七）殷尧藩时任永乐县令，姚诗谓其"吏隐"，是说他为官淡于禄利，生活懒散（高卧簿书间），犹如隐居。权德舆《寄临海郡崔稚璋》："吏隐丰暇日，琴壶共冥搜。……志士诚勇退，鄙夫自包羞。终当就知己，莫恋潺湲流。"（《全唐诗》卷三二二）崔氏时任台州（临海郡）录事参军，权诗说他居官而闲暇无事，常抚琴饮酒、寻幽访胜；还说他为官淡于禄利，恋慕隐逸，所以诗中所谓吏隐，也是亦官亦隐之意。应该指出，此一类型与前三种类型的外延有交叉、重叠之处，其表现为：前三种类型的亦官亦隐者，有的是以淡于禄利、无心仕进为思想基础的。

"亦官亦隐"说不是始于唐代。《文选》晋王康琚《反招隐诗》："小隐隐陵薮，大隐隐朝市。"唐人的"吏隐"说，即源于王康琚的"大隐隐朝市"。南朝齐谢朓《之宣城出新林浦向板桥》："既欢怀禄情，复协沧洲趣。"也可视作"亦官亦隐"说的源头。总之，称王维"亦官亦隐"，也不是研究者的杜撰。

三　何以独称王维"亦官亦隐"

《质疑》说："王维在《暮春太师左右丞相诸公于韦氏逍遥谷宴集序》一文中，所言的太子太师徐国公萧嵩……等九人，虽曾利用'休沐'日在骊山下著名的韦氏山庄即韦嗣立别业休闲度假，但自唐迄今，谁也不曾称其为'亦官亦隐'者。而唐代在长安近郊风景幽雅处营构别业，于'休沐'日度假者，也并非王维一人，如……拥有蓝田别业的初唐诗人宋之问等，就都属如此。但宋之问等人，也同样不曾为古今诗论家们称为'亦官亦隐，者。"这问题提得好，下面我们就来谈谈独称王维"亦官亦隐"的原因。

　　首先的一个原因是，王维自己有亦官亦隐思想。他的《暮春太师……宴集序》说："不废大伦，存乎小隐，迹崆峒而身拖朱绂，朝承明而暮宿青霭，故可尚也。"① 大伦，指君臣、父子的等级名分关系，不废大伦，谓未曾去官；小隐，指"隐陵薮"，"不废"二句，谓亦官亦隐。迹崆峒，追寻崆峒仙人的踪迹，即隐居学仙；身拖朱绂，谓身着朱红色画有花纹的朝服，此句也是亦官亦隐之意。《春夜竹亭赠钱少府归蓝田》说："羡君明发去，采蕨轻轩冕。"② 钱少府，诗人钱起，时任蓝田县尉；采蕨，指过隐居生活。诗既为送钱起回到蓝田尉任上而作，何以又说他"采蕨轻轩冕"？这大概是因为蓝田多山水胜景，钱起在其地又有别业，可以过亦官亦隐的生活，故云。前面谈到，王维自天宝初得到辋川别业后，一直在朝任职，然而他描写自己天宝时在辋川生活的诗歌，却充满隐逸情致。如《田园乐七首》其三："采菱渡头风急，策杖村西日斜。杏树坛边渔父，桃花源里人家。"其四："萋萋芳草春绿，落落长松夏寒。牛羊自归村巷，童稚不识衣冠。"其六："桃红复含宿雨，柳绿更带春烟。花落家僮未扫，莺啼山客犹眠。"皆富有隐士气息和闲逸情调。又其二："再见封侯万户，立谈赐璧一双。讵胜耦耕南亩，何如高卧东窗。"③ 俨然自己是个隐居者！《酬诸公见过》（诗题下自注："时官出在辋川庄。"）曰："屏居蓝田，薄地躬耕。岁晏输税，以奉粢盛。"更直称自己在辋川居住为屏居（隐居之意）。所以，说王维天宝时"过着亦旨亦隐的生活"，符合王维自己的思想。

　　其次的一个原因是，"亦官亦隐"有助于说明王维何以能成为盛

---

① 见陈铁民《王维集校注》，中华书局，1997，第 701 页。
② 见陈铁民《王维集校注》，中华书局，1997，第 502 页。
③ 见陈铁民《王维集校注》，中华书局，1997，第 453—456 页。

唐山水田园诗的突出代表。天宝时期，王维写作了大量的山水田园诗，这使他成为盛唐山水田园诗的突出代表；我们说王维"亦官亦隐"，大抵有两层意思：第一，从思想和人生态度方面看，诗人无心仕进，对政治取消极态度。天宝时期，奸相李林甫、杨国忠相继专权，朝政日非，正是政局的险恶，使诗人感到理想破灭，于是进取之心与用世之志销减殆尽。第二，从生活方式上说，诗人追求山林隐逸之乐。他经常利用公余闲暇或休假期间游息于辋川，过优游山水、啸傲林泉的生活。《酬张少府》云："晚年惟好静，万事不关心。自顾无长策，空知返旧林。松风吹解带，山月照弹琴。君问穷通理，渔歌入浦深。"① 诗中"晚年"二句，正反映了诗人对政治的消极态度，"空知"二句说自视无良策，只知返回辋川，"松风"四句表现隐居生活的闲适自在和快乐自由；可以说，此诗全面地反映了王维"亦官亦隐"的思想与行为。王维的山水田园诗创作，同他天宝时的亦官亦隐生活有着非常密切的关系。很显然，正是无心仕进、恋慕隐逸，促使诗人投身到大自然的怀抱中去探寻美，并用自己的诗歌予以表现；王维的山水田园诗，多追求一种没有人世喧扰的幽美静谧境界，这同他长期游息于辋川等山水胜境，对于那里的静美景色十分喜爱，并有真切的体验，不能分开；又，王维的山水田园诗，往往充满隐士的闲情逸致，这同他在辋川所过的，是一种优游林泉的闲适生活，也很有关系。

综上所述，王维之"亦官亦隐"，并非子虚乌有，它与王维的山水田园诗创作，关系很密切。

（原载《东南大学学报》2006年第2期）

---

① 见陈铁民《王维集校注》，中华书局，1997，第476页。

从王维的交游看他的志趣和政治态度

孟子说："吾闻观近臣，以其所为主；观远臣，以其所主。"（《孟子·万章上》）意思是说，观察在朝的臣子，看他所接待的客人；观察从远方来求官的人，看他所寄居的主人。这也就是说，从一个臣子与什么人结交、往来，就可以知道他的思想和为人。这话有一定道理。所以，我们也可以从王维的交游，来看他的志趣和政治态度。

一

先考察一下王维同当时的执政者（宰相）有什么往来。

张九龄是开元时代有名的贤相，他具有开明的政治见解，以敢于直言极谏著称，王维同他的关系颇密切。开元二十二年，张九龄为中书令，王维献《上张令公》诗请求汲引，次年，被九龄擢为右拾遗。这时候，诗人精神振奋，热切希望能够实现自己的政治抱负。王维的干谒九龄和九龄的提拔王维，是以两人政治主张的一致为基础的，不能简单地理解成是个人的投靠和培植私党。因此，当开元二十五年九龄遭到李林甫的排挤，出为荆州长史之后，王维便有了理想破灭之感，准备着"方将与农圃，艺植老丘园"（《寄荆州张丞相》）了。关于这个问题，陈贻焮《王维的政治生活和他的思想》一文（见《唐诗论丛》），已作了令人信服的论述，本书《"三教"融合和王维的思想》也曾涉及，这里就不打算多谈了。

开元二十五年春（张九龄被贬为荆州长史之前），张九龄曾同萧嵩、裴耀卿、韩休等八位大臣，一起到韦氏逍遥谷（即韦嗣立庄，在骊山）宴集，当时王维只是一个小小的谏官（时维任右拾遗，从八品上），却得到了陪游的荣幸，并写了《暮春太师左右丞相诸公于韦氏逍遥谷宴集序》一文。关于这次宴集的情形，王维的《序》说道：

> 时则有太子太师徐国公、左丞相稷山公、右丞相始兴公、少师宜阳公、少保崔公、特进邓公、吏部尚书武都公、礼部尚书杜公、宾客王公……退于彤庭，选辰择地，右班剑，骖六骊，画轮载毂，羽幢先路，以诣夫逍遥谷焉。

文中所记这些参与宴集者，都是一些什么样的人呢？王维同他们又有什么关系？所谓"右丞相始兴公"即张九龄。九龄因受李林甫排挤，于开元二十四年十一月罢知政事，为尚书右丞相（尚书省长官，实非宰相）。"太子太师徐国公"即萧嵩。嵩年轻时曾受到开元名相姚崇的推重。《旧唐书·萧嵩传》："开元初，为中书舍人，与崔琳、王丘、齐澣同列，皆以嵩寡学术，未异之，而紫微令姚崇许其致远，眷之特深。"开元十五年，河西节度使王君㚟兵败被杀，河、陇震惊，玄宗"择堪边任者，乃以嵩为兵部尚书、河西节度使"。嵩到任后，屡破吐蕃，遂人为相。十七年，兼中书令，"寻又进封徐国公"。二十一年三月，宰相裴光庭卒，玄宗"委嵩择相，嵩推韩休"。休"为人峭直，不干荣利"（《通鉴》卷二一三），"既知政事，多折正嵩，遂与休不叶"（《旧唐书·韩休传》）。同年十二月，帝令二人俱罢相。二十四年，嵩为太子太师。二十七年，"幽州节度使张守珪坐赂中人牛仙童得罪，李林甫素忌嵩，因言嵩尝以城南墅遗仙童，贬青州刺史"（《新唐书·萧嵩传》）。综观萧嵩的一生，虽然为相时"奏事常顺旨"（《通鉴》卷二一三），比不上韩休，但大抵也还算得上是一个正臣，故为李林甫所忌。王维同萧嵩的关系较密切。天宝八载闰六月，已致仕多年的萧嵩卒，王维写了《故太子太师徐公挽歌四首》以示哀悼，并颂扬嵩"功德冠群英，弥纶有大名"。

"左丞相稷山公"即裴耀卿。耀卿曾受爵稷山县男（说见本书《王维年谱》），故谓之"稷山公"。他历任济、宣、冀三州刺史，"皆有善政"（《旧唐书·裴耀卿传》）。开元二十一年十二月，与张九龄同时拜相。二十二年五月，九龄为中书令，耀卿为侍中。二十四年十一月，两人同时罢相，九龄为尚书右丞相，耀卿为尚书左丞相（参见《新唐书·宰相表》）。耀卿与九龄相善，都受到李林甫的忌恨。《通鉴》开元二十四年十一月："侍中裴耀卿与九龄善，林甫并疾之。是时，上在位岁久，渐肆奢欲，怠于政事。而九龄遇事无细大皆力争；林甫巧伺上意，日思所以中伤之。……于是上积前事，以耀卿、九龄为阿党；壬寅，以耀卿为左丞相，九龄为右丞相，并罢政事。"王维同裴耀卿的关系比较深。开元十二年，耀卿为济州刺史（据孙逖《唐济州刺史裴公德政颂》），当时王维仍在济州为司仓参军，他对于耀卿在济州的行事、治绩非常了解，曾撰《裴仆射济州遗爱碑》，歌颂耀卿在济州的德政，为读者勾画出了一个"心在苍生"的循吏的形象。

"少师宜阳公"即韩休。休于开元二十一年十二月"转工部尚书，罢知政事。二十四年，迁太子少师，封宜阳子"（《旧唐书·韩休传》）。韩休与张九龄同是唐代有名的直臣，《通鉴》开元二十四年十一月："上即位以来，所用之相，姚崇尚通，宋璟尚法……韩休、张九龄尚直，各其所长也。"他"不务进趋"，"守正不阿"，常于天子前直言谏诤，名相宋璟称赞他说："不意休能尔，仁者之勇也。"（《新唐书·韩休传》）"少保崔公"即崔琳。他也是一个受到宋璟赞赏的人物。《旧唐书·崔神庆传》："开元中，神庆子琳等皆至大官……琳位终太子少保。"《新唐书·崔神庆传》："神庆子琳，明政事，开元中，与高仲舒同为中书舍人。侍中宋璟亲礼之，每所访逮，尝曰：'古事问仲舒，今事问琳，尚何疑?'累迁太子少保。天宝二年卒，秘书监潘肃闻之，泫然曰：'古遗爱也！'""特进邓公"为张暐，《旧唐书·张暐传》："及太平（公主）之败……暐为大理卿，封邓国公……（开元）二十年，以暐年高，加特进。"其在助玄宗诛灭太平公主一事上立过功。"吏部尚书武都公"即李暠。《新唐书·李暠传》："（开元）二十一年，以工部尚书持节使吐蕃……还，以奉使有指，再迁吏部。"《旧唐书·李暠传》："暠风仪秀整，所历皆以威重见称，朝廷称其有宰相之望。累封武都县伯。俄为太子少傅，病卒。"《旧唐书·玄宗纪》："（开元二十七年四月乙酉）吏部尚书李暠为太子少傅。"关于李暠的为人，孙逖《太子少傅李公墓志铭》说："唐之宗盟，有若武都公者，讳暠……公体正心直，色庄言厉，明而可畏，宽而能服，故所莅之职，必奸邪衰止，礼义兴行，国人宜之，有由然也。"可见也是一个正臣。"礼部尚书杜公"即杜暹。《旧唐书·杜暹传》："（开元）二十年，上幸北都，拜暹为户部尚书，便令扈从入京。行幸东都，诏暹为京留守。……俄代李林甫为礼部尚书，累封魏县侯。二十八年，病卒。"按，据严耕望《唐仆尚丞郎表》卷十一及十五考证，暹代李林甫为礼部尚书的时间，在开元二十三年闰十一月。杜暹自开元十四年九月至十七年六月为相（见《新唐书·宰相表》），以"尚俭"闻名（见《通鉴》开元二十四年十一月），《旧唐书》本传也称他"常以公清勤俭为己任……弱冠便自誓不受亲友赠遗，以终其身"。"宾客王公。即王丘。《旧唐书·王丘传》云：
"（开元）二十一年，侍中裴光庭病卒，中书令萧嵩与丘有旧，将荐丘
知政事，丘知而固辞，且盛推尚书右丞韩休，嵩因而奏之。及休作相，
遂荐丘代崔琳为御史大夫。丘既讷于言词，敷奏多不称旨。俄转太子宾
客……寻以疾拜礼部尚书，仍听致仕。……天宝二年卒。"王丘是唐代
有名的廉吏，《旧唐书》本传说他"志行修洁"，"虽历要职，固守清
俭，未尝受人馈遗，第宅舆马，称为敝陋。致仕之后，药饵殆将不给"。

总之，这次宴集的参加者，都是一些正臣。虽然据《序》所述，
这次聚会并不具有政治色彩，但这些人之所以情愿在公余闲暇聚到一
块游乐，也不无志趣相合方面的原因。物以类聚，人以群分，不可设
想张九龄会与李林甫同游共乐。所以，王维得以参加这次正臣们的宴
集，恐怕也是由于志趣与他们相合的缘故。由此即可推知，王维在朝
廷任右拾遗的时候，大抵是亲近正臣而疏远佞人的。

开元二十四年十一月，张九龄罢相，李林甫兼中书令，这是玄宗
朝政治的一个转折点。自这以后，朝廷上奸臣专权，政治日趋黑暗腐
败。李林甫自兼中书令至天宝十一载十一月卒，独专朝权凡十六年。
在这期间，他"媚事左右，迎合上意，以固其宠；杜绝言路，掩蔽聪
明，以成其奸；妒贤疾能，排抑胜己，以保其位；屡起大狱，诛逐贵
臣，以张其势"；于是"养成天下之乱"（《通鉴》卷二一六）。在李
林甫执政时期，王维大部分时间在朝为官，那么，他对于李林甫采取
何种态度？他们之间又发生过哪些关系？王维《重酬苑郎中》云：

> 仙郎有意怜同舍，丞相无私断扫门。扬子解嘲徒自遣，冯唐
> 已老复何论！

苑郎中即苑咸。天宝五载，王维任库部员外郎，苑咸官郎中兼知制
诰，咸好佛教，又通梵文，维作《苑舍人能书梵字兼达梵音皆曲尽其

妙戏为之赠》诗赠之，咸亦作《酬王维》诗答维，其序文称维"且久未迁，因而嘲及"，于是王维又写了这首诗答咸。"仙郎"句是说，自己与苑咸同为郎官（尚书省诸司郎中、员外郎），苑咸有意怜惜自己（维"久不迁"，故有是语）。苑咸是李林甫的亲信。《旧唐书·李林甫传》说："（林甫）自无学术，仅能秉笔……而郭慎微、苑咸文士之阘茸者，代为题尺。"《新唐书·李林甫传》也说林甫"善苑咸、郭慎微，使主书记"。既然咸有意相怜，王维自可借之自进，然而接下去诗人却说：丞相（李林甫）是无私的，禁绝请托①，所以你（苑咸）也就不必费心了。这话从表面上看是赞扬丞相，实际却委婉地表明了自己无意于走苑咸的门路。再接下去"扬子"二句是说，扬雄虚静淡泊，有人嘲笑他是个不善仕进的无用之人，雄因作《解嘲》，这只不过是自我排遣，而自己已老，不须更求进取，还理论它什么呢（连《解嘲》式的文字也不必写了）！由这首诗不难看出，这时候的王维，并不热衷于仕进，也无意于巴结李林甫。

王维集中，还有一首同李林甫有关的诗歌，即《和仆射晋公扈从温汤》，诗云：

> 天子幸新丰，旌旗渭水东。……上宰无为化，明时太古同。……王礼尊儒教，天兵小战功。谋猷归哲匠，词赋属文宗。司谏方无阙，陈诗且未工。长吟吉甫颂，朝夕仰清风。

仆射晋公即李林甫（说见本书《王维年谱》）。关于这首诗，孙昌武同志说："只要是对李林甫在开元后期到天宝初年的活动稍有了解的人，就会知道这些谀词与事实相距多么遥远。"他又据此进一步推出如下结论："王维早年曾倾向于比较开明、颇有政能的张九龄；……

---

① "扫门"用汉魏勃事。勃少时，欲求见齐相曹参，无以自通，乃日为齐相舍人扫门，于是舍人即将他介绍给曹参（见《史记·齐悼惠王世家》）。"断扫门"即禁绝请托之意。

但对李林甫，他又趋附谄媚。"（《王维的佛教信仰与诗歌创作》，见《唐代文学与佛教》）的确，这首诗歌颂了不应歌颂的李林甫，但说作者对李"趋附谄媚"，则似欠公允。让我们先来探讨一下这首诗是在怎样一种情况下写出来的。天宝元年十月，玄宗幸骊山温泉，李林甫从行。王维这时任左补阙（参见本书《王维年谱》），《旧唐书·职官志》云："补阙、拾遗之职，掌供奉讽谏，扈从乘舆。"所以也跟随玄宗到了温泉。在温泉的时候，李林甫写了一首《扈从温汤》的诗，王维此诗就是它的和作。王维之作此和诗，无非存在两种可能：一种是"趋附谄媚"，主动奉和；一种是当李作诗索和的时候，维因诗名甚盛，被指定或公推写和作，于是不得已写了这首诗。联系王维在《重酬苑郎中》一诗里所表现出来的思想，第二种可能看来更合乎实际一些。既然王维这首诗是不得已而为之的一篇应酬之作，那么诗中所说的那些歌颂李林甫的话，自然也就不完全是出自作者内心的了。我们知道，李林甫是一个极其阴险、狡诈而又毒辣的人物，他"城府深密，人莫窥其际。好以甘言啗人，而阴中伤之，不露辞色。凡为上所厚者，始则亲结之，及位势稍逼，辄以计去之。虽老奸巨猾，无能逃于其术者"（《通鉴》卷二一四）。所以，"自皇太子以下，畏之侧足"（同上卷二一六）。王维置身于李林甫专权的官场，也感到害怕："既寡遂性欢，恐招负时累。"（《赠从弟司库员外绘》）正因此，他虽不愿巧谄以自进，却又不能不去歌功颂德。无疑，诗人是软弱的。他虽对李林甫集团的黑暗腐朽有所认识，不甘同流合污，但慑于李的淫威，又不敢明显地表现出自己的反抗。而且，他不能过清贫的生活，没有下决心退出官场。既然继续在朝为官，他就不能不与腐朽的统治集团敷衍往来，因而也就难以保持自身的高洁。这样做，诗人内心是有矛盾和痛苦的。他难以摆脱这种矛盾、痛苦，只好到佛教中去寻找精神安慰。

天宝十一载十一月李林甫卒后，杨国忠执掌了朝廷的大权。关于王维与杨国忠的关系，孙昌武同志说："他的《奉和圣制御春明楼临右相园亭赋乐贤诗应制》，歌颂杨国忠。杨任右相，在天宝十一载以后，其时高仙芝已大败于怛罗斯，鲜于仲通大败于南诏，正是李白写《古风·胡关饶风沙》、杜甫写《兵车行》的时候，王维诗中却说'将非富民宠，信以平戎故。从来简帝心，讵得回天步'，说杨国忠有'富民'、'平戎'之功，不是谬妄已极吗？"按，右相即中书令（天宝元年改中书令为右相），天宝时李林甫、杨国忠都曾任过此职，根据什么说此诗之"右相"即指杨？诗题说"御春明楼临右相园亭"，可见"右相园亭"近春明楼。春明楼即春明门上之楼，春明门在长安城东（《唐六典》卷七："京城……东面三门，中曰春明"），"右相园亭"也应一样。《旧唐书·李林甫传》说："林甫京城邸第，田园水硙，利尽上腴。城东有薛王别墅，林亭幽邃，甲于都邑，特以赐之（按，薛王业卒于开元二十二年）。"疑"右相园亭"即城东的薛王别墅，而"右相"也就指李林甫。又"将非"二句是说，天子驾幸春明楼赐宴赋诗，若不是因为臣子有富民的光荣，则实在是由于平戎（平，和也）的缘故。这两句话正同玄宗原赋中的"乐贤"主题相应。奉和应制之作，照例皆歌功颂德，且不能离开原赋随意发挥，所以很难说诗中的话，都是作者真实思想的反映。既然如此，我们对于这类诗歌所表现的思想，也就不必过于看重了。

在王维今存的诗文中，实际上未见有一处提及杨国忠。在杨执政期间，诗人曾同一些为杨所憎恶的正臣有往来。天宝十二载春，玄宗下诏"补尚书十数公为郡守"，杨国忠"谬称精择"，悉以郎官不附己者充任（参见本书《王维年谱》）。当时李峘自考功郎中出为睢阳太守，王维曾作诗送之，诗云："将置酒，思悲翁；使君去，出城东。麦渐渐，雉子斑；槐阴阴，到潼关。骑连连，车迟迟，心中悲。宋又远，周间之；南淮夷，东齐儿。碎碎织练与素丝，游人贾客信难持。五谷前熟方可为，下车闭阁君当思。"（《送李睢阳》）诗歌抒写了别后对李的思念之情，并就李到任之后的工作，表示了自己的看法。看来，作者同李的关系应该是比较亲密的。李峘是信安王祎的长子，史书称他"志行修立"（《旧唐书》本传），"性质厚，历宦有美名"（《新唐书》本传），又说："麟修整，峘循良，匪躬立事，始终无玷者，皆宗室之英也。"（《旧唐书·李暠等传论》）又《旧唐书·李峘传》说："杨国忠秉政，郎官不附己者悉出于外，峘自考功郎中出为睢阳太守。寻而弟岘出为魏郡太守，兄弟夹河典郡，皆以理行称。"王维作有《送魏郡李太守赴任》诗，魏郡李太守即指岘。诗云："与君伯氏别，又欲与君离。君行无几日，当复隔山陂。……前经洛阳陌，宛洛故人稀。故人离别尽，淇上转骖𬴂。企予悲送远，惆怅睢阳路。……想君行县日，其出从如云。遥思魏公子，复忆李将军。""伯氏"即谓岘之长兄峘。"惆怅"句指峘当时正在睢阳为官。李华《故相国兵部尚书梁国公李岘传》说："自太子通事舍人五迁为魏州（天宝元年改名魏郡）刺史，化行河朔。再迁为京兆尹。"《旧唐书·李岘传》云："天宝十三载，连雨六十余日，宰臣杨国忠恶其不附己，以雨灾归咎京兆尹，乃出为长沙郡太守。"十三载为京兆尹，则任魏郡太守当在十二载（比峘出守睢阳的时间略晚一些）。关于李岘的为人，《旧唐书》本传说："岘，乐善下士……及岘为相，叩头论辅国专权乱国，上悟，赏岘正直，事并变革。"《李暠等传论》曰："岘之刚正才略，有足可称。初为国忠所憎，终沮朝恩（似当作"辅国"）之势。"《新唐书》本传云："玄宗岁幸温汤，甸内巧供亿以媚上，岘独无所献，帝异之。"李华《李岘传》也称他"以正直进，以正直退"。从王维与李峘、李岘等为杨国忠所憎的正臣的交往，多少可看出诗人并无亲附杨国忠之意。当然，他对于杨，也同样不敢表现出自己的反抗。

安史之乱爆发后，王维陷贼，被迫接受伪官。两京收复后，他得到肃宗的特别宽恕，未被定罪。乾元元年春复官。那时候，朝廷上有所谓"房琯之党"，王维曾同他们中的一些人有过来往。房琯是武后朝宰相房融之子，"少好学，风仪沉整"，当过多任县令、太守，"所至多有遗爱"，"颇著能名"（《旧唐书》本传）。天宝十四载，迁宪部（刑部）侍郎。十五载六月，玄宗仓皇幸蜀，房琯在剑州追上玄宗，"帝喜甚，即拜文部（吏部）尚书、同中书门下平章事"（《新唐书·房琯传》）。七月，肃宗即位于灵武。八月，玄宗命房琯等奉传国宝、玉册至灵武传位。琯到灵武后，"肃宗以琯素有重名，倾意待之，琯亦自负其才，以天下为己任。时行在机务，多决之于琯，凡有大事，诸将莫敢预言"（《旧唐书·房琯传》）。这种情况，自然使受到肃宗宠信的宦官李辅国感到不快。辅国本"以阉奴为闲厩小儿"，"略通书计"，天宝中入东宫侍太子。玄宗赴蜀途中，他"献计太子，请分玄宗麾下兵，北趋朔方，以图兴复"，从至灵武，又"劝太子即帝位，以系人心。肃宗即位，擢为太子家令，判元帅府行军司马事，以心腹委之"（《旧唐书·李辅国传》）。"辅国外恭谨寡言而内狡险，见（肃宗妃）张良娣有宠，阴附会之，与相表里"（《通鉴》卷二一九），从而逐渐控制了朝廷的大权。肃宗还长安后，辅国专权愈甚，"势倾朝野"（同上卷二二〇）。至德元载十月，房琯自请率兵收复两京，肃宗应允。由于房琯自己本来不懂军事，所选用的参佐又都是儒生，结果吃了大败仗，但"帝虽恨琯丧师，而眷任未衰"（《新唐书·房琯传》）。也在这一月，北海太守贺兰进明赴行在，对肃宗说："琯昨于南朝为圣皇制置天下，乃以永王为江南节度，颍王为剑南节度，盛王为淮南节度，制云'命元子北略朔方，命诸王分守重镇'。且太子出为抚军，人曰监国，琯乃以枝庶悉领大藩，皇储反居边鄙，此虽于圣皇似忠，于陛下非忠也。琯立此意，以为圣皇诸子，但一人得天下，即不失恩宠。"（《旧唐书·房琯传》）"命诸王分守重镇"，将可能使得他们的翅膀变硬，具有割据称雄、与"元子"争夺皇位的能力，这虽非玄宗与房琯如此安排的本意，却是肃宗所最忌讳的。贺兰进明可谓摸透了肃宗的心理，几句话就撩拨起他的恨意。所以肃宗

"由是恶琯"（同上）。至德二载正月，"上皇（玄宗）遣平章事崔圆奉诰赴彭原"（《旧唐书·肃宗纪》），"圆厚结李辅国，到后数日，颇承恩渥，亦憾于琯"（《旧唐书·房琯传》）。即此可见，房琯同李辅国一伙人是存在着矛盾的。由于肃宗对于"命诸王分守重镇"的安排耿耿于怀，因而就使得房琯在与李辅国的矛盾斗争中处于不利地位。再加上他好"高谈虚论"，"又多称病，不时朝谒"，所以便在这年五月，被贬为太子少师。琯罢相后，"颇怏怏"，"常自言有文武之用，合当国家驱策，冀蒙任遇。又招纳宾客，朝夕盈门，游其门者，又将琯言议暴扬于朝"，于是"上颇不悦"，于乾元元年六月，贬琯为邠州刺史（《旧唐书·房琯传》）。关于对房琯的评价，《新唐书》说："琯有远器，好谈老子、浮屠法，喜宾客，高谈有余，而不切事。时天下多故，急于谋略攻取，帝以吏事绳下，而琯为相，遽欲从容镇静以辅治之，又知人不明，以取败桡，故功名隳损云。"（《房琯传》）又认为"使琯遭时承平，从容帷幄，不失为名宰"，惜遇乱世，"用违所长，遂无成功"（《房琯传赞》）。这些意见，都有一定的道理。

所谓"房琯之党"，据史书所载，有刘秩、李揖、严武、贾至、窦绍等。如《旧唐书·房琯传》载贺兰进明对肃宗说："（琯）又各树其私党刘秩、李揖、刘汇、邓景山、窦绍之徒，以副戎权。"又载房琯将兵击贼，自选参佐，"乃以御史中丞邓景山为副，户部侍郎李揖为行军司马，中丞宋若思、起居郎知制诰贾至、右司郎中魏少游为判官，给事中刘秩为参谋"。又称琯"于政事简惰……但与庶子刘秩、谏议李揖、何忌等高谈虚论"。又录贬琯为邠州刺史的诏书说："（琯）又与前国子祭酒刘秩、前京兆少尹严武等潜为交结，轻肆言谈，有朋党不公之名，违臣子奉上之体。"

王维同房琯很早就有来往。开元二十一年以前，房琯为卢氏令（说见本书《王维年谱》），维有诗赠之。《赠房卢氏琯》云："达人无不可，忘己爱苍生。岂复小千室，弦歌在两楹。浮人日已归，但坐

文，说明他同又一"琯党"人物窦绍也有往来。

从思想上说，在房琯与李辅国之间，王维无疑更倾向于房琯，故同"琯党"中人有较多往来。但由于他性格软弱，再加上背了个"陷贼官"的沉重包袱，因此不敢参与朝廷中宦官与朝臣以及朝臣之间的斗争。对于与己早有交谊的房琯，王维这时似乎不敢与他有更多的接触。

自乾元元年五月至二年三月，王屿为相，此人专以祀事希幸。《通鉴》卷二二〇说："上颇好鬼神，太常少卿王屿专依鬼神以求媚，每议礼仪，多杂以巫祝俚俗。上悦之，以屿为中书侍郎、同平章事。"乾元二年春，王屿炮制了一个所谓"紫芝木瓜"的祥瑞，肃宗深信不疑，王维也写了《为相国王公紫芝木瓜赞》一文，为之鼓吹，说这是"至孝"之应。这大概是为迎合帝意而作的。至于王维同王屿之间有无私交，以及政治上有没有什么特别的关系，由于材料缺乏，就不得而知了。

二

下面略述王维与王公大臣们的交往（上一部分已涉及的事，这里不再重复）。

《旧唐书·王维传》说："维以诗名盛于开元、天宝间，昆仲宦游两都，凡诸王驸马豪右贵势之门，无不拂席迎之。宁王、薛王待之如师友。"《新唐书·王维传》也说："维工草隶，善画，名盛于开元、天宝间，豪英贵人，虚左以迎，宁、薛诸王，待若师友。"史载玄宗有兄二人：宁王宪、申王㧑；弟二人：岐王范、薛王业。维与诸王往还，主要在开元九年擢第之前。诸王中，"范好学工书，雅爱文章之士，士无贵贱，皆尽礼接待……又多聚书画古迹，为时所称"（《旧唐书·睿宗诸子传》），故维与之来往最多。《集异记》说："（维）游历诸贵之间，尤为岐王之所眷重。"又维今存的集中，有《从岐王夜宴卫家山池应教》《从岐王过杨氏别业应教》《敕借岐王九成宫避暑应教》三诗，可证他常与范往来，从之游宴。但是，岐王卒于开元十四年（据《旧唐书·睿宗诸子传》《新唐书·三宗诸子传》）。而维开元九年春登第授官，同年秋谪为济州司仓参军，直到十四年春方离任，随即又改官淇上（说见本书《王维年谱》《王维生平五事考辨》），所以，他与岐王往还，主要应在开元九年擢第之前。又申王卒于开元十二年（据《旧唐书·睿宗诸子传》），如果王维同他有来往（王维的诗文中，不见有这方面的记载），主要也应在开元九年擢第之前。另宁王卒于开元二十九年（据《旧唐书·睿宗诸子传》《新唐书·三宗诸子传》），情况虽异于岐、申二王，但《通鉴》开元八年十月载："上禁约诸王，不使与群臣交结。……万年尉刘庭琦、太祝张谔数与范饮酒赋诗，贬庭琦雅州司户，谔山茌丞。"维登第前以一个布衣的身份交结诸王，不能算是干犯禁令，而登第授官之后的情况就完全相反了，以维的思想性格而论，在授官后是应当不会甘冒犯禁的风险去与诸王结交的。又《旧唐书·睿宗诸子传》说："（宁王）宪尤恭谨畏慎，未曾干议时政及与人交结，玄宗尤加信重之。"连宁王自己也主动遵守禁令，则维之与宁王往还，自当在开元九年登第之前。维有《息夫人》一诗，是在宁王府中作的（参见本书《王维年谱》），诗题下注云："时年二十。"维年二十即开元八年，由此亦可见维之与宁王游，当在九年登第之前。又两《唐书·王维传》都说薛王待维若师友，但维集中未见有与薛王有关的诗文。薛王卒于开元二十二年（见《旧唐书·睿宗诸子传》），如果王维同他有往来，其情况也当同上述维与宁王相交的情况接近。

诸王之所以欢迎王维，主要是因为他工诗善画，精通音律、书法，具有多方面的杰出才能。王维之所以竭力交结诸王，则主要出于应试的需要。唐代实行科举制，科举试卷上不糊名，主考官不仅评阅试卷，而且参考举子们平日的诗文和声誉来决定弃取。所以，结交、干谒名人、显贵，向他们投献自己的作品，争取获得他们的推荐和奖誉，对于一个准备应试的士人，就是十分重要的了。在唐代，士子为了增加自己及第的希望而广泛结交、干谒，是一种普遍的社会风气。王维的交结诸王，正是世风所使然，不足为怪。

王维二十一岁即登进士第，相当顺利地通过科举考试步入仕途，这与他的借结交诸王以扬声誉，显然有一定的关系。但是，与诸王的交结，对于王维登第后的仕进，却又产生了一些不利的影响。这一点，恐怕是年轻的王维始料未及的。

我们知道，宁王是睿宗的嫡长子，六岁时曾立为太子，景云元年（710），睿宗即位，将建东宫，以宁王嫡长，"而平王隆基有大功，疑不能决"，结果宁王"累日涕泣固让，言甚切至"（《旧唐书·睿宗诸子传》），睿宗遂立隆基为太子；先天二年，太平公主等阴谋废玄宗，岐王、薛王曾协助玄宗诛灭太平之党。诸王都有功于玄宗，玄宗对他们也厚加赏赐，特予恩贷，如宁王加实封至五千五百户，岐、薛二王各至五千户，至于百物异馔之赐，更无日无之。玄宗每退朝，还"多从诸王游，在禁中，拜跪如家人礼，饮食起居，相与同之"（《通鉴》卷二一一）。所以，"世谓天子友悌，古无有者"（《新唐书·三宗诸子传》）。但是，另一方面，玄宗考虑到己非嫡长而即帝位的事实和历史上诸皇子为争夺帝位而流血的教训，又对诸兄弟严加防范。为此，他采取了以下两项措施：第一，"专以声色畜养娱乐之，不任以职事"（《通鉴》）卷二一一）。就是让诸王当一些位尊而无具体职事或实权的官，如司徒、司空、太尉、开府仪同三司、太子太师、太傅、太保等。开元二年，又命他们"出刺外州"，"令到官但领大纲，自余州务，皆委上佐主之"，又"敕宋王（即宁王）以下每季二人入朝，周而复始"（同上）。直到开元八、九年，才相继把他们召回①，

---

① 《旧唐书·睿宗诸子传》云："宪，开元九年兼太常卿。"又云："惠文太子范……（开元）八年，迁太子太傅。"又云："惠庄太子㧑……（开元）八年，因入朝，停刺史，依旧为司徒。"又云："惠宣太子业……（开元）八年，迁太子太保。"

而回京后，当的仍然是一些位尊而无具体职事或实权的官。玄宗采取这一措施的目的，在于防止诸王控制朝廷大权，形成权重逼主之势。第二，禁止诸王与群臣交结。这个问题上面已经谈到，这里再补充几个例子。如开元元年十二月，宰相张说"密乘车入王（岐王）家"，被姚崇告发，当即左迁相州刺史（《通鉴》卷二一〇）。又开元八年十月，"光禄少卿驸马都尉裴虚己与岐王范游宴，仍私挟谶纬；戊子，流虚己于新州，离其公主"（《通鉴》卷二一二）。玄宗这样做的目的，是为了防止群臣与诸王交结，拥戴他们与己争夺帝位。

既然玄宗禁止诸王与群臣交结，屡次贬逐同诸王关系密切的官员，那么那些与诸王有往来的官吏，自然也就有点"背时"了。在这样一种情况下，王维的被诸王视若师友，不仅对于他登第后的仕进没有带来好处，相反还产生不利的影响。王维擢第后的十来年内，在仕进的道路上屡遭挫折，一直不得意。他释褐为太乐丞后不出几月，即被贬为济州司仓参军。关于这次遭贬的原因，《集异记》云："及为太乐丞，为伶人舞黄师子，坐出官。黄师子者，非一人不舞也。"唐太常寺有太乐署，置令一人，丞一人，丞是令的佐吏。则署中"伶人舞黄师子"，负有主要责任的应当是令。《旧唐书·刘子玄传》云："（开元）九年，长子贶为太乐令，犯事配流。"看来，太乐令刘贶的"犯事"与维的遭贬，实属一案。但是，既然王维不是这次事件的主要责任者，那么他是否当贬，也就在两可之间。他的《被出济州》说："微官易得罪，谪去济川阴。执政方持法，明君无此心。"对自己的获罪不以为然。诗人显然不认为据己所犯之事，应当受到贬逐的处罚。所以，他的遭贬，看来还有别的说不出来的原因。如果我们说这个原因就是王维同诸王的关系密切，想来是合情合理的。王维在济州做了四年多司仓参军，接着又被发落到远离京师的淇上去任"禄薄"的微官。诗人感到失望，终于决定弃官隐居。直到开元二十三年，他被张九龄擢为右拾遗，境遇才开始有了明显的变化①。这固然得力于张九龄的汲引，但同以下事实也不无关系：此时岐、薛、申三王皆卒，只有一个"未曾与人交结"的宁王尚在。这也就是说，与诸王交结，在这个时候已经不能成为拒绝进用某人的一个口实，所以王维的被提拔，也就没有了障碍。

上面我们说过，王维与诸王往还，主要在开元九年擢第之前。既然如此，为什么与诸王结交一事，还会对王维擢第后的仕进产生不利影响呢？我们知道，王维博学多艺，诗名早著，是一个为世人所瞩目的人物，所以他登第前是诸王的座上宾这一事实，必定广为人知。尽管维擢第授官后避免与诸王往来，但人们原有的印象却不是一下子可以改变的。而且诸王毕竟是贵戚，又居于高位，王维解褐后即便竭尽全力，也不可能完全同他们断绝关系。因为诗人在官场或社交场合，首先不可能做到不与诸王相遇，而一旦相遇，自然不能不与之应酬。王维只要与诸王稍有接触，则人们头脑中原有的维与诸王关系密切的印象，也就会得到延续甚至加强。所以王维擢第前与诸王的往还，对于他擢第后的仕进仍然会产生影响。

王维同韦陟、韦斌兄弟有很深的交谊。陟、斌之父安石，当过武后、中宗、睿宗三朝宰相，是个直臣。武后时，"张易之兄弟及武三思皆恃宠用权，安石数折辱之，甚为易之等所忌"（《旧唐书·韦安石传》）。睿宗即位后，"太平公主有异谋，欲引安石，数因其婿唐晙邀之，拒不往"（《新唐书·韦安石传》）。陟有父风，《旧唐书》本传说他"风标整峻，独立不群"，"刚肠嫉恶，风彩严正"，曾受到宋璟的赞赏和张九龄的擢引："广平宋公见陟叹曰：'盛德遗范，尽在是矣。'……张九龄一代辞宗，为中书令，引陟为中书舍人。"他还"善诱纳后进……如道义相知，靡隔贵贱，而布衣韦带之士，恒虚席

---

① 自这以后，王维绝大部分时间都在中央朝廷担任职务（唐人为官，皆重京职而轻外任），官位虽然到底不很高，但也依常例逐渐有所升迁。

倒屣以迎之，时人以此称重"。"陟早有台辅之望"，"李林甫忌之"，出为郡守；杨国忠秉政，"恶其才望，恐践台衡"，又使人诬陷之，谪昭州平乐尉。肃宗时官至御史大夫，因救杜甫（见前），从此受到肃宗的疏远，"常郁郁不得志"。韦斌，"早修整，尚文艺，容止严厉，有大臣体，与兄陟齐名"（《旧唐书》本传）。他于开元十七年娶薛王业之女为妻，天宝中，因"奸臣恶其异己"，出为巴陵、寿春、临汝三郡太守（王维《大唐故临汝郡太守赠秘书监京兆韦公神道碑铭》）。天宝十四载十二月陷贼，"伪授黄门侍郎，忧愤而卒"（《旧唐书》本传）。王维与陟、斌兄弟早有交谊，《旧唐书·韦陟传》说："开元初，丁父忧，居丧过礼。自此杜门不出八年，与弟斌相劝励，探讨典坟，不舍昼夜……于时才名之士王维、崔颢、卢象等，常与陟唱和游处。"又《韦斌传》云："天宝初，转国子司业，徐安贞、王维、崔颢，当代辞人，特为推挹。"王维《韦公神道碑铭》说："元昆曰陟，伯与仲居，爱之欲无方，视之若不足……维稚弱之契，旷年弥笃，吾实知之能言者。"天宝年间，陟为李林甫所挤，出为郡守，维尝作《奉寄韦太守陟》诗，抒发对他的思念之意："临此岁方晏，顾景咏悲翁。故人不可见，寂寞平林东。"乾元二年秋，陟充东京留守，维曾赋《送韦大夫东京留守》诗赠行。凡此都可看出维、陟之间历久不衰的交谊。又王维在为韦斌写的神道碑铭中，以充满感情的笔触，叙述了自己与韦斌陷贼后的彼此相濡以沫，又描写了韦斌临死前与己诀别，向己倾诉郁结于内心的痛苦和未及雪耻而遽逝的遗恨，也都可使人感受到作者与韦斌之间的交谊之深。

王维还同韦恒、韦济兄弟有往来。前面我们谈过，王维曾随从张九龄、裴耀卿等至韦氏逍遥谷宴集，韦恒、韦济就是当时韦氏逍遥谷的主人。逍遥谷又称东山别业（见张说《东山记》），在骊山鹦鹉谷，系韦嗣立所筑。嗣立曾任武后、中宗、睿宗三朝宰相，与兄承庆"俱以学行齐名"，卒于开元七年（参见《旧唐书·韦嗣立传》）。

恒、济即嗣立之子。王维《同卢拾遗韦给事东山别业二十韵给事首春休沐维已陪游及乎是行亦预闻命会无车马不果斯诺》云："侍郎文昌宫，给事东掖垣，谒帝俱来下，冠盖盈丘樊。"侍郎即韦济，《旧唐书·韦济传》云："（开元）二十四年，为尚书户部侍郎。累岁转太原尹。"给事即韦恒，《旧唐书·韦恒传》说："历度支左司等员外、太常少卿、给事中。（开元）二十九年，为陇右道河西黜陟使。"王维集中又有《韦侍郎山居》《韦给事山居》二诗，前一诗说："幸忝君子顾，遂陪尘外踪。闲花满岩谷，瀑水映杉松。"韦侍郎、韦给事也即韦济、韦恒。由以上这些诗歌不难看出，王维与韦恒、韦济常有来往，曾多次应他们之邀，到东山别业度假。根据有关记载，恒、济都可说是正臣。如《旧唐书》本传说，恒"为政宽惠，人吏爱之"；为河西黜陟使时，"节度使盖嘉运恃托中贵，公为非法，兼伪叙功劳，恒抗表请劾之，人代其惧。因出为陈留太守，未行而卒，时人甚伤惜之"。又谓济"从容雅度，所莅人推善政"。韦济同杜甫有交谊。天宝七载，济为河南尹，九载，迁尚书左丞，杜甫写了《奉寄河南韦尹丈人》《赠韦左丞丈济》《奉赠韦左丞丈二十二韵》三诗给韦济。第一首诗题下注云："甫故庐在偃师，承韦公频有访问，故有下句。"说明韦济有下交布衣、垂注后进的高行。杜甫在第三首诗中，无论倾吐"纨袴不饿死，儒冠多误身"的不平，诉说"朝扣富儿门，暮随肥马尘"的悲辛，还是自述才气学问、人品抱负之高，都肆言无忌，略不隐讳，可见是把韦济当作知交来对待的。杜甫的赠诗韦济，无疑有请求汲引之意，但那时候的朝廷，李林甫专权，杨国忠受宠，韦济既非他们的同党，自然难以给杜甫以有力的帮助。《通鉴》天宝七载十一月："癸未，以贵妃姊适崔氏者为韩国夫人，适裴氏者为虢国夫人，适柳氏者为秦国夫人。三人皆有才色，上呼之为姨，出入宫掖，并承恩泽，势倾天下。……虢国尤为豪荡，一旦，帅工徒突入韦嗣立宅，即撤去旧屋，自为新第，但授韦氏以隙地十亩而已。"韦济身为大臣（尚书左丞正四品上），也受杨氏之欺。杨氏的势焰熏天，于此可见一斑。在这样一个政治黑暗的年代，韦济连父亲留下的住宅都保不住，哪有力量汲引杜甫？

王维集中有《大唐吴兴郡别驾前荆州大都督府长史山南东道采访使京兆尹韩公墓志铭》一文，说明他与韩朝宗也有交谊。朝宗父思复，官至御史大夫。曾两度为襄州刺史，"治行名天下"，卒后，"故吏卢僎、邑人孟浩然立石岘山"（《新唐书·韩思复传》）。朝宗历任荆州大都督府长史、襄州刺史兼山南东道采访使、京兆尹。史称他"喜识拔后进，尝荐崔宗之、严武于朝，当时士咸归重之。"（《新唐书·韩朝宗传》）李白《与韩荆州书》云："白闻天下谈士相聚而言曰：生不用万户侯，但愿一识韩荆州。"韩荆州即朝宗，当时他任荆州长史。朝宗为襄州刺史兼山南东道采访使时，曾欲荐引孟浩然于朝而不果（见王士源《孟浩然集序》）。天宝三载，朝宗贬高平太守，又贬吴兴郡别驾。关于他遭贬的原因，《新唐书·韩朝宗传》说："始，开元末，海内无事，讹言兵当兴，衣冠潜为避世计，朝宗庐终南山，为长安尉霍仙奇所发，玄宗怒，使侍御史王铁讯之，贬吴兴别驾，卒。"《旧唐书·王铁传》说："（天宝）三载，长安令柳升以贿败。初，韩朝宗为京兆尹，引升为京令。朝宗又于终南山下为苟家觜买山居，欲以避乱。玄宗怒，敕铁推之，朝宗自高平太守贬为吴兴别驾。"实际上，上述这些原因，不过是贬逐朝宗的一些口实而已。《旧唐书·李适之传》云："天宝元年，代牛仙客为左相……与李林甫争权不叶，适之性疏，为其阴中。……陇右节度皇甫惟明、刑部尚书韦坚、户部尚书裴宽、京兆尹韩朝宗，悉与适之善，林甫皆中伤之，构成其罪，相继放逐。"这才道出了朝宗遭贬的真正原因。根据记载，当时负责讯问朝宗的侍御史王铁，就是李林甫的爪牙。《旧唐书·王铁传》说："时右相李林甫怙权用事，志谋不利于东储，以除不附己者，而铁有吏干，倚之转深，以为己用。"显然，李林甫就是利用王𬭁来构成朝宗之罪的。朝宗天宝九载卒于吴兴郡官舍，王维在为他写的墓志铭中，一方面，对他的政绩人品，大加褒赞，如云："所履之官，政皆尤异，黜陟使奏课第一。"又云："公子之输力王室，公之纪勋太常，言于国，竭情无私；理于家，陈信无愧。"另一方面，又为他的遭贬，感到惋惜和不平："上悦其醇，方委以政。顷坐营谷口别业，贬高平太守；又坐长安令有罪，贬吴兴郡别驾。诸葛田园，未启明主；华阴倾巧，卒败名儒。"观末二句之意，作者显然以为朝宗的获罪，乃遭人构陷所致。在这篇墓志铭中，多少流露出了作者对于当时政治黑暗的一些不满。

王维集中又有《魏郡太守河北采访处置使上党苗公德政碑》一文，"上党苗公"即苗晋卿，碑文主要颂扬他在魏郡任职期间的政绩。《旧唐书·苗晋卿传》云："天宝三载闰二月，转魏郡太守，充河北采访处置使，居职三年，政化洽闻。……魏人思之，为立碑颂德。"维碑文中所述，同这一记载完全相合。肃宗时晋卿官至宰相，但王维同他似不曾有很多往来。因为这篇碑文是王维应魏人之求而作的，文中并无一语述及自己与晋卿有过什么来往。《碑》云："公既去官，多历年所，人思愈甚，共立生祠。……仍建丰碑，立于祠宇。匍匐千里，前后百辈，求缀词之客，为颂德之文。维也窃比老农，不知旧史，众心所至，难抑与于舆人；予病末能，不获已于求我。"很可能是因为王维有文名，魏人遂求他作此碑文，所以由这篇碑文的撰写，未必能说明作者与晋卿之间有过什么特别的关系。又除这篇碑文外，王维也不曾在其集中的任何地方，提到过晋卿。

王维还撰有《京兆尹张公德政碑》一文。《碑》中未言张公之名，赵殿成亦无注释。郁贤皓《唐刺史考》卷一云："《山右金石记》卷五《虞乡令张遵墓志铭》：'祖去奢，银青光禄大夫、京兆尹。'证知王维《碑》中'京兆尹张公'即张去奢。"按，郁说是。下面再补充两条证据：维《碑》云："夫公于国为外戚，于帝为外弟（表弟）。"《旧唐书·后妃传》云："肃宗张皇后……祖母窦氏，玄宗母昭成皇太后之妹也。昭成为天后所杀，玄宗幼失所恃，为窦姨鞠养。景云中，封邓国夫人，恩渥甚隆。其子去惑、去疑、去奢、去逸，皇姨弟也，皆至大官。"《新唐书·后妃传》同。又《唐代墓志汇编》天宝一一〇韦述《张去奢墓志铭》："昭报后土之明年也，銮驾戒严，将幸东洛……公因事入谒，预兹闲宴……即于座上拜公为京兆尹。"张去奢两《唐书》无传。此《碑》主要颂扬张在大灾之后抚定京兆的德政。另，《碑》云："德者上赏于下，下颂于上。长老孜孜，愿刊于石，以予学于旧史，来即我谋。"则此文也是应人之请而作，作者与去奢未必有什么特别的关系。

王维又有《工部杨尚书夫人赠太原郡夫人京兆王氏墓志铭》一文，"工部杨尚书"即杨贵妃的叔父杨玄珪。《新唐书·宰相世系表》："（杨）玄珪，工部尚书。"《旧唐书·后妃传》："玄宗杨贵妃……叔玄珪，光禄卿。再从兄铦，鸿胪卿；锜，侍御史，尚武惠妃女太华公主。……玄珪累迁至兵部尚书。"《唐文拾遗》卷二八贾文度《杨迴墓志铭》："公曾大父玄珪，任银青光禄大夫，守工部尚书，赠太子少保。大父锜，任银青光禄大夫，守卫尉卿、驸马都尉，尚万春公主，赠太常卿。"则玄珪尝官工部尚书，《后妃传》作兵部，当误。又维《王氏墓志铭》谓王氏之子"以无双令德，降帝子于凤楼"，也正与上述锜为驸马的记载相合。如此看来，王维与杨玄珪似有一定关系。但是，这里也有以下几点值得注意：第一，《墓志铭》称王氏为一虔诚的佛教徒："既而家列公侯，地连妃主，珠翠满座，不御采衣；方丈盈前，唯甘素食。同德大师大照和尚，睹如来之奥，昭群有之源，夫人一入空门，便蒙法印。……"共同的佛教信仰，或许是王维为王氏撰写墓志的一个原因。第二，《墓志铭》无一语说到玄珪的事迹，仅有以下两处涉及他："及乎有行，嫔于君子。""每出诫夫，停飱训子。"第三，在安史之乱中，杨国忠全家，韩国、秦国、虢国夫人，都被杀，独杨锜却得保全，子孙"缨冕不歇"。《新唐书·诸帝公主传》云："太华公主……下嫁杨锜，薨天宝时。"又云："万春公主（玄宗女）……下嫁杨昢，又嫁杨锜，薨大历时。"按，昢即杨国忠之子，安史之乱爆发后"陷贼被杀"（见《旧唐书·杨国忠传》）。盖昢死后，万春无夫，遂又嫁给已丧偶的杨锜。可见安史之乱发生后，杨锜尚在。又《杨迥墓志铭》说，锜子暄，"任中散大夫，守光禄卿，尚宜□县主"，孙迥，"任太府寺主簿"。推究杨锜在安史之乱中得以全身的原因，大概主要是由于他同杨国忠及杨氏三姊妹有点不同，不像他们那样恃宠骄纵、横恣不法吧。关于玄珪的卒年，史传失载，但他官工部尚书和王维写作此文的时间，大抵当在天宝末，则无疑问（参见严耕望《唐仆尚丞郎表》卷二一）。那么，王维在这个时候为王氏撰写墓志，是不是有一点想攀附杨国忠的意思？联系以上三点来考察，回答恐怕应该是否定的。

王维集中有《吏部达奚侍郎夫人寇氏挽歌二首》，达奚侍郎即达奚珣。他于天宝二至五年为礼部侍郎，知贡举（见《唐语林》卷八）；天宝五载夏秋间，迁吏部侍郎，至六、七载仍在任（见《唐仆尚丞郎表》卷一〇），维此诗即作于天宝六载（见本书《王维年谱》）。与王维有交谊的诗人李颀，也写了《达奚吏部夫人寇氏挽歌一首》。看来他们都曾与珣往来，但未必有很深的交情。珣两《唐书》无传，《通鉴》卷二一六记其事云："国忠子暄举明经，学业荒陋，不及格。礼部侍郎达奚珣畏国忠权势，遣其子昭应尉抚先白之。抚伺国忠入朝上马，趋至马下；国忠意其子必中选，有喜色。抚曰：'大人白相公，郎君所试，不中程式，然亦未敢落也。'国忠怒曰：'我子何患不富贵，乃令鼠辈相卖！'策马不顾而去。抚遑遽，书白其父曰：'彼恃挟贵势，令人惨嗟，安可复与论曲直！'遂置暄上第。"看来，珣对于杨国忠的恃势欺人是不满的，然又不得不忍气吞声，曲意事之。王维在这首诗中说："能令谏明主，相劝识贤人。遗挂空留壁，回文日覆尘。"后二句意谓，寇氏卒后，遗诗空留在墙上，日为尘土所覆盖。话中含有慨叹寇氏死后将被遗忘、遗诗不再有人珍惜之意。结合"能令"二句（写寇氏之贤）来考虑，这岂不是对达奚珣的一种委婉的讽刺吗？珣后任河南尹，安禄山攻陷洛阳时降贼，被署为丞相。唐军收复两京后，被定罪斩于市。这一些，当然是天宝时的王维所无法料及的。

王维《与工部李侍郎书》云："一昨出后，伏承令从官将军（此字疑衍）车骑至陋巷见命，恨不得随使者诣舍下谒。……维自结发，即枉眷顾，侍郎素风，维知之矣。宿昔贵公子，常下交布衣，尽礼髦士，绝甘分少，致醴以饭，汲汲于当世之士，常如不及，故夙著问望，为孟尝平原之俦。……而猥不见遗，思曹公命吴质，将何以塞知己之望，报厚顾之恩？内省空虚，流汗而已。"工部李侍郎即李遵。独孤及《李遵墓志铭》："……上（肃宗）乃即皇帝位，拜公尚书工部侍郎，领宗正卿……乾元二年……加特进、工部尚书。"《唐会要》卷四五："至德二载十二月朔日赦文：扈从剑南、缔构灵武册勋三十三人……宗正卿兼工部侍郎李遵加特进，封郑国公，实封二百户。"李遵为"缔构灵武"功臣，这一点王维的《书》和独孤及的《墓志铭》中有相同的记叙，文多不录。据《书》中的上述文字，可知王维同李遵早有交谊，至德二载十二月王维被宥出狱（参见本书《王维年谱》）后，又得到过李遵的眷顾（首句"一昨出后"，即谓"前些日子出狱之后"）。又，《墓志铭》云："会李辅国泄省中语，且讽公卿举已为相，公不从，密陈其奸。明年，肃宗崩，公由太子少傅贬袁州刺史，竟为盗憎，且谗胜故也。"又云："公进因策勋，退不附邪，善无近名，直而忘怀。"由此可见，李遵也是一个正臣。

王维与元载也有往来，其《送元中丞转运江淮》诗云："薄税归天府，轻徭赖使臣。……东南御亭上，莫使有风尘。"元中丞即元载，此诗约作于上元二年七月王维卒前（参见本书《王维诗真伪考》）。

元载"家本寒微","自幼嗜学",以"智性敏悟,善奏对",受到肃宗嘉许,委以江淮转运使的重任(见《旧唐书·元载传》)。王维在这首送载赴任的诗中,对载寄以轻徭薄税、安定江淮的厚望,由此看来,维与载之间的关系还是光明正大的。元载后来阴结宦官李辅国、董秀,获取了相位,于是专权纳贿,挤遣忠良,恣为不法;又维弟缙广德二年拜相,"方务聚财,遂睦于载,二人相得甚欢,日益纵横"(《旧唐书·元载传》)。但是,这些变化,都是王维生前所未及见的。王维在世时,元载劣迹未显,《旧唐书·元载传》说,载专权之日,"门庭之内,非其党与不接,平素交友,涉于道义者悉疏弃之",所以,在元载为相前与之往来,是不好说有什么不对的。

王维还曾同当时的一些边将往还。开元二十五年,王维赴凉州,在河西节度使崔希逸幕中任监察御史,后又兼节度判官。维《送岐州源长史归》云:"握手一相送,心悲安可论?秋风正萧索,客散孟尝门。"诗题下自注:"源与余同在崔常侍幕中,时常侍已殁。"崔常侍即崔希逸(参见本书《王维年谱》)。孟尝谓孟尝君田文,战国四公子之一。此处以孟尝君喻希逸,流露了作者对他的崇仰推重和哀悼怀念之意。又维集中有《为崔常侍谢赐物表》《赞佛文》《西方变画赞》《为崔常侍祭牙门姜将军文》等,都是为崔希逸而作的,由此也可看出他们之间的密切关系。这一点,与王、崔两人之间思想的接近,大概不无关系。希逸守河西,以睦邻安边为宗旨,《通鉴》卷二一四载:"初,希逸遣使谓吐蕃乞力徐曰:'两国通好,今为一家,何必更置兵守捉,妨人耕牧!请皆罢之。'乞力徐曰:'常侍忠厚,言必不欺。然朝廷未必专以边事相委,万一有奸人交斗其间,掩吾不备,悔之何及!'希逸固请,乃刑白狗为盟,各去守备;于是吐蕃畜牧被野。"后内给事赵惠琮等自欲求功,矫诏令希逸袭吐蕃,希逸不得已而出兵,大破之。但希逸自觉失信,愧恨交加,未久即卒。王维在《送怀州杜参军赴京选集序》中说:"国自有初,以节守西门者,得自召吏选客,故我常侍崔公，以贰车迎杜侯于杜陵而咨之矣。……猗元帅（崔希逸）之理也，行有贲育，铁马成群，而雄戟罕耀，角弓载橐，秉王者师，不邀奇功。"也说希逸治河西，兵强马壮而不炫耀武力，不求奇功，唯务安定边疆。王维自己也有类似思想，《送陆员外》云："九河平原外，七国蓟门中，阴风悲枯桑，古塞多飞蓬。万里不见虏，萧条胡地空，无为费中国，更欲邀奇功！"《奉和圣制送不蒙都护兼鸿胪卿归安西应制》云："万方氛祲息，六合乾坤大。无战是天心，天心同覆载。"《和仆射晋公扈从温汤》云："王礼尊儒教，天兵小战功。"又，希逸好佛（据《赞佛文》《西方变画赞》可知），在这点上王维也与他一致。

王维与陇右节度使杜希望也有交谊。维集中有《故西河郡杜太守挽歌三首》，西河郡杜太守即杜希望（参见拙作《王维集校注》卷三此诗注释）。希望为杜佑之父，开元二十六年正月为陇右节度留后。三月，"攻吐蕃新城，拔之"。六月，为陇右节度使。七月，又破吐蕃，"置镇西军于盐泉"（见《通鉴》卷二一四）。不久，"宦者牛仙童行边，或劝希望结其欢，答曰：'以货藩身，吾不忍。'仙童还奏希望不职，下迁恒州刺史，徙西河"（《新唐书·杜佑传》）。史称希望"重然诺，所交游皆一时之杰"，又"爱重文学，门下所引如崔颢等皆名重当时"（同上），王维的同他交往，或与此有关。维《挽歌三首》其一云："天上去西征，云中护北平。生擒白马将，连破黑雕城。……空留左氏传，谁继卜商名？"以李广、杜预、子夏喻希望。其二云："犹闻陇上客，相对哭征西。"以后汉耿秉（事见《后汉书·耿秉传》）喻希望。这些，都可见作者对希望的推崇和敬重。

三

综观王维今存的集子，不难看出，在诗人一生中，同他往来最多的，还是那些中下级官吏、怀才不遇的士人、隐者、和尚、居士、道士等。但是，这些人的生平事迹，甚至名字，多不可考。下面仅就其中一部分可考知者，略作叙述。

先谈谈王维与其他盛唐山水田园诗人的交往。孟浩然与王维齐名。他一生大部分时间在襄阳隐居。前期一面隐居，一面读书，为出仕作准备；后期求仕无门，不甘隐居而不得不隐。浩然虽失志，却不肯媚世，以其高洁的人品，赢得了时人的景慕。李白说："吾爱孟夫子，风流天下闻。红颜弃轩冕，白首卧松云。……高山安可仰，徒此揖清芬。"（《赠孟浩然》）王士源称赞他"骨貌淑清，风神散朗。……灌蔬艺竹，以全高尚"（《孟浩然集序》）。王维与孟浩然相聚的时日虽然无多，却结下了深厚的友谊。王士源《集序》说："丞相范阳张九龄、侍御史京兆王维……率与浩然为忘形之交。"开元十五年冬，浩然自襄阳入京应举，落第后滞留长安、动了献赋求官的念头。《题长安主人壁》云："久废南山田，叨陪东阁贤。欲随平子去，犹未献《甘泉》。"这时候王维也在长安，遂有机会与浩然相交。十七年，浩然离长安还乡，王维作《送孟六归襄阳》诗赠之："杜门不欲出，久与世情疏。以此为长策，劝君归旧庐。醉歌田舍酒，笑读古人书。好是一生事，无劳献《子虚》。"劝朋友还是回乡隐居，不必在长安辛劳于献赋求官。浩然行前，也写了一首《留别王维》诗："寂寂竟何待，朝朝空自归。欲寻芳草去，惜与故人违。当路谁相假，知音世所稀。只应守寂寞，还掩故园扉。"向故人尽情地倾吐了自己失志的不平与牢骚。开元二十二年，浩然又一次入京，此年秋王维赴洛阳，估计他们之间未能见面，所以从他们今存的集中，找不到有关的材料。开元二十八年浩然卒后不久，王维"知南选"路经襄阳，作《哭孟浩然》诗："故人不可见，汉水日东流。借问襄阳老，江山空蔡洲。"叹息故人已不可见，只有江山尚在！又南行"过郢州，画浩然像于刺史亭"（《新唐书·孟浩然传》），以表达对浩然的怀念之情。相传维还作有《襄阳孟公马上吟诗图》，所画"襄阳之状，颀而长，峭而瘦，衣白袍，靴帽重戴，乘款段马，一童总角，提书笈负琴而从，风仪落落，凛然如生"（《韵语阳秋》卷一四）。由画的生动传神，也可看出作者对浩然精神风貌的了解之深以及他们之间的密切关系。另外，两人还有一个共同之处，即与张九龄、韩朝宗都有较深的交谊①。

储光羲也是盛唐有名的山水田园诗人。他开元十四年登进士第，释褐后四任县佐，感到职卑禄微，难以施展抱负，便于开元二十一年辞官回故乡延陵（今江苏丹阳西南延陵镇）隐居。开元末，又由延陵入秦，隐于终南山。约天宝初出山官太祝，后迁监察御史。殷璠《河岳英灵集》卷中称光羲"实可谓经国之大才"，但他在仕进的道路上却很不得意，官只做到正八品上的监察御史。王维同储光羲也有很深的交谊，顾况《监察御史储公集序》说："（光羲）嗣息曰溶……泣拜告余曰：'我先人与王右丞，伯仲之欢也。'"光羲隐居终南期间，常与维往还。天宝元年之后、三载以前，王维为左补阙，始营蓝田山居，光羲此时在蓝田蓝溪边有别业，曾邀王维至蓝溪别业共饮，作《蓝上茅茨期王维补阙》诗（参见本书《王维年谱》）；又天宝元、二、三载间，殷遥卒，光羲曾与王维共赋诗哭之（说见拙作《储光羲生平事迹考辨》，载《文史》第12辑）。光羲出山官太祝后，也屡与维唱酬。如维作《待储光羲不至》诗赠光羲，光羲作《答王十三维》诗答维。又光羲有《同王十三维偶然作十首》，即维《偶然作六首》的和章（参见《储光羲生平事迹考辨》）。

---

① 张九龄左迁荆州大都督府长史后，曾辟浩然为荆州从事。浩然集中有不少与九龄的唱和之作。又韩朝宗为襄州刺史兼山南东道采访使时，欣赏浩然的才能，曾欲荐之于朝（见王士源《孟浩然集序》）。浩然集中也有与韩朝宗酬唱的诗歌多篇：《送韩使君除洪州都曹》《和张判官登万山亭因赠洪府都督韩公》《韩大使东斋会岳上人诸学士》。

　　裴迪是同王维来往最多的盛唐山水田园诗人。他曾和王维一起隐于终南，《唐诗纪事》卷一六云："迪初与王维、兴宗俱居终南。"维得辋川别业后，常"与裴迪游其中，赋诗相酬为乐"（《新唐书·王维传》）。在王维与裴迪唱和的诗中，多称迪为"秀才"，又《辋川闲居赠裴秀才迪》云："复值接舆醉，狂歌五柳前。"以佯狂遁世的接舆喻裴迪，可见天宝年间，迪有较长时间未居官，过着隐逸的生活。裴迪《青雀歌》："动息自适性，不曾妄与燕雀群。幸忝鹓鸾早相识，何时提携致青云。"他何尝不想致身青云，但又洁身自好，不妄与燕雀同群，这或许是他仕途失志、只得归隐的一个主要原因吧。在隐居中，他逐渐接受佛教思想，从中获得精神安慰，《游感化寺昙兴上人山院》说："浮名竟何益，从此愿栖禅。"裴迪今存诗二十八首，都是与维的赠答、同咏之作；而维集中同迪的赠答、同咏之作，则达三十余篇，其数量超过维与其他任何一个作者的这类作品，由此即可见两人之间交往的密切。又从王维的宽慰裴迪（见《酌酒与裴迪》诗）和裴迪的冒险到菩提寺探望王维（时维被叛军拘于寺中），也可看出他们之间互相关心、患难与共的关系。这种关系，是以两人的思想、志趣相合为基础的，用王维自己的话来说，就是"携手本同心"（《赠裴迪》）。

　　王维与綦毋潜也有密切关系。关于綦毋潜，《河岳英灵集》卷中云："潜诗屹崒峭蒨足佳句，善写方外之情。至如'松覆山殿冷'，不可多得；又'塔影挂清溪，钟声和白云'，历代未有。荆南分野，数百年来，独秀斯人。"可见潜是盛唐时代的著名诗人，但他今存的诗只有二十多首。在这些作品中，写景诗数量最多，送别诗次之。又其中写佛寺、道观者，共有十一首，殷璠所谓"善写方外之情"，大概即指此而言。又殷璠所称道的"松覆"句，出自《题鹤林寺》诗；"塔影"二句，出于《题灵隐寺山顶禅院》，都是写景之作。所以，可以说綦毋潜是个山水诗人。潜开元十四年与储光羲同时登第，曾官秘书省校书郎，后弃官还江东（虔州）隐居①。天宝五载，房琯为给事中，潜曾入京谒见房琯，谋求再次出仕（据李颀《送綦毋三谒房给事》诗）。后来他又官右拾遗，终著作郎。王维《送綦毋潜落第还乡》云："圣代无隐者，英灵尽来归。遂令东山客，不得顾采薇。既至君门远，孰云吾道非？……置酒临长道，同心与我违。……吾谋适不用，勿谓知音稀。"此诗约作于开元九年。诗称潜为"东山客"，说明他赴举前是个隐士。又维称潜为"同心"，说自己是他的"知音"，可见两人有很深的交谊。王维《送綦毋校书弃官还江东》说："明时久不达，弃置与君同。"又《别綦毋潜》云："适意轻微禄，遇人削繁礼。"谓潜鄙薄微禄，因为仕途失志而弃官隐居。李颀《送綦毋三谒房给事》云："夫子大名下，家无钟石储。惜哉湖海上，曾校蓬莱书。"称潜弃官隐居后生活贫困，这或许是他复出为官的一个原因。

祖咏是个长期"流落不遇"的盛唐山水田园诗人。他开元十三年登第（见《极玄集》卷上），曾到齐州（今山东济南）以东的地方为官，又曾遭贬谪，自长安经商山驿路赴东南一带。《长乐驿留别卢象裴总》云："朝来已握手，宿别更伤心。灞水行人渡，商山驿路深。故情君且足，谪宦我难任。直道皆如此，谁能泪满襟？"后因仕途失志而弃官归汝坟别业隐居。《送丘为下第》说："无媒既不达，予亦思归田。"《归汝坟山庄留别卢象》云："淹留岁将晏，久废南山期。旧业不见弃，还山从此辞。沤麻入南涧，刈麦向东菑。"《汝坟别业》

① 关于綦毋潜弃校书郎还江东之时间，不易确考。傅如一《綦毋潜生平事迹考辨》一文（载《中国社会科学》1984年第4期）谓潜弃官还江东在开元十七年。按，王维《送綦毋校书弃官还江东》云："明时久不达，弃置与君同。"潜开元十四年登第，则至十七年，他释褐只有三载，尚未到秩满之期（《通典》卷一五云："凡居官以年为考，六品以下四考为满。"），怎好说是"久不达"？又潜有《送储十二还庄城》诗，储十二即储光羲，庄城在唐润州延陵县。光羲为延陵人，于开元二十一年辞官回延陵隐居（参见拙作《〈唐才子传·储光羲传〉笺证》），潜此诗即送他还乡时所作。由此可见，开元二十一年，潜尚未弃官还江东。

云："失路农为业，移家到汝坟。独愁常废卷，多病久离群。"相传他后来不复出仕，"以渔樵自终"（《唐才子传》卷一）。咏今存诗三十多首，名篇有《望蓟门》《终南望余雪》，前者为边塞诗，但他的诗还是以写景之作为多，边塞诗仅有这一首。关于王维同祖咏的关系，《唐诗纪事》卷二○说："咏与维最善。"《唐才子传》卷一说："（咏）少与王维为吟侣。"王维在济州写的《赠祖三咏》说："结交二十载，不得一日展。贫病子既深，契阔余不浅。"王维这时只有二十多岁，"二十载"乃约举成数而言，不是实指，但由此也可看出，两人从小就有交谊。又《齐州送祖三》云："送君南浦泪如丝，君向东州使我悲。为报故人憔悴尽，如今不似洛阳时！"维与咏的交情之深，由此诗可见一斑。

卢象是盛唐时代著名的诗人。刘禹锡《唐故尚书主客员外郎卢公集序》说："卢公讳象，字纬卿，始以章句振起于开元中，与王维、崔颢比肩骧首，鼓行于时，妍词一发，乐府传贵。"（《全唐文》卷六○五）但他今存的诗只有二十多首。其中山水田园之作数量较多，所以他也可说是一个山水田园诗人。象开元中登第，补秘书省校书郎，转右卫仓曹掾，张九龄为相时，"揣摩后进，得公深器之，擢为左补阙、河南府司录、司勋员外郎。名盛气高，少所卑下，为飞语所中，左迁齐、邠（或作"汾"）、郑三郡司马，入为膳部员外郎"。安史之乱爆发后，"为虏劫执"，接受伪官（见《集序》）。象登第后，似乎一直任职，但他仕宦并不得意（位仅至从六品上的员外郎），对朝廷也时有不满。《追凉历下古城西北隅此地有清泉乔木》云："故人皆得路，谁肯念同袍？"《驾幸温泉》说："此日小臣徒献赋，汉家谁复重扬雄！"在他的一些诗中，还流露了思慕隐逸之意。《家叔征君东溪草堂二首》云："自惟负贞意，何岁当食薇。"上句谓自思辜负了家叔的"贞意"。"家叔"即象之叔父唐代著名的隐士卢鸿。天宝年间，朝政日益黑暗腐败，卢象的思想也渐趋于消极。《青雀歌》云：

"逍遥饮啄安涯分，何假扶摇九万为？"象为员外郎时，常同维往还。维作《与卢员外象过崔处士兴宗林亭》诗，卢象、王缙、裴迪皆有同咏，崔兴宗有答诗。又维作《青雀歌》，卢象等四人皆有同咏。另外，维尚有《与卢象集朱家》《过卢员外宅看饭僧共题七韵》《与苏卢二员外期游方丈寺而苏不至因有是作》，后二诗之卢员外，可能即指象。

丘为也是盛唐时代的山水田园诗人。他今存的诗只有十余首（包括王重民《补全唐诗》辑录的佚诗五首），其中多数为山水田园之作。为家贫，《冬至下寄舍弟时应赴入京》云："终日读书仍少孤，家贫兄弟未当途。"天宝二年登第（《登科记考》卷九），与王维有交谊。王维《送丘为落第归江东》云："怜君不得意，况复柳条春。为客黄金尽，还家白发新。五湖三亩宅，万里一归人。知祢不能荐，羞为献纳臣。"此诗大概作于天宝元年，当时王维在长安任左补阙，故自称"献纳臣"。又诗曰"还家白发新"，可见天宝二年为擢第时，年纪已不小了。《唐才子传》卷二："（为）初累举不第，归山读书数年。"此说看来可信。为今存的一些山水田园诗，如《题农夫庐舍》《寻西山隐者不遇》等，或许就是他登第前一面读书一面隐居时所作。维又有《送丘为往唐州》诗："宛洛有风尘，君行多苦辛。四愁连汉水，百口寄随人。槐色阴清昼，杨花惹暮春。朝端肯相送，天子绣衣臣。"为往唐州前，也作《留别王维》诗赠维："归鞍白云外，缭绕出前山。今日又明日，自知心不闲。亲劳簪组送，欲趁莺花还。一步一回首，迟迟向近关①。"写作者与维的依依惜别之情，颇为感人。由此即可见两人的交谊之深。又，"朝端"，谓位居首席的朝臣，此处泛指大臣。"天子绣衣臣"，指为而言，则为此时或任御史之职。但这首诗的写作年代及为登第后的仕历，皆不详。丘为后来活到九十六岁，

---

① 此诗一作王维《留别丘为》，非是；不仅如此，它还是丘为赴唐州前回赠王维之作。说俱见本书《王维诗真伪考》。

官至太子右庶子、左散骑常侍（见《新唐书·艺文志》、《唐会要》卷六七），但那已是王维卒后多年的事了。估计王维在世时，丘为的官位并不很高。

下面略述王维与其他盛唐诗人的交往。崔兴宗是王维的内弟（维有《秋夜独坐怀内弟崔兴宗》诗）和知友。他今存的诗只有五首，全都是同王维的酬和、同咏之作；而维集中同兴宗的赠答、同咏之作，则有八首之多。由此也可看出两人之间的密切关系。兴宗初与王维、裴迪俱居终南（见前），后又在蓝田玉山建东山草堂（参见本书《王维年谱》），曾长期过着隐逸的生活。王维有《与卢员外象过崔处士兴宗林亭》诗，卢象、王缙、裴迪都有同咏，缙诗云："身名不问十年余，老大谁能更读书？"象诗云："主人非病常高卧，环堵蒙笼一老儒。"迪诗云："逍遥且喜从吾事，荣宠从来非我心。"皆可证。又维诗云："绿树重阴盖四邻，青苔日厚自无尘。科头箕踞长松下，白眼看他世上人。"更勾画出了一个孤高傲世的隐士的形象。但是，兴宗的用世之志并未泯灭，他的《青雀歌》说："青扈绕青林，翩翩陋体一微禽。不应常在藩篱下，他日凌云谁见心！"后来他曾出仕，任过右补阙①。

王维与诗人殷遥有交谊。遥丹阳郡（润州）人，殷璠曾汇次遥等十八位丹阳诗人的作品为《丹阳集》（见《新唐书·艺文志》），但此书早佚（今人有辑本，见傅璇琮编《唐人选唐诗新编》），遥今存的诗仅五首。遥家贫，曾任忠王府仓曹参军（见《新志》），卒于天宝元、二、三载间，时值中年。储光羲《同王十三维哭殷遥》云："生理无不尽，念君在中年。游道虽未深，举世莫能贤。筮仕苦贫贱，为客少田园。"维集中有《哭殷遥》、《送殷四葬》（遥行四，见《唐

---

① 《唐诗纪事》卷一六云："兴宗为右补阙时，和王维《敕赐樱桃》诗云……"王维《敕赐百官樱桃》诗题下注云："时为文部郎中。"维官文部郎中在天宝十一载至十三载间，说见本书《王维年谱》。

人行第录》）二诗，前诗云："人生能几何？毕竟归无形。念君等为死，万事伤人情！慈母未及葬，一女才十龄。泱溮寒郊外，萧条闻哭声。……忆昔君在时，问我学无生。劝君苦不早，令君无所成。故人各有赠，又不及生平。负尔非一途，痛哭返柴荆。"殷遥卒时的惨状和作者同他的交情，由这首诗即可看出来。

王维与"工诗善易卜兼能丹青草隶"的张𬤇，也有很深的交谊。维《戏赠张五弟𬤇三首》其二云："张弟五车书，读书仍隐居。……闭门二室下，隐居十年余。宛是野人野，时从渔父渔。秋风日萧索，五柳高且疏。望此去人世，渡水向吾庐。岁晏同携手，只应君与予。"二室即嵩山的东西二峰太室、少室。由此诗可知，𬤇曾长期隐于嵩山。又诗中述及作者在嵩山隐居时（在开元二十二年秋至二十三年春，说见本书《王维年谱》）与𬤇往还之事，可见𬤇隐于嵩山的时间当在开元年间。另此诗其三云："今子方豪荡，思为鼎食人。我家南山下，动息自遗身。"知此诗当作于维在终南隐居期间（开元二十九年），是时𬤇已有出仕的打算。张彦远《历代名画记》卷一〇云："张𬤇，官至刑部员外郎。"李颀有《同张员外𬤇酬答之作》，可证张氏的记载不误。但是，𬤇后来又弃官隐居。维《送张五归山》云："送君尽惆怅，复送何人归？几日同携手，一朝先拂衣。东山有茅屋，幸为扫荆扉。当亦谢官去，岂令心事违。"《唐才子传》卷二："（𬤇）天宝中谢官，归故山偃仰，不复来人间矣。"𬤇归故山后，曾作诗赠维，维亦有诗答之。《故人张𬤇工诗善易卜兼能丹青草隶顷以诗见赠聊获酬之》："故园高枕度三春，永日垂帷绝四邻。自想蔡邕今已老，更将书籍与何人？"寻绎诗意，此诗当作于𬤇已归故山之后。《历代名画记》又云："（𬤇）与王维、李颀等为诗酒丹青之友。"综观王维与𬤇的赠答之作（维集中又有《送张五𬤇归宣城》《答张五弟》二诗），这一说法应该是可信的。

王维同著名诗人王昌龄也有往来。维《青龙寺昙壁上人兄院集》

序云："时江宁大兄持片石命维序之，诗五韵，座上成。"江宁大兄即
王昌龄。昌龄曾任江宁丞，唐人多称之为王江宁。又"大"系指昌龄
的行第（岑参有《送王大昌龄赴江宁》诗）。昌龄集中有《同王维集
青龙寺昙壁上人兄院五韵》，即维此诗的同咏。考昌龄于开元二十八
年冬始为江宁丞（说见闻一多《岑嘉州系年考证》），所以此诗应作
于开元二十八年冬之后，具体时间大约在天宝初（参见傅璇琮《唐代
诗人丛考·王昌龄事迹考略》）。昌龄家贫（其《上李侍郎书》自称
"久于贫贱"，"力养不给"），一生仕宦很不得意。他开元十五年登
第，为秘书省校书郎；二十二年中博学宏辞，迁汜水县尉；二十七
年，贬岭南；后自江宁丞谪龙标尉。安史之乱爆发后，居亳州，为刺
史闾丘晓所害。今知昌龄一生所任的最高官职，不过江宁县丞而已。

维集中有《赠李颀》一诗，说明他与李颀也有往来。颀一生仕宦
也很不得意。他开元二十三年登第，此前曾长期隐于颍阳。《缓歌行》
说："男儿立身须自强，十年闭户颍水阳。"登第后，曾任新乡尉，寻
又弃官归隐，所以《河岳英灵集》卷上说："颀诗发调既清，修辞亦
秀，杂歌咸善，玄理最长。……惜其伟才，只到黄绶。"

王维与诗人薛据也有交谊。《唐诗纪事》卷二五云："据与王摩
诘、杜子美最善。"王维《瓜园诗》序云："维瓜园高斋，俯视南山
形胜，二三时辈，同赋是诗……时太子司议郎薛据发此题，遂同诸公
云。"维集中又有《座上走笔赠薛据慕容损》《送张舍人佐江州同薛
据十韵》诗，皆可证他与薛据有交谊。据"弱年好栖隐，炼药在岩
窟"（薛据《出青门往南山下别业》），开元十九年登第（据《韩昌
黎集·国子助教河东薛君墓志铭》宋五百家注），为永乐主簿，迁涉
县令（刘长卿《送薛据宰涉县》题下自注："自永乐主簿陟状，寻复
选授此官。"）。天宝十一载，官大理司直（据高适《同薛司直诸公
秋霁曲江俯见南山作》）；乾元二年，为太子司议郎（据杜甫《秦州
见敕目薛三据授司议郎……凡三十韵》诗）。薛据在仕进的道路上也

并不很得意。《河岳英灵集》卷中云："据为人骨鲠，有气魄，其文亦尔。自伤不早达，因著《古兴》诗云：'投珠恐见疑，抱玉但垂泣。道在君不举，功成叹何及。'怨愤颇深。"在据今存的十一首诗中，也还有这类抒发失志的愤怨之作。如《怀哉行》云："明时无废人，广厦无弃材。良工不我顾，有用宁自媒？怀策望君门，岁晏空迟回。……我闻雷雨施，天泽罔不该。何意斯人徒，弃之如死灰！……夫君何不遇，为泣黄金台。"《古兴》云："日中望双阙，轩盖扬飞尘。鸣珂初罢朝，自言皆近臣。……归来宴高堂，广筵罗八珍。仆妾尽绮纨，歌舞夜达晨。……君今皆得志，肯顾憔悴人！"

王维与肃、代时期的著名诗人皇甫冉也有往来。维集中有《左掖梨花》五绝一首，丘为、皇甫冉皆有同咏，冉诗题作《和王给事维禁省梨花咏》，则诗当作于乾元二年或上元元年春维官给事中之时。冉"十岁能属文，十五岁而老成，右丞相曲江张公（张九龄）深所叹异，谓清颖秀拔，有江、徐之风"（独孤及《唐故左补阙安定皇甫公集序》）。天宝十五载登第，"历无锡县尉、左金吾兵曹"（同上），《左掖梨花》的和章，或即作于他在长安为左金吾卫兵曹参军期间。冉后官至补阙，大历年间卒。

钱起为"大历十才子"之一，王维同他也有来往。在两人今存的集中，有相互酬答之作：维赋《春夜竹亭赠钱少府归蓝田》，起作《酬王维春夜竹亭赠别》；维另赋《送钱少府还蓝田》，起又作《晚归蓝田酬王维给事赠别》。据以上诗作，可知是时起官蓝田县尉。又起诗称维为"给事"，则它们也当作于乾元二年或上元元年春（四诗皆写春景）维官给事中之时。钱起把王维这位诗坛前辈视为自己的知音。《晚归蓝田酬王维给事赠别》说："霄汉时回首，知音青琐闱。"王维卒后，起有《故王维右丞堂前芍药花开凄然感怀》诗云："芍药花开出旧栏，春衫掩泪再来看。主人不在花长在，更胜青松守岁寒。"看来，他对王维的感情是相当深的，在诗歌创作上，也受到维的影响。起天宝九载登第，释褐为秘书省校书郎。他官蓝田尉的时间比较长（自乾元至宝应年间，参见《唐代诗人丛考·钱起考》），《送毕侍御谪居》说："自怜黄绶老婴身，妻子朝来劝隐沦。桃花洞里举家去，此别相思复几春。"即抒发了自己久任县尉、不得升迁的牢骚。可以说，王维在世时，钱起在仕途上是不得意的。

通过以上的简略考述不难看出，王维所结交的这些诗人，大多是一些官位不高、仕宦不很得意或并无官职的文士。其中不少人，还曾有过长期隐居的经历。从王维今存的诗文看，同他交游的上述这类文士，还有许多，例如皇甫岳（《皇甫岳写真赞》《皇甫岳云溪杂题五首》）、比部杨员外（《同比部杨员外十五夜游有怀静者季》《酬比部杨员外暮宿琴台朝跻书阁率尔见赠之作》）、成文学（《济上四贤咏三首》）、黎昕（《愚公谷三首》《黎拾遗昕裴秀才迪见过秋夜对雨之作》《临高台送黎拾遗》）、寇校书（《问寇校书双溪》）、杨少府（《送杨少府贬郴州》）等，只可惜他们的具体事迹，现在已无从考知了。此外，与维往还的隐者、和尚、居士、道士，其数亦甚众。如隐者有郑、霍二山人（《济上四贤咏三首》），崔录事（同前诗），吕逸人（《春日与裴迪过新昌里访吕逸人不遇》），李处士（《李处士山居》），李山人（《游李山人所居因题屋壁》），丁寓（《丁寓田家有赠》，《至滑州隔河望黎阳忆丁三寓》），赵叟（《济州过赵叟家宴》），高耽（《送高道弟耽归临淮作》），贾生（《过太乙观贾生房》）等；居士有沈居士（《过沈居士山居哭之》）、萧居士（《过乘如禅师萧居士嵩丘兰若》）、胡居士（《胡居士卧病遗米因赠》《与胡居士皆病寄此诗兼示学人二首》）、黎居士（《酬黎居士淅川作》、魏居士（《与魏居士书》）等；道士有焦炼师（《赠东岳焦炼师》《赠焦道士》）、尹愔（《和尹谏议史馆山池》）、张道士（《送张道士归山》）、方尊师（《送方尊师归嵩山》）、王尊师（《送王尊师归蜀中拜扫》）等。至于和尚，数量更多，笔者已另作专文叙述，这里就不多谈了。

根据以上所述，可得出如下几个简要的结论：（一）王维出于应进士试的需要而结交诸王，这对于他顺利地通过科举考试步入仕途，起了促进的作用，但对于他登第后的仕进，却又产生了不利的影响。王维在擢第后的十来年内，仕宦屡遭挫折，这使得他对社会的黑暗面有了进一步的认识。（二）王维同张九龄的关系比较密切，这是以他们两人政治主张的一致为基础的。（三）王维出身于地主阶级中下层（其父祖辈皆任微官），平生相与往还者，多数也是一些中下级官吏、怀才不遇者，这或许是他向往张九龄的开明政治主张的一个原因。（四）不论是在张九龄罢相前或罢相后，安史之乱前或安史之乱后，王维所交往的，大多是一些正臣。可以说，王维在朝廷上，大抵是接近正臣而疏远佞人的。（五）对于专权的奸臣，如李林甫、杨国忠等，王维无意巴结，但也不敢表现出自己的反抗。在政治上，诗人是软弱的。（六）在王维所结交的人中，有许多隐者、和尚、居士、道士，由此可见，他并不热衷于仕进，有逃避现实的思想。但是，他对于李、杨专权时期的黑暗政治，又有一定的认识，心存戒惧，不愿意同流合污。

王维与僧人的交往

王维生活在佛教广泛流行的盛唐时代，受到过佛教思想很深的影响。他一生结交的僧人甚多，仅其诗文中述及者，就有近二十人。研究王维同这些僧人的交往，不仅有助于弄清诗人的生平事迹，对于探索王维的思想和创作，也具有一定的意义。

一

唐代佛教进一步中国化，出现了多种不同的宗派。王维当时所交往的僧人，就是都从属于一定的宗派的。其中他与禅宗南宗僧人的交往，特别受到王维研究者们的注意。不少同志强调，王维与南宗禅僧过往甚多，思想上深受其影响。这种看法不无道理，但是，也有一些同志，把王维结交的南宗僧人给"扩大化"了。根据笔者的不完全统计，与王维有过交往、曾被研究者说成是属于南宗的僧侣，共有以下七人：神会、瑗公、道光、道一、璿禅师、元崇、燕子龛禅师。下面，拟就这七人所属的宗派，以及他们同王维的交往情况，作一些考述。

首先谈一下道光。王维《大荐福寺大德道光禅师塔铭》说：

> 禅师讳道光，本姓李，绵州巴西人。……誓苦行求佛道，入
> 山林，割肉施鸟兽，炼指烧臂，入般舟道场百日，昼夜经行。遇
> 五台宝鉴禅师，曰："吾周行天下，未有如尔可教。"遂密授顿
> 教，得解脱知见。……得其门者寡，故道俗之烦而息化城，指尽
> 谓穷性海而已，焉足知恒沙德用，法界真有哉！春秋五十二，凡
> 三十二夏，以大唐开元二十七年五月二十三日，入般涅槃于荐福
> 僧坊。……维十年座下，俯伏受教，欲以毫末，度量虚空，无有
> 是处，志其舍利所在而已。

有同志根据这篇《塔铭》，断定道光是南宗禅僧①。果真如此，则王
维与禅宗南宗的关系便十分密切了，因为王维曾师事这位和尚达十年
之久。陈允吉《王维与华严宗诗僧道光》一文（载《复旦学报》
1981 年第 3 期）则认为，《塔铭》特地标出的"顿教"，与南宗所说
的"顿悟"意义并不完全一样。东晋时代的僧人慧观，最先从事判
教，他将释迦所说的经教，判别为顿、渐两大类，以《华严经》为顿
教，以从鹿苑到鹄林所说诸经为渐教。南齐隐士刘虬亦赞同其说，北
周高僧慧远《大乘义章》首卷开头，引刘虬等人的判教主张云："如
来一化所说，无出顿、渐。《华严》等经，是其顿教，余名为渐。"
"渐"谓"先习小乘，后趣大乘，大由小起"；"顿"指不习小乘，而
直说大乘之无上法门《华严经》。这种判教主张，一直影响到唐代。
因此，《塔铭》所说的"密授顿教"，是指宝鉴禅师向道光密授《华
严》教义。陈允吉同志在文章中又说，《塔铭》中的"焉足知恒沙德

---

① 如孙昌武《王维的佛教信仰与诗歌创作》一文说："与他（王维）有长期交谊的荐
福寺道光禅师，也是传南宗顿教的。"（见《唐代文学与佛教》）

用，法界真有哉"二句，反映了华严宗的"法界缘起"思想；另外，宝鉴所居的五台山与道光所居的长安大荐福寺，都同华严宗有密切的关系，因此断定，道光应该是一个华严宗僧人。

笔者认为，陈允吉的这一说法，是颇有道理的。我们知道，东晋、南朝宋的竺道生，首倡"顿悟成佛"说，成为南宗顿门的渊源，华严宗的实际创始人法藏，也注意吸取竺道生的这种观点，力图缩短佛境与现世、佛与众生的距离，鼓吹"即身成佛"，因此，华严宗颇有一点顿悟教门的味道①。即便道光不是华严宗僧人，《塔铭》所说的"顿教"，也不大可能是指慧能的顿门。敦煌写本《荷泽神会禅师语录》云："门人刘相倩云，于南阳郡，见侍御史王维，在临湍驿中，屈神会和上及同寺僧惠澄禅师，语经数日。于时王侍御问和上言：'若为修道得解脱？'答曰：'众生本自心净，若更欲起心有修，即是妄心，不可得解脱。'王侍御惊愕云：'大奇！曾闻大德，皆未有作如此说。'乃为寇太守、张别驾、袁司马等曰：'此南阳郡有好大德，有佛法甚不可思议。'"（见《中国佛教思想资料选编》第二卷第四册）神会是南宗创始人慧能的嫡传弟子，他所谓"众生本自心净"云云，乃慧能的顿门之教，大意是说，众生自心本自清净（人人心中本来都具有真如佛性），只要自识本心，自见本性，刹那间即可得到解脱，何需修习；若不能自悟，则虽累劫修行，亦不得解脱。上面引述的记载说，王维听到神会的这一番高论后，甚觉惊奇，以为是前所未闻的；假如曾被王维师事过十年的道光是南宗禅僧，那么王维对神会的这一番话，肯定是不会感到惊奇的（王维与神会这次相遇的时间，在道光卒后，说见下文），所以，《塔铭》中所说的"顿教"，不可能是指慧能的顿门。又，《塔铭》中说，道光得法于五台宝鉴禅师，如果道光是南宗禅僧，那么宝鉴自然应该是慧能的弟子，然有关的资料，

---

① 关于这一点，方立天《华严金师子章评述》（见《华严金师子章校释》）、郭朋《隋唐佛教》第四章第三节均有论述，可参阅。

如《宋高僧传》《景德传灯录》《传法正宗记》《五灯会元》等，都无关于宝鉴为慧能之弟子的记载；而且，佛教史学者大都认为，南宗的北传，主要得力于神会，他直到开元十八年左右，才离开岭南，到北方弘扬慧能的顿门①，有关的记载从未说过，在神会之前，有叫宝鉴的禅师曾到北方宣传过南宗顿教。所以，道光不应该是一个南宗禅僧。

关于道一，《投道一师兰若宿》云：

> 一公栖太白，高顶出云烟。……昼涉松路尽，暮投兰若边。洞房隐深竹，清夜闻遥泉。向是云霞里，今成枕席前。岂惟留暂宿，服事将穷年。

诗中表现了作者对道一的崇仰之情。赵殿成注谓道一即慧能的再传弟子江西马祖道一，孙昌武同志也说："他（王维）到太白山访问的马祖道一，是慧能的再传弟子，与青原行思并称为'禅宗双璧'。"② 陈允吉《王维与南北宗禅僧关系考略》一文（载《文献》第 8 辑，以下简称《考略》）对这种说法提出怀疑，指出马祖道一"始终没有到过北方"，"但是王维的这首诗，明明是讲长安终南山一带的事迹，两者地域迥不相及"。按，据权德舆《唐故洪州开元寺石门道一禅师塔铭》（《全唐文》卷五〇一）、《宋高僧传》卷一〇、《景德传灯录》卷五及卷六载，马祖道一（709—788）比王维小八岁，汉州什邡（今四川什邡）人。初从资州（今四川资中北）唐和尚落发，在渝州（今重庆）圆律师处受具足戒。开元中至南岳衡山，随怀让禅师（慧能弟子）学禅十年。后到建阳（今福建建阳）佛迹岭、临川（今江西抚州西）西里山、南康（今江西南康西南）龚公山弘传禅法。大

---

① 参见吕澂《中国佛学源流略讲》，中华书局，1979，第225—227页。
② 孙昌武：《唐代文学与佛教》，陕西人民出版社，1985，第83页。

历中居于洪州钟陵县（今江西南昌）开元寺。可见，马祖道一确乎不曾居于太白山；释氏同名者多，王维诗中的"道一"，当别有所指。又，王维这首诗题目中的"道一"二字，钱氏述古堂影宋抄本、元刊刘须溪校本俱空缺，他本作"道一"，有可能是根据此诗首句的"一公"而增改的。

王维集中有《谒璿上人》一诗，其序云：

> 上人外人内天，不定不乱。舍法而渊泊，无心而云动。色空无得，不物物也；默语无际，不言言也，故吾徒得神交焉。

璿上人即润州江宁县（今南京市）瓦官寺的璿禅师，《宋高僧传》卷一七："释元崇，俗姓王氏……以开元末年，因从瓦官寺璿禅师谘受心要，日夜匪懈，无忘请益。璿公……因授深法。"关于璿禅师的情况，《考略》说，"其生卒年月，师承源流均不可详考"，但据上面征引的这一段序文，"完全可以肯定"他是一个南宗僧侣。其具体理由为：第一，序文中，反映了浓厚的庄子思想色彩，而"在中国历史上流行的各个佛教宗派，要以惠能的南宗，最接近中国本土固有的道家思想。"第二，"惠能创立南宗，不主《楞伽》而重《般若》，其对待客观事物的态度是主张'无住无相'……王维此诗序文中说，璿禅师对于世界事物的态度，能够做到'色空无得，不物物也'，这种色空观念，主要来自《般若》经典，实际上也就是惠能'无住无相'的另一翻版"。第三，《祖堂集》卷三载，弘忍的弟子智皇问智策和尚："六祖（惠能）以何法禅定？"智策回答说："妙湛圆寂，体用如如，五蕴本空，六尘非有，不出不入，不定不乱。"此诗序文中正有"不定不乱"的说法，"足见璿禅师所行的禅法，同惠能有着一脉相承的联系。"

我觉得，上述这些理由，都不能成为判定璿禅师是一个南宗禅僧的确凿证据。这里有一个问题，即慧能的思想中，既有一些为别的宗派所无的属于他自己特有的东西，又有一些来源于各种大乘经典及前人的佛学思想的不属于他自己独有的东西，所以，不能因为璿禅师有某种思想与慧能相同或接近，就简单地判定他是一个南宗僧侣。还有，禅宗南北两宗在思想上也有不少共同点，并非如神会等人所说的那样根本对立。南宗、北宗的"相敌如楚汉"，起于神会等人的门户之争，而非纯思想、学术的争论。例如色空观念，是说一切有形的万物，都是虚幻不实的，这种思想并不是慧能所特有的，而是佛教各宗派所共有的。因此，由璿禅师的具有这种思想，一点也不能证明他是一个南宗僧侣。又，《般若》系经典，宣扬"一切皆空"，不仅"空"现实世界，也"空"彼岸世界，而慧能是一位"真如缘起"论者，只认为世俗世界虚幻不实，并不以为"真如"、"佛性"是"空"的，所以这两者的思想并不一致①。又关于"不定不乱"，其语本出《维摩经·见阿閦佛品》："维摩诘言：'……我观如来……不进不息，不定不乱，不智不愚，不诚不欺，不来不去，不出不入。'"谓如来的精神状态"同于虚空"。王维此处即用其义，指璿禅师也具有如来的这种精神状态。从王维这段话的上下文来看，"舍法而渊泊"，意谓禅师舍弃虚幻不实的现实世界，内心恬静淡泊；"色空无得"，是说禅师认为万物皆空，故心无所执着，其文义都同上文的"不定不乱"有密切的联系。因此，这里的"不定不乱"，应该不是谈的"以何法禅定"的问题。关于禅定，慧能有自己的看法："此法门中，何名坐禅？……外于一切境界上念不起为坐，见本性不乱为禅。何名为禅定？外离相曰禅，内不乱曰定。外若著相，内心即乱，外若离相，内性不乱。"（《坛经》第十九节）认为心不执着于外境，不起妄念，能自见自身固有的佛性，就是坐禅，就是禅定，这实际上取消了禅定的

---

① 对于这一点，郭朋《坛经校释》序言有比较详细的论析，可参阅。

修行方法。《谒璿上人》诗云：“众从大导师，焚香此瞻仰。颓然居一室，覆载纷万象。”“颓然”句即写璿禅师入定的情状，看来，他使用的修行方法，与慧能的南宗不大一样。

其实，璿禅师非但不属南宗，还是一个北宗的僧侣。《景德传灯录》卷四载，嵩山普寂（北宗神秀四大弟子之一）的法嗣四十六人，其中有“瓦棺寺璿禅师”。据上引王维此诗“众从”二句，可知王维在开元二十九年春至瓦官寺“瞻仰”璿禅师之前①，已同他有过往来。盖璿禅师曾在京洛一带师事普寂，所以王维有机会同他相交。

《考略》又称元崇也是南宗僧侣，其根据是，元崇曾师事璿禅师，为其高足。现在既知璿禅师为北宗僧人，那么元崇自然也就不是南宗僧侣了。关于王维与元崇的交往，《宋高僧传》卷一七有明确的记载：“释元崇……至德初，并谢绝人事，杖锡去郡，历于上京。……遂入终南，经卫藏，至白鹿，上蓝田，于辋川得右丞王公维之别业。松生石上，水流松下，王公焚香静室，与崇相遇，神交中断。于时天地未泰，豺狼构患，朝贤国宝，或在迈轴。起居萧舍人昕与右丞诸公，并硕学雄才，尊儒重道，偶兹一会，抗论弥日，钩深索隐，襟期许与，王、萧叹曰：‘佛法有人，不宜轻议也矣！’”

关于燕子龛禅师，王维《燕子龛禅师咏》云：

> 山中燕子龛，路剧羊肠恶。裂地竞盘屈，插天多峭崿。……伯禹访未知，五丁愁不凿。上人无生缘，生长居紫阁。六时自椎磬，一饮常带索。种田烧白云，斫漆响丹壑。……救世多慈悲，即心无行作。周商倦积阻，蜀物多淹泊。岩腹乍旁穿，涧唇时外拓。桥因倒树架，栅值垂藤缚。鸟道悉已平，龙宫为之涸。……

---

① 《谒璿上人》诗作于开元二十九年春，说见本书《王维年谱》。

赵殿成注谓燕子龛在唐骊山宫。按，据诗中所写燕子龛道路险恶的情状及"周商"二句（谓周地商人倦于道路多险阻，故蜀地之物多滞留于蜀），燕子龛应当在自关中赴蜀的道上。这位燕子龛禅师的名字及事迹，本无从考知，然《考略》却认为："唯一可供推究的，是诗中有两句云：'救世多慈悲，即心无行作。'所谓'即心'，就是'即心成佛'之旨，这在禅学理论上反映出明显的南宗特点。至于'无行作'一语……正是神会反复强调的主张，胡适辑校《神会和尚遗集》第一残卷《与拓跋开府书》云，'不作意即是无念'，……'但莫作意，自当悟入'。《顿悟无生般若颂》又云，'无念为宗，无作为本'，'心本无作，道常无念'。……由此可知，燕子龛禅师应该属于南宗。"

《考略》仅据"即心无行作"一句话，即断燕子龛禅师为南宗僧人，理由恐怕不大充分。首先，谓"即心"就是"即心成佛"，似有添字作解之嫌。又"无行作"之语，本出《维摩经·入不二法门品》："受不受为二。若法不受，则不可得，以不可得，故无取无舍，无作无行，是为入不二法门。"僧肇《注维摩经》卷八云："无作，（鸠摩罗）什曰：言不复作受生业（泛指众生的身心活动）也。""无行，什曰：心行（思想活动）灭也。"又云："（僧）肇曰：有心必有所受（领纳所触之境引生的感受），有所受必有所不受，此为二也。若悟法（一切事物和现象）本空，二俱不受，则无得无行，为不二也。""即心无行作"大意是说，禅师悟法本空，其心无所执着，达于寂灭之境。所以，把这句话同南宗的思想联系到一块，不见得符合作者的原意。又，神会所谓"无作"、"不作意"，说的就是慧能的"无念为宗"之旨。《坛经》第十七节："我此法门，从上已来，顿渐皆立无念为宗，无相为体，无住为本。"所谓"无念"，是指无妄念，不是一切念都无。《坛经》十七节："于一切境上不染，名为无念；于自念上离境，不于法上生念。若百物不思，念尽除却，一念断即死，别处受生。"这种"无念"之说，来源于《大乘起信论》，并不是慧能自己独有的东西。《起信论》说："若能观察知心无念，即能随顺入真如门。"因此，即便"无行作"反映的是"无念"的思想，也不好由此推出燕子龛禅师就是南宗僧人。

与王维有往来的僧侣，目前可确考为南宗者，仅只神会、瑗公二人。神会的情况，《考略》及其他一些论文都已谈过，这里只准备补充一点，即王维在南阳郡临湍驿中向神会问道的时间，大抵应在天宝四载（745）[①]，神会请求王维为慧能撰写碑文，估计也即在这个时候。又，天宝十二载（753），南宗僧侣衡岳瑗公北游长安，曾与王维往还，这一情况《考略》已作了论述，本文就不重复了。

二

下面，谈谈王维同禅宗北宗僧人的交往。神秀（约606—706）与慧能（638—713）同是弘忍的弟子，弘忍卒后，慧能到岭南弘扬其顿门，神秀则在北方传播禅学，时称南能北秀，还没有分宗定祖；禅宗分为慧能的南宗和神秀的北宗，是神秀死后三四十年间的事。

神秀于"大足元年（701），（被武后）召入东都，随驾往来二京教授，躬为帝师"（《楞伽师资记》）。神秀卒后，其弟子普寂（651—739）、义福（658—736），也都受到唐室的尊崇，被时人目为"两京法主，三帝门师"。所以，神秀的北宗，在当时的北方，尤其是京洛一带，非常盛行。到了天宝时期，虽有神会的大力弘扬慧能的顿门、与之争夺地盘，但北宗的势力也仍然持续不衰。由于这种缘故，长期生活在北方的王维，自然与北宗禅师有更多的往来。

---

① 《神会禅师语录》称王维此时之官衔为"侍御史"，而维任侍御史正在天宝四载，说见本书《王维年谱》。又，《语录》谓当时王维"乃为寇太守、张别驾、袁司马等曰……"，寇太守即寇洋，郁贤皓《唐刺史考》卷一九○、一○四谓"天宝初"寇洋为南阳郡太守，"约天宝四载——七载"转广平郡太守，说法与《王维年谱》不谋而合。

王维在其诗文中，不曾说过他与普寂有过什么接触，但他的家庭，同普寂的关系却是很密切的。他的母亲崔氏曾"师事大照禅师（即普寂）三十余岁"（《请施庄为寺表》），他的弟弟王缙"尝官登封，因学于大照，又与广德（普寂弟子）素为知友"（王缙《东京大敬爱寺大证禅师碑》）。又，前面说过，王维与普寂的法嗣之一瓦官寺璿禅师以及璿禅师的弟子元崇有来往。另王维《为舜阇黎谢御题大通大照和尚塔额表》云："御札赐书，足报本师之德。"此文作于乾元元年（758）①，大通即神秀，舜阇黎无疑应是普寂的弟子。

王维集中，有《过福禅师兰若》一诗：

> 岩壑转微径，云林隐法堂。羽人飞奏乐，天女跪焚香。竹外峰偏曙，藤阴水更凉。欲知禅坐久，行路长春芳。

《考略》谓福禅师即神秀的弟子大智禅师义福，理由是，据严挺之《大智禅师碑铭》载，义福曾"游于终南化感寺，栖置法堂，滨际林水，外示离俗，内得安神，宴居寥廓廿年所"，而王维这首诗所描写的寺庙的环境和禅师禅坐的景象，与《碑铭》所述义福在化感寺宴居的情形十分相像。此说有一定的道理。但是，除义福外，神秀又有名惠福的弟子，《楞伽师资记》说："唐朝洛州嵩高山普寂禅师，嵩山敬贤禅师，长安兰（南）山义福禅师，蓝田玉山惠福禅师，并同一师学法侣应行，俱承大通和上后。少小出家……遇大通和上讳秀，蒙受禅法，诸师等奉事大师十有余年，豁然自证，禅珠烛照。……天下坐禅人，叹四个禅师曰：法山净，法海清，法镜朗，法灯明；宴坐名山，澄神邃谷，德冥性海，行茂禅枝。"惠福居蓝田玉山，是神秀的四大弟子之一，这首诗中的"福禅师"，显然也有可能指他。又《景

---

① 此文称天子的尊号为"光天文武大圣孝感皇帝"，故当作于乾元元年，说见本书《王维年谱》。

德传灯录》卷四载，神秀弟子有"京兆小福禅师"。"福禅师"是指以上三人中的哪一个，已难考实，但这是一个北宗僧侣，则大抵可以肯定。

王维集中有一篇《大唐大安国寺故大德净觉禅师碑铭》，净觉是唐中宗韦皇后之弟，《楞伽师资记》的作者。另外，敦煌写本中，还有他作的《般若波罗蜜多心经注》一卷（斯4556号）。王维的《碑铭》描述净觉生前的情况说："外家公主，长跽献衣；荐绅先生，却行拥篲。……不窥世典，门人与宣父中分；不受人爵，廪食与封君相比。"净觉《般若心经注》前的荆州长史李知非序也称他"比在两京，广开禅法，王公道俗，归依者无数"。可见净觉以贵戚的身份而出家，很快成为一个在当时很有地位和影响的名僧。王维特为净觉撰写碑文，说明他们之间曾有过较密切的关系。

关于净觉的事迹，《碑铭》写得比较简略，而今存的僧传谱录，也绝少有关于他的记载；现据李知非序文、《楞伽师资记》及其他一些零星资料，对《碑铭》所叙之事，作一些补充。《碑铭》说："闻东京有颐大师，乃脱履户前，抠衣座下。""颐"当作"赜"，"赜大师"即禅宗五祖弘忍的大弟子玄赜（《楞伽师资记》《历代法宝记》皆谓玄赜为弘忍十一大弟子之一，《景德传灯录》卷四载弘忍第一世弟子十三人，其中亦有玄赜）。净觉在《师资记》原序中，称自己出于玄赜之门："大唐中宗孝和皇帝景龙二年，敕召入西京，便于东都广开禅法，净觉当众归依，一心承事。……祖忍大师授记之安州有一个（指安州寿山寺玄赜），即我大和上是也。乃形类凡僧，证同佛地，帝师国宝，宇内归依。净觉宿世有缘，亲蒙指授，始知方寸之内，具足真如，昔所未闻，今乃知耳。"知净觉师事玄赜，在中宗景龙二年（708）。玄赜曾同神秀一起，被武后召入东都，在内道场供养（据《历代法宝记》），后又被中宗、睿宗尊为"国师"（据《师资记》）。关于净觉出家的时间，《碑铭》谓，"中宗（705—710）之时，后宫用事"，净觉由于是韦皇后之弟，"将议封拜"，他即于是时，"裂裳裹足以宵遁，乞食馌口以兼行，入太行山，削发受具"。李知非序云："其禅师年二十三，起（原误作"去"）神龙元年，在怀州太行山稠禅师以锡杖解虎斗处修道，居此山注《金刚般若理镜》一卷。其灵泉号名般若泉也，古今相传。高欢之时，稠禅师于太行灵泉见两虎斗，争一鹿，以锡杖分之，两虎伏地，不敢争也。稠禅师涅槃已后，数百年无人住持，灵泉涸竭，柏树枯朽。自从大唐净觉禅师寻古贤之迹，再修□禅宇，扫洒未经三日，涸泉谓之涌出，朽柏谓之再茂也。"可见净觉禅师出家的时间在中宗神龙元年（705），其在太行山的居处为灵泉谷。又，据禅师神龙元年年二十三，可推知他当生于高宗弘道元年（683）。

《历代法宝记》说："有东都沙门净觉师，是玉泉神秀禅师弟子，造《楞伽师资血脉记》一卷。"谓净觉又曾师事神秀。按，神秀神龙二年（706）二月二十八日卒于东都天官寺（据《师资记》引玄赜《楞伽人法志》），而净觉于神龙元年出家，居于太行山，直至景龙二年（708），方到东都投于玄赜门下，所以他不大可能得到神秀的亲自传授。如果说他后来又师事过普寂、义福等，是神秀的再传弟子，那倒很有可能。净觉在《师资记》中，叙禅宗的传承系统，以南朝宋求那跋陀罗为第一世，达摩为第二世，弘忍为第六世，神秀、玄赜、老安（亦弘忍十一大弟子之一）为第七世，神秀弟子普寂、敬贤、义福、惠福为第八世。净觉根本不提弘忍的另一大弟子慧能，又极力抬高神秀及其弟子的地位，说明他应该是一个北宗僧侣。

《师资记》是研究禅宗史的重要资料，关于它的写作时间，古书中没有任何记载，但从《师资记》本身，似可寻到一点推求其写作年代的线索。其原序云："大唐中宗孝和皇帝景龙二年……"中宗卒于景龙四年（710），谥曰孝和皇帝，庙号中宗，由此可见《师资记》当作于710年之后。《师资记》又云："唐朝荆州玉泉寺大师讳秀，安州寿山寺大师讳赜，洛州嵩山会善寺大师讳安，此三大师，是则天大圣皇后，应天神龙皇帝，太上皇，前后为三主国师也。"按，武后神龙元年十一月卒，谥曰则天大圣皇后；中宗于景龙元年（707）八月，加尊号曰应天神龙皇帝；又先天元年（712）八月，玄宗即位，尊睿宗为太上皇，开元四年（716）六月，太上皇卒，谥曰大圣贞皇帝，庙号睿宗。《师资记》于武后、中宗，俱称谥号及尊号，独谓睿宗为"太上皇"，估计当作于先天元年八月之后、开元四年六月以前。又，今存的《师资记》写本，书名下署"东都沙门释净觉居太行山灵泉谷集"，则净觉作此书时，又回到了他原先"削发受具"的太行山灵泉谷居住。后来，他又到两京弘扬禅法，卒前居于西京大安国寺。另，净觉的《般若波罗蜜多心经注》，作于开元十五年（727），李知非序云："后开元十五年，有荆（原误作"全"）州司户尹玄度、录事参军郑遏等于汉水明珠之郡，请注《多心般若经》一卷，流通法界，有读诵者，愿依般若而得道也。"关于净觉的卒年，《碑铭》中没有记载，今亦难以确考，估计约在开元末或天宝初①。

天宝四载，王维曾在南阳郡临湍驿中，与神会及惠澄禅师"语经数日"，这个惠澄禅师也是北宗僧侣，这一点《考略》已经谈到，此处就不多说了。

此外，王维还同其他宗派的一些僧人有过交往。《留别山中温古上人兄并示舍弟缙》云：

> 解薜登天朝，去师偶时哲。岂惟山中人，兼负松上月。宿昔同游止，致身云霞末。开轩临颍阳，卧视飞鸟没。……舍弟官崇高（汉县名，唐时曰登封），宗兄此削发。荆扉但洒扫，乘闲当过拂。

---

① 关于净觉的事迹，承蒙北京大学哲学系楼宇烈教授提供了一些资料。

这首诗作于开元二十三年（735）王维拜右拾遗后即将离嵩山至东都（时玄宗居东都）赴任的时候（说详本书《王维年谱》），诗中称当时温古上人在嵩山为僧，与己曾"同游止"。关于温古的事迹，唐智升《续古今译经图纪》云："（金刚智）闻大支那佛法崇盛，遂泛舶东逝达于海隅，开元八年中方届京邑，于是广弘秘教，建曼荼罗。……沙门一行钦斯秘法，数就咨询。……一行敬受斯法，请译流通，以（开元）十一年癸亥于资圣寺，为译《金刚顶瑜珈中略出念诵法》一部四卷，《七俱胝佛母准泥大明陀罗尼经》一卷，东印度婆罗门大首领直中书伊舍罗译语，嵩岳沙门温古笔受。"此事又载于《开元释教录》卷九、《贞元新定释教目录》卷一四、《宋高僧传》卷一《金刚智传》。温古参加过金刚智主持的翻译密教经典的工作，估计和一行（嵩山普寂弟子）一样，原为北宗僧人，后兼习密宗。密宗是开元时期建立的一个佛教宗派。开元四年（716），中印度僧人善无畏（637—735）来到长安，深受玄宗礼遇，被尊为"教主"。善无畏在长安、洛阳一带弘传密教，先后译出密教经典多部。开元八年（720），南印度僧人金刚智（669—741）抵长安，也在长安和洛阳大弘密法，广招门徒。所住之刹，必建曼荼罗灌顶道场。他先后译出《金刚顶瑜珈中略出念诵法》等密教经典多种。由于善无畏、金刚智的大力弘传，当时两京知名的缙绅相从灌顶问学者甚众，于是形成了中国佛教中的又一个宗派——密宗。又，温古著有《大日经义释序》，《大日经》是密宗所依主要经典之一，由善无畏与其弟子一行（673—727）合译。一行又作《大日经》注，阐释密宗教理。一行的注释，今存有两种本子，一名《大日经疏》，二十卷；一称《大日经义释》，十四卷，两种本子大同小异。由温古的著述，也可看出他后来成为一个密宗僧人。

王维集中有《过乘如禅师萧居士嵩丘兰若》一诗，大抵作于开元二十二年（734）秋至二十三年春王维隐于嵩山期间（参见本书《王维年谱》）。关于乘如禅师，《宋高僧传》卷一五云："释乘如，未详氏族，精研律部，颇善讲宣。……代宗朝翻经，如预其任。……终西明、安国二寺上座，有文集三卷，圆照鸠聚流布焉。"从乘如的"精研律部"看来，他可能本是一个律宗僧人。所谓"代宗朝翻经，如预其任"，是说在唐代宗时，乘如曾参与不空的译场。不空（705—774）是密宗创始人之一，与善无畏、金刚智并称"开元三大士"。他十五岁师事金刚智，开元二十九年（741）奉金刚智遗命，赴师子国和天竺广搜密藏梵本，于天宝五年（746）携归长安。此后，他即在各地盛弘密法和译经。不空历玄宗、肃宗、代宗三朝，备受皇帝的礼遇，生前曾被代宗封为特进试鸿胪卿、开府仪同三司、肃国公，卒后赠司空，谥"大辨正广智不空三藏和尚"。据《贞元释教录》卷十一载，不空前后译有密教及其他经典凡一百一十一部，一百四十三卷。其中不少是在代宗朝译出的。如永泰元年（765）译《仁王护国般若波罗蜜多经》及《大乘密严经》；大历六年（771）代宗诞生日，不空进所译经七十七部，一百二十余卷；大历八年，又译出《萨路荼王经》。乘如既然参加过不空主持的译事，思想上当然不会不受到密宗的影响。又，在《代宗朝赠司空大辨正广智三藏和上表制集》卷一《请置大兴善寺大德四十九员》的奏表中，不空举荐"东都敬爱寺僧乘如"为大兴善寺（即不空所居之寺）四十九名大德中的一员，看来，这时的乘如①，十有八九已成为一个密宗僧侣了。

王维《为幹和尚进注仁王经表》云："沙门惠幹言……"此表作于乾元二年（说见本书《王维年谱》）。表中的"惠幹"属何宗派？《景德传灯录》卷四载，普寂法嗣四十六人中，有"洛京同德寺幹和尚"，显然这是一个北宗僧侣。又《代宗朝赠司空大辨正广智三藏和上表制集》卷四《请于兴善当院两道场各置持诵僧制》云："僧慧

---

① 奏表后有代宗敕旨，署"广德二年（764）正月二十三日"。

幹、慧果……请于大圣文殊阁下，常为国转读敕赐一切经。"制书末署"大历九年六月六日"。《表制集》所收，皆不空及其弟子与朝廷的往来文书，因此这里的"僧慧幹"（"慧"、"惠"通），无疑应是不空的弟子。王维表文中的"惠幹"，估计当为上述两人中的一人。

综上所述，王维与当时的各派僧侣，有广泛的交往。开元时期，他与北宗禅僧往来颇多，但同时又与华严宗、密宗、律宗等僧侣有交往。特别是曾师事道光禅师十年，思想上受到过他较多的影响。天宝年间，随着南宗顿教的北传，王维又同南宗僧人有所接触，但他也并没有因此而疏远北宗僧人。终王维一生，一直与北宗禅僧有来往（如与元崇、舜阇黎的交往，即在晚年）。总的说来，王维同各种僧侣，是广泛结交，不主一派的。《考略》认为，王维与北宗僧侣的交往，"主要是在开元年间"，而天宝以后，"他的主要交游对象，已经转向南宗僧侣"，这种说法，恐怕不大符合事实。

（原载《文献》1989年第3期）

论王维的佛学信仰

一

苑咸《酬王维》诗序说："王兄当代诗匠，又精禅理。"《旧唐书·王维传》说："维弟兄俱奉佛，居常蔬食，不茹荤血。"王维的笃志学佛，不仅其同时代人及史传有清楚的记述，王维自己在诗文中也经常谈到，因此这已成为一个大家都承认的事实。

王维生活的时代，佛教呈现出一派"繁兴"的景象。那时士大夫学佛、佞佛的风气很盛。如北宗僧人神秀，为朝廷迎至东都，"时王公已下及京都士庶，闻风争来谒见，望尘拜伏，日以万数"（《旧唐书·方伎传》）；神秀弟子义福，"开元十一年从驾往东都，途经蒲、虢二州，刺史及官吏士女，皆赍幡花迎之，所在途路充塞"（同上）；润州鹤林寺高僧法钦，门下俗弟子甚众，其名著者有吏部侍郎齐澣、刑部尚书张均、江东采访使润州刺史刘日正、广州都督梁升卿、采访使润州刺史徐峤、采访使常州刺史刘同升、润州刺史韦昭理、给事中韩延赏、御史中丞李丹、泾阳县令万齐融、礼部员外郎崔令钦及李华等（李华《润州鹤林寺故径山大师碑铭》，载《全唐文》卷三二〇）。在众多学佛的士大夫中，存在着各种复杂的情况，如《景德传灯录》卷一四说："邓州丹霞天然禅师，不知何许人。初习儒学，将入长安应举，方宿于逆旅，偶一禅客，问曰：'仁者何往？'曰：'选官去。'禅客曰：'选官何如选佛？'曰：'选佛当往何所？'禅客曰：'今江西马大师出世，是选佛之场，仁者可往。'遂直造江西……"天然听从"禅客"的指点，放弃"选官"，改为"选佛"，不久果然成为一个知名的僧人。由于当时名僧普遍受到朝廷和社会的尊崇，在世可安享富贵，所以有些士人，就把"选佛"视作自己取富贵的一条捷径。抱有这种意图的学佛者，显然对佛教不可能有真心的信仰。又如《旧唐书·王缙传》载："缙弟兄奉佛，不茹荤血，缙晚年尤甚。……妻李氏卒，舍道政里第为寺，为之追福，奏其额曰宝应……每节度观察使入朝，必延至宝应寺，讽令施财，助己修缮。……又纵弟妹女尼等广纳财贿，贪猥之迹如市贾焉。"王缙借佛敛财，早已把佛教断除贪欲的说教抛在一边。王维的学佛，既异于其弟王缙，也不同于天然禅师，他无意借佛教以自利，是一个比较笃诚的学佛者。

王维以一个士大夫而学佛，与僧侣的学佛是有不同的。当时僧侣学佛，都有一定的师承，并恪守一定的教门；王维则广泛结交各个宗派的僧侣（参见本书《王维与僧人的交往》一文），向其问道，并没有什么门户之见。王维除通过与当代僧人的交往获得佛教认识外，还凭借自己的文化素养，自学各种佛教经论，从中接受佛学的影响。从王维今存的诗文看，他对许多佛教典籍，如《维摩诘经》《法华经》《华严经》《涅槃经》《楞伽经》《金刚经》《阿弥陀经》《大智度论》等，是相当熟悉的。由于以上这些原因，王维所接受的佛教思想，就呈现出不为某一宗派所囿的面貌。

王维《请施庄为寺表》说："臣亡母故博陵县君崔氏，师事大照禅师三十余岁，褐衣蔬食，持戒安禅，乐住山林，志求寂静，臣遂于蓝田县营山居一所。"大照即神秀弟子普寂，卒于开元二十七年（739）。据此表所述，知崔氏最晚在王维八、九岁（708—709）之时，即已师事北宗高僧普寂。家庭浓厚的佛教气氛和佞佛的社会风气的影响，是王维学佛的一个原因。此外，王维之所以能成为一个比较笃诚的学佛者，还有其个人方面的原因。

王维接触佛教，应该是比较早的；但真正接受佛教思想，则大约始于开元十五年左右。《偶然作六首》其三云：

> 日夕见太行，沉吟未能去。问君何以然？世网婴我故。小妹日成长，兄弟未有娶。家贫禄既薄，储蓄非有素。几回欲奋飞，踟蹰复相顾。孙登长啸台，松竹有遗处。相去讵几许？故人在中路。爱染日已薄，禅寂日已固。忽乎吾将行，宁俟岁云暮。

"爱染"二句是说，自己对佛教的信仰已日益牢固，世俗的贪欲、爱欲已日渐淡薄。在王维可编年的诗文中①，这首诗最早谈到诗人的佛教信仰，大约作于开元十五年他在淇上为官期间（说见本书《王维年谱》）。诗人开元九年擢第，解褐为太乐丞，不久即因"伶人舞黄师子"事，被贬为济州司仓参军，开元十五年左右，又改官淇上。仕途的失志，使王维萌发了隐遁思想；他的倾心于佛教，与这种思想的滋生有密切的关系。

开元十七年，王维回到长安闲居，并从荐福寺道光禅师学佛。《大荐福寺大德道光禅师塔铭》说："维十年座下，俯伏受教。"道光卒于开元二十七年，故知王维开始师事道光的时间约在开元十七年。开元二十二年秋至二十三年春，王维隐于嵩山，曾同温古上人、乘如

---

① 拙作《王维集校注》，为王维的诗文作了编年。

禅师等来往。二十三年春夏间，诗人受到丞相张九龄的汲引，出为右拾遗。此时，他热切希望能够实现自己的政治抱负。然而，次年十一月，张九龄罢相；二十五年四月，张又被贬为荆州长史。从此，李林甫独揽大权，政治日趋黑暗腐败。王维对九龄的遭贬，感到很失望，《寄荆州张丞相》说："方将与农圃，艺植老丘园。"透露了黯然思退的情绪。由这以后，诗人便同佛教结下了不解之缘。

开元二十五年，王维赴河西节度使幕府，先以监察御史出使河西，后入河西幕为节度判官。在河西期间，他写了《赞佛文》《西方变画赞》，从这些文章中可以看出，诗人当时对佛理的悟解更深了。开元二十八年冬，王维知南选，赴岭南，归途中，曾谒江宁瓦棺寺璿禅师。《谒璿上人》诗云："少年不足言，识道年已长。事往安可悔，余生幸能养。誓从断荤血，不复婴世网。浮名寄缨佩，空性无羁鞅。"表示自己决心跟从佛徒，摆脱尘世的束缚。开元二十九年春，他自岭南回到长安后，即隐于终南山（参见本书《王维生平五事考辨》）。《戏赠张五弟諲三首》其三说："我家南山下，动息自遗身。""吾生好清静，蔬食去情尘。"情尘，佛教指世俗的欲求和思想情绪。由这首诗可知，诗人的隐居与学佛是相互结合着的。在隐居终南期间，王维曾到太白山拜访了道一禅师，《投道一师兰若宿》说："岂惟留暂宿，服事将穷年。"表达了自己欲师事道一的志愿。

天宝年间，诗人一直过着亦官亦隐的生活。他身在朝廷，心存山野，在蓝田辋川营置了别业，经常游息其中。《积雨辋川庄作》云："山中习静观朝槿，松下清斋折露葵。"《黎拾遗昕裴秀才迪见过秋夜对雨之作》云："寒灯坐高馆，秋雨闻疏钟。白法调狂象，玄言问老龙。何人顾蓬径，空愧求羊踪。"这些诗句说明，王维在隐居辋川的时候，常奉佛持斋，习静修禅，用佛法调理自己，驱除内心的"妄念"。又天宝四载（745），他在南阳郡临湍驿遇见神会禅师，曾向其问道。王维的接触南宗顿教，大抵始于此时。

天宝十五载（756），安史叛军攻陷长安，王维被俘，安禄山迫以伪署。唐军收复两京后，作过伪官的分六等定罪，王维以故得免，降职为太子中允。这一时期，王维对佛教的信仰更深了。《叹白发》说："一生几许伤心事，不向空门何处销！"王缙《进王右丞集表》说："臣兄……纵居要剧，不忘清净。……至于晚年，弥加进道，端坐虚室，念兹无生。"安史之乱爆发前，他的崇佛主要表现在修习和接受佛教义理方面，而这一时期，除仍继续这一方面的追求外，又搞起了修功德的佛教迷信活动。他舍辋川别业为寺，"在京师，日饭十数名僧。……退朝之后，焚香独坐，以禅诵为事"（《旧唐书·王维传》）。这时候的王维，一方面因曾任伪官而甚感愧疚，另一方面又因被宥罪复官而对天子感恩戴德，于是滋生了"奉佛报恩"的思想（参见本书《王维年谱》）。施寺饭僧、焚香诵经等举动，就是在这种思想的支配下做出来的。布施、斋僧、诵经等，佛教称为"功德"。据说修功德，可得到佛的"福佑"。但是王维并非为己能获善报而修功德，而是为君主可得"福佑"而修功德。《请施庄为寺表》说：

> 又属元圣中兴，群生受福，臣至庸朽，得备周行，无以谢生，将何答施？愿献如天之寿，长为率土之君。惟佛之力可凭，施寺之心转切。效微尘于天地，固先国而后家。……伏乞施此庄为一小寺，兼望抽诸寺名行僧七人，精勤禅诵，斋戒住持，上报圣恩，下酬慈爱。

在这里，对宗教的信仰与对君主的忠心融合为一了。

二

王维从佛教的义学中接受了一些什么东西呢？

佛教哲学的核心思想，可用一个"空"字来概括。所谓"空"，是说世界上的一切事物，都虚幻不实。佛教否定客观世界的真实性，为的是把它所虚构的"涅槃"彼岸世界说成是真实的，引导人们看破红尘，从幻想中寻找安慰。但大乘佛教在盛谈"空"理时，也反对把"空"绝对化，即认为"空"非"虚无"，"空"里面不是绝对的一无所有。在大乘佛教看来，"空"与"有"（不存在与存在）是对立的统一，"空"不能离开"有"。"空"是事物本质，"有"是事物假象。"有"是虚假的，故佛教又谓之"假有"。但"假有"也是"有"，它能为人们的感觉器官所接触和认识。如果否认假有，把"空"绝对化，被称为"空见"或"空执"。佛教认为这是一种必须反对的"邪见"。总之，佛教既高谈"空"，又反对把"空"看得太过、太死，而主张"非空非有"的"中道"。佛教以为能认识到这种"空"理，即可具备菩提般若的最大智慧①。

仔细研究一下王维集中有关佛教的诗文，不难发现，他在这些诗文中，谈得最多和最热烈的，即是上述佛教的这种"空"理。可以说，他几乎在谈及佛教的每篇诗文中，都要提到它。如《与胡居士皆病寄此诗兼示学人二首》其一云：

> 一兴微尘念，横有朝露身；如是睹阴界，何方置我人？碍有固为主，趣空宁舍宾？洗心诣悬解，悟道正迷津。

诗中说，一旦滋生微小的尘念，便忽然感到人命短促如朝露；如果用这种世俗的观点看世界，就会觉得我、人难于容身。止于有（碍有止意）固然为"主"，趋向空岂能舍弃"宾"？这两句以宾主喻空有，意谓当非空非有、亦空亦有。接下"洗心"两句说，只是洗濯邪恶之

---

① 关于佛教哲学的核心思想为"空"，严北溟《中国佛教哲学简史》（上海人民出版社，1985，第224—232页）有论述，可参阅。

心并不能从生死中解脱出来，在"悟道"的过程中还正迷路呢。言外之意是说，必须了悟"空"理，才能得到解脱。又同诗第二首说：

> 浮空徒漫漫，泛有定悠悠。无乘及乘者，所谓智人舟。

浮空，浮泛于空域，指认为一切法虚无。泛有，指认为一切法实有。这两句说，浮泛于空、有之域，皆悠远无际，不能到达菩提涅槃的彼岸。其意盖谓，必非空非有，方能成就佛道。又如《荐福寺光师房花药诗序》说：

> 心舍于有无，眼界于色空，皆幻也，离亦幻也。至人者，不舍幻而过于色空有无之际。

"无"即"空"，"色"（有形的万物，眼所感觉认识的对象）相当于"有"。这段话大意是说，心舍（止）于有（否认诸法皆空），或舍于无（否认假有），眼限止于色，或限止于空，都不合于真实之理（皆幻），离于有（否认假有）或离于无（否认诸法皆空），也不合于真实之理。至人，不舍弃止于有、无而又超越于有、无。这也就是说，至人皆亦空亦有、非空非有。《西方变画赞》云：

> 稽首无边法性海，功德无量不思议，于已不色等无碍，不住有无亦不舍。我今深达真实空，知此色相体清净。

"不住有无亦不舍"，是说不凝住于有、无，亦不舍弃有、无，也就是非空非有、亦空亦有之意。"真实空"，指事物的真实相状为"空"，这一点是佛教的一套"空"理所着力要证明的。又《绣如意轮像赞》说：

色即是空非空有，是故以色像观音。

这两句意谓，一切色法都虚幻不实、非空非有。非空，谓色非虚无；非有，谓色非实有。正因为色非虚无，故以色（有形质之物）作如意轮观音之像。《大荐福寺大德道光禅师塔铭》云：

舍空不域，既动无眹；不观摄见，顺有离觉。

"舍空不域"，是说止于"空"又不为"空"所限（域，界，限止），即指认识到诸法虚而不实又不以为一切虚无。"顺有离觉"，是说遵循"有"（认为诸法实有），必定背离对佛教"真理"的觉悟。《能禅师碑》云：

无心舍有，何处依空？不着三界，徒劳八风。

"无心舍有"，即自然而然地舍弃"有"。"何处依空"，谓不依于"空"、不执着于"空"。此二句即"非有非空"之意。以上各例，都从"非空非有"的"中道"的角度来谈"空"理。

在王维有关佛教的诗文中，直接宣扬"色空"、"诸法皆空"之理的文字，就更多了。例如：

色空无得，不物物也。（《谒璇上人》）
五蕴本空，六尘非有，众生倒计，不知正受。（《能禅师碑》）
四生灭度，五阴虚空。（《大唐大安国寺故大德净觉禅师碑铭》）

五蕴，亦作"五阴"，即色蕴、受蕴、想蕴、行蕴、识蕴，总的指一切物质现象和精神现象。六尘，即色、声、香、味、触、法等六境。
作者在这里宣称：五蕴六境，皆虚幻不实。又如《饭覆釜山僧》说：
"一悟寂为乐，此生闲有余。思归何必深，身世犹空虚。"认为人的一
生及所处之世同于空虚。《赞佛文》："万法偕行，无行为满足之地。"
这是说万物不断生灭变化，但以"无行"为圆满具足之境。何谓
"无行"？《菩萨璎珞经》卷五云："诸法不生不灭，无过去、当来、
今现在，是谓无行。"这种"无行"，实际也就是"空"。《西方变画
赞》说："心王自在，万有皆如。""如"亦即"空"，《摩诃止观》
卷二："如，空之异名也。"《山中示弟》说："缘合妄相有，性空无
所亲。"佛教认为，因缘和合即生诸法，诸法各有其相状，所以说
"缘合""相"就存在；然佛教又认为，诸法本无实性，皆是虚妄，
故又有"妄相"之语。接下"性空"句说，诸法之体性虚幻不实，
对它们不能有所亲近。《为干和尚进注仁王经表》说："法无名相。"
指诸法皆空，名相（名词概念）不能反映法。再如：

　　　　若依佛慧，既洗涤于六尘；未舍法求，厌如幻于三有。（《西
　　方变画赞》）
　　　　眼界今无染，心空安可迷？（《青龙寺昙壁上人兄院集》）
　　　　无有一法真，无有一法垢。（《胡居士卧病遗米因赠》）

以上三例大意是说，六境犹如尘埃，能垢染人的情识（故又称"六
尘"）；如果皈依佛慧，了悟"空"理，即可涤去六境对人情识的垢
染，这样，心也就不会为眼前之境所迷惑，并进而厌恶起虚幻不实的
现实世界（三有即三界）。可见，佛教的"空"理，是引人脱离现实
和厌世的。
　　王维从佛教的义学中所接受的，最主要的就是以上所述的"空"
理。佛教各宗派讲"空"，虽然各有花样，不尽一致，但在宣扬现实

世界的虚幻不实这一点上，又没有区别。各派所采用的手法，也是共同的，皆"先分别诸法，后说毕竟空"（《大智度论》），即先把万事万物作一个详细的分类剖析，然后再加以否定，说它们都是虚幻不实的。有的研究者，在论述王维与禅宗（慧能的顿门）的关系时，曾将宣扬"空"理，当作王维"完全接受"禅宗教义的一个证据①。这种说法我以为是不很恰当的，因为大说"空"话，并不是禅宗的专利，而是佛教各宗派共有的特征。

佛教的"空"理，对王维的世界观及人生态度等方面，产生了哪些影响呢？

苑咸《酬王维》诗云："莲花梵字本从天，华省仙郎早悟禅。三点成伊犹有想，一观如幻自忘荃。为文已变当时体，入用还推间气贤。应同罗汉无名欲，故作冯唐老岁年。"这首诗说王维"早悟禅"，观察、悟解了诸法虚幻不实的义理，所以像罗汉一样没有"名欲"。佛教认为，由于世人坚执物质世界和"人我"的真实存在，因而就克服不了各种物质欲望和诱惑；如果认识到物质世界和"人我"虚幻不实，那么各种世俗的欲求也就自然可以断除了。用看"空"一切来克服追求名位利禄的欲望，这一点在王维的身上是有所表现的。如《与胡居士皆病寄此诗兼示学人二首》其一说：

> 因爱果生病，从贪始觉贫。色声非彼妄，浮幻即吾真。……
> 胡生但高枕，寂寞与谁邻？战胜不谋食，理齐甘负薪。

诗中说，由于爱恋自身才感到疾病，因为有贪欲才觉得贫穷。如果认识到虚幻不实是事物自身的真实性状，那么色声等六境便不会引人迷妄（使人产生爱欲、贪欲等），人们也就不会感到有贫病之苦了。最

---

① 陈允吉《论王维山水诗中的禅宗思想》（载《文艺论丛》第 10 辑）一文，就有类似说法。

后四句称赞胡居士能以佛道（指佛教的空理）战胜追求富贵的欲望，甘愿过穷困的隐居生活。又如：

> 爱染日已薄，禅寂日已固。（《偶然作六首》其三）
>
> 吾生好清静，蔬食去情尘。（《戏赠张五弟諲三首》其三）
>
> 散发时未簪，道书行尚把。与我同心人，乐道安贫者。（《过
> 李揖宅》）
>
> 独有仙郎心寂寞，却将宴坐（坐禅）为行乐。倘觅忘怀共往
> 来，幸沾同舍甘藜藿。（《同比部杨员外十五夜游有怀静者季》）

以上这些诗句，都自称能以佛理驱除世俗的欲求，做到"乐道安贫"。许多佛徒，"口虽言空，行在有中"，嘴里说"去欲"，内心却有无穷的欲望；但王维在这一方面，应该说还是比较真诚的。如天宝时，他虽一直做着官，却思慕隐逸，无心仕进，不愿走巴结权贵的道路。在生活上，他"食不荤，衣不文彩"，"丧妻不娶，孤居三十年"（《新唐书·王维传》），确乎有点"去欲"的味道。当然，王维毕竟是一个社会的现实的人，于世事不可能完全忘情，也并没有在自己身上去掉一切世俗的欲求（如未能像陶渊明那样洁身引退）。

佛教讲"空"，要人们看破红尘，脱离现实，这一点对王维是有影响的。《酌酒与裴迪》说：

> 酌酒与君君自宽，人情翻覆似波澜。白首相知犹按剑，朱门
> 先达笑弹冠。草色全经细雨湿，花枝欲动春风寒。世事浮云何足
> 问，不如高卧且加餐。

开头慨叹世态人情反复无常，不无刺时之意，但最后的结论却是"世事浮云何足问"。《酬张少府》云：

> 晚年惟好静，万事不关心。自顾无长策，空知返旧林。松风吹解带，山月照弹琴。君问穷通理，渔歌入浦深。

诗人以不与世事，过自由自在的隐逸生活，为自己的最大乐趣。

佛教的"空"理，还引导人们安于环境，与现实妥协，从幻想中寻找精神安慰，这一点对王维也发生了影响。《胡居士卧病遗米因赠》说："妄计苟不生，是身孰休咎？"认为如果世俗的认识和思想（"妄念"）不产生，此身也就无所谓休咎了。在作者看来，只要看"空"一切，即不存在什么休咎、宠辱之别。这也就是说，诸如凌辱、祸害、苦难等，都算不了什么，应该安然承受，用不着为了摆脱它们而去进行这样或那样的斗争。又《能禅师碑》说："离寂非动，乘化用常。"所谓"乘化"，指的即是应该顺应变化，安于环境。《与魏居士书》云：

> 孔宣父云："我则异于是，无可无不可。"可者适意，不可者不适意也。君子以布仁施义、活国济人为适意，纵其道不行，亦无意为不适意也。苟身心相离，理事俱如，则何往而不适？

这封书的主旨，在于劝魏出来做官。佛教讲出世，而此文却以谈佛理来劝魏入仕，可谓奇特极矣！文中所引孔子的话，见于《论语·微子》，意思是说，出仕与隐居，不一定可也不一定不可，一切随宜而行。如果做官能"布仁施义、活国济人"，就做官；如果"其道不行"，做官不能"布仁施义、活国济人"，就隐居。然王维的想法却异于是。"身心相离"，指身心与己相离，即忘泯我之身心之意。理，本体、本质；事，现象。如，空之异名。王维的意思是说，如能看"空"一切，则无论仕与隐，"道"行与不行，都不会感到不适意。作者在这里所宣扬的，实际上是一种随遇而安、与物无竞的思想。此书又说：

> 降及嵇康，亦云顿缨狂顾，逾思长林而忆丰草。顿缨狂顾，
> 岂与俛受维絷有异乎？长林丰草，岂与官署门阑有异乎？异见起
> 而正性隐，色事碍而慧用微，岂等同虚空，无所不遍，光明遍
> 照，知见独存之旨邪？

这段话的大意是说，从"诸法皆空"的观点看，"顿缨（指企图挣脱
羁绳）狂顾"与"俛（俯）受维絷（拴缚）"无异，"长林丰草"
与"官署门阑"无异，隐与仕无异；若以为有异，即是世俗的"异
见"，不符合"等同虚空"（一切事物和现象在空性上无差异）之旨。
从这种观念出发，会导致泯灭是非，走上随俗浮沉的道路。

　　置身于李林甫、杨国忠相继专权的官场，王维内心是有痛苦和隐
忧的。《赠从弟司库员外绿》说："既寡遂性欢，恐招负时累。"《林
园即事寄舍弟纮》说："心悲常欲绝，发乱不能整。"如何摆脱这种痛
苦？诗人乞灵于佛教的"空"理。《苦热》云："却顾身为患，始知
心未觉。忽入甘露门，宛然清凉乐。"这首诗说，反顾自身苦于酷热、
烦躁不安，才知道自己对佛道尚未觉悟；而心一旦领悟"空"理
（甘露门即进入涅槃之门，佛教以"悟空"为进入涅槃之门），便觉
宛然有清凉之乐。"空"理真有无穷妙用，竟然可以消除炎热！"一
生几许伤心事，不向空门何处销"，指的也是用佛教的"空"理，来
消除内心的痛苦。当然，这一消除痛苦的办法，实际上只是一种精神
上的自我安慰和麻醉而已。但是，佛教的"空"理，也确实使诗人从
幻想中找到一些安慰，从而得以摆脱苦闷，保持心境的宁静。这对于
他从容地投身到大自然的怀抱中去探寻美，不无帮助。

　　《秋夜独坐》说："欲知除老病，惟有学无生。"认为学佛（"无
生"意同涅槃）可除老病。《哭殷遥》说："人生能几何，毕竟归无

形。念君等为死，万事伤人情。……忆昔君在时，问我学无生，劝君苦不早，令君无所成。"也把学佛同养生、除病联系到一起。在王维看来，佛教的"空"理，可使人们除去世俗的欲望，摆脱各种烦恼和痛苦，得到心灵的平静，因而也就有助于养生，所以诗人在这里，便把学佛同养生联系到了一起。

三

除"空"理外，诗人还从佛教的义学中接受了一些什么东西呢？

首先，他接受了"真如缘起"思想。《赞佛文》说："窃以真如妙宰，具十方而无成；涅槃至功，满四生而不度。"真如是佛教所幻想的最高和永恒的精神实体，"真如缘起"思想主张真如是万有的本体、本原，世界上的一切都由它派生。作者这里称真如为高妙的主宰，说它无所不在（"具十方"），正反映了这种"真如缘起"的思想（所谓"无成"，盖就真如所显示的万有之空性而言）。《西方变画赞》说："法身无对，非东西也。"法身即真如的同义语。此言真如无双，遍布于一切事物，不存在是在东方或在西方的问题。《绣如意轮像赞》云："实无所住，常遍群生，不舍有为，悬超万行，法性如是，岂可说邪？"法性也即真如，这段话意谓，真如是万有的本质、本体和本原，它遍布于一切现象，又高于一切现象。《荐福寺光师房花药诗序》云："漆园傲吏，著书以稊稗为言；莲座大仙，说法开药草之品。道无不在，物何足忘？""道无不在"，语本《庄子·知北游》："东郭子问于庄子曰：'所谓道，恶乎在？'庄子曰：'无所不在。'"这里借用《庄子》的话，指真如无所不在。既然真如体现于一切物上，那么由任何物自然皆可证得真如，所以物也就不足忘了。又《西方变画赞》说："稽首十方大导师，能于一法见多法。"由于一一物无不皆具真如，所以由知一物自然也就可以见多物了。

上述这一"真如缘起"思想，是除三论宗、唯识宗之外的其他各个中国佛教的宗派所共有的（其中华严宗改"真如缘起"为"法界缘起"，叫法尽管不同，思想实质却完全一样）。由这一思想出发，将导致肯定现实世界的一切。因为既然世界上的一切都具有同一真如，那么它们之间也就没有多少差别了，不仅善人与恶人一样，好事与坏事也一样，这实际上等于肯定现实世界的一切，承认它们都是合理的。《与魏居士书》说：

> 古之高者曰许由，挂瓢于树，风吹瓢，恶而去之，闻尧让，临水而洗其耳。耳非驻声之地，声无染耳之迹，恶外者垢内，病物者自我，此尚不能至于旷士，岂入道者之门欤！

"恶外者垢内"，是说厌恶外物，反使自己内心受垢染。"病物者自我"，意谓把外物当作患害，全由自己造成。作者认为，许由的厌恶外物、弃绝人世，连"旷士"都说不上，岂能入释氏之门！这也就是说，厌恶外物、弃绝人世，并不符合佛教之旨。《维摩经·方便品》说："入诸淫舍，示欲之过；入诸酒肆，能立其志。"认为逛妓院、下酒馆，过世俗的生活，并不妨碍修道。《坛经》第十七节说："虽即见闻觉知，不染万境，而常自在。"主张外境外物，尽可见、闻、觉、知，无须弃绝；认为只要看"空"一切，不执着外物，便不会为万境所垢染。上述这些说法，都是要人们肯定现实，回到现实。对此，王维显然是赞成的，否则，他怎么会对许由的厌恶外物、弃绝人世表示不满呢？又他的所谓"道无不在，物何足忘"，也提出了无须忘弃外物的看法。王维的学佛而不出家，"隐居"而不辞官，以及流连于山水风景，与他从佛教的义学中所接受的上述这一思想，应该是有一定关系的。

又，"真如缘起"思想，还把此岸和彼岸、众生和佛陀之间的距离给大大缩短了。因为人与非人、一切万法既然都共同具有真如本体，那么此岸和彼岸、众生和佛陀之间自然也就没有不可逾越的鸿沟了。由"真如缘起"论必然引出"一切众生皆有佛性"、一切众生都能成佛的佛性论。这一思想也是除三论宗、唯识宗之外的其他各佛教宗派所共有的。虽然王维的诗文中未曾出现过"佛性"一词，但有迹象表明，他也是具有佛性论思想的。《给事中窦绍为亡弟故驸马都尉于孝义寺浮图画西方阿弥陀变赞》说："傍熏获悟，自性当成。"自性，即众生自身固有的真如佛性。依照佛性论的观点，众生先天都具有真如佛性，然为世俗的"妄念"所隐覆，未能显现；若能排除"妄念"，获得佛教悟解，则自性可成。所以由以上这两句话即可看出，王维是一个佛性论者。

王维还从佛教的义学中，接受了到处有净土的思想。大乘佛教称佛所居住的世界为净土。唐初，善导创立净土宗，他以《阿弥陀经》《无量寿经》《观无量寿经》为主要依据，提出了一心专念阿弥陀佛名号、死后即可往生西方净土（极乐世界）的教义。这个宗派，凭借它所倡导的成佛法的简易快速，在当时的社会（特别是下层社会）中得到了广泛的传播。王维集中，有《西方变画赞》《给事中窦绍……画西方阿弥陀变赞》二文，文中所称"西方净土变"、"西方阿弥陀变"，都是为了使亡灵得以往生阿弥陀佛的西方极乐世界而画的。由此也可以看到净土宗在当时广泛传播的一些情况。但是，王维实际上并不信仰净土教义，《给事中窦绍……画西方阿弥陀变赞》说：

得无法者，即六尘为净域；系有相者，凭十念以往生。

"系有相"二句是说，为世俗的有相认识（佛教称凡可见知的事物为有相，不以有相为虚妄，即是世俗的有相认识）所束缚的人，凭临终时念十声阿弥陀佛（《释氏要览》卷下曰："称十念者，即是念十声

阿弥陀佛。"）而往生西方净土。这讲的正是净土宗的教义。无法，
即法无我、法空。"得无法"二句是说，认识到世间一切事物皆虚幻
不实的人，无意脱离世间去追求超世间的净土（"就世间为净土"）。
这种说法，见于大乘佛教的某些教义中，如《维摩经·佛国品》说：
"若菩萨欲得净土，当净其心，随其心净，则佛土净。"意谓只要内心
觉悟，所居之地即是净土，不必到世间之外去另建净土。禅宗南宗也
很强调这一点，《坛经》第三十五节云："迷人念佛生彼（指西方净
土），悟者自净其心。所以佛言：'随其心净，则佛土净。'……迷人
愿生东方、西方者，所在处，并皆一种。心但无不净，西方去此不
远；心起不净之心，念佛往生难到。……但行直心，到如弹指。……
若悟无生顿法，见西方只在刹那；不悟顿教大乘，念佛往生路遥，如
何得达？……佛是自性作，莫向身求。自性迷，佛即众生；自性悟，
众生即是佛。……内外明彻，不异西方。"又《西方变画赞》说：
"净土无所，离空有也。"无所，无处，无一定之地。这两句是说，净
土没有固定处所，只要了悟非空非有之理，所居即为净土。《酬黎居
士淅川作》云：

> 侬家真个去，公定随侬否？着处是莲花，无心变杨柳。松龛
> 藏药裹，石唇安茶臼。气味当共知，那能不携手？

着处，犹"在处"。莲花，指净土。佛书亦称阿弥陀佛之西方净土为
莲邦或莲刹（据说彼土之人皆以莲花为栖托之所），另毗卢遮那佛之
净土莲花藏世界，又称为莲华国，所以这里以莲花指净土。王维《青
龙寺昙壁上人兄院集》："得世界于莲花，记文章于贝叶。"《赞佛
文》："包莲花而为界，又用庄严。"义皆同此。"着处"句是说，出
家之后，所在之处就是净土，不赞成脱离世间去另建净土。变杨柳，
用《庄子·至乐》之意，指生老病死的变化；"无心"句是说，对于

生老病死的变化则顺其自然，这是《庄子》的思想，与佛教所说的"随缘任运"，也相通。《愚公谷三首》其三云："借问愚公谷，与君聊一寻。不寻翻到谷，此谷不离心。"古典诗文中，每以"愚公谷"指隐者所居之地。作者在这里说，只要心"愚"，所居之地即是"愚谷"，不必又去找寻什么"愚谷"。这是"随其心净，则佛土净"的另一翻版。以上所述王维关于净土之思想的实质，也是要人们肯定现实、回到现实。

综上所述，王维从佛教的义学中真正接受的，主要是"空"理、真如缘起论和佛性论，以及到处有净土的思想。

下面，探讨一下王维的佛学思想与各佛教宗派的关系问题。有一种流行的说法认为，王维的佛学思想主要来自禅宗（南宗顿门）。在讨论这一问题之前，应当首先破除以下几种观点：

（1）将王维结交的南宗禅僧"扩大化"（把与王维有过交往的一些本来不属于南宗的僧人说成是南宗僧人），并由此推出他在思想上受到南宗很大影响的结论。然而实际上，同王维有过往来的许多僧人中，真正属于南宗者，仅有神会、瑗公二人。这个问题，笔者在《王维与僧人的交往》一文中已经谈过，此不赘述。

（2）把《能禅师碑》中所介绍的南宗创始人慧能的思想同王维自己的思想混为一谈。这篇碑文是王维应慧能弟子神会之托而撰写的，尽管文中有许多对慧能的推崇褒美之语，终究不应将碑中所述慧能的思想等同于王维自己的思想。唐代统治者对于各宗僧侣，总的说来是一律加以尊崇的。王维对各宗高僧的态度，也是如此。他在为北宗僧人净觉、华严宗僧人道光撰写的碑铭中，对他们同样有许多推崇褒美的话。又据《宋高僧传》卷十七载，王维对北宗高僧元崇，也大加赞美。然而，推崇褒美某一高僧，并不等于作者就完全赞成和接受其思想。

（3）把慧能的主张经过数传之后出现的一些东西，如所谓"机锋""棒喝"等，同王维的思想和创作联系起来。我们知道，王维卒于上元二年（761），长期生活于北方，他所接触的，主要是慧能及其嫡传弟子神会的思想①，因此，不宜于把异于以慧能为代表的初期禅宗的某些东西，同王维的思想和创作联系到一块。

弄清以上三点，现在就可以讨论正题了。前面谈过，王维从佛教的义学中所接受的，主要是"空"理、真如缘起论和佛性论，以及到处有净土的思想。这些思想，虽然在慧能那里全可以找到，但又都不是慧能自己所独有的。王维曾广读各种佛教经论，广泛结交各宗僧侣，所以不好贸然断定，他的这些佛学思想，都来自南宗。有的研究者说，王维曾从南宗那里，接受了"随缘任运"的人生哲学。实际上，"随缘任运"是由"空"理引出的，并不是南宗独有的东西。如《续高僧传》卷十六《菩提达摩传》载达摩认为："随缘行者，众生无我，苦乐随缘，纵得荣誉等事，宿因所构，今方得之，缘尽还无，何喜之有！得失随缘，心无增减。"这是说，对于苦乐、得失等，纯以"无我"（一切虚幻不实）的看法处理，并不计较，一切顺其自然，随遇而安。由这些话可以看出，"随缘"是建立在"无我"的思想基础之上的。南宗创始人慧能独有的思想，主要是提倡"直指人心"、"见性成佛"。即主张人人心中，本来皆自具有真如佛性，只要自见本性，顿时即可成佛。他把众生与佛陀之间的距离，缩短到了刹那之间。对这种思想，王维除在《能禅师碑》中谈到外，其他地方均未提及②。所以，他是否接受慧能的这种思想，值得怀疑。又，王维晚年，热衷于搞布施、诵经、坐禅等宗教实践，这与南宗的提倡不布施、不诵经、不坐禅，也颇不相同。综上所述，王维无疑受到过禅宗

①　神会的思想，总的说来，是出于慧能，同他接近的。说见吕澂《中国佛学源流略讲》，中华书局，1979，第226—233页。

②　王维在《大荐福寺大德道光禅师塔铭》中所说的"顿教"，与南宗的所谓"顿悟"，并不完全一样，说见《王维与僧人的交往》一文。

南宗的较多影响，但又不能把他看成是一个南宗的信徒。他对于当时佛教各宗的思想，总的说来，是广泛汲取、兼收并蓄的。

王维大抵是从自己的"需要"出发，来汲取佛学思想的。他对奸臣专权的黑暗政治感到不满，不愿同流合污，但又具有封建阶级知识分子的软弱性，不敢与邪恶势力斗争，于是产生逃避现实的想法，企图走隐遁的道路。然而，他又不能下决心过清贫的生活，和统治集团决绝，结果不能不走上一条随俗浮沉、同现实妥协的道路。但是这样做，他内心又是存在矛盾和感到痛苦的。正是上述这一切，使诗人转向佛学。一方面，他想从它那里为自己的思想行为寻找理论根据；另一方面，又企图从佛学中获得精神上的安慰。诗人所接受的"空"理等思想，正好适应了以上这两个方面的"需要"。逃避现实，使诗人转向佛学，而接受佛学的影响，又导致他进一步走上逃避现实的道路，两者互为因果。

"三教"融合和王维的思想

  唐王朝的统治者，为了更好地维护他们的统治，对于儒、释、道"三教"，都加以利用。这种"三教"并用的政策，使儒、释、道之间，形成了既相互斗争又相互融合的关系。释、道两教，为了争夺宗教地位（实质是争夺信徒，争夺经济利益），长期处于冲突的状态；儒、释之间，也常常在对待纲常名教的态度问题上，发生冲突；由于道教是中国土生土长的宗教，在它的开创时期，即已吸收了不少儒家的伦理观念，由此儒、道之间矛盾较少，往往站到一起，共同反对佛教。但是，由于儒、佛、道三家，都是为同一统治阶级服务的，都是维护封建统治所需要的，所以它们之间的斗争，又不是不可调和的。在唐代，"三教"调和的思想和融合的趋势，日益加强。这种现象，对于当时知识分子的思想，发生了深刻的影响。例如诗人王维，不仅深受儒、佛学的影响，思想中还融进了不少道教的东西。唐耿沣《题清源寺》说："儒墨兼宗道，云泉隐旧庐。孟城今寂寞，辋水自纡余。内学销多累，西林易故居。"（诗题下原注："即王右丞故宅。"）指出了王维兼受儒、释、道"三教"的影响。关于王维的思想与佛教的关系，《论王维的佛学信仰》一文已作了论述，这里就不准备多谈了。下面，拟就儒、道对王维的影响以及"三教"融合在他身上的反映问题，作一些初步的探索。

一

儒家的纲常伦理，是维护封建秩序所不可或缺的，因此历代的皇帝，无不尊儒。唐代的最高统治者也是如此。但是，在王维生活的时代，由于统治者并用"三教"，扶植释、道，儒学的地位实际上有所下降。关于"三教"的先后，武德八年（625），唐高祖下诏说："今可老先，次孔，末后释宗。"后武则天利用佛教夺取唐室宝座和进行统治，改变了过去"道先、释末"的政策，于是佛教在"三教"中上升为首位。直到唐玄宗即位以后，才又恢复了唐初的"三教"座次。关于唐代儒学的兴衰，礼部侍郎杨绾在广德元年（763）的上疏中说："近炀帝始置进士之科，当时犹试策而已。至高宗朝，刘思立为考功员外郎，又奏进士加杂文，明经加帖经，从此积弊浸而成俗。幼能就学，皆诵当代之诗，长而博文，不越诸家之集，递相党与，用致虚声，六经则未尝开卷，三史则皆同挂壁，况复征以孔孟之道，责其君子之儒者哉！"（《条奏贡举疏》，《全唐文》卷三三一）认为由于科举考试的弊病，造成了儒学不为世人所重的局面。贾至在《议杨绾条奏贡举疏》（《全唐文》卷三六八）中也说，由取士试以诗赋、帖经之失，导致儒学下衰；因儒学下衰，"致使禄山一呼而四海震荡，思明再乱而十年不复"。作者认为，如果儒学受到应有的尊崇，那么安史之乱也就不会发生了："向使礼让之道宏，仁义之风著，则忠臣孝子，比屋可封，逆节不得而萌也，人心不得而摇也。"杨绾、贾至的上述看法是否正确，姑存不论；他们都指出当时的儒学出现了衰落的趋势，却值得注意。

　　唐初，太宗令颜师古撰《五经定本》，令孔颖达撰《五经正义》，由朝廷颁行，令学者肄习。自此，东汉以来纷纭矛盾的各家师说一扫而空，经书从文字到解释都得到了统一。由于《正义》《定本》是奉敕撰修的官书，诸儒不敢违反，所以自二书颁行之后，传统的以辨析诸经的文字音义、章节句读为主要内容的经学，也就自然衰落了。初、盛唐时代的儒者，多不为章句之学，而主张通大义，达时变，掌握经典的内在精神，用以治理国家。如刘宪《上东宫劝学启》说："殿下居副君之位，有绝世之才，岂假寻章摘句哉？盖应略知大义而已。"（《全唐文》卷二三四）崔祐甫《故常州刺史独孤公神道碑铭》称独孤及"遍览五经，观其大义，不为章句学"（《全唐文》卷四〇九）。又姚崇《答捕蝗奏》说："庸儒执文，不识通变，凡事有违经而合道者，亦有反道而适权者。"（《全唐文》卷二〇六）反对拘执经文，不知通变。李华《质文论》说："愚以为将求致理，始于学习经史。"又说经典之言未必尽善，应考求其"简易中于人心者以行之"（《全唐文》卷三一七）。要求通经致治，但不赞成死守经典教条。以上所述，可说是唐代儒学出现的新风气。

　　盛唐时代的儒学，又出现与佛教汇流的趋势。佛教本是外来宗教，它的理论、教义，有不少地方与儒家思想相抵触。其中最突出的一个矛盾是忠孝问题。儒家讲在家当孝子，出仕为忠臣，视忠孝为立身之本、伦理纲常的核心；而按照佛教的一套因果轮回、出世解脱的理论，沙门则根本用不着讲孝道、敬王者。对于佛教的这种说法，封建统治者自然不能接受。但是，由于佛教的因果轮回等理论，对于劳动群众，有非儒学所可比拟的更大的欺骗、麻醉作用，所以统治者对于佛教，又始终舍不得丢弃。唐李节《饯潭州疏言禅师诣太原求藏经诗序》说："夫俗既病矣，人既愁矣，不有释氏使安其分，勇者将奋而思斗，知者将静而思谋，则阡陌之人，皆纷纷而群起矣。"（《全唐文》卷七八八）指出佛教可使被压迫阶级安守本分，不起反抗之念。

就这一点看来，佛教从本质上说，是儒家维护名教纲常的同盟军。所以，儒释之间虽有矛盾，却并不是不可调和的。正因为这一原因，许多儒门之士，同时又归心佛法。如李华、独孤及，都是一方面推重儒学，另一方面又信奉佛教的。从佛教方面看，则有一些和尚出来修改教义，提倡忠孝。如李华《扬州龙兴寺经律院和尚碑》称高僧怀仁，"与人子言，依于孝；与人臣言，依于忠；与上人言，依于敬。佛教儒行，合而为一"（《全唐文》卷三二〇）。这样，儒释也就逐渐合流了。

唐代士人的出路，主要靠进士、明经两途。明经专习儒经，进士也必须习儒经，所以凡有意于"选官"的士人，无不倾心儒门，而一般士大夫的思想，也大抵都受到儒学的深刻影响。他们有所议论，总不敢过多违背儒学。王维开元九年举进士，走的是一条由进士科入仕的道路，他所受到的儒学的影响，总的说来也是比较深的。《献始兴公》说：

> 宁栖野树林，宁饮涧水流；不用坐梁肉，崎岖见王侯。鄙哉匹夫节，布褐将白头！任智诚则短，守仁固其优。侧闻大君子，安问党与仇？所不卖公器，动为苍生谋。贱子跪自陈，可为帐下不？感激有公议，曲私非所求！

开元二十二年（734），张九龄为中书令，王维献《上张令公》诗求九龄汲引。二十三年，张九龄擢王维为右拾遗，王维又献上述这首诗给九龄。诗中首先自我表白，说自己是有气节的，不愿为获取富贵而干谒王侯；苟不得其人，自己宁可栖隐山林，布褐白头！其次对自己的优点和缺点作了自剖。接着说，张九龄用人公正无私，不问是同党还是仇人，唯贤是举。又说他视官爵为公有之物，不随意假人，选拔官吏，能为苍生着想。这些话，实际上点出了作者之所以干谒九龄的原因。最后表示，任用自己，如出于"公议"，将使自己感动奋发；如有所偏私，则不是自己所希望的。

诗中对九龄的褒美，并非一味阿谀。据史传记载，九龄早在开元初为左拾遗时，就曾向宰相姚崇进言，"劝其远谄躁，进纯厚"，认为"任人当才，为政大体，与之共理，无出此途"（《通鉴》卷二一〇）。又曾上书天子，指出"甿庶"为"国家之本"，因此对于直接治民的州县官吏的选用，当政者必须十分注意，"以贤而授"。他反对"用牧守之任，为斥逐之地"的习惯做法，反对任人方面的朋党阿私，反对"求精于案牍，而忽于人才"，反对选吏"以一诗一判，定其是非"（《新唐书·张九龄传》）。开元十三年，玄宗封泰山，宰相张说"自定侍从升中之官，多引两省录事主书及己之所亲摄官而上，遂加特进阶，超授五品"，张九龄曾向他提出忠告，说："官爵者，天下之公器，德望为先，劳旧次焉。若颠倒衣裳，则讥谤起矣。"（《旧唐书·张九龄传》）九龄执政后，一直坚持这一官爵为"公器"，不可以随便假人的原则，曾竭力反对玄宗拜张守珪、李林甫为相，加给牛仙客尚书职（见《通鉴》卷二一四）。以上事实，同王维在诗中所说的话是完全相合的。由诗人对张九龄的由衷赞美，可以悟出两人政治主张的一致。

张九龄的上述主张，同儒家的"用贤"思想是有继承关系的。《论语·子路》："仲弓……问政，子曰：'先有司，赦小过，举贤才。'"《左传》昭公二十八年："仲尼闻魏子之举也，以为义，曰：'近不失亲，远不失举（即不避亲疏，唯贤是举之意），可谓义矣。'"又《孟子·公孙丑上》说："尊贤使能，俊杰在位，则天下之士皆悦，而愿立于其朝矣。"《告子下》云："不用贤则亡。"所以由这首诗即可看出，王维受到过儒家思想的影响。又诗中作者自称能"守仁"，同样可说明这一问题。

儒家讲修身、齐家、治国、平天下，对于社会、人生取积极的态度。王维早期，虽在仕进的道路上屡遭挫折，滋生了隐遁思想，但由张九龄执政后，他献诗求九龄汲引，和得到九龄的擢拔后，他精神振奋，热切希望能够实现自己的政治抱负的情况来看，儒家的积极用世精神，在他早期的思想之中，是一直起着重要的作用的。

用儒家的"举贤才"思想来审视现实，诗人发现了许多不合理现象。《济上四贤咏三首·郑霍二山人》说：

> 翩翩繁华子，多出金张门。幸有先人业，早蒙明主恩。童年且未学，肉食骛华轩。岂乏中林士，无人献至尊。郑公老泉石，霍子安丘樊。卖药不二价，著书盈万言。息阴无恶木，饮水必清源。吾贱不及议，斯人竟谁论！

诗中指出，郑公、霍子是有品德、才能的贤者，只因出身低贱，即被统治者遗弃；相反那些贵胄子弟不学无术，却早登高位，享受着荣华富贵。《偶然作》其五云：

> 赵女弹箜篌，复能邯郸舞。夫婿轻薄儿，斗鸡事齐主。黄金买歌笑，用钱不复数。许史相经过，高门盈四牡。客舍有儒生，昂藏出邹鲁。读书三十年，腰下无尺组。被服圣人教，一生自穷苦。

饱学的儒生得不到一官半职，"斗鸡"的"轻薄儿"却飞黄腾达，这又是多么不公平！《寓言二首》其一写道：

> 朱绂谁家子？无乃金张孙。骊驹从白马，出入铜龙门。问尔何功德，多承明主恩？斗鸡平乐馆，射雉上林园。曲陌车骑盛，高堂珠翠繁。奈何轩冕贵，不与布衣言！

指出贵族子弟有什么"功德"可言，全凭封建关系而占据显位。这同"以贤而授"的原则是完全相反的。诗人能够看到上述不合理现象并予以揭露，说明他当时对现实是关心的。

儒家讲"仁政"、"德治"，反对过分剥削，这种思想对王维也有影响。如王维主张"薄赋省役"（《奉和圣制圣札赐宰臣连珠词五首应制》），这与孔子所说的"节用而爱人，使民以时"、孟子所说的"薄税敛"没有什么不同。又《赠刘蓝田》说："篱中犬迎吠，出屋候柴扉。岁晏输井税，山村人夜归。晚田始家食，余布成我衣。讵肯无公事，烦君问是非。"指出山村百姓赋税负担过重，希望刘姓蓝田县令能过问一下此事，反映了作者的"薄赋"愿望。《赠房卢氏琯》说："达人无不可，忘己爱苍生。岂复小千室？弦歌在两楹。浮人日已归，但坐事农耕。桑榆郁相望，邑里多鸡鸣。"从儒家"仁政"的角度，颂扬了房琯治卢氏的政绩。又，从王维在《裴仆射济州遗爱碑》中对裴耀卿于黄河决溢时亲率吏民修堤防之举的褒扬，在《京兆尹张公德政碑》中对张去奢在京兆大饥之后行"慈惠之政"使"人（民）得以赡"一事的赞颂，都可以看出诗人对于"仁政"的向往。

名教纲常思想，是汉以后儒家全部学说的中心。对于这一套东西，王维一向是努力尊奉，不敢须臾违背的。如他恪守"君臣大义"，多有歌颂天子、表达忠心之作：

欲笑周文歌宴镐，遥轻汉武乐横汾。岂如玉殿生三秀，讵有铜池出五云。陌上尧樽倾北斗，楼前舜乐动南薰。共欢天意同人意，万岁千秋奉圣君。（《大同殿生玉芝龙池上有庆云百官共睹圣恩便赐宴乐敢书即事》）

何幸含香奉至尊，多惭未报主人恩。草木岂能酬雨露，荣枯安敢问乾坤？（《重酬苑郎中》）

日比皇明犹自暗，天齐圣寿未云多。（《既蒙宥罪旋复拜官伏

感圣恩窃书鄙意兼奉简新除使君等诸公》）

王维曾被迫为安禄山给事中，对于此事，他内心甚觉愧疚，《谢除太子中允表》说："臣闻食君之禄，死君之难。当逆胡干纪，上皇出宫，臣进不得从行，退不能自杀，情虽可察，罪不容诛。……跼天内省，无地自容。"在这种愧疚的心情之中，潜藏着忠君的自我要求。对于王维的被迫接受伪职，杜甫说：

> 中允声名久，如今契阔深。共传收庾信，不比得陈琳。一病缘明主，三年独此心。穷愁应有作，试诵《白头吟》。（《奉赠王中允维》）

仇兆鳌注云："共传二句，辩陷贼之事。一病二句，原戴主之心。皆申明契阔（困苦）也。……维初系洛阳，而肃宗复用，与庾信之奔窜江陵，元帝收用者相似。维作凝碧诗，能不忘故主，与陈琳之为绍草檄，后事魏武者不同。一病，指诈瘖事。三年，自天宝末至乾元初也。《杜臆》：此诗直是王维辩冤疏。"可见杜甫对于王维的陷贼和接受伪职，是取谅解和同情态度的。储嗣宗《过王右丞书堂二首》其二："感深苏属国，千载五言诗。"自注："右丞昔陷贼庭，故有此句。"谓王维经患难，诗有苏武的"感深"。对其陷贼，亦无贬辞。宋朱熹对此事的看法，则大异于唐人：

> 维以诗名开元间，遭禄山乱，陷贼中，不能死，事平，复幸不诛。其人既不足言，词虽清雅，亦萎弱少气骨，独此篇与《望终南》《迎送神》为胜云。（《楚辞后语》卷四王维《山中人》题解）

朱熹从王维的陷贼"不能死"，推出了其人"不足言"的结论；又由王维的"不足言",进而贬低和否定其诗作。理学家的偏颇,于此可见一斑。朱熹同唐人的这种看法上的差异,不无时代方面的原因。汉董仲舒提出"三纲"的道德观,视君臣之间的关系为绝对统治和服从的关系,并认为这完全是出于天的意志。宋程颢、程颐、朱熹等理学家继承其说,把"三纲"说成是万古长存、绝对不可违背的"天理"。用这一观点来衡量王维陷贼"不能死"的行为,朱熹自然认为是悖逆不道、理当诛罚的。而在唐代,人们却还没有把"君臣大义"绝对化,看得像宋人那样重。如李华《中书政事堂记》说:"政事堂者,君不可以枉道于天,反道于地,覆道于社稷,无道于黎元,此堂得以议之。"(《全唐文》卷三一六)认为对君主的错误,臣子可以议论。上述这种情况的出现,同唐代佛、道的兴行和儒学的下衰,不无关系。因为佛教宣扬出世离俗,有"无父无君"的教义;道教虽然吸收了不少儒家的伦理观念,但毕竟讲"服食登仙",而仙家,自然非君主所得而臣,所以,对于"君臣大义",也不甚讲求。又,上述情况的出现,同唐代的政治环境比较宽松,也有一定的关系。宋洪迈《容斋续笔》卷二"唐诗无讳避"条云:"唐人歌诗,其于先世及当时事,直辞咏寄,略无避隐。至宫禁嬖昵,非外间所应知者,皆反复极言,而上之人亦不以为罪。……今之诗人不敢尔也。"指出由于"上之人""不以为罪",即政治环境比较宽松,君主专制的淫威不像有些朝代那样酷烈,所以人们作诗无所避忌,敢于批评时政和君主的缺失。这话有一定道理。即如性格软弱的王维,对天子也有微讽之词。《早朝》云:"方朔金门侍,班姬玉辇迎。仍闻遣方士,东海访蓬瀛。"胡震亨《唐音癸签》卷十一评此诗说:"明以秦皇、汉武讥其君矣。"

对于儒家大肆鼓吹的孝道,王维也身体力行。《旧唐书·王维传》说:"事母崔氏以孝闻。……居母丧,柴毁骨立,殆不胜丧。"《新唐书·王维传》也说:"与弟缙齐名,资孝友。……母丧,毁几不生。"

他还写过一些文章宣扬孝道。不过，由于受到佛教的影响，他对儒家所说的"不孝有三，无后为大"（《孟子·离娄上》），并不遵行，《旧唐书·王维传》云："妻亡不再娶，三十年孤居一室，屏绝尘累。"终于导致绝嗣，《责躬荐弟表》说："臣又逼近悬车，朝暮入地，阒然孤独，迥无子孙。"

儒家主张对百姓进行"教化"，《论语·为政》说："道之以政，齐之以刑，民免而无耻；道之以德，齐之以礼，有耻且格。"认为光用行政命令、杀戮刑罚，无法消除百姓的反抗；只有同时对百姓进行道德礼教的灌输，使他们具有羞耻之心，才能防止犯上作乱。对这种观点，王维很乐于接受。《魏郡太守河北采访处置使上党苗公德政碑》说："凡邦伯到官，诏使按部，或闭阁思政，或下车作威……公异于是，可略而言。……安全长吏，不逐老臣，成就诸生，先教小吏，导德齐礼，有耻且格，故鄙其作威也。"即赞扬苗公治郡，能实行"教化"。又，佛教的一套理论，也具有使百姓不起反抗之念的"教化"作用，对于这一点，王维是明了的。《能禅师碑》说："永惟浮图之法，实助皇王之化。"他之所以既学儒又学佛，与懂得这一点不无关系。

当然，光靠"教化"也无法维护统治，所以儒家又主张刑德并用、宽猛相济。《左传》昭公二十年："仲尼曰：'……宽以济猛，猛以济宽，政是以和。'"王维完全接受这种观点，《裴仆射济州遗爱碑》说："夫为政以德，必世而后仁；齐人以刑，苟免而无耻。则刑禁者难久，百年安可胜残？德化者效迟，三载如何考绩？刑以佐德，猛以济宽，期月政成，成而不朽者，惟公能之。"当然，王维所说的"猛"，不仅指镇压人民的反抗，也包含有打击"犯命干纪"的"五陵之豪"、"黠吏恶少"的内容（参见《送郑五赴任新都序》）。

综观王维的一生，大抵可以说，他在开元二十五年张九龄出为荆州长史以前，接受了儒家的"举贤才"、积极用世、仁政等思想的较多影响；而张谪荆州之后，他则越来越深地信仰佛教。至于儒家的忠孝思想，则不论是在张遭贬以前还是以后，诗人都是一直尊奉的。

二

唐代道教兴盛。其主要表现是：道教的社会地位显著提高，道士的数量大增，道观遍布全国各地，据杜光庭在中和四年（884）的记载，唐代从开国以来，"所造宫观约一千九百余，所度道士计一万五千余人，其亲王贵主及公卿士庶或舍宅舍庄为观，并不在其数"（《历代崇道记》）；又道书的造作日多，隋时仅一千二百余卷，至唐玄宗开元中，已达三千七百卷（或曰五千七百卷），而到代宗大历中，又及七千卷①；另道教的理论也不断得到深化和发展，著名的道教学者相继出现。以上这些情况的发生，与唐代统治者对道教的大力扶植是有密切关系的。

唐最高统治者扶植道教，主要采取以下一些措施：第一，抬高其地位，唐初及玄宗时，皆诏定道居"三教"之先；第二，神化道教教主老子，追尊其为玄元皇帝，令诸州普遍设立玄元皇帝庙，并一再制造玄元皇帝托梦、显灵的神话，掀起崇拜狂热；第三，优宠道士，亲自召见，拜官赐物；第四，令王公百僚皆习《老子》，并规定为试士的内容，开元末，又立崇玄学，置玄学博士，招收生徒，令习《老子》《庄子》《列子》《文子》四经，每年依明经例考试；第五，命大量收集、整理、传写道经，广其流布；等等。

李唐天子之所以扶植道教，一方面，是为了"自高门第"，神化王朝的统治。我们知道，唐天子所姓的李，虽为关陇贵姓，却远不能和山东士族比高低，于是便利用道教教主也姓李，宣称自己是李老君

---

① 参见卿希泰《中国道教思想史纲》第2卷，四川人民出版社，1985，第442页。

的后裔。这样，既提高了自己的门第，又可以借助神权来巩固皇权。另一方面，也是由于受到道教的炼丹、合药之术的迷惑，希图长生。同时，还想利用道教的宗教说教来麻痹民众，维护封建统治。

道教大谈神仙长生方术，同道家是有区别的。但是，由于道教尊老子为教主，庄子为真人，把老、庄之书当作经典，并吸收道家思想以建立自己的理论，所以又不能把这二者完全分开。唐时，随着道教的流行，道家思想也得到了广泛的传播。

初、盛唐时代的道教，虽与佛教不断发生冲突，但彼此之间也存在着融合的趋势。每个宗教都具有排他性，都有独吞利益的愿望，佛、道之间的冲突，即因此而起。然而在骨子里，两教又具有一些可以互相调和的基本观点。例如，佛讲"空"，道说"无"，中国早期的佛经，即以"无"译"空"，说明这两者之间，不独名词概念在形式上的偶合而已；又两教皆引人出世，且都有要人们安于环境、与现实妥协的思想；在超世的向往上，佛有极乐世界，道有神仙洞府，二者形式虽异，本质实同；再如禅定（佛）与静坐（道）的修持方法，也相接近。佛、道之间融合的趋势，不始于唐代。道教原本理论底子较薄，在其发展过程中，经常汲取佛教的学说以充实自己。在初、盛唐时代，道教的理论有了进一步的发展，当时的一些著名的道教思想家，如成玄英、王玄览、司马承祯、吴筠等，用以充实和发展道教理论的主要方法之一，就是援释入道。另一方面，当时的一些佛教僧侣，也有援道入释者。例如天台宗的湛然禅师，在其所著《止观辅行传弘诀》卷十中，即引入了道教的服药成仙思想。

儒、道之间本来矛盾较少，这个时期又出现了进一步融合的趋势。如在崇道之风的影响下，儒士学道者日众，尤其是对于老、庄之书，尊崇、诵习的儒者更不乏人。又成玄英、王玄览等道教思想家，也进一步融儒入道，用汲取儒家思想的方法，来发展道教理论。

总之，唐代特别是唐玄宗之时，道教兴盛，社会上弥漫着一股浓厚的崇道之风。王维生活在这样的一个时代，思想上自然不可能不受到道教的一定影响。前面提到，唐统治者曾一再制造玄元皇帝托梦、显灵的神话，如开元二十九年，玄宗自称梦中见到玄元，告诉他说："吾有像在京城西南百余里，汝遣人求之，吾当与汝兴庆宫相见。"玄宗派人去找，果然"得之于盩厔楼观山间"（《通鉴》卷二一四）；天宝四载，玄宗又编造谎言说："朕比以甲子日，于宫中为坛，为百姓祈福，朕自草黄素置案上，俄飞升天，闻空中语云：'圣寿延长。'又朕于嵩山炼药成，亦置坛上，及夜，左右欲收之，又闻空中语云：'药未须收，此自守护。'达曙乃收之。"（《通鉴》卷二一五）"上之所好，下必有甚者"，在玄宗的亲自示范下，自王公大臣至于士庶，纷纷出来编造这类神话，于是荒诞迂怪之谈充斥朝野。对这类神话，王维虽不曾参与制造，却也"信而惑之"，成了它的一个不大不小的鼓吹者。例如，天宝八载，上党郡（潞州）奏称，该郡紫极宫（玄元皇帝庙）中的玄元皇帝玉石雕像及玄宗玉石圣容，忽于三元斋日之夜，齐放光明，"非常照耀"，如同白昼，"久之方散"；王维于是撰《贺玄元皇帝见真容表》，以示庆贺，表中说："臣闻仙祖行化，真气临关；圣人降生，祥光满室，固知仙圣必有景光。……琪树韬华，瑶池夺映。实由陛下弘敷本际，大启玄宗，明君润色于真源，圣祖和光于帝载。表文明之在御，六合以清；知临照之无疆，亿载多庆。"对好事之徒虚造的祥瑞，大加歌颂，认为它是玄宗崇道之应，天下清平之征。又如天宝九载，"绛郡太平县百姓王英杞状称：去载七月，于万春乡界，频见圣祖（玄元皇帝）空中有言曰：我以神兵助取石堡城。……今载正月，又于旧处再见，云：我昔于梓州威洞造一龛尊像……可报吾孙，令人往取。"据说玄宗遣人依其言寻觅，果得一石龛，"中有尊像一，左右真人六"。对这一凭空捏造的神话，王维又作贺表大加渲染："伏惟开元天地大宝圣文神武应道皇帝陛下，以道理国，以奇用兵，先天而法自然，终日不离辎重，故得仙居九霄之上，屡降中州；圣祖在千古之前，还临后叶。……仍敕神兵，以助王旅，天丁力士，潜结鹳鹅；星剑云旗，暗充貔虎。遂歼逆命之虏，果屠难拔之城。加以言必有征，德无不报，指尊像之所在，为宝祚之休征。"（《贺神兵助取石堡城表》）此外，他的《贺古乐器表》，也对类似的道教神话，加以宣扬。

盛唐时代，由于道教流行，社会上求长生、好神仙的风气很盛，王维也多多少少接受了它的影响。《赠东岳焦炼师》云：

> 先生千岁余，五岳遍曾居。遥识齐侯鼎，新过王母庐。不能师孔墨，何事问长沮？玉管时来凤，铜盘即钓鱼。涑身空里语，明目夜中书。自有还丹术，时论太素初。

焦炼师是唐代著名的女道士，曾长期居于嵩山，李白、王昌龄、李颀、钱起都写过关于她的诗歌①。王维在这首诗中，把她写成为一个身怀异术的仙人，流露了自己的崇仰之情。《田园乐七首》其一云：

> 出入千门万户，经过北里南邻。蹀躞鸣珂有底，崆峒散发何人？

前两句写达官贵人的生活。后两句说，贵人"蹀躞鸣珂"算不了什么，崆峒山上还有"散发"的仙人呢。意谓贵人比不上仙人，表现出对于仙人的向往。又《赠李颀》说："闻君饵丹砂，甚有好颜色。不知从今去，几时生羽翼？王母翳华芝，望尔昆仑侧。文螭从赤豹，万里方一息。悲哉世上人，甘此膻腥食！"这首诗说，李颀服丹药后，颜色甚好，不知几时可以成仙？接着描写想象中李颀成仙之后的佳

---

① 李白有《赠嵩山焦炼师》诗，王昌龄有《谒焦炼师》诗，李颀有《寄焦炼师》诗，钱起有《题嵩阳焦道士石壁》诗，可参看。

况，从中不难看出，作者对于"服食求神仙"的肯定和向往。非但如此，王维自己还曾有过一段学道求仙的经历，《过太乙观贾生房》说：

> 昔余栖遁日，之子烟霞邻。共携松叶酒，俱蓁竹皮巾。攀林遍云洞，采药无冬春。谬以道门子，征为骖御臣。常恐丹液就，先我紫阳宾。天促万涂尽，哀伤百虑新。……泣对双泉水，还山无主人。

这首诗说，从前自己隐居的时候，贾生也在山中与烟霞为邻，两人常在一起"攀林""采药"。后来自己"谬以道门子"，被"征为骖御臣"，常恐贾生丹药炼就，先我成仙，那知他却短命早死！由此可见，王维曾一度和贾生一起，在嵩山太乙观隐居学道①。然而，神仙之事毕竟虚妄，"服食求神仙"之举也自然不可能有所成，对这一点，诗人很快就认识到了：

> 徒思赤笔书（指仙书符箓之类），岂有丹砂井？心悲常欲绝，发乱不能整。（《林园即事寄舍弟统》）
> 谁言老龙吉？未免伯牛灾。故有求仙药，仍余遁俗杯。（《哭褚司马》）
> 白发终难变，黄金（指烧炼丹药化为金银之术）不可成。欲知除老病，唯有学无生。（《秋夜独坐》）

诗人说，仙书、仙药不可得，长生无望，因而只有学佛了。佛教对于王维思想的影响，自然甚于道教。

但是，也不是说，王维学仙不成，道教对他的思想就失去影响

---

① 参见《王维集校注》修订本卷二本诗注释。

了。王维在学佛的同时，也学道，往往把这二者结合起来。《春日上方即事》说："好读高僧传，时看辟谷方。"《黎拾遗昕裴秀才迪见过秋夜对雨之作》说："白法调狂象，玄言问老龙。何人顾蓬径，空愧求羊踪。"可见诗人是佛、道并修的。道教对王维的影响，主要表现在它的思想、理论方面。而且，王维所接受的道教的思想、理论，往往具有与佛教的思想、理论接近或可以相通的特点。

道教的外丹方术，经晋葛洪的总结整理之后，一直甚为流行，到了唐代，炼制、服食丹药的风气仍然很盛。但是，服食丹药，非但不能长生，还常常因此而中毒身死，造成严重后果。初、盛唐时代的一些道士，如司马承祯等，有鉴于这一教训，另外提出了一种与外丹方术有别的守静去欲的道教理论和修炼方法。这种理论和修炼方法，曾对王维的思想发生过较大影响。王维说：

> 将从海岳居，守静解天刑。（《赠房卢氏琯》）
> 吾生好清静，蔬食去情尘。（《戏赠张五弟諲三首》其三）

所言皆守静去欲之意。关于守静，成玄英说："静是长生之本，躁是死灭之原。"（《道德经》"躁胜寒，静胜热"疏）因此主张"去躁归静"。司马承祯说："心为道之器宇，虚静至极，则道居而慧生。"（《坐忘论·泰定》）又说："静则生慧，动则成昏。"（《坐忘论·收心》）这就是说，必须去动守静，方能得道而智慧。他又认为，要达到心静，应当"深居静室"，弃绝尘事。《坐忘论·收心》说："所以学道之初，要须安坐，收心离境，住无所有，不著一物，自入虚无，心乃合道。"又同书《断缘》说："弃事则形不劳，无为则心自安，恬简日就，尘累日薄，迹弥远俗，心弥近道。"吴筠也认为，要想获得长生，必须"守静去躁"，"人者，神之车也，神之室也，神之主人也。主人安静，神则居之；躁动，神则去之。神去，则身死者矣"

（《形神可固论·服气》）。对于守静，王维还说过不少话。《淇上即事田园》："屏居淇水上，东野旷无山。……静者亦何事，荆扉乘昼关。"说的是闭门独处。《积雨辋川庄作》："山中习静观朝槿，松下清斋折露葵。"《春园即事》："草际成棋局，林端举桔槔。还持鹿皮几，日暮隐蓬蒿。"写的是静修、静坐。《酬张少府》："晚年惟好静，万事不关心。"《饭覆釜山僧》："晚知清静理，日与人群疏。"说的是屏弃世事，离群索居。王维的这些话，与成玄英、司马承祯、吴筠的上述意见，没有多少不同。佛教有所谓"禅定"，"禅"意译"静虑"，"定"谓心专注一境而不散乱，"禅定"指一种使心绪宁静专注、观想特定对象而获得佛教悟解的思维修习活动。佛教的修习禅定与道教的守静，其精神是可以相通的。

　　关于去欲，成玄英说："静则无为，躁则有欲。有欲生死，无为长存。"（《道德经》"静为躁君"疏）又说："忘名忘利，则可长可久。"（同上"可以长久"疏）认为只有去欲，才能归于静，获得长生。司马承祯说："犹人食有酒肉，衣有罗绮，身有名位，财有金玉，此并情欲之余好，非益生之良药。众皆徇之，自致亡败。静而思之，何迷之甚！……蔬食弊衣，足延性命，岂待罗绮，然后为生哉？是故于生无要用者，并须去之。"（《坐忘论·简事》）又说："收心简事，日损有为，体静心闲，方能观见真理，故《经》云：'常无欲以观其妙。'"（《坐忘论·真观》）这就是说，必须无欲无为，体静心闲，方能得道。吴筠说："夫福与寿，人之所好；祸与夭，人之所恶。不知至爱者招祸致夭，无欲之介福永寿，若斯而过求自害，何迷之甚乎！且燕赵艳色，性之冤也；郑卫淫声，神之诋也；珍馔旨酒，心之昏也；搢绅绂冕，体之烦也。此四者，舍之则静，取之则扰，忘之则寿，耽之则夭，故为道家之至忌也。"（《玄纲论》下篇《道反于俗章第二十八》）认为"无欲"则"静"，可得长生。上述王维诗中的所谓"解天刑"，盖指去名欲。《庄子·德充符》："无趾语老聃曰：'孔丘……且蕲（期）以诚诡（奇异）幻怪之名闻，不知至人之以是（指"名"）为己桎梏邪！'老聃曰：'……解其桎梏，其可乎？'无趾曰：'天刑（罚）之，安可解！'"可见"解天刑"即指摆脱名的桎梏，去除名欲。又所谓"去情尘"，是指去除世俗的欲求和思想情绪（情尘为佛家语，意谓情识之尘垢）。王维也从佛教那里接受了去欲思想（参见本书《论王维的佛学信仰》一文），在这个问题上，佛、道两教的主张是一致的。

庄子鼓吹"无己"、"坐忘"，司马承祯等继承其说，提出了"安心坐忘"的道教理论和修炼方法，这对王维也发生了影响。诗人说：

山林吾丧我，冠带尔成人。（《山中示弟》）

我家南山下，动息自遗身。入鸟不相乱，见兽皆相亲。云霞成伴侣，虚白侍衣巾。（《戏赠张五弟諲三首》其三）

"吾丧我"，指进入自忘的精神境界。《庄子·齐物论》："（南郭）子綦曰：'……今者吾丧我，汝知之乎？'"郭象注："吾丧我，我自忘矣；我自忘矣，天下有何物足识哉！故都忘外内，然后超然俱得。""自遗身"，也即自忘之意。这与庄子所说的"无己"、"坐忘"，实际上也没有什么不同。《庄子·逍遥游》："至人无己，神人无功，圣人无名。"无己，指不感到自己的存在。《庄子·大宗师》："堕肢体，黜聪明，离形去知，同于大通，此谓坐忘。"郭象注："夫坐忘者，奚所不忘哉？既忘其迹，又忘其所以迹者，内不觉其一身，外不识有天地，然后旷然与变化为体而无不通也。"既然连自身的存在也不觉得了，当然更不会感到外物的存在。庄子认为像这样物我两忘，就可以达到与天地万物浑然一体的境界，获得精神的自由。然而实际上，这不过是引导人们忘掉现实中的那些矛盾、痛苦、不合理与不自由，从幻想中寻找安慰和求得精神自由罢了。

　　对于庄子的上述思想，唐代的道教思想家们都视若至宝，争相汲取。如成玄英在《庄子·齐物论》疏中，鼓吹应当"彼我两忘，是非双遣"。王玄览说："坐忘养舍形入真。"（《玄珠录》卷下第六）认为只有用坐忘的方法养神，才能舍去形体，得到真道。司马承祯提出了"安心坐忘"的修炼方法，宣称依此而行，"得道必矣"（《坐忘论·信敬》）。这种方法的核心内容是守静去欲，而"坐忘"则是按照这种方法进行修炼的过程中渐次达到的一个接近成仙的阶段。《坐忘论·信敬》说："夫坐忘者，何所不忘哉？内不觉其一身，外不知乎宇宙，与道冥一，万虑皆遣。"认为达到这个阶段，即进入一个空虚寂静、与道相合的境界。司马承祯在《天隐子》一书中，又说修仙得道的过程，可分为斋戒、安处、存想、坐忘、神解五个不同阶次，过了"坐忘"这一阶次，"则渐次至五，神仙成矣"。说依"坐忘"的方法修炼即可成仙，自然是虚妄的；企图以此引导人们逃避现实，用忘掉一切的主观唯心主义方法寻求精神上的自我解脱，则是真实的。佛教讲"空"，鼓吹世界上的一切都虚幻不实，也是要人们忘掉现实生活中的各种痛苦烦恼，从幻想中寻找安慰，所以，道教的"坐忘"与佛教的"空"理，其精神是相通的。

　　用"忘"的办法来对待现实社会的一切，必然导致采取一种消极无争、任其自然、知止守分、随俗浮沉的处世态度。所以庄子又说："不遣是非，以与世俗处。"（《天下》）"彼且为婴儿，亦与之为婴儿。""知其不可奈何而安之若命，德之至也。"（《人间世》）成玄英也说："夫善恶两忘，刑名双遣，故能顺一中之道，处真常之德，虚夷任物，与世推迁。养生之妙，在乎兹矣。"（《庄子·养生主》疏）又吴筠也说："必在忘其所趣，任之自然之耳。"（《玄纲论》中篇《委心任运章第二十三》）这种思想对王维也有影响，《座上走笔赠薛璩慕容损》说：

　　　君徒视人文，吾固和天倪。缅然万物始，及与群物齐。

关于"和天倪"，《庄子·齐物论》说："何谓和之以天倪？曰：是不是，然不然，是若果是也，则是之异乎不是也，亦无辩；然若果然也，则然之异乎不然也，亦无辩。"郭象注云："天倪者，自然之分也。"又云："是非然否，彼我更对，故无辩；无辩，故和之以天倪，安其自然之分也。按谓止能应以自然。"庄子认为，是非然否，没有客观标准，不可能判别，所以无须辩言，一切听其自然。"君徒"二句是说，君（薛、慕容）徒然审察礼乐教化，欲以治世，我则本来安于自然之分，以之和合一切。王维的这一思想，同他从佛教那里所接受的"随缘任运"思想，也是可以相通的。

由于王维并修佛、道，两教又具有一些可以互相调和的基本观点，再加上他所接受的道教的思想、理论，多具有与佛教的思想、理论接近或可以相通的特点，所以，在王维的诗文中，就表现出融合佛、道的思想倾向。如《山中示弟》云：

> 山林吾丧我，冠带尔成人。莫学嵇康懒，且安原宪贫。山阴多北户，泉水在东邻。缘合妄相有，性空无所亲。安知广成子，不是老夫身？

"山林"句表现了道家的"自忘"思想，已如上述。"缘合"二句则讲了佛教的"空"理，这一点本书《论王维的佛学信仰》一文中已作了分析。这两种思想可以相通，前面也已谈到了。又佛教常从诸法都由因缘所生、不断生灭变化的角度来证明诸法的体性虚幻不实（"性空"），因此，最后两句应该是说，世界一切事物皆不断变化，刹那生灭，安知老夫不是古仙人广成子的化身？可见这两句诗，同样反映了佛、道思想的融合。又《谒璿上人》诗序云：

> 上人外人内天，不定不乱。舍法而渊泊，无心而云动。色空

无得，不物物也；默语无际，不言言也，故吾徒得神交焉。

"外人内天"语本《庄子·秋水》："天（自然的禀赋、命运的安排）在内，人（人事、后天的作为）在外，德在乎天。……牛马四足，是谓天，落（络）马首，穿牛鼻，是谓人。故曰：无以人灭天，无以故灭命，无以得殉名。"在这里含有轻视人事、崇尚自然之意。"不定不乱"的话出自佛经，《王维与僧人的交往》一文已作了解释。"舍法而渊泊"，是说上人舍弃外物，内心恬静淡泊，这与道家所说的"忘物"，意甚相合。"无心而云动"，用陶渊明《归去来兮辞》"云无心以出岫"句之意，说上人的举动，如云自然而行，不是有意识的，这里头隐含着道家的崇尚自然无为之旨。"色空"二句是说，上人认为万物皆空，故心无所执着，也无意占有天下之物（"物物"即主宰物之意）。这是佛教的思想，但道士们引释入道，也有类似说法，如司马承祯就鼓吹"心不著物"，"自入虚无"，"内心既无所著，外行亦无所为"（《坐忘论·收心》）。"默语"二句意谓，上人认为沉默与言语之间没有界限（指沉默也能传达心意，使人神会），故不想说出所要说的话。这与成玄英所说的"语默不异，故无口角之责也"（《道德经》"善言无瑕谪"疏），十分接近。总之，王维上述这段话，比较鲜明地表现出了融合佛、道的倾向。又《能禅师碑》说：

> 至人达观，与物齐功。无心舍有，何处依空？不着三界，徒劳八风。以兹利智，遂与宗通。

此文全篇皆谈佛理，但"至人"二句却反映了庄子的"至人无己"思想。"与物齐功"，指齐同于物，也就是《庄子·齐物论》所说"天地与我并生，而万物与我为一"之意。庄子认为做到"无己"、自忘，便会觉得一切都无所谓（"达观"），达到与天地万物浑然一体的境界，所以说"至人达观，与物齐功"。

王维《奉敕详帝皇龟镜图状》说："又论元气已后，其图似重。太初与太始无殊，有形与有质不异。《易》云：'乾，元亨利贞。'即未有物者，乾之始也；乾者，元之体也；元者，乾之用也。上犹道家旨：'道生一，一生二，二生三，三生万物。'又近佛经八识，是清净无所有，第八识即含藏一切种子，第六识即分别成五阴十八界。"此文说，这《帝皇龟镜图》论元气（天地未分时的混一之气）以后的情状，用道家之旨，又近佛经八识，可见有融合佛、道的倾向。《帝皇龟镜图》是一份呈献给皇帝的正规文件，由它所具有的上述内容，不难窥见，融合佛、道，已成为当时社会时兴的风尚，得到了最高统治者的支持和认可。

前面谈过，王维在开元二十五年张九龄遭贬以后，对佛教的信仰越来越深；他的接受道教思想和融合佛、道，主要也即发生在这同一期间。

（本文第二部分，曾刊于《文学遗产》1989 年第 3 期，

题为《王维与道教》）

辋川别业遗址与王维辋川诗

王维闲居辋川别业期间，创作了许多出色的山水田园诗。弄清辋川别业的具体面貌，无疑有助于我们了解王维的隐逸生活和他的诗歌创作。关于辋川别业，古人有一些描述，如唐冯贽《云仙杂记》卷八说："王维居辋川，宅宇既广，山林亦远，而性好温洁，地不容浮尘，日有十数扫饰者，使两童专掌缚帚，而有时不给。"在王维的庄园中，仅专掌扫地的童仆就有十数人，可见其规模之大。宋张戒称王维隐居辋川的诗作为"于富贵山林，两得其趣"（《岁寒堂诗话》卷上），大概也是基于这一认识吧。对于上述说法，笔者以往既抱怀疑态度，又不敢断然认定其为误说。那时笔者考虑，王维之父官不过州佐（终汾州司马），又早卒，王维兄弟姊妹六七人，家中素无积蓄（《偶然作六首》其三云："小妹日成长，兄弟未有娶。家贫禄既薄，储蓄非有素。几回欲奋飞，踟蹰复相顾。"），到天宝初营置辋川别业时，王维仅任品秩不高的左补阙（参见本书《王维年谱》），能有财力购置一个规模很大的庄园吗？但转而又想，从王维的诗歌来看，辋川别业中，有山林土田、湖泊河流，游止达二十处之多，其规模能不大吗？

所以笔者关于这一问题的思绪，一直处于游移不定之中，直到 1991
年及 1995 年两度到辋川别业故址参观、考察后，对这一问题才逐渐
有了明确的认识，终于判定《云仙杂记》的说法不正确。

先从辋川别业的地理环境谈起。辋川别业在陕西蓝田县南辋谷内
（见《长安志》卷一六）。辋谷是一条狭长的峡谷，长约二十余华里
（清品懋勋等撰《蓝田县志》作三十华里，此据蓝田县文管所同志的
介绍），成西北——东南走向。峡谷的东西两侧是连绵的群山，高度
一般为海拔六百米至九百米，最高峰约一千六百米。辋谷北口在蓝田
县城南八华里，《蓝田县志》卷六说："旧志：辋川口即峣山之口，
去县南八里，两山对峙，川水从此流入灞，其路则随山麓凿石为之，
约五里，甚险狭，即所谓扁路也。过此则豁然开朗，此第一区也，团
转而南凡十三区，其胜渐加，约三十里至鹿苑寺（即唐清源寺），则
王维别墅。"今日我们自辋谷北口驱车南行入辋川，前五里确如县志
所述，谷地狭窄，除一条公路一条河流（辋水及其多石之河滩）外，
既无可垦辟的土地，亦无住户。过此则峡谷变宽（宽度一般在三百米
左右，最宽处约五百米），地势亦趋平坦（辋川之"川"，大抵为平
川之意，盖系沿辋水而形成的一道山中平川，故称辋川），有田园村
落分布其间，所谓"豁然开朗"也。王维《辋川集》二十绝句所描
写的孟城坳等二十处游止，就散布在第五里至二十余里处的这一段
"豁然开朗"的山谷中。

蓝田县南部诸山统属秦岭山脉，它西自陕西长安、柞水县入境，
东南至商县出境，绵延百余里。其间有若干南北走向的峡谷，如库
谷、石门谷、采谷、辋谷、蓝谷、倒回谷、同谷等（见《类编长安
志》卷六）。这些峡谷自然地成为一条条通道。如《类编长安志》卷
六云："倒回谷，在（蓝田）县东南五十里。……谷内通商州洛南县
（今陕西洛南）界。"又云："库谷，在（蓝田）县西南五十里。谷有
关。"辋谷古时也是一条通道。公元前 207 年，刘邦率兵自武关（在

今陕西丹凤县东南）入秦，秦王子婴"遣将将兵距峣关（即唐之蓝田关，在蓝田县东南九十里）"，刘邦"引兵绕峣关，逾蒉山，击秦军，大破之蓝田南，遂至蓝田"（《汉书·高帝纪》）。蒉山在辋川西侧，胡元煐《重修辋川志》卷二："蒉山其下，即辋谷水（又称辋水），汉高帝引兵逾蒉山，即此地也。"《蓝田县志》卷六："蒉山，在今县南十里辋川西。"则刘邦引兵绕过峣关后，当自辋谷南口进入辋川，但他不是经由那五里长的"险狭"道路北行出谷，而是自辋川西逾蒉山，出其不意地出现在蓝田南。南朝宋武帝刘裕征关中，曾在辋川筑关城驻兵，这同样说明辋川是一条通道。王维《辋川集·孟城坳》："新家孟城口，古木余衰柳。"裴迪同咏："结庐古城下，时登古城上。古城非畴昔，今人自来往。"知孟城乃一古城。《重修辋川志》卷二："孟城坳，土人呼为关，即此。"当地人相沿呼孟城为关，可见是一处古关城。说孟城是关城，同辋川是一条狭长的山中峡谷的地理形势也完全相合。王维《辋川图》（原画于清源寺壁，今存有明刻石本，凡七石，藏蓝田县文管所）所绘孟城坳，只是山边数堵围墙，呈长圆形，有三个出入口，围墙内画树四株，其中有一株老柳，另围墙外还有老柳数株，此外就没有别的什么建筑了，这也可证明孟城是一处古关城遗址。这个古关城应该就是思乡城。《元和郡县图志》卷一京兆府蓝田县："思乡城，在县东南三十三里。宋武帝征关中，筑城于此，南人思乡，因以为名。"《类编长安志》卷七："思乡城，一名柳城，……以城傍多柳，故曰柳城。"柳城之称同王维对孟城的描绘完全相合。又，辋谷北口虽在蓝田县城正南，但辋谷之走向系自西北向东南延伸，所以处于辋谷南段的孟城，其方位当在蓝田县城东南，这与《元和郡县图志》所记思乡城的地理位置，也无不合。所以，说孟城就是思乡城，应该是大致不误的。

唐时自长安赴襄阳的驿道，经由蓝田县城、蓝田关、商山（在陕西商州东）、武关、邓州内乡（今河南内乡）、穰县（今河南邓州）

等地，其中自蓝田县城至蓝田关一段，有几条通道可供行人选择，辋谷即是这几条通道中的一条。《长安志》卷一六："采谷，在（蓝田）县西南三十里。与辋谷并有细路通商州上洛县（今商州）。"王维《辋川集·斤竹岭》也说："暗入商山路，樵人不可知。"诗人元稹元和五年贬江陵士曹参军，赴任时即走辋谷道，作有《山竹枝》《辋川》诗，说见卞孝萱《元稹年谱》。白居易元和十年贬江州，长庆二年赴杭州，也都走辋谷道，其《宿清源寺》云："往谪浔阳去，夜憩辋溪曲。今为钱塘行，重经兹寺宿。"清源寺本王维宅，在辋川，后施为寺，名清源（说详后）。王维之所以在辋川购置别业，以为其母崔氏奉佛习静之山居（见王维《请施庄为寺表》），除了因为那里环境宁静幽美外，与辋川是一条通道，便于王维在公余闲暇自长安还家探母，也不无关系。由此也可看出，辋川并不是一个与世隔绝的桃源。

辋谷中还有一条河流——辋谷水，又称辋水，它源于百余里外的秦岭北麓梨园沟（见《蓝田县志》卷六），自辋谷南口流入谷，由北口流出谷，在蓝田县城西南汇入灞水。辋水唐时流量较大，可以泛舟、通航。石本《辋川图》所画辋口庄（王维宅第）前的辋水上，即有船两只：一只小船顺流而下，乘坐两人，其中一人站立船尾持竿撑船，一人弯腰手持长叉立于船头，似在叉鱼；另一只较大的船逆流而上，乘坐五人一马，其中一人直立于船头，一人摇橹于船尾，船中央有一人坐于椅上（似为官员），其旁站立一手擎伞盖者，又有一牵马站立者。综上所述，辋川既然有一条不大可能属于王维私人所有的流贯整个山谷的天然河流，又有一条公有的通道，那么王维在那里的别业，自然就不会是一座有围墙的与外界不通往来的庄园了。

在辋川的那一段长约二十华里的"豁然开朗"的山谷中的山林土田，不大可能都属于王维一人所有。王维《山中与裴秀才迪书》说："夜登华子冈，辋水沦涟，与月上下，寒山远火，明灭林外，深巷寒犬，吠声如豹，村墟夜舂，复与疏钟相间。"华子冈是辋川的二十处游止之一。从王维的这一段描写中，我们不难看出，在华子冈的远处和近处，都有村落；还有那疏钟响起的地方，应是佛寺。《赠刘蓝田》云："篱中犬迎吠，出屋候柴扉。岁晏输井税，山村人夜归。晚田始家食，余布成我衣。讵肯无公事，烦君问是非。"王维这诗前四句说，夜间篱中狗吠，原来是岁末到蓝田县城交纳田税的山村人回来了。五、六二句写山民的赋税负担过重，最后二句希望刘蓝田（刘姓蓝田县令）能过问一下其中的是非。由此可见，离王维的辋川居止不远之地，就有山村。他如"渡头余落日，墟里上孤烟"（《辋川闲居赠裴秀才迪》）、"时倚檐前树，远看原上村"（《辋川闲居》）、"山下孤烟远村，天边独树高原"（《田园乐七首》其五）等诗句，也能证明在辋川山谷中，分布着一些村落。《辋川别业》："优娄比丘经论学，伛偻丈人乡里贤，披衣倒屣且相见，相欢语笑衡门前。"诗写王维在辋川与通经论的高僧、隐居乡里的贤者往还的快乐，说明那里除了有僧人佛寺外，还居住着一些隐士。《田园乐七首》其五："一瓢颜回陋巷，五柳先生对门。"五柳先生盖指隐士。有隐士必有隐士的田庄，这是很自然的。王维还有一些诗描写辋川乡民的劳动生活，如"积雨空林烟火迟，蒸藜炊黍饷东菑"（《积雨辋川庄作》）、"谷口疏钟动，渔樵稍欲稀"（《归辋川作》）、"渡头灯火起，处处采菱归"（《山居即事》）、"竹喧归浣女，莲动下渔舟"（《山居秋暝》）、"渔舟胶冻浦，猎犬绕寒原"（《酬虞部苏员外过蓝田别业不见留之作》）等等，从这些诗作中同样能看出，在辋川山谷中，不仅有王维一家，还有更多的其他住户。王维的宅第与田产同辋川居民的房屋与土地应该是相互交错地分布着的。

过去我们总认为，辋川的二十处游止，就是王维别业的二十个景点，实际上这两者有区别，不宜将它们完全等同起来。首先要指出的一点是，王维在辋川的宅第，也就是辋川别业的主建筑，不在二十处游止之内。唐耿沣《题清源寺》诗题下注："即王右丞故宅。"李肇《唐国史补》卷上："王维……得宋之问辋川别业，山水胜绝，今清源寺是也。"《长安志》卷一六："清源寺在（蓝田）县南辋谷内，唐王维母奉佛山居，营草堂精舍，维表乞施为寺焉。"清源寺故址在辋谷南端，自此南行不远，辋谷即尽。寺西有王维及其母之坟，寺前有王右丞祠，道光十五年重建（见《重修辋川志》卷二）。据蓝田县文管所的同志介绍，祠及坟，六十年代尚存，后三线单位在此修建工厂，方遭破坏。王维故宅清源寺，在石本《辋川图》上称"辋口庄"。从图上看，辋口庄（《辋川图》所画诸游止及辋口庄皆标出名称，极易辨识）为一两进院落，有楼阁殿堂，水亭回廊，其规模为图中所绘诸建筑之冠，应是别业的主建筑；其方位在辋川诸游止之最南端，亦同于清源寺，所以王维"施庄为寺"（时间在肃宗乾元元年冬，说见本书《王维年谱》），所施之"庄"无疑即辋口庄。宋秦观《书〈辋川图〉后》云："元祐丁卯，余……阅（《辋川图》）于枕上，恍然若与摩诘入辋川，度华子冈，经孟城坳，憩辋口（一本作"川"）庄，泊文杏馆……"（《淮海题跋》卷一）则宋人所见《辋川图》亦有辋口庄，并非明刻石本所杜撰。在石本《辋川图》中，既画了二十处游止，又画了辋口庄，可见辋口庄不在二十处游止之内。

其次应说明的一点是，辋川的二十处游止，并非都为王维所营造，归王维所有，也不都在王维别业的范围内。《辋川集·序》曰："余别业在辋川山谷，其游止有孟城坳、华子冈、文杏馆、斤竹岭……等。""其游止"盖指辋川山谷之游止，非"余别业"之游止，辋川山谷之范围大于"余别业"之范围。例如，孟城坳为古关城遗址，属于古迹，显然非王维所营置。《辋川集·华子冈》："飞鸟去不穷，连山复秋色。上下华子冈，惆怅情何极。"从《辋川图》上看，华子冈是辋川山谷中段东侧的一座山峰，纯属于自然景观，非人工所营造。《斤竹岭》："檀栾映空曲，青翠漾涟猗。暗入商山路，樵人不可知。"斤竹大概是当地出产的一种竹子，《重修辋川志》卷二："斤竹岭，一名金竹岭，其竹叶如斧斤，故名。"从《辋川图》上看，斤竹岭是辋川山谷南段东侧邻近文杏馆的一处种植着斤竹的山岭。图中的丛竹四周无围栏，亦当属天然景观。《栾家濑》："飒飒秋雨中，浅浅石溜泻。跳波自相溅，白鹭惊复下。"栾家濑大概只是辋水的一段急流。《金屑泉》："日饮金屑泉，少当千余岁。翠凤翔文螭，羽节朝玉帝。"金屑泉应该是辋川山谷中的一眼天然良泉。《白石滩》："清浅白石滩，绿蒲向堪把。家住水东西，浣纱明月下。"白石滩大抵为辋水的一处多白石的浅滩（今日辋河滩上，仍时有白石）。辋水自南向北流，"家住水东西"即谓那些浣纱的村姑居住于辋水东西两岸。《欹湖》："吹箫凌极浦，日暮送夫君。湖上一回首，山青卷白云。"辋水唐时流量大，当其北流至辋谷北口一带时，由于水道狭窄、水流受阻，因而在辋谷中段偏北的一段地势较低的宽阔山谷中，汇积而成为一个天然湖泊，这就是现今已干涸的欹湖。《南垞》："轻舟南垞去，北垞森难即。隔浦望人家，遥遥不相识。"《北垞》："北垞湖水北，杂树映朱栏。"北垞应该是欹湖北岸的一个居民点，南垞则是欹湖南岸的一个居民点（裴迪《南垞》有"南垞湖水岸"之句）。除上述多属天然景观的游止外，辋川的其他游止，如文杏馆、鹿柴、木兰柴、茱萸沜、宫槐陌、临湖亭、柳浪、竹里馆、漆园、椒园，则大概为王维所营建。像木兰柴，从《辋川图》上看，只是长在山坡上的十余株木兰树，但周围有栅栏，应断为王维所种植。不过有一点应在这里指出：在以上这些王维所营建的游止中，有的未必在王维辋川别业的范围内。如临湖亭估计是王维在天然湖泊欹湖上修造的一座供人游赏的亭子，不当在王维别业的范围内。宫槐陌是通向欹湖的一条小路（裴迪《宫槐陌》："门前宫槐陌，是向欹湖道。"），也未必在别业的范围内。此外还有一个游止辛夷坞，是否为王维所营置，则颇难判定。

综上所述，王维的辋川别业，不应该是一个规模很大的庄园，《云仙杂记》的记载有误。另外，《云仙杂记》所谓王维"性好温洁，地不容浮尘"云云，也与辋川的地理环境不合。辋川水系发达，多植水稻（今日尚尔，王维诗句"漠漠水田飞白鹭，阴阴夏木啭黄鹂"，系写辋川实景），且处于峡谷中，其东西两侧山林茂密，此与北方平原地区之地多浮尘的环境迥异，所以《云仙杂记》的说法恐怕是想当然之词。

弄清楚辋川别业的具体面貌，或许会使我们对王维在辋川的隐逸生活及诗歌创作产生一些新的认识，在这方面研究者自可见仁见智，笔者就不想多说了。

（原载《中国典籍与文化》1997 年第 4 期）

王维诗歌真伪、思想与艺术

王维诗真伪考

　　清赵殿成《王右丞集笺注》（简称"笺注"）收录王维诗凡四百二十一首，是今存王维集各本中收诗最多最全的，但其中真伪待定的诗，也有六十首之多。对这些诗，赵氏虽曾作过一些考察，然究竟未能完全廓清迷雾，仔细辨明某首为真，某首为伪。笔者最近校读王维集，接触到这一问题，且有一些不成熟的看法，现把它们整理出来，就正于同行们。

　　（1）《笺注》卷二《赠刘蓝田》

　　赵殿成曰："此诗亦载卢象集中。"此诗王安石《唐百家诗选》卷一作卢象诗，《全唐诗》重见王维集及卷八八二卢象诗补遗。按，王维集诸本俱录此诗，《河岳英灵集》《唐文粹》皆以此诗为王维所作，故其著作权当属王维。

　　（2）卷三《留别丘为》

　　此诗重见《全唐诗》王维集及丘为集中，丘为集录此诗，题作《留别王维》。按，此诗"笺注"列于《送六舅归陆浑》后，而今存王维集的一些较早本子，如宋蜀刻《王摩诘文集》（简称"宋蜀本"）、钱氏述古堂抄本《王右丞文集》（据宋本影抄，简称"述古堂本"）、元刊《须溪先生校本唐王右丞集》（简称"元本"）、明弘治吕䕫刊刘须溪校本（简称"吕本"）、明刊《王摩诘集》十卷本（简称"明十卷本"）、明顾可久刊《唐王右丞诗集注说》（简称"顾本"）等，皆列于《送丘为往唐州》后，述古堂本且以《留别》为诗题、"丘为"为作者姓名。《送丘为往唐州》曰："宛洛有风尘，君行多苦辛。四愁连汉水，百口寄随人。槐色阴清昼，杨花惹暮春。朝端肯相送，天子绣衣臣。"《留别》曰："归鞍白云外，缭绕出前山。今日又明日，自知心不闲。亲劳簪组送，欲趁莺花还。一步一回首，迟迟向近关。"寻绎诗意，《送丘为往唐州》无疑是王维的赠诗，而《留别》则是丘为的答诗。这是本人集中附载他人的同咏之作因而致误的一个明显例子。

（3）卷四《别弟妹二首》

（4）卷四《休假还旧业便使》

以上三诗《全唐诗》重见王维集及卢象集中，卢象集题作《八月十五日象自江东止田园移庄庆会未几归汝上小弟幼妹尤嗟其别兼赋是诗三首》，其第一首即《休假还旧业便使》，二、三首即《别弟妹二首》。按，《唐百家诗选》卷一录此三诗作卢象，题同《全唐诗》，惟"嗟"作"悲"，无"三首"二字；又《唐诗纪事》卷二六亦以此三诗为卢象所作，题作《自江东止田园移庄庆会未几归汝上小弟幼妹尤悲其别赋诗》。另《文苑英华》卷二九六录第一首作王维，王维集宋蜀本、述古堂本等皆收载此三诗。此三诗文义上联系紧密，作同一诗题较合情理。《别弟妹二首》其二曰："小弟更孩幼，归来不相识。同居虽渐惯，见人犹未觅。宛作越人语，殊甘水乡食。别此最为难，泪尽有余忆。"赵殿成曰："成考右丞本传及他书，未有言其寓家于越、浪迹水乡者，'宛作'二语，合之卢象江东之说，乃为得之，读者试辨焉。"按，王维蒲州人，少时随其母居于蒲，后移家长安，确乎未尝"寓家于越"（参见本书《王维年谱》）。《八月十五日象自江东……》其一云："谢病始告归，依然入桑梓。家人皆伫立，相候衡门里。畴类皆长年，成人旧童子。上堂家庆毕，愿与亲姻迤。……入门乍如客，休骑非便止。中饭顾王程，离忧从此始。"告归，谓请假而归；王程，指官家规定的期限。细玩诗意，可知是时卢象在汶上（汶水之上，汶水即今山东省大汶河）为官，谢病告假归江东探亲，不久复返汶上。《唐才子传》卷二："（卢）象字纬卿……携家来居江东最久。"刘禹锡《唐故尚书主客员外郎卢公集序》："尚书郎卢公讳象……丞相曲江公（张九龄）方执文衡……擢为左补阙、河南府司录、司勋员外郎。名盛气高，少所卑下，为飞语所中，左迁齐、汾、郑三郡司马。"齐州治所在今山东济南，其地近汶水，三诗或即象任齐州司马期间所作。综上所述，三诗所云，与卢象之行止相合，故其作者当以作卢象为是。

（5）卷七《酬比部杨员外暮宿琴台朝跻书阁率尔见赠之作》

此诗《全唐诗》重见王维集及卢照邻集中。按，王维集诸本俱录此诗，《文苑英华》亦以此诗为王维所作，而卢照邻《幽忧子集》未收此诗；又王维《同比部杨员外十五夜游有怀静者季》曰："独有仙郎心寂寞，却将宴坐为行乐。倘觅忘怀共往来，幸沾同舍甘藜藿。"谓"比部杨员外"好尚寂寞，有退隐之志，而此诗则谓"比部杨员外"已退隐："羡君栖隐处，遥望白云端。"因此两诗中之"杨员外"当是一人，其作者亦皆当以作王维为是。

（6）卷七《冬晚对雪忆胡居士家》

此篇王维集诸本皆收载，《文苑英华》作王邵诗，题为《冬晚对雪忆胡处士》，《全唐诗》重见王维集及王邵集中。按，此诗云："寒更传晓箭，清镜览衰颜。隔牖风惊竹，开门雪满山。洒空深巷静，积素广庭闲。借问袁安舍，倏然尚闭关。"而司空曙有《过胡居士睹王右丞遗文》诗，曰："旧日相知尽，深居独一身。闭门空有雪，看竹永无人。每许前山隐，曾怜陋巷贫。题诗今尚在，暂为拂流尘。"曙诗"闭门"二句，即承此诗"隔牖"二句及"借问"二句之意而来；"曾怜"句，盖指维曾赒济过胡居士（维有《胡居士卧病遗米因赠》诗，即述其事），而曙所睹王右丞遗文，当即此诗，所以这首诗可以肯定是王维写的（陈贻焮《王维诗选》亦认为此诗为王维所作，可参看）。

（7）卷七《过香积寺》

此篇《文苑英华》作王昌龄诗。按，王维集诸本皆载此诗，而《王昌龄集》无此诗，《全唐诗》亦以此诗为王维所作，当从之。

（8）卷八《留别钱起》

此诗重见《全唐诗》王维集及钱起集中，钱起集题作《晚归蓝田酬王维给事赠别》（《钱考功集》同），《文苑英华》亦以此诗为钱起所作，题作《晚归蓝田酬中书常舍人赠别》。按，《唐诗纪事》卷三〇云："（钱）起还蓝田，王维赠别云：'草色日向好，桃源人去稀。……今年寒食酒，应得返柴扉。'（即维《送钱少府还蓝田》诗）起答诗云：'卑栖却得性，每与白云归。……霄汉时回首，知音青琐闱。'（即《留别钱起》诗）"以此篇为钱起答王维赠别之作。盖是时维官给事中，故诗中有"知音青琐闱"之语（给事中掌陪侍天子，故云）；另，若从旧本以此诗为王维所作，则王维卒前，钱起只做过秘书省校书郎、蓝田县尉的官（参见傅璇琮《唐代诗人丛考·钱起考》），不得谓曰"知音青琐闱"，故此诗应是钱作无疑。北京图书馆藏何焯校本《王摩诘集》，即据宋本，以《留别》为诗题，"钱起"为作者姓名。又宋蜀本、述古堂本、元本、吕本、明十卷本、顾本等，皆列此诗于《送钱少府还蓝田》后。可知这也是本人集中附载他人的同咏之作因而致误的一个例子。

（9）卷八《送元中丞转运江淮》

此诗重见《全唐诗》王维集及钱起集中，又王维集诸本及《钱考功集》皆载此诗。按，元中丞谓元载，《旧唐书·元载传》："载智性敏悟，善奏对，肃宗嘉之，委以国计，俾充使江、淮，都领漕挽之任，寻加御史中丞。数月征入，迁户部侍郎、度支使并诸道转运使。"《通鉴》肃宗上元二年建子月（11月）："丁亥，贬（刘）晏通州刺史。……戊子，御史中丞元载为户部侍郎，充勾当度支、铸钱、盐铁兼江淮转运等使。载初为度支郎中，敏悟善奏对，上爱其才，委以江、淮漕运（即任江淮转运使），数月，遂代刘晏，专掌财利。"根据上述记载，知元载始为江淮转运使兼御史中丞，在上元二年十一月之前数月，是时维尚未卒（维卒于上元二年七月，参见本书《王维年谱》），有可能作此诗；而上元二年，钱起在蓝田任县尉（见傅璇琮《唐代诗人丛考·钱起考》），位卑禄微，似不大可能在长安作此送元中丞之诗，故此诗似当定为王维所作。

（10）卷八《送孙秀才》

此篇王维集诸本皆收录，《又玄集》《唐诗纪事》作王缙诗，《文苑英华》作王维诗，《全唐诗》重见王维集及王缙集中。按，此篇究系何人所作，颇难确断，姑存疑。

（11）卷八《观猎》

诗曰："风劲角弓鸣，将军猎渭城。……"《乐府诗集》《万首唐人绝句》以此诗前四句作一绝，俱题曰《戎浑》，《全唐诗》又将《戎浑》录入卷五一一张祜集中。按，歌人截取当时文人之诗而播之曲调，在乐府诗中颇多见，《戎浑》诗即属这种情况。《乐府诗集》在张祜《上巳乐》后，载有《穆护砂》《思归乐二首》《金殿乐》《胡渭州二首》《戎浑》《墙头花二首》《采桑》《杨下采桑》《破阵乐》诸诗，皆未署作者姓名，《全唐诗》编者误以为这些诗都是张祜所作，于是将它们全部收入张祜集中。其实《乐府诗集》凡接连收载同一诗人的不同题作品，皆在各诗之下分别署上同一作者姓名，如卷八〇连续收录白居易《乐世》《急乐世》《何满子》三诗，即未将后二诗的白居易之名略去不署。又《思归乐二首》其二云："万里春应尽，三江雁亦稀。连天汉水广，孤客未言归。"乃截取王维《送友人南归》诗前四句而成，显非张祜所作。唐范摅《云溪友议》卷中《钱塘论》曰："白公云：'张三（张祜）作猎诗（指《观徐州李司空猎》，载《全唐诗》卷五一〇），以较王右丞，予则未敢优劣也。'王维诗曰：'风劲角弓鸣……'"明以《观猎》为王维之诗，又唐姚合《极玄集》、韦庄《又玄集》亦俱以此诗为王维所作，且王维集诸本皆载此诗，故《观猎》之著作权当属王维。

（12）卷九《春日上方即事》

诗曰："好读高僧传，时看辟谷方。……柳色春山映，梨花夕鸟藏。北窗桃李下，闲坐但焚香。"赵殿成曰："《乐府诗集》采此诗后四句入近代曲辞，题作《长命女》，谓张说作；《万首唐人绝句》亦采此四句收入五言绝句，命题正同，而仍作公诗。"按，《乐府诗集》卷八〇近代曲辞有《长命女》诗，其辞曰："云送关西雨，风传渭北秋。孤灯燃客梦，寒杵捣乡愁。"又有《一片子》诗，其辞曰："柳色青山映，梨花雪鸟藏。绿窗桃李下，闲坐叹春芳。"二诗载于张说《破阵乐二首》之后，俱未署作者姓名，《长命女》系截取岑参《宿关西客舍寄东山严许二山人》前四句而成，《一片子》则截取《春日上方即事》后四句而成，情况正与《观猎》诗同。赵氏谓《乐府诗集》以《长命女》（应为《一片子》）为张说所作，实误。又《张燕公集》及《全唐诗》张说集俱未收《一片子》诗，益可证本诗之作者无疑应是王维。

（13）卷十二《游悟真寺》

此篇《文苑英华》作王维诗，《全唐诗》重见王维集及王缙集中。按，《又玄集》《唐诗纪事》《唐诗品汇》俱以此诗为王缙所作，又述古堂本收此诗，下即署"王缙"名。或其时误传此诗为王维所作，故编者特在王维集中收录此诗，并署上"王缙"之名，以正视听。

（14）卷十二《与苏卢二员外期游方丈寺而苏不至因有是作》

王维集诸本俱录此诗，《文苑英华》《唐诗品汇》则以此诗为王昌龄所作。按，此诗曰："闻道邀同舍，相期宿化城。"同舍，谓同在一舍，指同官、同僚。《汉书·直不疑传》："直不疑……为郎，事文帝。其同舍有告归，误将其同舍郎金去。……"盖苏、卢为尚书郎（员外郎），作者亦为尚书郎，故曰"同舍"。考昌龄一生屡见贬斥，官不过丞尉，未曾任过尚书郎（参见傅璇琮《唐代诗人丛考·王昌龄事迹考略》），所以这首诗不当为昌龄所作，《王昌龄集》及《全唐诗》王昌龄集中即不录此篇。

（15）卷十三《留别崔兴宗》

明奇字斋刊《类笺唐王右丞诗文集》（简称"奇字斋本"）、凌濛初刊《王摩诘诗集》（简称"凌本"）不录此诗。宋蜀本、述古堂本、元本、吕本、明十卷本、顾本等录此诗，编次俱与《崔九弟欲往南山马上口号与别》（附裴迪同咏）相接，宋蜀本、明十卷本且以《留别》为诗题，"崔兴宗"为作者姓名。很显然，这也属本人集中附载他人的同咏之作因而致误的情况。《唐诗纪事》卷一六曰："王维有《崔九往南山马上口号与别》云：'城隅一分首……'裴迪云：'归山深浅去……'（即裴迪同咏）兴宗《留别》云：'驻马欲分襟……'（即《留别崔兴宗》）"明以此篇为兴宗留别王裴二人之诗。又《唐文粹》《全唐诗》亦俱以此篇为崔兴宗所作，题曰《留别王维》。

（16）卷十四《田园乐七首》其六"桃红复含宿雨"

此诗亦载《皇甫冉集》，题作《闲居》，《四部丛刊》影印明刊本题下注曰："又作王维诗。"《全唐诗》重见王维集及皇甫冉集中。按，此首王维集诸本皆收录，《万首唐人绝句》以为王作，历来选本、诗话（如胡仔《苕溪渔隐丛话》后集卷九、何溪汶《竹庄诗话》卷

一三、蔡振孙《诗林广记》前集卷五等）亦多作维诗，且内容、格调又与《田园乐》诸篇相合，故当以作王维诗为是。

（17）卷十四《寄河上段十六》

本篇《唐百家诗选》作卢象诗，《万首唐人绝句》作王维诗，《全唐诗》重见卢象集及王维集中。按，王维集诸本俱载此诗，其著作权究属何人，颇难确断，姑存疑。

（18）卷十五（外编）《东溪玩月》

此诗奇字斋本亦录入外编，其他各本未见收录，《文苑英华》作王维诗，《唐文粹》作王昌龄诗（然《王昌龄集》未录此首），《全唐诗》重见王维集及王昌龄集中。按，此诗究为何人所作，殊难确断，姑存疑。

（19）卷十五《过太乙观贾生房》

此诗亦载于奇字斋本外编及凌本，其他各本不录。按，《文苑英华》《全唐诗》俱以此诗为王维所作，宜从之。

（20）卷十五《送孟六归襄阳》

此诗亦载于奇字斋本外编，其余各本不录。又《文苑英华》作王维诗，《瀛奎律髓》作张子容诗，《全唐诗》重见王维集及张子容集中。按，此诗当是王维之作而误入张子容集者，说见本书《王维年谱》。

（21）卷十五《淮阴夜宿二首》

（22）卷十五《下京口埭夜行》

（23）卷十五《山行遇雨》

（24）卷十五《夜到润州》

以上五首亦载于奇字斋本外编，且注云："宋本作公诗。"然宋蜀本、述古堂本实无此五首，其他各本亦皆未载。又此五首俱见唐《孙逖集》，《文苑英华》《全唐诗》亦均作逖诗。按，《旧唐书·孙逖传》曰："开元初，应哲人奇士举，授山阴尉。"逖尝官山阴（唐越州治所，今浙江绍兴）尉，集中有不少越中诗。其《山阴县西楼》曰：
"都邑西楼芳树间，逶迤霁色绕江山。……一见湖边杨柳风，遥忆青
青洛阳道。"《夜宿浙江》曰："扁舟夜入江潭泊，露白风高气萧
索。……烟水茫茫多苦辛，更闻江上越人吟。洛阳城阙何时见，西北
浮云朝暝深。"《江行有怀》曰："秋水明川路，轻舟转石圻。……昼
行疑海若，夕梦识江妃。野雾看吴尽，天长望洛非。不知何岁月，一
似暮潮归。"寻绎诗意，后二诗当作于逖入越途中；二诗皆写秋景，
是知逖入越盖在秋日。又，逖河南府（治所在今河南洛阳）人（见
颜真卿《尚书刑部侍郎赠尚书右仆射孙逖文公集序》、《唐诗纪事》
卷二六），故三诗中俱有"思洛"、"望洛"之语。《淮阴夜宿二首》
其一曰："乡情淮上失，归梦郢中疑。木落知寒近，山长见日迟。客
行心绪乱，不及洛阳时。"其二曰："秋风淮木落，寒夜楚歌长。宿莽
非中土，鲈鱼岂我乡。孤舟行已倦，南越尚茫茫。"诗中明言将赴越，
且写秋景，又有"思洛"之意，无疑当是逖入越途中经淮阴（今江
苏淮阴西南）时所作。《夜到润州》云："夜入丹阳郡，天高气象
秋。……客行凡几夜，新月再如钩。"《下京口埭夜行》曰："孤帆度
绿氛，寒浦落红曛。……南溟接潮水，北斗近乡云。行役从兹去，归
情入雁群。"润州治丹徒（今江苏镇江），京口埭亦在丹徒，二诗当
是逖入越途中经丹徒时所作。《山行遇雨》云："骤雨昼氛氲，空天
望不分。暗山唯觉电，穷海但生云。……夜来江月霁，棹唱此中闻。"
玩"穷海"之语，诗盖系逖在山阴任职时所作。以上五诗，盖因
《文苑英华》次于王维诗后而致误。

（25）卷十五《冬夜寓直麟阁》

此诗亦载于奇字斋本外编，其他各本俱未收录。《文苑英华》录
此篇，作宋之问诗。赵殿成曰："成按题中麟阁之名，乃是天授时所
改，神龙时无复此称，则此诗自应归宋耳。"此说是。麟阁谓秘书省，
维平生未尝在秘书省任职（参见本书《王维年谱》），何能为"寓直

麟阁"之诗？且《宋之问集》载此诗，《全唐诗》亦以此诗为之问所作。

（26）卷十五《赋得秋日悬清光》

此诗除"笺注"外，其他各本俱未收录。赵殿成曰："《诗隽类函》《唐诗类苑》俱作王维诗，《唐诗品汇》作无名氏诗。"按，《全唐诗》王维集收此诗，又重见卷七八七无名氏诗；《文苑英华》卷一八一"省试二"录此诗，缺作者名，又此诗前载有陶拱同赋，考拱为德宗贞元时人（参见佟培基《全唐诗重出误收考》，陕西人民出版社1996年版），故知"秋日悬清光"为贞元间试题，诗亦非王维所作。

（27）卷十五《山中》

此首亦载于奇字斋本外编及凌本，其他各本未见收录。《全唐诗》王维集收有《阙题二首》，此诗即其第一首。宋苏轼《书摩诘蓝田烟雨图》（见《东坡题跋》卷五）云："诗曰：'兰溪白石出，玉山红叶稀。山路元无雨，空翠湿人衣。'（即《山中》诗）此摩诘之诗也。或曰：非也，好事者以补摩诘之遗。"《唐音癸签》卷三三云："坡公尝戏为摩诘之诗，以摹写摩诘之画，编《诗纪》者，认为真摩诘诗，采入集中。世人无识，那可与分辨？"下即引《书摩诘蓝田烟雨图》之文，且谓曰："此活语被人作死语看，摩诘增一首好诗，失却一幅好画矣。"按，宋释惠洪《冷斋夜话》卷四录此首，谓之曰"王维摩诘《山中》诗"，惠洪之说，或别有据，今姑从其说断此首为王维之作。

（28）卷十五《感兴》

此诗亦载奇字斋本外编，注云："《诗林广记》（宋蔡正孙撰）作郑谷诗。"赵殿成曰："此本郑谷诗，《诗学权舆》以为王摩诘作。"按，郑谷《云台编》卷上录此诗，《唐诗纪事》《全唐诗》亦俱以为郑谷所作，宜从之。

（29）卷十五《从军行二首》《游春辞二首》《秋思二首》《从军辞》《塞下曲二首》

明十卷本、奇字斋本、凌本俱录此数篇，《乐府诗集》亦作王维诗，《万首唐人绝句》《唐诗纪事》《全唐诗》俱以为王涯所作。

（30）卷十五《游春曲二首》

明十卷本、奇字斋本、凌本俱录此篇，《乐府诗集》亦作王维诗，《万首唐人绝句》《全唐诗》作王涯诗，《唐诗纪事》作张仲素诗。

（31）卷十五《太平乐二首》

明十卷本、奇字斋本、凌本俱录此篇，《乐府诗集》亦作王维诗，《万首唐人绝句》作王涯诗，《唐诗纪事》作张仲素诗，《全唐诗》第一首作王涯，第二首作张仲素。

（32）卷十五《塞上曲二首》

明十卷本、奇字斋本、凌本俱录此篇，《乐府诗集》亦作王维诗，《万首唐人绝句》《全唐诗》俱作王涯诗，《唐诗纪事》第一首作张仲素，第二首作王涯，题均作《平戎词》。

（33）卷十五《秋夜曲二首》

明十卷本、奇字斋本、凌本俱载此篇，《乐府诗集》亦作王维诗，《万首唐人绝句》卷一二作王维，卷二五又作王涯，《唐诗纪事》作张仲素（第二首题作《春闺怨》），《全唐诗话》录第二首，作张仲素，《全唐诗》第一首作张仲素，第二首作王涯。

（34）卷十五《平戎辞二首》

明十卷本、奇字斋本、凌本俱录此篇，《乐府诗集》亦作王维诗，《万首唐人绝句》作王涯诗，《唐诗纪事》第一首作王涯，第二首作张仲素，《全唐诗》同。

按，以上十九首，《乐府诗集》俱作王维诗，明十卷本等或许就是根据《乐府诗集》而把这十九首诗编入集中的，而《全唐诗》编者则将它们全部从王维集中删去，并在卷一二八王维五、七言绝句之后加注道："集中《太平乐》、《从军辞》、《塞上》、《陇上》、《游春》、《送春》及《闺人赠远》等绝句，本《三舍人集》内王涯、张仲素诗，今从洪迈《万首绝句》删正。""旧有《献寿》《游春》《从军》《平戎》《秋思》《秋夜》《春思》《赠远》十五篇，本王涯、张仲素诗，今删去。"笔者以为，《全唐诗》编者这样做是正确的，根据是：（一）今存王维集的几种最早的本子，如述古堂本、元本、吕本等，都不收载上述十九首诗，宋蜀本卷一之末虽收录了这十九首诗，但诗前标"翰林学士知制诰王涯"名。为什么王维集中却收载了王涯的作品？顾千里说："盖其始抄缀于此，而刻者不知删去耳。"（宋蜀刻《王摩诘文集》跋语）我们知道，宋蜀本乃诗文混编，卷一收录"赋、歌、诗、赞"，标示为王涯名下之诗，列在"赞"之后，而不按体裁编入"歌、诗"中，这很像是集中原无，另从他处搜罗得来之作。但编者并不认为这些诗是王维所作，而属于王涯之作误传为王维诗的情况，故特收录这些误传之诗于卷末，署上作者王涯之名，以正视听。（二）《唐诗纪事》卷四二录王涯、令狐楚、张仲素三人之诗凡数十首，且称："右王涯、令狐楚、张仲素五言七言绝句共作一集，号《三舍人集》（按，王涯、令狐楚、张仲素元和时俱官中书舍人，故云），今尽录于此。"看来，计有功是见过《三舍人集》的，而上述十九首诗，俱载于《唐诗纪事》所录《三舍人集》中。集中三人之诗，有不少同题之作，而且它们在文义上还有一定的联系，如王涯《从军词》云："燕颔多奇相，狼头敢犯边。寄言班定远，正是立功年。"（即《从军行二首》之二）令狐楚《从军行》云："暮雪迷青海，阴霞覆白山。可怜班定远，生入玉门关。"张仲素《游春曲》云："上苑何穷树，花开次第新。香车与丝骑，风静亦生尘。"（即《游春曲二首》之二）令狐楚《游春词》云："一夜好风吹，新花一万枝。风前调玉管，花下簇金羁。"王涯《塞下曲》云："阴碛茫茫塞草腓，桔槔烽上暮烟飞。关河北望天连海，苏武曾将汉节归。"

令狐楚《塞下曲》云："边草萧条塞雁飞，征人南望尽沾衣。黄尘满面长须战，白发生头未得归。"因此，这些诗不大可能出自王维之手。（三）宋洪迈《万首唐人绝句》以上述十九首诗为王涯、张仲素所作，其《序》云："唐去今四百岁，考《艺文志》所载，以集著录者几五百家，今仅及半，而或失真，如王涯在翰林，同学士令狐楚、张仲素所赋宫词诸章，乃误入于王维集。"又于王维诗下注云："别本维又有《游春词》等诗十五篇，并五言十五篇，皆王涯所作，今已入涯诗中。"（四）从今本《乐府诗集》中，也能发现王涯、张仲素诗误署王维名的痕迹。如卷三三在李白《从军行》之后录王维《从军行》一首（"吹角动行人"），又在令狐楚《从军行》之后录王维《从军行三首》（即《从军行二首》及《从军辞》），按照《乐府诗集》的体例，凡同一人的同题之作，皆不分置二处，所以《万首唐人绝句》《唐诗纪事》俱以《从军行三首》为王涯所作，应当是正确的。又如，卷七六录《秋夜曲》凡四首（王维二首，王建二首），王维二首反置于王建二首之后；卷八二录《太平乐》凡四首（王维二首，白居易二首），王诗亦置于白诗之后。从这些情况看，《乐府诗集》郭茂倩原本是否以上述十九首诗为王维所作，不是没有疑问的。

（35）卷十五《送春辞》《闺人春思》

明十卷本、奇字斋本、凌本俱录此二诗，宋蜀本亦录之，但以为王涯所作；《万首唐人绝句》《全唐诗》均作王涯诗，《唐诗纪事》《全唐诗话》并作张仲素诗。

（36）卷十五《陇上行》《献寿辞》

明十卷本、奇字斋本、凌本俱录此二首；宋蜀本亦录之，但以为王涯所作；《万首唐人绝句》《唐诗纪事》《全唐诗》俱作王涯诗。

（37）卷十五《闺人赠远五首》

明十卷本、奇字斋本、凌本俱录此篇，宋蜀本亦录之，然署"王涯"名；《万首唐人绝句》《全唐诗》均作王涯诗，《唐诗纪事》亦作王涯诗，然无第三首，又第五首题作《闺思》。

（38）卷十五《赠远二首》

明十卷本、奇字斋本、凌本俱录此诗，宋蜀本亦录之，然署"王涯"名；《万首绝句》《全唐诗》作王涯，《唐诗纪事》作张仲素。

按，以上十一首，《万首唐人绝句》《唐诗纪事》《全唐诗》及宋蜀本，俱不作王维诗，宜从之。

（39）卷十五《疑梦》

此诗仅载于"笺注"及《全唐诗》，俱注云："见《事文类聚》。"按，宋祝穆《古今事文类聚》后集卷二一录此诗，署王维名；又《全唐诗》卷四五一载白居易《疑梦二首》，此诗即其第一首（《白居易集》卷二八同）。此二诗都是七绝，诗意相互关联，词语都颇通俗，应为白居易所作。

（40）《阙题二首》其二

此诗仅载于《全唐诗》，其一即《山中》诗，其二云："相看不忍发，惨淡暮潮平。语罢更携手，月明洲渚生。"按，明赵宦光等重编《万首唐人绝句》录《阙题二首》，作王维诗，注云："补。"盖原本所无，为赵氏所补入者，《全唐诗》编者即据之录入王维集中；又宋释惠洪《冷斋夜话》卷四云："王维摩诘《山中》诗曰……舒王《百家夜休》曰：'相看不忍发，惨淡暮潮平。……'此皆得于天趣。"（宋魏庆之《诗人玉屑》卷一〇引《冷斋夜话》同）以此诗为舒王所作，舒王即王安石。王安石《王文公文集》卷七〇有《离升州作二首》，此诗即其第一首。显然，此诗并非王维所作，当删除。

（41）《华清宫》

诗云："红树萧萧阁半开，上皇曾幸此宫来。至今风俗骊山下，村笛犹吹《阿滥堆》。"此诗诸本皆不录，《全唐诗》张祜集有《华清宫四首》，此诗即其第三首；童养年《全唐诗续补遗》卷三云《关中胜迹图志》卷五录此诗，作王维。按，此诗系追述往事，当作于玄宗

（上皇）卒后，考维之卒早于玄宗（玄宗卒于宝应元年，维卒于上元二年），故知此诗当非出自维手；又《唐诗纪事》卷五二云："骊宫小禽名阿滥堆，明皇御玉笛，采其声，翻为曲，且名焉，远近以笛争效之。祜有《华清宫》诗曰：'红树萧萧阁半开，上皇曾幸此宫来。'"明以此首为张祜之诗。又宋王灼《碧鸡漫志》亦以此诗为张祜所作。

（42）《江上别流人》

此诗诸本俱不录，《全唐诗》王维集亦未载，孙望《全唐诗补逸》卷五云为维之佚诗，"见《永乐大典》卷三〇〇六，九真，人字（五函四十二册）"。按，此诗载《孟浩然集》，《全唐诗》亦录入浩然卷中，当非维之佚诗；《永乐大典》卷帙浩繁，成于众手，难免有误，不可尽信也。

（原载《文史》第 23 辑，1984 年出版）

关于王维山水田园诗的禅意和思想价值

一

　　王维笃志奉佛，这对于他的诗歌创作，自然会产生一定的影响。这种影响，大体可分为两个方面：一是间接的影响，即佛学思想影响了王维的人生态度、世界观，从而也对其诗歌创作产生一定的影响。这在其作品中的表现为：既可看出佛教的影响，又并没有表现什么禅理。关于这一点，我在《论王维的佛学信仰》一文中已经涉及，这里就不准备多说了。二是直接的影响，其表现为在诗中寄寓了禅理。对这一点，古人很早就注意到了。如胡应麟《诗薮》内编卷六云："太白五言绝，自是天仙口语，右丞却入禅宗。如：'人闲桂花落，夜静深山空。月出惊山鸟，时鸣春涧中。''木末芙蓉花，山中发红萼。涧户寂无人，纷纷开且落。'读之身世两忘，万念皆寂，不谓声律之中，有此妙诠。"徐增《而庵诗话》说："摩诘精大雄氏之学，篇章字句皆合圣教。"沈德潜《说诗晬语》卷下说："王右丞诗不用禅语，时得禅理。"王维集中有些作品,用禅语阐述禅理,类似偈颂,如《胡居士卧病遗米因赠》《与胡居士皆病寄此诗兼示学人二首》等,就是这样的作品。由于这类作品严格说来不能算是诗,在王维集中数量又很有限(只有十多首),所以历来人们探索王维诗的禅意,都不把注意力放在这些作品上头。更使人们感到兴趣的是,如何从王维的山水田园诗中找出隐寓着的禅理。如前面引述的胡应麟、沈德潜的话,就都是指王维的山水田园诗而言的。

又,古人或以禅来比喻王维的山水田园诗,这一点同说王维的山水田园诗中寓有禅意,并不一样,需先辨明。如王士禛《带经堂诗话》卷三云:

> 严沧浪以禅喻诗,余深契其说,而五言尤为近之。如王、裴辋川绝句,字字入禅。他如"雨中山果落,灯下草虫鸣","明月松间照,清泉石上流",以及太白"却下水晶帘,玲珑望秋月",常建"松际露微月,清光犹为君",浩然"樵子暗相失,草虫寒不闻",刘眘虚"时有落花至,远随流水香",妙谛微言,与世尊拈花,迦叶微笑,等无差别。通其解者,可语上乘。

严羽以禅喻诗,认为"大抵禅道惟在妙悟,诗道亦在妙悟"(《沧浪诗话·诗辨》)。禅宗南宗以为禅理可意会不能言传,对它的悟解,无须依仗经书,不必凭借理性思维,而只靠个体感性的忽然"妙悟"(实即一种神秘的直觉)。严羽认为,诗道也靠"妙悟",可与禅道相通。他说:"孟襄阳学力下韩退之远甚,而其诗独出退之之上者,一味妙悟而已。"又说:"夫诗有别材,非关书也;诗有别趣,非关理也。"(同上)艺术不是逻辑思维,它建筑在个体的直观领悟的基础之上,故可与南宗所说的禅悟相通。严羽借助于禅而悟出了诗歌的特点。他"约略体会到形象思维和逻辑思维的分别,但没有适当的名词可以指出这分别，所以只好归之于妙悟"①。"妙悟"之诗，长于形象思维，可作不同的理解，能留给读者再创造的广阔天地。故沧浪云"其妙处透彻玲珑，不可凑泊，如空中之音，相中之色，水中之月，镜中之象，言有尽而意无穷"（《沧浪诗话·诗辨》）。王士禛很同意严羽的说法，他所谓"字字入禅"，也是以禅喻诗，即指王维、裴迪的辋川绝句有弦外之音、言外之意，臻于"妙悟"境地。又，所谓"世尊拈花，迦叶微笑"，就是禅道的"妙悟"。王士禛说"雨中山果落，灯下草虫鸣"等，"与世尊拈花，迦叶微笑，等无差别"，同样是以禅喻诗，指这些诗歌已达到"妙悟"境地。《带经堂诗话》卷三云："唐人五言绝句，往往入禅，有得意忘言之妙。"五绝只有二十字，其语言自然需要有更大的容量，正因此，它也就更易取得"言有尽而意无穷"的效果，所谓"往往入禅"，即指此而言。又云："舍筏登岸，禅家以为悟境，诗家以为化境，诗禅一致，等无差别。"自然平淡却意蕴无穷，此即"化境"，也就是"妙悟"境地。在王士禛看来，诗歌创作和欣赏过程中的"妙悟"与禅悟，其理相同，故可以禅喻诗。所以，有人征引王士禛的上述那段话来说明王维的山水田园诗中寓有禅意，其实是一种误解。

古人论及王维山水田园诗的禅意，说得都较笼统。今人继续对这一问题进行探索，则力图揭示出其诗中所寓禅意的具体内容。他们大多认为，王维山水田园诗的禅意，在《辋川集》《皇甫岳云溪杂题五首》《终南别业》等作品中，表现得最为明晰。但对于某一诗歌隐寓着的禅意的具体内容，则往往看法各异，仁者见仁，智者见智。例如：

> 木末芙蓉花，山中发红萼。涧户寂无人，纷纷开且落。（《辛夷坞》）

---

① 郭绍虞：《沧浪诗话校释》，人民文学出版社，1998，第22页。

关于此诗的禅意，陈允吉同志说："这首诗并没有真正揭示出自然界运动变化而展现的蓬勃生机，它所写到的所谓'动'，不过是像诗人自己所说的那种'空虚'的聚散生灭……作者描写这种'动景'的目的，正是为了表示自己不受这种纷藉现象的尘染，借以烘托他所认识的自然界，它的真实面貌应该是'毕竟空寂'的。"（陈允吉：《论王维山水诗中的禅宗思想》，载《文艺论丛》第 10 辑，以下凡引此文，不复注出处）陈仲奇同志说："因为'对境无心'，所以花开花落，引不起诗人的任何哀乐之情；因为'不离幻相'，所以他毕竟看到了花开花落的自然现象；因为'道无不在'，所以他在花开花落之中，似乎看到了无上的'妙谛'：辛夷花纷纷开落，既不执着于'空'，也不执着于'有'，这是何等的'任运自在'！纷纷二字，表现出辛夷花此生彼死、亦生亦死、不生不死的超然态度。在王维看来，整个精神世界和物质世界，不正是像辛夷花那样，在刹那的生灭中因果相续、无始无终、自在自为地演化着的吗？……王维因花悟道，似乎真切地看到了'真如'的永恒存在，这'真如'不是别的，就是万物皆有的'自然'本性。"（陈仲奇：《因花悟道　物我两忘——王维〈辛夷坞〉诗赏析》，载《文史知识》1986 年第 10 期）又如：

　　空山不见人，但闻人语响。返景入深林，复照青苔上。
（《鹿柴》）

关于此诗，陈允吉说："作者一开始就着眼于绘写'空山'的意境，正是为了以此说明自然界的空虚；其后又在寂静的深林中添上一笔返照的回光，也是极力强调自然现象不过是瞬息即逝的幻觉。禅宗最为尊奉的《金刚般若经》，曾经说过'凡所有相，皆是虚妄'，王维在这首诗中所寄托的理念，它的思想本质同这个唯心主义观点是相通一致的。"史双元同志说："这空山绝境虽不见人，却又有人语响，可见这'不见人'的'人语'其实是一个神秘的声音……'返照'是禅悟之一过程的形象性术语，而青苔，王维又常以'青苔日厚自无尘'、'青苔石上净'来比喻世间微渺而自性清净之物。……'大明照本净末'通过夕阳'归根返照'这么一种奇幽的可见性图景表现了出来：空山无人，空中传音，大明光临，青苔得照。表现了作者在深幽的修禅过程中豁然开朗，'一刹那间妄念俱灭'，'进入无差别境界'的情景。"（史双元：《禅境画意入诗情——王维后期诗风浅探》，载《南京师院学报》1983 年第 1 期，以下凡引此文，不复注出处）再如：

> 人闲桂花落，夜静春山空。月出惊山鸟，时鸣春涧中。（《鸟鸣涧》）

关于此诗，陈允吉说："我们不妨看一下《大般涅槃经》中的一段话：譬如山涧因声有响，小儿闻之，谓是实声，有智之人，解无定实。这部佛经的另一个地方，还说：'譬如山涧响声，愚痴之人，谓之实声，有智之人，知其非真。'《大般涅槃经》作为禅宗僧侣经常依据的一部经书，王维对它所宣扬的这一套谬论心领神会。他在这首诗中所写的山涧鸟鸣，从其形象中所显示的内在理念而论，同上面摘引的《涅槃经》中两段话的思想实质是基本一致的，表明作者并没有把这种'山涧响声'视作'实声'，而是作为'解无定实'的幻觉，放在诗中从反面映衬出'静'的意境。"关于以上三诗，李泽厚先生说："一切都是动的。非常平凡，非常写实，非常自然。但它所传达出来的意味，却是永恒的静，本体的静。……自然是多么美啊，它似乎与人世毫不相干，花开花落，鸟鸣春涧，然而就在这对自然的片刻直观中，你却感到了那不朽者的存在。运动着的时空景象都似乎只是为了呈现那不朽者——凝冻着的永恒（按，指常住不灭的本体佛性）。那不朽，那永恒似乎就在这自然风景之中，然而似乎又在这自然风景之外。"（李泽厚：《禅意盎然》，载《求索》1986 年第 4 期）再看另外一首诗：

  秋山敛余照，飞鸟逐前侣。彩翠时分明，夕岚无处所。（《木兰柴》）

关于此诗，陈允吉说："它用闪烁明灭的笔法，写到了夕阳的余光在秋山上收敛了，天空中竞相追逐着的飞鸟消逝了，一时看到的彩翠分明的山色又模糊了，自然界所呈现的各种现象，都是随生随灭，仿佛只是在感觉上倏忽之间的一闪，如同海市蜃楼那样，不过是变幻莫测的假象。"史双元说："在这么一种光明朗照的境界中，山岚流动，彩翠明灭，秋山余照显得特别神圣而美好（高山光辉常有一种神圣的美）。'落日山水好'，'一悟寂为乐'，天造地设的伟大创造，无所不在的夕岚显现，人情物理的深邃交融在启迪着神秘而神圣的宗教心理。飞鸟（是鸟是我？或为一体？）尽力向秋山余照处飞去。翠羽迎返照，得照时分明……作者一刹那间由解脱而升华，由观照而禅悟，'一瞬超于累劫'，进入大明蕴照的境界中（此即'顿悟'），'心融物外，道契玄微'。"

  对上述各诗寄寓的禅意，说解纷纭，这里只是举出几种比较有代表性的看法。关于其他一些山水田园诗的禅意，也还有一些不同的说法，限于篇幅，就不再列举了。诗属形象思维，本可以见仁见智，加上佛学充满着神秘的色彩，所谓"悟禅"，不易捉摸，所以出现不同的说法，不足为奇。但是，不可否认，这里也存在着一个值得研究的问题，即这些说法是否接近原作的意蕴。要弄清这一问题，似当从大处着眼。

  不妨先讨论一下，研究王维山水诗中的禅意，应当以什么作为出发点的问题。上述诸家，大都认为王维是禅宗南宗的信徒，并以此为出发点来探寻王维山水诗中的禅意。例如陈允吉就认为，王维"中年同神会在南阳相遇以后，他终于完全接受了禅宗的那一套主观唯心主义的教义"；禅宗"把人的主观精神世界以外的一切事物，都说成只是感觉上虚假的幻影"，王维也就力图在其写景作品中，表现禅宗的这种色空思想。陈允吉探索《辛夷坞》《鹿柴》《鸟鸣涧》《木兰柴》等诗的禅意，都是从这一点出发的。又如禅宗南宗喜欢讲通过对自然景物的观照而悟解禅理，李泽厚、史双元、陈仲奇等就主要从这一方面着眼来揭示王维以上四诗的禅意。

前面所说的这样一个出发点是否牢靠呢？首先，关于王维是不是禅宗南宗的信徒问题，我在《论王维的佛学信仰》一文中已作了论述，基本的看法是："王维无疑受到过禅宗南宗的较多影响，但又不能把他看成是一个南宗的信徒。他对于当时佛教各宗的思想，总的说来，是广泛汲取、兼收并蓄的。"其次，陈允吉同志曾说过："王维这样一位维摩诘式的人物，佛教思想深入骨髓。"这就牵涉到一个王维对佛教的信仰到底达到什么程度的问题。这个问题与我们研究王维山水诗中的禅意，关系是相当密切的。拙作《"三教"融合和王维的思想》曾指出，儒、佛、道三教对王维都有影响，儒家的纲常名教，诗人一生是一直努力遵奉、不敢须臾违背的，又他隐居辋川时，还常并修佛、道。所以，过分强调佛教对王维的影响，未必符合实情。佛教哲学的核心思想，是认为世界上的一切事物都虚幻不实（"空"），王维在他的一些有关佛教的诗文中，确乎大谈过"空"理，说明他曾受到佛教的这一思想的较大影响，但是，如果以为王维完全相信这套东西，奉之为立身行事的准则，那就未免把复杂的问题给简单化了。且不说在朝为官的王维，就是出家的僧人，也不可能完全相信这套"空"理，尽管他们口里大说着"空"话。因为佛教的"空"理，完全违反人们的普通常识和生活经验，况且和尚毕竟也是社会的现实的人，要想脱离现实社会是绝对不可能的，所以，在理论上口头上，他们可以大谈一切皆空；在现实生活中，则不可能真的以为一切皆空，否则，他们就难以在社会中立足了。譬如，饭是"空"的吗？一天不吃饭，那肚里才真是空的呢。"口虽言空，行在有中"，这两句古人讥讽和尚的话，正道出了这种矛盾的现象。我在《论王维的佛学信仰》一文中曾说过，开元二十五年张九龄出为荆州长史之后，王维感到理想破灭，无心仕进，然而，他又没有下决心退出污浊的官场，结果不能不走上一条随俗浮沉、同现实妥协的道路。但是这样做，他内心又是存在矛盾和感到痛苦的。正是这一切，使他接受佛教的"空"理，企图用看"空"一切来消除内心的痛苦，获得精神上的安慰。他是借佛教的"空"理来排遣忧闷，不一定完全相信一切皆空。那时候，诗人置身于奸臣专权的黑暗官场，既不甘同流合污，又惟恐招来祸害，不得不与腐朽的统治集团敷衍往来。在黑暗政治的重压下，如何自处，如何远害，对诗人说来是一个非常实际的问题，并不"空"。所以，有了这种严峻的现实政治生活的体验，诗人是不大可能真的相信一切皆空的。又，理想的破灭，对官场生活的厌倦，使诗人转向大自然，希图从中找到生活的乐趣，以排遣内心的苦闷；当诗人领略自然风光，探寻到其中的美，并用自己的笔，刻画出大自然生动具体的美感形象的时候，他会真的相信大自然的一切都是"空"的吗？恐怕是不会的。另外佛教虽不反对见、闻、觉、知外境外物，但反对执着于外境外物，认为如果执着于外物，就会使自己的情识受到垢染，引生爱欲、贪欲等；诗人常流连光景，沉溺于山水林泉之中，表现出对于大自然的极为浓厚的兴趣和爱恋，这显然有点执着于外物的味道，同佛教的宗旨也不大相合。王维《偶然作六首》其六云："宿世谬词客，前身应画师。不能舍余习，偶被世人知。"以词客、画师自许，而不以维摩诘式的居士自命。综上所述，王维并不是禅宗南宗的信徒，对佛教的信仰也是有限度的，而且，诗是写性情的，艺术不属于逻辑思维，在王维的那些类似偈颂的诗文中阐述过的佛理，未必在他的山水田园诗中得到表现。因此，认定王维完全接受禅宗南宗的思想，并以此为出发点来探寻其山水诗的禅意，恐不合宜。

根据前面的引文可以得知，陈允吉同志大抵是这样来论证《鸟鸣涧》的禅意的：先征引《涅槃经》中的话，证明佛教认为声音是虚幻的；接着说《涅槃经》是禅宗僧侣经常引据的一部经书，王维作为禅宗的信徒，自然对这种谬论心领神会，所以，他在这首诗中所写的山涧鸟鸣，就是作为一种幻觉，以映衬出"静"的意境。这种说法的前提是：王维完全接受禅宗南宗的思想，是禅宗南宗的信徒。且不说这个前提难以成立（已如上述），就算能够成立，也不能据此推出结论，说王维在这里就是依佛经立意，把山涧鸟鸣当作幻觉来表现。因为在这首诗中，诗人只是凭借自己对自然景物的直观感受和形象思维，创造出了一个寂静的境界，并没有着意要去表现某一佛书宣扬过的某种佛教理念。如果让王维写作一篇论述声音是否真实存在的文章，他也许会接受佛教的观点；至于在诗中描写春涧鸟鸣的实景，那就要另当别论了。而且，春涧鸟鸣的形象，在这首诗中，是构成寂静境界的不可或缺的材料，不宜把它从整个境界中割裂出去，而又另外赋予它表现幻觉的意蕴。我们探求王维某一山水诗的禅意，应从此诗所创造的意境出发，而不应从禅宗南宗或王维曾宣扬过的某一佛教理念出发。否则，就很容易犯曲解诗意以牵合某一佛教理念的毛病。

关于《木兰柴》的禅意，陈允吉说："（禅宗）力图说明，人们所感受到的一切世界现象，最终毕竟是不存在的"；王维在这首诗中，写到秋山余照收敛了，天空中的飞鸟消逝了，彩翠分明的山色又模糊了，自然界的各种现象，都不过是随生随灭、变幻莫测的假象，正是禅宗上述思想的"比较充分"的表现。然而，当我们细读这首诗的时候，眼前却展现出了一幅绚烂明丽的秋山夕照图：秋山上的夕阳逐渐收敛它的余光，归林的鸟儿联翩相逐而飞，满山秋叶在夕阳中时或显露其斑斓色彩，夕岚在山间流动，无有定处。秋色佳丽，美不胜收，诗人置身其中，心情也是愉快的。王士禛说："余两使秦蜀，其间名山大川多矣，经其地始知古人措语之妙，如右丞：'秋山敛余照……'二十字真为终南写照也。"（《带经堂诗话》卷十四）说右丞此诗使自己联想到终南山景色，这种感受应该说是符合这首诗的艺术形象的。陈允吉对《木兰柴》的阐释可谓独特，但似乎有点为了牵合"禅宗所持的色空观念"，而离开了原作的形象和意境。陈允吉对《辛夷坞》《鹿柴》的阐释，大抵也有类似倾向，限于篇幅，此处就不多说了。

慧能门下经二三传后，公案流行。禅宗的公案，多使用隐喻、暗示、象征手法，史双元同志或许受到公案的启发，也多从这方面着眼来探寻王维山水诗的禅意。如他说《鹿柴》中的"人语响"是一个神秘的"召唤之声"，又把诗中的"返景"同悟禅过程中的"返照"联系起来，认为日光代表"大明"（根本智），青苔"比喻世间微渺而自性清净之物"，一道夕阳的斜光穿透深林照在青苔上，象征"作者在深幽的修禅过程中豁然开朗（顿悟）"。又说《木兰柴》中的余照、夕岚，"启迪着神秘而神圣的宗教心理"；鸟儿（或是我？）向秋山余照处飞去，翠羽得到落日余辉的照射而分明，象征着作者由观照而顿悟。应该说，中国古典诗歌是有着寄托象征的传统的，尤其是那些题为咏怀、感遇、感怀的作品，更常采用象征手法。但是，毕竟还有数量更多的作品，不是借助那些具有象征、暗示作用的形象来构成意境的。而且，诗歌有自己的特点，我们探求它是否具有象征意义，必须从作品的形象和意境出发，以形象给人的感受为依据，绝不应离开形象和感受，去侈谈作品的象征意义。不妨先看看《鹿柴》一诗。这首诗写诗人独处于空山深林中的感受。"空山不见人"，只有"不见人"之人（即诗人自己）在，他听到山谷中传来人语的回响，看到一束夕阳的斜辉透过密林射在青苔上。空山虽无人，却闻人语响，这境界是极幽静的，但并不死寂。深林中长满青苔之地，其环境是幽暗阴冷的，但一缕夕阳的返照，又带来一点光亮、一些暖意。诗人欣赏这人迹罕至之境，沉浸在寂静的快乐之中。史双元说"空山不见人"而有"人语响"，可见它是"一个神秘的声音"，其实，我们如果走进深山密林之中，也会有与诗人类似的感受，看来，史同志已把这首诗所描写的环境给抛到一边了。又悟禅过程中的"返照"，是说禅家接引学者，往往不作正面回答，而说一些不相干的话，以便把他的心思挡回去，引起自悟。[①] 这同诗中所描写的"返景"，并无必然联系。另夕阳的返光，并非"大明"，青苔也不能代表"世间微渺而自性清净之物"[②]，所以"返景入深林，复照青苔上"，自然也就不是什么顿悟的象征了。总之，史双元对《鹿柴》的阐释，与原作的形象和意境相去甚远，有颇大的主观随意性。他对《木兰柴》的说解，也存在类似问题。如"飞鸟逐前侣"，不应解释成为飞鸟"向秋山余照处飞去"；"彩翠"指山色，而非谓"翠羽"（鸟飞行于空中，我们是看不清其翠羽的）；至于说飞鸟或是我，那就离原作的艺术形象更加远了。况且，按照史同志的这种解释，一幅诗人精心构思的绚丽图画，也就被割裂了。

还有一种说法认为：禅宗南宗"非常喜欢与大自然打交道"，强调从"这个动的现象世界中去领悟、去达到那永恒不动的静的本体"（见李泽厚《禅意盎然》）；王维的《辛夷坞》《鸟鸣涧》《鹿柴》等诗，就表现了诗人在对自然景物的观照中，获得了"那个常住不灭的本体佛性"，感到了真如的永恒存在。我在《论王维的佛学信仰》一文中曾说过，禅宗南宗是"真如缘起"论者，王维也接受"真如缘起"思想，以为真如是万有的本体、本原，世间一一物无不皆具真

---

① 参见吕澂《中国佛教源流略讲》，中华书局，1979，第377页。

② 史双元尝举王维"青苔日厚自无尘"、"青苔石上净"之句，证明诗人常以青苔"比喻世间微渺而自性清净之物"。按，"青苔日厚自无尘"出自《与卢员外象过崔处士兴宗林亭》诗："绿树重阴盖四邻，青苔日厚自无尘。科头箕踞长松下，白眼看他世上人。"盖写兴宗林亭实境，与佛教无涉。"青苔石上净"见于《戏赠张五弟諲三首》其一："吾弟东山时，心尚一何远。……清川与悠悠，空林对偃蹇。青苔石上净，细草松下软。""青苔"如比喻"微渺而自性清净之物"，那"细草"又比喻什么呢？

如。所以，上述说法，应该说是有一定道理的，符合逻辑的。然而，一切文学艺术都是诉诸感性的，要证明《辛夷坞》《鸟鸣涧》《鹿柴》具有上述禅意，不能光凭逻辑推理，而应靠从对这些诗歌艺术形象的具体分析中引出结论。上述说法的思路大抵是这样的：禅宗倡"真如缘起"，王维也说"道无不在"（指真如存在于一切物中），所以他便以为通过对自然景物的观照，即可获得真如佛性。《辛夷坞》等诗，正表现了这一点。在这种看来符合逻辑的推理中，似也有一个问题值得提出，即王维撰写的观赏自然风景的诗歌，数量不少，它们是否都具有这一禅意？如果不是都具有这一禅意，那么又根据什么说其中的某些作品（如《辛夷坞》等）具有这一禅意，而另外的一些作品则不具有这一禅意？这个根据，恐怕只能是作品本身的艺术形象和意境。所以，归根结底，不能离开形象和意境去寻求诗歌的禅意。关于《鹿柴》《鸟鸣涧》二诗，前面已经说过，它们都创造出了一个寂静幽清的境界。诗中也写"动"，但这都是为了衬托"静"。因此可以说，二诗传达出来的意味主要是静和静的快乐。至于静的"永恒"、"本体"之义和真如佛性的存在，诗中没有明言，我们从作品的艺术形象中，也难以获得此种感受。所以，说此二诗具有上述禅意，并不完全是从作品的艺术形象本身引出的，而是研究者把王维与禅宗南宗联系到一块而后借助逻辑推理得出的。又《辛夷坞》也创造出了一个远离尘嚣的寂静境界，但它同样也没有能够使我们得到真如永恒存在的感受。

如果王维真的完全接受禅宗南宗的一套东西，像他们那样看重因物悟道的话，那么我们对于其山水田园诗中隐寓着的禅意的理解，也就不应过于坐实了。我们知道，禅家主张自悟，而所谓"悟"，又主要靠个体的神秘直觉，所以不仅如何悟，因人而异，毫无定法，而且所悟到的理，也是不可言传、难以捉摸的。甚至连什么是"悟"，也无一定标准（得师印可，即谓之"悟"，否则，即是不悟）。因此，对于王维的因物悟道及其山水诗中寄寓的禅意，就不宜过于拘泥、过于坐实。钱振锽《诗话》云："禅语者，活泼泼之谓也。何谓活泼？不拘泥之谓也。……天下有拘泥不活泼而谓知禅理者耶？"称王维一定从对自然景物的观照中获得真如佛性，并在诗中加以表现（其实诗里只是创造出了一种寂静的境界），岂不是有点过于拘泥、过于坐实？如果用禅家的话来说，就是"死板禅客"。

那么，王维山水诗中的禅意，究竟表现在哪里呢？窃以为集中地表现为追求寂静清幽的境界。写这种境界为什么就具有禅意？《过香积寺》云：

> 不知香积寺，数里入云峰。古木无人径，深山何处钟。泉声咽危石，日色冷青松。薄暮空潭曲，安禅制毒龙。

关于此诗，赵殿成说："此篇起句，极超忽，谓初不知山中有寺也，迨深入云峰，于古木森丛、人踪罕到之区，忽闻钟声，而始知之。四句一气盘旋，灭尽针线之迹。……泉声二句，深山恒境，每每如此。下一咽字，则幽静之状恍然，著一冷字，则深僻之景若见，昔人所谓诗眼是矣。"（《王右丞集笺注》卷七）诗歌写出了一个幽深、静谧的境界。末二句掺入禅语，或谓"空洞的禅语"把"一个完整的诗情境界"给破坏了。[①] 然而作者的用意，正是要用这两句话来总结前六句，并把超脱尘俗的寓意进一步点明。在诗人的心目中，这样一个幽深、静谧的境界，正是"静虑"的好地方。他心逐境寂，安禅入定，忘掉了现实的一切，制伏了世俗的妄念（毒龙喻世俗的妄念）[②]。由此诗的以"安禅制毒龙"作结，即可使我们悟出诗人为什么追求寂静

[①] 孙昌武：《唐代文学与佛教》，陕西人民出版社，1985，第95页。

[②] 佛教认为，妄念烦恼，能危害人之身心，使不得解脱，故以毒龙喻之。《禅秘要法经》卷中："今我身内，自有四大毒龙无数毒蛇……集在我心，如此身心，极为不净，是弊恶聚，三界种子萌芽不断。"

清幽的境界。而且，这对于我们探求此类境界寄寓的禅意，也具有启发作用。他在《竹里馆》中写道：

独坐幽篁里，弹琴复长啸。深林人不知，明月来相照。

竹林幽深，主人独坐，没有人知道他的存在，唯有明月为伴。这个境界，可谓幽清寂静之极。佛教是引人出世的，在这个境界中，我们即可以感受到一种离尘绝世、超然物外的思想情绪。深林月夜，万籁俱寂，但是诗人并不感到孤独、寂寞，他弹琴长啸，怡然自得。《饭覆釜山僧》云："一悟寂为乐，此生闲有余。"此时诗人确乎闲淡自在，沉浸在寂静的快乐之中。佛教认为，世俗世界的一切，本性均为苦，造成苦的直接根源是烦恼（一切世俗欲求、情绪和思想活动的总称），彻底断灭一切烦恼，即可得到快乐。诗人置身于远离尘嚣的寂静境界，感到身上没有俗事拘牵，心中没有尘念萦绕，因而体验到了寂静之乐。前面分析过的《鹿柴》一诗，其所创造的境界以及蕴含的禅意，也和《竹里馆》接近。又《鸟鸣涧》一诗，前两句写夜静山空，幽人清闲无事，看见了桂花悄然飘落，两句话已点染出了一个极其幽静的境界。后两句写月出鸟惊，山鸟的几声鸣叫，更衬托出春山的幽寂。清黄周星《唐诗快》卷一四评此诗云："此何境界也，对此有不令人生道心者乎！"所谓"道心"，无非指出世之念。从这首诗的境界中，我们确实可以体味到诗人心灵的空寂宁静和精神的离世绝俗。再如《辛夷坞》描写辛夷花初发红萼，像芙蓉一样美丽，然而它生长在绝无人迹的山涧旁，没有人知道它的存在，只好自开自落。这里只有一片自然而然的静寂，一切似乎都与人世毫不相干。诗人的心境，亦复如是。请看，辛夷花默默地开放，又默默地凋零。非常平淡，非常自然。没有目的，没有意识。没有生的喜悦，也没有死的悲哀。而对这花开花落，诗人好像完全无动于衷，既不乐其怒放，亦不伤其凋零，他似乎已忘掉自身的存在，而与这自开自落的辛夷花融合为一了。胡应麟说：此诗与《鸟鸣涧》，"读之身世两忘，万念皆寂。"这话颇有见地，可帮助我们理解王维这两首诗所追求的境界和其中蕴含的禅意。

王维的一些山水田园诗，还常常流露出一种超脱尘世、亲近自然的意趣和"随缘任运"的思想。如《戏赠张五弟𬤇三首》其三：

> 我家南山下，动息自遗身。入鸟不相乱，见兽皆相亲。云霞成伴侣，虚白侍衣巾。

诗人甚至连自身的存在都给忘了，更何况人世！他与鸟兽同群，和云霞作伴，获得了亲近大自然的乐趣。又如《酬张少府》：

> 晚年惟好静，万事不关心。自顾无长策，空知返旧林。松风吹解带，山月照弹琴。君问穷通理，渔歌入浦深。

诗人喜好寂静，沉溺山水，任性逍遥，闲适自在。在摆脱诸多尘事之后，他感到快乐和自由。再如《终南别业》：

> 中岁颇好道，晚家南山陲。兴来每独往，胜事空自知。行到水穷处，坐看云起时。偶然值林叟，谈笑无还期。

《诗人玉屑》卷一五云："此诗造意之妙，至与造物相表里，岂直诗中有画哉！观其诗，知其蝉蜕尘埃之中，浮游万物之表者也。山谷老人云：余顷年登山临水，未尝不读王摩诘诗，顾知此老胸次，定有泉石膏肓之疾。《后湖集》。"诗人追赏自然风光的雅兴和超然出尘的情致，在这首诗中，确实得到了突出的表现。诗人隐居山林，悠然自得。兴来则独往游赏，但求适意。他任兴所之，非有期必。"行到水穷处"，去不得了，就坐下看云。偶遇林叟，便与谈笑，何时回家呢，连自己也不晓得。总之，一切任其自然，一切都不放在心上，无思无虑，无牵无挂，就像云飞水流那样。这种生活态度、作风，就是佛教所宣扬的"随缘任运"。

关于王维山水田园诗的禅意，已如上述。王维的山水田园诗非但具有禅意，且具有浓厚的隐逸气息。他的绝大多数山水田园之作，都同隐逸生活有着密不可分的关系。如前面谈到过的《辋川集》《皇甫岳云溪杂题五首》《终南别业》《酬张少府》《戏赠张五弟𬤇三首》等，就无一不是隐逸生活的写照。又，他的山水田园诗，多追求一种寂静清幽的境界，而这种境界的创造，是同隐逸生活的体验不能分开的。我们知道，隐者或居山林，或处草野，所在大抵都是远离朝市的幽僻之地，倘若他们从事诗歌创作，这种生活环境自然会在他们的作品中刻下印记。王维多次隐居，曾在嵩山、终南山、辋川等地的山水胜境生活过，对于那里的宁静、幽美景色十分喜爱，并有真切的体验，这就是他的诗作之所以追求和能够创造出寂静清幽境界的又一个原因。另外，我在《"三教"融合和王维的思想》一文中曾谈到，道教的"守静去欲"、"安心坐忘"的理论，对王维的思想产生过影响，诗人之所以追求寂静境界，同接受这种影响也有一定关系。所以，可以说，王维的大部分山水田园诗，是隐逸生活与佛、道思想结合的产物。

二

王维的山水诗中有一小部分作品，如《汉江临眺》《终南山》等，能以劲健的手笔，绘出大自然的壮美图画，表现诗人的开阔胸襟，对这些作品的思想价值应持肯定态度，研究者们向来都无异议。

但对于他的那些与隐逸生活有密切关系的山水田园诗的思想价值，解放以来的研究者们则往往持否定态度。他们主要从以下两个方面来否定这些作品的思想价值：一是认为这些作品表现了地主阶级的闲情逸致，一是说它们蕴含着佛教的消极思想。那么，王维的那些寓有禅意的山水田园诗，是不是在思想上就一无价值，甚至只具有消极的作用呢？

王维的那些寓有禅意的山水田园诗，并非是佛教教义的枯燥说教，而是借助于艺术形象，在对自然美的生动画面的描绘中，来寄寓某种禅理的。我们知道，山水诗不能不表现自然景象，描写自然美的各种感性形态，塑造大自然的生动具体的形象，当诗人从事这种创造的时候，必须有自己对自然景物的直观感受，对自然景物的细致观察和真切体验，而不能只是带着自己的主观意念（如自己所体悟的禅理等）。正因此，这类含有禅意的山水田园诗，其形象就往往大于思想，作者的主观意图，或许是要表现某种禅理，但作品的客观艺术效果，却未必完全与之一致。例如前面谈过的《鸟鸣涧》《竹里馆》《辛夷坞》《鹿柴》等，虽然无不寓有某种禅意，但又都刻画出了大自然的静谧之美，表现了诗人陶醉于自然美景中的情趣。所以这些作品，仍可以帮助读者欣赏自然，使他们获得一定的美感享受。况且，这些作品所传达出来的情绪，主要是安恬闲静，而非冷寂凄清。

王维的山水田园诗多写宁静、幽美之景，其中有的作品，流露了盎然的生意，而不见蕴含佛教的消极思想。如《栾家濑》：

> 飒飒秋雨中，浅浅石溜泻。跳波自相溅，白鹭惊复下。

在飒飒秋雨中，山溪之水于乱石间迅急流泻，激起一个个相互飞溅的浪花，水边的白鹭被它惊动而飞起，随又回旋而下，好像留恋这美景，舍不得离去。栾家濑本是一个只有白鹭出没、溪水潺潺的幽僻之地，但一经诗人彩笔的描绘，却充满了活泼的生趣。又如《白石滩》：

清浅白石滩，绿蒲向堪把。家住水东西，浣纱明月下。

溪水清浅，白石可见，溪边嫩绿的蒲草已长得可以用手把握了。溪水东西两岸人家的少女，趁着月光来到滩边浣纱。明月、溪流、绿蒲、白石与浣纱的少女相映成趣，组成了一幅色彩明丽、境界幽美、洋溢着生意的图画。农村风光在诗人笔下，也往往是宁静幽美、富有生意的。《新晴野望》：

新晴原野旷，极目无氛垢。郭门临渡头，村树连溪口。白水明田外，碧峰出山后。农月无闲人，倾家事南亩。

这首诗写雨后新晴诗人纵目远望所看到的乡村风光：雨后空气清新，阳光灿烂，大自然的一切变得格外澄鲜明净，原野似乎也显得特别开阔。在辽阔的原野上，绿树掩映、溪流环绕着的村庄清晰可见。村庄外，是绿色的田野，田野之外，白水在新阳下闪着亮光。远处，群山连绵，群山之后，碧翠奇峭的峰峦在阳光下现出了自己的美丽姿影。诗人以其生花妙笔绘出的这么一幅农村风景画，真是美极了！诗的最后两句说正值农忙季节，农民们都倾家而出在田野里辛勤劳动，更给这幅明丽的图画，增添了勃勃生气。

王维的上述这一类描写静美境界的山水田园诗，不但千百年来一直传诵人口，也能够为今人所喜爱和欣赏。这除了因为它们表现出很高的艺术技巧外，还由于这些诗歌所刻画的幽静之境，也是大自然之美的一种反映，对人们具有较大的吸引力。大自然的美是多种多样的，或雄奇，或壮伟，或幽静，都是美的一种。人们对自然的审美需求也是多种多样的，非必雄奇、壮伟，方能给人以美感享受。当人们或在紧张的劳动之余，或在生活、工作中遭遇挫折，内心感到矛盾、痛苦之际，或长期生活于大都市，对其嘈杂感到厌倦的时候，能有机会领略一下大自然的幽静之美，岂不也是一件快事？另外，王维这类诗歌所传达出来的感情，多是愉悦、恬适的。《山居秋暝》：

> 空山新雨后，天气晚来秋。明月松间照，清泉石上流。竹喧归浣女，莲动下渔舟。随意春芳歇，王孙自可留。

此诗不仅写出秋日傍晚雨后山村的幽美景色，而且流露了诗人自己领受这种佳景的愉快和对自然的爱恋之情，这两者很好地融合到了一起。可以说，这类诗歌的感情基调，是明朗健康的。

前面说过，王维的山水田园诗，同他的隐逸生活有着非常密切的关系。王维在辋川的隐居生活是很闲适的，他的一些山水田园之作，也确乎常表现隐士的闲情逸致。如《田园乐七首》其六："桃红复含宿雨，柳绿更带春烟。花落家僮未扫，莺啼山客犹眠。"写出了隐逸生活的闲适自在，宋胡仔说："每哦此句，令人坐想辋川春日之胜，此老傲睨闲适于其间也。"（《苕溪渔隐丛话》后集卷九）他笔下的农民和农村生活，往往富有隐士气息和闲逸情调。例如："采菱渡头风急，策杖村西日斜。杏树坛边渔父，桃花源里人家。"（《田园乐七首》其三）"萋萋芳草春绿，落落长松夏寒。牛羊自归村巷，童稚不识衣冠。"（同上其四）这与其说是在写农民和农村生活，不如说是在写隐士和他们的隐逸生活。诗人的那些刻画山水清景的作品，也常常流露悠闲自得的情致。如《辋川闲居赠裴秀才迪》："倚杖柴门外，临风听暮蝉。"《酬张少府》："松风吹解带，山月照弹琴。"《归嵩山作》："清川带长薄，车马去闲闲。流水如有意，暮禽相与还。"我们知道，王维后期一直做着官，又有自己的庄园，不必躬亲耕稼而衣食无虞，自可优游林泉，过闲适的生活，这同当时的那些饱尝种植的艰难和风霜草露的辛苦的农民相比，当然大不一样，因此称王维的山水田园诗中所表现的闲情逸致，是"地主阶级的"，应该说还是恰当的。但是，也应指出，诗人是在理想破灭、对现实政治感到失望的情况下，才走上优游山水、啸傲林泉的道路的（参见本书《谈王维的隐逸》一文）。所以他这期间写的一些诗中，不免时或流露出自己对于现实的不满和苦闷心情。如《酌酒与裴迪》云："酌酒与君君自宽，人情翻覆似波澜。白首相知犹按剑，朱门先达笑弹冠。"《林园即事寄舍弟纮》说："寓目一萧散，消忧冀俄顷。青草肃澄陂，白云移翠岭。……心悲常欲绝，发乱不能整。青簟日何长，闲门昼方静。颓思茅檐下，弥伤好风景。"诗人的流连光景，就寓有希望以此来排遣内心的苦闷之意。又诗人每每喜欢描写隐居的闲逸、快乐，这恐怕与他已对长安官场的生活感到厌倦有着一定的关系。《辋川别业》说："不到东山向一年，归来才及种春田。雨中草色绿堪染，水上桃花红欲燃。优娄比丘经论学，伛偻丈人乡里贤。披衣倒屣且相见，相欢语笑衡门前。"离开辋川"向一年"后又回到辋川，不仅那里的佳景使他陶醉，与通经论的高僧、隐居乡里的贤者往还，也使他感到非常愉快，而这一些，正是他在长安为官时所无法得到的。《积雨辋川庄作》："积雨空林烟火迟，蒸藜炊黍饷东菑。漠漠水田飞白鹭，阴阴夏木啭黄鹂。山中习静观朝槿，松下清斋折露葵。野老与人争席罢，海鸥何事更相疑。"辋川夏日久雨初晴后的景象，多么幽美！在这种环境里过"习静"的隐居生活，像野老一样与人相处，不自矜夸，不拘形迹，使诗人感到十分畅快。赞赏这种无拘无束的田园生活，正是对长安官场生活的一种否定。《渭川田家》："斜光照墟落，穷巷牛羊归。野老念牧童，倚杖候荆扉。雉雊麦苗秀，蚕眠桑叶稀。田夫荷锄至，相见语依依。即此羡闲逸，怅然歌式微。"写田家生活的"闲逸"和农民淳朴的人情美，也含有否定官场的倾轧之意。因此，对上述这类作品的思想价值，不应一笔抹煞。

上述这类表现了隐士的闲情逸致的诗歌，也能够为今天的读者所喜爱和欣赏。这除了因为它们具有高超的艺术技巧和上述思想价值外，还由于这些作品所描写的流连山水的闲情逸致，相对说来，还比较高雅（虽然其中也流露了逃避现实和追求一己之快乐的消极思想）。今天的劳动者并不绝对排斥闲情逸致，比如在工作之余，种植花草，畜养鱼鸟，欣赏自然风景等，不也是很令人愉快的事吗？今天劳动者的生活已发生了很大变化，他们对精神食粮的需求也更高和更多样化了。因此，王维的那些描写流连山水的闲情逸致的作品，无疑可以符合部分人的某种需要，对他们产生一点怡悦情性的作用。将来，随着劳动者文化素养的日益提高，这类作品或许还会赢得更多的读者。

最后，还应指出一点，即王维的山水田园诗中，常常带着一种宁静、安恬、和谐的气息，这同诗人所处的那个盛唐时代的社会环境，看来有很密切的关系。开元、天宝时期，社会经济繁荣，人民生活安定，虽然自李林甫执政之后，政治日益黑暗腐败，但整个社会的和平、安定局面，并未被根本改变。王维山水田园诗中的上述气息，就是盛唐时代和平安定的社会环境的一种反映。从王维自己的创作来看，即可说明这一点。他的那些安恬、闲静的山水田园之作，都写于安史之乱前；安史之乱爆发后，社会动荡衰败，诗人也就写不出这类作品来了。如果我们再把刘长卿等人的山水诗与王维的山水田园诗作一些比较，也不难看出这一点。刘长卿的山水诗多作于安史之乱爆发后，往往充满着一种衰飒、萧条、凄清、冷落的气氛，与王维的作品不同。究其原因，主要恐怕就是社会环境的差异使然。

善于写情的诗人王维

袁枚《随园诗话》补遗卷十云："诗家两题，不过'写景、言情'四字。我道：景虽好，一过目而已忘；情果真时，往来于心而不释。"在中国诗歌史上，王维是以擅长描写自然风景著称的。然而实际上，他不仅善于写景，也善于写情。他的写景，往往正是为了寓情。在他的诗中，不仅感情丰富，表达感情的方式也是多种多样的。

王维是个重友情的人。《旧唐书》本传说他临终之际，"忽索笔作别缙书，又与平生亲故作别，书数幅，多敦厉朋友、奉佛修心之旨"。在王维的集中，表现友情的诗歌数量甚多，与其山水田园之作大抵不相上下，内容多述朋友间相思别离之情及相互关怀体贴、敦励慰勉之意。《淇上送赵仙舟》云：

> 相逢方一笑，相送还成泣。祖帐已伤离，荒城复愁入。天寒远山净，日暮长河急。解缆君已遥，望君犹伫立。

才逢又别，倍觉黯然。诗的开头两句，即将这点道出，真可说是"起便情深"。接着直抒离宴上的惜别及送别后的怅惘之情。三联"天寒"二句"用写景之笔宕开，而情在景中"（施补华《岘佣说诗》）。结句写友人的船已远去，而自己犹伫立怅望，更表现出对友人的无限深情。《送杨少府贬郴州》云：

> 明到衡山与洞庭，若为秋月听猿声。愁看北渚三湘近，恶说南风五两轻。青草瘴时过夏口，白头浪里出溢城。长沙不久留才子，贾谊何须吊屈平。

此诗先写"贬"，道出友人远谪郴州的愁苦不堪之情，字里行间也流露了诗人对朋友的理解、关心和同情。第四句谓"不能北归，反恶南风，语妙意曲"（《唐诗别裁》卷一三）。最后宽慰友人，说他当不会久留于郴，无须过于自伤。话语亲切，带给人以温暖。《送丘为落第还乡》："怜君不得意，况复柳条春。为客黄金尽，还家白发新。五湖三亩宅，万里一归人。知祢不能荐，羞为献纳臣。"写出了友人的潦倒失意和自己的深切同情。末二句自责，更见出两人的交情之笃。《齐州送祖三》："送君南浦泪如丝，君向东州使我悲。为报故人憔悴尽，如今不似洛阳时。"离别的感伤与失志的悲哀交织在一起，感情格外强烈。除送别诗外，王维的赠答、哀挽之作，也每有以表现友情为主题的（如《赠祖三咏》《哭殷遥》等），限于篇幅，这里就不多说了。由以上所述诸诗大抵可以看出，这类表现友情的作品有一个共同之处，就是写得充满感情，真挚动人。这类诗歌所表现的真挚友情，应该说是人类最普遍的美好感情的一个部分，所以这类作品直到今天，仍然可以引起我们的共鸣。

这类作品，有的采用借景寓情、以景衬情的表达方式。如《临高台送黎拾遗》："相送临高台，川原杳何极。日暮飞鸟还，行人去不息。"写离情却无一语言情而只摹景物。《奉寄韦太守陟》："荒城自萧索，万里山河空。天高秋日迥，嘹唳闻归鸿。寒塘映衰草，高馆落疏桐。临此岁方晏，顾景咏悲翁。故人不可见，寂寞平林东。"以萧索的秋景衬托思念故人的惆怅之情。《送杨长史赴果州》："鸟道一千里，猿啼十二时。"这两句既是景语，也是情语，道上的荒落之景与行者的凄楚之情融合为一。这些诗歌的共同特色是：含蓄不露，绰有余味。

这类诗歌中也有不少作品，采用直抒心声、主要以情语成文的表达方式。而且这些作品中的情语，往往颇自然、含蓄，有"词不迫切而味甚长"之妙。如《送元二使安西》：

> 渭城朝雨浥轻尘，客舍青青柳色新。劝君更尽一杯酒，西出阳关无故人。

此诗以它的善于写情，曾被后人誉为唐人七绝的压卷之作（参见王士禛《带经堂诗话》卷四）。末二句情语，含蕴非常丰富，明李东阳论此二句云："此辞一出，一时传诵不足，至为三叠歌之。后之咏别者，千言万语，殆不能出其意之外。"（《麓堂诗话》）这话不无道理。从这短短的两句诗中，我们不仅可以感受到惜别的依依不舍之情，还可体味到诗人对朋友的关怀体贴之意。然而，此种绵绵情意，诗中又并未说破，是靠读者慢慢体会而得的，所以，此诗也就具有了蕴藉含蓄的长处。又，这两句诗又极其自然，仿佛是未经思索脱口而出的，胡应麟评这两句诗说："自是口语而千载如新。"（《诗薮》内编卷六）非常正确。又如《送别》：

> 下马饮君酒，问君何所之？君言不得意，归卧南山陲。但去莫复问，白云无尽时。

此诗用问答体，更加口语化，但却有语浅意深、余味不尽之妙。朋友自言不得意，想要归隐，诗人不仅不加劝阻，反而说"你只管去，别的什么都不要再问了"，在这种支持归隐的坚决态度中，隐含着诗人对现实政治的不满与感慨，所以钟惺评论此诗的末二句说："感慨寄托，尽此十字，蕴藉不觉。深味之，知右丞非一意清寂，无心用世之人。"（《唐诗归》卷八）又，白云无尽，正足以自乐，这是希望友人从欣赏大自然的美景中得到安慰，也是对友人的一种关怀体贴。再如《送沈子福归江东》：

　　杨柳渡头行客稀，罟师荡桨向临圻。惟有相思似春色，江南江北送君归。

清马位《秋窗随笔》说："最爱王摩诘'惟有相思似春色，江南江北送君归'之句，一往情深。"以无处不到的春光喻送别者的深情，不但自然、贴切，而且耐人寻味。又《山中送别》云："山中相送罢，日暮掩柴扉。春草明年绿，王孙归不归？"此诗写得明白如话而余味悠长。诗人刚送走友人，即掩门独思：明年春草又绿的时候，友人会不会回来？未写离别情态，而别时的依依不舍与别后的无尽思念，已见于言外。《送河上段十六》云："与君相见即相亲，闻道君家在孟津。为见行舟试借问：客中时有洛阳人？"不直叙别后相思情深，而说若见行舟，即向洛阳来的船客探问友人的消息。这话说得委婉，很有回味的余地。《送岐州源长史归》："握手一相送，心悲安可论？秋风正萧索，客散孟尝门。"这四句直抒心声，但并不浅露。诗人与源长史曾同在河西节度使崔希逸幕中任事，这时希逸已卒（诗题下自注："源与余同在崔常侍幕中，时常侍已殁。"），门下客四散，"客散"句即指此而言。所以，这四句诗蕴含的感情是深厚和复杂的，其中既有别离的感伤，也有对崔的哀挽及崔卒后作者的失落感。以上所论诸诗，主要都以情语成文，从中不难看出，王维是善于写情的。这得力于他的艺术修养，也得力于他对自己所表达的感情，有着深切的体验。

王维集中的少量表现亲情的诗歌，同样具有充满感情、自然含蓄的优点。如《九月九日忆山东兄弟》："独在异乡为异客，每逢佳节倍思亲。遥知兄弟登高处，遍插茱萸少一人。"写节日思亲的普遍感情，可谓"先得人心之所同然也"。后二句设想亲人也在思念自己，"不说我想他，却说他想我，加一倍凄凉"（张谦宜《䌷斋诗谈》卷五）。《观别者》："青青杨柳陌，陌上别离人。爱子游燕赵，高堂有老亲。不行无可养，行去百忧新。切切委兄弟，依依向四邻。……余亦辞家久，看之泪满巾。"写贫士为衣食所驱、不得已辞家远游的悲哀，非常感人。特别是"不行"四句，"道出贫士临行恋母情状"（余成教《石园诗话》卷一），更加催人泪下。

王维今存写闺思、宫怨、爱情等的诗歌，有十余首。在这些诗中，作者对封建时代妇女的不幸遭遇，往往抱一种同情的态度。例如《息夫人》《羽林骑闺人》《班婕妤三首》等，都是如此。明钟惺说："情艳诗，到极深细、极委曲处，非幽静人原不能理会，此右丞所以妙于情诗者也。"（《唐诗归》卷八）在这类诗中，王维确乎善于体会描写对象内心的委曲之处，把她们的思想感情细致深入地刻画出来。如《早春行》：

> 紫梅发初遍，黄鸟歌犹涩。谁家折杨女，弄春如不及。爱水看妆坐，羞人映花立。香畏风吹散，衣愁露沾湿。玉闺青门里，日落香车入。游衍益相思，含啼向彩帷。忆君长入梦，归晚更生疑。不及红檐燕，双栖绿草时。

这诗描写一贵族少妇为排遣相思之苦，在春天刚刚来临的时候，就迫不及待地独自外出游赏春景。她欣赏自己的容貌、打扮，自个儿坐在水边照看不已。她年轻，又无同行者，不免有点羞于见人，只好藏入花中。她害怕香气被风吹散，衣服被露沾湿，一副娇滴滴的模样。为了驱除别离之苦，她一直玩到日落才回家。谁知归来后，她对丈夫的思念却更加不可抑止！她心中的痛苦无从排解，只有躲进帐中大哭一场。这时天已昏黑，而她犹思念不已，梦魂颠倒，似乎见到了丈夫。但醒来哪有丈夫的影子？此时她猛然感到，自己还不如檐前那双栖的燕子呢。这首诗的确细致入微地把一个深谙独居之苦的贵族少妇的曲折、复杂的感情给表现了出来。

王维的这类诗歌，大都写得很蕴藉、委婉。如《息夫人》：

莫以今时宠，能忘旧日恩。看花满眼泪，不共楚王言。

春秋时楚文王灭息，夺息侯夫人为妻，本诗即借这故事，来咏叹被当时的贵戚宁王李宪霸占的饼师之妻。事见《本事诗·情感》。诗中"看花"二句，只描摹饼师之妻的情态，"更不著判断一语"（《渔洋诗话》卷下），即表现出一个无法抗拒强暴势力凌辱的弱女子内心的无限哀怨，同时也流露了诗人对她的同情和对宁王的不满。所以马位称赞这两句诗"得言外之旨"（《秋窗随笔》），张谦宜也说这首诗"体贴出怨妇本情"，"止二十字，却有味外味，诗之最高者"（《绲斋诗谈》卷五）。再如《班婕妤三首》其二："宫殿生秋草，君王恩幸疏。那堪闻凤吹，门外度金舆。"此诗也写得委婉，"本意一毫不露"（黄生《增订唐诗摘抄》卷一）。末二句只说受不了乘舆从门外经过时传来的奏乐之声，则宫中同列的承恩与宫人自己失宠后的寂寞、痛苦，已可自言外得之。

这类诗歌的妙处不仅在于写得很蕴藉、委婉，还在于其语言又极平易、通俗，因而具有语浅情深之长。如《失题》：

清风明月苦相思，荡子从戎十载余。征人去日殷勤嘱：归雁
来时数寄书。

这首诗描写一位妇女在月明风清的夜晚，思念她出征多年未归的丈夫
的痛苦心情。良宵更易勾引起对亲人的思念，此诗首句即道出了人们
生活中的这一普遍的经验，能激起读者的种种联想。接下"只说'荡
子从戎十载余'，而十余年的相思苦情自然涌出。只提去日'归雁来
时数寄书'的殷勤嘱咐，而今日由于一直盼不到征人音信所产生的绝
望和焦虑情绪自然流露"①。可见此诗虽明白如话，但蕴含的感情却很
丰富、深厚。《相思》：

红豆生南国，秋来发几枝？劝君多采撷，此物最相思。

此诗语言也颇浅显。红豆又名相思子，古时多用它来象征爱情和相
思。诗人此处即巧妙地借助这一象征义，委婉、含蓄地表现出了深长
的相思之情。又《杂诗三首》其一、其二：

家住孟津河，门对孟津口。常有江南船，寄书家中否？
君自故乡来，应知故乡事。来日绮窗前，寒梅著花未？

二诗皆用口语，洗尽雕饰；看似信手拈来，实则经过艺术的提炼，表
达了丰富的情意。第一首写妻子对远在江南的丈夫的思念。丈夫客寓
他乡，妻子最为牵挂的是他是否捎来平安的音信。"寄书家中否"的
问话，不仅表现了妻子对丈夫的关心，也流露了她盼望丈夫来信的急
切心情。而且，既然"常有江南船"，丈夫捎信回家并不困难，可为

① 陈贻焮：《唐诗论丛》，湖南人民出版社，1980，第87页。

什么自己又没有收到信呢？所以这话中，又含有要求丈夫来信之意。第二首从远在异乡的丈夫方面着笔，不直说丈夫也在思念故乡和故乡的亲人，而说他向刚从故乡来的人打听来的时候故乡的梅花是否已开放。这样，诗歌也就显得含蓄、委婉了。另外，江南春早，寒梅早已著花，所以"来日"二句之问，也很切合客居于江南的丈夫的口气。

王维写过一些揭露社会上的不合理现象、抒发自己内心的愤慨不平之情的诗歌。这些作品有的直抒胸襟，如《寓言二首》其一：

> 朱绂谁家子，无乃金张孙？骊驹从白马，出入铜龙门。问尔何功德，多承明主恩？斗鸡平乐馆，射雉上林园。曲陌车骑盛，高堂珠翠繁。奈何轩冕贵，不与布衣言！

直截了当地抨击那些无"功德"却占据显位的贵族子弟，向他们提出义正辞严的责问，一吐了自己胸中的垒块不平。有的成功地运用对比手法，来控诉社会的不公正：

> 赵女弹箜篌，复能邯郸舞。夫婿轻薄儿，斗鸡事齐主。黄金买歌笑，用钱不复数。许史相经过，高门盈四牡。客舍有儒生，昂藏出邹鲁。读书三十年，腰下无尺组。被服圣人教，一生自穷苦。（《偶然作》其五）

没有直接发议论，直接抒发感情。只把"斗鸡"的"轻薄儿"与饱学的儒生的不同境遇作鲜明对比，诗人的愤懑不平之情就自然涌出。还有的采用比兴寄托的方式，来表达这同一思想感情。《西施咏》：

> 艳色天下重，西施宁久微？朝为越溪女，暮作吴宫妃。贱日岂殊众，贵来方悟稀。邀人傅脂粉，不自着罗衣。君宠益骄态，君怜

无是非。当时浣纱伴，莫得同车归。持谢邻家子，效颦安可希！

沈德潜评此诗说："别寓兴意。"（《说诗晬语》卷下）"写尽炎凉人眼界，不为题缚，乃臻斯诣。"（《唐诗别裁》卷一）黄培芳亦评云："托意深远。"（《唐贤三昧集笺注》卷上）又刘须溪评"贱日"二句说："语有讽味。"黄周星评"君宠"二句云："既有君怜无是非，便有君憎无是非矣，语有意外之痛。"（《唐诗快》卷四）这些意见都很正确。此诗实际是说，西施的"殊众"与否，不在于她有无"艳色"，而在于她的"贵"或"贱"以及"君宠""君怜"与否。隐喻士的遇与不遇，也不取决于他有无才德。所以，在这首诗中，寄寓着怀才不遇的下层士人的不平与感慨。在艺术上，由于此诗采用比兴寄托的表现方式，因而形成了深婉含蓄的特点。又如《洛阳女儿行》写洛阳女儿的娇贵和她丈夫的豪奢，最后以"谁怜越女颜如玉，贫贱江头自浣纱"作结，也"托意深远"，抒发了贫士胸中的不平。故沈德潜评此诗说："结意况君子不遇也，与《西施咏》同一寄托。"（《唐诗别裁》卷五）

王维的那些歌咏从军、边塞、侠士的诗篇，也善于写情。其中有的作品抒发了自己出塞的豪情。《使至塞上》：

单车欲问边，属国过居延。征蓬出汉塞，归雁入胡天。大漠孤烟直，长河落日圆。萧关逢候骑，都护在燕然。

写出了诗人出塞途中见到的景象。那壮丽、开阔的塞上风光使他惊异、赞叹，路上得知我军在前线获胜的喜讯又使他兴奋。这诗的特点是"用景写意，景显意微"（王夫之《唐诗评选》卷三）。虽然如此，诗人的壮阔胸襟、豪迈情怀，从诗中我们还是可以感受到的。他的一些送人出塞的诗作，也常表现同一情怀。《送张判官赴河西》云：

> 单车曾出塞，报国敢邀勋。见逐张征虏，今思霍冠军。沙平连白雪，蓬卷入黄云。慷慨倚长剑，高歌一送君！

除勉励朋友立功报国外，也抒写了自己慷慨报国的壮志豪情。在感情的表现上，此诗有别于前一首的"用景写意"，而更多地采用直接抒发的方式。

在王维的这类诗中，最值得我们注意的还不在于它们抒写了诗人自己的豪情壮志，而在于它们刻画出了将军、战士、豪侠等一些有血有肉的人物。可以说他的这类诗歌，多着眼于写人，并通过写人，寄寓自己的情志。王维写人，侧重于表现人物的精神面貌、思想感情。请看他笔下的将军：

> 汉家天将才且雄，来时谒帝明光宫。万乘亲推双阙下，千官出饯五陵东。誓辞甲第金门里，身作长城玉塞中。卫霍才堪一骑将，朝廷不数贰师功。赵魏燕韩多劲卒，关西侠少何咆勃。报仇只是闻尝胆，饮酒不曾妨刮骨。画戟雕戈白日寒，连旗大旆黄尘没。叠鼓遥翻瀚海波，鸣笳乱动天山月。麒麟锦带佩吴钩，飒沓青骊跃紫骝。拔剑已断天骄臂，归鞍共饮月支头。汉兵大呼一当百，虏骑相看哭且愁。教战须令赴汤火，终知上将先伐谋。（《燕支行》）

写出了"汉家天将"的英雄气概和报国决心。全诗多用烘托手法。如先写将军出征时天子亲送、千官出饯的盛况，衬托出了他的不同一般。接着写将军麾下士卒的强悍勇猛、行军时军容的壮盛和一战即胜的景况，以烘托将军的"才且雄"。《送赵都督赴代州得青字》也是通过写出征来表现将军的英雄气概。《观猎》则通过写日常的狩猎活动来刻画将军的精神面貌：

> 风劲角弓鸣，将军猎渭城。草枯鹰眼疾，雪尽马蹄轻。忽过新丰市，还归细柳营。回看射雕处，千里暮云平。

此诗起句突兀：在北风劲吹的郊野，将军的角弓发出了一个个尖锐的声响。由这一细节描写，即可使我们想象到将军那双控弦的手是何等有力。"草枯"二句描写了骑猎的情景：猎鹰目光锐利，发现了一只只野兽，将军策马驰逐，多么矫健轻捷。接下二句写猎毕归营，用自然、平易的语言，真切地表现了将军猎后的愉快心情。最后二句写归营时勒马回望射猎之处，只见暮云无际。此二句"作回顾之笔，兜裹全篇"（《岘傭说诗》），不禁使我们想见将军那豪兴未已、仍陶醉在射猎的快意之中的神态。全诗虽只写射猎活动，却清楚地展现出了将军意气风发的精神面貌。

《老将行》主要采用叙事手法来勾勒老将的内心世界，并一抒了被压抑者胸中的不平。诗中先叙老将自少年时即英勇善战，屡立军功；接着写他不仅得不到应有的封赏，反而被弃置不用，只得回家去过贫困寂寞的隐居生活；最后写他遭弃置"成白首"后，犹关心边事，当敌人犯我边境的时候，即热切希望重上前线，为国立功："试拂铁衣如雪色，聊持宝剑动星文。愿得燕弓射天将，耻令越甲鸣吾君。莫嫌旧日云中守，犹堪一战立功勋！"老将的这种动人的爱国热情，会更激起读者对他所受到的不公平对待的愤懑。又《陇头吟》云：

> 长安少年游侠客，夜上戍楼看太白。陇头明月迥临关，陇上行人夜吹笛。关西老将不胜愁，驻马听之双泪流。身经大小百余战，麾下偏裨万户侯。苏武才为典属国，节旄空尽海西头。

此诗也写老将，但所用手法与《老将行》有别。翁方纲《七言诗三昧举隅》评此诗说："此则空际振奇者矣，与前篇（指《夷门歌》）之平实叙事者不同也。"这首诗在构思上确有奇处。它选取陇关这样一个边防要塞作为背景，巧妙地将"长安少年"与"关西老将"联系到了一起：少年夜上关楼看太白（即金星，古人认为它主兵象），以立边功自命，跃跃欲试，所以听到陇山上凄凉的笛声，并不感到悲哀；而身经百战未获重赏的老将，则闻笛涕零。在这里，"起手四句是宾，'关西老将不胜愁'六句是主"（吴乔《围炉诗话》卷二），诗歌即用"宾"来反衬"主"，揭示出了老将的精神世界。老将当年的抱负，何尝不与今日的"长安少年"一样？哪知随着岁月的逐渐流逝和功业的不断建立，留给他的却只有失意的不平和悲哀！这不能不引起人们深思，为什么朝廷竟如此赏罚不明？于是，此诗的揭露社会不平的思想主题也就很自然地被表现出来了。

他的《从军行》主要写战士：

> 吹角动行人，喧喧行人起。笳悲马嘶乱，争渡金河水。日暮沙漠陲，战声烟尘里。尽系名王颈，归来献天子。

用极省净的语言，绘出了一幅有声有色的战斗图画，表现了战士们争先杀敌的英雄气概。此诗同《观猎》一样，也主要通过描写人物的行动来揭示出他们的精神面貌。又他的《出塞作》写道：

> 居延城外猎天骄，白草连天野火烧。暮云空碛时驱马，秋日平原好射雕。护羌校尉朝乘障，破虏将军夜渡辽。玉靶角弓珠勒马，汉家将赐霍嫖姚。

"护羌校尉""破虏将军"并非实指某将，可看作是唐军将士的代表。这首诗在表现上有自己的特色。金圣叹说："前解（前四句）写天骄是真正的天骄，后解（后四句）写边镇是真正的边镇。前解不写得如此，便不足以发我之怒；后解不写得如此，便不足以制彼之骄。"（《金圣叹选批唐诗》卷三上）渲染天骄的气焰之盛，正是为了显示出唐军的强大。全诗通过敌我双方的对比描写，鲜明地表现出了唐军将士不畏强敌的英雄气概和昂扬斗志。

《夷门歌》是一首歌颂战国时代的侠士侯嬴的诗。这诗的写法是"平实叙事"，近于《老将行》。诗中叙侯嬴之事，不过寥寥数句，即悉尽曲折，表现出高度的艺术概括能力。又此诗不仅通过叙事表现了侯嬴的侠义精神，且叙述的语言中常饱含感情。如末四句云："非但慷慨献奇谋，意气兼将身命酬。向风刎颈送公子，七十老翁何所求！"熔叙事、议论、抒情于一炉。《少年行四首》也是写侠士的。它们往往只通过描写人物的某一典型活动，即将其精神风貌勾画出来。如其一云："新丰美酒斗十千，咸阳游侠多少年。相逢意气为君饮，系马高楼垂柳边。"只抓住游侠少年相逢即意气相投而共饮一事，就把他们的豪迈爽朗的性格给表现了出来。

总之，上述这类诗歌，是以描写人物为主的。作者很善于运用各种不同的表现手法，恰到好处地把人物的精神世界展现出来。这不但使他笔下的一个个人物显得有血有肉，而且诗人的情志也因此得到了表现。

王维的那些数量不少的山水田园之作，非常擅长描写自然风景，但它们同时也都具有一定的情感内容。如有的诗歌表现了隐居山林的闲适自在、悠然自得之趣，有的抒写了诗人亲近自然、领受佳景的愉悦、恬适心情，有的揭示出清寂宁静的心灵境界，有的表露了离尘绝世的思想情绪，等等（参见本书《关于王维山水田园诗的禅意和思想价值》一文）。在这类诗中，王维不仅善于用他的生花妙笔，勾画出自然界的多姿多彩面貌，而且善于借助这些自然景物，来表达自己思想感情。如果说能在自己的诗中刻画出自然美的各种生动具体的形象已属不易，那么能同时使这些形象很好地起到表达感情的作用就更难了。但王维却能做到这一点。他的这类诗歌如何借景写情，托物尽意，其中有哪些成功的艺术经验值得我们汲取，笔者已另文论述（即本书《王维诗歌的写景艺术》一文），这里就不多谈了。

王维集中，还有一些言志述怀、抒发自己内心苦闷之作，如《献始兴公》、《赠从弟司库员外绘》、《冬夜书怀》、《冬日游览》、《偶然作六首》其三、《不遇咏》、《被出济州》、《寄荆州张丞相》、《晚春严少尹与诸公见过》、《早秋山中作》等等。这些诗歌表达感情的方式与特点，同他的那些写友情的诗歌大抵接近，为省篇幅，此处即略去不论。

钟惺说："右丞禅寂人，往往妙于情语。"（《唐诗归》卷八）王维诗中所抒发的感情相当丰富，可见他并不是一个断灭了世俗之情的"禅寂人"，但说他的诗"往往妙于情语"，却是颇有见地的。诗人不仅内心充满丰富的感情，也能够体会描写对象内心的深细、委曲之情，对自己诗中所表现的思想感情又多有深切的体验，且善于运用各种不同的艺术手法、表情方式和自然、平易、含蓄的语言来表达情意，故而使自己的作品，具有语浅情深、蕴藉委婉、余味不尽、天然入妙的长处和能够打动读者心灵的艺术感染力量。正因为这样，我们说王维非但擅长写景，也是一个善于写情的诗人。

也谈红豆与《相思》

　　《中华读书报》1999 年 9 月 15 日登载的王春瑜《红豆、劳什子及其它》一文（副标题为"煞风景的考证之二"，以下简称"王文"），旨在反对浮躁学风，提倡好学深思，读后觉得用心甚佳，但其中对王维的名篇《相思》所作的新解释，也令我十分疑惑。"王文"说，自己"曾在广东从相思树上采下红豆，仔细观察"，发现"刚采撷下来的成熟的红豆，形状酷肖处子的阴蒂，怪不得王维在诗中说'愿君多采撷，此物最相思'"。文中并引清初屈大均《广东新语》卷二五"红豆"条所载清初诗人万红友咏红豆的赋作以为佐证，说赋中的"莞榴（石榴）粒之羞园"等语，早已对红豆酷肖处女阴蒂的形状作了描绘和暗示；又说郭沫若曾对红豆究为何物作了考查，并在广东"找到了一种叫海红豆的植物……树高可达20 余米，'秋季果熟，其种子自然跃出果壳，呈朱红色，形似跳动的心脏'"（"王文"谓见于《新民晚报》的一则报道）。接着还就此事推测道：郭沫若之所以未写文章将红豆的实际形状说出，是因其"已经年迈，而且身居要津"，"不便启齿"。于是"王文"最后下结论说，《相思》"其实是一首道道地地的艳诗"；"联想到某些学者对红豆不作仔细考证，想当然地作风马牛式的注释"，还有今日人们竞相以红豆作人名、艺名、室名等，"倘若他们知道红豆的典故、王维诗句的本义，岂非煞尽天下风景乎！"我一直觉得，《相思》是借助红豆（又名相思子）的象征义，来表现深长的相思之情（包括朋友和男女之间的相思之情）；现在，自以为正确的理解，忽然变成了"风马牛式的"，岂能甘心？于是不得不出来同王春瑜先生抬一杠。

不妨先看一看王维的同时代人对《相思》诗是如何理解的。唐范摅《云溪友议》卷中《云中命》载：天宝十五载（756），安禄山攻陷长安，唐玄宗逃往四川，宫廷乐师李龟年流落到湖南，"曾于湘中（湖南）采访使筵上唱：'红豆生南国，秋来发几枝。赠君多采撷，此物最相思。'又：'清风朗月苦相思，荡子从戎十载余。征人去日殷勤嘱，归雁来时数附书。'此辞皆王右丞所制，至今梨园唱焉。歌阕，合座莫不望南幸而惨然。"李龟年唱罢王维的诗后，合座的人无不面对玄宗南去的方向而悲痛伤感，所唱的诗能是"王文"所认定的那种艳诗吗？由于《相思》是表现朋友或男女之间深长的相思之情的，所以能够触发起人们对君王的思念之意。看来，唐人对这首诗的理解，同我的理解接近。解诗当知其人，论其世，孟夫子说："颂其诗，读其书，不知其人，可乎？"（《孟子·万章下》）这首诗的作者王维，三十岁左右丧妻而"不再娶，三十年孤居一室"（《旧唐书·王维传》），以至于膝下无一男半女，绝了后；而且他从小虔诚奉佛，"居常蔬食，不茹荤血"，退朝之后，每"焚香独坐，以禅诵为事"（同上），像是一个写艳诗的人吗？又，王维今存诗376首（剔除伪作之后）、文70篇，我们能从中找出一首艳诗、一篇艳文吗？我看半首、半篇也找不出来，不信可以翻翻王维的集子试试。今日人们用红豆作艺名、室名等，也许有附庸风雅之嫌，但以红豆命名的事，古已有之，并非始于今日。如明末清初著名诗人、学者钱谦益室名为红豆山庄，清代大学者惠栋及其父祖士奇、周惕，一家三代都以红豆为室名、别号，还有红豆山房（清吴其泰）、红豆村樵（清仲云间）、红豆树馆（清陶樑）、红豆梦中人（清黄大华）等等，不可胜计，难道他们都用错了，只配留下笑柄？

下面对红豆究为何物，略作考证。先看最早的记载，西晋左思《吴都赋》："木则……楠榴之木，相思之树。"晋刘渊林注："相思……其实如珊瑚，历年不变，东冶（今福建闽侯）有之。"唐李匡义《资暇集》卷下："豆有圆而红、其首乌者，举世呼为相思子，即红豆之异名也。"高步瀛《文选李注义疏》引清余萧客曰："案红豆有二，皆木种。首戴乌，朱红色，大小如赤小豆，较圆满，小树生，名相思子。举体赤红，大小如扁豆者，大树生，不名相思子。"高步瀛案曰："余氏以为二种，甚是。"余氏所称"大树生"者，当是海红豆，明李时珍《本草纲目》卷三五下即将相思子与海红豆列为二物。其记相思子曰："相思子生岭南，树高丈余，白色，其叶似槐……其子大如小豆，半截红色，半截黑色，彼人以嵌首饰。"记海红豆曰："按徐表《南州记》云：'生南海人家园圃中，大树而生，叶圆有荚，近时蜀中种之亦成。'时珍曰：'树高二三丈，叶似梨叶而圆。'按宋祁《益部方物图》曰：'红豆……其子累累而缀珠，若大红豆而扁，皮红肉白。'"《广东新语》所述红豆，"树大数围，结子肥硕可玩"，显然是海红豆，万红友所咏与王春瑜所"仔细观察"者，也是此物，至于郭老所找到的，则更明言"叫海红豆"；而"王文"所引清钮琇《觚剩》卷七"相思子"条所记"红豆名相思子……色胜珊瑚，粤中闺阁，多杂珠翠以饰首，经年不坏"，才真正是余氏所说的相思子（"王文"未将两种红豆分开）。从前，有一位在中山大学任教的朋友曾寄赠我红豆数粒，云即王维所咏者，其形状就同于余氏所记述的相思子。此豆极坚硬，故可用以嵌首饰。唐五代人诗中所咏红豆，大抵即是此物。如路德延《小儿诗》："频邀筹箸插，时乞绣针穿。宝箧拿红豆，妆奁拾翠钿。"花蕊夫人《宫词》："春风一面晓妆成，偷折花枝傍水行。却被内监遥觑见，故将红豆打黄莺。"玩诗意，两诗所写的红豆，当是妇女用作首饰的相思子。

当然，古代的诗人、学者，也确有不知红豆有两种，将相思子与海红豆混同的。从这一点着眼，"王文"说王维诗中的红豆就是海红豆，还可以理解；但认为为什么红豆"此物最相思"，就是因为它"形状酷肖处子的阴蒂"，则令人难以苟同。红豆何以常用来象征相思？因为它是相思树所结子，又名相思子。那么相思树得名的由来又是什么？《觚剩》说："相传有怨妇望夫树下，血泪染枝，旋结为子，斯名所由昉（始）也。""王文"认为《觚剩》的解释"缺乏说服力。孟姜女、祝英台的悲剧故事，比前引怨妇更感人泣下，为什么没有与红豆或相思树发生瓜葛？足见不足信也。"关于相思树的命名由来，大抵当出于古代的地方风物传说。而孟姜女、祝英台的故事，属于民间人物传说，其与地方风物传说，本不属同一题材类别。民间传说往往具有地域性，孟姜女的故事发生于北方，那里又没有相思树，如何与红豆发生瓜葛？相思树最晚在西晋已经命名，而梁祝故事的最早记载，却出自唐代文献，两者怎么联系得起来？当然，《觚剩》的说法也未必十分可信，因为至少还有一条比它更早的记载，《本草纲目》卷三五下引《古今诗话》（宋李颀撰）云："相思子圆而红，故老言昔有人殁于边，其妻思之，哭于树下而卒，因以名之。"这条记载与《觚剩》的说法有同处（妇思夫），也有异处。民间传说是人民群众口头的艺术创作，在流传的过程中会不断发生演变，关于相思树命名由来传说的更原始的面貌究竟怎样（毕竟《古今诗话》的记载上距左思的时代已有八百年），由于文献记载的缺乏，已不得而知。

对此，我们最好采取多闻阙疑的态度。否则，恐难免陷于穿凿。又，为什么我认为"王文"关于红豆此物何以"最相思"的说法令人难以苟同呢？且不说相思子不同于海红豆，就算相思子就是海红豆，而且它只能用来象征男女相思，那么男女相思的内容也是较为广泛的，起码应包括男思女、女思男两个方面。如温庭筠《南歌子词》："玲珑骰子安红豆，入骨相思知不知？"韩偓《玉合》："罗囊绣两鸳鸯，玉合雕双鸂鶒，中有兰膏渍红豆，每回拈着长相忆。"和凝《天仙子》："柳色披衫金缕凤，纤手轻拈红豆弄。"就都是表现女思男的。而依照"王文"的说法，相思似只能限于男思女，而且还是专指思女性的私处（又必须是"处子的"），岂非"道在屎溺"，愈说愈下，这同上述唐五代人所写的诗词相合吗？郭老认为海红豆"形似跳动的心脏"（"王文"说这不是郭老的真话，可惜无从起郭老于地下而问之），可见文人们对同一事物形状的联想和比拟各不相同，万红友对海红豆形状的联想和比拟，既下且微，难道能成为天下之通义、唐人的共识？

其实，《相思》极有可能是一首赠别诗。今存王维集的宋、元、明初、明中叶刊本，都未收录这首诗，它最初载于《云溪友议》，没有题目，《唐诗纪事》收此诗，亦失题；《万首唐人绝句》录此诗，题作《相思子》，嘉靖三十五年（1556）顾氏奇字斋刊王右丞集首次将此诗收入集中（编入《外编》），题作《相思》，明末凌濛初刊王摩诘集，又题作《江上赠李龟年》。上述不同的题目，恐都是各书编者所拟，而非作者原题。如《相思子》盖据诗之首句而拟，《相思》则据诗之末句而拟。从诗意看，首二句云："红豆生南国，秋（各本皆作此字，清人编《唐诗三百首》改作"春"，无版本依据）来发几枝。"系从友人所往之地的风物写起。末二句云："劝君多采撷，此物最相思。"乃冀友人别后勿忘己，多采红豆以寄托相思之情。清管世铭说："王维'红豆生南国'，王之涣'杨柳东门树'（按，见《送别》），李白'天下伤心处'（按，见《劳劳亭》），皆直举胸臆，不假雕镂，祖帐离筵，听之惘惘，二十字移情固至此哉！"（《读雪山房唐诗序例·五绝凡例》）也认为此首是赠别诗。这样解释这首诗，未必是"想当然"吧？

（原载《中国典籍与文化》2000 年第 2 期）

王维诗歌的写景艺术

诗人王维擅长描写自然风景，不仅他的山水田园诗在写景上具有独特成就，在他的其他各种题材的诗作中常常出现的一些写景佳句，也十分引人注目。研究和总结王维诗歌写景的艺术成就与经验，对于今天的创作仍具有一定的借鉴意义。

一

说到王维诗歌的写景艺术，自然不能不提及苏轼如下的一个著名评论："味摩诘之诗，诗中有画；观摩诘之画，画中有诗。"（《东坡题跋》卷五《书摩诘蓝田烟雨图》）关于王维的"诗中有画"，近几年来的研究者们已写作了不少文章，在这里，笔者无意重复大家已说过的话，只想补充几点自己的不成熟意见。但为了把自己的意见说清楚，又有必要对大家已提出的若干看法作一点简要的分析、介绍。

先说说什么是"诗中有画"。有的同志认为，"诗中有画"是"王维诗独具的特点"，所以，它主要应该是指王维身为著名画家，善于将绘画艺术独有的表现形式融汇入诗，又指他的诗与他的画在境界的创造、情意的表达以及风格上是一致的①。但是，苏轼自己并不以为"诗中有画"是王维诗独具的特点，《王直方诗话》载苏轼云："少陵翰墨无形画，韩干丹青不语诗。"（《宋诗话辑佚》卷上）称杜甫的诗也是诗中有画。又宋张舜民《画墁集》卷一《跋百之诗画》云："诗是无形画，画是有形诗。"李硕《古今诗话》云："诗家以画为无声诗，诗为有声画，诚哉是言。"（《宋诗话辑佚》卷上）都认为诗、画相通。因此，笔者以为，"诗中有画"是指王维的诗歌，特别是他的山水田园诗，能"状难写之景于目前"，用语言描绘出具体、鲜明、生动、逼真的自然景物形象，使读者感到犹如在眼前展现一幅幅富有实体感的风景画一般。"诗中有画"，并不是王维所独有的。但同是"诗中有画"，也有高层次与低层次之别。如有的诗中画不过类似风景写生，有的则能以景物形象达情，将心境化为物境，做到景、情融合为一。王维的诗中画无疑是高层次的，而且在使诗歌具有仿佛诉诸视觉的鲜明形象方面，有自己的独特创造。

身为画家，王维常常有意无意地以画家的眼光观察景物，捕捉形象，融会绘画艺术的表现形式、原则入诗。对这个问题，同行们已作了不少深入细致的研究②。归纳起来，他们大抵有如下一些看法：

第一，绘画反映生活、表现客观物象的美，必须借助于色彩；萃诗人、画家于一身的王维，对大自然的光、色变化十分敏感，有精微的审辨能力，并善于在自己的诗中，表现出景物的色彩之美。他的诗，有的淡墨轻染，有的浓笔重彩，色调都显得那样鲜明、绚丽、和

---

① 文达三《试论王维诗歌的绘画形式美》（载《中国社会科学》1982 年第 5 期）、史双元《禅境画意入诗情》（载《南京师院学报》1983 年第 1 期）都有这种看法。

② 探索这一问题的论文，主要有袁行霈《王维诗歌的禅意与画意》（见《中国诗歌艺术研究》下编）、文达三《试论王维诗歌的绘画形式美》、黄南南《时空艺术的交融》（载《江西社会科学》1982 年第 6 期）、史双元《"诗中有画"的再认识》（载《学术月刊》1984 年第 5 期）、金学智《王维诗中的绘画美》（载《文学遗产》1984 年第 4 期）等。

谐，如画般使人悦目。

第二，绘画是"空间艺术"，讲究"经营位置"或"布局"。王维也把这种绘画的技巧，运用到诗歌中。他特别注意所描写景物之间的关联，善于处理画面的虚实布置，使诗歌具有构图美。

第三，绘画离不开透视，黑格尔在《美学》中把透视分为线形透视和空气透视两类，前者指物体形状在视觉中近大远小的差异规律。中国画虽没有准确的透视，但也讲求这种规律。又中国画有所谓"三远"：高远（"自山下而仰山巅"）、深远（"自山前而窥山后"）、平远（"自近山而望远山"），是说由于视点不同，看到或画出的景物也不一样。王维常以画家的目光透视自然，使诗中描写的景物远近分明，富于空间的层次感。有时他还能在诗中表现出由于距离渐远而形成的物象的轮廓形态、明暗色调的变化。

第四，绘画凭借线条和颜色，描绘那些同时并列于空间的物体，因此绘画不宜于处理事物的运动、变化与情节；王维在一些诗中，力求描绘出刹那间并列于空间的景物的形状和位置（例如"大漠孤烟直，长河落日圆""渡头余落日，墟里上孤烟"等），正是融会绘画的上述原则入诗。

以上这些看法，对于我们了解王维"诗中有画"的特点，都是很有益的。

但是，诗、画并非同一门艺术，绘画的表现形式、技巧也并非都适用于诗歌。当我们研究王维如何运用画法入诗的时候，必须注意到两种艺术各具的特殊性。否则，就很容易把本来只适用于绘画的东西说成也适用于诗歌，使研究走入岔道。试举一例。文达三同志说："线条是绘画的主要表现手段之一，在中国传统画中尤其占有十分重要的地位。……王维将绘画的这一传达媒介引进诗歌创作，大大增强了他的作品的表现力。"他又以"大漠孤烟直，长河落日圆"一联为例说道："试想：孤烟是一根直线，大漠边缘是一条横贯画面的地平线，落日是由弧线构成的圆形，长河的两岸则是两条圆转的曲线。沙漠上的地形、景物本来是单调的，由于这多种线、形的组合就显得并不单调了。……正因为作者捕捉了适当的瞬间景象，又巧妙地发挥了线条的表现功能，所以仅用十个字就勾画出了一幅壮美的边塞图景。……将线条的形式美引进诗歌确乎前无古人，后嗣者也是不多的。"（《试论王维诗歌的绘画形式美》）我们知道，绘画最基本的技法是以线条勾取形象的轮廓，但是，线条并不是客观物体所本有的。伍蠡甫先生说："颜色是客观存在着的，线条却不是；客观物象本身有体和面，而没有轮廓线，后者乃画家从对象抽取出来、概括出来的，是基于现实进行想象的产物，尽管画面上的线条本身还是物质的。"① 就是说，线条在现实的物体上是找不到的，画家加于物体以线条，用它来勾取物体的轮廓；诗人则不这样，他们用语言直接描摹现实物体的形象，而无须凭借线条。比如"大漠"一联，诗人描绘了大漠、孤烟、长河、落日四样景物的形象，读者感受到的是这些景物的面、体、光、色，而不是什么直线、弧线、曲线。诗歌并非是先以语言描摹线条，而后再凭借它来勾取物象的轮廓的。所以，绘画中的线条，难以引进诗歌创作。

又，金学智同志也同意文达三的看法，他说："（'大漠'二句的美，）离不开符合画理的线条组合。王述缙曾这样地概括画理说：'画之为理，犹之天地古今，一横一竖而已。石横则树竖，树横则石竖，枝横则叶竖，云横则岭竖，坡横则山竖，崖横则泉竖。密林之下，亘以茅屋，卧石之旁，点以立苔。依类而观，大要在是。'这是既具体又概括地揭示了线条的'横斜平直'相生相破的美学原理。王维的'大漠孤烟直'，正是这一原理的生动体现。广袤延展的"大漠"，在人的视平线里可说是'一横'，但这条横线未免单调，故诗人又破之

---

① 伍蠡甫：《中国画论研究》，北京大学出版社，1983，第 248 页。

以'一竖',加上了'孤烟直',就构成了美妙的画面。'长河落日圆'同样如此,'长河'基本上是一条横线或平斜线,这也容易使审美的眼睛感到平淡单一,故诗人济之以"落日圆"。"(《王维诗中的绘画美》)其实,"一横一竖"讲的是景物的布局、构图。画面上的石是横卧的,则树应当是竖立的;树若横长,则石当直立;密林中的一棵棵树是直立的,那么就应当配以横卧的茅屋。这样,画面便不显得单调,具有纷歧统一、均衡之美。王维这两句诗的好处,也正表现在景物的布局上,关于这一点,袁行霈《王维诗歌的禅意与画意》一文已作了分析,此不赘述。

王维除运用画法入诗,以形成他的诗中画外,还能够紧紧抓住诗歌的特点,充分发挥文学语言的独特功能,调动诗歌的各种艺术手段,使其作品具有仿佛诉诸视觉的鲜明形象。诗人在这一方面的出色成就,对其诗中画的形成,同样起了非常重要的作用,值得认真加以探讨。

诗歌是语言的艺术。画凭借线条和颜色以绘景状物,诗则依仗语言来刻画自然景物形象。王维的诗能够最大限度地发挥语言的特长,勾勒出许多非绘画所能表达的诗中图画。

前面谈过,绘画是空间的艺术,不宜于处理事物的运动、变化;诗歌是时间的艺术,宜于表现事物的运动、变化。王维不仅善融画法入诗,力求在一些作品中描绘出刹那间并列于空间的景物,而且也很善于表现持续进行的活动,描摹运动变化中的景象。例如:

> 太乙近天都,连山到海隅。白云回望合,青霭入看无。分野中峰变,阴晴众壑殊。欲投人处宿,隔水问樵夫。(《终南山》)

这是王维笔下的一幅有名的诗中画,但却是绘画所难以画出的。比如"白云"二句写在登山途中,仰见白云是一朵一朵的,登高之后回头一望,白云却已连成一片;山间岚气,遥望青蓝一片,走进却又看不见了。作者所写登山活动是持续进行的，所见到的山间云霭是运动变化着的，这些都是绘画不易画出的。然而，这两句诗所刻画的景物形象，却是极生动、逼真的，每一个有登山经验的人，读之都会有身临其境之感。又如："远树带行客，孤城当落晖。"（《送綦毋潜落第还乡》）《青轩诗缉》评曰："带字当字极佳，非得画中三昧者，不能下此二字。"但"远树"句说行客渐行渐远，没入远树，写的是一种持续的动作，也是绘画不易画出的。再如：

> 飒飒秋雨中，浅浅石溜泻。跳波自相溅，白鹭惊复下。（《栾家濑》）

> 春池深且广，会待轻舟回。靡靡绿萍合，垂杨扫复开。（《萍池》）

前一首写雨中山溪之水在乱石间迅急流泻，激起一个个相互飞溅的浪花，水边的白鹭被它惊动而飞起，随又回旋而下，似乎留恋着这美景舍不得离去；后一首说春池中的绿萍，在轻舟过后，慢慢地合拢到了一起，水边的垂杨被春风吹拂着，又轻轻地将它扫开。两诗所写的景物，都是运动变化着的，存在于一个前后承续的时间过程的，因而也是绘画难以画出的。但是，两诗中的景物形象，又都是具体、鲜明、生动的，犹如一组连续活动的电影镜头。

大自然是运动变化的，多姿多彩的。王维对此有深切的认识。他善于通过细致入微的观察、体验，捕捉自然景物的动态形象，用白描的手法、自然流畅的语言加以描绘。上述诸诗，无不如此。刻画出自然景物的动态，可使艺术形象更活跃生动，更有真实感，视觉意象更鲜明，从而也就使诗歌更富有画意。

勾勒自然景物的动态形象，必须凭借语言。王维在其诗中，十分注意语言尤其是表动态字的提炼。如"渡头余落日，墟里上孤烟"

（《辋川闲居赠裴秀才迪》）。一个"余"字，即把黄昏日落前已开始、尚未完成的渐进过程准确地刻画了出来；一个"上"字，又使"孤烟"产生了持续升腾的动态。又如"啼鸟忽临涧，归云时抱峰"（《韦侍郎山居》）。著一"抱"字，云彩便动了起来，形象鲜活。再如"千里横黛色，数峰出云间"（《崔濮阳兄季重前山兴》）。山峰本来是不会动的，用一"横"字、"出"字，却使它有了动态。"雨中草色绿堪染，水上桃花红欲燃"（《辋川别业》）。下一"染"一"燃"，也使静景化为动景。类似的例子还有不少：

> 郡邑浮前浦，波澜动远空。（《汉江临眺》）
> 晓钟鸣上苑，疏雨过春城。（《待储光羲不至》）
> 槐色阴清昼，杨花惹暮春。（《送丘为往唐州》）
> 寒塘映衰草，高馆落疏桐。（《奉寄韦太守陟》）
> 沙平连白雪，蓬卷入黄云。（《送张判官赴河西》）
> 日隐桑柘外，河明闾井间。（《淇上即事田园》）
> 蹴鞠屡过飞鸟上，秋千竞出垂杨里。（《寒食城东即事》）

上述表动态字皆千锤百炼而出以自然。它们的使用，有助于增强诗歌的画意。

钱锺书先生在《读〈拉奥孔〉》一文中指出："像嗅觉（'香'）、触觉（'湿'、'冷'）、听觉（'声咽'、'鸣钟作磬'）里的事物，以及不同于悲、喜、怒、愁等有显明表情的内心状态（'思乡'），也都是'难画'、'画不出'的。"（《旧文四篇》）譬如"泉声咽危石，日色冷青松"（《过香积寺》），这是王维的写景名句，它展现了山林的幽静深僻画面，但"咽"字、"冷"字却是绘画极难画出的。王维在其诗中，特别喜爱和擅长描写"听觉里的事物"，他把描摹自然音响，当作创造鲜明、生动、逼真的山水景物形象和构成诗中画的一个重要艺术手段。《送梓州李使君》云：

> 万壑树参天，千山响杜鹃。山中一半雨，树杪百重泉。

这首诗画面鲜明，具有立体感。其佳处尚不止此，又在于这画中有声。那响彻千山的杜鹃啼鸣，声震层峦的崖巅飞瀑，不但突现了巴蜀山川的雄奇，也使全诗的景物形象更生动逼真、活灵活现。《积雨辋川庄作》："漠漠水田飞白鹭，阴阴夏木啭黄鹂。"这两句诗刻画了夏日田庄久雨初晴的景象，色彩明丽，画意浓郁；而黄鹂悠扬悦耳的鸣啭，更给这优美的图画配上了动人的音响。《冬晚对雪忆胡居士家》："隔牖风惊竹，开门雪满山。洒空深巷静，积素广庭闲。"此诗写雪景极生动传神，得到了历代诗评家的一致称赞。然而，诗人咏雪，却是从寒冬深夜窗外风吹竹喧的音响写起的。潘德舆《养一斋诗话》卷二云："咏雪之妙，全在上句'隔牖'五字，不言雪而全是雪声之神，不至'开门'句矣。"张谦宜《絸斋诗谈》卷五说："得蔧见之神，却又不费造作。"但没有首句的先声夺人，就不会有后面咏雪的"得蔧见之神"。音响描写在自然景物形象创造中的妙用，于此可见一斑。《早秋山中作》："草间蛩响临秋急，山里蝉声薄暮悲。"纯用大自然的音响，渲染出早秋山中薄暮的萧瑟气氛和诗人的寂寞心情，使人读后如临其境，如闻其声。当然，在大多数作品中，王维常常是把听觉形象与视觉形象结合起来写的。《山居秋暝》云：

> 空山新雨后，天气晚来秋。明月松间照，清泉石上流。竹喧归浣女，莲动下渔舟。随意春芳歇，王孙自可留。

前三联诗，构成了一幅秋日傍晚雨后山村的活动图画。那融入画幅的音响——山泉流过石上的淙淙声、竹林里传出来的浣纱姑娘们的喧笑声、渔舟穿过莲塘发出的响声，更使这幅美丽的图画变成一组充满诗意的有声电影镜头。客观景物不仅有形状、色彩，而且有音响，所以像这样从视、听两方面来状物，就可使诗中的形象更逼真、鲜活，更富有生气。

王维偏好静美境界，尤善以音响描写来刻画静景。如《鸟鸣涧》："月出惊山鸟，时鸣春涧中。"以空谷鸟鸣反衬出春山的幽静。《春夜竹亭赠钱少府归蓝田》："夜静群动息，时闻隔林犬。"《黎拾遗昕裴秀才迪见过秋夜对雨之作》："寒灯坐高馆，秋雨闻疏钟。"用听到远处时断时续的狗吠声、雨中稀稀疏疏的钟声来表现夜的寂静。《秋夜独坐》："雨中山果落，灯下草虫鸣。"连雨中山果落地的响声也能听到，足见秋夜的静寂之极。由这首诗还可看出，诗人对大自然音响的辨识力是十分敏锐、准确和精细的。

绘画使用线条和颜色绘景状物，具有诉诸视觉的具体、鲜明形象，可被观者直接感受到；诗歌凭借语言来勾勒景物，不具有直接诉诸视觉的具体形象，而须仰赖于发挥语言的启示性，以唤起读者的想象和联想，在他们自己的头脑中形成一幅幅生动的图画。为了使自己的诗歌具有仿佛诉诸视觉的鲜明形象，王维作了多方面的努力，除了上面所谈的以外，还有以下几点值得注意。

首先，王维的有些诗歌，采用白描手法，对景物作真实、具体、细致、精确的描绘，造成强烈的可感性，使读者读后无庸细想，即在脑海中浮现出鲜明的形象。如《山居即事》："嫩竹含新粉，红莲落故衣。渡头灯火起，处处采菱归。"对秋日山村景象，观察入微，刻绘工细，形象真切生动，景物明丽如画。《沈十四拾遗新竹生读经处同诸公之作》："嫩节留余箨，新丛出旧栏。细枝风响乱，疏影月光寒。"对新生竹在风中、月下的情态，作了细腻、准确的描绘。《渭川田家》："斜光照墟落，穷巷牛羊归。野老念牧童，倚杖候荆扉。雉雊麦苗秀，蚕眠桑叶稀。田夫荷锄至，相见语依依。"以朴素而富有实体感的语言，高明的白描技巧，勾勒出了一幅真实、生动的农村日暮的生活图画。

王维的有些诗歌虽刻画工细，却具有笔墨简净之妙。因为诗人不对景物作全面的穷形尽相的描绘，而是从纷繁变幻的自然景物中，择取最鲜明生动、最引人入胜的一段，或自己感受最深的某个侧面，加以细致的刻画。由于采取这种以一斑窥全豹的表现方法，王维的不少诗歌，总能给读者留下进行联想和想象的充分余地。《鹿柴》云：

空山不见人，但闻人语响。返景入深林，复照青苔上。

此诗着意描写诗人独处于空山深林，看到一束夕阳的斜辉，透过密林的空隙，射在了林中的青苔上。作者对景物的观察和刻画可谓细致入微。虽然全诗画面极有限，笔墨极简淡，却创造出了一个寂静幽清的境界，并流露了诗人沉浸在这一境界中的无限意趣。故明李东阳《麓堂诗话》评此诗云："淡而愈浓，近而愈远，可与知者道，难与俗人言。"《木兰柴》："秋山敛余照，飞鸟逐前侣。彩翠时分明，夕岚无处所。"不对木兰柴作全景式写生，而只摄取山寨秋日夕照的短暂动人景象，加以突出的表现。诗人笔下的秋山夕照是那么绚烂明丽，可唤起人们对秋山美色的丰富联想。《春中田园作》："屋上春鸠鸣，村边杏花白。"仅选取屋上春鸠与村边杏花加以刻画，就把春日田园的生机勃勃景象表现了出来，笔墨也是极洗炼简净的。

中国山水画不搞复制自然，很讲究对自然景物感性形象的选择、剪裁、提炼和改造。中国山水诗也是如此。但是，山水画与山水诗在这一方面也存在着差异。方薰《山静居画论》说："画境异乎诗境。诗题中不关主意者一二字点过，画图中具名者必逐物措置。"就是说，诗歌在景物的选择与剪裁上具有更大的自由，更可以做到以少胜多。王维深知诗、画间的这种差异，其诗刻画景物，总是毫不可惜地略去次要部分，突出景物的最动人之处或某一独特的特征，以唤起读者的想象，去进行艺术的再创造。

王维不仅善于具体、细致地描摹景物，"以小景传大景之神"（王夫之《姜斋诗话》卷下），而且擅长用大笔勾勒，绘出包罗一切、寥远阔大的景象。在这类诗歌中，作者同样善于抓住景物的某种独有的特征，加以鲜明生动的描绘；而且，其笔墨亦极简净，具有高度的概括力，能启发人们丰富的艺术联想。如《同崔傅答贤弟》："九江枫树几回青，一片扬州五湖白。"扬州指汉扬州，辖区极广，五湖即在其辖区内。"五湖白"写出了扬州的地理特征。"一片扬州五湖白"，视野广远，境界寥廓，犹如我们今天从飞机上下瞰一般。《登辨觉寺》："窗中三楚尽，林上九江平。"上句写自僧寺远眺，"一了数千里"（方回《瀛奎律髓》卷四七），三楚尽收眼底；下句写从僧寺下望，近处是一片树林，林外有水阔波平的长江。句中用一"上"字，表现出了景物的远近层次（画中可把远处的九江画在近处的树林上）。这二句气象阔大，具有浓厚的画意，写出了湖北、江西一带长江的地理特征。《奉和圣制从蓬莱向兴庆阁道中留春雨中春望之作应制》："云里帝城双凤阙，雨中春树万人家。"写在阁道中所见，仅用十四字，就勾勒出一幅京城的鲜明图画，从中人们可以想象到长安宫殿的巍峨壮丽和都市的繁华富庶的景象。《汉江临眺》："江流天地外，山色有无中。"二句意境高旷，气象壮大。上句极言汉江的浩淼，下句写在江边眺望远山，山色淡到极点，若有若无，似隐似现。诗人以极简洁之笔，把那由于距离极远而迷离朦胧、变幻不定的山色，逼真、传神地表现了出来，给读者留下了进行想象的广大空间。又如："日落江湖白，潮来天地青。"（《送邢桂州》）"大漠孤烟直，长河落日圆。"（《使至塞上》）"青山横苍林，赤日团平陆。"（《冬日游览》）"塞迥山河净，天长云树微。"（《送崔兴宗》）"落日下河源，寒山静秋塞。"（《奉和圣制送不蒙都护兼鸿胪卿归安西应制》）皆用简净、富有概括力的笔触，描绘出寥远、壮阔的画面。作者都是只抓住景物的某一方面特征，以大笔勾勒，细节则调动读者自己去想象补充。

上述这类诗歌，由于气象阔大，涵盖一切，有高度的概括性，所以实际上也是很难入画的。如《送杨长史赴果州》："鸟道一千里，猿啼十二时。"两句话就概括出了蜀道的特征，但却无法用画来表达。又如"太乙近天都，连山到海隅"（《终南山》）、"楚塞三湘接，荆门九派通"（《汉江临眺》）、"窗中三楚尽"、"江流天地外"等等，也都不易画出。

王维写景多用白描手法，但有时也辅以想象、夸张、渲染之笔，以描绘出难以摹状的景物。这类诗句，也是难以用画来表达的。如《文杏馆》："文杏裁为梁，香茅结为宇。不知栋里云，去作人间雨。"以栋里云彩飞到人间化而为雨的优美想象，摹写出文杏馆的高远、幽静，犹如仙境一般。这两句纯用虚笔，能动人遐思，却极难入画。《山中》："荆溪白石出，天寒红叶稀。山路元无雨，空翠湿人衣。"《书事》："轻阴阁小雨，深院昼慵开。坐看苍苔色，欲上人衣来。"都用想象之笔，渲染出山间岚气的苍翠欲滴、雨后青苔的鲜碧可爱。二诗皆富有画意，但那"湿"却"人衣"的"空翠"、"欲上人衣"的"苔色"又极难画出。《送秘书晁监还日本国》："鳌身映天黑，鱼眼射波红。"虚构了能把天空映黑的巨鳌、双眼放射红光的大鱼两种景物，烘托出海上航行的奇诡和艰危。《韦给事山居》："大壑随阶转，群山入户登。"《送方尊师归嵩山》："山压天中半天上，洞穿江底出江南。"皆想象奇特。方回评前一首云："'群山入户登'一句尤奇，比之王介甫'两山排闼送青来'，尤简而有味。"（《瀛奎律髓》卷二三）方东树评后一首云："奇气喷溢，笔势宏放，响入云霄。"（《昭昧詹言》卷一六）但这些诗句，同样不易入画。

此外，王维还有些诗不直接写景，而采用引而不发的方式，调动读者自己去通过想象形成景物画面。如《辋川闲居》："一从归白社，不复到青门。时倚檐前树，远看原上村。"只描摹自己倚树遥看远村的闲趣，至于所见到的景物，则留给读者自己去想象补充，故张谦宜评"时倚"二句云："无景中有景。"（《絸斋诗谈》卷五）《从岐王过杨氏别业应教》："兴阑啼鸟换，坐久落花多。"不直写杨氏别业的景色如何美好，而只说自己玩赏的时间很长，以至于树上换了啼鸟，地上的落花越积越多。这样写，使诗歌更富有启发性，"韵在言外"（胡应麟《诗薮》内编卷四），余味不尽。《终南别业》："行到水穷处，坐看云起时。"查慎行评此二句云："有无穷景味。"（《瀛奎律髓汇评》卷二三）诗人写所见到的终南山景色，只用了"云起时"三字，其余则让读者自己去发挥想象，可谓一以当十。显然，上述这种"无景中有景"的写法，由于缺少对景物的具体描绘，在画中也是不易表现或者说画不像的。

综上所述，王维在形成他的诗中画方面，不仅融会了画法，也运用了诗法。而且，诗法的运用，应该是更为主要的。当然，融画法入诗，是王维的独到之处，为其他诗人所罕有，对形成他的诗中画产生了重要的作用。

二

"诗中有画"无疑是王维写景诗歌艺术的一个重要特点和重要成就，但如果仅以"诗中有画"来概括王维写景诗歌艺术的主要特点与成就，则是不全面的。我以为王维写景诗歌艺术的一个更为重要的特点与成就，是景中有"我"。

首先的一点是，景中有"我"对景物的感受。王维写景，总是突出自己对景物的鲜明印象和感受，以唤起读者的类似体验。关于这一点，袁行霈《王维诗歌的禅意与画意》一文已作了论述，这里就不多说了。下面只想补充一点，即从自身对景物的感受着笔，往往也是不易入画或画不像的。如《归嵩山作》："清川带长薄，车马去闲闲。流水如有意，暮禽相与还。"说似乎连流水、禽鸟也解人意，这如何画得出？《送李太守赴上洛》："驿路飞泉洒，关门落照深。"王夫之《唐诗评选》卷三云："关门落照深，灵心警笔。"但这"深"字写自己的感受，亦难画出。又如"潮来天地青"，写潮水涌来，碧涛滚滚，整个天地仿佛都染青了；这涵盖一切的青色，画里也不好表现。再如"色静深松里"（《青溪》），说深松的颜色引起宁静之感，同样不易入画。"洒空深巷静，积素广庭闲"，写城市晓雪，"闲"字也颇难画出。

其次的一点是，景中有"我"的思想感情。王夫之《唐诗评选》卷三说："右丞工于用意，尤工于达意，景亦意，事亦意，前无古人，后无嗣者，文外独绝，不许有两。"指出了王维诗中的景，都是服务于表达情意的。他的写景之作，不论是用画法，还是用诗法，是大笔勾勒，还是细致刻画，是描摹自然景物的形状、色彩，还是音响，是写景物的动态，抑或静态，确乎都是与表达主观情意联系着的。如"雨中山果落，灯下草虫鸣"，以秋夜的静寂之景烘托出诗人的寂寞悲凉心情；"雨中草色绿堪染，水上桃花红欲燃"，在对辋川山水佳景的刻画中，透露出了诗人离开辋川"向一年"后复返辋川的愉悦之情。沈德潜《说诗晬语》卷上云："中二联不宜纯乎写景。如：'明月松间照，清泉石上流。竹喧归浣女，莲动下渔舟。'景象虽工，讵为模楷？"其实，这两联虽"纯乎写景"，却传达出了诗人陶醉于自然美景中的恬适心情；况且，诗人又安能依照评论家规定的何联宜写景、何联宜述情的套子去作诗呢？

王维诗歌的以景达情、借景寓情，大抵存在以下三种情况：

（一）景语中夹以情语或情语中夹以景语，景、情并出，契合交融。如《华子冈》："飞鸟去不穷，连山复秋色。上下华子冈，惆怅情何极。"此诗上截写景,以大笔勾画出寥廓无尽的境界;下截写情,抒发由空间的无穷触发的无限惆怅之情,两者互相融合。《归嵩山作》:"荒城临古渡,落日满秋山。迢递嵩高下,归来且闭关。"后二句自述在嵩山下闭门隐居、谢绝人事的情志;前两句刻画古渡荒城、秋山落日的景象,造成一种萧索、苍凉的气氛。由前两句所写之景,不难想见诗人归隐后的落寞、悲凉心情。此景正因此情而现,此情又由此景而生,二者融为一体。

(二)句中有景有情,二者水乳交融。如《送从弟蕃游淮南》:"惆怅新丰树,空余天际禽。"写在长安青门外为从弟送行,他的车马已经远去,诗人犹伫立遥望。但只剩下远处新丰的树林和天边高飞的鸟儿,依稀可见,诗人不禁感到十分惆怅。此二句之中,景、情是真切而浑成的。《酬张少府》:"松风吹解带,山月照弹琴。"写隐居田园时生活的自在和心情的闲适:解下衣带,任松风吹拂;在林中弹琴,以山月为伴。这两句是景语?是情语?可以说既是景语,也是情语。

(三)整首诗以写景为主或纯乎写景,而情在景中。如《山居秋暝》,前六句皆写景,仅末二句写情;《渭川田家》前八句皆写景,只末二句"即此羡闲逸,怅然歌式微"写情,但在前八句所绘出的农村生活图画中,就已流露了诗人对田家生活的"闲逸"及农民的淳朴的欣羡、赞美之情。又如《新晴野望》:"新晴原野旷,极目无氛垢。郭门临渡头,村树连溪口。白水明田外,碧峰出山后。农月无闲人,倾家事南亩。"从这一幅幽美的、洋溢着生意的农村风景画中,我们可以感受到诗人热爱自然、眷恋乡村的情怀。纯乎写景,无一语言情,却又充满感情,这就是王诗写景艺术的高超之处。

为了使景中有"我"之情,达到景、情合一,诗人大抵是这样做的:

(一)带着主观感情去观察、接触景物,非但捕捉景物的突出特征，而且抓住客观景物与主观感情的契合之处，或者把自己的感情注入客观景物之中，于是在描写景物的同时，也就把主观感情表现了出来，达到情与景的交融。如他的《辋川集》二十首，分别刻画了辋川的二十个景点，但并无一首是风景写生式的作品，都能借写景抒发自己的感情。《辛夷坞》："木末芙蓉花，山中发红萼。涧户寂无人，纷纷开且落。"诗人隐居辋川时，时常有一种超然出尘的思想情绪（参见本书《关于王维山水田园诗的禅意和思想价值》），带着这种情绪去接触辛夷坞的景物，他不但看到了辛夷花的美丽，更看到了它生长在绝无人迹的山涧旁，只有静悄悄地自开自落，似乎与人世毫不相干。诗人找到了客观景物与自己的主观感情的契合点，所以诗中只是写景，而诗人的离世绝俗的情志，却被表现了出来。裴迪《辛夷坞》云："绿堤春草合，王孙自留玩。况有辛夷花，色与芙蓉乱。"只写辛夷花美丽，可供王孙玩赏，全无王诗中的那种主观感情。又如王维《临湖亭》云："轻舸迎上客，悠悠湖上来。当轩对樽酒，四面芙蓉开。"诗人的雅兴与湖上的美景契合交融。主观的雅兴使诗人得以发现令人心旷神怡的美景，美景又反过来增进了诗人的雅兴。再如《赠裴十迪》："风景日夕佳，与君赋新诗。淡然望远空，如意方支颐。春风动百草，兰蕙生我篱。暧暧日暖闺，田家来致词。欣欣春还皋，淡淡水生陂。桃李虽未开，荑萼满其枝。请君理还策，敢告将农时。"明顾可久评此诗云："景与兴会。"（《唐王右丞诗集注说》）诗人摆脱官场束缚、归隐田园的愉悦、闲适心情与春日田园的欣欣向荣气象彼此契合了。

（二）在对客观景物作广泛、深入的观照、体验的基础之上，发挥艺术想象，于胸中创造、熔铸出自然景物形象，以表达主观的感情。景物形象的创造，都服从于表达感情的需要，而不为现实的景物所局限。这可以说是因情造景。王国维在《人间词话》里指出："有造境，有写境，此理想与写实二派之所由分。然二者颇难分别，因大诗人所造之境必合乎自然，所写之境亦必邻于理想故也。"由于王维的这类因情造景的诗歌的创作，是建立在对自然景物的细致观察和真切体验的基础上的，所以它们与他的那些偏于写实的作品，的确不易分别。但是，也不能因此就否认，因情造景是王诗谋求达到景、情合一的途径之一。《送友人归山歌二首》其二："山中人兮欲归，云冥冥兮雨霏霏。水惊波兮翠菅靡，白鹭忽兮翻飞，君不可兮褰衣。山万重兮一云，混天地兮不分。树唵暧兮氛氲，猿不见兮空闻。忽山西兮夕阳，见东皋兮远村。平芜绿兮千里，眇惆怅兮思君。"此诗以景状意，前五句用雨骤风狂的景象，表达不愿友人离去的情意；后八句也用多种景物，烘托别后思念友人的怅惘之情。全诗的景，多为达情而设，它经过作者的选择与改造，而非眼前实景的再现。《白石滩》："清浅白石滩，绿蒲向堪把。家住水东西，浣纱明月下。"白石滩原本只不过是一片水上露出白石、水边长着蒲草的浅滩罢了，景色平淡无奇，但诗人却通过艺术想象，构造了一个春夜月下少女在滩边浣纱的场面，使明月、溪流、绿蒲、白石与浣纱的少女相映成趣，组成一幅色彩明丽、境界幽美、充满生意的图画，并透过这一图画，表露了作者自己对大自然和田园生活的爱恋之情。可以说，这首诗所勾画的景象，更接近于理想的自然美。

不少研究者正确地指出，王维的山水田园之作，意境都是和谐、完整和统一的。如果我们推究一下诗人能够取得这一成就的原因，那么有一点是应该着重提出的，即他的诗作，皆能以情为主导，使景为情用。诗人是围绕着达情来写景的。不论刻画何种景物，采用何种表现手法，皆统一于情。凡与达情无关的景物，一概从略或舍弃。正因为如此，其诗歌便能达到景、情合一和形成和谐、完整、统一的意境。

还有不少研究者指出，王维刻画景物，不仅做到形似，而且能完全达到神似的地步。推求其原因，主要恐怕也在于他的诗，景中有

"我"的主观感受和思想感情。正因为王维笔下的景，不是与"我"无关的客体，而是为"我"之心所融会的物，所以读者便感到它们不乏神韵，仿佛具有了灵魂。相反，若景中无"我"的感受、"我"的情，只是客观地描摹景物，那也就很难把山水写活，传达出山水之神了。

诗善达情，这是绘画难以追踪的。中国的山水画论，虽然也很强调借物写心、以景达情，但诗歌在达情方面的优越性，却是绘画无法比拟的。绘画的情意，非借具体物象来表现不可，诗却可以直接达到它的目的（直接抒发感情）；许多绘画难以表达的情思，在诗里往往可以很轻易地表达出来。就以王维的写景之作来说，不仅其中的情语和既是景语、也是情语的诗句，无法入画，就是以写景为主或纯乎写景的诗作，绘画也未必都能表现。例如《辛夷坞》，诗中刻画的景物，可以画出；而景中包含的情致，画里却不易表现。

第三点是，景中有诗人的自我形象。所谓"自我形象"，是就内在的精神、气质方面说的，而非指形貌的特征而言。王维的诗歌，在刻画山水风景时，颇注意表现他自己面对自然的心情。其中诗人的自我形象，虽未必都很一样，但也有一个最为突出的特点，即好尚幽静，沉溺山水，任性逍遥，怡然自得，恬淡闲逸，超尘脱俗，具有一种高人逸士的情怀。《辋川闲居赠裴秀才迪》：

> 寒山转苍翠，秋水日潺湲。倚杖柴门外，临风听暮蝉。渡头余落日，墟里上孤烟。复值接舆醉，狂歌五柳前。

此诗写雨后新晴，寒山之色转为苍翠，本来已渐枯涸的秋水又潺潺地流着，蝉儿在树上也越叫越欢。诗人倚着手杖站在柴门外闲看秋色，愉快地倾听着晚风送来的阵阵悦耳的蝉鸣。远处，渡头人散，只剩下落日的余照，村落里有几家人家做晚饭，炊烟袅袅而上。诗歌为我们展现了一幅秋日山村雨后的风景图画，那闲居田园、优游自在的"高

人王右丞"的自我形象,也叠印在这画中了。《田园乐七首》其六:

> 桃红复含宿雨,柳绿更带春烟。花落家僮未扫,莺啼山客犹眠。

这诗不仅刻画了令人陶醉的春日山庄美景,诗人的自我形象也很鲜明。宋胡仔说:"每哦此句,令人坐想辋川春日之胜,此老傲睨闲适于其间也。"(《苕溪渔隐丛话》后集卷九)又如《竹里馆》:"独坐幽篁里,弹琴复长啸。深林人不知,明月来相照。"诗歌创造出了一个远离尘嚣、幽清寂静的境界,其中分明活动着一个高雅闲逸、离尘绝世、弹琴啸咏、怡然自得的诗人的形象。再如《终南别业》:"中岁颇好道,晚家南山陲。兴来每独往,胜事空自知。行到水穷处,坐看云起时。偶然值林叟,谈笑无还期。"读后只要细加体会,诗人那沉溺山水、任兴自适、超然物外、了无挂累的自我形象便浮现出来了。这种诗中的自我形象,在画里也是不易表现的。

第四点是,景中有"我"的审美追求。当王维接触自然山水,对它们作多角度观照的时候,都是带着主观的东西的。既有主观的情意,也有主观的审美爱好。正因为这样,他便掌握了审美的主动权,得以按照自己的审美爱好、标准去观照自然,发觉与这主观相契合的自然美而加以描绘。王维的审美爱好并非是单一的,但从他的山水田园诗中也可以清楚地看出,追求幽静之美,是诗人最为鲜明、突出的一个审美爱好。关于这一点,可举以为证的例子是很多的:

> 人闲桂花落,夜静春山空。月出惊山鸟,时鸣春涧中。(《鸟鸣涧》)
>
> 不知香积寺,数里入云峰。古木无人径,深山何处钟。泉声咽危石,日色冷青松。薄暮空潭曲,安禅制毒龙。(《过香积寺》)

山下孤烟远村，天边独树高原。一瓢颜回陋巷，五柳先生对门。（《田园乐七首》其五）

秋空自明迥，况复远人间。畅以沙际鹤，兼之云外山。澄波淡将夕，清月皓方闲。此夜任孤棹，夷犹殊未还。（《泛前陂》）

还有《鹿柴》《辛夷坞》《竹里馆》《山居秋暝》《积雨辋川庄作》等等，都刻画出了一种没有人世喧扰的幽美静谧境界。从诗人对这种境界的偏好，不难看出他的审美追求。

为了刻画这种具有个性特色的静美境界，诗人在景物形象的选择、组合和描写等方面，都进行了相应的创造。譬如他很善于捕捉同自己的审美追求相契合的景物形象，在诗中，多通过夕阳、明月、远村、空山、深林、清泉、白云、孤烟等景物渲染出静美之境。试看写夕阳的诗句：

日隐桑柘外，河明闾井间。（《洪上即事田园》）

渡头余落日，墟里上孤烟。

荒城临古渡，落日满秋山。（《归嵩山作》）

返景入深林，复照青苔上。

斜光照墟落，穷巷牛羊归。

残雨斜日照，夕岚飞鸟还。（《崔濮阳兄季重前山兴》）

秋山敛余照，飞鸟逐前侣。

落日山水好，漾舟信归风。（《蓝田山石门精舍》）

落日鸟边下，秋原人外闲。（《登裴迪秀才小台作》）

深巷斜晖静，闲门高柳疏。（《济州过赵叟家宴》）

采菱渡头风急，策杖村西日斜。（《田园乐七首》其三）

瀑布杉松常带雨，夕阳彩翠忽成岚。（《送方尊师归嵩山》）

这类写夕阳的诗句在王维诗中比比皆是。"风景日夕佳"(《赠裴十迪》),夕阳映照下的自然景色确乎是迷人的;又日夕时分,禽鸟归巢,"羊牛下来"(《诗·王风·君子于役》),渡头人散,在田野里劳作的农夫亦多还家,环境又是静谧的。正因此,王维常写夕阳。但是,他笔下的夕阳,又是多姿多彩、毫不单调的,它分别与其他多种景物形象组合成情状各异、蕴含不同的静美境界。王维笔下的明月,大抵也是如此。"夜静群动息",夜是静寂的,但夜的黑暗又使大自然不能呈现出它的美色,故王维多写月下之景。其他如空山、深林等等,也都是诗人常用的、与他的审美趣味契合的景物形象。这样,王维在景物形象的选择和创造方面,便形成了自己的个性特点,或者说,建立了他自己的意象群。又如他能寓静于动,借写动态来表现静境。如《萍池》,以春池中绿萍几不可见的微细浮动,刻画出了环境的幽静。刘须溪评此诗云:"每每静意,得之偶然。"(元刊刘须溪校本《王右丞诗集》)《栾家濑》写雨中山溪之水的迅急流泻和溪边白鹭的惊飞,画面活跃、生动,但渲染出的境界,却是深僻幽静的。《韦侍郎山居》:"闲花满岩谷,瀑水映杉松。啼鸟忽临涧,归云时抱峰。"也以景物的动映衬出环境的静。再如王维还擅长通过景物的色彩描绘,用青、白等冷色调来表现静意[1]。另外,他又善以音响描写来刻画静境。这一点上文已谈及,此不赘述。

诗人的上述审美爱好、追求同他的思想感情有着紧密的联系。自开元二十五年张九龄遭贬、李林甫独揽朝廷大权之后,诗人对现实政治日益感到失望,他无心仕进,厌倦长安官场的生活,但又没有下决心退出污浊的官场,于是长期亦官亦隐,身在朝廷,心存山野,常在公余闲暇或休假期间回蓝田辋川闲居。他在自然的怀抱中流连忘返,为宁静幽美的田园山水所陶醉,从中找到了乐趣,排遣了内心的一些

---

① 参见文达三《试论王维诗歌的绘画形式美》、金学智《王维诗中的绘画美》二文。

苦闷。另外，理想的破灭、对现实政治的失望，使诗人加深了对佛教的信仰，这样，佛教的出世思想，对他的影响便越发大了；同时，道教的"守静去欲""安心坐忘"的理论，对他的思想也有过影响（参见本书《"三教"融合和王维的思想》）。诗人的追求幽静之美的审美爱好，同他的恋慕隐逸、恬淡闲适、超然出尘、"守静去欲"等思想，正是直接联系着的。也正因此，诗人便能够通过刻画自然界的幽静之美来表达自己的情志，使景中"我"的审美追求与"我"的思想感情达到和谐、统一。

洪亮吉《北江诗话》卷二云："写景易，写情难；写情犹易，写性最难。"王维的写景之作，不仅能够刻画出如画般的景物形象，而且善于借助这些形象来表达自己的思想感情；非但能很好地表达思想感情，而且能写出诗人的自我形象、个性，在艺术上具有突出的特点和高度的成就。很显然，仅用"诗中有画"一语，已无法概括王诗的这些特点和成就。前面谈过，"诗中有画"有高层次与低层次之别，所以光说"诗中有画"，无法表现出王维的诗中画所达到的高层次。又，"诗中有画"并不是王维所独有的，因此只谈"诗中有画"，也不能反映出王维诗歌的独特个性，把他的诗歌与他人的诗歌区分开来。如果我们再加上"景中有'我'"一句话，那么就既可以表现出王维的诗中画所达到的高层次，又可以反映出王维诗歌的独特个性。所以，用"诗中有画，景中有'我'"来概括王维诗歌写景艺术的主要特点和成就，我觉得还是比较合适的。

或许有的同志会问，"景中有'我'"是王维的写景诗所独具的吗？首先应当说明一点，即"景中有'我'"并不是所有的写景诗都具有的，正像"诗中有画"也不是所有的写景诗都具有的一样。当然，也确有不少优秀的写景诗能做到"景中有'我'"，并非只有王维的写景诗才能做到"景中有'我'"。但是，说到"景中有'我'"，毕竟还是应包含有作家的个性特点这个内容。因为"我"

者，"自家面目"之谓也。同样是"景中有'我'"，彼"我"与此"我"显然不会一样。即如笔者前面谈到的王维的写景诗中所表现的主观感受、情意、自我形象、审美追求，就无不具有个性特色。当然，仅用"景中有'我'"这极简短的四个字，难以揭示出这种个性特色的具体内容。但是，上文在从四个方面对"景中有'我'"的内涵进行阐释时，已经说到了这一具体内容；而且，笔者在《论王维诗歌的多样风格》一文中，还要进一步触及这个问题，所以，此处就不想再多说了。

论王维诗歌的多样风格

　　关于王维诗歌的风格，历代诗评家们有过许多评述。唐司空图说："王右丞、韦苏州，澄澹精致，格在其中，岂妨于遒举哉！"（《与李生论诗书》）又说："右丞、苏州，趣味澄夐，若清风之出岫。"（《与王驾评诗书》）宋何溪汶《竹庄诗话》卷一说："《雪浪斋日记》云：为诗欲清深闲淡，当看韦苏州、柳子厚、孟浩然、王摩诘、贾长江。"魏庆之《诗人玉屑》卷二："臞翁诗评：王右丞如秋水芙蕖，倚风自笑。"明王鏊《震泽长语》卷下："摩诘以淳古淡泊之音，写山林闲适之趣。"胡应麟《诗薮》内编卷四："苏州五言古优入盛唐，近体婉约有致，然自是大历声口，与王、孟稍不同。已上诸家，皆五言清淡之宗。"清刘大勤编《诗友诗传续录》："王、孟诗假天籁为宫商，寄至味于平淡，格调谐畅，意兴自然，真有无迹可寻之妙。"潘德舆《养一斋李杜诗话》卷一："右丞五绝，冲澹自然，洵有唐至高之境也。"综括以上各家的意见，大致可以说清淡自然是王维诗歌最突出的风格。

　　这种风格主要体现在诗人的那些反映隐逸生活情趣的山水田园之

作中。请看以下作品：

  风景日夕佳，与君赋新诗。澹然望远空，如意方支颐。春风动百草，兰蕙生我篱。暧暧日暖闺，田家来致词。欣欣春还皋，澹澹水生陂。桃李虽未开，荑萼满其枝。请君理还策，敢告将农时。（《赠裴十迪》）

  新晴原野旷，极目无氛垢。郭门临渡头，村树连溪口。白水明田外，碧峰出山后。农月无闲人，倾家事南亩。（《新晴野望》）

  寒山转苍翠，秋水日潺湲。倚杖柴门外，临风听暮蝉。渡头余落日，墟里上孤烟。复值接舆醉，狂歌五柳前。（《辋川闲居赠裴秀才迪》）

  空山新雨后，天气晚来秋。明月松间照，清泉石上流。竹喧归浣女，莲动下渔舟。随意春芳歇，王孙自可留。（《山居秋暝》）

  人闲桂花落，夜静春山空。月出惊山鸟，时鸣春涧中。（《鸟鸣涧》）

  空山不见人，但闻人语响。返景入深林，复照青苔上。（《鹿柴》）

  木末芙蓉花，山中发红萼。涧户寂无人，纷纷开且落。（《辛夷坞》）

  独坐幽篁里，弹琴复长啸。深林人不知，明月来相照。（《竹里馆》）

以上诸作，皆情真景真，无矫饰，不造作，冲和素淡，清新自然。

  诗歌的艺术风格，与诗人的思想、感情、个性、审美爱好以及诗歌的意境、意境的表达方式和表现手法等，有着密切的关系。因此，风格是因人、因时而异的。上述这类诗歌，大都是在诗人后期亦官亦隐时写的。那时候，诗人理想破灭，对现实政治感到失望，于是便恋慕隐逸，沉溺山水，希图从中找到生活的乐趣，再加上此时他对佛教的信仰日深，又受到了道教思想的一定影响，这样也就形成了他的洁身自处、超然出尘、恬淡闲适、宁静和平的思想和心境。这种思想和心境，在上述诸诗中都有所表现。例如《辋川闲居赠裴秀才迪》，不仅刻画了一幅秋日山村雨后的美丽图画，而且表现了诗人的闲淡恬逸情致。他尽情地领略着眼前的佳景，忘掉了世间的种种纷扰。又如《竹里馆》，也写出了诗人置身在深林月夜的幽清寂静环境中的怡然自得之情。诗人以寂静为乐，内心是淡泊、平和、恬静的，就像一潭没有波澜的水。从隐遁的情趣出发，王维特别喜好幽秀静谧之景。上述诸诗，就都勾画出了一种没有人世喧扰的静美境界。如《鸟鸣涧》，前两句写夜静山空，幽人清闲无事，看见了桂花悄然飘落；后两句更以月下山鸟的鸣叫，衬托出春山的幽寂。整首诗在读者眼前展现出了一个远离尘嚣的幽静境界。又如《新晴野望》所刻画的农村风光也是宁静幽美的。在这些诗中，诗人的恬淡闲逸之情与大自然的宁静幽美之景是相互交融、彼此契合的。如从《鸟鸣涧》刻画的境界中，我们即可以体味到诗人心灵的空寂闲静和精神的超然出尘，情与景二者在此诗中融为一体。又如《辛夷坞》写美丽的辛夷花在绝无人迹的山涧旁静悄悄地自开自落，非常平淡，非常自然，没有目的，没有意识；诗人的心境，也犹如这远离人世的辛夷花一般，他好像已忘掉自身的存在，而与那辛夷花融合为一了。在上述这些诗中，诗人的宁静淡泊的心情，大都借助于平凡的景物形象来表达，而非直接抒出，正因此，这些诗歌便显得不激切，不怒张，既蕴藉含蓄，又冲和平淡，那情绪，淡到似乎令人觉察不到。

在王维的上述这类诗中，构成意境的具体景物，大多是很平常的。如《赠裴十迪》《新晴野望》所刻画的农村风光，虽然很美丽，却并没有什么奇特之处。《山居秋暝》中的景物，如空山、明月、松林、清泉等等，也都是平平常常的，但一经诗人的笔触，却形成了一幅清丽异常的图画。在这类诗中，诗人勾勒景物形象，多采用白描手法，很少有奇特的想象和夸张。如《鹿柴》，写自己独处于空山深林的感受，真实而具体，并无惊人之笔。王维这类诗歌的语言，皆自然天成。如"春风动百草，兰蕙生我篱""白水明田外，碧峰出山后""倚杖柴门外，临风听暮蝉""明月松间照，清泉石上流""空山不见人，但闻人语响"等等，都不事工巧，天然入妙。

上述这一切的统一，便形成了王维山水田园诗的清淡自然的风格。但王维山水田园诗的"淡"，不是淡而无味，而是淡而浓，淡而远，"寄至味于平淡"，"词不迫切而味甚长"（宋张戒《岁寒堂诗话》卷上）。如《鹿柴》以极简净的笔墨，勾画出了一个寂静清幽的境界，并流露了诗人沉浸在这一境界中的无限意趣，十分耐人寻味，故李东阳称赞它"淡而愈浓，近而愈远"（《麓堂诗话》），沈德潜也说："佳处不在语言，与陶公'采菊东篱下，悠然见南山'同。"（《唐诗别裁》卷一九）又如《春中田园作》：

> 屋上春鸠鸣，村边杏花白。持斧伐远扬，荷锄觇泉脉。归燕识故巢，旧人看新历。临觞忽不御，惆怅远行客。

此诗写春日田园一片欣欣向荣，一年的农事也紧张地开始了。燕子归来，又找到了它的旧巢；人们翻看新历，以兴奋、期待的心情迎接着新的岁月。诗人由燕子的回归故巢，忽然联想到远行的人还不能回乡，不禁十分惆怅，连酒也喝不下去了。全诗写得简淡、自然，但蕴含的感情却十分丰富，值得仔细玩味。

王维诗歌的"淡远"，是艺术纯熟的表现，是千锤百炼的结果，得之殊非易事。潘德舆《养一斋诗话》卷三说："一唱三叹，由于千锤百炼。今人都以平澹为易易，知其未吃甘苦来也。右丞'雨中山果落，灯下草虫鸣'，其难有十倍于'草枯鹰眼疾，雪尽马蹄轻'者。到此境界，乃自领之，略早一步，则成口头语而非诗矣。"再看《终南别业》：

> 中岁颇好道，晚家南山陲。兴来每独往，胜事空自知。行到水穷处，坐看云起时。偶然值林叟，谈笑无还期。

此诗向为诗评家所赞赏，方回说它"有一唱三叹不可穷之妙"（《瀛奎律髓》卷二三），沈德潜称它"一片化机"（《唐诗别裁》卷九），查慎行认为它"有无穷景味"（《瀛奎律髓汇评》卷二三），纪昀也说："此诗之妙，由绚烂之极归于平淡。"（同上）确实，这首诗写得极平淡、自然，而景味却悠远无穷。它写景，引而不发，能唤起读者的丰富联想；述情，则似信手拈来，毫不着力，但诗中作者那追赏自然风光的雅兴、悠闲自得的意趣和超然出尘的情致，读者却可自言外得之。这样的诗，无疑是经过千锤百炼的，正如纪昀所说："此种皆熔炼之至，渣滓俱融，涵养之熟，矜躁尽化，而后天机所到，自在流出，非可以摹拟而得者。"（同上）又如《酬张少府》，也是经过精心的锤炼而返于平淡的。

宋陈师道《后山诗话》："右丞、苏州皆学于陶，王得其自在。"清贺贻孙《诗筏》："论者谓五言诗平远一派，自苏、李、十九首后，当推陶彭泽为传灯之祖，而以储光羲、王维、刘眘虚、孟浩然、韦应物、柳宗元诸家为法嗣。"说王维得力于陶渊明，承继了陶诗平淡自然的风格，无疑是正确的，但王诗并非陶诗的翻版，而有着自己的独特创造。陶诗大都是抒情之作，以表现生活感受为主，就是他的田园诗，也无意于模山范水，而是着重抒写自己的心境，所以写景之句并不多。王维的山水田园诗，则多以景物描写为主，注意勾画大自然的多姿多彩面貌，虽然景中也寄寓着作者的思想感情。在刻画景物方面，王维明显地受到了谢灵运的影响。谢灵运擅长描摹物象，好对山姿水态作具体细致、穷形尽相的刻绘，语言精心雕琢，富丽、典重。《文心雕龙·明诗》说："俪采百字之偶，争价一句之奇；情必极貌以写物，辞必穷力而追新。"这几句话正好道出了谢灵运诗歌的特点。如"白云抱幽石，绿筱媚清涟"（《过始宁墅》）、"密林含余清，远峰隐半规"（《游南亭》）、"林壑敛暝色，云霞收夕霏"（《石壁精舍还湖中作》）、"春晚绿野秀，岩高白云屯"（《入彭蠡湖口》）等，皆精雕细刻，颇见绳削之功。王维的有些诗歌，对景物的刻画也颇具体、细致，遣词摛藻，秀丽、精工。如《蓝田山石门精舍》，写傍晚乘舟畅游石门精舍的经过和所见到的景色，叙事详赡，绘景细致，有谢诗之风，清黄培芳评曰："撷康乐之英。"（《唐贤三昧集笺注》卷上）《山居即事》："嫩竹含新粉，红莲落故衣。渡头灯火起，处处采菱归。"对秋日的山村景象，观察入微，刻绘工细。《木兰柴》："秋山敛余照，飞鸟逐前侣。彩翠时分明，夕岚无处所。"写秋山美色，绚烂明丽。又如"渡头余落日，墟里上孤烟"、"泉声咽危石，日色冷青松"（《过香积寺》）、"兴阑啼鸟换，坐久落花多"（《从岐王过杨氏别业应教》）、"细枝风响乱，疏影月光寒"（《沈十四拾遗新竹生读经处同诸公之作》）、"湖上一回首，山青卷白云"（《欹湖》）、"鹊乳先春草，莺啼过落花"（《晚春严少尹与诸公见过》）等等，皆工于锤字炼句，下语清丽雅秀。还有的诗句，直接受到了谢诗的启发，如读了"啼鸟忽临涧，归云时抱峰"（《韦侍郎山居》）、"园庐鸣春鸠，林薄媚新柳"（《晦日游大理韦卿城南别业四首》其二），我们便很自然地想到了谢灵运的"白云抱幽石，绿筱媚清涟"。历代的诗评家们称王维的诗"词秀调雅"（殷璠《河岳英灵集》卷上）、"澄澹精致"（司空图《与李生论诗书》）、"丰缛而不华靡"（李东阳《麓堂诗话》）、"清婉流丽"（吕䕫《王右丞诗集序》）、"词意雅秀"

（高棅《唐诗品汇》叙目）、"清而秀"（胡应麟《诗薮》外编卷四）、"精工"（乔亿《剑溪说诗》卷上）等等，都有一定道理。因此可以说，王诗于清淡之中又表现出精工秀丽的特色。这一点，正是王诗与陶诗的不同之处。陶诗更朴素、真率，沈德潜《说诗晬语》卷上说："陶诗胸次浩然，其中有一段渊深朴茂不可到处。"贺贻孙《诗筏》云："唐人诗近陶者，如储、王、孟、韦、柳诸人，其雅懿之度，朴茂之色，闲远之神，澹宕之气，隽永之味，各有一二，皆足以名家，独其一段真率处，终不及陶。"这些话是很有见地的。

陶诗富于理趣，清徐增也说："摩诘以理趣胜。"（《而庵诗话》）但在这个问题上，陶、王之间也有不少差异。陶渊明长期躬耕，有劳动生活的真切体验，和农民也有过许多来往，他诗中的理趣，来自生活，如"人生归有道，衣食固其端"（《庚戌岁九月中于西田获早稻》）、"及时当勉励，岁月不待人"（《杂诗》其一）、"落地为兄弟，何必骨肉亲"（同上）、"连林人不觉，独树众乃奇"（《饮酒》其八）等，都是生活体验的升华。这些诗句，用极朴素自然的语言，阐说人生的哲理，既有理趣又有情趣，完全不是枯燥抽象的说教。它们都像格言一样，言简意丰，发人深思。王维长期亦官亦隐，不必躬亲耕稼而衣食无虞，常在自己的庄园里过优游林泉的生活，加上信奉佛教，故而其诗中的理趣，往往入禅（参见本书《关于王维山水田园诗的禅意和思想价值》一文）。但他的诗，也并非是佛教教义的枯燥说教，而是也像陶诗一样十分耐人寻味。所不同的是，王维诗中的禅理，多不直接说出，而寄寓于山水景物之中，所谓"不用禅语，时得禅理"（沈德潜《说诗晬语》卷下）。由于诗人往往借助大自然生动具体的美感形象来表达禅理，所以他的有些诗歌，便显得意趣悠远，缥缈难测。同时，由于诗人所要表达的禅理，不是来自生活，加上他后期有离世绝俗的思想倾向，同现实生活保持着一定的距离，所以他诗中的理趣，也就不像陶诗那样渊深朴厚，具有浓郁的生活气息。

上文谈到，在刻画景物方面，王维明显地受到了谢灵运的影响。但王、谢之间，又存在着不少差异，其主要的表现是：第一，王维写景，能以情为主导，使景为情用，所以其诗情景是交融的，意境是浑然一体的。另外，由于景中渗入了自己的思想感情，因此王诗刻画景物，能达到形似与神似的统一。谢灵运写景，往往拖着一条玄言的尾巴，情景未能很好融合，意境也欠完整、和谐，常常有句无篇。又他写景能以细致的刻画达到形似，却不能达到神似的地步。第二，王诗写景，笔墨简净，给读者留下了进行想象的广大空间。谢诗写景，则往往面面俱到，流于繁芜堆砌，使诗歌失去回味的余地。第三，王诗语言，累经锤炼而归于自然，不见炉火之迹。谢诗语言，有时雕琢过多，留下斧凿痕迹。

除反映隐逸生活情趣的山水田园之作外，王维还有其他一些篇什，如送别诗、写日常生活的诗等，也具有淡远风格。《送别》：

> 下马饮君酒，问君何所之？君言不得意，归卧南山陲。但去莫复问，白云无尽时。

写得平平淡淡，如话家常，但词淡意浓，语浅情深，有余味不尽之妙。友人自言欲归卧南山，诗人不仅不加劝阻，反而说"但去莫复问"，在这种支持归隐的坚决态度中，隐含着诗人对现实政治的不满与感慨。"白云无尽"，正足以自乐，结句是对友人的一种安慰和体贴。《杂诗三首》其一、其二：

> 家住孟津河，门对孟津口。常有江南船，寄书家中否？
> 君自故乡来，应知故乡事。来日绮窗前，寒梅著花未？

二诗都明白如话，洗尽铅华，在似乎信手拈来的语句之中，含蓄着丰富的情意。明顾璘称它们"淡中含情"（见凌濛初刊《王右丞诗集》），清赵殿成说它们"有悠扬不尽之致"（见《王右丞集笺注》），意见都是很中肯的。

王维集中具有淡远风格的诗歌，多采用五言形式（五古、五律、五绝等，上文所引诸诗，皆为五言），所以胡应麟称王维是"五言清淡之宗"。胡应麟《诗薮》内编卷二云："有以高闲、旷逸、清远、玄妙为宗者，六朝则陶，唐则王、孟、常、储、韦、柳。但其格本一偏，体靡兼备，宜短章，不宜钜什；宜古选，不宜歌行；宜五言律，不宜七言律。历考前人遗集，靡不然者。"贺贻孙《诗筏》云："五言诗为澹穆易，为奇峭难。……七言诗作澹穆尤难，惟摩诘能之，然而稍加深秀矣。"五言乃是介于四言与七言之间的形式，五言的上半仍具有四言的节奏性质；五言比起七言来，音节较短，变化较少，一般写起来容易显得高简古淡，故王维具有淡远风格的诗，多采用五言体。但也不是说王维的五言诗，都具有淡远风格。《诗薮》内编卷四说："五言律体，极盛于唐。要其大端，亦有二格。陈、杜、沈、宋，典丽精工；王、孟、储、韦，清空闲远。……然右丞赠送诸什，往往阑入高岑。"又说："右丞五言，工丽、闲澹，自有二派，殊不相蒙。'建礼高秋夜'、'楚塞三湘接'、'风劲角弓鸣'、'杨子谈经处'等篇，绮丽精工，沈、宋合调者也。'寒山转苍翠'、'一从归白社'、'寂寞掩柴扉'、'晚年惟好静'等篇，幽闲古澹，储、孟同声者也。"沈德潜《唐诗别裁》卷九也说："右丞五言律有两种，一种以清远胜，如'行到水穷处，坐看云起时'是也；一种以雄浑胜，如'天官动将星，汉地柳条青'是也，当分别观之。"都认为王维的五律有两种不同的风格。胡应麟称这两种风格为工丽与闲澹，沈德潜则说是清远与雄浑，比较起来，沈说更准确、贴切，更合乎王诗的实际。

王维五律中具有雄浑风格的诗歌，大致有以下几种类型：第一种是边塞诗。如《使至塞上》：

单车欲问边，属国过居延。征蓬出汉塞，归雁入胡天。大漠孤烟直，长河落日圆。萧关逢候骑，都护在燕然。

以壮丽、开阔的塞上景色，烘托自己的出塞豪情。笔力雄健，气韵生动。又如他的名篇《观猎》，通过日常的狩猎活动，展现了将军意气风发的精神面貌，也是同卫国安边有关的歌唱。这首诗"起法雄警峭拔，三四音复壮激，故五六以悠扬之调作转，至七八再应转去，却似鹢尾一折起数丈矣"（黄生《增订唐诗摘抄》卷一）。全篇笔势健举，形象飞动，洋溢着一种豪迈之情，被沈德潜誉为"章法、句法、字法俱臻绝顶"的"律诗正体"（《说诗晬语》卷上）。

第二种是与行旅、游览有关的山水诗。如《汉江临眺》：

楚塞三湘接，荆门九派通。江流天地外，山色有无中。郡邑浮前浦，波澜动远空。襄阳好风日，留醉与山翁。

这首诗作于开元二十八年王维"知南选"路过襄阳的时候。诗人笔下的汉江，景色壮丽，气象阔大。还有他的《终南山》诗，写终南山的高大、雄峻、幽深，笔力劲健，气势磅礴。张谦宜《绁斋诗谈》卷五说："《终南山》，于此看积健为雄之妙。"当诗人走出长安的闹市，奔向江山塞漠的时候，那雄奇壮美、多姿多彩的祖国河山，那紧张热烈的边塞征战生活，令他惊异，使他赞叹；他的视野扩大了，胸襟开阔了，情绪也变得昂扬、乐观和豪迈。这就使得诗人能够创作出许多具有雄浑风格的山水诗和边塞诗来。

第三种是"赠送诸什"。具有雄浑风格的"赠送诸什"，大都具有以上两类诗歌的内容。如《送赵都督赴代州得青字》：

天官动将星，汉地柳条青。万里鸣刁斗，三军出井陉。忘身

　　辞凤阙，报国取龙庭。岂学书生辈，窗间老一经。

这是一首送人出塞之作。诗中通过写出征，歌颂了将军的英雄气概和报国壮志。起笔刚劲，有峻嶒之势。沈德潜说它"以雄浑胜"，颇为中肯。王维送人出塞的五言律诗，还有《送张判官赴河西》《送平淡然判官》《送刘司直赴安西》《送宇文三赴河西充行军司马》等，也都属雄浑一派。《送梓州李使君》：

　　万壑树参天，千山响杜鹃。山中一半雨，树杪百重泉……

借送友人入蜀，勾画了雄奇的蜀地山川。这起首四句，写得格高意奇，势壮气雄，却又自然入妙，不见刻画之迹。王维曾入蜀，他把自己的行旅生活体验，谱进了这送别的乐章之中。《送邢桂州》："赭圻将赤岸，击汰复扬舲。日落江湖白，潮来天地青。"这两联写友人赴桂州就任沿途所见到的景色。"日落"二句，画面极壮丽、雄伟。胡应麟说，王维五律中的赠送诸什，"往往阑入高岑"，是颇有见地的。

　　王维的五古，也不是只具有淡远一格。其中既有风格雄浑的边塞诗，如《陇西行》："十里一走马，五里一扬鞭。都护军书至，匈奴围酒泉。关山正飞雪，烽戍断无烟。"写得径捷有力，刚健明快。又有揭露社会上的不合理现象、抒发自己内心的愤慨不平的政治诗。这些作品，有的直抒胸臆，质实浑厚，如《济上四贤咏·郑霍二山人》："翩翩繁华子，多出金张门。幸有先人业，早蒙明主恩。童年且未学，肉食骛华轩。岂乏中林士，无人献至尊。"有的采用比兴寄托的表现方法，具有深婉含蓄的特点，如《西施咏》："艳色天下重，西施宁久微？朝为越溪女，暮作吴宫妃。贱日岂殊众，贵来方悟稀。邀人傅脂粉，不自着罗衣。君宠益骄态，君怜无是非。当时浣纱伴，莫得同车归。持谢邻家子，效颦安可希！"还有一些表现友情、亲情的诗歌，也给人以浑厚之感。如《观别者》："青青杨柳陌，陌上别离人。爱子游燕赵，高堂有老亲。不行无可养，行去百忧新。切切委兄弟，依依向四邻。……余亦辞家久，看之泪满巾。"写得情深意厚，浑成自然。此外，他的《早春行》《扶南曲歌词》，或写贵妇，或写宫女，又具有婉曲、纤丽的特点。

王维的五绝，多数风格淡远。而他的七言诗中，具有这种风格的作品却不多。潘德舆《养一斋诗话》卷八："右丞、东川、常侍、嘉州七古七律，往往以雄浑悲郁、铿锵壮丽擅长。"王维的七古中，具有这种风格特色的作品确实不少。如《老将行》和《陇头吟》，表现了老将的报国热情以及他们所受到的不公平对待，一抒了被压抑者胸中的愤懑，写得慷慨悲壮，动人心弦。《燕支行》写"汉家天将"的英雄气概和报国决心，气魄豪壮。《夷门歌》歌颂侠士侯嬴的慷慨磊落风度，悲壮雄浑。又如《不遇咏》：

> 北阙献书寝不报，南山种田时不登。百人会中身不预，五侯门前心不能。身投河朔饮君酒，家在茂陵平安否？且共登山复临水，莫问春风动杨柳。今人作人多自私，我心不说君应知。济人然后拂衣去，肯作徒尔一男儿！

虽充满失志的愤慨不平，但胸襟却是开阔的，音调也是高昂的，这正是盛唐时代精神的体现。他的七古中，也有少数作品，具萧散、闲淡之风，如《答张五弟》《寄崇梵僧》等。其余作品，则多数写得婉畅、流丽。管世铭《读雪山房唐诗凡例·七古凡例》："王摩诘善能错综子史，而言不欲尽，词旨温丽。"施补华《岘傭说诗》："摩诘七古，格整而气敛，虽纵横变化不及李、杜，然使事典雅，属对工稳，极可为后人学步。"这些意见，不无道理。如《洛阳女儿行》，多用对句，语言华美流畅，写尽洛阳女儿的娇贵之态，而又如《西施咏》

一般寄托深远，委婉蕴藉。《桃源行》极力渲染桃源的美境，"多参律句"（黄培芳评，见《唐贤三昧集笺注》卷上），工整、流丽。又如《同崔傅答贤弟》：

> 洛阳才子姑苏客，桂苑殊非故乡陌。九江枫树几回青，一片扬州五湖白。扬州时有下江兵，兰陵镇前吹笛声。夜火人归富春郭，秋风鹤唳石头城。周郎陆弟为侪侣，对舞前溪歌白纻。曲几书留小史家，草堂棋赌山阴墅。衣冠若话外台臣，先数夫君席上珍。更闻台阁求三语，遥想风流第一人。

这诗多用事，情致委折，词旨雅丽，句调婉畅。

王维诸体兼长。他的七律今存二十首，在盛唐诗人中，数量之多仅次于杜甫。王维的七律不止一格，施补华《岘傭说诗》云："摩诘七律，有高华一体，有清远一体，皆可效法。"他的那些表现隐逸生活情趣的诗，如《积雨辋川庄作》《辋川别业》《早秋山中作》《春日与裴迪过新昌里访吕逸人不遇》等，确乎有清远、淡穆之风。王维七律也有雄浑一格。如《出塞作》：

> 居延城外猎天骄，白草连天野火烧。暮云空碛时驱马，秋日平原好射雕。护羌校尉朝乘障，破虏将军夜渡辽。玉靶角弓珠勒马，汉家将赐霍嫖姚。

这诗鲜明有力地表现了唐军将士不畏强敌的英雄气概和昂扬斗志。姚鼐《七言今体诗钞》卷二评云："此作声出金石，有麾斥八极之概矣。"又有写景奇警入妙者。如《送方尊师归嵩山》中二联云："山压天中半天上，洞穿江底出江南。瀑布杉松常带雨，夕阳彩翠忽成岚。"这四句写嵩山景色，境奇语奇，方东树说它"奇气喷溢"（《昭昧詹言》卷一六），话颇中肯。王维的七律中，还有一些宫廷应制、酬唱之什，写得工密、秀整、宏丽、典重。如《奉和圣制从蓬莱向兴庆阁道中留春雨中春望之作应制》云：

> 渭水自萦秦塞曲，黄山旧绕汉宫斜。銮舆迥出仙门柳，阁道回看上苑花。云里帝城双凤阙，雨中春树万人家。为乘阳气行时令，不是宸游重物华。

黄生评此诗云："一二不出题，三四方出，此变化之妙；出题处带写景，此衬贴之妙；前后二联，俱阁道中所见之景，而以三四横插于中，此错综之妙。"（《增订唐诗摘钞》卷三）可见，这诗章法极严整工密。又，此诗写景，壮丽宏伟，异于一般迎合君意、歌功颂德的应制之作，故沈德潜云："应制诗应以此篇为第一。"（《唐诗别裁》卷一三）他的《和贾舍人早朝大明宫之作》写早朝气象，也具有宏丽、典重的特色。另外，他又有一些表现友情的七律，写得充满感情，真挚动人。如《送杨少府贬郴州》：

> 明到衡山与洞庭，若为秋月听猿声。愁看北渚三湘近，恶说南风五两轻。青草瘴时过夏口，白头浪里出湓城。长沙不久留才子，贾谊何须吊屈平。

诗中表现了诗人对远谪南荒朋友的无限深情，但这种情意的表达，并不是采取直抒胸臆的方式，所以清人王寿昌说这首诗"曲"，具有"深婉"的风格特点（《小清华园诗谈》卷上）。

王维也擅长七绝，其成就仅次于李白、王昌龄。他的七绝很少写田园山水，而多写送别、赠友、怀乡、游侠、边塞、闺怨以及种种日常生活感受。他的七绝也同七律一样，不是只具有一种风格。如《少年行四首》，表现了游侠少年走向边塞的浪漫豪情：

> 新丰美酒斗十千，咸阳游侠多少年。相逢意气为君饮，系马
> 高楼垂柳边。（其一）
> 出身仕汉羽林郎，初随骠骑战渔阳。孰知不向边庭苦，纵死
> 犹闻侠骨香。（其二）
> 一身能擘两雕弧，虏骑千重只似无。偏坐金鞍调白羽，纷纷
> 射杀五单于。（其三）

第一首写出了游侠少年的豪爽，第二、第三首表现他们从军出塞、奋不顾身、一心报国、勇猛善战的英雄气概，都具有刚劲的气势、俊爽的风貌和昂扬的格调。他的七绝中还有不少作品，写得平易而又深厚。例如：

> 渭城朝雨浥轻尘，客舍青青柳色新。劝君更尽一杯酒，西出
> 阳关无故人。（《送元二使安西》）
> 独在异乡为异客，每逢佳节倍思亲。遥知兄弟登高处，遍插
> 茱萸少一人。（《九月九日忆山东兄弟》）

写朋友惜别和节日思亲的普遍感情，极其淳朴深厚，但所用词语，却是非常自然、平易的，仿佛脱口而出的一般。《送沈子福归江东》："杨柳渡头行客稀，罟师荡桨向临圻。惟有相思似春色，江南江北送君归。"非但情深，还具有词旨清新的特色。值得注意的是，上述诸诗虽写思亲别友的情怀，却并不低徊、伤感，而具有一种与盛唐的时代气氛息息相通的爽朗明快的基调。至于他陷贼时写的《菩提寺禁裴迪来相看说逆贼等凝碧池上作音乐供奉人等举声便一时泪下私成口号诵示裴迪》，则另有一种风格："万户伤心生野烟，百官何日更朝天！

秋槐叶落空宫里，凝碧池头奏管弦。"写得悲痛、沉着、婉曲、深长。

总之，一个大诗人不会只具有一副笔墨，王维诗歌的风格也是多样的。不过，诗人的最具自家面目、最独树一帜的风格，是清淡、简远、自然。这种诗风，使他能够在百花争艳的盛唐诗坛里卓然特立。但是，王维的其他许多作品，或雄健，或浑厚，或奇峭，或壮丽，或婉曲，或平实，或俊爽，或秀雅，也都自有其不可磨灭的价值，应当给予足够的重视。因为这些作品多数作于王维生活的早期（开元时代），更富有盛唐的时代气息。殷璠《河岳英灵集》序说："开元十五年后，声律风骨始备矣。"杜确《岑嘉州诗集序》云："开元之际，王纲复举，浅薄之风，兹焉渐革。其时作者凡十数辈，颇能以雅参丽，以古杂今，彬彬然，粲粲然，近建安之遗范矣。"都认为开元时代的诗歌，能够上继建安风骨的优良传统，已经完全摆脱了齐梁以来绮艳柔靡诗风的影响。所谓建安风骨，是指建安诗歌所具有的刚健明朗的风格①。王维在《别綦毋潜》一诗中说："盛得江左风，弥工建安体。"可见他对建安风骨是推崇的。他早期的诗歌，尽管风格不完全一致，但总的说来还是写得明朗而又刚健的。这些诗歌的创作，对于开元诗坛革除齐梁遗风的历史任务的最终完成，无疑产生了促进的作用。特别是王维诗名早著，在开元八年（720）二十岁以前就已写出《九月九日忆山东兄弟》《洛阳女儿行》《桃源行》等名作，他对于当时诗坛的影响力肯定是不会太小的，所以，虽说齐梁遗风的被彻底扫除干净，是盛唐许多优秀诗人共同努力的结果，但王维在这方面的贡献，却是不能低估的。朱熹《楚辞后语》卷四说："维以诗名开元间……词虽清雅，亦萎弱少气骨。"所论未确，至少是不全面的。

---

① 参见王运熙《从〈文心雕龙·风骨〉谈到建安风骨》，载《文史》第 9 辑，中华书局，1980。

王维和盛唐山水田园诗派

一

　　文学史研究者一般把除李、杜之外的盛唐诗人，划分为边塞和山水田园两派，前者以高、岑为代表，后者以王、孟为代表。当然，这只是后人的概括，当时的诗人们自己并没有这种认识。也就是说，这两个诗派都不是有意识地聚合起来的创作群体，它们既没有自己的组织，也没有自己的创作纲领，与我们今天所理解的严格意义上的流派明显不同。也有的研究者认为，把盛唐诗人划成以上两派并不科学，它有碍于我们全面地认识一个诗人。这意见不无可取之处。譬如高、岑，以诗歌的数量而论，他们的边塞诗在他们的全部诗作中所占的比重并不太大，如果仅仅视他们为一个边塞诗人，确实是不全面的。但是，也不能否认，高、岑都以擅长边塞诗著称，两人的诗歌风格很接近。所以，边塞诗派的划分虽不严密，却也有它的道理。至于山水田园诗派，情况大抵也是如此，但这一派诗人之间的共同点，较之边塞诗人之间的共同点为多。

盛唐山水田园诗派的作家，除王维、孟浩然外，还有储光羲、裴迪、綦毋潜、祖咏、卢象、丘为等人（参见本书《从王维的交游看他的志趣和政治态度》一文）。那么，他们之间有哪些共同之处呢？

首先，他们大都有长期的隐居生活经历。如王维，曾隐居于淇上和终南，又曾长期在辋川过亦官亦隐的生活。孟浩然除短期在荆州大都督府任职外，一生大部分时间都在故乡隐居。储光羲登第后四任县佐，颇不得意，遂辞官还乡，过了近十年隐居生活；后又入秦，隐于终南。裴迪天宝时也隐于长安附近，常与王维共游辋川，"赋诗相酬为乐"。綦毋潜开元十四年登第后曾官秘书省校书郎，后弃官还江东隐居，到天宝五载才又入京谋职。祖咏出仕后一直不得意，于是弃官归汝坟别业隐居，相传他从此不复出仕，"以渔樵自终"（《唐才子传》卷一）。丘为起初累举不第，曾长期在故乡隐居苦读。

其次，这些诗人大多出身于地主阶级中下层。如王维，其父、祖仅官至州司马、协律郎。孟浩然的先世虽已无从考知，但他家中生活不富裕乃是事实。他在《书怀贻京邑同好》一诗中说："三十既成立，吁嗟命不通。慈亲向羸老，喜惧在深衷。甘脆朝不足，箪瓢夕屡空。"綦毋潜、祖咏、丘为等也都家贫。如李颀称綦毋潜"夫子大名下，家无钟石储。……高道时坎坷，故交愿吹嘘"（《送綦毋三谒房给事》）。王维《赠祖三咏》说："结交二十载，不得一日展。贫病子既深，契阔余不浅。"丘为《冬至下寄舍弟时应赴入京》云："终日读书仍少孤，家贫兄弟未当途。"由于这些诗人多出身于地主阶级中下层，因而仕进的道路对他们说来不能不是崎岖不平的。当时，达官贵人的子弟可凭借封建的荫袭制度为官，而他们则只能走苦学求举的道路。然而，这条道路也并不平坦。唐时，科举考试的试卷上不糊名，主考官不仅评阅试卷，而且参考举子们平日的诗文和声誉来决定弃取。这样，那些有门路、能得到权贵的推荐和奖誉的人，考中的机会便比一般举子大得多。即使这些诗人有幸得以通过科举考试步入仕途，如果朝中无人，那也是不易得到重用和升迁的机会的。正因为如此，他们就时常发出"无媒"的感叹。如綦毋潜说："献赋温泉毕，无媒魏阙深。"（《送章彝下第》）祖咏说："无媒既不达，予亦思归田。"（《送丘为下第》）孟浩然说："当路谁相假？知音世所希。"（《留别王维》）"惜无金张援，十上空归来。"（《送丁大凤进士赴举呈张九龄》）"乡曲无知己，朝端乏亲故。谁能为扬雄，一荐《甘泉赋》?"（《田园作》）"昼夜常自强，词翰颇亦工"（《书怀贻京邑同好》）的孟浩然求仕无门，他清楚地认识到自己的失志是由于朝中没有"当路"的贵人援引。

第三，这些诗人都有建功立业的抱负，并不甘心隐居。盛唐时代是中国封建时代的一个"盛世"，当时的士人普遍具有一种积极进取的精神，这些诗人也不例外。如孟浩然说："吾与二三子，平生结交深。俱怀鸿鹄志，共有鹡鸰心。"（《洗然弟竹亭》）又说："冲天羡鸿鹄，争食羞鸡鹜。"（《田园作》）可见诗人胸怀大志，雄心勃勃，希望并且自信能够有所作为。祖咏《望蓟门》："少小虽非投笔吏，论功还欲请长缨。"抒写了以身许国的胸襟。王维《不遇咏》："济人然后拂衣去，肯作徒尔一男儿!"倾吐了自己的济世抱负。丘为《冬至下寄舍弟时应赴入京》："男儿出门事四海，立身世业文章在。"流露了一种积极用世的豪情。裴迪《青雀歌》："幸忝鹓鸾早相识，何时提携致青云。"也期盼致身青云，一展怀抱。储光羲亦具经国抱负，殷璠《河岳英灵集》卷中说："璠尝睹公《正论》十五卷、《九经分义疏》二十卷，言博理当，实可谓经国之大才。"正因为这些诗人都有建功立业之志，所以他们的归隐，多是不得已的。有的求仕无门，本不愿隐而不得不隐，如孟浩然；有的登第后累官不遇，感到抱负难以施展，遂辞官隐居，如储光羲、綦毋潜、祖咏等；有的对现实政治失望，感到理想破灭，于是无心仕进，亦官亦隐，如王维。由于这些诗人多不甘心隐居，所以虽然闲居田园，却时有愤懑不平之情。如孟浩然说："世途皆自媚，流俗寡相知。贾谊才空逸，安仁鬓欲丝。"（《晚春卧疾寄张八子容》）"不才明主弃，多病故人疏。"（《岁暮归南山》）祖咏说："失路农为业，移家到汝坟。独愁常废卷，多病久离群。"（《汝坟别业》）"谁念穷居者，明时嗟陆沉。"（《家园夜坐寄郭微》）他们都感到痛苦、失望，都按捺不住内心的愤慨。王维《早秋山中作》云："无才不敢累明时，思向东溪守故篱。不厌尚平婚嫁早，却嫌陶令去官迟。草间蛩响临秋急，山里蝉声薄暮悲。寂寞柴门人不到，空林独与白云期。"这诗中也隐寓着作者对现实的不满和牢骚。然而，这些诗人毕竟生逢开、天盛世，当时社会安定，经济繁荣，诗人们对现实虽有所不满，却也仍抱着希望，加上他们都出身中小地主，虽然家中生活不富裕，但也都有田园可以安身，如孟浩然有其先人传下的素业涧南园、祖咏有汝坟山庄（咏有《归汝坟山庄留别卢象》诗）、储光羲有田园在庄城等等，所以，他们隐居时，心境也有平静、恬适的一面，不乏闲情逸致。这一点在王维的诗中有很突出的表现，为省篇幅，这里就不举例说明了。孟浩然也有一些写田园闲适情趣的诗，如《夏日南亭怀辛大》："山光忽西落，池月渐东上。散发乘夜凉，开轩卧闲敞。荷风送香气，竹露滴清响。"写夏夜散发乘凉，何等闲适自在。又祖咏《苏氏别业》："别业居幽处，到来生隐心。南山当户牖，沣水映园林。屋覆经冬雪，庭昏未夕阴。寥寥人境外，闲坐听春禽。"洋溢着隐居的闲逸情致。还有储光羲的许多田园诗，也充满着隐逸的安闲、恬适、宁静气息。

第四，这些诗人大多钦慕、信任开元贤相张九龄，同他建立了比较密切的关系。王维政治主张与张九龄一致，曾献诗求九龄汲引并得到他的擢拔，九龄被贬后，他寄诗说："举世无相识，终身思旧恩。方将与农圃，艺植老丘园。"（《寄荆州张丞相》）把自己的出处与九龄的进退联系在一起，可见两人的关系之深。关于这个问题，陈贻焮

《王维的政治生活和他的思想》（见《唐诗论丛》）一文已作了详细论述，此处就不多谈了。孟浩然同张九龄也有很深的交谊。王士源《孟浩然集序》说："丞相范阳张九龄、侍御史京兆王维……率与浩然为忘形之交。"开元二十一年十二月张九龄为相后，孟浩然在《送丁大凤进士赴举呈张九龄》一诗中说："故人今在位，歧路莫迟回。"劝有"王佐才"而累试不第的友人趁九龄在位，再次赴举，切莫迟疑，由此即可看出诗人对张九龄的信任。开元二十五年九龄左迁荆州长史后，即辟浩然为荆州从事。在荆州任职期间，诗人经常陪同九龄出巡，并相互唱和。他的《陪张丞相自松滋江东泊渚宫》说："政成人自理，机息鸟无疑。"《陪张丞相祠紫盖山途经玉泉寺》云："谢公还欲卧，谁与济苍生？"《荆门上张丞相》："《召南》风更阐，丞相阁还开。靓止欣眉睫，沉沦拔草莱。坐登徐孺榻，频接李膺杯。"《陪张丞相登嵩阳楼》："客中遇知己，无复越乡忧。"诗人视九龄为知己，对他的政绩、人品，称颂、叹美不已。又卢象也受到过张九龄的器重和提拔。刘禹锡《唐故尚书主客员外郎卢公集序》云："丞相曲江公方执文衡，揣摩后进，得公深器之，擢为左补阙、河南府司录、司勋员外郎。"裴迪也和孟浩然一样，曾被九龄延入荆州幕府任职（据孟浩然《从张丞相游纪南城猎戏赠裴迪张参军》[①] 一诗）。这些诗人为什么钦慕九龄，乐于同他结交？原因大抵有二：（一）张九龄出身于寒门庶族，主张举贤任能，量才授职，反对徇情任官，以名器假人（参见本书《"三教"融合和王维的思想》）；这一主张，代表了那些"无媒既不达"的中下层文士的要求，有助于减少他们步入政坛的障碍，也符合这些诗人的利益。（二）张九龄非常乐于汲引才俊，提携后辈。如王维、孟浩然、卢象等，都曾受到他的眷顾。

第五，这些诗人彼此有来往，是好友。王维同孟浩然、储光羲、

---

① 此诗诗题有异文，"裴迪"宋本作"裴迥"，诸明本则皆作"裴迪"；或许作"迥"是正确的，姑存疑。

裴迪、綦毋潜、祖咏、卢象、丘为都有很深的交谊，这一点笔者在
《从王维的交游看他的志趣和政治态度》一文中已经谈到，此不赘述。
又其他诗人之间，也多互有交谊。如孟浩然，他或许与裴迪曾在荆州
幕府中共过事，开元十四年或十五年春又曾在洛阳与储光羲相交，写
下了《同储十二洛阳道中作》一诗（参见拙作《储光羲生平事迹考
辨》）。浩然集中还有《题李十四庄兼赠綦毋校书》一诗，说明他同
綦毋潜也有交谊。储光羲除与王、孟有交谊外，还同綦毋潜、裴迪、
祖咏等往还。光羲《酬綦毋校书梦游耶溪见赠之作》云："申章谢来
意，愧莫酬知音。"綦毋潜《冬夜寓居寄储太祝》说："自为洛阳客，
夫子吾知音。……奈何离居夜，巢鸟悲空林。"开元二十一年光羲辞
官还乡时，潜还作了《送储十二还庄城》诗赠行。由这些诗，不难看
出储、綦毋之间的关系之深。光羲还有《山居贻裴十二迪》《华阳作
贻祖三咏》诗，说明他同裴、祖都有来往。又祖咏和卢象是好友。两
人性格接近，卢"名盛气高，少所卑下"（刘禹锡《唐故尚书主客员
外郎卢公集序》），祖狂傲不羁[1]。祖曾遭贬谪，行前，作《长乐驿
留别卢象裴总》诗云："朝来已握手，宿别更伤心。……故情君且足，
谪宦我难任。"祖弃官归隐前，有《归汝坟山庄留别卢象》诗："淹
留岁将晏，久废南山期。旧业不见弃，还山从此辞。……非君一延
首，谁慰遥相思。"卢也作《送祖咏》诗赠行："田家宜伏腊，岁晏
子言归。……胡为困樵采，几日被朝衣。"祖咏同丘为也有交谊，他
的《送丘为下第》诗说："沧江一身客，献赋空十年。……无媒既不
达，余亦思归田。"对丘的累试不第，表示了深切的同情。卢象同裴
迪、綦毋潜也有往来。王维作《与卢员外象过崔处士兴宗林亭》《青

---

① 《唐诗纪事》卷二〇云："有司试《终南山望余雪》诗，咏赋云：'终南阴岭秀……'
四句即纳于有司。或诘之，咏曰：'意尽。'"又载其嘲讽落第举子的故事说："开元中，进
士唱第尚书省，落第者至省门散去。咏吟曰：'落去他两两三三戴帽子，日暮祖侯吟一声，长
安竹柏皆枯死。'"按，《大唐传载》记此事，未言为祖咏之事。

雀歌》，裴迪、卢象都有同咏。又卢有《送綦毋潜》诗云："夫君不得意，本自沧海来。高足未云骋，虚舟空复回。……如何天覆物，还遣世遗才！"这是送潜落第还乡之作，诗中对友人的有高才却失志的遭遇，表示了极大愤慨。在这些诗人的交往中，肯定包含有彼此切磋诗艺、交流创作经验的内容，正因此，他们的诗歌创作，便相互产生影响。特别是王维，由于他诗名早著，又长期居住在长安，更成为这些诗人交往的一个中心，因而其诗歌创作对他人的影响，也就显得更为突出一些。

第六，由于这些诗人大都有长期的隐居生活经历，故而也大都写有反映隐逸生活情趣的山水田园诗。山水诗兴起于南朝晋宋之际，至唐大盛。山水诗大抵可分为两类，一类与田园、隐逸有关，另一类则与行旅、游览有关。盛唐诗人大多写过山水诗，但其中有的人只写过与行旅、游览有关的山水诗，不能列入这一派诗人之中。王维、孟浩然、储光羲都写有与田园、隐逸有关的山水诗，这是大家都清楚的，这里就不再多说了。其他如裴迪，今存诗二十八首，多数抒写山林隐逸的情趣（例如《辋川集》二十首等）。祖咏今存诗三十余首，大多为写景之作，其中同田园、隐逸有关的，有《田家即事》《苏氏别业》《汝坟别业》《家园夜坐寄郭微》《清明夜坐宴司勋刘郎中别业》等。丘为诗今只存十余首，其中《寻西山隐者不遇》《题农夫庐舍》《泛若耶溪》《寻庐山崔征君》《湖中寄王侍御》等，都是写山林、田园隐逸生活之诗。綦毋潜今存诗二十余首，也多为写景之作。其中直接写田园、隐逸生活的不多，但有十一首写佛寺、道观的诗，它们往往流露出一种遗落人世、遁迹山林的情趣。如《题鹤林寺》云："少凭水木兴，暂令身心调。愿谢携手客，兹山禅诵饶。"《宿太平观》云："滴沥花上露，清泠松下溪。明当访真隐，挥手入无倪。"《登天竺寺》云："云向竹溪近，月从花洞临。因物成真悟，遗世在兹岑。"卢象诗今存亦只二十余首，其中有较多写景之作。从现存的材料看，象登第后，似乎未曾归隐过，但他仕宦并不得意，时有思慕隐逸之意，且形诸吟咏。如《家叔征君东溪草堂二首》其二云："水深严子钓，松挂巢父衣。云气转幽寂，溪流无是非。名理未足羡，腥臊诅所希。自惟负贞意，何岁当食薇。"

第七，这些诗人的山水田园之作，风格接近。胡应麟《诗薮》内编卷二说："唐初承袭梁隋，陈子昂独开古雅之源，张子寿首创清澹之派。盛唐继起，孟浩然、王维、储光羲、常建①、韦应物，本曲江之清澹，而益以风神者也。"张九龄（字子寿）是唐代最早大量写作山水诗的作家，他的一部分山水诗，的确具有清淡之风，如《耒阳溪夜行》："乘夕棹归舟，缘源路转幽。月明看岭树，风静听溪流。岚气船间入，霜华衣上浮。猿声虽此夜，不是别家愁。"写得笔致疏淡，意境清幽，语言自然。但是，张九龄的山水诗，大多同行旅、游览有关，而与田园、隐逸无缘，这是与王、孟等人不同的。王维的那些反映隐逸生活情趣的山水田园诗，都具有清淡自然的风格，这一点笔者在《论王维诗歌的多样风格》一文中已作了论述，这里就不重复了。孟浩然的山水田园诗也具有清淡自然的风格。如《过故人庄》：

> 故人具鸡黍，邀我至田家。绿树村边合，青山郭外斜。开轩面场圃，把酒话桑麻。待到重阳日，还来就菊花。

这诗写的是普普通通的农村景色，没有丝毫出奇之处；用的是平易、素朴的语言，如谈家常；写法是按事情的经过顺序着笔，不为工巧；体裁是律诗，却使人感觉不到有格律的约束。总之，一切都是那么平

---

① 一般认为常建是山水田园派诗人，他的山水诗《题破山寺后禅院》《宿王昌龄隐居》很著名。但是，他的边塞诗也受到推许，名篇有《吊王将军墓》《塞下曲四首》等。常建的确写了不少山水诗，但很少写田园诗，而且这些山水诗，多数属于与行旅、游览有关的一类，所以我们这里没有把他列为山水田园诗派的作家。

淡，那么自然，但这自然平淡中却蕴藏着丰富的情味，不仅刻画出了一个淳朴、和谐、宁静、美好的田家生活天地，而且表现了宾主之间的纯真、诚挚情谊。此篇极近于陶，能像陶诗那样经过千锤百炼而归于平淡。又如《春晓》："春眠不觉晓，处处闻啼鸟。夜来风雨声，花落知多少。"这诗笔墨简淡，语言平易，而韵致却悠远深厚。它以听觉形象表现春晓的美景，可唤起读者的丰富联想；又诗中所透露的诗人的心绪、意趣，也很有寻味的余地。因此，可以说这首诗具有淡远的特色。再如《晚泊浔阳望庐山》：

> 挂席几千里，名山都未逢。泊舟浔阳郭，始见香炉峰。尝读
> 远公传，永怀尘外踪。东林精舍近，日暮但闻钟。

对自己向往的名山，既不以奇笔写生，也不用彩笔描画，而仅以简净、素淡的笔墨略作点染。前四句用"都未逢"、"始见"等极平常的字眼，道出了自己见到庐山后的喜悦之情。结尾说"已近远公精舍，而但闻钟声，写望字意，悠然神远"（沈德潜《唐诗别裁》卷一）。全诗写得语淡情浓，浑成自然。皮日休《郢州孟亭记》说："先生之作，遇景入咏，不拘奇抉异……若公输氏当巧而不巧者也。"胡震亨《唐音癸签》卷五引徐献忠曰："襄阳气象清远……读之浑然省净，真彩自复内映。"施闰章《蠖斋诗话》云："襄阳五言律、绝句，清空自在，淡然有余。"都准确地说出了浩然诗的风格特色。

储光羲的山水田园诗也属清淡一派，如《田家杂兴八首》其二、其六：

> 众人耻贫贱，相与尚膏腴。我情既浩荡，所乐在畋渔。山泽
> 时晦暝，归家暂闲居。满园植葵藿，绕屋树桑榆。禽雀知我闲，
> 翔集依我庐。所愿在优游，州县莫相呼。日与南山老，兀然倾

一壶。

> 楚山有高士，梁国有遗老。筑室既相邻，向田复同道。糗糒
> 常共饭，儿孙每更抱。忘此耕耨劳，愧彼风雨好。螣蛄鸣空泽，
> 鶗鴂伤秋草。日夕寒风来，衣裳苦不早。

前一首叙出隐居的恬淡、闲逸情趣，后一首表现田家之间在劳动和生活中的淳朴、亲切情谊，都具有真率、古朴、素淡的特色，是极力摹拟陶诗之作。又，裴迪诗深受王维的影响，也有清淡自然之风。如《辋川集》：

> 落日松风起，还家草露晞。云光侵履迹，山翠拂人衣。（《华
> 子冈》）
> 苍苍落日时，鸟声乱溪水。缘溪路转深，幽兴何时已。（《木
> 兰柴》）

两诗写辋川的幽美景色和诗人流连山水的闲情逸致，都不事雕饰，清新自然，笔墨简淡而饶有情味。

二

上一节我们说过，所谓盛唐山水田园诗派，只是后人的概括，与我们今天所理解的严格意义上的流派并不一样，再加上这一派诗人们的生活经历、思想性格、艺术修养不尽相同，因此他们的诗歌创作，必定存在许多差异。弄清这些差异，对于我们全面、深入地了解这一诗派，是很有益处的。这一诗派的作家，都以擅长山水田园诗著称或创作过较多山水田园诗，但是，他们又都不是纯粹的山水田园诗人，所以，我们可从以下两个方面，来探求他们之间的差异：一是山水田

园诗的创作方面，二是整个诗歌创作的总体面貌方面。由于裴迪、綦毋潜、祖咏、卢象、丘为等人，今存的作品都很少，从中已难窥见其创作的全貌，所以此处这一探求差异的工作，集中在王、孟、储之间进行。

先谈谈王、孟之间在山水田园诗创作方面的差异。首先的一点是，在孟浩然的山水诗中，与行旅、游览有关的作品较多，而与田园、隐逸有关的作品则不多；王维的山水诗，情况正好与此相反。浩然曾多次出游，他在吴越漫游的时间，甚至长达三年，所以写了许多山水行旅诗。但是，他一生的大部分时间都在故乡隐居，为什么写的田园隐逸诗却反而不多呢？我们知道，孟浩然四十岁赴长安应举之前，长期在襄阳隐居苦读："苦学三十载，闭门江汉阴。"（《秦中苦雨思归赠袁左丞贺侍郎》）这种隐居，实际是为入仕作准备的。诗人虽身在田园，却心存魏阙。浩然落第后，求仕无门，不甘隐居而不得不隐，内心多有愤懑不平。这也就是说，隐逸始终不是诗人所想望的，这或许就是他写的田园隐逸诗不多的一个主要原因。至于王维，他的山水田园诗多作于天宝时亦官亦隐期间，那时候，诗人对现实政治失望，对长安官场的生活感到厌倦，身在朝廷，心存山野，经常在公余闲暇或休假期间归蓝田辋川，沉溺于那里的田园山水之中，以此为乐。所以，他虽没有真正归隐，却写出了不少田园隐逸诗。

其次，王、孟的山水田园诗所流露出来的思想情绪，不尽相同。孟浩然的山水田园诗，既有游观山水的清兴、隐居田园的闲趣，又往往深深地融入了一种孤独、寂寞、不平之情。这和诗人一生入仕无门、壮志莫酬的遭遇是不能分开的。他的名作《宿桐庐江寄广陵旧游》云：

山暝听猿愁，沧江急夜流。风鸣两岸叶，月照一孤舟。建德非吾土，维扬忆旧游。还将两行泪，遥寄海西头。

这诗作于漫游吴越期间。但诗人是因求仕无成，"风尘厌洛京"，才不得不去"山水寻吴越"（《自洛之越》）的，所以，心境很寂寞。全诗分前后两段。前段描摹夜泊秋江的景象，勾画了一个凄凉、清冷的境界，其中渗透着诗人怀才不遇的孤寂感。后段直抒胸臆，透露出自己来游吴越是不得已的，抒发了因客中孤寂而思念友人的强烈感情。浩然的另一名作《秋登万山寄张五》说："北山白云里，隐者自怡悦。相望试登高，心随雁飞灭。愁因薄暮起，兴是清秋发。时见归村人，平沙渡头歇。天边树若荠，江畔舟如月。何当载酒来，共醉重阳节。"隐者独处深山，怡然自得，但却是孤独的。他思念着友人，期望得到友情的温暖。又《夜归鹿门歌》云："山寺鸣钟昼已昏，渔梁渡头争渡喧。人随沙岸向江村，余亦乘舟归鹿门。鹿门月照开烟树，忽到庞公栖隐处。岩扉松径长寂寥，惟有幽人自来去。"意境也是孤清、冷寂的。再如他的《望洞庭湖寄张丞相》，写八月洞庭的浩瀚景象，气势雄浑；然而，这眼前的壮丽景色，却勾起了诗人的身世之感："欲济无舟楫，端居耻圣明。坐观垂钓者，徒有羡鱼情。"他对于自己生逢盛世却被弃置的遭遇，总未能释然于怀。至于王维，他的山水田园诗所流露出来的思想情绪，则大多是安恬、闲静、愉悦的，而不是冷寂、凄清的（参见本书《关于王维山水田园诗的禅意和思想价值》一文）。王、孟间的这种差异，主要是两人的身世遭遇、思想性格不同造成的。王维后期亦官亦隐，不必躬亲耕稼而衣食无虞，生活非常闲适，尽可优游林泉；加上他无心仕进，厌倦长安官场的生活，一有机会回到自己的庄园，一种发自内心的愉悦感情便油然而生（参见本书《谈王维的隐逸》一文），所以，他的诗中就自然会有更多流连光景的闲情逸致。当然，王维也有苦闷，也有对现实的不满和牢骚；但是，他信奉佛教，又接受道教思想的不少影响，常以佛、道思想来调理身心，排遣世俗的烦恼，寻求心境的宁静。他的不少山水田园诗，境界极其幽寂，但传达出来的情绪却是愉悦的，这就是接受佛学思想影响的结果。如《竹里馆》："独坐幽篁里，弹琴复长啸。深林人不知，明月来相照。"竹林幽深，主人独坐，没有人知道他的存在，唯有明月为伴，这个境界，可谓幽清寂静之极。但是，诗人并不感到孤独、寂寞，他弹琴长啸，沉浸在寂静的快乐之中，真是所谓"一悟寂为乐，此生闲有余"（《饭覆釜山僧》）了。王、孟相较，一个看破红尘，努力忘掉现实的烦恼、痛苦，保持心灵的平静；一个则未能看破，在表面的平静之中，潜藏着深深的不平。

第三，王、孟的山水田园诗在表达感情的方式上，也有差异。孟诗往往写景、抒情交织，景语、情语并出。如他的《宿桐庐江寄广陵旧游》《望洞庭湖寄张丞相》，都是前四句写景，后四句抒情。《秋登万山寄张五》中的"北山白云里，隐者自怡悦。相望试登高，心随雁飞灭。愁因薄暮起，兴是清秋发"等句，也有景有情，二者水乳交融。再如《宿建德江》："移舟泊烟渚，日暮客愁新。野旷天低树，江清月近人。"这诗以"日暮客愁新"句为中心，末两句所写之景，即从这一句生发，故沈德潜评此诗云："下半写景，而客愁自见。"（《唐诗别裁》卷一九）像这样既有景语也有情语、景情交融的诗作，在王维的集中也有不少。但是，王维还有许多纯乎写景而情在其中的作品，却是孟浩然集中不多见的。如《新晴野望》："新晴原野旷，极目无氛垢。郭门临渡头，村树连溪口。白水明田外，碧峰出山后。农月无闲人，倾家事南亩。"纯乎写景，无一语言情，但从诗歌所勾画的那一幅农村风景画中，我们却可以感受到诗人热爱自然、眷恋乡村的情怀。又如：

　　木末芙蓉花，山中发红萼。涧户寂无人，纷纷开且落。（《辛夷坞》）

　　清浅白石滩，绿蒲向堪把。家住水东西，浣纱明月下。（《白石滩》）

秋山敛余照，飞鸟逐前侣。彩翠时分明，夕岚无处所。（《木兰柴》）

空山不见人，但闻人语响。返景入深林，复照青苔上。（《鹿柴》）

这些诗作，也都是纯乎写景而景中含情的。它们表达感情的方式，是用景写意、假物见情，犹如中国的山水画一般（中国的山水画强调借物写心、以景达情，不搞复制自然）。在这些诗中，情与景、物与我高度契合，达到了融为一体的境界。由于主观的情完全溶解于客观的景中，几乎无迹可寻，所以这类作品，更显得蕴藉含蓄，意趣悠远。我们只有使整个心灵沉浸到诗歌所创造的境界之中，才能探察到诗人深层的情感潜流。

第四，王维的诗以"诗中有画"著称，孟浩然的诗也具有画意，贺贻孙《诗筏》说："诗中有画，不独摩诘也。浩然情景悠然，尤能写生。"例如他的"天边树若荠，江畔舟如月""野旷天低树，江清月近人""绿树村边合，青山郭外斜""荷风送香气，竹露滴清响"等诗句，都描绘出具体、鲜明、生动、逼真的自然景物形象，使人读后有身临其境之感。但是，王维身为一个著名的山水画家，常常有意无意地以画家的眼光观察景物，捕捉形象，融会绘画艺术的表现形式、原则入诗。就是说，他在使自己的诗歌具有仿佛诉诸视觉的鲜明形象以形成诗中画方面，不仅运用了诗法，也融会了画法。如他善于在自己的诗中，表现出景物的色彩之美；又特别注意所描写景物之间的关联，使诗歌具有构图美；还常以画家的目光透视自然，使诗中所写景物远近分明，富于空间的层次感；而且，在某些诗中，力求像绘画那样，描画出刹那间并列于空间的景物。融画法入诗，这是王维的独到之处，对形成他的诗中画产生了重要的作用（参见本书《王维诗歌的写景艺术》一文）。至于孟浩然，他在使自己的诗歌具有仿佛诉诸视觉的鲜明形象方面，则主要用诗法而很少用画法。例如：

> 山光忽西落，池月渐东上。散发乘夜凉，开轩卧闲敞。荷风送香气，竹露滴清响。欲取鸣琴弹，恨无知音赏。感此怀故人，中宵劳梦想。（《夏日南亭怀辛大》）

> 夕阳度西岭，群壑倏已暝。松月生夜凉，风泉满清听。樵人归欲尽，烟鸟栖初定。之子期宿来，孤琴候萝径。（《宿业师山房期丁大不至》）

这两诗写景都真切、细致、鲜明，但却是绘画难以画出的。绘画是空间的艺术，不宜于处理事物的运动、变化，诗歌是时间的艺术，宜于表现事物的运动、变化，然而，前一诗的山光西落、池月东上，后一诗的夕阳西下、松月生凉，都不是同时并存于空间的景物，而是运动变化着的、存在于一个前后承续的时间过程的景象，所以画中难以表现。又，"荷风送香气""松月生夜凉"写嗅觉、触觉里的事物，"竹露滴清响""风泉满清听"写听觉里的事物，也都是绘画不易画出的。至于诗中所写作者的心理活动，则更是画中无法表现的。类似上述这种景物描写，在孟诗中常见。我们只要读一读孟浩然的那些与行旅、游览有关的山水诗，即可发现，其中有不少都是写在一个持续的时间进程中作者所见到的运动变化着的景象的，例如《彭蠡湖中望庐山》《宿武陵即事》《早发渔浦潭》《行出东山望汉川》《与颜钱塘登樟亭望潮作》《晚泊浔阳望庐山》《西山寻辛谔》等作，无不如此。又，浩然还擅长描摹自然音响，他的不少写景名句名篇，如"山暝听猿愁，沧江急夜流。风鸣两岸叶，月照一孤舟""微云淡河汉，疏雨滴梧桐""东林精舍近，日暮但闻钟""春眠不觉晓，处处闻啼鸟。夜来风雨声，花落知多少"等等，写的都是听觉里的事物。总的说来，由于王维善融画法入诗，故而其作品的画意，较之孟诗为浓。

第五，本文第一节谈到，王、孟的山水田园诗都具有清淡自然的风格；而且，两人都有一部分山水行旅之作写得雄浑、壮丽。但是，两人的山水田园诗在风格上也存在着明显的差异。王诗于清淡之中又表现出精工秀丽的特色（参见本书《论王维诗歌的多样风格》一文），孟诗则显得更疏淡、朴素。李东阳《麓堂诗话》："王诗丰缛而不华靡，孟却专心古澹，而悠远深厚，自无寒俭枯瘠之病。"胡应麟《诗薮》内编卷二："孟五言秀雅不及王，而闲澹颇自成局。"乔亿《剑溪说诗》卷上："右丞诗精工，襄阳诗有乱头粗服处。"这些评论都较中肯。闻一多先生指出："真孟浩然不是将诗紧紧的筑在一联或一句里，而是将它冲淡了，平均的分散在全篇中。……淡到看不见诗了，才是真正孟浩然的诗。"（《唐诗杂论·孟浩然》）并举出以下二诗为证：

> 出谷未亭午，至家已夕曛。回瞻下山路，但见牛羊群。樵子暗相失，草虫寒不闻。衡门犹未掩，伫立待夫君。（《游精思观回王白云在后》）
>
> 垂钓坐磐石，水清心亦闲。鱼行潭树下，猿挂岛藤间。游女昔解佩，传闻于此山。求之不可得，沿月棹歌还。（《万山潭作》）

两诗都写得平淡、素朴极了，像一席普普通通的谈话，一篇平平常常的游记。由于王诗善熔陶、谢于一炉，于清淡之中又表现出精工秀丽的特色，所以它既多名句、警策语，又显得浑然一体；孟诗一味追求平淡、自然、浑成，虽然也有名句、警策语，但其数量远不如王诗之多。

孟浩然山水田园诗的成就，总的说来不如王维。明钟惺说："王孟并称，毕竟王妙于孟。"（《唐诗归》卷八）评价是公允的。但是，孟浩然比王维大十二岁，他大量写作山水田园诗的时间，也早于王维。所以，在盛唐山水田园诗派中，孟浩然的创作具有开风气之先的作用。

下面，再就王、孟整个诗歌创作的总体面貌方面，略谈一下他们之间的差异。第一，孟浩然一生"未禄于代"，生活经历简单，既没有卷入尖锐的政治斗争，也未经历过重大的社会变故，加上长期僻居乡村，所以诗歌的题材狭窄，缺乏广泛、深刻的社会生活内容。他的作品，除山水田园诗外，主要就是一些抒写个人的抱负和怀才不遇的愤懑不平之情以及朋友间送别、赠答的篇什。王维则不同，他一生有过多次隐居、多次为官、遭贬、宦游、出塞、陷贼等经历，生活道路比较曲折，社会阅历也较丰富。他的作品，除山水田园、送别、赠答诗外，还有歌咏从军、出塞、侠士的诗，揭露社会上不合理现象的诗，描写妇女的生活和遭遇的诗，言志述怀、抒发内心的苦闷不平之作，等等，所反映的社会生活，无论从广度或深度上看，都胜过孟诗。牟愿相《小澥草堂杂论诗》说："王、孟并称，王厚。"可以说，孟诗比起王诗，内容显得单薄。第二，孟浩然擅长五古、五律、五绝、五排，其余各体，都少涉猎；王维则诸体兼长，五古、七古、五律、七律、五排、五绝、七绝以至于骚体、六言，皆有佳制。第三，王维才气纵横，对高度发展的盛唐文化的各种领域，广泛涉猎。他出入儒、释、道，尤精禅理；对诗、文、绘画、音乐、书法，都很擅长。这些与他的诗歌创作有着千丝万缕的联系，有助于造成其诗艺术表现上的丰富多样的面貌。孟诗有着自己独特、鲜明的艺术风貌，但就艺术表现的丰富多样方面而论，则不如王诗。

最后，谈一下王维、储光羲之间的差异。储光羲写作的田园隐逸诗多，而山水行旅之作少。他是盛唐时代一个最致力于田园诗创作的诗人，集中也以这类作品写得最有特色。王维的田园诗多写隐者，储光羲的田园诗则更多写农民，如他的《樵父词》《渔父词》《牧童词》《采莲词》《田家杂兴八首》《田家即事》《同王十三维偶然作十首》

等诗，就刻画了不少的农民形象。当然，身为一个拥有田庄的隐士，诗人对农民的思想感情并不真正了解，他笔下的农民，多具有隐士气息。例如《同王十三维偶然作十首》其三："野老本贫贱，冒暑锄瓜田。一畦未及终，树下高枕眠。荷蓧者谁子，皤皤来息肩。不复问乡墟，相见但依然。腹中无一物，高话羲皇年。落日临层隅，逍遥望晴川。……悠悠泛绿水，去摘浦中莲。莲花艳且美，使我不能还。"把"腹中无一物"的老农，写得那么安闲自得，可见诗人自己未受过饥饿之苦，对农民的思想感情终究隔膜。又如《田家即事》："迎晨起饭牛，双驾耕东菑。蚯蚓土中出，田乌随我飞。群合乱啄噪，嗷嗷如道饥。我心多恻隐，顾此两伤悲。拨食与田乌，日暮空筐归。亲戚更相诮，我心终不移。"写老农"拨食与田乌"的恻隐之心，更加"迂阔不切事情"（《带经堂诗话》卷一）。但是，储光羲毕竟曾隐居乡村十余年，对农村的现实多少有所了解，所以他的一部分田园诗，乡土生活气息较浓，比起王维的田园诗来，显得更古朴、真率。例如本文第一部分所征引的《田家杂兴八首》其六，就具有这一特色。再如同诗其一："春至鸧鹒鸣，薄言向田墅。不能自力作，黾勉娶邻女。既念生子孙，方思广田圃。闲时相顾笑，喜悦好禾黍。夜夜登啸台，南望洞庭渚。百草被霜露，秋山响砧杵。却羡故年时，中情无所取。"沈德潜《唐诗别裁》卷一说："'既念生子孙，方思广田圃'、'糗糒常共饭，儿孙每更抱'，此种真朴，右丞田家诗中未能道着。"这评论颇为中肯。储诗虽具有真朴的特色，但感情的表达却较为直露，不像王、孟的诗歌那样，于自然平淡中蕴藏着悠远的情味。李东阳《麓堂诗话》："孟却专心古澹，而悠远深厚……储光羲有孟之古，而深远不及。"潘德舆《养一斋诗话》卷一："储诗朴而未厚。"都指出了储与王、孟之间的这种差异。另外，储光羲的山水田园诗，大多着重抒写村居生活的情趣和感受，而不致力于勾画大自然的面貌，所以它描写田园、山水景色，一般用笔比较粗略，虽也有一些佳句，但意境完整、浑成的佳篇却并不多。这一些都是与王诗不同的。又，储诗多仙道气，这也与王诗不同。如《同王十三维偶然作十首》其七："日暮登春山，山鲜云复轻。远近看春色，踟蹰新月明。仙人浮丘公，对月时吹笙。丹鸟飞熠熠，苍蝇乱营营。群动汩吾真，讹言伤我情。安得如子晋，与之游太清。"再如《杂诗二首》其一："混沌本无象，末路多是非。达士志寥廓，所在能忘机。耕凿时未至，还山聊采薇。虎豹对我蹲，鸳鸯旁我飞。仙人空中来，谓我勿复归。格泽为君驾，虹霓为君衣。西游昆仑墟，可与世人违。"王渔洋说："储光羲诗，多龙虎铅汞之气。"（《带经堂诗话》卷一）这意见正确。

除山水田园诗外，储光羲还写了不少赠答、唱和、送别、抒怀、思古之作。其中个别作品，如《效古二首》，真实地反映了当时人民遭受的深重苦难，抒发了自己忧念社稷苍生的深厚感情，相当难能可贵。类似这样的诗作，在王、孟的集中都不曾出现过。还有一些诗歌，描叙自己在安史乱中陷贼、逃归、遭贬、遇赦的曲折经历和愧、悔、恨、怨、悲、喜交集的复杂感情，也很有特色。不过总的说来，储诗的题材不如王诗广泛，而且上述这些山水田园诗以外的作品，艺术上还存在着一些为王诗所无的缺点，如不少诗歌不够自然流畅、一些五古长篇写得枯燥乏味等。又，王维诸体兼长，而储光羲则"独以五言古胜场"（贺贻孙《诗筏》），也不一样。总的说来，储诗的成就远逊王诗，也无法同孟诗相比。

情景交融与王维对诗歌艺术的贡献

有学者说："盛唐诗的主客、情景关系基本上仍是分离的：自然景物通常是作为观赏的对象而非表现的媒介出现；诗人描绘自然景物主要是欣赏它们的感性之美，抒发由此获得的愉悦。因此写自然景物的诗中情景就明显地分为两部分——客观性的描写和主观性的抒情。"只有到了大历时代，诗歌才"消融了客观描写和主观抒情的分界，使二者融为一体"①。我则认为，诗至盛唐，已完全达到了情景交融，王维即是突出的代表。

一

自古至今的诗评家对"情景交融"有过许多论述，这个题目似乎已被谈滥了，然而人们对它的认识，却未必都能达到应有的高度与深

---

① 见蒋寅《走向情景交融的诗史进程》（《文学评论》1991 年第 1 期）及《大历诗风》第六章，上海古籍出版社，1992。

度。古代诗论中对于情景关系问题的探讨，大抵始于谢灵运的山水诗出现之后。在谢灵运之前，中国诗歌以抒情写意为主，描摹景物只是一种陪衬，自谢灵运别开生面，着意在诗中模山范水后，诗中的情景关系应如何处理才好，才逐渐受到诗评家的关注。刘勰《文心雕龙·神思》已揭示出创作中主客、情景之间的相互交接、契合关系。初唐元兢《古今诗人秀句序》①说："余与诸学士共览谢朓《和宋记室省中》诗，选其秀句，诸人皆以'竹树澄远阴，云霞成异色'一联为最，余则以为未若'落日飞鸟还，忧来不可极'一联之妙者也。"理由是：此联"结意惟人，而缘情寄鸟，落日低照，即随望断，暮禽还集，则忧共飞来。"即认为此联"不是单纯描绘物色，而是借写景以抒情，是情与景的交融"。②元兢的话表现出了对情景交融的明确追求，也是对当时诗歌创作经验的总结。在谢灵运的山水诗中，情与景基本是分离的，虽然他也有个别兴会神到、妙手偶得的情景交融之作；到了谢朓，其山水诗在宗法谢灵运的同时，也另辟境界，努力探索情景交融的表现艺术，并取得了明显的成绩③；其后何逊、阴铿以至于初唐的李百药、上官仪等，都沿着谢朓的路数继续探索，创造了若干融情于景的成功境界，元兢敏锐地发现了这一点，所以才有上述那一番话。及至盛唐，王昌龄更提出"情景相兼"说："凡诗，物色兼意下为好。若有物色，无意兴，虽巧亦无处用之。如'竹声先知秋'，此名兼也。"④"景入理势者，诗一向言意，则不清及无味；一向言景，亦无味。事须景与意相兼始好。凡景语入理语，皆须相惬。""理入景势者，诗不可一向把理，皆须入景语，始清味；……其景与

---

① 见王利器校注本《文镜秘府论·南卷·集论》，中国社会科学出版社，1983。

② 王运熙、杨明《隋唐五代文学批评史》第一编第三章第二节，上海古籍出版社，1994。

③ 参见葛晓音《山水田园诗派研究》第二章，辽宁大学出版社，1993。

④ 《文镜秘府论·南卷·论文意》。

理不相惬，理通无味。"① 物色即自然景物，意、理指人的思想、感情、志趣等，可以用一个"情"字来代表；"物色兼意下""景入理""理入景"，说的就是情景交融的问题。实践先于理论，如果没有盛唐诗歌情景交融表现艺术经验的丰富积累，不会有王昌龄在理论上的具体明确的总结。

情与景的交融即产生诗的意境。但意境之"境"指客观物境，不仅仅指自然景物；而本文所论情景交融之"景"，则专就自然景物而言。中国自然山水诗的发生比起西方约早一千三百年②，以自然景物来构造诗的意境，是中国诗最重要的民族特色和艺术传统之一；从情景交融的角度来谈王维诗，也最能说明他对诗歌艺术的贡献。

情与景交融之后所生成的意境，是一个新的生命，一个新的艺术世界。在这个世界里，景赋予情以形象，情赋予景以灵魂。由于情借景物形象来表现，所以它便不直露，蕴藉含蓄，耐人咀嚼寻绎，这就是司空图所提倡的"味外之旨""韵外之致"③，梅尧臣所说的"含不尽之意，见于言外"④。由于景物有了灵魂、精神，所以它就是活的、有生命的，就能"华奕照耀，动人无际"⑤，引发人们的丰富想象，形成所谓"象外之象，景外之景"⑥。在情与景的交融中，情是主导、统帅，景皆为情所用，写景均统一于达情，所以其所生成的意境，往往具有和谐、完整、浑然一体之美。

情景交融即中国艺术表现里的虚实结合。情景二者，情为虚，景为实。宋范晞文《对床夜语》卷二："不以虚为虚，而以实为虚，化

---

① 《文镜秘府论·地卷·十七势》。

② 参见朱光潜《诗论·中西诗在情趣上的比较》，生活·读书·新知三联书店，1984。

③ 司空图《与李生论诗书》，见《全唐文》卷八〇七。

④ 见欧阳修《六一诗话》第一二则，人民文学出版社，1962。

⑤ 王夫之《古诗评选》谢庄《北宅秘园》评语："心目之所及，文情赴之，貌其本荣，如所存而显之，即以华奕照耀，动人无际矣。"文化艺术出版社，1997。

⑥ 司空图《与极浦书》，见《全唐文》卷八〇七。

景物为情思，从首至尾，自然如行云流水，此其难也。"① 化景物为情思，即借景寓情、以景达情，虚实结合。王夫之又有"抟虚作实"之说②，大抵指因情生景，也是虚实结合。单就写景方面来说，同样有虚实结合的问题。诗人写景，往往有所选择，有所忽略，有所渲染，以突出景物的特征，传达山水的神韵，唤起读者的想象，正如赵执信《谈龙录》所说，"诗如神龙，见其首不见其尾，或云中露一爪一鳞而已"，其他则由读者去想象补充。③ 诗人描画的景物形象是"实"，引起我们的想象是"虚"，一般说来，"实者逼肖，则虚者自出"④。情景交融所生成的意境，可谓"以虚带实，以实带虚，虚中有实，实中有虚"⑤，虚虚实实，实实虚虚，犹"如蓝田日暖，良玉生烟，可望而不可置于眉睫之前也"⑥。

情景在诗人的创作构思过程中，从一开始就是相互依存而不可分离的："夫景以情合，情以景生，初不相离，唯意所适。"⑦ 从创作构思的角度看，情景交融意境的形成，大致有两种方式。一是即景生情，或者称触景生情。诗人本无先入的情思意念，因外景触目而惹动内心的意绪，于是借对客观景物的描写把自己的情意表达出来。这种方式大抵属于王国维所说的"写境"⑧。但诗模写自然并非依样画葫芦，而是要作一番简择取舍；诗人必须能从纷繁变幻的景物中找到客观物态与主观情趣的契合处，使"师天写实，而犁然有当于心"⑨，

---

① 见《历代诗话续编》，中华书局，1983。
② 王夫之《唐诗评选》王维《观猎》评语，文化艺术出版社，1997。
③ 见《清诗话》，上海古籍出版社，1978。
④ 邹一桂《小山画谱》，丛书集成初编本。
⑤ 宗白华《艺境·中国美学史中重要问题的初步探索》，北京大学出版社，1987。
⑥ 司空图《与极浦书》，见《全唐文》卷八〇七。
⑦ 王夫之《夕堂永日绪论内编》第十七条，见戴鸿森《姜斋诗话笺注》卷二，人民文学出版社，1981。
⑧ 滕咸惠《人间词话新注》上卷第三二条："有造境，有写境。此理想与写实二派之所由分。"齐鲁书社，1981。
⑨ 钱锺书《谈艺录》第一五条，中华书局，1984。

才有可能进而在表现上达到情景交融。在这一方式中，景物既是表现的对象，又是达情的媒介。二是移情入景、因情生景。诗人挟先入的情思意念观物，使客观景物随诗人感情的变化而变化，染上强烈的主观色彩，呈现一种有点变形失真的面貌，这就是移情入景。因情生景指诗人因为表达主观感情的需要而虚拟、构设景物，它们往往是诗人闭目一想浮现出来的，而不是眼前发生的。这种方式属于王国维所说的"造境"①。然"大诗人所造之境，必合乎自然"②，所以它也是离不开日常对自然景物的观察和体验的。

诗人创作构思时头脑中浮现的情景交融意境，必须得到完美的表现，才可能在作品中形成相同的意境。意境的表现包括语言的选择、艺术手法的运用等等。常见的烘托、拟人、夸张、象征、暗喻等手法，都只是用来达到情景交融的手段，而不是达到情景交融的标志③。

表现在作品中的情景交融意境，大致可分为三种类型：（1）景中情。在似乎是纯客观的写景中寓有作者之情。如李白《子夜吴歌》："长安一片月，万户捣衣声。"在景物中流露了"孤栖忆远之情"。（2）情中景。如杜甫《闷》："卷帘唯白水，隐几亦青山。"抒写留滞夔州的无聊烦闷而情中含景。（3）情景妙合无垠。如杜甫《江亭》："水流心不竞，云在意俱迟。"二句景在情中，情在景中，既是景语，也是情语④。

情景交融有高层次与低层次之别。就情景交融意境中的"情"而言，有深浅、高下、真假之分，"情"中所反映的社会内容，也有广

①　滕咸惠《人间词话新注》上卷第三二条："有造境，有写境。此理想与写实二派之所由分。"齐鲁书社，1981。

②　《人间词话新注》上卷第三二条。

③　《走向情景交融的诗史进程》说："就中国诗歌来说，更典型的情景交融应是烘托和象征，这两种表现手法也正是到大历诗中才明显地凸现出来。"似乎视烘托和象征为达到情景交融的标志，但运用这两种手法，并不一定都能达到情景交融。

④　以上分类参用范晞文、王夫之之说。参见《对床夜语》卷二，《夕堂永日绪论内编》第一四、一六条。

狭、多寡的不同，还有蕴含的味外之味，又有长短、厚薄的差异。就情景交融意境中的"景"而言，有隐显之别，生动、逼真程度的差异。其高者如梅尧臣所云，"必能状难写之景，如在目前"①，这也就是"诗中有画"。还有写景在唤起读者的想象、形成象外之象方面也会有高下的差别。就意境的表现方面而言，有天机与人巧之别。以天工化成、自然入神者为上，这是历代诗论家的共同看法。在同前人诗歌意境的关系上，又有是蹈袭古人还是变古创新的不同。情景交融的意境中有诗人的主观成分和个性特点，而在个性特点的鲜明性上必存在差异。由上述这一切，就形成了情景交融的不同层次。

以上就情景交融的内涵作了简要的总结和概括。下面拟对王维的诗歌进行一些分析，以证明它在情景交融方面已达到高层次。

王维是以擅长描写自然风景著称的。他诗中情景交融意境的形成，多数采用"写境"的方式，"如所存而显之"②。但他并不是像谢灵运那样，写景详尽繁富，而是善于用简净笔墨，描绘出真实、鲜明、生动、逼真的景物形象，做到"诗中有画"③。王维诸体兼擅，尤长于五律、五绝、七律、七绝，用这些近体短章绘景，自宜用简笔，他在这方面所作的努力极大，获得的成就堪为典范。最突出的表现是，诗人能使以寥寥数笔勾画出来的景物形象，包含着无尽的象外之象与悠长的味外之味。如《木兰柴》："秋山敛余照，飞鸟逐前侣。彩翠时分明，夕岚无处所。"这诗纯乎写景而情在景中。诗人不对木兰柴作全景式写生，而只摄取山寨秋日夕照的短暂动人景象加以突出的表现，并流露了自己置身于这一景象中的愉快心情。诗人笔下的秋山夕照是那么绚烂明丽，可唤起人们对秋山美色的丰富联想，形成象

---

① 见欧阳修《六一诗话》第一二则，人民文学出版社，1962。

② 王夫之《古诗评选》谢庄《北宅秘园》评语："心目之所及，文情赴之，貌其本荣，如所存而显之，即以华奕照耀，动人无际矣。"文化艺术出版社，1997。

③ 关于王维"诗中有画"，论者已多，本书《王维诗歌的写景艺术》也已谈到，此不赘述。

外之象。王维写景总是略去次要部分，突出景物的最动人之处或主要特征，这犹如画云中之龙，只露出一鳞一爪，却能动人遐思。如《积雨辋川庄作》："漠漠水田飞白鹭，阴阴夏木啭黄鹂。"这两句抓住夏日田庄久雨初晴的景色特征给以准确的刻画，在逼真、鲜活的景物画面中，透出浓郁的隐逸生活情趣，极有想象回味的余地，正可谓"实者逼肖，则虚者自出"。所谓"逼肖"，盖指"以形写神"，形神兼备。也就是说，善于捕捉能体现景物之"神"的"形"，加以突出的描写，使景物活起来。景物活了，就能激发读者的想象。如《终南山》："太乙近天都，连山到海隅。白云回望合，青霭入看无。"后二句写登山途中所见，以瞬息变幻的烟云，传终南山之神韵，使人感到在这灵动的景物画面之外，更有无穷的景象。王维写景，还往往突出自己对景物的鲜明感受，从而把景物形象激活。如《书事》："轻阴阁小雨，深院昼慵开。坐看苍苔色，欲上人衣来。"从个人的感受着笔，渲染出雨后青苔的碧鲜可爱，仿佛它具有了生命，可与人相亲。诗人有时还采用引而不发的方式来写景，以调动读者的想象。如《辋川闲居》："时倚檐前树，远看原上村。"只描摹自己倚树遥看远村的闲趣，至于所见到的景物，则留给读者去想象补充，故张谦宜评此二句云："无景中有景。"①

在王维属于"写境"的诗中，总是善于找到客观景物与主观感情的契合之处，并在描写客观景物的同时，也把主观感情表现出来，达到情与景的交融。如《山居秋暝》："空山新雨后，天气晚来秋。明月松间照，清泉石上流。竹喧归浣女，莲动下渔舟。随意春芳歇，王孙自可留。"写秋日傍晚雨后辋川山居的景色。天宝年间，诗人对现实政治感到失望，身在朝廷，心存山野，在辋川山谷营置别业，恋慕闲居田园、流连山水之乐。怀着这种潜藏于内心的情趣接触景物，诗

---

① 《绠斋诗谈》卷五，见《清诗话续编》，上海古籍出版社，1983。

人发现并特别喜好辋川的清幽宁静之美，主客观于是相互契合。因此在这首诗里，诗人不仅刻画了一个生意盎然的静美境界，还流露了自己置身于这一境界中的愉悦、恬适之情，两者相互交融。在此处，景物既是观赏、表现的对象，也是达情的媒介，这两者之间本没有不可逾越的界限。又如，《辛夷坞》："木末芙蓉花，山中发红萼。涧户寂无人，纷纷开且落。"这诗只是写景，但景物形象中却蕴含着悠远的禅意，令人寻绎不尽。王维信奉禅学，带着作为他世界观组成部分的禅学意念观物，他不但看到了辛夷花的美丽，更发现它生长在绝无人迹的山涧旁，默默地自开自落、自生自灭，一切似乎都与人世毫不相干。诗人的心境亦复如是。他好像已忘掉自身的存在，而与这辛夷花融合为一了。诗人找到了客观景物与主观禅学意念的契合点，所以虽只是写景，那离世绝俗、超然物外的禅意却被表现了出来。

王维诗中也有若干"造境"之作。如《归嵩山作》："清川带长薄，车马去闲闲。流水如有意，暮禽相与还。"写"无情者与人竟有情"①，这是移情入景或因情生景（说见本书《王维诗歌的写景艺术》）。但这首诗中所构设的景又"合乎自然"，所以"写境"与"造境"也难以截然分开。在王维的诗里，这两者往往是结合的。

在情景交融意境的表现方面，王维的诗具有天工化成、自然入神之长。如《终南别业》："中岁颇好道，晚家南山陲。兴来每独往，胜事空自知。行到水穷处，坐看云起时。偶然值林叟，谈笑无还期。"诗人写所见到的终南景色，虽只用"云起时"三字，却能唤起读者的丰富想象，可谓以一当十；而这水穷云起之景又与诗中所表现的那纯任自然、无牵无挂、宛如云飞水流一般自在的意兴正相契合。方回说"右丞此诗有一唱三叹不可穷之妙"②，查慎行称它"有无穷景味"③，

---

① 钱锺书《谈艺录》第一一条。
② 见李庆甲集评校点《瀛奎律髓汇评》卷二三，上海古籍出版社，1986。
③ 见李庆甲集评校点《瀛奎律髓汇评》卷二三，上海古籍出版社，1986。

沈德潜赞扬它"一片化机"①，纪昀说它"熔炼之至，渣滓俱融，涵养之熟，矜躁尽化，而后天机所到，自在流出，非可以摹拟而得者"②，就道出了此诗既富有味外味与象外象而又自然天成的优点。王维的许多山水田园之作都具有这种优点。

王维诗中的情景交融意境又具有鲜明的个性。诗人的山水田园之作多写于天宝年间，那时他无心仕进，恋慕隐逸，流连山水，加上深受佛学的影响，因而形成了他的洁身自处、高雅脱俗、恬淡闲适、宁静和平的情趣和心境。由此出发，诗人偏好大自然的清幽静谧之美，多在山水田园诗中刻画静美境界，表现闲淡恬逸之情。为了刻画好静美境界，诗人在景物形象的选择、组合和描写等方面，都进行了相应的创造。譬如他多选择平常景物，往往用夕阳、明月、远村、空山、深林、清泉、白云、孤烟等构设静美之境。又如他每于闲居田园时静观自然，得其形神，然后采用白描手法，对景物作真实、具体、精确的描绘，而很少以想象、夸张之笔写景。上述这一切的统一，便形成了王维诗歌情景交融意境的个性特点。另外，在他创造的这种意境中，还往往浮现出诗人的富有个性的自我形象。如《田园乐七首》其六："桃红复含宿雨，柳绿更带春烟。花落家僮未扫，莺啼山客犹眠。"宋胡仔说："每哦此句，令人坐想辋川春日之胜，此老傲睨闲适于其间也。"③ 这也可说是一种象外之象。

王维是我国古代山水诗的艺术大师，他的山水田园诗在情景交融方面已达到高层次；但实际上诗人还把自己高超的情景交融表现艺术运用到其他各种题材的诗歌创作中，并取得了如其山水田园诗一般的堪为典范的成就，这一点往往为人们所忽视。在王维集中，送别、赠答等表现友情的诗歌数量不少，与其山水田园之作大抵不相上下，其

---

① 《唐诗别裁》卷九，商务印书馆《国学基本丛书》本。
② 见李庆甲集评校点《瀛奎律髓汇评》卷二三，上海古籍出版社，1986。
③ 《苕溪渔隐丛话》后集卷九，人民文学出版社，1962。

中有许多情景交融的佳句，例如：

> 天寒远山净，日暮长河急。解缆君已遥，望君犹伫立。（《淇
> 上送赵仙舟》）
> 愁看北渚三湘近，恶说南风五两轻。（《送杨少府贬郴州》）
> 鸟道一千里，猿啼十二时。……别后同明月，君应听子规。
> （《送杨长史赴果州》）
> 杨柳渡头行客稀，罟师荡桨向临圻。惟有相思似春色，江南
> 江北送君归。（《送沈子福归江东》）

在诗人的边塞、妇女、言志咏怀等题材的作品中，也有不少情景交融
的佳句，例如：

> 大漠孤烟直，长河落日圆。（《使至塞上》）
> 回看射雕处，千里暮云平。（《观猎》）
> 君自故乡来，应知故乡事。来日绮窗前，寒梅著花未？（《杂
> 诗三首》其二）
> 不及红檐燕，双栖绿草时。（《早春行》）
> 松风吹解带，山月照弹琴。（《酬张少府》）
> 独坐悲双鬓，空堂欲二更。雨中山果落，灯下草虫鸣。（《秋
> 夜独坐》）

以上这些情景交融的佳句，大致可分为上文提到的三种类型：
（1）景中情。如"天寒"一联，在淇上天寒日暮之景的描写中，寄
寓了作者与友人离别的怅惘之情；"大漠"一联，以雄奇壮丽的边塞
风光的描绘，烘托自己出塞的豪迈情怀。（2）情中景。如"愁看"
一联，抒写友人远谪郴州、不得北归的愁苦之情而情中有景；"不及"

一联,写一贵族少妇独居的苦情而以檐前双栖的燕子作为反衬,也是情中有景。(3)情景妙合无垠。如"鸟道"一联,既是景语,也是情语,道上的荒落之景与行者的凄楚之情融合为一。"松风"一联,写隐居田园时生活的自在和心情的闲适:解下衣带,任松风吹拂;在林中弹琴,以山月为伴。这是景语?是情语?可以说既是景语,也是情语。

以上这些情景交融的佳句,还都在自然、简净的笔墨中,蕴含着丰富的味外味与象外象。如《送沈子福归江东》末二句抒发送别者的深情而情中含景,余蕴无穷,它不禁使读者想象到沈子福南归途中所见到的种种春色,无不染上友人的相思之情,似乎那"相思"已化为无处不到的"春色","春色"变成了绵长无尽的"相思"。又如《观猎》诗的尾联"回看"二句,写将军猎毕归营途中勒马回望射雕处的心情,只用"千里暮云平"五字景语来表现。此五字之妙,亦在含蕴甚丰,将军那豪兴未已、仍陶醉在射猎的快意中的神态,俱可于此五字中想见!

所以,王维在诗史上的价值、贡献和影响,绝非仅止于山水田园诗领域。在我国诗史上,谢灵运首次使自然山水成为诗歌独立的表现对象,而王维则进一步使之成为诗歌达情的媒介。在他那里,人和大自然、情和景的契合交融达到了化境。这不仅为中国山水诗开创了新的风气,树立了新的艺术典范,还为中国诗歌艺术传统和民族特色的形成,作出了贡献。王夫之说:"不能作景语,又何能作情语邪?古人绝唱句多景语,如'高台多悲风','蝴蝶吹南园','池塘生春草','亭皋木叶下','芙蓉露下落',皆是也,而情寓其中矣。以写景之心理言情,则身心独喻之微,轻安拈出。"①谓古人绝唱句多含情之景语,正揭示了中国诗多以景达情、用自然景物来构造意境的艺术

---

① 《夕堂永日绪论内编》第二四条。

传统和民族特色。

王维在使诗歌达到情景交融方面所取得的成就，一直为古代诗评家们所认可。如司空图提出"思与境偕"①，指的大抵就是情景交融；又提出好诗应具有"味外之旨"与"象外之象"，指的实际上是情景交融意境所具有的美学特征。他的上述理论，当代学者大都认为主要是对王维一派诗歌创作经验的总结②。他还对王维的诗倾心赞赏："右丞、苏州，趣味澄复，若清风之出岫。"③ "王右丞、韦苏州，澄澹精致，格在其中，岂妨于遒举哉！"④ 澄澹，谓其诗清淡自然。澄复，谓其诗韵味深远，也即具有味外味与象外象。又如王夫之也提倡情景交融："诗之为道，必当立主御宾，顺写现景，若一情一景，彼疆此界，则宾主杂遝，皆不知作者为谁。意外设景，景外起意，抑如赘疣生眼鼻，怪而不恒矣。"⑤ 认为情景不能分离，但情（意）为主，景是宾，必须以主御宾，方能实现情景的契合交融。其《唐诗评选》评王维《送梓州李使君》云："意至则事自恰合，与求事切题者雅俗冰炭。右丞工于用意，尤工于达意。景亦意，事亦意，前无古人，后无嗣者，文外独绝，不许有两。"评《使至塞上》云："盖用景写意，景显意微，作者之极致也。"评《观猎》云："右丞妙手能使在远者近，抟虚作实，则心自旁灵，形自当位。"指出王维诗皆能以意（情）为主，使景为意用，从而达到情景的和谐、统一。所谓"景显""使在远者近"，即"状难写之景，如在目前"；所谓"意微"，即写情含蓄深永，"含不尽之意，见于言外"；所谓"抟虚作实"，盖指因情生景或因情造景，这些都揭示出王维诗在情景交融方面已达到高层次。

---

① 《与王驾评诗书》见《全唐文》卷八〇七。
② 参见王运熙等《隋唐五代文学批评史》第三编第一章，张少康等《中国文学理论批评发展史》第三编第十四章，北京大学出版社，1995。
③ 《与王驾评诗书》见《全唐文》卷八〇七。
④ 司空图《与李生论诗书》，见《全唐文》卷八〇七。
⑤ 《唐诗评选》丁仙芝《渡扬子江》评语。

二

如果将王维同其他盛唐诗人和大历诗人作一些比较，便可进一步证明"诗至盛唐，已完全达到了情景交融，王维即其突出的代表"。盛唐诗人取孟浩然、王昌龄、李白、杜甫作代表，大历诗人选刘长卿、韦应物为代表。孟浩然也是盛唐山水田园诗的代表人物，在文学史上与王维并称；王昌龄是"情景相兼"说的提出者；李、杜是旷世难遇的诗国巨人；刘、韦诗歌的成就在大历诗人中最为突出。所以，这些诗人都具有代表性，可作为比较的对象。

孟浩然的那些名篇佳制，大抵像王维的诗那样，善于用简净的笔墨、高明的白描手法，创造出能引起读者无穷想象和回味的情景交融意境。如《宿建德江》："移舟泊烟渚，日暮客愁新。野旷天低树，江清月近人。"此诗下半写景，不仅着墨简淡，形象真切，而且与上半所抒之情相交融，含有耐人咀嚼的景外味。又如《宿桐庐江寄广陵旧游》："山暝听猿愁，沧江急夜流。风鸣两岸叶，月照一孤舟。建德非吾土，维扬忆旧游。还将两行泪，遥寄海西头。"全诗分前后两段，前段只是把景物如实地白描出来，即构成一个凄凉、清冷的境界，极好地烘托了诗人的孤寂情怀。孟浩然有时也像王维那样，善于用引而不发的方式来写景，以调动读者的想象。如《晚泊浔阳望庐山》："挂席几千里，名山都未逢。泊舟浔阳郭，始见香炉峰。尝读远公传，永怀尘外踪。东林精舍近，日暮但闻钟。"诗写"望庐山"，却无一字绘形绘色；诗人只是用淡笔渲染自己对庐山和高僧慧远的一片向往之情，至于庐山的形貌神韵，则留给读者去想象补充。在情景交融意境的表现方面，孟浩然诗也和王维诗一样，具有自然天成之长。如《过故人庄》勾画了一个宁静、素朴的田家生活天地，表现了诗人同田家"故人"的淳朴、诚挚情谊，这两者水乳交融地打成一片，极其和谐；在诗里，作者写的是普通的农庄景，用的是口头语，一切都是那么平淡，那么自然，丝毫没有露出加工的痕迹，连律诗的形式似乎也变得自由和灵便了。孟浩然诗中情景交融意境的形成，一般采用"写境"的方式。但是孟诗在精确刻画景物的形貌特征、以形写神以及做到"实者毕肖，则虚者自出"方面，还有在融会画法入诗以构成仿佛诉诸视觉的鲜明形象方面，都不及王维诗；另一方面，孟诗往往写景、抒情交织，景语、情语并出，而王诗中则有不少纯乎写景而情在其中的作品，如《新晴野望》《辛夷坞》《白石滩》《木兰柴》等。由于在这类诗中，主观的情完全溶解在客观的景中，几乎无迹可寻，所以它们更显得蕴藉含蓄、意趣悠远。以上两个方面笔者在本书《王维和盛唐山水田园诗派》中已作过说明，此不赘述。此外，孟诗中情景交融佳作的数量，也远不如王诗多。所以，总的说来，孟浩然在使诗歌达到情景交融方面所取得的成就，较之王维略逊一筹。

王昌龄提倡"情景相兼"，其创作也是往这方面努力的。只是他的山水诗数量不多，缺乏鲜明的个性；其诗之情景交融，主要不表现在山水诗上，而表现在他所最擅长的边塞、闺情、宫怨、送别诗上。如《从军行七首》其一："烽火城西百尺楼，黄昏独坐海风秋。更吹羌笛关山月，无那金闺万里愁。"前两句所勾画的图景，已逗引出一种凄婉孤苦之情，与后两句所抒写的征夫思妇远别的愁怀相应，此即王昌龄所谓自"景语入理语"而"相兼""相惬"者。其二："琵琶起舞换新声，总是关山旧别情。撩乱边愁听不尽，高高秋月照长城。"前三句就乐声抒别情，末句转而写景，似脱实粘，乃昌龄所谓自"理语入景语"而"相惬"者。《西宫春怨》："西宫夜静百花香，欲卷珠帘春恨长。斜抱云和深见月，朦胧树色隐昭阳。"此诗写失宠妃嫔春日苦守深宫之恨，无论是首二句还是末二句，皆情中有景、景中有情，这正是昌龄所谓"物色兼意下"的"情景相兼"。王昌龄这类诗歌，也同王维的诗歌一样，含蕴丰富，饶有余味。如"高高秋月照长城"一句所勾勒的边塞秋夜的莽苍景象，就可使读者"思入微茫，魂游怊悗"（黄牧邨《唐诗笺注》卷八），产生复杂而丰富的联想；又如《西宫春怨》末二句，妙在说他人之承宠，以反衬己之失宠，意在言外。所以胡应麟《诗薮》内编卷六说："江宁《长信词》《西宫曲》《青楼曲》《闺怨》《从军行》皆优柔婉丽，意味无穷，风骨内含，精芒外隐，如清庙朱弦，一唱三叹。"

王昌龄最擅长七绝。用七绝绘景，自当用简笔。他极善于以简净、富有概括力的笔触，绘出包罗一切、寥远阔大的景象。如《从军行》其四首二句："青海长云暗雪山，孤城遥望玉门关。"从大处落墨，绘出当时整个西北边陲的鸟瞰图。他的《出塞二首》其一首二句："秦时明月汉时关，万里长征人未还。"亦具视通万里、思接千载的艺术概括力。王维在一些诗中，同样擅长用大笔勾勒景物，例如"江流天地外，山色有无中""大漠孤烟直，长河落日圆"等；然而他又善于具体、细致地描摹景物，"以小景传大景之神"（《姜斋诗话》卷下），这一方面正是王昌龄诗所缺少的。由于对景物的形貌缺少细致、精确的描画，所以昌龄诗在景物形象的逼真、鲜活方面，不及王维诗。又，王维诗中有不少纯乎写景而情在其中的作品，而昌龄诗中则罕见这样的作品。另外，古人皆谓，唐人七绝，推李白、王昌龄擅长，陆时雍《诗镜总论》比较两人的七绝说："昌龄得之椎炼，太白出于自然，然而昌龄之意象深矣。"昌龄诗确乎工于锤炼琢造，与王维诗相较，其涵情之深厚，有过之而无不及，但在意境表现的自然天成方面则稍逊。

李白写景，多用想象、夸张手法，所以在他的笔下，自然景物常常"呈现极度的夸张变形"[①]，但这往往是表现激情的一种需要，并非意味着主客、情景的分离。如《庐山谣寄卢侍御虚舟》《梦游天姥

---

① 见蒋寅《走向情景交融的诗史进程》（《文学评论》1991年第1期）及《大历诗风》第六章，上海古籍出版社，1992。

吟留别》《蜀道难》等，以非凡的想象、大胆的夸张，描绘了奇谲壮伟的山川，其中融入诗人如潮水般激荡的感情，寄托着他的苦闷和对理想的追求，展现了他豪迈旷放的气魄和胸怀。这大抵属于"移情入景"或"因情生景"。李白写景还常用拟人手法。如"我寄愁心与明月，随风直到夜郎西""请君试问东流水，别意与之谁短长""相看两不厌，只有敬亭山"等，都将自然山水人格化，使之具有可与作者相交流的感情。这也属"移情入景"。上文提到，王维诗中情景交融意境的形成，多数采用"写境"的方式；李白诗则不然，它显然更多采用"造境"的方式。不过，李白诗中也有若干"写境"之作。如《渡荆门送别》："渡远荆门外，来从楚国游。山随平野尽，江入大荒流。月下飞天镜，云生结海楼。仍怜故乡水，万里送行舟。"诗人出蜀东游，身在长江舟中，即景成咏，勾画了一幅雄阔壮丽的江景图，其中流露了诗人奔向更广阔天地、展望远大前程的豪情。在这里，景基本上是就所见如实描写（当然有所简择取舍），而情与景是高度谐和的。当然，诗人更喜欢在如实描写景物时，添上想象、夸张之笔。如《早发白帝城》："朝辞白帝彩云间，千里江陵一日还。两岸猿声啼不住，轻舟已过万重山。"写三峡水急舟速，有想象、夸张成分；若无此，不足以很好表现诗人遇赦返回时的轻松喜悦之情。此类诗可说是"写境"与"造境"的结合。王维喜静观自然，善于从客观景物中找到其与主观感情的契合处加以表现；李白则好随意驱遣、挥斥自然景物，使之随自己主观感情的变化而变化，但在他的诗里，变了形的景物仍然是达情的媒介。

李白的诗歌大致可分为两类，一类是政治咏怀诗，内容多为怀才不遇的歌咏，并且总是伴随着对朝政腐败和社会丑恶现象的抨击，其体裁主要采用长篇乐府歌行和古体。这类诗一般较少使用情景交融的艺术手段，但间亦借助写景来烘托情绪，构造氛围。如《将进酒》开头："君不见黄河之水天上来，奔流到海不复回。"另一类为其他内容，如抒发思乡、怀友、惜别、怀古之情，咏赞大自然以及反映民情风俗、妇女生活的作品，体裁多用律、绝及篇幅较短的乐府、古体。这类诗较多使用情景交融的艺术手段。李白的情景交融之作中的"景"，多从大处落墨，以大笔勾勒，常运用天、日、月、云、海、高山、巨川等自然意象构成宏大寥廓的境界，这一点在同时代的诗人中罕有其匹。李白也像王维那样擅长以简净的笔墨绘景，使诗中的景物形象蕴含着丰富的象外象与味外味而又自然天成。如《峨嵋山月歌》、《望天门山》、《望庐山瀑布》其二、《黄鹤楼送孟浩然之广陵》、《静夜思》、《子夜吴歌》其三等，皆情景交融，自然入神，语浅情深，余蕴无穷。再者，李白的情景交融之作中的"情"所反映的社会内容，总的说来较王维诗深广，而且他的这些作品的个性特点也非常鲜明。所以应该说，李白诗在情景交融方面无疑已达到高层次。但是，李白以天纵之才，凭兴会为诗，有时难免失之草率，所以他有的诗自然意象雷同重复，有的诗情景不能交融，还有的诗近于浅露，缺少味外味与象外象，不像王维的诗那样大多精致、凝炼。另外，用夸张、想象之笔虚写景物，为李白创作的一个最见特色之处，而这一点正是后人不易学到的。因为夸张必须建立在深厚的感情基础之上，若无李白的激情和天才，学了也只能得其皮毛。所以就情景交融的表现艺术可为后人提供学习的典范方面而言，可以说王维较李白更具有代表意义。

宋范晞文《对床夜语》卷二："老杜诗：'天高云去尽，江迥月来迟。衰谢多扶病，招邀屡有期。'上联景，下联情。'身无却少壮，迹有但羁栖。江水流城郭，春风入鼓鼙。'上联情，下联景。'水流心不竞，云在意俱迟。'景中之情也。'卷帘唯白水，隐几亦青山。'情中之景也。'感时花溅泪，恨别鸟惊心。'情景相触而莫分也。'白首多年疾，秋天昨夜凉。''高风下木叶，永夜揽貂裘。'一句情一句景也。固知景无情不发，情无景不生，或者便谓首首当如此作，则失之甚矣。"这段话专就杜甫诗的实例来分析和总结情景交融的美学特征与不同类型，说明范氏认为杜诗已达到了情景交融，这种看法是完全符合实际的。

王嗣奭云："盖李（白）善用虚，而杜善用实。"（《杜臆》卷首《杜诗笺选旧序》）李白善用想象、夸张之笔虚写景物，杜甫则善用写实手法来描摹世间真景。杜的这一特点在全部杜诗中表现得很突出。当然，诗人有时也善于在写实中辅以想象、夸张之笔。如《秋兴八首》其一首四句："玉露凋伤枫树林，巫山巫峡气萧森。江间波浪兼天涌，塞上风云接地阴。"波浪本在地而曰"兼天"，风云原在天而曰"接地"，夸张地描写阴晦萧森之状，其中融入诗人丧乱凋残之际漂泊江上的郁勃不平之情。杜甫既善于用巨笔勾勒大景，如《登岳阳楼》颔联："吴楚东南坼，乾坤日夜浮。"也善于用工笔细描小景，如《水槛遣心二首》其一后四句："细雨鱼儿出，微风燕子斜。城中十万户，此地两三家。"可以说，杜甫较之王维，更把笔触指向极细微、平凡的景物，具有"无细不章"的写实本领①。杜甫又兼善用简笔和繁笔描摹景物，前者如《春日忆李白》："渭北春天树，江东日暮云。"《月夜忆舍弟》："露从今夜白，月是故乡明。"都在简净的写景笔墨中，寓有深厚而纯挚之情；后者如自秦州至同谷、由同谷至成都途中所作山水纪行诗，多运用铺陈手法，从多方面来刻绘、渲染陇蜀山水的奇崛，具有大谢体之风。杜甫一生执着地关心现实政治，忧国忧民的情怀至老不衰，所以在情景交融方面最能体现他的特色和创造的是，善于在景物形象中注入丰富而深刻的政治内涵，使其笔下的山水带有时代的影子。也正因此，杜诗情景交融意境中"情"的深沉和"情"中所反映的社会内容的博大，在盛唐诗人中堪称第一。为了使自己诗中的景物形象寓有丰富、深刻的政治内涵，杜甫经常使用如

---

① 《唐诗评选》王维《观猎》评语："工部之工，在即物深致，无细不章。"

下的艺术手段：一是移情入景。如《登高》首二联："风急天高猿啸哀，渚清沙白鸟飞回。无边落木萧萧下，不尽长江滚滚来。"此时诗人流寓夔州，迟暮多病，而社会仍动荡不安，国家中兴无望，因而心中百感丛集，哀情激荡，本诗所写登高见到的景色，为诗人的上述情感所笼罩，呈现出苍凉、激越、悲壮的色调。杜甫的此种移情入景与李白有明显的不同之处，即他极力避免使自己笔下的景物过度变形。二是拟人化。如《绝句漫兴九首》其一："眼见客愁愁不醒，无赖春色到江亭。即遣花开深造次，便教莺语太丁宁。"世乱客居，一无作为，且年已半百，时不待人，所以诗人满腹愁闷，而此时"春色"明知自己愁闷，还突然来临，打发花儿匆忙开放，教黄莺唱个不停，真个是缠人恼人！全诗用拟人手法，巧妙地表现了作者的家国之愁。三是暗喻、象征。如《同诸公登慈恩寺塔》："秦山忽破碎，泾渭不可求。俯视但一气，焉能辨皇州？"通过所写登临塔顶俯视秦中不辨山川但见迷茫一片的景象，暗喻国家前途堪忧。综上所述，可以说杜甫在使诗歌达到情景交融方面，善于博采众长，熟练地运用多种多样的艺术手段，具有某种"集大成"的特点。另外，杜甫作诗，不论构思立意，还是遣词造句，皆苦心经营，精益求精，但某些诗在自然天成方面，略逊于李白、王维之作。

杜甫入蜀以前的诗歌古体较多（诗凡391首，其中古体174首），这时期他的那些反映时事被称为"诗史"的杰作，多用古体，写法大抵是叙事、抒情、议论融为一体，其间亦借助写景来渲染气氛；杜甫入蜀以后的诗歌近体甚多（诗凡1067首，其中近体387首），写景抒情之作亦多，因此较多使用情景交融的艺术手段。杜甫年辈晚于王维，乾元二年（759）十二月杜甫入蜀之后一年多，王维便离开了人世，所以就诗歌情景交融的表现艺术而言，如果说王维是开拓者，则杜甫是继承、发展者，我们不能因为杜甫继王维之后在情景交融的表现艺术方面取得了高度成就，就否定王维在这方面应具有的代表地位。

　　刘长卿的一生经历了玄宗、肃宗、代宗、德宗四朝。他创作的旺盛期在肃、代年间，但玄宗时的诗作已很注意运用情景交融的艺术手段。如《昭阳曲》："昨夜承恩宿未央，罗衣犹带御衣香。芙蓉帐小云屏暗，杨柳风多水殿凉。"前两句写后妃昨夜承恩；后二句写今夕后妃暂违宠侍，便生冷落之想，以景写情，含蓄不露。安史之乱后，诗人对情景交融表现艺术的运用趋于纯熟，可以说是王维的很好继承者。他也像王维那样擅长用简净的笔墨绘景，并在景中融入自己的感情。如"寒渚一孤雁，夕阳千万山"（《秋杪江亭有作》）、"路遥云共水，砧迥月如霜"（《酬皇甫侍御见寄时前相国姑臧公初临郡》），不对景物作琐细的刻画，都在清冷淡远的画面中，融入诗人的孤寂、凄楚之情。他不少诗作所创造的情景交融意境，还往往具有含蓄不尽的意蕴。如《登余干古县城》："孤城上与白云齐，万古荒凉楚水西。官舍已空秋草绿，女墙犹在夜乌啼。平江渺渺来人远，落日亭亭向客低。沙鸟不知陵谷变，朝飞暮去弋阳溪。"勾画出一幅萧索、荒凉的废城日暮图，其中融进诗人世事沧桑、吊古伤今的深沉感慨，引人寻绎不尽。

　　主要活动年代的差异，导致刘长卿在情景交融意境的创造上与盛唐的王维有一些不同。安史之乱的破坏与两遭贬谪的打击都在刘长卿的心头投下了浓重的阴影，使得他长时期意绪暗淡，心境凄清。带着这种先入的情绪观景，景物也就染上了强烈的主观色彩。如《负谪后登干越亭作》："天南愁望绝，亭上柳条新。落日独归鸟，孤舟何处人！生涯投越徼，世业陷胡尘。杳杳钟陵暮，悠悠鄱水春。……草色迷征路，莺声伤逐臣。……青山数行泪，沧海一穷鳞。"哀苦悲怨的意绪外射于景物，使得春天的芳草、娇莺都染上感伤的色彩。这种移情入景的构思方式是刘长卿创造情景交融意境时经常采用的。另外，他也常采用因情生景的构思方式。诗人多写清秋的衰飒景色，黄昏的冷落气象，譬如秋风、夕照、落叶、寒潮、孤雁、哀猿等自然意象，在他的诗中就反复出现，俯拾皆是①。但他的诗不可能都作于秋天或日暮之时，上述自然意象也不可能都是诗人眼前出现的。如上所述，诗人暗淡而凄清的心绪是强烈的，这成为他作品的感情基调，而上述自然意象正与这种感情基调相契合，所以它们大抵是诗人为了达情的需要而设计、构拟的。感情基调的单一与表现这种基调的自然意象的趋于固定，使诗人的作品出现陈熟雷同的弊病，显出创新力的不足。另外，王维每静观自然，努力从纷繁变幻的景物中寻找客观物态与主观情趣的契合处加以表现，刘长卿则只关心自己心境的表达，而忽略了对客观景物特定形貌的把握，所以他笔下的景物形象，不像王维的诗那样鲜活、逼真。刘长卿在情景交融表现艺术上的不及王维之处，主要就表现在上述两个方面。

韦应物一生也经历了玄、肃、代、德四朝，年辈略晚于刘长卿。在情景交融的表现艺术方面，可以说韦应物是王维的全面而出色的继承者。韦应物也像刘长卿那样，生活于衰乱之世，历尽仕途蹭蹬的坎坷，但都能抱随遇而安的态度，以旷达、恬和的胸襟淡然处之，所以他不似刘长卿那样，有强烈的哀苦悲怨的主观意绪和经常采用移情入景、因情生景的方式来创造情景交融的意境，而是像王维那样，采用"写境"的方式来创造情景交融的意境。如"果园新雨后，香台照日初。绿阴生昼静，孤花表春余"（《游开元精舍》）、"杨柳散和风，青山澹吾虑。依丛适自憩，缘涧还复去。微雨霭芳源，春鸠鸣何处"（《东郊》）等，都既精切地描画了景物的实状，又传达出诗人置身于景物中的和悦恬淡情怀。对恶浊现实的失望，使诗人转向美好的大自然，从中求得精神上的愉悦和解脱，所以他总能"得景会心"（陆时雍《唐诗镜》），找到客观景物与主观情趣的契合处加以表现。诗

---

① 参见储仲君《秋风、夕阳的诗人——刘长卿》（《唐代文学研究》第 3 辑）、蒋寅《大历诗人研究》上编（中华书局，1995）第一章第二节。

人好用白描手法刻画平常景物，这一点同王维也很接近。如"微雨夜来过，不知春草生。青山忽已曙，鸟雀绕舍鸣"（《幽居》），纯用平常的语言、白描的手法绘出常见之景，而其中又透露出诗人的闲淡意趣、新鲜感受。韦应物还像王维那样，能使以简淡的笔墨勾画出来的景物形象，具有丰富的味外味与象外象。如《滁州西涧》："独怜幽草涧边生，上有黄鹂深树鸣。春潮带雨晚来急，野渡无人舟自横。"所写幽涧野渡的景色，动静相生。它能引发读者的想象，在其眼前形成一个幽静深邃的境界，而那寄寓于境中的诗人向往自然、萧散自在的意趣，也令人体味不尽。又如《烟际钟》："隐隐起何处，迢迢送落晖。苍茫随思远，萧散逐烟微。秋野寂云晦，望山僧独归。"所描画的景象和寄寓的意绪皆悠远难测，耐人寻绎。张谦宜评此诗说："妙在象外。"（《絸斋诗谈》卷五）甚是。在情景交融意境的表现上，韦应物诗也具有自然天成之长。如"落叶满空山，何处寻行迹""山空松子落，幽人应未眠""别思方萧索，新秋一叶飞""两地俱秋夕，相望共星河"等，皆触物关心，情景兼写，语浅味长，天然入妙，所谓"不求工而自工"者也。

在情景交融的表现艺术方面，如果说刘长卿在继承王维的同时又有所"偏离"的话，韦应物则表现出全面回归王维的倾向。韦应物在这方面的成就几可与王维媲美，所以提倡"思与境偕"的司空图将两人相提并论，称他们的诗"趣味澄复"（见前）。但是韦应物作为王维的后继者，继承较多，新创较少；而且在诗歌的自然意象方面，他多写微雨轻风、绿阴清露等，较之王维也略嫌单调，所以应该说在情景交融的表现艺术上王维比起韦应物更具有代表意义。

（原载《中国文化研究》2001 年秋之卷）

附录一

《王维新论》陈贻焮序

铁民要我为他的《王维新论》作序，我只能答应，因为我同铁民，同王维，关系都不一般，不大好推辞，也是推辞不了的。

铁民1955年进北大中文系读书，1960年毕业，就留在系里任教。在同一个单位，我早就认识了这位淳朴好学的人。不过彼此有了进一步的理解，成了要好的朋友，那还是1969年同去鄱阳湖畔鲤鱼洲干校走"五七"道路以后的事。在那里，我们一起打过柴（其实只是湖滩上的一种硬秆野草）、撑过船、犁过田、驯出过一头小水牯，还在"千里拉练"中一同当过炊事兵。无论什么活，他不仅干得很卖力，还很巧很利索。他不大爱讲话，只要他在场埋头苦干，同伴们便很受鼓舞，就是再苛刻的定额，也有信心去完成了。那时，我感到很累，很受压抑，偶尔就试着从劳动中，从生活中捕捉一丝快意、一点生机，偷偷写些诗词来愉悦自己，如说："刈艾香盈把，扬帆风满怀。"又如："风雨江村忽放晴，桃腮柳眼日分明。春流活活农时急，新驯牯牛伴母耕。"这些句子，无疑都是经过诗化和美化了的，可是现在读起来，仍能令我不由得想起那艰难时日，想起铁民这些同甘共苦的伙伴们。"四人帮"垮台，百废待兴。铁民早从鲤鱼洲回来，仍在系里工作。这时他还是那样地埋头苦干、奋力耕耘，只是种的不再是湖滨滩头的沼泽地，而是学林艺苑的丰产田。在不长的时间内，除了写出多篇高质量的论文，他还出版了《岑参集校注》（上海古籍出版社）。后来他调到中国社科院文研所，从调走前不久的 1981 年开始，他便潜心专攻王维，先是完成了《王维集校注》（即将由中华书局出版），接着又对王维的生平、思想和创作进行了全面而深入的研究，写出十余篇论文，结成这个集子。"只问耕耘，不问收获。"在干校那会儿，强调算政治账不算经济账，可真的做到"不问收获"了。但一当拨乱反正、全民大干"四化"以来，只要辛勤地耕耘了，一般而论，收获必然是不会错的，那还要问吗？——而今，我读着铁民的这个集子，正为他这位辛勤的耕耘者终于收获了如此丰硕的果实而惊喜不置，这又教我怎能不啧啧称赞几句呢！

至于王维，当我很小的时候就会背他的"红豆生南国"了。稍大点看《红楼梦》，见黛玉教香菱学做诗，说先得读 100 首王维的五言律，香菱也引证自己上京途中的实感，谈读"渡头余落日，墟里上孤烟"的体会，我感到很有趣，就找来个选本读了读，果真是"诗中有画"，美极了。于是，我就渐渐对王维产生了浓厚的兴趣。50 年代初，我留系当林庚先生的助教，在他的指导下进修中国古典文学。其间结合史传，通读了赵殿成的《王右丞集笺注》，发现王维的消极退隐，主要同他所拥护所支持的贤相张九龄被权奸李林甫挤出庙堂有关，不全是中年丧妻或受释家出世思想影响的缘故。这时我写了几篇文章，稍后又应人民文学出版社之约编注了《王维诗选》，并附长篇后记，多少推动王维及其作品的研究前进了一小步，因而受到海内外学术界的奖励和好评。但在我却感到很惭愧，因为还有许多关于王维的重大问题亟须继续研究，可是我却止步不前了。现在见到铁民从我身旁掠过，在王维研究的领域中攀登一个又一个高峰，取得了突破性的新成就，这简直是在替我加倍还了我许下多年却一直无力去还的大愿，使我从内疚的重压下解脱出来，感到无比的轻松和喜悦。同时我更为王维高兴，正由于从各方面得到了铁民平实中肯的论定，他必会得到今世读者更多的理解，他的作品也必会受到更大的欢迎。

铁民的这部论著，我认为有三大特色。首先是求实求新，每篇必有创获。比如王维的交游，以前鲜有人专门论及，此书《从王维的交游看他的志趣和政治态度》一文，选题就很新颖别致。经过认真考索，指出王维生平交往者多为中下级官吏、怀才不遇者、隐士、居士、和尚、道士，无论张九龄罢相和安史之乱以前或以后，他大抵是接近正臣而疏远佞人的，这些看法皆发人所未发，富于启迪性。在《王维与僧人的交往》中，论证了王维同各宗僧侣都广泛结交，不主一派；他所结交的南宗禅师，目前可确考的，仅只神会、瑗公二人，不应把他们给"扩大化"了。这也有自己独到的见解。又如大家都知道王维信奉佛教，但他到底从佛教的义学中接受了哪些思想，却很少有人能讲清楚。《论王维的佛学信仰》则通过对王维有关佛教的诗文的深入钻研，认为他真正接受的主要是"空"理、真如缘起论、佛性论，以及到处有净土的思想。这就令人信服地回答了这一问题。文中还就王维的佛学思想与各佛教宗派的关系作了探讨，并提出新的看法，认为王维对于当时佛教各宗的思想，总的说来是广泛汲取、兼收并蓄的。又《"三教"融合和王维的思想》，联系当时的社会思潮来剖析王维的思想，揭示了道教的思想、理论对他产生的影响，指出他往往佛、道并修，他所接受的道教的思想、理论，多具有与佛教教义接近或相通的特点，因此在他身上，表现出一种融合佛、道的思想倾向。凡此种种，都令人耳目一新。

关于王维山水田园诗的禅意，近几年来学术界发表了一些文章，做了不少探索，但众说纷纭，莫衷一是。铁民在《关于王维山水田园诗的禅意和思想价值》中，先对几种有影响有代表性的意见，逐一辨析，然后再提出自己的看法，还探讨了那些与隐逸生活密切相关的山水田园诗的思想价值。皆持之有故，言之成理，论证精审，颇多新意。

《王维诗歌的写景艺术》是探讨王维诗歌艺术特色的专章。文中首先就王维的"诗中有画"发表意见，指出以画法入诗确是他独到之处，但并非所有的画法都能入诗。比如有谓王维将绘画的线条也引入诗歌创作中，其实不然。他在创作那些仿佛具有鲜明视觉形象效果的"有画"之诗时，用的主要仍然是诗法而非画法。若仅以"诗中有画"来概括其写景诗歌艺术的主要特点与成就，则嫌片面。著者认为，他这类诗歌艺术的一个更为重要的特点与成就当是景中有"我"。然后又从景中有"我"对景物的感受、景中有"我"的思想感情、景中有诗人的自我形象、景中有"我"的审美追求等四个方面，对这一问题进行了细致深入的论述，见解多有独到之处，可供同好研讨。《王维与盛唐山水田园诗派》则进一步对整个这一诗派作了全面的探讨。文中分七个方面认真比较了这一派各个诗人之间的共同点和差异，这比一般文学史仅据题材相同、风格相近而将他们划入同一诗派的作法要精确得多。

论者历来多称道王维擅长描绘自然景物，其实他还是一位善于写情的诗人。《善于写情的诗人王维》，即就此立论，独抒己见，全面中肯，免偏执一端之病。

此外，《王维年谱》《王维生平五事考辨》《王维生年新探》《王维诗真伪考》，以及附录二篇，考证多精当，各有新发现。

本书第二个特色是，这些新见，多是在掌握大量资料、经过缜密分析后得出的，因而富于科学性和学术价值，从中可以看出著者治学态度的严谨。比如上述《论王维的佛学信仰》中的那些看法，便是在逐篇逐句弄清他那些与佛教有关诗文的原意之后，经过归纳概括，并联系唐代佛教各宗派的思想，加以分析研究所取得的出色成果。在这一点上，著者颇得力于他对王维集的注释与整理工作。又如《从王维的交游看他的志趣和政治态度》涉及与王维有交往的人近60名，其中部分人的生平事迹，《王右丞集》的笺注者赵殿成并未曾考出。如果不千方百计详尽地占有繁富的资料，并取精用弘、去伪存真地进行仔细研究，就不可能写出这样翔实可信的文章来。《王维与僧人的交往》中的璿上人、福禅师、净觉禅师、温古上人、乘如禅师、惠幹和尚等，赵殿成亦未考出，也是著者最先从佛藏和敦煌遗书中发现若干资料，并把他们的事迹考证出来的。《王维年谱》补充了赵殿成《右丞年谱》的许多不足，并纠正了其中的一些错误，发表后得到学术界的好评，如说："这个年谱在汲取前人研究成果的基础上，将诗人一生的行事，作了较为详细的考述，征引宏富，推断大都审慎、精密，已勾划出王维一生的出处辙迹，其成就大大超过了前人。从总体讲，'陈谱'无疑已达到目前可能达到的程度。"（杨军《王维生平的若干问题》，载《西北师院学报》1986年第1期）《王维生平五事考辨》，就有关王维生平的几个有争议的问题发表意见，也能以翔实的资料、缜密的论断服人。《王维诗真伪考》是在搜集了大量资料，掌握了今存王集各种版本，以及有关总集、诗话收录王诗的情况之后作出的，所以结论很可信。

两篇附录也颇有价值。加拿大维多利亚大学白润德教授，在《评〈孟浩然〉》一文中就很称赞其中的一篇说："陈铁民的《关于孟浩然生平事迹的几个问题》（《文史》第15辑），是对陈贻焮那篇发表于1965年同一刊物的权威论文的重要补充。"（载哈佛燕京学社《哈佛亚细亚研究学报》44卷第2号）对我的过奖，实在不敢当；而对铁民的肯定，则是很确当的。另一篇《储光羲生平事迹考辨》，也很有开创性。储光羲两《唐书》无传，关于他的生平事迹，唐、宋人仅有一些简短、零星的记载，所以后人对他知之甚少。然而著者竟能根据他诗中所提供的线索，结合有关历史记载，参互考证，终于将他一生的主要行事，清晰地勾勒出来了。

从上述这一类文章中，不难看出著者学风的严谨和考证的精审。

本书第三个特色是，剖析问题，往往比较细致、深入、精到。比如《论王维的佛学信仰》，分析"空"理对他世界观、人生态度所产生的影响；《"三教"融合和王维的思想》分析儒学和道教对他思想的影响；《王维诗歌的写景艺术》阐述他如何紧紧抓住诗歌的特点，充分发挥文学语言的独特功能，以形成他的诗中画；《王维和盛唐山水田园诗派》剖析王、孟之间的差异；《论王维诗歌的多样风格》不仅透彻、中肯地剖析了他最突出的风格，还细致地辨析了他各体诗歌的不同风格；《谈王维的隐逸》既从隐逸的角度探寻了他思想发展演变之迹，又细致入微地分析了他几度隐居前后的思想变化，以及安史之乱爆发前后他对待隐逸的不同态度。凡此诸篇，无不体现这第三个特色。

匆匆通读一过，揣摩必不深透。陶诗云："奇文共欣赏，疑义相与析。"倘若因拙文而引起专家和读者们的兴趣，都来阅读这个集子，研讨有关问题，那写序人的目的也就算达到了。

陈贻焮

己巳岁仲冬于　朗润园

附录二
《王维新论》后记

　　这本书收入我近几年所作有关王维的研究论文 14 篇。自 1981 年起，我开始搞王维诗文的校注工作，同这一工作相结合，我先后撰写了《王维年谱》《王维生平五事考辨》《王维生年新探》《王维诗真伪考》等 4 篇论文，分别发表于《文史》和《古籍整理与研究》。1987年《王维集校注》完稿后，我又继续写了 10 篇关于王维的研究文章。本书就是由上述这些文章编集而成的。其中后撰的 10 篇，绝大多数未发表过；先写的 4 篇，这次收入书中，也作了一些修改和补充。此外，关于王维的生平，我还撰有《〈唐才子传・王维传〉笺证》一文（载傅璇琮主编《唐才子传校笺》卷二），本书中没有收入。

　　我在这本书中，试图对诗人王维作比较全面的论述，书中的各文，都是按照一定的计划撰写的，所以，它们虽各自独立成篇，但彼此又有着紧密的联系。近几年来，学术界对王维的研究取得了不少成绩，每年都有许多研究论文发表。虽然拙著着重谈的是个人的一些体会和心得，对于他人已谈过而自己又无新见的问题，大都一笔带过或从略，但自己在写作的过程中，也从同行们的这些论文中得到了不少的教益。即使有些看法我不同意，但它们也同样能给自己以启发。所以，我应该向这些同行们表示感谢。另外，拙著所提出的一些看法，还很不成熟，也希望同行们不吝赐教。

本书还收进了两篇关于孟浩然和储光羲生平事迹的考证文章。因为孟、储都是盛唐山水田园诗派的作家，所以把这两篇文章作为附录收入书中，供读者参考。这两篇文章都发表于《文史》，这次收入书中，又作了一些修改。但有些地方（如关于王维隐居辋川的时间，《储光羲生平事迹考辨》的说法同《王维年谱》的说法不一样），反映了自己在探索过程中的认识变化，则仍保留原貌，不作改动。

感谢北京大学陈贻焮教授为拙著作序。贻焮先生是我的老师，我的致力于王维的研究，同他颇有点关系。记得五十年代在北大中文系读书时作学年论文，我选了关于王维的研究题目，指导教师就是贻焮先生。可惜后来因搞政治运动，系里取消了作学年论文的计划，这篇论文也未能写成，但我对王维的兴趣，却从那时候便建立起来了。最近九年，我作《王维集校注》和撰写此书，又一直得到贻焮先生的支持和鼓励。他五、六十年代发表的多篇关于王维的研究论文，还是我撰写此书时常常参考的。这一些，都使自己难忘。

余冠英先生关心本书的出版，特赐题签，令我非常感激。北京师范学院出版社的领导重视出版学术著作，在当前学术著作的出版陷入困境的情况下，仍大力支持拙著的出版；责任编辑刘彦成同志细心审阅全书，提出了许多宝贵的意见，在此谨向他们致以衷心的谢意！

陈铁民

1989 年 11 月于中国社会科学院文学研究所

附录三

我的王维研究

　　1991 年 5 月，我到西安参加由西安联合大学与蓝田县人民政府联合主办的王维诗歌学术讨论会，会上，遇到了西安联大《唐都学刊》编辑部的同志，他们要我为《学刊》撰稿，介绍自己从事王维研究的一些情况，盛意难却，我只有答应了。

　　自 1981 年至 1989 年，我把主要精力都用在王维研究上，先后完成了两项工作：《王维集校注》和《王维新论》。记得 20 世纪 50 年代在北大中文系文学专业读书时，自己就对王维的诗歌产生了浓厚的兴趣，当时曾从旧书店购得一部赵殿成的《王右丞集笺注》。利用课余时间细读了两三遍，还作了一些笔记。但后来在北大中文系古典文献专业当研究生，接着又在这个专业教书，接触的多是先秦两汉古籍，就很少有时间再去读王维的诗了。直到"四人帮"垮台后，我转到中文系古典文学教研室工作，才把自己喜欢的王维和唐诗又捡了起来。1979 年我完成了《岑参集校注》，接着就产生了把王维集也整理出来的念头。这项工作到了 1981 年才正式开始。

　　工作之初，我做的头一件事情是校勘：首先调查王维集今存的版本，接着通校几种宋元古本，然后考察其余各本同这几种宋元古本的关系，归纳出版本的源流系统，再确定本书的底本和主要校本，增校几种有参考价值的本子。校勘工作完成后，随即写出《王维集版本考》一文，作为《校注》的一种附录。接着做的一件事情是撰写《王维年谱》和为王维的诗文编年。由于《校注》是按照作品的写作年代编排的，所以在搞具体注释之前，必须先完成这项工作。《王维年谱》撰成后，曾先在1982年出版的《文史》第16辑上发表。下面我接着做的一件事情，就是按照自己初步编定的作年顺序，先诗后文，逐一为王维的诗文校定文字并作注释。在做这项工作的同时，又对王维诗文的真伪问题进行辨析，撰成了《王维诗真伪考》一文，发表于《文史》第23辑。后来，我即以这篇文章为基础，编成《校注》的另一个附录——《误收诗文》（凡各种本子收录的王维诗文有确凿证据可定为伪作者，即收入此附录，均在每篇诗文之后加按语说明断为伪作的根据）。在完成了王维诗文的注释初稿后，我又接着编写了《校注》的以下几种附录：1. 王维生平事迹资料汇录（主要收录两《唐书》本传及唐、宋、元人的笔记中所记有关王维事迹的资料）。2. 诗评（选录历代关于王维诗歌的具有一定参考价值的评论。至于对具体作品的评论，则附于各诗的注文之后，而不收入本附录）。3. 画评（选录历代有关王维画的评论资料，作为研究王维诗歌的参考）。此外，又在完成上述工作的基础之上，对早先发表的《王维年谱》进行修订，并将它作为附录之一收入书中。然后，再回过头来通读注文，对全部注释作最后定稿工作。末了撰写《前言》，全书于是告成。

　　《王维集校注》全书90多万字，已于1987年11月交稿，即将由中华书局出版。《王右丞集》今存有三种古注本：明顾起经注本、顾可久注本，清赵殿成注本。二顾本只为诗歌作注，赵本则为全部诗文作注，且质量优于二顾本。拙注就是在赵本的基础上编定的。但除继承其积极成果外，又着重做了以下几项工作：1. 为王维的大部分诗文作了编年。2. 增校了多种赵氏未曾见过的古本，纠正了赵本的若干错字。特别是文集部分，赵氏仅据一个奇字斋本，未得他本对校，误字颇多，须加以纠正。3. 赵本尚存在缺注误注、引书有时未能深究其原始出处、繁简不一等缺点，拙注尽力在这些方面补其不足。4. 赵注体例，一般都只注出处，不作解释；又引书大都只注书名，不注篇名或卷数，这会给读者带来一些阅读上的困难，所以拙注也力求在这方面补其不足，使新注更能适合今天读者的需要。5. 增补修订了赵本原有的附录，又新编了一些附录。当然，限于个人的学力和水平，新注本肯定还会有不少缺点，等此书出版后，希望大家不吝赐教。

《王维集校注》交稿后，我感到自己对王维的诗文已颇熟悉，所掌握的有关资料也较丰富，如果到此止步，未免可惜。于是拟定计划，进一步对王维的思想与创作进行全面探索。我首先研究的一个问题是，王维与佛教的关系。关于这个问题，我是先从王维与僧人的交往这一点入手进行研究的。我把在整理王维集的过程中努力搜集到的若干与王维有过交往的僧人事迹资料（其中有不少人的事迹是赵殿成的注释中未曾考出的）归拢到一起进行分析，写成了《王维与僧人的交往》一文，提出王维同当时的各宗僧侣都广泛结交，不主一派，他所结交的南宗禅僧，目前可确考的，仅只神会、瑗公二人，不应把他们给"扩大化"了。接着，我探索了王维到底从佛教的义学中接受了哪些思想的问题。在这之前，我已对王维有关佛教的诗文逐字逐句作了注释；此时，则将这些诗文分类摘抄出来，加以分析、归纳，揭示出了王维所接受的佛学思想，主要是"空"理、真如缘起论、佛性论，以及到处有净土的观念，等等。然后，又就王维的佛学思想同当时各佛教宗派的关系作了探索，指出他对于佛教各宗的思想，总的说来是广泛汲取、兼取并蓄的。以上就是我所写的第二篇文章《论王维的佛学信仰》的主要内容。研究了王维与佛教的关系后，接着，我又探索他同儒、道的关系，撰成了《"三教"融合和王维的思想》一文。文中提出，王维往往佛、道并修，他所接受的道教的思想、理论，多具有与佛教的教义接近或相通的特点。这篇文章在考察王维与儒教的关系时，曾论及王维的政治思想，接着，我又从王维的交游的角度，来探索他的政治态度，写成《从王维的交游看他的志趣和政治态度》一文，提出王维在朝廷上，大抵是接近正臣而疏远佞人的。随后，我又从隐逸的角度，探寻王维思想的发展演变之迹，作了《谈王维的隐逸》一文。接着，我把自己的研究转向王维的诗歌创作，首先就王维的佛学信仰对其诗歌创作的影响进行探索，写出《关于王维山水田园诗的禅意和思想价值》一文。由于人们往往以蕴含着佛教的消极思想为由来否定王维的山水田园诗的思想价值，所以我把关于王维山水田园诗的禅意和思想价值这两个问题放到同一篇文章中来加以探讨。随后，我写了《王维诗歌的写景艺术》一文，对王维的"诗中有画"及其写景诗歌艺术的主要特点与成就作了探索。我感到王维不仅擅长描写自然风景，而且善于写情，于是就此立论，撰成《善于写情的诗人王维》一文。此外，还有《论王维诗歌的多样风格》一文，是剖析他的诗歌风格的；《王维与盛唐山水田园诗派》一文，比较了这一诗派各个诗人之间的共同点和差异。以上就是我在《王维集校注》完稿后接连撰写的十篇论文。随后，我将这些论文同先已发表的四篇论文（《王维年谱》《王维生平五事考辨》《王维生年新探》《王维诗真伪考》）一起编集成《王维新论》一书，交由北京师范学院出版社出版。

《王维新论》全书257000字，1990年9月出版。此书出版后，曾得到学术界的鼓励和好评，但限于个人的能力，特别是自己的理论水平不高，所以书中肯定会存在一些缺点和局限的。另外，还应说明一点，我在写作此书的过程中，曾读过同行们的许多论文，受到了不少启发。我在此书的《后记》中曾说："近几年来，学术界对王维的研究取得了不少成绩，每年都有许多研究论文发表。虽然拙著着重谈的是个人的一些体会和心得，对于他人已谈过而自己又无新见的问题，大都一笔带过或从略，但自己在写作的过程中，也从同行们的这些论文中得到了不少教益。即使有些看法我不同意，但它们也同样能给自己以启发。所以，我应该向这些同行们表示感谢。"

我搞学问，大抵是整理与研究兼为，力求把这两者结合起来。有位朋友读过《王维新论》后来信说："兄许多高见都是在笺注王集中得之。"这话说得不错。我致力于搞整理，但又不仅仅满足于搞整理，而是追求使整理为自己的研究服务，研究建立在整理的基础之上。这样做，或许会使研究成果显得更扎实一些。当然，有一利必有一弊，它无疑也会带来一些局限的。

（原载《唐都学刊》1991年第4期）

图书在版编目（CIP）数据

王维论稿 / 陈铁民著 . --增订本 . --北京：社会
科学文献出版社，2024.12（2025.9 重印）. --（社科文献学术文库）.
ISBN 978-7-5228-3874-8

Ⅰ . I207. 227. 42；K825. 6

中国国家版本馆 CIP 数据核字第 2024AF1435 号

社科文献学术文库 · 文史哲研究系列

王维论稿（增订本）

著　　者／陈铁民

出 版 人／冀祥德
责任编辑／李建廷　王霄蛟
责任印制／岳　阳

出　　版／社会科学文献出版社 · 人文分社（010）59367215
　　　　　地址：北京市北三环中路甲 29 号院华龙大厦　邮编：100029
　　　　　网址：www. ssap. com. cn
发　　行／社会科学文献出版社（010）59367028
印　　装／北京盛通印刷股份有限公司

规　　格／开　本：787mm×1092mm　1/16
　　　　　印　张：28　字　数：370 千字
版　　次／2024 年 12 月第 1 版　2025 年 9 月第 2 次印刷
书　　号／ISBN 978-7-5228-3874-8
定　　价／138.00 元

读者服务电话：4008918866